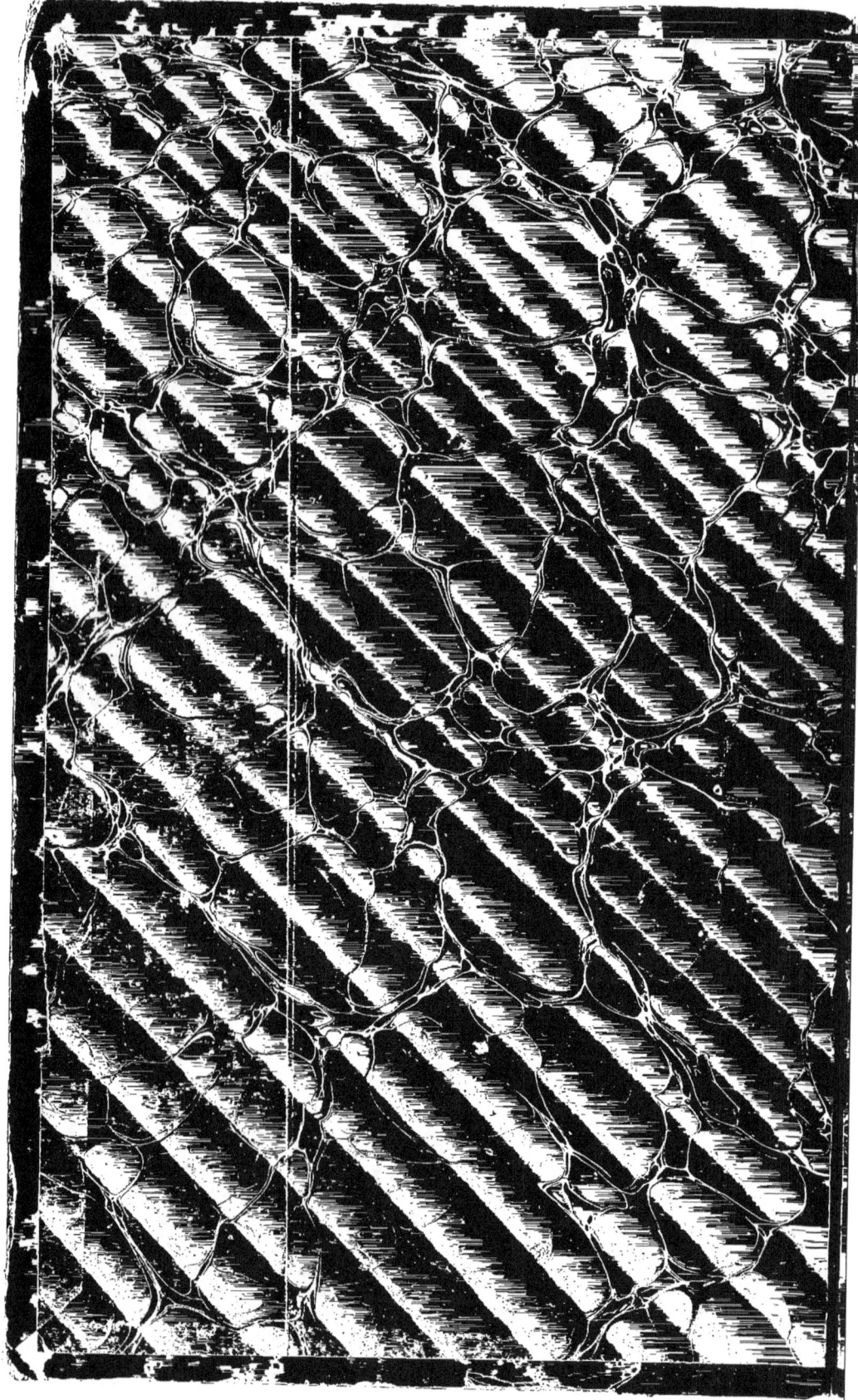

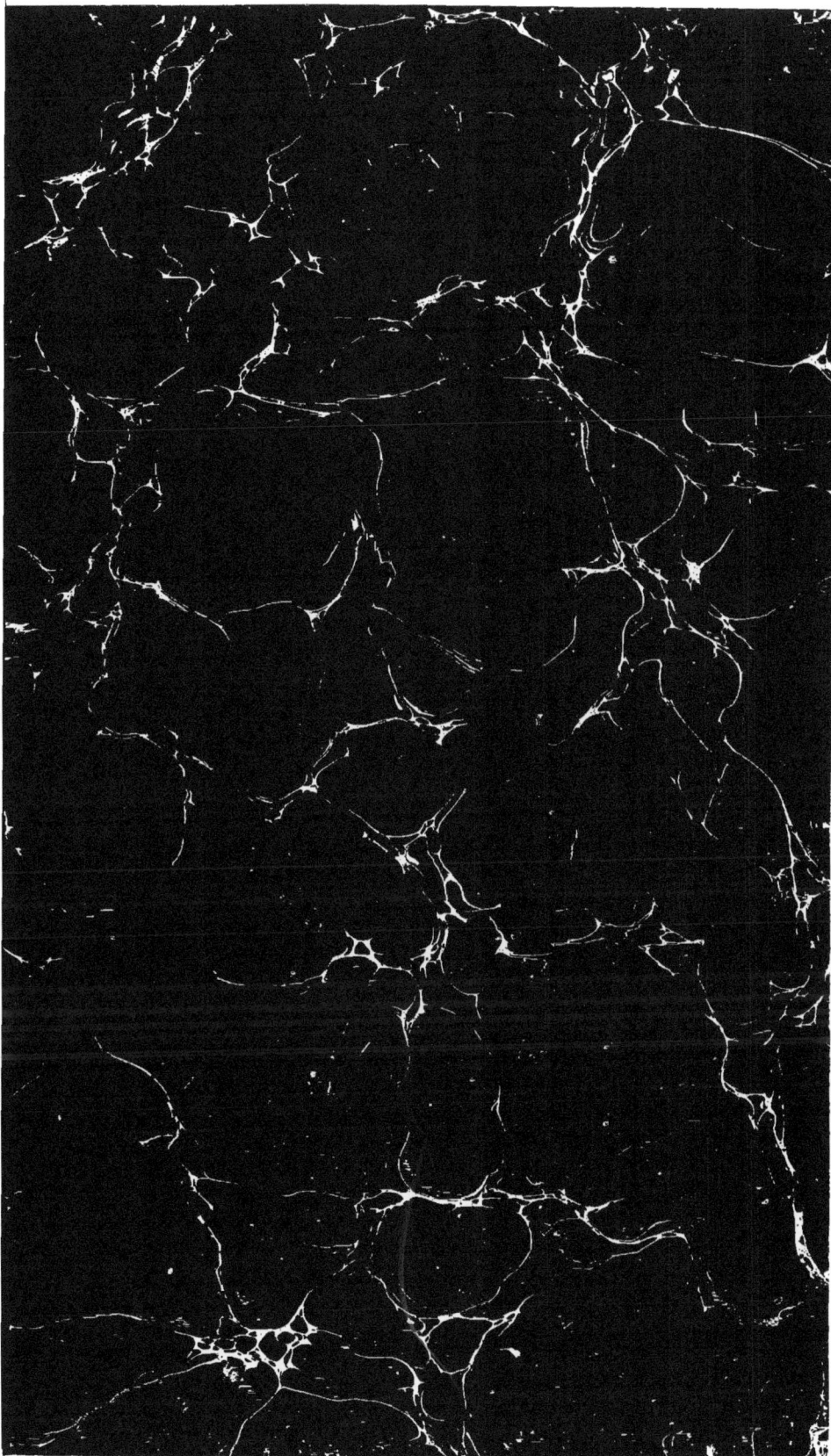

HISTOIRE

DE LA

LITTÉRATURE ESPAGNOLE

PUBLICATIONS DU MÊME

CHATILLON-SUR-SEINE. — IMPRIMERIE E. CORNILLAC

HISTOIRE

DE LA

LITTÉRATURE ESPAGNOLE

DE G. TICKNOR

DEUXIÈME PÉRIODE (Suite)

TROISIÈME PÉRIODE

DEPUIS L'AVÉNEMENT DE LA MAISON DE BOURBON
JUSQU'À LA FIN DE LA PREMIÈRE PARTIE DU DIX-NEUVIÈME SIÈCLE

Traduite de l'anglais en français pour la première fois

AVEC LES NOTES ET ADDITIONS DES COMMENTATEURS ESPAGNOLS

D. PASCAL DE GAYANGOS ET D. HENRI DE VEDIA

PAR

J.-G. MAGNABAL

Agrégé de l'Université, membre correspondant des Académies royale espagnole,
Royale d'histoire, d'archéologie et de géographie de Madrid,
Chevalier de la Légion d'honneur, de l'ordre royal de Charles III d'Espagne,
Officier de l'Instruction publique, commandeur de l'ordre d'Isabelle la Catholique.

III

PARIS

HACHETTE ET Cie, LIBRAIRES-ÉDITEURS

BOULEVARD SAINT-GERMAIN, 79

—

1872

LE TRADUCTEUR AU LECTEUR

—

Je suis heureux de pouvoir offrir aujourd'hui au public la fin de ma traduction de l'*Histoire de la littérature espagnole*. Le second volume était presque entièrement consacré à l'histoire du théâtre, depuis ses origines, et par ses représentants les plus brillants. Les treize derniers chapitres de cette seconde période, nous font connaître les divers autres genres littéraires, tant en prose qu'en vers, jusqu'à l'avénement de la maison de Bourbon. En parcourant les chapitres consacrés à l'histoire de l'épopée, le lecteur se convaincra facilement que ce ne sont point les Espagnols qui n'avaient pas la tête épique. Dans ces temps de versification facile, la quantité l'emporte de beaucoup sur la qualité, sans aucun doute. Il en est cependant, de ces poèmes, qui ont survécu, tels que l'*Araucana*, d'Ercilla, que Voltaire a fait connaître en France et auquel il donne les plus grands éloges ; les *Lagrimas de Angélica*, dont Cervantès aurait pleuré la perte, parce que l'auteur est un des plus célèbres poètes non-seulement de l'Espagne mais du monde entier. Les poètes, du reste, n'avaient, paraît-il, que l'embarras du choix pour leurs sujets. La gloire nationale célèbre tantôt les exploits de Charles Quint dans la *Carolea* et le *Carlos famoso*, tantôt les victoires de Don Juan d'Autriche par la *Batalla de Lepanto*, de Cortereal, et la *Austriada* de Juan Rufo. Les épopées de cette période ne pouvaient passer sous silence les conquêtes des Espagnols dans le Nouveau-Monde. Aussi à côté de l'*Araucana*, qui nous est bien connue, nous trouvons, en dix-neuf chants, l'*Arauco domado*, la *Argentina* qui, en vingt chants, déroule la découverte des provinces de la Plata, et le *Peregrino Indiano* qui, par seize mille vers composés, en quinze jours, sur l'Océan, nous détaille la vie régulière de Fernand Cortès, et le *Cortès valeroso* où le hardi navigateur reçoit, dans quatre-vingt-dix mille vers, sa part des honneurs poétiques répandus de tous côtés avec tant de profusion.

La grandeur des gloires contemporaines réveille dans les esprits le souvenir des gloires passées; alors les poètes chantent, ou plutôt mettent en vers, l'histoire de Sagonte, de Numance, de Pelage, la conquête de la Bétique, la *bataille de Covadonga*, les *batailles de Roncesvaux*, et la *bataille de las Navas de Tolosa*, qui anéantit la puissance musulmane et assura l'émancipation de toute la Péninsule, enfin la *Restauracion de España* et la *España libertada*.

Le caractère éminemment religieux du peuple espagnol se retrouve dans le goût qu'il professe pour les épopées dont le sujet se tire soit de l'Ancien, soit du Nouveau Testament : les Machabées, David, la Vierge, le Christ, sa vie, sa passion : les Saints, saint Benoît, saint Joseph, saint François d'Assises, saint Ignace de Loyola. Mais ce qui n'excite pas peu de surprise, c'est de lire, en même temps les épopées profanes chantant Léandre, Adonis, Hippomènes et Atalante, Apollon et Daphné, Pyrame et Thisbé; et tout le cortége des fables de l'antiquité classique, Polyphème, Phaéton, Daphné, Europe. Echo, Vénus et Adonis, Psyché et Cupidon, Orphée et Eurydice, le Combat des Géants et la Destruction de Troie. Ce mélange étrange nous explique aussi comment nous arrivons à l'épopée burlesque de l'*Asneida*, de l'*Entierro de la gata de Juan Chrespo* et de la *Mosquea*, cette imitation de la Batrachomyomachie d'Homère, en passant par les traductions de l'*Iliade*, de l'*Enéide*, de l'*Enfer*, de Dante, et de la *Jérusalem*, du Tasse.

La poésie lyrique, dont on peut apercevoir les premières lueurs dès l'origine de la littérature espagnole, nous arrive à travers les romances. Mais, à partir de Boscan et de Garcilasso, un nouvel élément la transforme et lui fait subir l'influence de l'Italie. Alors il se forme deux courants, bien sensibles dans la poésie lyrique de ces temps. Les uns, tels que Lomas de Cantorral, Francisco de Figueroa, Vicente Espinel, suivent l'école italienne de Garcilasso; les autres, tels que Montemayor, Barahona de Soto, Rufo, tout en imitant Sannazar et Pétrarque, restent fidèles aux vieilles formes de l'école nationale, pendant que Maldonado, fray Luis de Léon et Fernando de Herrera consacrent leurs accents à la reproduction des instincts du peuple et des sentiments populaires vraiment espagnols.

Rien de plus intéressant que le tableau de ces diverses écoles et l'énumération des sources où elles puisent leurs inspirations pour aboutir aux *Conceptos espirituales* et à l'école des *conceptistes*, dont Quevedo fut le maître le plus brillant et Ledesma le chef principal ; pour faire éclore les *cultos*, en Espagne, au moment où les *maristes* se développent en Italie, les *euphuistes*, en Angleterre, et .la *Pleiade*, en France ; pour arriver à Gongora et au gongorisme, à ces compositions poétiques alambiquées, pleines de métaphores extravagantes, inintelligibles ; à Gongora dont le style souleva tant de luttes et tant d'opposition, qui eut pour lui tant de disciples et tant d'adversaires, et qui nous apparaît comme un astre autour duquel gravitent Roca y Serna, Antonio Lopez de Véga, Pantaléon de Ribera, Moncayo, Ulloa, entraînant dans son mouvement jusqu'à Lope de Véga, Quevedo, Caldéron.

Si la poésie lyrique a fleuri d'une manière des plus heureuses en Espagne, du temps de Charles-Quint à l'avénement des Bourbons ; si dans le genre sacré elle est généralement pittoresque ; si dans le genre profane ses *silves*, *villancicos*, *letras* et *letrillas* conservent la fraîcheur et le naturel des sentiments populaires, la poésie satirique n'a pas le même succès. Ce n'est pas que son esprit ne soit connu. Hita, Rodrigo de Cota, Torres Naharro, Silvestre, Castillejo sont là et nous montrent, par leur vers court et national, tout ce qu'il y a de verve et d'humeur mordante dans la plume espagnole. Mais, avec Mendoza et Boscan, ce genre devient plus cultivé, et il change complétement avec leurs successeurs. Bartolomé Argensolas peut bien mériter le surnom de *Divino Juvenal aragonés*, mais la société du beau siècle de la littérature espagnole n'accepte plus la satire que composée dans le goût d'Horace. Elle a trop de dignité et de gravité pour tolérer la censure que ce genre implique, et chacun est d'accord avec Cervantès, pour flétrir ces compositions des épithètes de *viles y despreciables*.

Les *Lamentaciones*, de Silvestre, les *Silvas*, de Rioja, les *Endechas*, de Quevedo, et les élégies de Villegas nous donnent une idée du genre élégiaque, pendant que les vers de Saa de Miranda nous inspirent l'amour des champs, déroulent à nos yeux les scènes de la nature et nous initient aux occupations de la vie champêtre. Le *Siglo de oro*, de Balbuena, nous rappelle plutôt le ton libre et rustique de Théocrite que le fini du pinceau de Virgile; et les églogues de Lope de Véga nous montrent que, si, du temps de Garcilasso, Boscan et Mendoza, le climat et la condition de la Péninsule secondèrent les formes italiennes de la poésie bucolique, l'Espagne n'a jamais cessé d'avoir, plus que toute autre nation, l'esprit et le caractère vraiment pastoral sur lesquels ce genre s'appuie.

Les épigrammes que nous lisons dans les *Romanceros* et dans les *Cancioneros* se présentent, c'est vrai, avec un ton léger, vif et une grâce charmante, mais elles sont loin des compositions humoristiques de Francisco de la Torre et de l'empreinte nationale que leur donne Rebolledo.

Quant à la poésie didactique, elle apparaît dès l'origine sous des formes indécises et incertaines, soit sur le ton de la philosophie morale, soit sur le ton d'une instruction religieuse. Mais, sous les règnes de Philippe II et de Charles-Quint, son caractère se développe, et, par diverses transformations elle arrive à la traduction de l'Art poétique d'Horace, par Vicente Espinel; à l'*Arte de la Pintura*, par Pablo de Cespedes, et à l'*Arte nuevo de hacer comedias*, par Lope de Véga.

Ticknor ne pouvait mieux clore la partie poétique de cette seconde période qu'en jetant un coup d'œil sur la publication des Romances et sur les collections diverses qui avaient été faites, tant des romances originales que des nombreuses imitations auxquelles leur popularité avait donné naissance. De là l'intéressant chapitre sur les *Romanceros* de Sépulveda, de Fuentes, du libraire et poète Juan de Timoneda, de Padilla, de Juan de la Cueva; de là les *Flores*, les *Primaveras*, les *Ramilletes* de tous ces chants, de tous ces récits si nationaux et si patriotiques.

Les guerres et les exploits de Charles-Quint exercèrent sur les mœurs du peuple espagnol une influence très-grande par les relations qui s'établirent entre l'Espagne et les nations étrangères, et particulièrement entre l'Espagne et l'Italie. La première forme de composition où cette modification se fait sentir, c'est dans la pastorale en prose. George de Montemayor introduit ce genre dans la péninsule ibérique. Sa *Diana enamorada* et sa continuation par Alonso Perez, la *Diana*, de Gil Polo, les *Diez libros de fortuna de amor*, de Lofrasso, les cinq éditions du *Pastor de Filida*, de Montalvo nous montrent les premiers succès du roman pastoral en Espagne, tandis que les *Ninfas y pastores de Henares*, par Bobadilla, les *Pastores de Iberia*, par Bernardo de la Vega, les *Pastores del Betis*, par Gonzalvo de Saavedra, la *Galatea* de Cervantes et l'*Arcadia*, de Lope de Véga nous font connaître par de ravissantes descriptions de la vie champêtre, comment se récréaient les esprits au milieu d'une société aussi grave et aussi compassée que l'était la cour de Philippe II et de Philippe III.

Si la vie militaire avait ses charmes et son côté séduisant, il n'en est pas moins vrai que les guerres de Charles-Quint et de Philippe II, laissaient une multitude de bravis mourant de faim avec *hidalguia*, sur le sol des Espagnes. D'autre part la découverte de l'Amérique et la corruption que produisit son or firent également pousser des parasites effrontés dont les types apparurent dans la littérature sous le nom de *Picaros*. Ils donnèrent naissance au *Lazarillo de Tormes*, au *Guzman d'Alfarache*, à la *Picara Justina*, à l'*Escudero Marcos de Obregon*, à l'*Alonso, mozo de muchos amos*, au *Gran Tacaño*, à la *Vida d'Estebanillo, hombre de buen humor*, et à toutes ces compositions qui, avec ces romans, constituent le genre picaresque.

Les vieilles chroniques et les livres de chevalerie avaient fait les délices des siècles précédents. Sous Philippe II, le roman trouva son expression surtout dans la *Selva de Aventuras*, de Hieronimo de Contreras, et le roman historique, dans les *Guerras civiles de Grenada*, de Ginez Perez de Hita. La crainte de voir la fiction romantique donner de l'intérêt aux disputes entre Maures et chrétiens suscite des ennemis aux œuvres d'invention en prose. Toutefois les Noydens et d'autres, se proposant de proscrire de la société toutes les nouvelles, tous les récits d'aventures dont l'amour était le sujet, n'empêchent pas d'écrire des romans sérieux, jusqu'au moment ou Cervantès flagelle avec son D. Quichotte la passion pour les livres de chevalerie. Je n'en veux encore pour preuve que l'innombrable série de contes qui, sous le titre d'*Apolonius*, prince de Tyr, de l'*Ingénieuse Hélène*, du *Chevalier parfait*, de la *Maison du plaisir honnête,* continuent à divertir les esprits, pendant que les *Cigarrales de Toledo*, les *Soledades de la vida*, les *Auroras de Diana*, les *Noches entretenidas*, les *Novelas*, les *Saraos*, les *Tarascas* et les *Gigantones*, le *Diablo cojuelo*, augmentent le nombre immense de ces histoires étranges et charmantes, qui amusent la société du temps par l'exposé d'événements plus ou moins fantastiques dont les scènes se passent en Espagne, en Italie, en Algérie.

L'organisation des tribunaux espagnols et les procédés de l'Inquisition ont laissé peu de place à l'éloquence du barreau. Les discussions dans les Cortès de Castille ou dans les Cortès d'Aragon ont bien pu donner lieu à quelques débats ressemblant, mais de loin, à l'éloquence parlementaire, sous les règnes de Jean III et de Henri IV. Mais, après Ferdinand et Isabelle, les révoltes des *Comuneros* et des *Comunidades* font restreindre les priviléges des Cortès, et l'autorité absolue des Philippe ne tolère aucune circonstance favorable au développement de l'éloquence politique en Espagne. Seule l'éloquence de la chaire apparaît avec éclat dans les œuvres de Fray Luis de Leon, de Fray Luis de Grenade et se personnifie dans les prédications populaires de Fr. Hortensio Paravicino.

Le genre épistolaire, si charmant dans les lettres supposées de Fernand Gomez de Cibdareal, dans Fernando del Pulgar, dans Diego de Valera, si intéressant dans les dépêches que Christophe Colomb envoyait du Nouveau-Monde à sa protectrice et à sa reine, revêt aujourd'hui des formes nouvelles. Une gravité emphatique pénètre dans les relations de la vie sociale; la familiarité naturelle disparaît; les affections particulières, les sentiments intimes s'enveloppent d'un voile. Il faut cependant excepter de cette qualification la correspondance de Jeronimo Zurita, d'Antonio Perez et de Sainte Thérèse de Jésus.

La composition historique est plus remarquable, Zurita l'historiographe du royaume d'Aragon, a conservé dans ses *Anales* une généreuse liberté d'opinion en matière politique; Moralès a fait preuve d'une grande habileté comme chroniqueur de la couronne de Castille; Diego de Mendoza nous a donné une vigoureuse et pittoresque narration de la rebellion des Morisques; Mariana, célèbre par son traité de *Reye et Regis institutione,* livre brûlé en France par la main du bourreau, reste sans rival par son style et le pittoresque des narrations de son *Historia de España*. Je passe sous silence quelques historiens partiels de la Péninsule pour signaler les sujets de composition historique tirés du Nouveau-Monde tels que l'*Historia general de las Indias*, par Antonio de Herrera ; l'*Historia de la Florida* et les *Comentarios reales del Perù*, par l'Inca Garcilaso de la Vega, et la *Conquista de Mexico*, par Antonio de Solis.

S'il est une manière d'expliquer laconiquement la pensée, par laquelle l'Espagne l'emporte sur toutes les autres nations, c'est sans contredit par le proverbe, forme où se retrouve ce qu'il y a de plus pur dans le castillan original. Rien de plus intéressant que les renseignements fournis par Ticknor sur ces collections d'apophthègmes, de *refranes*, de *proverbios*, où la philosophie vulgaire et la sagesse des nations se traduit par ces sentences brèves et concises que les siècles se transmettent sans altération ; collections commencées par les six cents proverbes rimés du marquis de Santillane, et s'élevant par Blasco Garay, Hernan Nuñez, Mal Lara, jusqu'au vingt-quatre mille de D. Juan Yriarte.

Dans la prose didactique, nous nous trouvons encore presque aux bords de la fiction avec le *Jardin de flores curiosas*, par Antonio de Torquemada. Le *Tratado en loor de las mugeres* nous offre une lecture sinon agréable du moins intéressante ; et le *Guia de pecadores*, du mystique Luis de Grenade, plein d'une éloquence touchante et harmonieuse, justifie sa réputation qui lui valut l'honneur d'être traduit dans toutes les langues d'Europe, y compris le grec et le polonais. Il est curieux d'étudier l'influence qu'exercent sur la prose didactique, tant les œuvres des mystiques espagnols que celles de l'école spiritualiste à laquelle appartiennent Juan d'Avila et Fr. Luis de Leon. Il ne l'est pas moins de connaître les sujets sur lesquels se portèrent les esprits qui voulaient instruire leurs contemporains. Le côté politique surtout est remarquable. Si les Espagnols ont été depuis mal gouvernés, ce n'est pas faute de livres pour l'instruction des rois, des princes et des grands. C'est d'abord le *Gobernador cristiano* que le duc de Feria, gouverneur de la Sicile, fait composer par le P. Marquez pour répondre au *Prince* de Machiavel : les *Empresas politicas*, roulant sur l'éducation d'un prince et dédié à D. Baltasar, fils de Philippe IV, et qui mourut trop jeune pour profiter des leçons que lui donnait la sagesse de D. Diego Saavedra Fajardo; c'est la *Politica de Dios y gobierno de Christo*, par Francisco de Quevedo; les *Obras y dias, manual de Señores y principes*, par Juan Eusebio Nieremberg; les *Advertencias para reyes, principes y embajadores*. J'en passe.

Rien n'est aussi plus curieux que de saisir à travers toutes ces compositions, le mauvais goût et le gongorisme, de le voir naître, croître, se développer et infecter presque tous les livres; d'étudier la lutte qui s'élève entre les partisans et les adversaires de Gongora, de s'expliquer comment les auteurs et les écrivains les plus sérieux finirent par céder au goût du public et adoptèrent plus ou moins cette étrange manière d'écrire, qui marqua la décadence littéraire de la dernière moitié du dix-septième siècle, en même temps que se produisait l'affaiblissement du caractère national et la décadence politique, sous les derniers rois de la dynastie autrichienne.

Ici nous arrivons à la troisième période, composée de sept chapitres seulement. La grande époque de la littérature espagnole coïncide avec les temps de la splendeur monarchique de cette nation. Il n'y a donc pas lieu de s'étonner que les productions littéraires soient plus nombreuses et plus importantes dans la seconde que dans la troisième partie, quoique l'une n'offre qu'un demi-siècle de durée de moins que l'autre. Ce n'est pas, en effet, sans déchirements qu'un peuple change de régime politique, et passe d'une dynastie que deux cents ans ont rendu nationale, sous une dynastie qu'un testament ou une guerre violente impose. Si les intérêts sociaux sont aujourd'hui plus ou moins froissés par ces transformations inattendues, comment nous étonner qu'au commencement du dix-huitième siècle, où l'on respectait les droits acquis et les intérêts des familles princières, la guerre de succession au trône espagnol ait bouleversé l'Europe occidentale, divisé les populations sur le sol même de la Péninsule, jusqu'au moment où la paix d'Utrecht vint consolider le trône du duc d'Anjou, reconnu roi d'Espagne sous le nom de Philippe V.

La révolution politique, jetant le trouble dans les esprits, voit son contre-coup se reproduire dans la littérature, au point que le nouveau roi fait supprimer lui-même la composition historique du marquis de San Felipe, par respect pour l'honneur de plusieurs familles espagnoles. Philippe V aimait les lettres. Il comprenait toute l'influence qu'elles peuvent avoir sur la régénération d'un peuple. Aussi fonde-t-il en Espagne des sociétés savantes, telles que l'Académie royale espagnole, l'Académie d'histoire; favorise-t-il des institutions analogues, telles que l'Académie de Barcelone, et protége-t-il partout les sciences et les lettres.

L'influence française, que ces fondations rappellent, ne pouvait manquer de se faire sentir sur toute la culture intellectuelle de l'Espagne. On commence à parler français dans la société élégante de la capitale, chose jusqu'alors inconnue; on s'occupe de traductions françaises, et D. Ignacio Luzan fonde un système poétique sur les doctrines critiques dominant alors en France, d'après Boileau et Lebossu.

A ce propos, Ticknor nous expose l'état de l'enseignement en Espagne, le degré d'ignorance où se trouvait la nation pour tout ce qui concernait les sciences exactes et les sciences physiques dans les Universités, et le travail d'émancipation intellectuelle qu'entreprit un moine pacifique, D. Benito Feijoo, par son *Teatro critico* et ses *Cartas eruditas*. Il apprécie les effets de l'incrédulité, de l'intolérance et de la superstition, et les efforts tentés sous le règne de Ferdinand VI, tant dans les académies du Bon-Goût que dans ces réunions littéraires, au palais de la comtesse de Lémos, où se réunissaient Luzan, Montiano, Blas Nasarre, Velasquez.

Les paroles du marquis de la Enseñada font juger de l'état des esprits et de la lenteur des progrès sous ce règne. Mais les vingt-neuf ans du règne de Charles III donnent des résultats plus sensibles. Ce monarque améliore les plans d'étude, réorganise l'éducation populaire, et, malgré les Universités, il élève le degré de l'instruction par de nouvelles méthodes d'enseignement. Après l'expulsion des Jésuites, un esprit plus libre se fait jour. Le P. Isla, dans sa *Juventud triunfante,* attaque le style de la prédication populaire ; dans la *Historia del famoso predicador Fray Gerundio*, il vise Paravicino; dans son *Cicéron*, les poètes narratifs espagnols; il publie le *Gil Blas.*

Les travaux de Sedano, de Sanchez, de Sarmiento, font revivre la mémoire des anciens maîtres. Moratin le père adopte les opinions de Luzan et réforme le goût de ses concitoyens. Dans le salon de la *Fonda de San Sébastian*, on discute librement les moyens d'élever la culture intellectuelle et les productions littéraires des autres nations. Cadahalso public ses *Eruditos à la Violeta;* Yriarte et Samaniego éditent leurs fables, pendant que d'autres littérateurs se précipitent vers la faible et froide école française du XVIIIe siècle.

Alors une réaction nationale s'opère : Mélendez fonde l'école de Salamanque que suivent Diégo Gonzalez, Forner, Iglesias, Cienfuegos; alors apparaissent, au milieu des troubles et des agitations que l'invasion française suscite dans les cœurs et les esprits, les âmes fermes des Jovellanos, des Muñoz, des Escoiquiz, des Leandro Moratin, des Quintana. Tous ces lettrés et tous les écrivains dont je ne cite pas ici les noms ont éprouvé, jusqu'au règne d'Isabelle II, toutes les vicissitudes de la politique et des faiblesses de Ferdinand VII ; ils ont mené la vie agitée des tourmentes et des révolutions sur le sol peu affermi de la monarchie espagnole. La plupart d'entre eux ont vu leur existence brisée et leur vie se terminer sur la terre étrangère, après bien des années de misère et d'exil. C'est par ce triste tableau que Ticknor, auquel je renvoie le lecteur, termine cette troisième période, mais non sans avoir mis sous nos yeux, expliqué et analysé chacune des productions littéraires sortie de leur plume ; mais non sans avoir jeté un regard sur les solides qualités du peuple espagnol et conclu d'un passé si brillant à une régénération future.

Avant de finir, qu'il me soit permis de résumer en quelques mots ce que j'ai déjà dit dans les volumes précédents. Je veux parler de l'importance du travail original, de la valeur de l'exposé littéraire, de la justesse des considérations et de l'immense érudition que renferment les notes de l'auteur américain. Je veux aussi rendre justice au travail des traducteurs et des commentateurs espagnols. Si je n'approuve pas le système de leur traduction, je ne peux m'empêcher de reconnaître qu'ils m'ont été d'un grand secours, tant pour le titre des ouvrages que pour les citations textuelles. Sans parler de tout ce qu'il y a de savoir et de recherches dans les deux cent-cinquante pages de notes et additions dont je recommande le mérite et la lecture, commentaires qui rectifient ou complètent, d'une manière toujours instructive et avantageuse, les assertions de l'auteur.

Enfin, pour ce qui me concerne personnellement, je suis heureux de penser que ma traduction pourra ne pas être inutile pour faire connaître une des plus brillantes littératures des langues néo-latines. Je ne crois pas que l'avenir des peuples qui les parlent soit à jamais compromis, et qu'il faille les oublier presque pour s'adonner exclusivement à l'étude des littératures et des langues germaniques. Dans tous les cas, si je me berce d'une illusion trop douce, je n'en reste pas moins satisfait d'avoir connu le beau tableau que l'américain Ticknor a composé, en anglais, de la langue et de la littérature espagnoles, et d'avoir travaillé à en donner, en français, une copie des plus exactes et des plus fidèles.

J.-G. MAGNABAL.

Paris, ce 20 décembre.

HISTOIRE

DE LA

LITTÉRATURE ESPAGNOLE.

SECONDE PÉRIODE.

(SUITE.)

CHAPITRE XXVII

Poésies narratives historiques. — Sempere. — Zapata. — Ayllon. — Sanz. — Fernandez. — Espinosa. — Coloma. — Ercilla et son *Araucana*. — Continuation par Osorio. — Oña. — Gabriel Lasso de la Vega. — Saavedra. -- Castellanos. — Barco Centenera. — Villagra. — Poésies religieuses. — Blasco. — Mata. — Viruès et son *Monserrate*. — Bravo. — Valdivielso. — Hojeda. — Diaz et autres. — Poésies fabuleuses et narratives. — Espinosa et autres. — Barahona de Soto. — Balbuena et son *Bernardo*.

La poésie épique, par sa dignité et par ses prétentions, se place presque constamment à la tête des différentes branches de la littérature d'une nation. En Espagne, on a bien fait dès l'origine, dans ce sens, d'énergiques efforts qui se sont continués avec activité jusqu'à nos jours, mais on est à peine parvenu à produire une œuvre digne de mémoire. Le poème du Cid est toutefois, il faut en convenir, le premier essai de poésie narrative dans les langues de l'Europe moderne, qui mérite ce nom. Il fut composé, nous l'avons vu, un siècle avant l'apparition de Dante, deux siècles avant l'époque de Chaucer, et il peut être regardé comme un des plus remarquables efforts de l'enthousiasme poétique et national qu'il rappelle. Les tentatives semblables faites à de longs intervalles, dans les périodes qui suivirent immédiatement, telles que nous les voyons dans la *Cronica de Fernan Gonzalez*, dans la *Vida de Alejandro*, dans *El Laberinto* de Juan de Mena, doivent être principalement mentionnées pour marquer les progrès de la civilisation espagnole durant un espace de trois siècles : aucune d'elles ne manifeste la vigueur du vieux poème semi-épique du Cid.

Enfin, quand nous arrivons au règne de Charles-Quint, ou plutôt quand nous considérons les résultats immédiats de ce règne, il nous semble que le génie national s'est inspiré d'une ambition poétique non moins extravagante que l'ambition de la gloire militaire, ambition que les succès au dehors avaient réveillée dans les chefs de l'État. Les poètes de ce temps, ou ceux qui se regardaient eux-mêmes comme tels, s'imaginaient évidemment qu'il leur était dévolu la tâche de célébrer dignement les exploits qui, dans l'Ancien monde et dans le Nouveau, avaient réellement élevé leur nation au premier rang parmi les puissances de l'Europe, et qui leur faisait concevoir sans trop de présomption, l'espoir de jeter les fondements d'une monarchie universelle.

Sous le règne de Philippe II, nous avons, par conséquent, un nombre extraordinaire de poèmes épiques et de poèmes narratifs, plus de vingt environ, remplis des sentiments qui animaient alors la nation, et consacrés à des sujets se rattachant aux gloires de l'Espagne, tant anciennes que modernes. Dans ces poèmes, les auteurs cherchèrent à imiter les grandes épopées italiennes, déjà à l'apogée de leur réputation, et ils crurent follement avoir réussi. Mais les œuvres qu'ils produisirent appartiennent plutôt, à part une ou deux exceptions à peine, au patriotisme qu'à la poésie. Les meilleures d'entre elles se renferment si scrupuleusement dans l'ordre des faits, qu'elles retombent presque avec d'égales prétentions dans le domaine de l'histoire, tandis que le reste se ressent du style lourd et pesant des chroniques, et laisse par conséquent sans importance le classement qu'on peut leur donner.

Le premier de ces poèmes épiques historiques c'est *La Carolea* de Hiéronimo Sempere, publiée en 1560, consacrée aux victoires et aux gloires de Charles-Quint dont elle porte en réalité le nom. L'auteur était un commerçant, circonstance assez étrange dans la littérature espagnole, et le poème est écrit en *ottava rima* des Italiens. La première partie se compose de onze chants, consacrés aux premières guerres d'Italie, et se termine à la captivité de François Ier. La seconde consiste en dix-neuf autres chants; elle contient les guerres et les luttes d'Allemagne, le voyage de l'Empereur dans les Flandres et son couronnement à Bologne. Toutes ces narrations remplissent deux volumes, finissant brusquement par la promesse d'un troisième, consacré à la prise de Tunis, promesse qui ne s'est heureusement jamais réalisée (1).

---

(1) *La Carolea*. Valence, 1560, 2 vol. in-12. Le premier volume se termine par des détails que l'auteur donne sur sa patrie; il cite plusieurs des enfants

Le poème narratif qui vient immédiatement après dans l'ordre du temps, fut publié par D. Luis de Zapata, cinq ans plus tard seulement. C'est le *Carlo famoso*, consacré, comme le précédent, à célébrer la renommée de Charles-Quint. Comme le précédent, il a été loué plus qu'il mérite de l'être par Cervantès, qui les place tous deux parmi ce qu'il y a de meilleur en poésie dans sa bibliothèque de Don Quichotte. L'auteur déclare qu'il a mis treize années à le composer ; il remplit cinquante chants, comprenant environ quarante mille vers en stances de huit. Il ne s'est jamais écrit de poème dans un esprit si prosaïque, il faut en convenir. Il donne, année par année, la vie de l'Empereur, depuis 1522 jusqu'à sa mort, au monastère de Saint-Just en 1558. Pour prévenir toute possibilité d'erreur, la date est placée en tête de chaque page; tout ce qui touche à l'imagination par sa nature, tout ce qui est d'une autorité douteuse est distingué par des astérisques de l'histoire et des faits authentiques. Il y a deux passages fort intéressants : l'un qui donne les circonstances de la mort de Garcilaso de la Vega ; et l'autre, d'amples détails sur Torralva, le fameux magicien du temps de Ferdinand et d'Isabelle, le même personnage que cite Don Quichotte, lorsqu'il s'élève parmi les astres. Quelle que soit toutefois la valeur du poème, Zapata avait une haute confiance dans son mérite ; il le publia avec assez de retentissement, à ses propres frais. Mais il n'eut aucun succès, et le poète mourut en regrettant sa folie (1).

---

de Valence, les uns commerçants, les autres adonnés aux lettres et, en particulier, J. Louis Vivès. Des notices sur Sempere se trouvent aussi dans Ximeno, tom. I, p. 135; dans Furster, tom. I, p.110;et dans les notes de Cerdà sur la *Diane* de Gil Polo, p. 380.

Un poème intitulé *Conquista de la Nueva Castilla* fut publié pour la première fois, à Paris, en 1848, in-12, par J. A. Sprecher de Bernegg. Il est peut-être plus ancien que la *Carolea* Cette poésie descriptive se compose de deux cent quatre-vingt-trois stances, écrites, selon toute apparence, vers le milieu du XVIᵉ siècle, par un auteur inconnu. Il est consacré à la gloire de Francisco Pizarre, depuis le moment où il quitta Panama, en 1524, jusqu'à la mort d'Atabalipa. Ce livre fut trouvé à la Bibliothèque impériale de Vienne, au milieu des manuscrits. D'après un article du *Jarbücher der literatur*, Band CXXI, 1848, il semble avoir été édité avec peu de soin. Il n'en mérite guère plus qu'on lui en a donné; il a peu de valeur; il ne vaut guère mieux que s'il avait été composé par un des plus rudes soldats de Pizarre.

(1) *Carlo Famoso* de Don Luis de Zapata. Valence, 1565, in-4°. Au commencement du premier chant, il se félicite d'être arrivé au terme de son voyage de treize ans : mais après, il se croit obligé de marcher rapidement sur les quatorze dernières années de la vie de son héros qu'il comprend dans un seul chant. Il

Diego Ximenez de Ayllon, natif d'Arcos de la Frontera, qui avait servi comme soldat sous le duc d'Albe, écrivit un poème sur l'histoire du Cid et de quelques autres héros de l'Espagne primitive ; il le dédia, en 1579, à ce chef illustre. Mais à cette époque, on y fit aussi peu attention, et aujourd'hui on s'en souvient à peine (1). On n'accorda pas plus de faveur à Hippolito Sanz, chevalier de l'ordre de Saint-Jean de Malte, qui prit part à la glorieuse défense de cette île contre les Turcs, en 1565, qui composa une histoire poétique de ce siège, sous le nom de *La Maltea*, et la publia en 1582 (2).

Durant la même période, il se publia d'autres poèmes, assez semblables à ceux que nous venons de mentionner tels que : *Historia Parthenopea* d'Alfonso Fernandez, dont le héros est Gonzalve de Cordoue ; la continuation de l'*Orlando Furioso*, par Espinosa, continuation qui n'est pas entièrement sans mérite ; la *Década de la Pasion de Cristo*, par Coloma, qui respire une certaine gravité, une certaine dignité, sinon autre chose. Tous ces poèmes sont composés à la manière des poèmes héroïques et narratifs de l'Italie contemporaine. Aucun d'eux ne mérita une grande attention à l'époque de sa première apparition ; aucun d'eux, on peut le dire, n'a vécu dans les souvenirs. Parmi eux, on distingue cependant un long poème, du siècle de Philippe II, qui obtint dès l'abord une réputation incontestable, réputation qu'il a toujours conservée depuis, tant en Espagne qu'au dehors. Je veux parler de l'*Araucana* (3).

---

parle de Garcilaso, au chant XLI ; et, quant à l'histoire de Torralva, qui rehausse si fortement le caractère espagnol du seizième siècle, il faut lire les chants XXVIII, XXX, XXXI, et XXXII et les notes des commentateurs de *D. Quichotte*, Partie II, ch. XLI.

(1) Antonio (*Bib. Nov.*, tom. I, pag. 320) donne la date et le titre. L'unique exemplaire du poème que nous connaissions a été imprimé à Alcala de Henarès, 1579, in-4°, 149 à deux colonnes. Il est dédié au grand duc d'Albe, sous les ordres duquel il avait servi. Il consiste principalement dans le récit des traditions ordinaires sur le Cid, racontées en octaves faciles, mais insipides. Dans la bibliothèque de l'Académie Royale d'Histoire de Madrid, Ms. D. n° 42, se trouve un poème en doubles *redondillas de arte mayor* par Fray Gonzalo de Arredondo sur les exploits du Cid et du comte Fernand Gonzalez dont les mérites sont comparés dans des chants alternatifs. Il est à peine digne d'être connu, sinon parce qu'il a été écrit vers 1522 et qu'il porte le permis d'imprimer accordé par Charles V. Fray Arredondo est également l'auteur de *El Castillo Inexpugnable y Defensorio de la Fé*, Burgos, 1528, in-fol.

(2) Ximeno, tom. I, pag. 179, et Velazquez, Dièze, pag. 385.

(3) L'*Historia Partenopea*, en huit livres par Alfonso Fernandez fut imprimée à Rome en 1516, d'après le dire de Nicolas Antonio (*Bibl. Nov.*, tom. I, pag. 23).

Son auteur, dont le caractère personnel est imprimé dans chaque partie du poème, est Alonso de Ercilla, troisième fils d'un gentilhomme basque d'origine, circonstance particulière à laquelle le poète lui-même fait allusion plus d'une fois (1). Il était né, en 1533, à Madrid ; et son père, membre du conseil de Charles-Quint, put, par son influence à la cour, faire élever son fils comme un des pages du prince qui fut plus tard Philippe II, prince que le jeune Ercilla accompagna dans ses voyages sur différents points de l'Europe, de 1547 à 1551. En 1554, il vint en Angleterre avec ce roi qui s'y était rendu pour épouser la reine Marie. Ainsi qu'il le raconte dans son poème, il y arriva la nouvelle d'une révolte des naturels du Chili, révolte qui menaçait de causer de grands embarras à leurs conquérants. Plusieurs nobles espagnols, alors à la cour d'Angleterre, s'offrirent volontairement, suivant le vieil esprit de patriotisme, pour servir contre les infidèles.

Parmi ceux qui se présentèrent pour se joindre à cette romantique expédition se trouvait Ercilla, alors âgé de vingt et un ans. L'autorisation du prince lui permit, dit-il, d'échanger le service civil pour le service militaire, et de ceindre pour la première fois sérieusement l'épée. Les

---

La seconde partie de l'*Orlando furioso* de Nicolas Espinosa est plus connue. Nous en avons des éditions de 1555, 1556, 1557 et 1559. Celle de 1556 a été imprimée à Anvers, in-4°. La *Decada de la Pasion*, de Juan de Coloma, en dix livres et en *terza rima*, s'imprima en 1579, in-8°, à Cagliari en Sardaigne, où son auteur remplissait alors les fonctions de vice-roi. Ce fut même, dit-on, le premier livre imprimé dans cette île. Il en existe une autre édition de 1586. (Ximeno, tom. I, p. 175). Cervantès en fait l'éloge dans sa *Galatée* ; c'est une espèce de concordance avec les Évangiles ; il y respire un certain mouvement et une certaine dignité dans l'action où se mêlent les narrations de l'Ancien Testament. L'histoire de sainte Véronique (Liv. VII) ; la peinture de la Vierge voyant son fils entouré d'une vile multitude et montant au Calvaire sous le fardeau de la croix (Liv. VIII), sont des passages du plus grand mérite. Coloma choisit, dit-il, la *terza rima* « porque es el metro mas grave y majestuoso que tiene la lengua y se acomoda admirablemente a argumentos graves. » Le même volume contient toutefois un de ses poèmes sur la Résurrection, en octaves ; et, cinquante ans plus tard, le *tercet* fut rejeté par Pedro Fernandez de Villegas, comme tout-à-fait impropre à la poésie castillane. Voyez ce que nous avons dit de cet écrivain et de sa traduction de l'*Enfer* de Dante, tom. II, p. 24. Note 2.

(1) Chant XXVII, octave xxx.

> Mira a Bermeo cercado de maleza,
> Cabeza de Biscaya y sobre el puerto
> Los anchos muros del Solar de Ercilla,
> Solar antes fundado que la villa.

commencements de cette expédition n'eurent rien d'heureux. Alderete, personnage d'une grande expérience militaire, qui appartenait à la suite de Philippe et sous l'étendard duquel ils s'étaient lancés dans cette entreprise, Alderete mourut en route. A leur arrivée, Ercilla et ses compagnons furent placés sous la conduite d'un chef moins compétent, d'un fils du vice-roi du Pérou, pour achever la conquête du territoire d'Arauco, étroit espace de terre, mais coin si bravement défendu par ses habitants contre les Espagnols, qu'ils excitèrent le respect pour leur héroïsme, dans plusieurs contrées d'Europe (1). La lutte fut sanglante. Les Araucaniens combattaient avec désespoir, les Espagnols les poursuivaient avec cruauté. Ercilla prit dans cette lutte une part honorable ; il se mesura avec l'ennemi dans sept rudes batailles, et il souffrit encore plus durement dans ses courses à travers les déserts, et par les longues fatigues de la guerre harassante des sauvages.

Une fois, il courut un danger plus grand de la part de ses compatriotes et par suite de sa fierté d'humeur, qu'il ne l'avait peut-être couru un moment de la part de l'ennemi commun. Pendant un intervalle que laissait la guerre, alors qu'on célébrait un tournoi public, en l'honneur de l'avénement de Philippe II au trône, une question d'honneur se souleva durant la joûte entre Ercilla et un autre des concurrents. De lutte fictive, ainsi qu'il arrivait fréquemment en des circonstances semblables dans la mère patrie, l'engagement se changea en combat réel. Dans la confusion qui s'en suivit, le jeune commandant, qui présidait à la fête, ordonna témérairement que les deux principaux auteurs de l'offense seraient mis à mort, sentence qu'il ne commua qu'avec peine en emprisonnement et en exil, mais non sans que Ercilla n'eût été, en attendant, placé effectivement sur l'échafaud préparé pour l'exécution.

Quand il fut relâché, il s'engagea, paraît-il, dans la périlleuse entreprise ayant pour but de poursuivre le cruel et sauvage aventurier, Lope de Aguirre, mais il n'arriva auprès de ce monstre, qu'au moment où il venait de terminer sa carrière de crimes et de sang. A partir de cette époque, nous savons seulement qu'après avoir souffert d'une longue maladie, Ercilla retourna en Espagne, en 1562, à l'âge de vingt-neuf ans, dont les huit derniers s'étaient passés en Amérique. Tout d'abord, les

---

(1) « Arauco, dit Ercilla, est une petite province de vingt lieues de long et de sept de large, plus ou moins. C'est le pays le plus belliqueux de toutes les Indes. Aussi l'a-t-on qualifié l'*Etat indompté*. Les naturels doivent à la province leur nom *d'Araucans*, et ils sont fiers de leur nom. »

habitudes d'une vie agitée le livrèrent à un mouvement incessant : il visita l'Italie et plusieurs autres parties de l'Europe. En 1570, il épousa une femme alliée à la grande famille des marquis de Santa Cruz, Doña Maria de Bazan, qu'il célèbre à la fin du dix-huitième chant de son poème. Vers 1576, il fut nommé gentilhomme de la chambre de l'empereur d'Allemagne, poste purement honorifique peut-être. En 1580, nous le retrouvons encore, à Madrid, dans la pauvreté, se plaignant amèrement de la négligence et de l'ingratitude du roi qu'il avait si longtemps servi, et qui semblait maintenant l'avoir oublié. Durant la dernière partie de sa vie, nous l'avons presque entièrement perdu de vue ; nous savons seulement qu'il avait commencé un poème en l'honneur de la famille de Santa Cruz, et qu'il mourut vers 1595.

Ercilla peut être compté parmi les nombreux exemples servant à prouver que le génie poétique et l'héroïsme espagnol n'ont été qu'un seul et même sentiment. Il écrivait dans le même esprit qu'il combattait, et son principal ouvrage porte l'empreinte militaire comme une partie de sa vie aventurière. Cette œuvre a pour sujet l'expédition contre l'Arauco, expédition qui occupa huit ou neuf ans de sa jeunesse. Elle porte simplement pour titre : *La Araucana*, et elle forme un long poème héroïque en trente-sept chants qui, à l'exception de deux ou trois bagatelles sans valeur, constituent tout ce qui nous reste de ses œuvres. Heureusement ce reste suffit abondamment pour établir les fondements solides de sa renommée. D'autre part, ce poème qui révèle incontestablement une grande sensibilité et beaucoup de génie poétique, a de graves défauts. Il s'est écrit quand les éléments de la poésie épique étaient singulièrement mal compris en Espagne, de sorte que Ercilla, égaré par des modèles tels que *La Carolea* et le *Carlo Famoso*, est aisément tombé dans de sérieuses méprises.

La première division de l'Araucana est, en réalité, une histoire versifiée de la première partie de la guerre. Il y règne un soin tout géographique et tout statistique. C'est un poème, mais il ne doit se lire qu'avec une carte à la main ; il est de ceux qui n'ont d'autre liaison principale que la pure et simple succession des événemens. Ercilla se vante plus d'une fois de cette scrupuleuse exactitude ; pour l'observer plus ponctuellement, il commence par une description de l'Arauco et de sa population, au milieu desquels il place la scène ; il marche ensuite, pendant quinze chants consécutifs, à travers des batailles, des négociations, des conspirations et des aventures, dans l'ordre où les unes et les autres se sont présentées. Le poète composa cette partie du poème, au milieu des solitudes où il a, nous dit-il, combattu et souffert : employant la nuit à décrire les événemens qui s'étaient passés durant le jour; écrivant ses vers sur des morceaux de papier, ou, quand ces fragmens lui manquaient, sur des morceaux de cuir. De sorte que l'*Araucana* est véritablement le journal poétique, en octaves, de l'expédition dans laquelle il se trouva engagé. Ces quinze chants, écrits de 1555 à 1563, constituent la première partie qui se termine brusquement au milieu d'une violente tempête, et qu'il fit lui-même imprimer en 1569.

Ercilla manifeste qu'il avait bientôt découvert qu'une description d'événements successifs n'avait rien que de monotone : aussi se détermina-t-il à l'entremêler d'incidents plus intéressants et plus poétiques. Par conséquent, dans sa seconde partie, qui ne s'imprima pas avant 1578, nous avons, c'est vrai, la même fidélité historique dans le fil principal de la narration, mais ce fil est parfois rompu par des épisodes épiques. Telle est la vision de Bellone, dans les chants dix-sept et dix-huit, où le poète voit, dans l'Amérique méridionale, la victoire de Philippe II, à Saint-Quentin, le même jour où elle se gagnait en France : telle est la grotte du magicien Piton, dans les chants vingt-trois et vingt-quatre, où il voit la bataille de Lépante, gagnée longtemps après et livrée par anticipation : l'histoire romantique de Tegualda, au chant vingtième, et celle de Glaura, au chant vingt-quatre. De sorte qu'arrivés à la fin de la seconde partie, qui se termine encore avec une précipitation peu nécessaire, nous trouvons que nous avons joui de plus de poésie que dans la première, si nous avons fait des progrès moins rapides dans l'histoire.

Dans la troisième partie, qui parut en 1590, nous avons encore une continuation des événemens de la guerre, mais avec des épisodes, tels que ceux des chants trente-deux et trente-trois, où le poète, d'après la manière des vieilles chroniques espagnoles, se consacre, par un caprice singulier, à la défense du caractère de la reine Didon, et cherche à la venger des imputations de Virgile. Tel est encore l'épisode du trente-sixième chant où Ercilla nous donne d'une manière piquante la plus grande partie du petit nombre de détails que nous savons sur l'histoire de sa personne (1). Dans le chant trente-septième et dernier, il abandonne les sujets antérieurement traités, et il discute le droit de la guerre publique et privée, et

---

(1) Les détails relatifs à sa personne se lisent aux chants XIII, XXXIV, et XXXVI : outre les faits qui se trouvent consignés dans le texte, nous savons (*Semanario Pintoresco*, 1842, p. 195) qu'il reçut en 1571 l'habit de l'ordre de Santiago, et qu'en 1578, il fut chargé par Philippe II d'une mission sans grande importance à Saragosse.

les droits de Philippe II à la couronne de Portugal. Le poème se termine comme finit le poète lui-même, par des plaintes touchantes sur sa condition misérable, sur ses espérances déchues, et par sa détermination de consacrer le reste de sa vie à la dévotion et à la pénitence.

C'est à peine si l'on peut donner à l'*Araucana* le nom de poème épique. C'est un poème historique, composé en partie à la manière de Silius Italicus, cherchant encore à imiter les transitions rapides et le style facile des maîtres italiens, et luttant désavantageusement pour incorporer dans les différentes parties de sa structure quelque chose du merveilleux et du surnaturel d'Homère et de Virgile. C'est là le côté faible de l'œuvre. Sous d'autres rapports, Ercilla est plus heureux. Son talent descriptif est remarquable, excepté dans ce qui concerne le spectacle de la nature. Mais s'il se consacre au récit des batailles ou à la peinture des mœurs sauvages des malheureux Indiens, il n'a jamais été surpassé par aucun autre poète espagnol. Ses discours sont aussi très-souvent excellents; telle est en particulier la remarquable harangue, mise, au second chant, dans la bouche de Colòcolo, le plus vieux des caciques, et par laquelle le poète espagnol rivalise directement avec le discours, qu'en des circonstances semblables, Homère fait prononcer à Ulysse dans le premier livre de l'Iliade (1). Ses caractères, surtout ceux qui concernent les chefs araucaniens, sont tracés avec vigueur et clarté : ils réveillent notre sympathie plutôt pour la cause des Indiens que pour celle des envahisseurs espagnols. Outre ces qualités, son génie et sa sensibilité brillent souvent au moment où l'on devait moins s'y attendre, et plus souvent encore son cœur et son caractère castillans. Tout le poème respire ce profond sentiment de fidélité qui a toujours été l'élément principal de l'honneur et de l'héroïsme espagnol et qui, dans Ercilla, ne semble pas avoir été jamais refroidi par l'ingratitude du maître à qui il avait consacré sa vie, et à la gloire duquel il composa son poème (2).

---

(1) Le grand éloge que fait Voltaire de ce discours, dans son Essai sur la poésie épique qui précède *la Henriade*, 1726, fit connaître pour la première fois l'*Araucana* au delà des Pyrénées. Si Voltaire avait lu le poème qu'il prétend critiquer, il aurait pu faire beaucoup plus pour sa renommée. (Voyez ses Œuvres, édit. Beaumarchais, Paris, 1758, in-8, tom. X, pp. 393-401.) Mais ses erreurs sont tellement fortes qu'elles diminuent considérablement la valeur de l'admiration qu'il professait pour le poète espagnol.

(2) La meilleure édition de l'*Araucana* est celle de Sancha. Madrid, 1776, deux volumes in-12; et la biographie la plus exacte d'Ercilla est celle qu'en a donnée Baena, tom. I, p. 32.— Hayley publia, en anglais, un extrait du poème et une mau-

Quoique plus long d'un tiers que l'Iliade, l'*Araucana* n'est qu'un fragment. Pour tout ce qui concerne la guerre de l'Arauco, il se compléta bientôt par l'addition de deux autres parties, composées de trente-trois chants nouveaux, œuvre d'un poète qui porte le nom d'Osorio et qui les publia en 1597. Quant à cet auteur, natif de Léon, nous savons seulement par les détails qu'il nous donne lui-même, qu'il était jeune lorsqu'il écrivit cette suite ; qu'en 1598, il publia un autre poème sur les guerres des chevaliers de Malte et sur la prise de Rhodes. Sa continuation de l'*Araucana* a été plusieurs fois imprimée, mais depuis longtemps elle a cessé d'être lue. Ses passages les plus intéressants sont ceux où le poète retrace, avec une apparence d'exactitude, les nombreux exploits d'Ercilla chez les Indiens : les plus absurdes, ceux, où sous prétexte de visions de Bellone, il donne la description de la conquête d'Oran par le cardinal Ximenez ; de celle du Pérou par les Pizarres, faits qui n'ont, ni l'un ni l'autre, aucun rapport avec le sujet principal du poème. Considérée dans son ensemble, cette composition d'Osorio est presque aussi monotone et fastidieuse. aussi historique qu'aucun des autres poèmes de ce genre qui l'ont précédée (1).

Il y a sur les deux parties de ce poème une difficulté qui dut s'offrir dès l'époque de leur publication. Aucune ne témoigne l'intention de rendre honneur au général qui dirigeait la guerre de l'Arauco. C'était cependant un représentant de la grande famille de Mendoza, un des principaux personnages de la cour de Philippe II et de Philippe III. Comment Osorio l'a-t-il si légèrement passé sous silence, c'est ce qui n'apparaît pas clairement. Quant à Ercilla, il était évidemment offensé par le châtiment qu'on lui avait infligé après le malheureux tournoi, et le silence lui servit de manière d'exprimer son déplai-

---

vaise traduction des meilleurs morceaux, dans les notes à sa troisième lettre sur la poésie épique. (Londres, 1782, in-4°). Il nous en a donné une analyse meilleure et plus étendue dans son ouvrage sur le « Caractère des principaux poètes de toutes les nations ». Leipsik, 1793, in-8°, tom. II, p. I. pp. 140-349.

Tout récemment M. Alexandre Nicolas, professeur de littérature étrangère à la faculté des lettres de Rennes, a publié la traduction de l'*Araucana*, avec une introduction, des notes et d'excellents commentaires qui ne laissent plus rien à désirer sur toutes les questions que peut soulever le poème de Ercilla. (Paris, 1869, 3 volumes in-8°. Delagrave et Cⁱᵉ.)

(1) La dernière édition de la continuation de *La Araucana* par D. Diego Santisteban y Osorio, que je connaisse, se fit à Madrid, et s'imprima avec le poème d'Ercilla en 1733, in-fol.

sir (1). Voilà pourquoi, un poète du Chili, Pedro de Oña, essaya, en ce qui concernait Ercilla, de réparer l'outrage : il publia, en 1596, son *Arauco Domado*, poème en dix-neuf chants, entièrement consacré à la gloire du général oublié. Le succès de Pedro de Oña n'eut rien de considérable, et il n'eut que ce qu'il méritait. Son poème se réimprima une seule fois ; quoiqu'il se compose de seize mille vers, il s'arrête au milieu des événements qu'il entreprend de rappeler et il n'a jamais été fini. Il contient des délibérations des puissances infernales, comme dans le Tasse ; une histoire d'amour, à l'imitation de celle d'Ercilla : mais c'est un poème principalement historique ; il finit par le récit de la capture de *aquel pirata ingles Richarte Aquines*, sir Richard Hawkins sans doute, fait prisonnier dans le Pacifique, en 1594, dans des circonstances très-

---

(1) L'injustice d'Ercilla, dans l'opinion de beaucoup de courtisans, à l'égard de Garcia de Mendoza, quatrième marquis de Cañete, et commandant des Espagnols dans la guerre d'Arauco, peut bien avoir été une des raisons qui firent traiter le poète avec dédain par son gouvernement, lors de son retour en Espagne. Elle appela certainement l'attention sous les règnes de Philippe III et de Philippe IV. En 1613, Christoval Suarez de Figueroa, poète renommé, publia une vie du marquis et la dédia au duc de Lerme, alors favori régnant. Elle est écrite avec une certaine élégance et une certaine affectation de style, mais elle est remplie d'adulation pour la grande famille dont le marquis était membre. Dans le récit de l'événement qui mit Ercilla dans un danger si imminent, par suite du malheureux tournoi, il s'exprime ainsi : « Entre autres divertissements, il y eut le jeu de la statue *(estafermo)* ; « il s'éleva alors un différend entre Don Juan de Pineda et Don Alonzo de Ercilla « pour savoir qui avait le mieux frappé le bouclier ; et les choses allèrent si loin, « qu'ils mirent tous deux l'épée à la main. En un instant, une infinité de personnes « de celles qui étaient à pied, dégaînèrent les leurs, sans savoir quel parti elles de- « vaient suivre, et se confondant les unes et les autres, de sorte que le tumulte « arriva à son comble. Un bruit se répandit que l'épée avait été tirée pour exciter « une sédition, que les deux rivaux simulés y avaient déjà réfléchi ; que des « conflits un peu légers, avaient préludé à cet événement. Par ordre du général « les deux émules furent arrêtés et, pour répandre la terreur chez les autres, con- « damnés à être décapités. On sait que la sévérité, quelle qu'elle soit, est très-effi- « cace pour assurer la discipline militaire. Le tumulte s'apaisa : on procéda à une « instruction ; on trouva que la querelle avait éclaté à l'improviste entre les deux « champions et la sentence fut révoquée. La rigueur convenable avec laquelle fut « traité D. Alonzo de Ercilla, fut la cause du silence dans lequel il voulut ensevelir « les hauts faits de D. Garcia. Il écrivit en vers les guerres de l'Arauco : il y intro- « duisit toujours un corps sans tête, c'est-à-dire une armée sans mention du gé- « néral. Ingrat pour les nombreuses faveurs qu'il avait reçues de sa main, il le « laissa en esquisse, sans le peindre avec les vives couleurs qu'il méritait justement. « Comme si on pouvait déguiser au monde la valeur, la vertu, la prévoyance, l'au- « torité, le bonheur de ce personnage qui mit toujours d'accord les actes et les

peu différentes de celles que décrit Oña, avec une impartialité à laquelle on pouvait ne pas s'attendre dans une narration poétique faite par un Espagnol (1).

Les merveilleuses découvertes des conquérants de l'Amérique continuaient de remplir le monde de leur renommée, et réclamaient, dans la métropole, une assez grande partie de l'intérêt accordé durant si longtemps à l'œuvre nationale de la guerre contre les Maures. Il était donc naturel que le plus grand de tous les aventuriers, Fernand Cortès, vint prendre sa part des honneurs poétiques qu'on répandait de tous côtés, avec tant de profusion. En effet, vers 1588, Gabriel Lasso de la Vega, jeune caballero de Madrid, excité par l'exemple d'Ercilla, publia un poème intitulé : *Cortès Valeroso*, que, six ans plus tard, il prolongea et qu'il réimprima, sous le nom de *La Mexicana*. En 1599, Antonio de Saavedra, natif de Mexico, publia *El Peregrino indiano*, contenant la vie régulière

---

« paroles et qui se montra si admirable dans les uns et dans les autres. Telle fut « l'influence de la passion que, dans l'opinion des gens, parut apocryphe l'his- « toire qui arriverait au comble de la vérité, si elle s'écrivait comme elle doit s'é- « crire. De l'aveu de tous, il fut irréprochable, plein de douceur et d'humanité celui « sur qui j'écris; aussi est-ce en vain qu'il a pensé ternir son éclat celui qui, à des- « sein, s'est tu sur ses louanges. » *Hechos de D. Garcia Hurtado de Mendoza, marquis de Cañete*, par Chr. Suarez de Figueroa. Madrid, 1613, in-4º, p. 103.

Le théâtre semble en particulier se charger de suppléer au silence du premier poète épique de sa patrie. En 1622, parut une comédie intitulée : *Algunas Hazañas de las muchas de Don Garcia Hurtado de Mendoza*, pauvre produit de l'adulation et de la flatterie, œuvre de Luis de Belmonte, d'après le titre, mais qui, d'après une espèce de table des matières, est attribuée en outre à huit autres poètes, au nombre desquels on cite Antonio Mira de Mescua, Luis Velez de Guevara, et Guillen de Castro. Quant à l'*Arauco Domado* de Lope de Vega, imprimé en 1629, et à l'humble place qu'il y donne à Ercilla, nous en avons déjà parlé, page 274, tom. II, note 5. A ces deux pièces on peut en ajouter deux autres sur le même sujet : *El gobernador prudente* de Gaspar de Avila, tom. XXI des *Comedias Escogidas*, imprimé en 1644. Là, Garcia est représenté arrivant le premier sur le lieu de l'action au Chili, et se distinguant dans son commandement par des actes de sagesse et de clémence ; et les *Españoles en Chile*, par Francisco Gonzalez de Bustos, tom. XXII des *Comedias Escogidas*, pièce exclusivement destinée à célébrer la gloire du père de D. Garcia, et finissant par le supplice de Caupolican et par le baptême d'un autre des principaux Indiens ; pièces caractéristiques toutes deux de cette époque, et hommage rendu en même temps à la mémoire des Mendoza.

(1) *Arauco Domado* composé par le licencié Pedro de Oña, natif de los Infantes de Engol au Chili, et imprimé dans la ville de los Reyes. Lima, 1596, in-12, et Madrid 1605. Pedro de Oña avait composé en outre un poème sur le tremblement de terre de Lima, en 1599. Nicolas Antonio est porté à supposer qu'Oña n'était pas natif d'Amérique.

de Fernand Cortès, en seize mille vers environ, poème écrit sur l'Océan, ainsi que l'auteur nous l'affirme, et en soixante-dix jours. L'un et l'autre ne sont que des chroniques rimées : le dernier, toutefois, ne manque pas de fraîcheur, ni de vérité, parce qu'il est l'œuvre d'un témoin familier qui a vu les scènes qu'il décrit, les mœurs de cette race infortunée dont il raconte la fin désastreuse (1).

Dans la même année que paraît le *Cortès Valeroso*, il se publia aussi le premier volume des vies des premiers aventuriers qui avaient découvert l'Amérique par Juan de Castellanos, ecclésiastique de Tunja dans le royaume de la Nouvelle-Grenade. Comme beaucoup d'autres personnages de son temps, entrés dans l'Église à un âge déjà avancé, Juan de Castellanos avait été soldat dans sa jeunesse, avait visité plusieurs des contrées qu'il décrit, pris part à plusieurs des batailles qu'il raconte. Son livre commence par le récit de la découverte de Christophe Colomb, et il finit vers 1560, avec l'expédition de Pédro de Ursua et les crimes de Lope de Aguirre, événement que Humbold appelle l'épisode le plus dramatique de l'histoire de la conquête espagnole, et dont Southey a tracé un douloureux, mais intéressant tableau. Comment n'a-t-il pas été publié une plus grande partie du poème de Castellanos, c'est ce qui n'apparaît pas facilement. Il en existait davantage, on le savait. En 1587, on en publia une seconde et une troisième partie, découvertes avec le témoignage d'Ercilla sur la fidélité de leurs narrations, et portant les récits détachés de la conquête espagnole en Amérique, et en particulier dans la partie connue depuis sous le nom de Colombie, récits s'étendant jusqu'en 1588. Tout le poème, excepté la fin, est écrit en octaves italiennes, et comprend presque quatre-vingt-dix mille vers, tous dans ce castillan châtié et pur qui devient bientôt rare dans la littérature espagnole, mais tous aussi dans l'esprit des vieilles chroniques, esprit qui peut bien en augmenter la valeur historique, mais qui lui enlève tous les meilleurs traits caractéristiques de la poésie (2).

_____

(1) *Cortès Valeroso*, par Gabriel Lasso de la Vega. Madrid, 1588, in-4° et *La Mexicana*. Madrid, 1594, in-8. On lui attribue aussi des tragédies et d'autres œuvres que je n'ai pas vues (*Hijos de Madrid*, tom. II, page 264.) *El Peregrino Indiano* par Don Antonio de Saavedra Guzman, Viznieto del Conde del Castellar, nacido en Mexico. Madrid, 1599, in-12. Il se compose de vingt chants, en octaves. Quoiqu'on ne sache pas autre chose de son auteur, les vers élogieux, mis en tête de son poème, nous apprennent que Lope de Vega et Vicente Espinel étaient au nombre de ses amis. Il raconte l'histoire de Fernand Cortès jusqu'à la mort de Guatimozin.

(2) Le poème de Castellanos porte un titre assez étrange : *Elegias de Varones Ilustres de Indias*, et nous avons quelque motif de supposer que l'original se com-

A la suite de ces poèmes, il s'en publia d'autres portant le même caractère général. L'un d'eux, intitulé *La Argentina*, roule sur la découverte et la conquête des provinces du Rio de la Plata par Barco Centenera, qui partagea les dangers et les souffrances de l'entreprise primitive. C'est un long et lourd poème, en vingt-huit chants, plein de crédulité, mais non sans valeur, comme souvenir de tout ce que l'auteur a vu et connu dans ses étranges aventures. Dans le commencement, il contient de nombreux détails inapplicables au Pérou ; il arrive, par un singulier mélange d'histoire et de géographie, à la fin de trois chants consacrés au *capitan Tomas Candis, capitan général de la reina de Inglaterra*, en d'autres termes Thomas Cavendish, moitié gentilhomme, moitié pirate dont Centenera regarde la déroute sur les côtes du Brésil, en 1592, comme une catastrophe suffisamment glorieuse pour son long poème (1). Un autre ouvrage semblable, sur une expédition dans le Nouveau Mexique, fut composé par Gaspar de Villagra, capitaine d'infanterie, qui avait pris part aux événements qu'il décrit, et qui publia sa narration en 1610, après son retour en Espagne. Mais ces deux compositions appartiennent plutôt au domaine de l'histoire qu'à celui de la poésie (3).

posait de quatre parties. (N. Antonio, Bibl. Nov., tom. I, page 674). La première avait été imprimée à Madrid, 1589, in-4°. Mais la seconde et la troisième, découvertes récemment parmi les Mss. de l'Académie royale d'Histoire, n'ont été publiées qu'en 1847, dans le Tom. V. de la Bibliothèque de Rivadeneyra. Castellanos semble avoir employé le mot *elegias* dans le sens de *éloges*. Nous ne savons de cet auteur que ce qu'il nous raconte lui-même.

(1) *Argentina conquista del Rio de la Plata y Tucuman, y otros sucesos del Peru.* Lisbonne, 1602, in-4. Nous y trouvons une histoire amoureuse, au chant XII, et dans d'autres on y parle d'enchantements. A très peu d'exceptions près, le poème est évidemment une pure géographie et la meilleure histoire que l'auteur pouvait écrire sur ce pays. Nous ne le connaissons que par la réimpression de Barcia qui l'a entièrement inséré dans sa collection pour ses données historiques.

Une chose qui m'a fortement frappé dans ce poème et dans tous les autres poèmes écrits par des Espagnols sur la conquête de l'Amérique, et en particulier par ceux qui ont visité les contrées qu'ils décrivent, c'est qu'il ne s'y trouve pas une seule peinture des sites qu'ils ont parcouru, quoiqu'il y en ait des plus beaux et des plus grandioses du globe, et qu'ils leur aient constamment offert de nouvelles merveilles. La vérité est que, lorsqu'ils décrivent des montagnes, des rivières, des fleuves, leurs descriptions conviennent aussi bien aux Pyrénées ou au Guadalquivir qu'au Mexique, aux Andes, au fleuve des Amazones. Peut-être ce défaut se rattache-t-il aux mêmes causes qui ont empêché jusqu'ici l'Espagne de produire de grands peintres de paysage.

(2) *La Conquista del Nuevo Mexico*, par Gaspar de Villagra s'imprima à Alcala en 1610, in-8. (Nicolas Antonio, Bibl. Nova, tom. I, p. 535.)

Un genre d'ouvrages qui ne portent pas moins le trait caractéristique du tempérament et du génie national que ces poèmes historiques et héroïques, ce sont ces longues narrations religieuses en vers qui se produisirent durant la même période et plus tard. L'une d'elles est *La Década de la Pasion de Cristo*, par Coloma, imprimée en 1576, et à laquelle nous avons déjà fait allusion. Une autre, c'est *La Universal Redencion*, par Blasco, imprimée pour la première fois, en 1584, et qui mérite aussi d'être mentionnée. Elle se compose de cinquante-six chants, contient près de trente mille vers, et embrasse l'histoire de l'homme, depuis la création jusqu'à la descente du Saint-Esprit : dans plusieurs parties, c'est une lecture ressemblant à celle des vieux mystères (1). Un troisième poème par Fr. Gabriel Mata, peu différent de ce dernier, s'étend dans deux volumes, et se consacre aux gloires de saint François et de cinq de ses disciples. C'est une collection de légendes, en stances de huit vers, sans ordre, ni couleur, et dont la première représente le séraphique saint François sous le déguisement d'un chevalier errant. Aucun des trois poèmes n'a la moindre valeur (2).

Le dernier ouvrage sur la liste que nous parcourons, est un des meilleurs de ce genre, sinon le meilleur. C'est *El Monserrate*, par Cristobal de Viruès, poète lyrique et dramatique, objet de grands éloges de la part de Lope de Vega et de Cervantès. Le sujet est emprunté aux légendes de l'Église espagnole du neuvième siècle. Jean Garin, ermite qui vivait sur les montagnes désertes du Monserrat, en Catalogne, se rend coupable d'un de ces crimes les plus horribles et les plus atroces dont la nature humaine soit capable. Le remords s'empare de lui. Il vient à Rome pour obtenir l'absolution, et il ne l'obtient qu'à des conditions les plus humiliantes. Toutefois sa pénitence est sincère et complète. Et la preuve, c'est que la personne assassinée est rendue à la vie, et que la Vierge apparais-

---

(1) *Universal Redencion de Francisco Hernandez Blasco.* Tolède, 1584, 1589, in-4°, Madrid, 1609, in-4°. L'auteur était natif de Tolède, et il déclare qu'une partie de son poème est la révélation d'une religieuse.

(2) *El Cavallero Assisio, Vida de San Francisco y otros cinco santos* par Gabriel de Mata, tom. Bilbao, 1587, avec une planche gravée sur bois, représentant saint François à cheval et armé de pied en cap ; tom. 11, 1589, in 4°. L'auteur promettait un troisième volume qui n'a jamais paru. Les cinq saints sont : saint Antoine de Padoue, saint Bonaventure, saint Louis évêque, sainte Bernardine et sainte Claire, tous du tiers ordre. Le passage où saint Antoine prêche aux poissons (chant XVII) et où il les appelle : Poissons, mes frères, *hermanos peces*, est assez original.

sant sur le mont sauvage où le malheureux Garin a commis son crime, consacre ces solitudes profondes, en y fondant un sanctuaire magnifique qui a fait depuis, du Monserrat, un lieu saint pour la dévotion des Espagnols.

Qu'une telle légende pût être prise par un soldat, par un homme du monde, pour sujet d'une poésie épique, c'est ce qui eût été à peine possible, au seizième siècle, dans toute autre contrée que l'Espagne. Mais c'est là, que plusieurs militaires, même de notre temps, ont terminé leur vie déréglée, dans un ermitage aussi rude et aussi solitaire que celui de Fr. Juan Garin (1). Sous le règne de Philippe II, il ne paraissait pas extraordinaire qu'un homme qui s'était battu au combat de Lépante, qui s'était distingué au point d'être appelé communément, *El capitan Viruès*, consacrât les loisirs de ses meilleures années à un poème sur la vie déplorable et sur les aventures révoltantes de l'ermite Juan Garin. Telle est cependant l'exactitude du fait. *El Monserrate* obtint, dès son apparition, la faveur du public, et son succès n'a pas matériellement diminué depuis. Il a, dans la distribution et dans l'arrangement, plus de proportions épiques qu'aucun autre des poèmes sérieux de son genre dans la langue castillane. La richesse et l'harmonie de la versification n'ont pas été surpassées, si elles ont égalées, par aucun autre poète de son siècle. Les difficultés que devait rencontrer Viruès tiennent à la nature du sujet et à la bassesse de caractère de son héros. Dans le cours des vingt chants, il y mêle accidentellement des épisodes, comme ceux de la bataille de Lépante et des gloires du Monserrat; de sorte que ces désavantages ne sont pas toujours considérés comme des taches, et n'empêchent pas, nous le savons, *El Monserrate* d'être lu et admiré dans un siècle peu enclin à ajouter foi à la légende sur laquelle le poème se fonde (2).

---

(1) Dans un ermitage, situé sur la sierra de Cordoue, vivaient, il y a quelques années, trente ermites dans le plus profond silence et soumis à l'austérité la plus dure. Je me rappelle y avoir vu un officier qui s'était distingué à la bataille de Trafalgar et un autre qui avait appartenu au service de la princesse des Asturies, Doña Maria Antonia de Naples, la première femme de Ferdinand VII. Le duc de Rivas et son frère D. Angel, qui porte aujourd'hui ce titre, et qui est plus connu par ses poésies, par ses services éminents dans la diplomatie et dans l'armée, nous accompagnaient dans notre excursion à travers ces montagnes abruptes, et remplissaient cette longue et belle matinée par des récits piquants de contes et d'aventures, qu'on ne peut trouver dans tout autre pays que l'Espagne. Ils nous assuraient que des cas analogues à ceux de ces deux officiers qui s'étaient faits ermites, se présentaient encore assez fréquemment dans leur pays. Ceci se passait en 1818.

(2) Nous avons déjà parlé de Viruès, (voyez tom. II, pag. 120.) Nous ajouterons

La *Benedictina* de Fr. Nicolas Bravo se publia en 1604. Le poète semble avoir eu l'intention d'écrire, les vies de saint Benoit et de ses principaux disciples, dans le style suivi par les Castillans pour donner les vies de Christophe Colomb et des premiers conquérants de l'Amérique. Ce poème était probablement plutôt regardé comme un livre de dévotion, pour les religieux de l'ordre, dans lequel l'auteur occupait une haute position, que comme un livre de poésie. C'est là certainement, pour le monde, son véritable caractère. On ne peut qu'attribuer un mérite semblable à deux poèmes qui obtinrent, par la position sociale de leur auteur, le Fr. José de Valdivielso, une réputation temporaire plus grande. Le premier a pour sujet l'histoire de saint Joseph, l'époux de Marie. Valdivielso le composa, selon toute apparence, parce qu'il avait reçu lui-même, dans le baptême, le nom de ce saint. Le second est particulièrement destiné à la description d'une image sacrée de la Vierge, image préservée de toute souillure par une série de miracles, durant la servitude de l'Espagne sous les Maures, et toujours vénérée depuis, dans la cathédrale de Tolède, à laquelle l'archevêque Valdivielso avait été primitivement attaché comme chapelain. Ces deux poèmes sont remplis d'érudition, lourds et pesants, d'une longueur énorme, et ils embrassent dans leur ensemble non-seulement l'histoire de l'Église espagnole, mais encore celle du royaume d'Espagne (1).

Les poèmes religieux, tant épiques que descriptifs, de Lope de Véga, dont nous avons déjà parlé, se publiaient en même temps que ceux de Valdivielso, et obtenaient le succès que devait attendre toute production

---

seulement qu'il y a des éditions de *El Monserrate* de 1588, 1601, 1602, 1609 et 1805. La dernière est de Madrid ; elle est précédée d'une préface écrite, si je ne me trompe, par Mayans y Siscar. Vers le milieu du dix-huitième siècle, il parut un poème sur le même sujet, par Francisco de Ortega, petit in-quarto, sans date et avec ce titre : *Origen, antigüedad, Invencion de nuestra señora de Monserrate*. Il n'a aucune valeur littéraire. La légende du Monserrate a été reprise dans ces dernières années par D. José Güell y Renté, imprimée à Paris, in-12, chez Claye en espagnol, et traduite en français par J.-G. Magnabal, 1867.

(1) La *Benedictina* de Fr. Nicolas Bravo, Salamanque, 1604, in-4°. Bravo fut professeur à Salamanque et à Madrid : il mourut, en 1648, abbé d'un riche monastère de son ordre en Navarre (Nicolas Antonio, Bibl. Nov. tom. II, p. 151). Nous avons déjà parlé de Valdivielso, tom. II, p. 367 : Son ouvrage intitulé : *Vida y excelencias de San Josef*, imprimé en 1607 et 1647, forme un volume de sept cents pages, dans l'édition de Lisbonne, 1615, in-8°, et son *Sagrario de Toledo*, Barcelone, 1618, in-12, en remplit près de mille. L'un et l'autre poème sont composés en stances de huit vers, comme presque tous les poèmes de ce genre.

portant le nom du plus grand auteur populaire de son siècle. Mais il
ne se composa, dans ce genre, rien de meilleur que la *Christiada* de
Diego de Hojeda, imprimée en 1611, et empruntée légèrement au poème
latin, portant le même titre par Vida, quoique ces emprunts ne soient
pas assez marqués pour diminuer les droits de l'auteur à l'originalité.
Le poème commence à la dernière cène et finit par la passion de la Croix.
Les épisodes sont peu nombreux et appropriés au sujet, à l'exception
d'un seul, dans lequel le vêtement du Sauveur, priant dans le jardin,
devient l'occasion d'une description de tous les péchés de l'homme.
L'histoire allégorique de ces péchés nous est représentée comme un tissu
de malédictions, dans les sept grands plis du manteau jeté sur les épaules
de la victime expiatoire, qui le porte pour l'amour de nous. La vision
des gloires futures de son Église accordée au patient est, au contraire, une
heureuse conception, parfaitement à sa place : les tendres et touchantes
consolations qu'on lui offre en prophétie sont encore meilleures. Ce poème
ne témoigne pas de peu d'habileté dans la structure générale de l'épopée,
sa versification est ordinairement harmonieuse et gracieuse. Si les caractères étaient tracés d'une main plus ferme, si le langage avait toujours
l'élévation et la dignité que le sujet réclame, la *Christiada* mériterait justement d'être placée à côté du *Monserrate* de Viruès. Même déduction faite
de ces points sur son mérite, il n'y a pas de poème religieux qui puisse
être placé avant lui dans la langue castillane (1).

Dans cette même année de 1611, Alonso Diaz, de Séville, publia un
pieux poème sur une autre des images consacrées à la Vierge ; plus tard,
dans une succession rapide, nous avons les poèmes, dits héroïques, sur
San Ignacio de Loyola et sur *La Virgen*, par Antonio de Escobar ; sur la
Creacion del mundo, par Acevedo, poésie qui n'a pas des qualités plus
épiques que la *Semaine* de Du Bartas dont il est une imitation ; sur la *Hermandad de los cinco martires de Arabia*, par Rodriguez de Vargas, fruit
d'un vœu fait à deux de ces Saints, par l'intercession desquels l'auteur

---

(1) *La Christiada de Diego de Hojeda*, Séville, 1611, in-4º. Ce poème a déjà
le mérite de n'être composé que de douze chants, et, si c'était ici le lieu, nous
pourrions le comparer avec le *Paradise Regained* de Milton pour ses scènes
avec les démons, et avec la *Messiade* de Klopstock pour la scène de la crucification.
Quant à son auteur, nous savons seulement qu'il était né à Séville, qu'il était venu
jeune, à Lima, au Pérou, où il écrivit ce poème et qu'il y mourut abbé d'un couvent
de Dominicains qu'il y avait fondé (Antonio, Bibl. Nov., tom. I, p. 289). Il existe
un *rifacimento* de la *Christiada*, par Juan Manuel de Berriozabal, imprimé à Madrid,
en 1841, in-18, formant un petit volume ; il ne présente aucun progrès sur l'original.

lui-même croit avoir été guéri d'une maladie mortelle. Mais tous ces poèmes et tous les poèmes du même genre qui les suivirent tels que le *David*, d'Uziel ; la *Virgen*, de Nieva Calvo ; la *Vida de Cristo*, de Vivas ; la *Pasion del Hombre-Dios*, de Juan Davila ; le *Sanson*, d'Antonio Enriquez Gomez ; le *Ignacio de Loyola*, de Camargo ; la *Christiada*, d'Enciso, compositions qui allongent la liste jusqu'à la fin du siècle, n'ajoutent rien aux droits, ni au caractère de la poésie épico-religieuse de l'Espagne, quoiqu'ils ajoutent à la masse encombrante de ses volumes (1).

D'un caractère opposé à ces poèmes religieux sont les poésies épiques purement d'imagination, ou presque purement d'imagination, appartenant à la même période, et dont les formes nous ramènent au même genre. Leur nombre n'est pas grand ; presque toutes ont plus ou moins de rapport avec les fictions que l'Arioste répandit comme de brillants météores sur le ciel de l'Italie, fictions qui attirèrent sur elles l'admiration de toute l'Europe et en particulier de toute l'Espagne. Nous avons une pauvre, mais populaire traduction de l'*Orlando furioso*, publiée vers 1550, par Jéronimo de Urrea. Elle fut bientôt suivie d'une imitation, à laquelle nous avons déjà fait allusion et composée en 1565, par le capitaine Espinosa. Elle a pour titre : *Segunda parte de Orlando, con el*

---

(1) *Poema Castillano de nuestra Señora de Aguas Santas, por Alonzo Dias.* Séville, 1611, cité par Nicolas Antonio, (Bibl. Nova, tom. I, p. 21.) — *San Ignacio de Loyola*, poema heroïco, Valladolid, 1613, in-8°, et *Historia de la Virgen madre de Dios*, 1608, publiée plus tard, sous le titre de *Nueva Jérusalen Maria*, Valladolid, 1625, in-18, tous deux par Antonio Escobar de Mendoza ; ouvrages de sa jeunesse tous deux, puisqu'il vécut jusqu'en 1668. (Nicolas Antonio, Bibl. Nova, tom. I, p. 115.) Le dernier de ces poèmes, dont mon exemplaire appartient à la quatrième édition, divise assez ridiculement la vie de la Vierge conformément aux douze pierres précieuses formant les fondements de la Nouvelle Jérusalem, dans le vingt et unième chapitre de l'Apocalypse. Chaque *fondement*, titre donné aux diverses parties ou livres, se subdivise en trois chants. L'ensemble se compose d'environ quinze cents vers qui ne sont pas tous dénués de valeur, quoiqu'ils en aient généralement très-peu. — *Creacion del Mundo de Alonso de Acevedo*, Rome, 1616, (Velasquez Diezc, p. 395.) — *La Verdadera Hermandad de los Cinco Martires de Arabia por Damian Rodriguez de Vargas*, Tolède, 1621, in-4° ; poème très-court pour le genre auquel il appartient ; il ne se compose que de trois mille vers environ : il est presque impossible d'en trouver un de plus mauvais. *David, poema heroïco del Doctor Jacobo Uziel.* Venise, 1624, p. 440 : poème en douze chants sur l'histoire du monarque juif dont il porte le nom : écrit dans un style simple et clair, imitant évidemment la fluidité des stances du Tasse, mais sans souffle poétique et introduisant absurdement au chant IX un navigateur espagnol à la cour de Jérusalem. — *La mejor mujer madre y Virgen, poema sacro*

Verdadero suceso de la batalla de Roncesvalles y la muerte de los doce Pares de Francia. Mais dès le début, l'auteur nous raconte : « qu'il chante la grande gloire des Espagnols, la déroute de Charlemagne et de son armée » et il ajoute avec une intention marquée : « Cette histoire dira la vérité et ne racontera pas les événemens, comme les rapporte le Français, Turpin. » Par conséquent, au lieu des fictions auxquelles l'Arioste nous a accoutumés, nous avons les fictions espagnoles de Bernard del Carpio et la déroute des douze Pairs, à Roncevaux, fictions qui sont toutes fort peu en l'honneur de Charlemagne, se retirant, à la fin, disgracié en Allemagne. Le poème d'Espinosa, ingénieusement rattaché dans son ensemble aux histoires de l'*Orlando furioso*, continue, sur une étendue considérable, les aventures des personnages qui sont les héros et les héroïnes du poème italien.

Plusieurs des fictions d'Espinosa sont cependant pleines d'extravagance et d'absurdité. C'est ainsi que dans le vingt-deuxième chant, Bernard vient à Paris et triomphe de plusieurs paladins : dans le trente-troisième, dont la scène se passe en Irlande, il désenchante Olympia et devient roi de cette île, innovations inutiles et indignes l'une et l'autre, dans l'histoire de Bernard del Carpio, telle que nous la transmettent les vieilles romances et les vieilles chroniques. Quoiqu'elle ne manque pas de géants et d'enchantemens, la continuation de l'*Orlando* par Espinosa

---

par Sébastien de Nieva Calvo. Madrid, 1625, in-4°. Il se termine au quatorzième chant par la description de la victoire de Lépante, qu'il attribue à l'intercession de la Vierge et à la vertu du rosaire. — *Grandezas Divinas, Vida y muerte de nuestro Salvador*, etc., por Fr. Duran Vivas, trouvé en brouillon parmi les papiers de l'auteur après sa mort, arrangé et mis en langage moderne par son petit-fils, qui le fit imprimer, à Madrid, en 1643, in-4°, poème sans mérite dont plus de la moitié est en forme de discours adressé à Ponce Pilate par Joseph. — *Pasion del Hombre Dios, por el maestro Juan Davila*, Lyon, 1661, in-fol. écrit en *decimas espinelas*, et composé d'environ vingt-trois mille vers, subdivisé en livres, *estancias* et chants. — *Sanson Nazareno*, poema heroíco, por Antonio Enriquez Gomez. Rouen, 1656, in-4° : entièrement infecté de Gongorisme, comme un autre poème du même auteur, moitié descriptif, moitié lyrique intitulé : *La culpa del Primer Peregrino*, Rouen, 1644, in-4°. — *San Ignacio de Loyola, poema heroíco, escrivialo Hernando Dominguez Camargo*, 1666, in-4°. L'auteur était de Santa-Fé de Bogota, et son poème, remplissant plus de 400 pages, en octaves, n'est qu'un fragment publié après sa mort. — *La Cristiada, poema sacro y Vida de Jèsu Christo, qui escrivió Juan Francisco de Encisso y Monçon*, Cadix, 1694, in-4°, défiguré, comme presque toutes les compositions de cette époque par un style du plus mauvais goût.

est en général moins encombrée d'impossibilités et d'absurdités que le poème de Lope de Vega sur le même sujet : bien plus, dans certaines parties, elle respire l'harmonie et la grâce, et il y règne une certaine animation dans le récit des aventures. Elle finit au trente-cinquième chant, après s'être développée durant quatorze mille vers environ, en *ottava rima*. La conclusion est brusque, mais nous avons l'annonce d'une suite (1).

Rien cependant ne sortit désormais de la plume d'Espinosa. D'autres poètes continuèrent la même série de fictions, tout en ne prenant pas le fil de la narration là où il l'avait laissé. Un noble aragonais, Abarca de Bolea, écrivit deux poèmes différens : l'*Orlando enamorado* et l'*Orlando determinado*. Garrido de Villena, natif d'Alcala, avait, en 1577, fait connaître à ses compatriotes l'*Orlando innamorato* de Boyardo, habillé à l'espagnole. Six ans après, il publia sa *Batalla de Roncesvalles*, poème suivi d'un autre, sur le même sujet, par Agustin Alonso, en 1585. Tous ces poèmes sont aujourd'hui dédaignés ou complétement oubliés (2).

Il n'en est pas de même de l'*Angelica* de Luis Barahona de Soto, ou comme on l'appelle plus communément : *Las lagrimas de Angelica*. Les douze premiers chants se publièrent en 1586, et reçurent de la part des hommes de lettres des applaudissements extraordinaires, dont les échos répétés se sont perpétués jusqu'à nos jours. L'auteur est un médecin de l'obscur village d'Archidona, près de Séville, fort connu dans toute l'Espagne comme poète, et comblé d'éloges par Diego de Mendoza, Silvestre, Herrera, Gutierre de Cetina, Mesa, Lope de Vega et Cervantès.

(1) *Segunda parte de Orlando*, etc., *por Nicolas Espinosa*, Saragosse, 1555, in-4º. Anvers, 1556, in-4º. etc. l'*Orlando* de l'Arioste traduit par Urrea se publia à Lyon, 1550. in-fol. C'est la même édition, sans aucun doute, que Nicolas Antonio place en 1656. Elle est sévèrement traitée par le Curé dans l'examen de la Bibliothèque de Don Quichotte. Voyez Clemencin et ses commentaires sur ce passage, tom. I, p. 120.

(2) *Orlando Enamorado de Don Martin Abarca de Bolea, conde de las Almunias, en ottava rima*. Lerida, 1578; — *Orlando Determinado, en ottava rima*. Saragosse, 1578, (Latassa, Bib. Nov. tom II, p. 54.) — L'*Orlando Enamorado de Boirodo*, par Francisco Garrido de Villena, 1577, et le *Verdadero suceso de la batalla de Roncesvalles*, par le même, en 1683 (Nicol. Ant. Bibl. Nov. tom. I, p. 482.) — *Historia de las hazañas y hechos del invencible caballero, Bernardo del Carpio* par Agustin Alonzo, Tolède. 1585. Dans sa note sur *D. Quichotte*, tom. 1, p. 58, Pellicer avoue n'avoir vu qu'un exemplaire de ce livre. Clemencin n'en connaît aucun, dit-il. Pour nous, nous n'avons vu aucun de ceux qui sont compris dans cette note.

Ce dernier montre le Curé sauvant précipitamment des flammes, *les Larmes d'Angélique*, lorsque la bibliothèque de Don Quichotte était jetée dans le bûcher de la basse-cour, en lui criant : « Lloràralasyo si tal li- « bro se hubiese quemado, porque su autor es uno de los famosos poetas, « no solo de España, sino de todo el mundo (1). » Toute cette admiration est, néanmoins, excessive ; mais dans Cervantès, qui s'écarte plus d'une fois du sujet où il avait commencé de s'engager, pour louer Barahona de Soto, elle semble avoir été le résultat d'une sincère et personnelle amitié.

La vérité est que l'*Angelica*, tant vantée, n'a jamais été terminée, ni réimprimée ; qu'on ne la trouve que rarement aujourd'hui et qu'on la lit encore plus rarement. C'est une continuation de l'*Orlando furioso* : elle raconte l'histoire de l'héroïne, après son mariage, jusqu'au moment où elle recouvre l'empire du Catay, qui lui avait été violemment arraché par une reine rivale. Les aventures en sont extravagantes, son merveilleux est ridicule, particulièrement en ce qui touche à Demogorgon et aux actions qui se passent sous son contrôle. Mais son défaut capital, c'est sa pesanteur. Tout son mouvement s'écarte autant que possible de la vie et de la gaieté de son grand modèle et prototype. Comme pour augmenter l'ennui de ses caractères sans intérêt et de son style languissant, un des amis de Soto a ajouté à chaque chant une explication, en prose, de l'intention, de la pensée et de la tendance morale du livre. Or, il semble impossible que ces moyens aient été, pour le plus grand nombre des cas, dans l'idée de l'auteur, lorsqu'il écrivait son poème (2).

---

(1) « Je le pleurerais, moi, si un pareil livre avait été brûlé, parce que son auteur est un des plus célèbres poètes, non-seulement de l'Espagne, mais encore du monde entier. »

(2) *Primera parte de la Angelica de Luis Barahona de Soto*, Grenade, 1586, in-4º. Un exemplaire porte un permis de réimpression, daté du 15 juillet 1805. Mais, comme beaucoup d'autres projets de ce genre, pour ce qui touche à la vieille littérature espagnole, elle ne s'effectua pas. On trouve une notice de Soto, dans Sedano. (*Parnaso*, tom. II, p. XXXI.) L'idée la plus aimable qu'on peut se faire de lui et de ses agréables relations sociales, se forme d'après l'épître en vers que lui adressa Christoval de Mesa (*Rimas*, 1611, fol. 200); d'après des poésies de Silvestre (édit. 1599, fol. 325, 333, 334) ; d'après les détails que nous en donne Cervantès dans sa *Galatea* et dans son *D. Quichotte* (part. I, ch. 6 et part. II, ch. 1) et d'après les faits recueillis par les commentateurs de ces deux derniers passages. — Géronimo de Huerta, jeune encore, publia en 1588, à Alcala, son *Florando de Castilla, Lauro de Cavalleros* en ottava rima. Il l'appelle poème héroïque, mais il appartient au genre de l'Arioste. Il en est parlé dans Antonio,

Quant à la continuation plus extravagante encore de l'*Orlando* par Lope de Vega, nous en avons déjà parlé ; et quant au fragment de Quevedo sur le même sujet, il n'est nullement nécessaire d'en faire mention. Mais il ne nous faut pas négliger le *Bernardo* de Balbuena, qui appartient à la même période. C'est un des deux ou trois poèmes remarquables de ce genre dans la langue castillane, écrit par l'auteur vers la fin de sa jeunesse et publié, en 1624, à un moment où son âge et ses honneurs ecclésiastiques le faisaient douter si sa dignité lui permettait plus longtemps de le réclamer comme son ouvrage.

Le poème roule sur le sujet constamment rebattu de Bernard del Carpio. Mais Balbuena ne prend des vieilles traditions que les principaux traits de l'histoire du héros, et il remplit ainsi l'espace qui s'écoule entre sa première présentation à la cour de son oncle, Alphonse le Chaste, et la mort de Roland à Roncevaux, d'enchantemens, de géants, de voyages à travers les airs et sur la mer, dans des pays connus, dans des contrées impossibles, au milieu d'aventures aussi étranges que les caprices de l'Arioste, et plus rapprochées de son esprit libre et joyeux qu'aucune autre composition de ce genre dans la langue castillane. Un grand nombre de ses descriptions sont d'une richesse et d'une beauté rares, dignes de l'auteur du *Siglo de oro* et de la *Grandeza mejicana*. Plusieurs de ses épisodes sont pleins d'intérêt par eux-mêmes et des plus heureux par la place qu'ils occupent. Sa composition générale est conforme aux règles du genre, s'il peut exister des règles pour un poème tel que l'*Orlando furioso*. La versification y est presque toujours excellente ; aisée et facile, quand il faut ; grave ou solennelle, dès que le sujet change et s'élève. Mais il a un défaut capital ; il est malheureusement trop long, trois fois plus que l'Iliade. Quand on le lit, il semble, en vérité, que ses épisodes ne vont jamais finir ; ils sont tellement enlacés l'un dans l'autre que nous perdons entièrement le fil qui les rattache. La multitude des caractères est telle qu'ils passent comme des ombres et fuient, sans laisser souvent après eux d'autre trace que le souvenir confus de leurs étranges aventures (1).

Bibl. Nov., tom. I, p. 587 ; dans Mayans, *Cartas de Varios autores*, tom. II, 1773, p. 36. Je n'ai jamais vu ce livre.

(1) *El Bernardo*, *poema héroïco del Doctor Don Bernardo de Balbuena*, Madrid, 1624, in-4°, et 1808, 3 volumes in-8°. Il se compose d'environ quarante-cinq mille vers. Quintana l'a abrégé dans le second volume de ses *Poesias selectas*, *Musa Epica*, et l'a réduit, avec autant d'habileté que de goût, au tiers de sa longueur.

CHAPITRE XXVIII

Poèmes narratifs sur des sujets de l'antiquité classique. — Boscan, Mendoza, Silvestre, Montemayor, Villegas, Perez, Cepeda, Gongora, Villamediana, Pantaléon Ribera et autres. — Poèmes narratifs sur des sujets divers. — Salas, Silveyra, Zarate. — Poèmes burlesques. — Aldana, Chrespo, Villaviciosa et sa *Mosquea.* — Poèmes historiques. — Cortereal, Rufo, Vezilla Castellanos et autres. — Mesa, Cueva, El Pinciano, Mosquera, Vasconcellos, Barnuedo, Ferreira, Figueroa, Esquilache. — Décadence de la poésie narrative et héroïque sur des sujets nationaux.

Il n'y eut qu'une faible tendance en Espagne, durant le seizième et le dix-septième siècle, pour tirer les sujets des longs poëmes héroïques et descriptifs, si caractéristiques de la nation, pour les tirer, dis-je, de l'histoire ancienne ou de la fable. On essaya toutefois d'emprunter aux matériaux classiques des contes plus courts et en général plus intéressants, et empreints de la couleur et de l'esprit national. *El Leandro* de Boscan, poëme harmonieux et agréable, de trois mille vers blancs environ, porte la date de 1540, et doit être pris pour un de ces contes. D. Diego Hurtado de Mendoza, ami de Boscan, marcha sur ses traces et publia son *Adonis*, son *Hipomenes y Atalanta*, dans l'*ottava rima* italienne, mais avec moins de succès. *El Dafne y Apolo*, *El Piramo y Tisbe*, de Silvestre, écrits l'un et l'autre en vieux vers castillans, en *quintillas*, appartiennent à la même époque et marquent plus de génie; mais ils produisirent un malheureux effet, puisqu'ils provoquèrent les poëmes sur *Piramo y Tisbe* de Montemayor et d'Antonio Villegas, ou sur *Dafne*, par Alonzo Perez, compositions insérées dans le second livre de sa continuation de la *Diana* (1).

---

(1) La *Historia de Leandro* remplit une grande partie du troisième livre des œuvres de Boscan et de Garcilaso dans l'édition originale de 1543. — L'*Adonis* de D. Diégo de Mendoza, poème, la moitié moins long que le précédent, et que cet homme d'État avait en grande estime, se trouve dans ses œuvres, 1610, pp. 48-65. Les poésies de Silvestre, citées dans le texte et deux autres assez semblables, forment le livre II de ses Œuvres, 1599. Le *Piramo*, de Montemayor, en stances de dix vers, ou deux quintillas unies, est inséré à la fin de sa *Diane*, édition de 1614. Le *Piramo* d'Antonio de Villegas, se trouve dans son *Inventorio*,

La tentative plus formelle de Romero de Cepeda, dans sa *Destruycion de Troya*, publiée en 1582, n'est pas meilleure que le reste. Elle a cependant le mérite de mieux conserver le vieil esprit national, et plus qu'aucune autre composition de ce genre. Elle est, suivant l'ancien usage, en stances de dix petits vers, faciles et coulants, et qui nous rappellent parfois la poésie des premières romances. Mais il s'étend, pendant dix chants, sur un sujet qui nous est, après tout, très-familier, excepté qu'il fait d'Enée, que les poètes et les chroniqueurs espagnols semblent avoir toujours regardé de mauvais œil, un traître à sa patrie et un complice de sa ruine (1).

Avec l'apparition de Gongora, cette simplicité de Cepeda disparut presque entièrement de ce genre de poëmes. Rien, en effet, ne caractérise mieux l'extravagance dans laquelle se complaisait ce grand hérésiarque poétique que son monstrueux poème, moitié lyrique, moitié descriptif, qu'il intitula : *Fabulas de Polifemo*. Rien ne caractérise mieux son école que les poèmes semblables composés à l'imitation du *Polyphème*, et qui prirent communément la dénomination qu'il leur avait donnée, je veux dire celle de *Fables*, fabulas. Telles furent le *Faeton*, la *Dafne* et l'*Europa*, de son grand

---

1577; il est écrit en tercets, genre de versification que Villegas maniait avec peu de dextérité, comme les autres mesures italiennes dans lesquelles il s'essaya. *La Dafne* de Perez, se distingue par ses mètres variés, mais elle se lit plus facilement dans la traduction anglaise de Bartolome Young que dans l'original. Nous pourrions ajouter aussi *El Piramo y Tisbe* de Castillejo (*Obras*, 1598. f. 98), composition agréable dans l'ancien mètre castillan, pendant que l'auteur, âgé de vingt-huit ans, habitait en Allemagne; mais ce n'est qu'une simple traduction d'Ovide, et elle ne peut, par conséquent, être considérée comme un poème original.

(1) *Obras de Romero y Cepeda*, Séville, 1582, in-4°. Le poème auquel il est fait allusion porte pour titre : « *El infelice Rolo de Elena Reyna de Esparta por Paris, infante Troyano, del qual sucedio la Sangrienta Destruycion de Troya.* » Il commence *ab ovo Ledæ*, continue pendant plus de deux mille vers, et finit par la mort de six mille Troyens. Les poésies détachées contenues dans le même volume, sont d'une lecture plus agréable.

Le poème de Manuel de Gallegos intitulé : *Gigantomachia*, et publié à Lisbonne, 1628, in-4, roule, comme celui de Cepeda, sur un sujet classique puisqu'il est consacré à la guerre des Titans contre les dieux. L'auteur était un Portugais qui avait vécu plusieurs années à Madrid, dans l'intimité de Lope de Vega; qui avait accidentellement écrit pour le théâtre espagnol; qui était rentré dans son pays natal où il mourut, en 1665. Sa *Gigantomachia*, composée de trois cent quarante octaves, se divise en cinq livres assez courts. Eu égard au temps de son apparition, il est écrit dans un style des plus purs, mais un peu lourd et fastidieux.

admirateur, le comte de Villamediana ; tels furent divers poèmes d'Anastasio Pantaléon de Ribera, entre autres, sa *Fabula de Eco*, dédiée à Gongora ; la *Atalanta*, de Moncayo, long poème héroïque en douze chants, publié dans un volume séparé ; sa *Venus y Adonis*, intercalée dans ses mélanges ; *El amor enamorado* ou *Psiquis y Cupido*, de Jacinto de Villalpando ; la *Eurydice*, de Salazar, et plusieurs autres compositions du même genre et du même nom, toutes sans valeur, et publiées toutes entre le moment où Gongora parut et la fin du dix-septième siècle (1).

Quant aux poèmes héroïques sur des sujets divers, il n'en parut qu'un petit nombre, durant la même période, et aucun d'eux n'a un grand mérite. Le premier qu'il nous faut mentionner est celui de *Los amantes de Teruel*, composé par Juan Yagüe de Salas, publié en 1616, précédé d'un nombre extraordinaire de vers élogieux, parmi lesquels se trouvent des sonnets de Lope de Vega et de Cervantès. Ce poème roule sur la fin tragique de deux amants, jeunes et fidèles qui, après de cruelles épreuves, moururent presque au même moment, victimes de leur passion l'un pour l'autre, sujet sur lequel, nous l'avons déjà indiqué, Montalvan a composé une de ses meilleures comédies. Yagüe de Salas a intitulé son poème : *Epopeya tragica ;* il se compose de vingt-six longs chants, qui comprennent non-seulement le récit de la triste destinée des deux amants se terminant effectivement au dix-septième chant, mais encore une grande partie de l'histoire du royaume d'Aragon, et toute l'histoire de la petite ville de Téruel. Salas déclare que sa narration est absolument authentique ; et dans son prologue, il en appelle de la vérité de ses assertions aux traditions de Téruel, à la municipalité de laquelle il avait appartenu autrefois comme syndic et dont il était maintenant le secrétaire.

Mais les faits établis par Yagüe de Salas furent, dès l'origine, mis en question. Pour les soutenir, notre auteur produisit, en 1619, la copie d'un document qu'il avoua avoir trouvé dans les archives de Téruel et

---

(1) Ces poèmes se trouvent dans les œuvres de leurs auteurs respectifs, à l'exception de deux. Le premier, c'est *Atalanta de Hipomene*, par Moncayo, marquis de San Felice, Saragosse, 1656, in-4°. Il est composé en octaves ; il comprend environ huit mille vers où l'auteur introduit une grande partie de l'histoire d'Aragon, sa patrie ; des détails sur les hommes de lettres de son temps ; une liste des dames aragonaises qu'il admirait et dont le nombre est assez considérable (chant V). Le second, c'est *El amor enamorado* de Jacinto de Villalpando, que son auteur publia, à Saragosse, en 1655, in-12, sous le pseudonyme de Fabio Clemente. Il est, comme le précédent, en octaves ; mais la moitié moins long. Voyez Latassa, Bib. Nov., tom. III, p. 272.

contenant, sous la date de 1217, un récit complet de l'histoire des deux amants, et une notice sur la découverte et l'inhumation nouvelle de leurs corps intacts, dans l'église de San Pedro, en 1555. Cette réponse calma, ce semble, les doutes qui s'étaient élevés ; aussi, longtemps encore après, poètes et écrivains dramatiques s'appuyèrent sans scrupules sur une histoire si éminemment espagnole par l'union de l'amour et de la religion, comme si son authenticité était désormais hors de doute. Quand, en 1806, les actes et documents se rapportant à cet événement furent réunis et publiés, il sembla qu'il n'était plus raisonnable de douter que tout ce récit ne fût une fiction, basée sur une tradition dont Andrés Rey de Artieda avait fait usage dans un drame lourd et pesant, tradition répandue encore à l'époque où vivait Salas, et à laquelle, pressé par le scepticisme de ses compatriotes, il avait donné une forme différente. Toutefois la croyance populaire était trop bien enracinée pour être détruite par des investigations d'antiquaire ; aussi les restes des amants de Téruel, conservés dans le cloître de l'église de San Pedro, sont-ils encore visités par des cœurs croyants et pieux, qui les considèrent respectueusement comme un témoignage mystérieux, laissé par le ciel, afin d'attester, à travers toutes les générations, la vérité et la beauté d'un amour plus durable que la tombe (1).

---

(1) *Los Amantes de Teruel*, Epopeya Tragica, con la Restauracion de España por la parte de Sobrarbe y conquista del Reino de Valencia, por Juan Yague de Salas, Valence, 1616, in-12. La dernière partie traite principalement d'un certain Fr. Jean et d'un certain Fr. Pierre, qui furent deux grands saints de Téruel, et de la conquête de Valence par D. Jaime d'Aragon. Inutile d'ajouter que toute cette poésie est détestable. Les recherches historiques sur la vérité du fait relatif aux Amants de Téruel, se trouvent dans une modeste brochure intitulée : *Noticias historicas sobre los Amantes de Teruel,* por Don Isidro de Antillon (Madrid, 1806, in-18), respectable professeur d'histoire et de géographie au collège des Nobles, à Madrid. (Latassa, Bibl. Arag., tom. VI. p. 123.) La lecture de cette brochure ne laisse aucun doute que l'histoire ne soit une pure fiction de Juan de Yague, et qu'elle ne soit forgée assez lourdement. Ford, dans son admirable *Manuel del Viagero en España* (Londres, 1845, p. 874), assure que le tombeau des amants est encore très-visité. Ils se trouvent aujourd'hui dans le cloître de la paroisse de San Pedro, où ils furent transportés en 1809, par suite de divers travaux qu'on fut obligé d'exécuter dans l'église même. Ils sont fortement endommagés, dit Antillon, malgré l'opinion générale, qui les suppose bien conservés. L'histoire des amants de Teruel a presque toujours été le thème favori des poètes espagnols. De nos jours, D. Juan Eugènio Hartzenbusch, célèbre auteur dramatique, s'en est servi pour son drame *Los Amantes de Teruel.* Un auteur anonyme a publié un roman sur le même sujet, à Valence, 1838, deux volumes in-8°. Dans la préface, ce dernier

La tentative de Lope de Vega, dans sa *Jerusalem conquistada*, pour rivaliser avec le Tasse, fit tourner les idées d'autres ambitieux poètes vers la même direction et donna, pour résultat, deux poèmes épiques qui ne sont pas encore tout à fait oubliés. Le premier est *El Macabeo*, de Miguel de Silveyra, Portugais qui, après avoir longtemps vécu à la cour d'Espagne, avait accompagné le chef de la grande maison des Guzman, quand ce dernier fut nommé vice-roi de Naples. Silveyra y publia, en 1638, son poème, à la composition duquel il avait consacré vingt années. Il a pour sujet la restauration de Jérusalem par Judas Machabée, sujet que le Tasse avait un moment choisi pour son poème épique. Silveyra n'avait pas le génie du Tasse. Il a bien réussi à remplir vingt chants de stances de huit vers, comme l'avait fait le poète italien, mais là s'arrête la ressemblance. *El Macabeo* est écrit en outre avec l'afféterie de style de Gongora ; il manque partout d'animation, d'intérêt, de poésie (1).

L'autre poème contemporain du même genre est meilleur, mais il ne répond pas non plus à la dignité du sujet. C'est l'œuvre de Francisco de Zarate, poète longtemps attaché à Rodrigue Caldéron, l'aventurier, qui, sous le titre de marquis de Siète Iglesias, s'éleva aux premières places de l'État, sous le régne de Philippe III, et employa Zarate comme un de ses secrétaires. Zarate fut prudent et sage, il s'adonna à la poésie, aux jours de sa prospérité, et il trouva dans la poésie une ressource aimable, quand vint le temps de l'adversité. En 1648, il publia son poème la *Invention de la Cruz* ; et, si nous en croyons une indication de Cervantès, dans le *Persiles y Sigismunda*, il l'avait commencé trente ans avant. Toutefois il l'avait terminé, il avait même obtenu la licence pour son impression, vingt ans avant son édition ; c'est un fait hors de doute. Zarate se méprit sur la nature de son sujet. Au lieu de se borner aux pieuses traditions de l'impératrice Hélène, aux victoires certaines de Constantin contre Maxence, il broda sur son canevas une lutte impossible et sans intérêt, entre Constantin et un roi de Perse imaginaire sur les bords de l'Euphrate. Il en résulta un long poème, manquant de liaison dans ses diverses parties, sec et monotone

---

fait connaître un document jusqu'alors inédit, appuyant les assertions et témoignages allégués par Yague, mais n'ajoutant rien à la probabilité historique du fait. Voyez tom. II, chap. XX, pp. 354-357.

(1) *El Macabeo*, poema heroíco de Miguel de Silveira, Naples, 1628, in-4°. Dans sa Bibliothèque, tom. I. p. 626, Rodriguez de Castro, fait, de Silveira, un juif converti ; et Barbosa place sa mort en 1636. Mais le permis d'imprimer le suppose vivant encore en 1638. On y parle du moins dans ce sens. Tout indique qu'il s'était formé une haute idée de son lourd poème.

dans son ensemble et d'une exécution inégale. Si l'on distingue des passages remarquables par leur simplicité et leur dignité, d'autres morceaux témoignent d'un goût presque aussi mauvais que ceux qui déparent le *Macabeo* de Silveyra et les autres productions de la même espèce (1).

Remarquons qu'il y a eu toujours une tendance à l'esprit de caricature, dans la littérature espagnole, tendance due peut-être au caractère qui lui est inhérent de pompe et de majesté, qualités qui, portées à l'excès, provoquent presque toujours sûrement le ridicule. La parodie, en effet, apparaît, nous le savons, avec les romances primitives; elle prend toujours un caractère saillant dans le théâtre, pour ne rien dire du roman burlesque, dont le *D. Quichotte* est le monument le plus grand de sa gloire, dans tous les temps et dans tous les pays (2).

Cette longue et nombreuse série de poèmes narratifs espagnols devait être suivie d'autres poèmes épico-burlesques tout à fait en rapport, par conséquent, avec le reste du caractère national. Le nombre de ces caricatures n'est pas grand et leur mérite ne diffère pas de celui de leurs graves prototypes. Le premier de ces poèmes, dans l'ordre des temps, semble avoir été perdu. Il avait été composé par Cosme de Aldana, gentilhomme, qui, dans la dernière partie du seizième siècle, avait été attaché au grand-connétable Velasco, envoyé comme gouverneur du Milanais. Dans sa capacité de poète, Aldana accablait, dit-on, son maître de sa flatterie et de ses sonnets, jusqu'à ce qu'un jour le connétable le pria de cesser d'un ton assez piquant en lui disant : *Déjad ya la porfia que sois un asno :* Cessez vos instances, vous êtes un âne. Aldana ne pouvait tirer son épée contre son ami et son patron, mais le poète résolut de venger l'affront qu'on venait de faire à son

---

(1) *Poema héroïco de la Invencion de la Cruz*, por P. Lopez de Zarate, Madrid, 1648, in-4°, en vingt-deux chants et quatre cents pages d'octaves. Les réunions infernales et beaucoup d'autres passages démontrent que c'est une imitation du Tasse. Dans son *Parnaso*, tome VIII, p. 24, Sedano donne de nombreux détails sur l'auteur, mais la notice de Nicolas Antonio est plus intéressante. Il payait, sans aucun doute, un tribut à l'amitié. Zarate mourut en 1658, à l'âge de soixante-dix ans. (*Semanario Pintoresco*, 1845, p. 82.)

(2) La parodie continuelle du héros par le *gracioso* ou bouffon démontre bien la tendance du théâtre espagnol sur ce point. Mais il existe en outre des comédies entièrement burlesques, telles que la *Muerte de Baldovinos*, à la fin des œuvres de Cancer, 1651 ; c'est une parodie des vieilles romances et des traditions de ce paladin ; telles que le *Caballero de Olmedo*, comédie qui a toujours fait plaisir, écrite par Francisco Felix de Monteser. Cette pièce se trouve dans le volume intitulé : *Mejor libro de las mejores comedias*, Madrid, 1653, et c'est une parodie d'une comédie du même titre par Lope de Vega, vol. XXIV, Saragosse, 1641.

génie. Il composa en conséquence un long poème en trois mille octaves intitulé : *La Asneida*, l'Anerie, dans lequel, à chaque page, il semble crier au gouverneur, vous êtes un âne plus grand que moi. Mais à peine l'impression du poème était-elle terminée, que l'infortuné Aldana mourut. Les exemplaires de son ouvrage furent recherchés avec un tel soin et détruits avec tant d'ardeur, que ce poème appartient au petit nombre de livres qui sont curieux à voir et qui, une fois imprimés, ont disparu entièrement du monde (1).

Le poème burlesque qui suit porte aussi quelque chose du caractère mystérieux. Il a pour titre : *Muerte, entierro y honras de Chrespina Marauzmana, gata de Juan Chrespo*; il s'imprima à Paris, en 1604, sous le pseudonyme, parait-il, de *Cintio Meretisso*. Le premier chant raconte la mort de Chrespina : le second, les *pesames* ou condoléances offertes à ses enfants; le troisième et dernier, les hommages publics rendus à sa mémoire, y compris le sermon prêché à son enterrement. Tout est écrit dans le véritable esprit d'une pareille poésie : gravité dans la forme, détails étranges et burlesques. Ainsi, au moment où les enfants sont répandus autour du lit de mort de leur vénérable mère, celle-ci leur dit, entre autres recommandations et conseils, sur un ton vraiment solennel :

> En la concavidad del tejadillo,
> Hàcia los paredones del Gallego,
> Junto adonde moraba añtano el grillo,
> En un rincon secreto, oscuro y ciego,
> Escondidas debajo de un ladrillo,
> Estàn cinco sardinas, lo que os ruego,
> Como hermanos partais, y seais hermanos,
> En cuanto mas viniere à vuestras manos. (1).

---

(1) Cosme fut l'éditeur des poésies de son frère, Francisco de Aldana, en 1593. (Nicol. Antonio, Bib. Nov., tom. I, p. 256.) Lui-même en composa, en italien et les publia, à Florence, vers 1578. Mais le connétable Velasco ne se rendit à Milan, comme vice-roi, que vers 1586 ou même après. (Salazar, *Dignidades*, fol. 131.) L'unique connaissance que nous avons de *La Asneida* se trouve dans le *Pasajero* de Figueroa, 1617, fol. 127.

(1) « Dans le creux de la gouttière — Près des gros murs du Galicien, — Contiguë à l'endroit qu'habitait auparavant le grillon, — Dans un coin secret, obscur et ténébreux, — Cachées sous une tuile — Se trouvent cinq sardines; je vous en supplie, — Comme entre frères partagez-les, et soyez frères — Autant qu'il sera en votre pouvoir.

Hallaréis, item mas, amontonadas,
De gloria y fama pròsperos deseos,
Alas y patas de aves mil tragadas,
De cuadrùpides, pieles y manteos,
Que nuestro padre alli dejò allegadas,
Por victoriosas señas y trofeos;
Estas tened en mas que la comida,
Qu'el descanso, qu'el sueño y que la vida (1).

C'est là probablement une satire de quelque événement fort connu à cette époque et depuis longtemps oublié. Mais sans vouloir expliquer son origine, le poème constitue par lui-même une des meilleures imitations de la poésie burlesque italienne, et il a de plus le rare mérite d'être court (1).

Un poème plus connu que la *Chrespina*, c'est la *Mosquea*, de Villaviciosa, riche et fortuné ecclésiastique, né à Sigüenza, en 1589, et mort à Cuença, en 1658. La *Mosquea*, ou guerre des mouches et des fourmis, s'imprima en 1615, mais quoique l'auteur ait encore vécu longtemps après, il n'a laissé aucune autre marque du génie dont son poème fournit une preuve incontestable. C'est, comme on peut se l'imaginer, une imitation de la Batrochomyomachie, attribuée à Homère. La tempête du troisième chant est calquée, avec l'exactitude de l'esprit de parodie, sur la tempête du premier livre de l'Enéide. Malgré tout, la *Mosquea* est une œuvre aussi originale que la nature de ce genre de poésie le comporte. La fable est en outre simple et bien construite. Son étendue, en douze chants, n'empêche pas la curiosité du lecteur de se soutenir jusqu'à la fin.

La guerre éclate au milieu des fêtes d'un tournoi célébré dans la capitale de l'empire des mouches, moment choisi, dans leur fausseté, par les fourmis, pour rompre avantageusement la paix, qui avait régné si

---

Vous trouverez, item de plus, amoncelées, — Heureux désirs de gloire et de renommée, — Ailes et pattes de mille oiseaux engloutis, — Peaux et pelures de quadrupèdes — Que notre père y a laissées attachées — Comme signes victorieux et comme trophées ; — Tenez-les en plus grande estime que la nourriture — Que le repos, que le sommeil et que la vie. »

(1) *La Muerte, entierro y honras de Chrespina Marauzmana, gala de Juan Chrespo, en tres cantos de octava rima, intitulados la Galicida, compuesto por Cintio Meretisso, español,* Paris, por Nicolas Molinero, 1604, in-4° de 52 pages. Nous ignorons absolument, et le nom de l'auteur, et la signification d'un poème des plus rares, qui n'est cité par aucun bibliographe. Nous n'en connaissons qu'un seul exemplaire que nous avons vu chez notre ami, D. Pascual de Gayangos de Madrid.

longtemps entre elles et leurs anciennes ennemies. Les divinités célestes interviennent comme dans l'Iliade. Les autres insectes figurent comme alliés dans cette grande querelle, à la manière de tous les poèmes héroïques. Les chefs voisins arrivent; d'un côté se trouve un Achille, de l'autre, un Enée. Les caractères des principaux personnages sont habilement dessinés et ingénieusement distingués. La catastrophe est une formidable bataille, remplissant les deux derniers chants, bataille qui se termine par la déroute des mouches et la mort de leur brillant chef, victime de sa propre témérité. Dans ce poème, il y a deux défauts, le pédantisme et la longueur. Les mérites consistent dans la richesse et la variété des conceptions poétiques; dans l'ingénieuse délicatesse avec laquelle sont décrits les plus minutieux détails de la condition des héros insectes; dans l'air de réalité donné à toute la composition par l'apparente gravité du ton, malgré la secrète intention satirique qui n'est jamais complètement absente. Il finit au moment où il devait précisément finir, avec le dernier soupir du héros principal (1).

Aucun autre poème burlesque ne suivit, dans cette période, la composition de Villaviciosa, excepté la *Gatomaquia*, de Lope de Vega qui, dans son ambition de conquête littéraire universelle, s'empara de ce genre, comme il l'avait fait de chaque autre branche de la littérature nationale. Nous avons déjà fait connaître la *Gatomaquia*, qui est une de ses tentatives les plus heureuses. Nous allons donc revenir sur les véritables poèmes épiques consacrés à des sujets nationaux, poésie dont les flots coulèrent non moins abondants et graves, jusqu'au milieu du dix-septième siècle que dès son commencement, et qui continuèrent à porter, dans tout leur cours, les signes non moins caractéristiques du génie et du tempérament national, tels que nous les avons vus dans les poèmes sur Charles-Quint et sur ses exploits.

Le héros favori de l'âge suivant, Don Juan d'Autriche, fils de l'empereur, fournit l'occasion de deux poèmes qui nous permettront de résumer naturellement l'examen de cette curieuse série (2). Le premier d'entre

---

(1) La première édition de la *Mosquea*, est de Cuença, 1615, in-8°, imprimée alors que l'auteur n'avait que vingt-six ans; la troisième a été donnée, par Sancha, Madrid, 1777, in-8°, avec une vie de l'auteur. Cette dernière nous fait connaître que Villaviciosa fut un employé dévoué de l'Inquisition; que non-seulement il fit fortune, mais que, par ses dernières volontés, il exhorta sa famille à servir, dans l'avenir, le Saint-Office avec le plus grand zèle. Voyez aussi la traduction espagnole de Sismondi, Séville, in-8, tom. I, 1841, p. 354.

(2) Une immense quantité de tributs d'éloges fut payée par les poëtes contem-

eux sur *La batalla de Lepanto*, se publia en 1578, l'année même de la mort prématurée de Don Juan. L'auteur Cortereal était un gentilhomme portugais, distingué par son rang et sa fortune. Il s'était signalé lui-même, comme commandant d'une expédition contre les infidèles sur les côtes d'Asie et d'Afrique, en 1571, et était mort avant 1593. Dégouté de la gloire, il passa les vingt dernières années de sa vie à Evora, où il se consacra à la poésie et aux nobles arts de la musique et de la peinture.

C'est au milieu de la belle et pittoresque nature qui l'environnait, durant la fin tranquille d'une vie agitée, qu'il écrivit trois longs poèmes : deux en portugais, immédiatement traduits en espagnol et publiés, et le troisième composé en espagnol et intitulé : *Felicisima victoria concedida del cielo al señor D. Juan d'Austria en el golfo de Lepanto, contra la poderosa*

---

porains à Don Juan d'Autriche : mais parmi les œuvres écrites à sa louange, il n'en est pas de plus curieuse qu'un poème latin, divisé en deux livres et comprenant dix-sept ou dix-huit cents hexamètres ou pentamètres. Il avait été composé par un nègre amené, dès son enfance, d'Afrique en Espagne, et qui s'était élevé, à force d'étude jusqu'à la chaire de latin et de grec au collège annexé à la cathédrale de Grenade. C'est la même personne à qui Cervantès fait allusion dans les vers qu'il met en tête de son *Don Quichotte* où il l'appelle *el negro Juan latino*. Son volume de vers latins sur la naissance de Ferdinand, fils de Philippe II, sur le pape Pie V, sur Don Juan d'Autriche et sur la ville de Grenade, remplissant environ 160 pages, petit in-4°, s'imprima à Grenade, en 1572. C'est non-seulement un des livres les plus rares du monde, mais encore une des preuves les plus remarquables des facultés intellectuelles et des améliorations possibles de la race africaine. L'auteur raconte lui-même qu'il fut amené d'Ethiopie en Espagne, et que jusqu'à son émancipation, il fut esclave du duc de Sesa, petit-fils du célèbre Gonzalve de Cordoue. Ses vers latins sont fort estimables et ce sont ses succès extraordinaires et singuliers dans ce genre qui lui firent donner le surnom de *Juan latino*, titre aussi d'une comédie dont il est le sujet et composée, si notre mémoire n'est pas infidèle, par Lope de Enciso. Il s'était très-bien marié à une dame de Grenade, éprise de lui, comme Héloïse, d'Abailard, pendant qu'il lui donnait des leçons. Après sa mort sa femme et ses enfants firent élever à sa mémoire un monument dans l'église de Santa-Ana de Grenade avec l'inscription suivante : *Filius Æthiopium prolesque nigerrima patrum*. (Nicol. Antonio, Bibl. Nov., tom. I, p. 716. — Clemencin, édit. *D. Quichotte*, tom. I, p. ix, note.)

Il ne faut pas négliger d'ajouter ici qu'un autre nègre est célébré dans une comédie écrite passablement en castillan, et intitulée : *El valiente negro en Flandes*. Elle est insérée dans le volume xxxi de la collection de *Comedias*, imprimée à Barcelone et à Saragosse, 1638. Le nègre en question, sans être né en Afrique, comme Juan Latino, était un esclave natif de Mérida, s'était distingué comme soldat, avait servi d'une manière fort honorable sous le duc d'Albe, et joui de la faveur de ce sévère général.

armada otomana. Ce dernier consiste en quinze chants en vers blancs ; il est dédié à Philippe II qui,contrairement à son habitude, accepta le compliment et y répondit par une lettre flatteuse. Le poème commence par un songe que la Déesse de la guerre envoie au Sultan des régions infernales, et par lequel elle l'excite à attaquer les chrétiens. Excepté dans cette circonstance et dans quelques autres passages où le poète fait accidentellement usage de semblables interventions, tout l'ouvrage n'est qu'un pur récit historique assez monotone de cette guerre, et il se termine par le grand combat naval dont la description forme le sujet des trois derniers chants (1).

L'autre poème contemporain sur D. Juan d'Autriche est plus solennellement encore consacré à sa mémoire. Il avait été composé par Juan Rufo Gutierrez, personnage d'un grand crédit dans le gouvernement de Cordoue, et spécialement envoyé par cette cité à Don Juan, dont il semble n'avoir jamais dans la suite abandonné le service. Gutierrez, suivant ce qu'il nous raconte, avait été expressément chargé par ce prince d'écrire son histoire, et il avait reçu de lui les matériaux nécessaires à son entreprise. Le résultat de dix années de travail donna un long poème historique intitulé : *La Austriada*, et imprimé en 1584. Dans les quatre premiers chants, il traite de la rébellion des Maures dans les Alpujarras ; alors, après avoir donné des détails sur la naissance et l'éducation de Don Juan, envoyé en qualité de général pour les soumettre, il raconte dans les chants suivants, ses aventures et sa vie, et il termine, dans le vingt-quatrième chant, par la bataille de Lépante et la promesse d'une continuation.

Quand le poème fut terminé, et ce ne fut qu'après la mort du prince

---

(1) *Felicisima victoria concedida del cielo al señorDon Juan d'Austria, etc., compuesta por Jeronimo de Cortereal, caballero portugues*, s. l., 1578, in-8°, avec des gravures sur bois fort curieuses et imprimées probablement à Lisbonne. (Barbosa, *Vida*, tom. II, p. 495). Son *Suceso do segundo cerco de Diu*, en vingt-un chants, sur le siége ou plutôt sur la défense de Diu, dans les Indes Orientales, en 1546, fut publié en 1574, et traduit en espagnol par un poète bien connu, Pedro de Padilla, qui publia sa version en 1597. Son *Naufragio y lastimoso suceso da perdiçaõ de Manuel de Souza de Sepúlveda*, etc., Lisbonne, 1594, en dix-sept chants, fut aussi traduit en castillan par Francisco de Contreras, sous le titre de *Nave tragica de la India de Portugal*, 1624. Ce Manuel de Souza qui remplit des fonctions distinguées dans l'Inde portugaise, qui fit malheureusement naufrage au cap de Bonne-Espérance, en 1553, au moment où il rentrait dans sa patrie, avait des liens de parenté avec Cortereal. (Denis, *Chroniques*, tom. II, p. 79.)

à la gloire duquel il était consacré, il fut solennellement présenté par la cité de Cordoue et par les Cortès du royaume, dans des lettres distinctes, à Philippe II, à qui on demandait sa faveur spéciale pour un ouvrage qui leur semblait devoir durer des siècles. Le Roi le reçut gracieusement et donna cinq cents ducats à l'auteur. Il regardait peut-être avec une secrète satisfaction ce poème comme un monument funèbre pour le prince dont la vie avait été aussi brillante que la mort avait été peu désagréable. Ce patronage fit avoir trois éditions au poème : mais il n'a pas le moindre mérite réel, si l'on excepte l'habile construction de ses stances de huit vers et certains détails historiques assez pittoresques. Aussi a-t-il été bientôt mis en oubli (1).

Dans le voisinage de la ville de Léon on peut lire, ou l'on pouvait lire du moins au seizième siècle, trois inscriptions romaines incomplètes, gravées dans la roche vive. Deux d'entre elles se rapportent à un certain Curieno, espagnol qui avait résisté avec succès aux armes impériales sous le règne de Domitien ; la troisième, à une nommée Polma, dame espagnole, dont le mariage avec son amant Canioseco, se trouve ainsi rappelé d'une manière singulière. Sur ces inscriptions, Pedro de la Vezilla Castellanos, natif du lieu où les personnes qu'elles rappellent sont supposées avoir vécu, a bâti un poème romantique en vingt-neuf chants intitulé : *El Leon de Espana*, qu'il publia en 1586.

Le sujet principal toutefois, surtout dans les cinq derniers chants, roule sur le tribut de cent jeunes filles que l'usurpateur Mauregato était convenu de payer annuellement, par traité, aux Maures, tribut qu'avec l'assistance de l'apôtre Saint Jacques, le roi Ramire refusa heureusement de payer plus longtemps. Castellanos passe légèrement sur la longue période qui s'est écoulée entre l'époque de Domitien et le temps de la guerre de Pélage, ne donne que quelques récits de l'histoire chrétienne,

---

(1) *La Austriada de Juan Rufo, jurado de la Ciudad de Cordoba.* Madrid, 1584, in-8°, ff. 447. Nous en avons des éditions de 1585 et de 1587. Cervantès en fait l'éloge, d'une manière extravagante, dans un sonnet et dans l'examen de la bibliothèque de D. Quichotte. Quand Rufo se présenta devant Philippe II, probablement pour lui offrir son poème et sa dédicace, il avoue que, tout préparé qu'il était pour cette réception, il perdit toute sa présence d'esprit, à la vue du visage sévère du monarque. (Baltasar Porreño, *Dichos y Hechos de Felipe II*, Bruxelles, 1666, in-12, p. 39.) Le meilleur ouvrage de Rufo, c'est la lettre à son fils, insérée à la fin de ses *Apotegmas.* Ce fils, du nom de Luis, se distingua plus tard, à Rome, par son rare talent dans la peinture, et se fit un nom comme artiste de grand mérite.

et arrive, dans le vingt-neuvième chant, à la conclusion de son poème qui se rapporte au tribut des Maures, sans avoir atteint la dernière limite qu'il avait lui-même primitivement proposée. La composition est toutefois assez longue. Plusieurs passages, tels que celui de la fiction romaine, sont agréables ; mais le reste du poème prouve surabondamment que Castellanos n'est que ce qu'il s'appelle lui-même dans son prologue : *un humilde historiador poético o poeta historico, imitador y aprendiz de aquellos que han usado de su poesía para escribir cosas memorables que enciendan los ánimos de los suyos y los levanten al cristianismo culto y reverencia de los santos, y al honroso ejercicio de las armas, á la defensa de su santa ley y al leal servicio de su rey.* « Un humble historien, poète ou poète historien, apprenti, et imitateur de ceux qui se sont servis de leur poésie pour écrire des choses mémorables, enflammant les âmes de leurs concitoyens et les élevant au culte du christianisme, à la vénération des Saints, à l'honorable exercice des armes, à la défense de leur religion sainte, et au fidèle service de leur roi (1). » Si son poème porte sur un sujet quelconque, c'est sur l'histoire de la ville de Léon.

Dans les quatre années qui s'écoulèrent après l'apparition de cette chronique rimée du *Leon de España*, nous ne trouvons pas moins de trois longs poèmes se rattachant à l'histoire nationale. Le premier est de Miguel Giner, sur le siège d'Anvers par Alexandre Farnèse, successeur de l'infortuné D. Juan d'Autriche, comme généralissime de Philippe II dans la guerre des Pays-Bas. Le second, en vingt-un chants, du Portugais Duarte Diaz, roule sur la prise de Grenade par les rois catholiques ; et le troisième, de Lorenzo de Zamora, donne l'histoire de Sagonte, son siége par Annibal. Tout en conservant dans son poème les principaux traits de chaque histoire tels qu'il se les était tracés, il y a étourdiment mêlé des scènes d'amour, des tournois, des aventures qui ne conviennent qu'aux siècles de chevalerie. Pris ensemble, ces trois poèmes démontrent l'énergie de la passion pour la poésie descriptive en Espagne, pays où,

---

(1) *Primera y Segunda Parte del Leon de España*, por Pedro de la Vezilla Castellanos, Salamanque, 1586, in-8°, fol. 309. L'histoire du tribut des cent jeunes filles doit avoir une espèce de fondement, et la preuve en est que l'auteur de la vieille *Cronica general* (part. III, ch. 8), semble raconter, un peu à regret, un fait si peu honorable pour l'Espagne. Mariana l'admet aussi : et Lobera, dans son *Historia de las Grandezas de Leon* (Valladolid, 1596, in-4°, part II, ch. 24), le met hors de doute. La ville de Léon est encore souvent appelée Léon de *España*, comme dans le poème de Vezilla Castellanos, pour la distinguer, dans les livres espagnols, de Lyon, en France, Léon de *Francia*.

en si peu de temps, il s'est produit trois pareilles compositions (1).

C'est à un résultat semblable que nous arriverons par le singulier exemple de Cristobal de Mesa qui, de 1594 à 1612, publia trois poèmes héroïques sur des sujets encore plus nationaux. Le premier roule sur la tradition que le corps de saint Jacques, après son martyre à Jérusalem, fut miraculeusement porté en Espagne, déposé à Compostelle où le saint a toujours été honoré depuis, comme le patron spécial de tout le royaume ; le second, sur Pélage et sur la reprise de l'Espagne ravie aux Maures jusqu'à la bataille de Covadonga; et le troisième, sur la bataille de las Navas de Tolosa, qui anéantit la puissance musulmane et assura l'émancipation de toute la Péninsule. Toutes ces trois compositions de Mesa, ainsi que ses traductions soignées de l'Énéide et des Géorgiques, sont écrites en *ottava rima*, et sont, toutes les trois, dédiées à Philippe III.

Quant à leur auteur, nous n'en savons que peu de chose, et ce peu nous est-il encore principalement raconté par lui-même dans ses agréables lettres en vers, dans les deux surtout qu'il adresse au comte de Lemos, et dans une qu'il écrit au comte de Castro. Nous y lisons que, pendant sa jeunesse, il s'adonna à l'étude de Fernando de Herrera et de Luis Barahona de Soto, autant qu'aux leçons de Francisco Sanchez, le premier humaniste espagnol de son temps; qu'il vécut plus tard cinq ans en Italie, intimement lié avec le Tasse; que, dès cette époque, il appartint entièrement à l'école italienne de la poésie espagnole, école vers laquelle il avait toujours incliné, ainsi que le prouvent ses œuvres. Mais, malgré tous ses efforts, et ils ne furent pas faibles, il n'obtint que peu de faveur ou de protection. Le comte de Lemos refusa de l'emmener à Naples comme membre de sa cour poétique : le roi ne prit pas même connaissance de ses longs poèmes qui ne méritaient pas plus de faveur que tout le reste des compositions de ce genre, se heurtant et se croisant les unes et

---

(1) *Sitio y toma de Amberes, por Miguel de Giner*, Saragosse, 1587, in-8°. — *La Conquista que hicieron los Reyes Catolicos en Grenada, por Duarte Diaz*, 1590, in-8°. Barbosa, tom. I, p. 730. Diaz, qui servit longtemps dans l'armée espagnole, et qui écrivait bien en castillan, publia en outre, en 1592, un volume de vers en espagnol et en portugais. — *De la Historia de Sagunto, Numancia y Cartago, compuesta por Lorenzo de Zamora, natural de Ocaña*, Alcala, 1589, in-4°; dix-neuf chants en octaves, remplissant cinq cents pages. Il s'arrête brusquement et promet de continuer. Il fut composé, dit l'auteur, lorsqu'il avait dix-huit ans. Or, comme il vécut jusqu'à un âge fort avancé, et qu'il mourut en 1614, après avoir imprimé plusieurs livres ascétiques, il est à présumer qu'il ne poussa pas plus loin son poème. (Nicol. Ant, Bibl. Nov., tom II, p. 11.)

les autres dans leurs efforts pour obtenir la protection du monarque (1).

Juan de la Cueva marcha sur les traces de Mesa. Sa *Conquista de la Betica*, imprimée en 1603, est un poème héroïque en vingt-quatre chants sur la conquête de Séville par saint Ferdinand. Le sujet est heureux et le choix du héros qui est le roi lui-même, ne l'est pas moins : mais le poème est une chute. C'est une composition pesante, sans intérêt dans le plan, et d'une exécution des plus froides. Cueva avait principalement tiré ses matériaux de la chronique générale écrite par le fils de saint Ferdinand, mais il ne sut les mouler, comme il avait essayé de le faire, sur la forme de la *Jérusalem délivrée* Cette tâche était, en effet, au-dessus de ses forces. La partie la plus agréable de son œuvre est celle qui peint le caractère de Tarfira, personnage imité de la Clorinde du Tasse. Mais l'épisode romantique dont Tarfira est l'héroïne, renferme de grands défauts, et se mêle par trop à la trame principale de l'histoire. Malgré tout, le plan général du poème est moins embarrassé dans sa marche et plus épique dans sa structure que la plus grande partie des compositions

(1) *Los Navas de Tolosa*, trente chants, Madrid, 1611, in-8°. — *La Restauracion de España*, dix chants, Madrid, 1607, in-8°. — *El Padron de España*, six livres, Madrid, 1611, in-8°, avec quelques autres poésies. L'exemplaire de ce dernier ouvrage que nous avons sous les yeux, prouve la coutume qui régna toujours en Espagne, de mettre des titres nouveaux avec des dates plus anciennes, à des livres qui avaient déjà paru devant le public. M. Southey, à qui cet exemplaire a appartenu, exprime sa surprise, dans une note manuscrite, de ce que la *dernière* moitié du volume porte la date de 1611, pendant que la *première* est datée de 1612. La raison en est, que le titre de *las rimas* est à la page 94, au milieu d'une feuille, et qu'il n'était pas possible de le changer comme le titre du *Padron de España* qui ouvre le volume. Les traductions de Mesa sont postérieures : celle de l'*Eneïde* est de Madrid, 1615, in-8°; celle des *Eglogues* à laquelle il ajoute quelques autres poésies, et la tragédie si pauvre de *Pompeyo* sont de Madrid, 1618, in-8°. Dans ces deux traductions, l'*ottava rima* fatigue et ne nous paraît pas répondre au caractère de l'original. Ce mètre, toutefois, alternant avec la *terza rima*, ne déplaît pas, surtout dans la traduction des Métamorphoses d'Ovide par le licencié Viana, portugais qui les fit imprimer, à Valladolid, en 1589. Cette dernière traduction est une des meilleures qui se sont faites dans le siècle d'or de la littérature castillane. L'*Iliade* que Mesa aurait, suppose-t-on, traduite, ne s'est jamais imprimée. Dans une de ses épîtres (*Rimas*, 1611, f. 201), il dit qu'il commença la carrière des lois; dans une autre (fol. 205), que, tout en étant de l'Estramadoure, il aimait mieux vivre en Castille. Dans divers endroits, il fait allusion à sa pauvreté et à l'abandon qu'il a souffert. Un sonnet inséré dans le dernier ouvrage qu'il publia (1618, f. 113), nous le montre l'esprit abattu, brisé, et réduit à flatter le comte de Lemos contre qui il était fâché, parce qu'il ne l'avait pas emmené avec lui à Naples.

de ce genre ne le sont dans la littérature espagnole. Sa versification, quoique peu soignée, est néanmoins coulante et généralement harmonieuse (1).

Un médecin et un littérateur de Valladolid, Alphonso Lopez, vulgairement appelé *El Pinciano* du nom romain de sa patrie, écrivit dans sa jeunesse un poème dont Pélage était le sujet, poème qu'il ne publia qu'en 1605, lorsqu'il était déjà avancé en âge. Il suppose que Pélage est trompé par un songe que lui envoie Lucifer pour entreprendre un voyage à Jérusalem ; qu'arrivé au saint sépulcre, il est détrompé par un autre songe et qu'il revient pour donner la liberté à sa patrie. C'est là, au fond, le sujet réel du poème qui contient assez d'épisodes et un art suffisant pour expliquer toute l'histoire d'Espagne, jusqu'au temps de Philippe III, monarque à qui *El Pelayo* est dédié. Ce poème est long comme le reste des compositions de ce genre ; il s'annonce dans sa notice avec un air d'érudition profonde et beaucoup de prétention, mais il montre peu d'habileté dans la versification et apparaît comme une des poésies les plus fastidieuses de la langue castillane (2).

En 1612, il se publia en Espagne deux autres poèmes semblables. Le premier c'est la *Numantina*. Il traite du siège de Numance et de l'histoire de Soria, ville située dans les environs de Numance et prétendant l'avoir remplacée. L'auteur, Francisco Mosquera de Barnuevo, appartenant à une famille illustre et ancienne de cette cité, n'écrivit pas seulement les quinze chants de ce poème en l'honneur du pays qui l'avait vu naître, mais il les accompagna d'une histoire en prose, espèce de rapide commentaire où rien de ce qui se rapporte à Soria et spécialement à Barnuevo, n'est oublié. C'est réellement une merveilleuse pièce de

---

(1) *Conquista de la Bética, poema héroïco de Juan de la Cueva*, 1603, réimprimé dans le tom. XIV et XV de la collection de D. Ramon Fernandez (Madrid, 1795) avec une préface excellente qui est, je crois, de Quintana. — Dans la traduction espagnole de Sismondi, tom. I, p. 285, on trouve des détails sur Juan de la Cueva. Il existe un grand nombre de ses œuvres inédites, dans la bibliothèque du comte del Aguila, à Séville. (*Semanario Pintoresco*, 1846, p. 250.)

(2) *El Pelayo del Pinciano*, Madrid, 1605, in-8°, vingt chants remplissant environ six cents pages, et, à la fin, une pauvre imitation du Tasse, prétendant donner un sens allégorique à l'ensemble. Je connais par Nicolas Antonio *La Iberiada, de los hechos de Scipion Africano, por Gaspar Savariego de Santa Anna*, Valladolid, 1603, in-8° ; mais je ne l'ai jamais vu. — *La Patrona de Madrid restituida*, par Salas Barbadillo, poème héroïque en l'honneur de Notre-Dame d'Atocha, imprimé en 1608, et réimprimé, à Madrid, en 1750, in-8°, est une œuvre d'un très-faible mérite et ne vaut pas la peine d'être citée.

pédanterie; les interventions de ses agents métaphysiques telles que l'Europe parlant à Némésis, et l'Antiquité instruisant l'auteur, semblent être en grande partie dans le ton des anciens mystères et ne sont certainement rien moins que poétiques. L'autre poème épique dont nous voulons parler, est celui de Vasconcellos, Portugais qui reçut un commandement important et combattit bravement contre l'Espagne, lorsque sa patrie voulut se délivrer du joug espagnol. Vasconcellos écrivit avec pureté, en castillan, dix-sept chants, nommément sur l'expulsion des Morisques, mais il fit en réalité porter son poème sur l'histoire de toute la Péninsule, depuis la première invasion des Maures, jusqu'à l'expulsion définitive du dernier de leurs abhorrés descendants par Philippe III. Personne ne conserve le souvenir d'aucun de ces poèmes et aucun d'eux ne mérite qu'on s'en souvienne (1).

A partir de cette époque, les poèmes descriptifs, adoptant plus ou moins une forme épique et se consacrant à la gloire de l'Espagne, deviennent rares. Cette rareté doit être attribuée, en partie, aux succès de Lope de Vega qui donna au drame national un éclat si brillant. Il se fit toutefois encore dans le cours des trente années suivantes, deux ou trois tentatives qui mériteraient d'être connues.

La première est celle d'une dame portugaise, doña Bernarda Ferreyra et qui a pour titre : *España libertada*. C'est un poème ennuyeux, divisé en deux parties, dont l'une parut en 1618 et l'autre en 1673, longtemps après la mort de l'auteur. Il n'est en réalité qu'une chronique rimée, dont la première partie porte les dates marquées avec la plus grande régularité : il n'a d'autre but, sans doute, que de parcourir entièrement les sept siècles de l'histoire d'Espagne, depuis l'apparition de Pélage jusqu'à la chute de Grenade, mais il ne s'étend pas plus loin que le règne d'Alphonse le Sage où il s'arrête brusquement.

La seconde tentative est une des plus absurdes que l'on connaisse dans l'histoire littéraire. Elle fut faite par D. Juan Antonio de Vera y Figueroa, comte de la Roca, longtemps ministre d'Espagne à Venise, et auteur d'un

---

(1) *La Numantina del luenciado don Francisco Mosquera de Barnuevo, etc. dirigida à la nobilisima Ciudad de Soria y à sus doce Linages y Casas à ellas agregadas*, Sevilla, 1612, in-4°; c'est, dit-il, un fruit de sa jeunesse, imprimé quand il avait des cheveux blancs. Mais il ne montre pas le jugement et la sagesse de l'âge mûr.

La Liga deshecha por la expulsion de los Moriscos de los Reynos de España, Madrid, 1612, in-8°. Elle fut imprimée longtemps avant que Vasconcellos combattit contre l'Espagne. Le poème contient des éloges de Philippe III qui, plus tard, n'ont

charmant traité en prose sur les droits et les devoirs d'un ambassadeur, sous le titre de *El Embajador*. Il avait commencé par traduire la *Jérusalem délivrée* du Tasse; il était sur le point de publier sa version, quand il changea d'idée et accommoda tout son ouvrage, sujet, ornements poétiques et tous les autres accessoires, à *La Conquista de Sevilla por S. Fernando*. La métamorphose est aussi complète que dans aucune métamorphose d'Ovide, mais elle n'est certainement pas aussi gracieuse. Cette transformation est singulièrement apparente dans le second livre où la gracieuse et touchante histoire d'Olinde et de Sophronie est travestie dans un épisode correspondant de Léocadie et de Galinde. Pour rendre encore toute cette composition plus grotesque et lui donner l'air d'une grave et sérieuse caricature, le poème est écrit en vieilles *redondillas* castillanes, durant une longueur exacte de vingt livres, pour achever entièrement le parallèle avec les vingt chants de la *Jérusalem délivrée*.

La dernière des trois tentatives dont nous parlons et la dernière de la période qui mérite d'être connue, consiste dans la *Nápoles recuperada*, du prince Esquilache : écrite longtemps avant, elle ne date que de 1651, année de sa publication. Elle traite de la conquête de Naples, vers le milieu du quinzième siècle, par Alphonse V d'Aragon, monarque que le poète semble avoir choisi pour héros, en partie au moins, parce que le prince Esquilache se vantait d'être un descendant de ce roi vraiment grand.

Le poème est toutefois peu digne de son sujet. L'auteur prend évidemment la plus grande peine pour ne pas avoir un plus grand nombre de livres que l'*Enéide*; pour ne pas violer la vérité historique; pour que épisodes, machines, style, tant dans la fable que dans sa disposition et sa structure, tout soit rigoureusement conforme aux meilleurs modèles épiques. Il est allé même, comme il le déclare, jusqu'à rechercher pour couronnement, la grâce d'une approbation royale avant de s'aventurer à le présenter au public. Malgré tout cela, c'est encore une œuvre manquée. Elle semble annoncer quelques-unes des doctrines austères et pauvres de la littérature espagnole du siècle qui va suivre; elle est écrite avec un raffinement si délicat de versification que cette qualité diminue encore son attrait. De

---

pas dû faire plaisir à leur auteur (Barbosa, tom II, p. 701) ; il se compose de douze cents octaves.

La España defendida, par Christobal Suarez de Figueroa, Madrid, 1612, in-8°, et Naples, 1644, correspond à la même date, c'est-à-dire que, dans une même année, il parut, en fait, trois poèmes héroïques.

sorte que le dernier échantillon du genre auquel ce poème appartient est un des plus fastidieux, des plus dénués d'intérêt, s'il n'est pas un des plus extravagants (1).

En terminant notre examen de cette remarquable série de poèmes descriptifs et héroïques espagnols, il n'est pas inutile de voir combien longtemps dura en Espagne la passion pour ce genre de poésie, et avec quelle distinction ces compositions conservèrent jusqu'à la dernière, ces ambitieux sentiments de grandeur nationale qui leur avait primitivement donné naissance. Durant un siècle, sous les règnes de Philippe II, Philippe III et Philippe IV, elles sortirent continuellement des presses, et furent continuellement reçues, sinon avec le même degré du moins avec la même espèce de faveur qui avait accueilli les vieux romans de chevalerie qu'elles avaient espéré remplacer. Rien n'était plus naturel, malgré son caractère d'extravagance. Tout ces vieux essais de poésie épique avaient en général leur base dans les traits les plus profonds et les plus nobles du caractère castillan. Si ce caractère avait gagné en dignité et

---

(1) *Hespaña libertada, parte primera, por Doña Bernarda Ferreira de Lacerda, dirigida al Rey catolico de las Hespañas, Don Felipe Tercero de este nombre, nuestro Señor*. (Lisbonne 1618, in-4º.) C'est un poème évidemment composé en l'honneur des conquérants espagnols, et, sous ce point de vue, il faut accorder peu de crédit à l'auteur; il n'en mérite pas davantage au point de vue poétique. La *Parte Segunda* fut publiée par sa sœur, Lisbonne, 1673, in-4º. Bernarda de Lacerda était une femme accomplie. Lope de Vega, qui lui dédia son églogue intitulée : *Filis*, (*Obras sueltas*, tom. X, p. 193) lui adresse des compliments sur la pureté avec laquelle elle écrit en latin. Elle publia un volume de poésies en portugais, espagnol et italien, en 1634, et elle mourut en 1644.

El Fernando ò Sevilla restaurada, poema heroïco, escrito con los versos de la Gerusalemme liberata, et por D. Juan Antonio de Vera y Figueroa, Conde de la Roca, etc., Milan, 1632, in-4º. pp. 654. Il mourut en 1658. Voyez Nicol. Antonio, à ce nom.

Napoles recuperada por el Rey Don Alonso, poema heroïco de D. Francisco de Borja, principe de Esquilache, etc., Saragosse, 1651. Anvers, 1658, in-4º. Nous donnerons des détails sur la vie honorable et aventurière de ce prince, quand nous traiterons de la poésie lyrique espagnole, où il fut plus heureux que dans le genre épique.

Après ces compositions, il parut bien encore deux ou trois poèmes qui s'intitulent héroïques, mais ils ne méritent pas d'être mentionnés. Un des plus absurdes, c'est l'*Orfeo militar*, en deux parties par Joan de la Victoria Ovando : la première relative au siége de Vienne par les Turcs, la seconde, à celui de Bude. Les deux parties s'imprimèrent en 1688, in-4º, à Malaga, où leur auteur remplissait des fonctions militaires. Mais ni l'une ni l'autre ne fut beaucoup lue, je pense, hors des limites de la cité qui les avait produites.

en élévation, sous les trois Philippe, autant qu'il l'avait fait sous Ferdinand et Isabelle, il est hors de doute que la poésie qui en aurait fait son modèle aurait pris rang à côté des productions données par une impulsion semblable en Italie et en Angleterre. Mais malheureusement, il n'en arriva pas ainsi. Ces poèmes descriptifs espagnols, consacrés aux gloires nationales, se produisirent au moment où le caractère national était sur son déclin ; et, comme ils jaillissent plus directement des éléments essentiels de ce caractère, qu'ils dépendent aussi de son esprit plus que la poésie semblable de tout autre peuple dans les temps modernes, ils déclinèrent aussi plus visiblement, avec la décadence de cet esprit et de ce caractère.

C'est en vain, par conséquent, que la ressemblance des sentiments qui leur a donné primitivement naissance se continue jusque dans le dernier. La substance leur manque. Nous remarquons, c'est vrai, dans presque chacun d'eux, un orgueilleux patriotisme, aussi présomptueux et exclusif, sous le plus faible des Philippe qu'au temps où Charles-Quint portait la moitié des couronnes d'Europe, mais nous sentons qu'il dégénère en un préjugé sombre et odieux en faveur de leur propre nation, préjugé empêchant leurs poètes de regarder au dehors, dans le monde, au delà des Pyrénées, où ils ne pouvaient que voir s'évanouir leurs chères espérances de monarchie universelle, et d'autres nations s'élever à ce degré, à cet état de puissance auquels ils étaient eux-mêmes depuis si longtemps arrivés. Nous remarquons aussi, dans toutes ces tentatives épiques, les traits auxquels nous avons été accoutumés pour tout ce qu'il y a de plus particulier dans la loyauté espagnole, loyauté hardie, turbulente, envahissante contre toute autre autorité, dans une proportion aussi exacte qu'elle était fidèle et soumise à l'autorité la plus haute. Cette loyauté nous la trouvons maintenant transformée ; elle est encore largement imbue de l'esprit de la gloire militaire, mais elle a beaucoup perdu de la sensibilité de son ancien point d'honneur. Finalement, nous remarquons bien dans chacun de ces poèmes un profond sentiment de respect pour la religion, sentiment vivace depuis les siècles de lutte contre la puissance des Maures, que nous trouvons maintenant mêlé constamment à l'arrogante fierté d'une passion mondaine avec les plus sacrés de ses sacrifices, et se soumettant, par son esprit de foi aveugle et de dévotion, à un fanatisme dont les décrets étaient écrits avec du sang. Cette multitude de poèmes héroïques espagnols, produit des éléments du caractère national, alors que ce caractère était frappé de décadence, porte naturellement les marques de son origine. Au lieu de rechercher par le fervent enthousiasme d'un vrai patriotisme ou d'une généreuse loyauté et d'une religion éclairée, l'élévation à laquelle ils aspirent, ils tombent, à peu d'exceptions près, dans de fastidieuses chroniques rimées, où la gloire nationale ne peut exciter l'intérêt qui s'attacherait à la narration la plus simple des événements réels, sans gagner en échange la moindre chose des inspirations du génie poétique.

CHAPITRE XXIX

Poésie lyrique. — Son état depuis les temps de Boscan et de Garcilaso de la Vega. — Cantoral, Figueroa, Espinel, Montemayor, Barahona de Soto, Rufo, Damian de Vegas, Padilla, Maldonado, Luis de Léon, Fernando de Herrera et son langage poétique. — Collection d'Espinosa, Manoel du Portugal, Mesa, Ledesma et les conceptistes. — Le Culteranisme, mauvais goût semblable dans les autres contrées. — Gongora et ses disciples, Villamediana, Paravicino, Roca y Serna, Antonio de Vega, Pantaléon, Violante do Ceo, Melo, Moncayo, la Torre, Vergara Rosas, Villoa, Salazar. — Mode et prédominance de l'école de Gongora. — Efforts que font, pour la détruire, Lope de Vega, Quevedo et d'autres. — Medrano, Alcazar, Arguijo, Balvas Barona.

Une tendance décidément lyrique est perceptible dès l'origine dans la littérature espagnole. Les romances en sont fortement empreintes et nous trouvons parfois accidentellement des fragments de chansons qui semblent presque aussi vieux que les premières romances. Tout cela appartient, par conséquent, à une époque tellement éloignée et grossière que tout ce qu'elle produisait était marqué au coin du caractère national, parce que l'Espagne n'avait pas encore, avec les autres contrées de l'Europe, ce commerce qui devait lui apporter quelque chose de leur culture et de leur civilisation. Nous avons vu comment plus tard la Provence voisine donna parfois à la Castille sa mesure et son intonation poétique; comment ces deux éléments se façonnèrent, en ce qui concerne l'Espagne, suivant les goûts des cours différentes de la Péninsule, jusqu'au temps de Ferdinand et d'Isabelle.

Dès l'âge suivant, qui est l'époque de Boscan et de Garcilaso, il s'introduit un nouvel élément dans la poésie lyrique espagnole. En effet, dès ce moment, on peut y apercevoir non-seulement les formes, mais le génie de l'Italie plus cultivée, et de telle sorte qu'il ne nous est pas permis de mettre un moment en question leur influence immense et leur triomphe définitif. Toutefois la différence entre les caractères des deux nations était si grande, que les poètes espagnols ne purent se façonner sur les modèles italiens qu'ils avaient sous les yeux, dès la première tentative. Il se forma immédiatement deux courants. Après leur première rencontre, rencontre dans laquelle Castillejo se distingua, sinon comme le premier, du moins comme le plus remarquable de ceux qui luttèrent pour empêcher leur union, les deux eaux ont continué de suivre leur cours respectif, coulant côte à côte, mais séparées l'une de l'autre, jusqu'à nos jours.

A la fin du seizième siècle, l'influence de cette poésie, qui remplit les *Cancioneros*, depuis le règne de Jean II, est encore reconnue. Ribero, Costana, Heredia, Garci Sanchez de Badajoz et leurs contemporains continuent d'être lus, bien qu'ils ne jouissent déjà plus de cette admiration et de cet enthousiasme qui leur avait été accordé. Mais le changement destiné à détruire l'école à laquelle ces poètes appartiennent s'avançait rapidement. Si cette réforme ne fut pas la plus favorable qui pouvait se produire dans la poésie lyrique espagnole, elle fut de celles que les succès brillants de Garcilaso et les circonstances qui les produisirent et les accompagnèrent rendaient, nous l'avons vu, inévitable (1).

Au nombre de ceux qui contribuèrent le plus ouvertement à ce changement, il faut compter Hieronimo de Lomas Cantoral qui publia, en 1578, un volume de poésies, dans la préface duquel il n'hésite pas d'affirmer que l'Espagne a produit à peine un poète vraiment digne de ce nom, à l'exception de Garcilaso, poète formé, ajoute-t-il aussi, sur les modèles italiens et dont il a lui-même suivi les traces, quoique à une distance très-humble (2). Un autre poète lyrique de cette même époque et qui, avec de meilleurs résultats, prit la même direction, c'est Francisco de Figueroa, gentilhomme et soldat, dont un petit nombre de poésies castillanes se reconnaissent encore dans les collections les mieux choisies de la littérature de sa patrie, mais qui vécut longtemps en Italie et qui se consacra si ardemment à l'étude de la langue de ce pays, qu'il écrivait des vers en italien avec autant de pureté qu'en espagnol (3). A ces deux

---

(1) Voyez ce qui a été dit au chap. III sur Acuña, Cetina, Silvestre, etc.

(2) *Obras poéticas de Lomas de Cantoral*, Madrid, 1578, in-8. Elles commencent par une traduction de Luis Tansilo, et la partie lyrique des trois livres en lesquels elles se divisent, est dans le genre italien ; le reste est plus national et plus castillan dans ses formes.

(3) Figueroa, né en 1540, mort en 1620, et très-souvent surnommé le Divin, *El divino*, fut, durant la plus grande partie de sa vie, plus connu et plus admiré en Italie qu'il ne le fut en Espagne. Au moment de sa mort, il était fort honoré à Alcala, sa ville natale. Ses poésies portent la date de 1572 : à partir de cette date, elles circulèrent en manuscrits, mais elles ne furent pas imprimées, je crois, avant qu'elles ne fussent éditées à Lisbonne, en 1625, dans un petit volume sous les aus-

poètes, il faudra ajouter Vicente Espinel qui inventa les *décimas espinelas* ou en renouvela l'usage. Dans un volume de poésie, imprimé en 1591, il distingue les formes italiennes auxquelles il accorde la préférence sur les formes castillanes. C'est dans ces dernières que ses essais, faibles par le nombre, se trouvent accidentellement beaucoup plus beaux que tout ce qu'il a composé dans les formes italiennes qu'il leur préférait (1).

Mais la disposition à suivre les grands maîtres de l'Italie n'était cependant pas aussi générale que les exemples de Cantoral, de Figueroa et d'Espinel sembleraient le faire croire. Leurs exemples étaient, en effet, des cas isolés, comme nous pouvons le voir dans le fait suivant. Montemayor est, dans sa *Diane*, un imitateur déclaré de Sannazar ; toutefois les poésies qu'il sema dans sa pastorale en prose, et le volume de rimes qu'il imprima plus tard, offrent des pièces, et même des meilleures de celles qu'il nous a laissées, appartenant décidément à la vieille école nationale (2). Une observation pareille peut s'appliquer à d'autres auteurs de la même époque. Luis Barahona de Soto, dont un petit nombre de poésies lyriques sont parvenues jusqu'à nous, n'était pas non plus exclusivement disciple de l'école italienne, quoique son œuvre principale, ses

pices de Luis Tribaldos de Toledo, chroniqueur du Portugal. Elles sont aussi insérées dans le vingtième volume de la collection de Fernandez, Madrid. Il y a de la finesse et de la correction dans les vers, mais elles ne sentent pas l'inspiration d'un mâle génie.

(1) *Diversas rimas de V. Espinel*, Madrid, 1591, in-8°. Ses vers sur le *Buscar ocasion de celos* (fol. 78) sont des plus heureux ; et ses *Quejas de la dicha pasada* (fol. 128) sont de beaucoup supérieurs à ceux que Silvestre composa sur le même sujet, *Obras*, 1599, fol. 71.

(2) Montemayor, comme nous le verrons plus tard, introduisit la prose pastorale en Espagne, à l'imitation de Sannazar, en 1599 ; une collection de ses poésies, intitulée *Cancionero*, s'imprima en 1554. Dans l'édition de Madrid, 1588, in-8°, dont je me sers, le tiers environ du volume est composé suivant le style et la métrique castillane. Puis il annonce formellement : *Aqui comienzan los sonetos, canciones y otras composiciones en metro italiano*. Dans le premier livre de *La Diana* se trouve une *cancion*, pleine de douceur et de naturel, sur les regrets d'une bergère d'avoir, par ses dédains, conduit son amoureux au désespoir. Elle a été fort bien traduite par Bartholomew Young dans sa version de *La Diana*. (Londres, 1598, fol. p. 8.) Gaspar Gil de Polo, qui continua *La Diane*, suivit la même voie dans les poésies qu'il intercala, et dont plusieurs ont été bien traduites par le même Young. Les œuvres de Montemayor sur la religion et la dévotion, et qui étaient insérées, à ce que je présume, dans le *Cancionero*, furent prohibées par l'Index de 1667 et par celui de 1790.

fameuses *Làgrimas de Angélica*, soient dans le style de l'Arioste (1). Rufo, tout en cherchant à marcher sur les traces de Pétrarque, conserve encore en lui un génie éminemment castillan qui semble l'avoir contraint de revenir, comme malgré lui, dans la voie des vieux poètes de son pays (2). Un plus grand nombre de poètes lyriques, contemporains de Damian de Vegas (3) et de Pedro de Padilla (4), respirent dans leur intonation un air national ; mais le meilleur de tous, dans ce genre, à cette époque, c'est Lopez Maldonado qui, soit dans sa vive gaieté, soit dans ses expressions pleines de tendresse et de mélancolie, s'inspira presque toujours uniformément des sentiments populaires et resta le fidèle interprète des instincts du peuple (5).

Mais ce qu'il ne faut pas oublier, c'est que, durant cette même époque, vivaient les deux plus grands poètes lyriques que l'Espagne ait jamais produits, poètes qui n'ont exercé que peu d'influence l'un sur l'autre et qui en ont eu encore bien moins sur leur propre temps. L'un d'eux, c'est F. Luis de Léon, mort en 1591, après avoir à peine donné au monde quelques

---

(1) Les poésies lyriques de Luis Barahona de Soto se trouvent dans les œuvres de Silvestre, 1599, et dans les *Flores de poetas ilustres* de Espinosa, Valladolid, 1605, in-4°.

(2) *Las seiscientas apotegmas de Juan Rufo y otras obras en verso*, Toledo, 1596. Les *Apotegmas* sont, par le fait, des anecdotes en prose. Ses sonnets et ses *canciones* n'ont pas autant de mérite que la lettre à son fils et ses autres poésies plus castillanes, telles surtout que sa composition sur la guerre de Flandre où il servit comme soldat.

(3) *Libro de poesias por Fray Damian de Vegas*, Tolède, 1590, in-8°, de mille pages environ. La plupart sont des poésies religieuses: la plus grande partie est composée dans le vieux style; presque toutes sont pesantes et fastidieuses.

(4) *Pedro de Padilla, Eglogas, sonetos*, etc., Séville, 1582, in-4°, ff. 246. Dans cette collection, se trouvent de nombreuses compositions lyriques du genre national, *glosas*, *villancicos*, *letrillas*, fort animées et très-agréables. Dans son *Tesoro de varias poesias*, Madrid, 1587, in-8°, les pièces écrites dans le genre italien l'emportent.

(5) Le *Cancionero* de Maldonado, s'imprima à Madrid, en 1586, in-4°. Les parties les meilleures sont celles qui se composent des poésies amoureuses, dont plusieurs sont insérées dans le troisième volume de la *Floresta* de Faber. — Aux poètes qui ont écrit, suivant la métrique ancienne, on pourrait ajouter Joachim Romero de Cepeda, dont les œuvres, imprimées à Séville, 1582, in-4°, contiennent un grand nombre de *canciones*, de *motes*, de *glosas*. Il y a, entre autres, trois sonnets fort remarquables, que l'auteur présenta à Philippe II, lors de son passage à Badajoz où vivait Cepeda, pour aller prendre possession du Portugal, en 1580. L'ensemble du volume est rempli d'équivoques et de pensées alambiquées.

preuves de son talent poétique. Nous en avons déjà parlé. L'autre, c'est Fernando de Herrera, ecclésiastique de Séville (1). Les seuls détails que nous connaissions de lui, c'est qu'il vivait dans la seconde moitié du seizième siècle ; qu'il mourut, en 1597, à l'âge de soixante-trois ans ; que Cervantès écrivit un sonnet en son honneur (2) ; qu'en 1619, son ami Francisco Pacheco, le peintre, publia ses œuvres avec une préface de Rioja, animé du même esprit (3).

Herrera connaissait une partie des poésies inédites de F. Luis de Léon, c'est certain, puisqu'il les cite dans son érudit commentaire sur Garcilaso, imprimé en 1580. Il plaçait Garcilaso de la Vega au-dessus de F. Luis de Léon, c'est ce qui ressort avec non moins de certitude de son même commentaire, où il exprime souvent l'opinion que Garcilaso est le plus grand de tous les poètes espagnols (4). Cette opinion apparaît aussi d'une manière suffisante, dans le volume de ses propres œuvres qu'il publia lui-même, en 1582, poésies écrites toutes dans le genre italien, adopté par Garcilaso. Augmentées des poésies d'un caractère différent, dans les éditions

---

(1) Les louanges que Herrera donne constamment à Séville et au Guadalquivir, révèlent suffisamment le lieu de sa naissance. On y trouve aussi les plus heureux spécimens de la poésie castillane, tels sont : l'ode en l'honneur de saint Ferdinand qui reprit Séville sur les Maures, et l'élégie commençant par *Bien puedes ascon der, sereno cielo.*

(2) Navarrete, *Vida de Cervantès*, 1819, p. 447. La date de la mort de Herrera est donnée d'après l'autorité sûre, tirée des notes manuscrites de Pacheco, son ami, publiées dans le *Semanario Pintoresco*, 1845, p. 299. Auparavant, elle était tout à fait inconnue. Ces notes sont extraites d'un manuscrit intéressant, qui semble avoir été le brouillon des *Imagenes* et *Elogia virorum illustrium* que Pacheco donna au célèbre comte duc Olivarès, selon Nicolas Antonio (Bibl. Nov., tom. I, p. 456.) Elles se trouvent dans le *Semanario Erudifo*, 1844, p. 347. etc. Voyez aussi Navarrete, *Vida de Cervantès*, pp. 536, 537. Pacheco était un bon peintre et Cean Bermudez nous en a donné une biographie dans son *Diccionario*, tom. IV, p. 3. C'était un homme d'une assez grande érudition : il entama une controverse avec Quevedo sur la question de faire partager le patronat de l'Espagne à sainte Thérèse avec saint Jacques. Quevedo s'opposait à cette idée. En 1649, Pacheco publia à Séville, in-4º, son *Arte de la Pintura, su Antiguedad y Grandezas ;* je ne l'ai jamais vu. Il mourut en 1654. Dans son *Parnaso español*, tom. III, p. 117 et tom. VII, p. 92. Sedano donne deux épigrammes de Pacheco relatives à l'art qu'il professait, et il leur accorde plus d'éloges qu'elles ne méritent, selon moi.

(3) L'édition de Pacheco est accompagnée d'un beau portrait de l'auteur, d'après le tableau qu'il avait peint lui-même et qui a été souvent gravé depuis.

(4) *En nuestra España sin comparacion alguna Garcilaso es el primero*, dit-il, p. 409, et il le répète en plusieurs endroits.

de Pacheco, en 1619, dans celles de D. Ramon Fernandez, en 1808 (1), ces œuvres constituent tout ce que nous possédons des vers de Herrera, mais non certainement tous ceux qu'il a écrits (2).

Plusieurs parties du volume qu'il publia lui-même ont peu de valeur, surtout ses sonnets, genre de composition auquel il accordait une estime extraordinaire (3). D'autres parties sont excellentes. Telles sont ses élégies en *terza rima*. Celle qu'il adresse à l'Amour, pour lui demander du repos, est pleine de passion et de feu ; pendant que celle où il exprime sa gratitude pour la ressource qu'il trouve dans les larmes, respire la tendresse et l'harmonie la plus aimable (4). Mais là où il obtient principalement son succès, c'est dans ses *canciones*. Il en a composé seize. La moins heureuse de ces pièces, c'est peut-être l'ode où il cherche le plus à imiter

(1) L'édition de Fernandez, la plus complète de toutes, et deux fois réimprimée, forme les volumes IV et V de ses *Poesias castellanas*. Les poèmes plus longs de Herrera, connus seulement par leurs titres qui ne promettent rien de bon, sont : *El robo de Proserpina*, *La batalla de los Gigantes*, *El Amadis*, *Amores de Laurino y Cœrona*. Peut-être avons nous raison de regretter la perte de ses *Eglogas* et de ses *Versos castellanos*, composés suivant la mesure antique. En 1572, il publia un récit de la guerre de Chypre et de la bataille de Lépante ; en 1592, une Vie de Thomas Morus, extraite d'un livre latin, *Vida de los Tres Tomases* par le catholique anglais Stapleton (Woods Athenae, édit. Bliss. tom. I, p. 671). Rioja assure que Herrera avait terminé, vers 1590, une histoire générale d'Espagne, qui est probablement perdue.

(2) Dans des observations que le licencié Enrique de Duarte mit en tête de l'édition des poésies de Herrera, 1619, il est prétendu, que, peu de jours après la mort de Herrera, on détruisit un fort volume contenant toutes les œuvres poétiques qu'il avait lui-même préparées pour l'impression, et que les manuscrits restants auraient probablement éprouvé le même sort, s'ils n'avaient été soigneusement recueillis par Pacheco.

(3) Dans ses commentaires sur Garcilaso, il dit : Es el soneto la mas hermosa composicion y de mayor artificio y gracia de cuantas tiene la poesia italiana y espanola. Sirve en lugar de los epigramas y odas griegas y latinas, y responde a las elegias antiguas en algun modo : pero es tan extendida y capaz de todo argumento, que recoge en si sola todo lo que pueden abrazar estas partes de poesia.—Le sonnet est la composition la plus belle, qui comporte le plus d'art et de grace, de toutes les compositions qui appartiennent à la poésie italienne et espagnole. Il sert, en place des épigrammes, des odes grecques et latines, et répond, en quelque sorte, aux élégies de l'antiquité : mais c'est une composition si étendue, si capable de toute espèce de sujets, qu'elle comprend en elle seule, tout ce que ces divers genres de poésie peuvent embrasser.

(4) La Dame à qui Herrera consacra ses pensées dans un sentiment tout à fait spirituel et purement platonique, fort rare dans la poésie espagnole, fut, dit-on, la comtesse de Gelves.

Pindare. Le sujet porte sur la révolte des Morisques des Alpujarras. Il l'a rendue très-froide par l'introduction de la mythologie grecque. Les morceaux les meilleurs sont l'ode sur la bataille de Lépante, gagnée par le héros favori de Herrera, le jeune et généreux D. Juan d'Autriche, et l'ode élégiaque sur la mort de D. Sébastien de Portugal et sur sa désastreuse expédition en Afrique. Ces compositions furent probablement écrites au moment même où les esprits étaient fortement préoccupés par les grands événements qu'elles rappelaient ; elles se trouvaient encore heureusement reliées à ces sentiments de fidélité et de religion qui semblent avoir été toujours innés dans les âmes espagnoles, et avoir toujours été la source de leurs plus sublimes inspirations poétiques.

La première de ces odes sur la bataille de Lépante, victoire qui rendit à la liberté plusieurs milliers de chrétiens captifs et arrêta la seconde invasion du Croissant dans l'Europe occidentale, est un sublime et réjouissant hymne de victoire, mêlant, dans un degré remarquable, la jubilation et l'allégresse qui brillent dans les psaumes et les prophéties, exprimant les conquêtes des Juifs sur leurs infidèles ennemis, aux sentiments d'un dévot Espagnol, à la pensée d'une ruine si décisive de l'ancien et abhorré ennemi de son pays et de sa foi. La seconde, l'ode sur la mort du roi D. Sébastien de Portugal, composée, au contraire, dans un accès de désespoir, est encore romanesque et saisissante, et même plus peut-être que sa rivale. Cet infortuné monarque, un des princes les plus chevaleresques qui soit jamais monté sur un trône de la chrétienté, entreprit, en 1578, de poursuivre la grande victoire de Lépante par le rachat de tout le nord de l'Afrique du joug musulman, sous lequel il avait si longtemps gémi, et de rendre à leur patrie les multitudes de chrétiens qui y souffraient la plus cruelle servitude. Don Sébastien périt dans sa généreuse tentative. Cinquante hommes à peine, sur ses nombreux bataillons, revinrent pour raconter les détails de cette fatale bataille où le prince lui-même disparut au milieu des monceaux de cadavres inconnus. Mais l'admiration du peuple pour ce roi était si profonde et si vive qu'un siècle plus tard, on croyait, en Portugal, que Don Sébastien allait revenir et reprendre la puissance qui, pendant un temps, avait ébloui et séduit les cœurs de ses sujets (1).

_____

(1) Il existe un livre sur ce sujet, qu'on ne doit pas passer sous silence, dans une histoire de la littérature espagnole. C'est l'histoire du pâtissier de Madrigal, qui, dix-sept ans après la défaite, en Afrique, du roi D. Sébastien, se présenta en Espagne, se figurant être réellement ce monarque. Il persuada doña Anne d'Autriche,

Herrera a fort heureusement donné une tournure religieuse aux principaux faits de cette triste catastrophe. Il commence son ode par des lamentations sur l'affliction du Portugal : il en vient ensuite à démontrer que la gloire héroïque qui aurait accompagné un pareil effort contre l'ennemi commun de la chrétienté, s'est perdue dans cette cruelle défaite. La faute retombe sur ceux qui ont entrepris cette grande expédition : ils n'étaient mûs que par des motifs d'ambition humaine, et ils avaient oublié les plus nobles sentiments chrétiens qui auraient dû les pousser à une guerre contre les infidèles. Aussi animé d'un pareil esprit, il s'écrie :

> Ai de los que passaron, confiados
> En sus cavallos, y en la muchedumbre
> De sus carros, en ti, Libia deserta!
> Y en su vigor y fuerças engañados,
> No alçaron su esperança à aquella cumbre
> D'éterna luz ; mas con sobervia cierta
> S'ofrecieron la incierta
> Victoria, y sin bolver à Dios sus ojos,
> Con ierto cuello y coraçon ufano,
> Solo atendieron siempre à los despojos!
> Y el Santo de Israël abrió su mano.
> Y los dexo ; — y cayò en despeñadero
> El carro, y el cavallo y cavallero (1).

---

cousine du dit roi, et religieuse, de lui donner de riches joyaux qui servirent à découvrir la fraude. L'histoire intéressante et bien racontée s'imprima, pour la première fois, à Cadix, en 1595, sous le titre de : Historia de Gabriel de Espinosa, el pastelero del Madrigal que se quiso fingir el rey D. Sébastien de Portugal. Il n'y avait pas lieu de s'attendre à ce que Philippe II traitât avec douceur celui qui élévait des prétentions sur la couronne dont il s'était emparé, ni ceux qui s'étaient fait ses complices et avaient défendu ces prétentions. Le pâtissier et un moine, à qui il avait fait accroire son mensonge, furent pendus, après avoir souffert les horreurs de la torture. L'infortunée princesse fut privée de ses honneurs et de son rang, et renfermée à perpétuité dans la cellule d'un couvent. Il existe aussi une pièce anonyme d'un mérite médiocre, écrite, selon toute apparence, du temps de Philippe IV, et intitulée : El pastelero del Madrigal.

(1) « Malheur à ceux qui passèrent, confiants — En leurs coursiers, et en la multitude — De leurs chars, dans toi, déserte Lybie ! — Et qui, trompés par leur vigueur et leurs forces — Ne placèrent pas l'objet de leurs espérances sur ce sommet — D'éternelle lumière ; mais qui avec un orgueil certain — S'offrirent l'incertaine — Victoire, et sans tourner leurs regards vers Dieu — La tête altière et le cœur rempli de vanité — Ne s'attachèrent toujours qu'aux dépouilles ! — Et le Saint d'Israël ouvrit sa main, — Et il les abandonna, — Alors tombèrent dans le gouffre — Et le char, et le cheval et le cavalier. » (Versos de Fern. Herrera, Séville, 1619, in-4. p. 350.)

Il s'est élevé quelques plaintes, qui n'étaient pas entièrement sans fondement, contre la poésie de Herrera ; on lui a reproché de manquer d'un goût suffisamment éclairé dans le choix de ses mots. Quevedo qui le premier souleva cette question, lorsqu'il imprima les vers du bachelier Francisco de la Torre, comme des modèles de pureté de style, donne cependant à entendre que ces objections ne s'adressent pas au volume de poésies publié par Herrera lui-même, mais aux additions qui ont été faites après la mort de l'auteur par son ami Pacheco (1).

Mais, sans nous arrêter à la question de savoir si cette inculpation est strictement vraie ou non, il nous suffit de dire que, lorsque se formait ou se fut formé le goût de Herrera, la langue castillane se trouvait dans le même état qu'elle était, quand le savant auteur du *Dialogo de las lenguas* en fit la description, vers 1540, c'est-à-dire qu'elle n'était pas, en général, propre aux sublimes efforts de la poésie lyrique la plus élevée. Herrera sentit cette difficulté et entreprit avec une certaine hardiesse de trouver son remède. •

Le chemin qu'il prit est suffisamment tracé dans les notes fines, mais pédantes, qu'il a publiées dans l'édition des œuvres de Garcilaso (2). Il commence par réclamer le droit d'exclure de la haute poésie tous les mots donnant à la pensée un air commun ou familier. Il introduit ensuite et défend les inversions et les inflexions approchant des transpositions usitées dans les anciennes langues classiques. Il adopte et naturalise parfois avec succès dans la langue castillane, des mots tirés du grec, du latin ou de l'italien. L'emploi modéré et prudent de pareils moyens était peut-être désirable dans son temps, ainsi que l'auteur du *Dialogo de las lenguas* avait tenté de le démontrer. Mais le malheur de Herrera, c'est d'avoir voulu porter trop loin, sinon la doctrine, du moins les principes : il donna ainsi accidentellement à sa poésie une air grave et empesé, qui en fait, non-seulement une trop forte imitation du latin ou de l'italien, mais même une légère anticipation du faut goût de Gongora qui devint sitôt à la mode. Cette observation est particulièrement vraie pour ses sonnets et ses décimas, dont la structure est souvent embrouillée et confuse. Mais, dans ses odes plus solennelles, et spécialement dans celles où les stances sont régulières, composées chacune de treize vers ou d'un plus

(1) Voyez aussi l'avis de Quevedo à ses lecteurs, *Poésias del Bachiller de la Torre.* Toutefois, plusieurs des mots qu'il repousse, tels que *pensoso, infamia, dudanza,* etc., ont été reconnus depuis pour des mots castillans très-bons, et ont été usités dans le même sens que les employa Herrera.

(2) *Obras* de Garcilaso, 1580, pp. 75, 120, 126, 573 et autres.

grand nombre, il y a une pompe imposante, un grand mouvement lyrique, s'avançant dans leur marche triomphale, suivant l'antique dignité castillane, tout à fait étrangers à l'esprit d'imitation, et entièrement éloignés de tout effort.

La meilleure idée que l'on peut avoir peut-être sur la poésie lyrique le plus en faveur chez les classes les plus cultivées de la société espagnole, à la fin du seizième ou au commencement du dix-septième siècle, se tirera de la collection de Pedro de Espinosa intitulée : *Flores de poetas ilustres de España*. Elle sera meilleure que l'idée que nous donnerait tout autre volume ou tout autre auteur particulier (1). Elle s'imprima en 1605, et elle contient plus ou moins des œuvres d'environ soixante poètes de ce temps, y compris Espinosa lui-même, dont nous avons seize compositions dignes d'occuper leur place. Le plus grand nombre des pièces de cette collection consiste en vers lyriques, dans les formes usitées principalement par le genre italien, d'autres, suivant la méthode employée assez fréquemment dans le style national. Plusieurs de ces auteurs nous sont familiers : dans le nombre se trouvent Lope de Vega, Quevedo, d'autres que nous connaissons déjà, en même temps que Gongora, Argensolas et quelques-uns de leurs contemporains.

Plusieurs des poètes qu'il fait ainsi contribuer à ses extraits ne sont pas connus ailleurs; tels sont deux dames du nom de Narvaez et une troisième appelée Doña Cristovalina. De temps en temps nous rencontrons des poésies d'auteurs obscurs, telles que celles de Pedro de Linan et d'Agustin de Texada, Paez et d'autres (2), dont le mérite considérable nous eût fait

---

(1) Primera parte de las *Flores de poetas illustres de Espana*, ordenada por Pedro Espinosa, natural de la Ciudad de Antiquera, Valladolid, 1605, in-4 ff. 204. Dans sa Bibliotheca Nova, tom. II. p. 190, Nicolas Antonio dit : Qu'Espinosa était attaché à la grande famille andalouse des ducs de Medina Sidonia, les Guzman; que, sur trois ou quatre des œuvres qu'il produisit, deux étaient en l'honneur de ses patrons dont une fut publiée par lui et imprimée en 1644. Un grand nombre des poésies contenues dans les *Flores* sont d'auteurs andalous, circonstance qui rend l'omission de Herrera plus grave; il y en a qui ne se rencontrent que dans son livre, et, malheureusement, le livre lui-même est un des plus rares dans la poésie espagnole.

(2) Une des dames dont les poésies sont contenues dans la collection d'Espinosa était, je crois, connue de Nicolas Antonio. C'est Doña Cristovalina (Bibl. Nov., tom II, p. 349.) Quant aux autres, nous n'en savons rien, pas plus que de Pedro de Liña. Tejada Paez mourut, en 1635, à l'âge de soixante-sept ans, d'après Nicolas Antonio. Les cinq compositions imprimées, trente ans avant, par Espinosa sont tout ce que nous avons de ses œuvres.

regarder leur perte comme un véritable malheur. Fernando de Herrera n'y paraît absolument pas, et pour les deux tiers de ceux qui y figurent, Espinosa ne nous donne qu'une ou deux petites pièces de chacun. Cette collection doit donc par conséquent être regardée comme une exposition du goût dominant au siècle où elle parut, plutôt que comme un choix de ce qu'il y avait de meilleur, de plus élévé dans l'ancienne et dans la moderne poésie lyrique de l'Espagne, au commencement du dix-septième siècle. Or quelle que soit notre pensée sous ce point de vue, ce livre figure certainement parmi les matériaux les plus curieux pour l'histoire de cette poésie, et avant de condamner Espinosa sur le choix peu judicieux qu'il nous a donné, nous devons nous souvenir, qu'après tout, son goût devait être probablement plus raffiné que celui de son siècle, puisque la seconde partie de la collection qu'il se proposait de publier, ne fut jamais réclamée, bien qu'il continuât de se faire connaître comme auteur, plusieurs années encore après l'apparition du premier volume.

Herrera n'est pas toutefois le seul poète lyrique de cette époque qui n'apparaît pas dans la collection d'Espinosa. Rey de Artiéda, dont les sonnets sont au nombre des meilleures compositions en langue castillane, Manuel de Portugal, dont les nombreuses poésies religieuses adoptent souvent les formes nationales, Carrillo, militaire de grandes espérances, qui mourut fort jeune et qui écrivit parfois avec une simplicité et une fraîcheur qui ne manquent jamais de charme, tous ces poètes sont oubliés, quoique leurs poésies, publiées presque en même temps que la collection d'Espinosa, aient été connues, en manuscrit, longtemps avant, autant que les œuvres de Fr. Luis de Léon et de Gongora (1).

Cristobal de Mesa les suivit peu de temps après. Ses compositions lyriques s'imprimèrent, en 1611 et plus tard, dans une édition augmentée

---

(1) Andres Rey de Artieda, plus connu sous le nom académique de Artemidoro, est loué par Cervantès comme un poète célèbre, en 1584, bien que ses œuvres n'aient pas été imprimées avant l'édition qui s'en donna à Saragosse, en 1605, in-4, (Ximeno, tom. I, p. 262). Manuel du Portugal, un de ces Portugais, qui, sous les règnes de Philippe II et de Philippe III, cherchèrent à se concilier la faveur des oppresseurs de leur pays en écrivant en espagnol, était célèbre dès 1577. Mais la collection de ses poésies, formant environ mille pages, dont quelques-unes en portugais et de peu de valeur dans l'ensemble, ne se publia pas avant l'édition de Lisbonne, 1605, in-8, une année avant sa mort (Barbosa, tom. III, p. 145.) Les poésies de Luis del Carrillo y Sotomayor furent publiées, après sa mort par son frère, à Madrid, 1611, in-4, et réimprimées en 1613. Mais elles avaient été répandues en manuscrits, depuis le moment où il avait étudié à l'Université de Salamanque où il resta six ans. Il mourut en 1610. Pellicer, Bibl. tom. II, p. 122.

en 1618. Cristobal de Mesa avoue qu'il a pris Herrera pour son maître ou pour un de ses maîtres ; mais il vécut longtemps en Italie où il changea son style, suivant ce qu'il nous raconte, et, dès cette époque, il appartient, dans le sens le plus absolu et le plus strict, à l'école de Boscan et de Garcilaso (1).

Francisco de Ocaña et Lope de Sosa restèrent, au contraire, strictement attachés à la vieille école espagnole. On en peut trouver la raison dans ce que leurs poésies sont presque toutes religieuses et telles qu'on les trouve dans les compositions sacrées de Silvestre et de Castillejo, au siècle précédent ; en ce qu'ils écrivirent pour produire un effet sur le peuple, et cherchèrent à se rattacher aux sentiments qui germaient depuis longtemps dans les cœurs de la multitude. Les petits hymnes du premier sur l'arrivée de la Vierge à Bethléem où elle cherche vainement un asile, et un autre, du second, sur l'amour et la douleur d'une âme pénitente, sont des specimens de ce qu'il y a de meilleur dans ce genre particulier de la poésie espagnole, genre marqué d'une certaine rudesse et qui ramène nos pensées sur les vieux et gracieux *villancicos* d'où ils proviennent (2).

Alonso de Ledesma, de Ségovie, où il était né en 1552, et qui mourut en 1623, écrivit ou plutôt essaya d'écrire dans le même style, mais il ne put y réussir. Il eut plus de succès dans ce qu'on peut considérer comme la corruption du genre. Ses *Conceptos espirituales*, titre qu'il donna à un volume imprimé, pour la première fois, en 1600, et qui eut ensuite six éditions durant la vie de l'auteur, sont tellement remplis de subtilités et d'exagérations qu'elles lui enlèvent presque tout mérite poétique. Ce

---

(1) *Rimas* de Cristoval de Mesa, Madrid, 1611, in-12°. Il faut ajouter cinquante sonnets à la fin du volume de sa traduction des Églogues de Virgile, Madrid, 1618, in-8°. Nous avons des détails sur lui, dans son épître au comte de Lemos, sur le point de partir comme vice-roi pour Naples (*Rimas*, f. 155). Elle nous montre combien il désirait faire partie de cette cour poétique et tout son désappointement de voir ses espérances déçues.

(2) Les poésies de ces deux auteurs s'imprimèrent en 1603. Je n'ai trouvé aucune indication du moment exact où l'un et l'autre ont vécu, et je ne suis pas tout à fait certain que ce Lope de Sosa n'est pas le poète si souvent mentionné dans les vieux Cancioneros. En parlant de ce genre de poésie, on aurait pu ajouter des détails sur l'œuvre ascétique de Malon de Chaide intitulée : *La conversion de Magdalena*, se composant de sonnets, de traductions des Psaumes et exécutée avec beaucoup de grâce et de facilité. La pièce la meilleure est toutefois une ode sur l'amour de Marie Madeleine pour le Sauveur après sa resurrection ; mais le ton en est si grossièrement amoureux que le mérite poétique en est singulièrement diminué. — Édition d'Alcala, 1592, in-8° fol. 336.

sont des compositions religieuses, qui durent en partie leur succès à la conservation des vieilles formes et des tons familiers de la poésie espagnole, mais plus encore à la finesse exagérée qui y domine et qu'elles contribuèrent tant à mettre à la mode. En effet, à ce moment, et principalement sous la puissante influence de Ledesma, se forma un parti bien connu dans la littérature espagnole et qui prit le nom de secte des *Conceptistas*. Cette secte se composait, dans sa plus grande partie, d'écrivains mystiques qui, tant dans la poésie que dans la chaire, s'exprimaient par pointes et métaphores. Leur influence s'étendit tellement qu'on peut en trouver des traces dans plusieurs des principaux écrivains de cette époque, y compris Quevedo et Lope de Vega. Dans cette école des Conceptistes, Quevedo fut, c'est vrai, le maître le plus brillant, mais le chef principal ce fut Ledesma. Son *Monstruo imaginado*, imprimé, pour la première fois, en 1615, n'est presque autre chose qu'une série d'allégories cachées sous les jeux de mots accumulés sur elles. Il commence par des romances et finit par un petit conte en prose qui donne son nom au volume. Plusieurs des poésies qu'il contient roulent sur la mort de Philippe II, et résonnent d'une manière fort étrange par l'irrévérence dont elles traitent un événement si important, tant sous le rapport politique que sous le point de vue religieux. D'autres compositions sur des sujets profanes sont d'un ton encore plus libre. Mais le peu que Ledesma a laissé digne d'être lu, doit se prendre dans ses *Conceptos espirituales*, où se trouvent des sermons et des romances lyriques qui ne méritaient pas de se perdre (1).

Toutefois, il se forma dans la littérature espagnole, un parti beaucoup plus formidable que la secte des Conceptistes ; un parti qui s'éleva presque en même temps qu'elle, qui domina plus longtemps, et avec de plus grands préjudices. C'est le parti des *Cultos*, cultistes, puristes, ou écrivains qui réclamaient pour eux-mêmes une élégance particulière, une culture de style dans la composition, et qui, tout en s'efforçant de justifier leurs droits, tombaient dans les plus ridicules extravagances, dans le pédantisme et l'affectation.

Il était naturel que de pareilles folies prissent, en Espagne, des déve-

---

(1) *Sedano Parnaso Español*, tom. V, p. xxxi. Lope de Vega fait plus d'une fois l'éloge de Ledesma, mais sans raison. Ses *Conceptos*, dans la première édition donnée à Madrid, en 1606, constituent un petit volume de 258 feuilles. Dans les éditions suivantes, il y entra un plus grand nombre de poésies. Ses *Juegos de la Noche Buena*, Barcelone, 1611, que je n'ai jamais vus, sont sévèrement prohibés par l'Index expurgatoire de 1667, p. 64.

loppements plus grands que partout ailleurs. Les chemins les plus larges et les plus sûrs pour le progrès intellectuel, s'y trouvaient alors fermés. Rien d'étonnant, par conséquent, de voir les hommes s'égarer par des sentiers détournés dans des retraites obscures. Il leur était défendu de combattre honnêtement et heureusement pour la vérité, aussi se complaisaient-ils dans de brillantes folies, exemptes pour le moins de tout préjudice moral. Les gouvernements despotiques ont imaginé parfois d'amuser, les jours de fête, une multitude opprimée, par des spectacles de danseurs de corde ou des feux d'artifice. Aussi aucun des ministres de Philippe III et de Philippe IV, ni l'Inquisition non plus, ne protégèrent d'une manière particulière le faux style littéraire qui domina de leur temps, et servit d'amusement aux classes les plus éclairées de la société. Mais ils le tolérèrent et leur tolérance suffit. Cette école devint immédiatement de mode à la Cour, poussa en même temps de telles racines sur tout le sol espagnol et y fleurit à tel point qu'aujourd'hui encore on n'a pu l'en extirper complétement (1).

Ce n'était pas, toutefois, en Espagne seulement qu'on voyait de pareilles folies. Dès le milieu du quinzième siècle, quand la connaissance des grands maîtres de l'antiquité se généralisa, pour la première fois, parmi les hommes studieux de l'Occident, il s'était fait des efforts pour former et cultiver un style qui ne fut pas indigne de pareils modèles, dans les langues des principales contrées de l'Europe. Plusieurs de ces efforts furent sagement dirigés, et donnèrent pour résultat cette série d'auteurs qui constituent aujourd'hui les poètes et les prosateurs illustres de la chrétienté, et qui rivalisent avec les modèles sur lesquels ils se sont plus ou moins formés. D'autres, égarés par la pédanterie et par un jugement corrompu, sont depuis longtemps tombés dans l'oubli. Mais l'époque où de pareils efforts se tentèrent avec le moins de goût et de discernement, c'est la dernière partie du seizième siècle et le commencement du dix-septième; l'époque où la *Pléiade*, comme elle s'appelait, dominait en France, où les *Euphuistes* régnaient en Angleterre, et les *Marinistes* en Italie.

Jusqu'à quel point le mauvais goût, alors à la mode dans ces diverses contrées, a-t-il exercé son influence sur les tendances contemporaines du même genre en Espagne, c'est ce qu'on ne peut déterminer avec exactitude. La littérature favorite de Londres ou de Paris, c'est probable, fut peu connue à Madrid, ou l'on s'en inquiéta peu. Mais tout ce qui se produisait en Italie, était immédiatement importé en Espagne, sous les

_____

(1) *El Moro Exposito*. Paris, 1834, in-8°, tom. I, p. XVII.

règnes de Philippe II et de Philippe III; nous en avons des preuves abondantes (1).

Le poète qui a introduit le style cultivé dans la littérature espagnole et dont le style a depuis toujours porté le nom, c'est Luis de Gongora, gentilhomme de Cordoue, où il naquit en 1561. Il avait fait son éducation à Salamanque, où il avait été envoyé pour qu'il se perfectionnât dans l'étude des lois, profession dont son père avait été un ornement distingué. Mais c'était trop tard. Les dispositions du jeune homme pour la poésie s'étaient déjà développées, et l'unique résultat solide de ses études, à l'Université de Salamanque, se trouve dans un nombre infini de romances et d'autres compositions légères, souvent remplies d'une amère satire, mais toujours écrites avec simplicité, avec énergie.

---

(1) C'est un fait notable et important, et qui mérite d'être pris en considération en traitant ce point, que Lope de Vega, opposé par principes à la nouvelle école, entretenait une correspondance avec Marini dont il était un admirateur; qu'il lui envoya son portrait et lui dédia une de ses comédies; avec Marini, dont il dit par un esprit de flatterie assez extravagant que le Tasse ne fut que l'aurore de son soleil, *que el Tasso no fué mas que la aurora del sol de Marini*. Par ce fait et par beaucoup d'autres du même genre dont nous trouvons les traces dans la collection des *Elogios italianos* sur Lope de Vega, nous pouvons facilement concevoir avec quelle facilité Marini exerça son influence sur les poètes espagnols, ses contemporains. Voyez Lope, *Jardin* (*Obras*, tom. I, p. 486) imprimé pour la première fois en 1622, et sa dédicace à *Virtuo, probreza y muger*, (*Comedias*, tom. XX, Madrid, 1629. f. 206).

Quant à l'influence de l'antiquité classique sur la corruption du style castillan, je n'en connais pas d'exemple antérieur à Vasco Diaz de Frejenal qui publia ses œuvres vers 1547. Il semble avoir eu pour objet d'introduire des mots et des constructions latines, comme le faisait en France la *Pléïade*, à la même époque et un peu plus tard. C'est ce qu'on peut voir dans les *Veinte triunfos*, principalement consacrés au récit poétique d'événements de la vie de Charles-Quint; tels que son mariage, la naissance de son fils, depuis Philippe II, son couronnement à Bologne, récits écrits tous sur le mètre antique, publiés sans indication de lieu ni d'année, mais après 1530, nécessairement, puisque le couronnement de l'Empereur date de cette année. Dans le prologue, *Prohemio*, où il parle de dédier ses *Veinte triunfos* à vingt ducs espagnols, Frexenal s'exprime ainsi : « Baste que « la ferventisima afeccion y la observantisima veneracion, que a vuestras digni- « simas y felicisimas señoras devo, a la dedicacion de mis *Veinte triumphos* me « han convidado, como quiera que mas coronas ducales segun mi noticia en la « indomita España no hay, verdaderamente el presente es de poco precio, y las « obras del de menos valor, y el autor dellas de menos estima. Pero su apetitosa « observancia, su afeccionada fidelidad, y su optativa servidumbre, por las nobi- « lisimas bondades, y prestantisimas virtudes de vuestras excelentes y dignisi- « mas señorias en algun precio estimadas ser merecen. »

En 1584, Cervantès le mentionne comme un auteur déjà connu (1).
Il n'avait alors que vingt-trois ans. Il continua à vivre, dans sa ville
natale, pauvre et sans protection, encore plus de vingt ans, époque où,
pour assurer à ses vieux ans une subsistance honorable, il reçut la tonsure
et se fit prêtre. Vers cette même époque, il vint à la Cour, alors à Valladolid.
Il s'y trouvait en 1605, année où Espinosa publia sa collection de poésies,
ses *Flores*, à laquelle Gongora contribua pour la plus large part (2).
Mais il ne fut pas plus favorisé à la Cour qu'il l'avait été à Cordoue :
après onze années de recherches et de fatigues, nous ne le voyons obtenir
autre chose qu'un titre d'aumônier du roi, une lettre flatteuse du comte
de Lemos, son patron (3) ; la faveur toute naturelle du duc de Lerme et
du marquis de Siete Iglesias, et la réputation générale d'un homme d'esprit,
d'un bon poète. Enfin, il parvint à être connu du tout puissant favori, le
comte duc d'Olivarès, et il sembla sur le point d'obtenir la fortune qu'il
avait si longtemps poursuivie. Mais, à ce moment même, la santé lui man-
qua. Il retourna, faible et languissant, dans sa ville natale où il mourut
bientôt après, tranquillement, à l'âge de soixante-six ans (4).

Un grand nombre des premières poésies de Gongora se composent de

---

Il latinise moins dans les poésies qui suivent, parce qu'il est plus difficile de le
faire en vers, mais non parce qu'il le désire moins, ainsi que le prouvent les vers
suivants du *Triunfo nuptial vandalico*, f. IX :

Al tiempo que el fulminado	Passadq el puerto final
Apolo muy radial	De la esperica nacion,
Entrava en el primer grado,	Su màquina mundanal,
Dò nascio el vello dorado	Por el curso occidental
En el equinoccial :	Equitando en Phelegon.

Tout cela est bien différent des tentatives faites par Juan de Mena, un siècle
avant. Ce dernier n'avait désiré que prendre quelques mots latins, pas davantage, par suite de son peu de connaissance de l'antiquité classique. Frexenal vise
au contraire, suivant la phrase de Montaigne, *à latiniser*, à donner aux poésies
castillanes, une tournure et une construction romaines, au point d'être en quelque sorte, le prédécesseur de Gongora. Nicolas Antonio mentionne deux ou trois
autres ouvrages de Frexenal, en prose et sur des sujets religieux ; je ne les ai jamais vus. Mais nous connaissons quelques-uns de ses vers, fort ridicules, imprimés à la fin de son traité intitulé : *Jardin del alma christiana*, 1552, in-4°.

(1) *Galatea*, édit. 1784, tom. II, p.ʳ 284.
(2) Pellicer, *Vida de Cervantès*, dans son *Don Quichotte*, tom. I; p. c. XIV.
(3) Mayans y Siscar, *Cartas*, tom. I, p. 125.
(4) Voyez sa vie par son ami Hozes, en tête de ses œuvres, Madrid, 1654, in-4°.

petits vers et sont remarquables par leur simplicité. La romance lyrique qui commence ainsi :

> La mas bella niña
> De nuestro lugar
> Hoy viuda, y sola,
> Y ayer por casar, (1)

contient une admirable et naturelle expression de la douleur qu'une jeune mariée dépeint à sa mère, parce que son époux vient d'être subitement appelé sous les armes. Il y en a une autre plus lyrique encore ; elle commence ainsi :

> Frescos airecillos
> Que à la primavera
> Destejeis guirnaldas,
> Y esparceis violetas, etc. (2)

Elle est pleine aussi d'une aimable tendresse. On peut en dire autant de ses poésies populaires religieuses, qui se rapprochent même beaucoup du caractère des anciens *villancicos*.

Les odes qu'il composa, vers la même époque, sont plus graves. Celle qu'il écrivit sur l'Invincible Armada, semble avoir été écrite vers l'année 1588, puisqu'elle contient les prédictions les plus confiantes de son triomphe sur l'Angleterre : elle est une des meilleures. L'ode sur saint Herménégilde, prince du sixième siècle qui, soit par sa résistance à l'Arianisme, soit par sa rebellion politique, fut mis à mort par son propre père et canonisé plus tard par l'église romaine, cette ode est pleine de la ferveur et de l'esprit de la dévotion catholique. L'une et l'autre sont d'heureux spécimens de l'ode espagnole noble et élevée.

Toutes ces poésies composées, à ce qu'il semble, avant sa venue à la Cour et pendant qu'il vivait oublié à Cordoue, ne servirent pas à lui donner les honneurs auxquels il aspirait; elles ne contribuèrent même pas à lui fournir les moyens d'existence. Mû par ces circonstances peut-être, et peut-être aussi par les succès de Ledesma et de son école conceptiste, Gongora résolut d'adopter un autre style, et le style qu'il jugea le plus propre à commander l'attention. Le trait le plus caractéris-

---

(1) « La plus belle fille — De notre village — Aujourd'hui veuve et seule, — Et hier prête à marier. — (*Obras de Gongora*, 1654, f. 84.)

(2) « Frais petits airs — Qui au printemps — Détachez des guirlandes — Et parsemez des violettes, etc. (*ib.* fol. 89).

tique de ce style, c'est qu'il consiste presque entièrement en métaphores, tellement entassées l'une sur l'autre, que c'est une difficulté parfois, de saisir la pensée déguisée sous leur masse grotesque, et qu'elles ressemblent absolument à une série de confuses énigmes. Ainsi, quand son ami Luis de Bavia publia, en 1613, un volume de son *Historia pontifical*, Gongora lui envoya les mots suivants sous la forme d'un sonnet de recommandation pour qu'il les mît en tête de son livre.

A LA TERCERA PARTE DE LA HISTORIA PONTIFICAL QUE ESCRIBIO EL DOCTOR LUIS DE
BAVIA, CAPELLAN DE LA CAPILLA REAL DE GRANADA

> Este que Bavia al mundo hoy ha ofrecido
> Poema, si no á numeros atado,
> De la disposicion antes limado,
> Y de la erudicion despues lamido,
>   Historia es culta, cuyo encanecido
> Estilo, si no metrico, peinado,
> Tres ya pilotos del bajel sagrado,
> Hurta al tiempo y redime del olvido.
>   Pluma, pues, que claveros celestiales
> Eterniza en los tronos de su historia,
> Llave es ya de los siglos, y no pluma.
>   Ella á sus nombres puertas immortales
> Abre, no de caduca, no, memoria,
> Que sombras sella en tumulos de espuma (1).

Voici le sens de ces vers expliqués en dix pages de commentaires par un des admirateurs du poète « L'histoire que Bavia offre au monde n'est « pas en vers, c'est vrai, mais elle est écrite et finie avec autant d'érudi-« tion que de poésie. En immortalisant trois papes, sa plume s'est trans-« formée en clef des siècles qui ouvre, non les portes d'une mémoire « laissant souvent passer une renommée fausse et transitoire, mais les « portes d'une renommée sûre et perpétuelle (2). »

---

(1) Ce poème que Bavia a offert aujourd'hui au monde, — S'il n'est pas aux nombres attaché, — Par la disposition avant limé, — Et par l'érudition après léché, — Est une histoire soignée, dont le vieux — Style, peu métrique, au moins peigné, — Trois pilotes du vaisseau sacré — Dérobe au temps et les rachète de l'oubli. — Aussi la plume qui les porte-clefs célestes— Eternise sur les trônes de son histoire, — Est la clef des siècles, et non une plume. — C'est elle qui à leurs noms les portes immortelles ouvre, non d'une mémoire caduque, non — D'une mémoire qui scelle des ombres sur des tombeaux d'écume.

(2) Le commentaire se trouve dans Coronel, *Obras de Gongora comentadas*, tom. II, parte I. Madrid, 1645, pp. 148-159. Notez que les derniers vers sont

L'extravagance des métaphores, employées par Gongora, est souvent aussi remarquable que leur confusion et leur obscurité. C'est ainsi qu'en 1619, au moment où venaient d'apparaître deux comètes, un de ses amis lui propose d'accompagner Philippe III, à Lisbonne, cité fondée, suivant la tradition, par Ulysse; Gongora lui répond par le sonnet commençant en ces termes :

> ¿ En año quieres que plural cometa,
> Infausto corra à las coronas luto,
> Los vestigios pisar del griego astuto?
> Por cuerdo te juzgaba, aunque poeta, etc. (1)

Dans sa première Solitude, en parlant d'une dame qu'il adorait, il l'appelle :

> Virgen tan bella, que hacer podia
> Torrida la Noruega con dos soles
> Y blanca la Etiopia con dos manos (2).

Ce sont là des extrêmes ; on ne peut nier toutefois que les dernières poésies de Gongora ne soient souvent rendues inintelligibles par de semblables extravagances (3).

Gongora ne s'arrêta pas encore là. Il introduisit dans ses vers des mots nouveaux, empruntés principalement aux anciennes langues classiques ; il employa les vieux mots castillans dans des sens nouveaux et forcés ; il adopta des constructions contournées et peu naturelles, tout à fait étrangères au génie du langage espagnol. D'où il résulta que sa poésie qui ne

---

obscurs; que Luzan (*Poetica*, liv. II. ch.15) les interprète d'une manière différente ; que par la phrase, *Sellar sombras en tumulo de espuma*, il entend l'imprimerie qui donne souvent des éloges à ceux qui ne les méritent point. Tout le sonnet est cité avec admiration par Gracian, *Agudeza y arte de ingenio*, Discurso XXXII dont nous parlerons plus tard. Cette œuvre est l'art poétique de l'école *culta*; et les éditeurs du *Diario de los litteratos de España*, hommes d'un goût meilleur que celui qui régnait généralement de leur temps, critiquent Luzan, dans l'examen de sa *Poetica*, en 1738, avec trop de sévérité pour cette folie extraordinaire. Lanuza, *Discurso apologetico* de Luzan, Pamplona, 1740, in-8º, pp. 46-78.

(1) Tu veux — Dans l'année ou deux comètes — Ont répandu sur les couronnes un deuil lugubre, — Marcher sur les traces du Grec astucieux? — Je te croyais sage, quoique poète, etc., *Obras*, f. 32.

(2) Vierge si belle, qui pouvais faire brûler la Norvège par deux soleils — Et rendre l'Ethiopie blanche par deux mains.

(3) Dans le second coro.

manquait pas de brillant, devint bientôt inintelligible. C'est ce qui arriva pour un ou deux de ses sonnets imprimés vers 1605 (1) ; pour des compositions encore plus longues telles que *Las Soledades*, *El Polifemo*, son *Panegirico al duque de Lerma*, sa fable de *Piramo y Tisbe*, œuvres qui ne parurent qu'après sa mort.

Des commentaires explicatifs devinrent par conséquent nécessaires même pendant qu'elles circulaient encore manuscrites. Les premiers furent écrits, sur la demande de Gongora, par Pellicer, érudit d'une grande réputation qui les publia en 1630, sous ce titre : *Lecciones solemnes à las obras de D. Luis de Góngora*. Pellicer exprimait, en même temps, ses craintes de n'avoir pu découvrir parfois le sens de ce qui était réellement souvent très-obscur (2). Ces commentaires furent suivis, en 1636, d'une défense et d'une explication de *Piramo et Tisbe* par Salazar Mardones (3). Entre cette année et 1646, la série de ces travaux se termina par un consciencieux commentaire d'environ cinq cents pages, œuvre de Garcia de Salcedo Coronel, qui était lui-même un poète (4). A toutes ces études on peut ajouter les discussions contemporaines du juriste Juan Francisco de Anaya ; de Martin Angulo, répondant à une attaque du rhétoricien Cascales ; et d'autres élucubrations qui, avec la masse de notes sur les

---

(1) Il changea, suppose-t-on, de style, à l'époque où il vint à la Cour. Le premier de ses sonnets, inséré dans les *Flores* d'Espinosa, prouve que ce changement s'effectua vers 1605.

(2) José Pellicer dans ses *Lecciones solemnes*, (Madrid, 1630, in-4°, col. 610-612 et 684), explique sa position par rapport à Gongora, et son embarras pour saisir la pensée de plusieurs passages de ses œuvres. Il justifie ainsi ce que disait le prince d'Esquilache dans ses allusions à ses commentaires.

Un docto commentador	Un docte commentateur,
(El mas presumido digo)	Je veux dire le plus presomptueux,
Es el mayor enemigo	Est le plus grand ennemi
Que tener pudo el autor	Que puisse avoir l'auteur.
(El principe à su libro.)	

(3) *Ilustracion y Defensa de la Fabula de Piramo y Tisbe de Cristoval de Salazar Mardones*, Madrid, 1636, in-4°.

(4) La notice sur Salcedo Coronel se trouve dans Nicolas Antonio, Bibl. Nova. Les trois volumes de ses commentaires (Madrid, in-4°. 1636-1646), contiennent chacun six ou sept cents pages. Le second se divise en deux parties. En tant que poète, il fit imprimer lui même, à Madrid, 1650, in-4°, un volume qu'il intitule : *Cristales de Helicona*, et qui est une des plus tristes productions de l'école de Gongora.

poésies de Gongora, constituent un volume dix fois plus gros que le texte lui-même qu'elles prétendent élucider (1).

Un écrivain si célèbre ne pouvait manquer d'avoir des disciples. Parmi ces derniers, le plus distingué par le rang et peut-être par le mérite, se trouvait le comte de Villamediana, ce même infortuné chevalier dont l'assassinat public et audacieux fut attribué à la jalousie de Philippe III, et causa, au moment où il fut commis, une si vive sensation dans toutes les cours d'Europe. C'était un homme d'esprit et fort à la mode, qui faisait porter une partie de ses prétentions de courtisan sur ses poésies, poésies qui ne s'imprimèrent qu'en 1629, huit ans après sa mort. Plusieurs de ses compositions sont écrites sans affectation, ce sont problablement les premières, mais, en général, tant le choix des sujets, tels que les fables de Phaéton, de Daphné et d'Europe, que la manière de les traiter, tout témoigne de l'imitation qu'il fit des plus mauvaises parties des œuvres de Gongora. Ses sonnets, au nombre de deux ou trois cents, sont de tout genre, satire, religion, sentiment, tout y règne ; quelques-unes de ses poésies mélangées ont une certaine saveur et un certain ton de la vieille et primitive poésie nationale. Cependant le comte de Villamediana est rarement plus intelligible que son maître, et il n'en montre jamais le talent (2).

Un autre de ceux qui favorisèrent et facilitèrent les succès de la nou-

---

(1) Nicolas Antonio, article *Ludovicus de Gongora*, mentionne les commentateurs de second ordre. L'attaque de Cascales, faite avec prudence et réserve, se trouve dans ses *Cartas Philológicas*.

(2) C'était la reine Isabelle, fille de Henri IV de France. On raconte qu'un jour elle traversait une galerie du palais, lorsqu'un homme s'approcha d'elle par derrière et lui ferma les yeux avec ses mains ; alors elle s'écria : « *Que es eso Conde ?* » Malheureusement ce n'était pas le comte, mais le roi. Peu de temps après, Villamediana reçut un avis de se tenir sur ses gardes, que sa vie était en danger. Il ne tint nul compte de cet avertissement amical, et il fut assassiné le même soir. C'était un admirateur déclaré de la reine : dans un tournoi, il avait couvert sa personne de *réaux* d'argent, avec cette devise : « *Mis amores son reales*. » (Velasquez Dieze, Gottingen, 1796, in-8°, p. 255.) Une édition de ses œuvres, Madrid, 1624, in-4°, est un peu plus complète que la première édition de Saragosse, 1629, in-4°, mais elle n'est pas meilleure pour cela. L'histoire de la présomption et de la destinée malheureuse du comte est rapportée dans le *Voyage d'Espagne* de madame d'Aulnoy, édit. 1693, tom. II, pp. 17-21, et dans les magnifiques romances du duc de Rivas, *Romances historicos*, Paris, 1841, in-8°. Voyez aussi l'interprétation de la devise *Mis amores son reales*, dans un discours prononcé à l'Académie royale espagnole par M. Hartzenbusch. C'est un commentaire des plus intéressants et des plus curieux.

velle école, ce fut Paravicino, qui mourut en 1633. Sa position de prédicateur populaire à la Cour, durant les seize dernières années de sa vie,
lui permit d'introduire *le style cultivé* dans l'éloquence de la chaire,
et de propager son influence dans les plus hautes classes de la société.
Ses œuvres poétiques ne furent réunies et publiées qu'en 1641, année où
elles parurent sous le déguisement imparfait d'une partie de son nom
de famille, Félix de Arteaga. Elles forment un petit volume où les sonnets
abondent, et où se trouve aussi un drame qui n'a pas de valeur. Les parties
les meilleures sont ses romances lyriques, mystiques et obscures, c'est
vrai, mais qui ne manquent pas de poésie. Cette observation peut s'appliquer à la romance historique sur les amours d'Alphonse VIII et de la
Juive de Tolède, qu'Arteaga semble avoir écrite volontiers dans le style
et la simplicité antiques (1).

Tels sont les principaux personnages dont l'exemple donna cours au
nouveau style. Son succès dépendit toutefois, à un haut degré, et de la
faveur de la Cour et de l'appui des hautes classes de la société auxquelles
ils appartenaient tous, et parmi lesquelles leurs œuvres circulaient généralement manuscrites, longtemps avant leur impression. C'était une pratique fort commune en Espagne, par suite de la vigilance rigoureuse
exercée sur la presse, et des obstacles formidables répandus sur la route
de tout ce qui concernait son établissement, tant pour les auteurs que
pour les éditeurs. La mode fut, sans aucun doute, le plus grand moyen de
succès pour les disciples de Gongora ; c'est elle qui leur permit de porter
aussi loin leur influence. Les petits poètes, tous sans exception, s'inclinèrent
devant elle dans toute l'Espagne. Roca y Serna publia, en 1623, une collection de poésies intitulée : *Luz del alma*, qui se réimprima souvent, depuis cette année jusqu'à la fin du siècle (1). Antonio Lopez de Vega, ce
n'est ni le parent, ni le compatriote du grand poète du même nom qui en
fait cependant l'éloge outre mesure, imprima, en 1620, son *Perfecto*

---

(1) Baena, *Hijos de Madrid*, tom II, p. 389. Son nom entier était Hortensio
Félix Paravicino y Arteaga. Pourquoi ce nom ne fut-il pas donné avec ses
poésies qui ne s'imprimèrent qu'après sa mort, c'est ce qui n'est pas facile à dire.
Il existe des éditions de 1641, 1645, Madrid, et 1650. La dernière a été imprimée à
Alcala, in-8°.

(1) Ambrosio de la Roca y Serna était de Valence ; il mourut en 1649. (Ximeno,
tom. I, p. 359 ; Furster, Tom. 1, p. 249.) Il semble avoir été peu estimé, excepté
comme auteur de poésies religieuses, caractère qui le fit apprécier pendant longtemps
Je possède un exemplaire de sa *Luz del Alma* sans indication d'année, ni de
lieu d'impression, exemplaire qui dut être imprimé vers 1725, in-8°.

Señor; rêve politique auquel il ajouta une petite collection de poésies qui n'ont pas une nature plus substantielle (1).

Anastasio Pantaléon de Ribera, jeune caballero, qui jouissait d'une grande considération à la Cour et qui, pris pour un autre, fut assassiné dans les rues de Madrid, dut à l'affection de ses amis une collection de ses poésies publiées, en 1634, cinq ans après sa mort (2). A Lisbonne, une religieuse, Doña Violante do Ceo, en 1646 (3), et D. Francisco Manoel de Melo, en 1649 (4), donnèrent des preuves d'une noble fierté en langue castillane, preuves auxquelles on pouvait à peine s'attendre, au moment où leur pays natal cherchait à s'émanciper du joug espagnol, mais qui leur permirent de réclamer la faveur du goût du jour, tant en Portugal qu'à Madrid. En 1652, Moncayo publia un volume de ses vers extravagants (5) ; deux ans après, il persuadait à son ami Francisco de la Torre de publier une collection semblable d'un mauvais goût égal (6). Vint, en

---

(1) *El Perfecto Señor, Poesias varias,* etc., Madrid, 1652, in-4°. Il composa aussi des *Silvas* plus obscures que les *Soledades* de Gongora. Ses madrigaux et ses poésies plus courtes sont plus intelligibles, sans être meilleures. Né en Portugal, il vécut à Madrid, où il mourut, après 1658. (Barbosa, tom. I, p. 310.) Il existe deux éditions de ses œuvres.

(2) Baena, tom. 1, p. 93. Les œuvres de Pantaléon sont des imitations évidentes de Gongora. On peut s'en convaincre par sa *Fabula de Proserpina, Fabula de Alfeo y Aretusa,* etc., et surtout par ses sonnets et ses *decimas.* Elles s'imprimèrent, pour la première fois, en 1634 : il s'en fit d'autres éditions avec des additions.

(3) Violante del Cielo, en portugais do Ceo, mourut en 1693, à l'âge de quatre-vingt-douze ans, après avoir écrit et imprimé plusieurs volumes de prose et de poésie portugaise dont le contenu est trop galant, pour appartenir à une religieuse. Ses *Rimas* espagnoles ont été imprimées à Rouen, en 1646, in-8°. Parmi les poésies qu'on peut lire, on peut citer une ode sur la mort de Lope de Vega. (p. 44.) Cependant il faut ajouter que ses poésies plus courtes, répandues dans ses œuvres, ont un caractère meilleur.

(4) Melo, qui mourut en 1666, était un des auteurs portugais les plus distingués de son temps (Barbosa, tom. II, p. 182). Ses *Tres Musas del Melodino* contenant ses poésies espagnoles, et consistant dans un grand nombre de sonnets, de romances, d'odes, d'autres compositions lyriques plus courtes, tant dans le style de Quevédo que dans celui de Gongora, s'imprimèrent deux fois, l'une à Lisbonne, en 1649, et l'autre, en 1665, in-4°.

(5) Moncayo est également connu par son titre de marquis de San Felices. Ses poésies sont intitulées : *Rimas de Don Juan de Moncayo i Gurrea,* Saragosse, 1652, in-4°. Elles consistent en sonnets, en une *Fabula de Venus i Adonis,* en romances, etc. Latassa, *Bibl. Nueva,* tom. III, p. 320.

(6) *Entretenimiento de las Musas en esta Baraxa Nueva de Versos, dividida en*

1663, Vergara Salcedo, avec un volume de poésies dont le titre est plein d'affectation : *Ideas de Apolo* (1). En 1662, Rozas avait publié le sien, avec un titre encore plus affecté : *Conversacion sin naipes* (2).

Ulloa avait préparé ses poésies pour l'impression, dès 1653, mais il ne les donna à la presse que longtemps après. Il écrivit parfois dans un style agréable et pur, mais souvent il s'abandonna au goût dominant de l'époque (3). Enfin, en 1677, apparut *La Cithara de Apolo*, de Salazar, production aussi mauvaise qu'aucune autre composition de ses prédécesseurs et tout à fait digne, sous tous les rapports, de clore cette série (4). Nous pourrions ajouter d'autres noms, mais ils appartiendraient à des personnes moins connues. Parmi ceux mêmes que nous venons de citer, il y en a peu dont on se souvienne, moins encore dont les œuvres sont lues. Dans leur ensemble, ils servent principalement à démontrer la vaste étendue du mal et la rapidité avec laquelle il se répandit de toutes parts.

La profondeur à laquelle cette école poussa ses racines s'appréciera encore mieux, si nous considérons deux choses : les efforts impuissants que firent les esprits distingués de ce siècle pour lui résister, et la circonstance particulière qu'après tout ces mêmes esprits, Lope de Vega, Quevedo et Calderón, cédèrent, de temps en temps, aux exigences du

---

quatro *Manjares,* etc., *por Fenix de la Torre,* Saragosse, 1654, in-4°. Le titre en dit assez de lui-même. L'auteur s'appelait Francisco, et il était natif de Murcie.

(1) *Ydeas de Apolo y Dignas Tareas del Ocio Cortesano,* Madrid, 1661, in-4°. Ce volume abonde en sonnets, en romances religieuses, en compositions lyriques de Cour. Quelques poésies sont descriptives, telle que la romance sur *l'Historia de Danae* ; d'autres vers la fin, en *ottava rima,* roulent sur l'invention de l'image de la Vierge de Valbanera.

(2) *Noche de Invierno ; Conversacion sin Naypes,* Madrid, 1662, in-4°. La seconde partie de ce volume se compose de poésies burlesques, remplies de misérables équivoques et sans grâce aucune.

(3) *Obras de Don Luis de Ulloa, prosas y versos,* dont la seconde édition fut publiée par son fils, à Madrid, 1674, in-4°. Plusieurs des poésies religieuses, suivant l'ancienne métrique castillane, peuvent être classées parmi les meilleures compositions du volume. Mais la meilleure pièce c'est son poème de *Raquel,* en quatre-vingts octaves, sur l'histoire des amours d'Alphonse VIII, avec la belle Juive de Tolède.

(4) *Cythara de Apolo,* publiée après la mort de son auteur, par Vera Tassis y Villaroel, son plus grand ami, le même qui recueillit et publia les comédies de Calderón. Parmi ses œuvres nous trouvons une *Soledad,* imitation évidente de Gongora, des fables ou histoires sur Vénus et Adonis, sur Orphée et Eurydice, dans le genre de Villamediana. Agustin de Salazar, né en 1642, mourut en 1675.

goût populaire, et composèrent dans le style même qu'ils condamnaient (1).

Le plus éminent de tous ces hommes distingués, soit qu'on considère l'influence qu'il exerça sur ses contemporains, soit l'intérêt qu'il prit particulièrement à cette discussion, c'est, sans aucun doute, Lope de Vega. Gongora avait été personnellement connu de lui, à une certaine époque, probablement lorsqu'il était en Andalousie, en 1599, ou même plus tôt, lorsqu'il était venu rejoindre l'Invincible Armada. Dès ce moment Lope avait toujours conservé un respect sincère pour le génie du poète de Cordoue, et il avait toujours rendu une entière justice à ses éminentes qualités. Mais il n'épargna pas les extravagances que Gongora se permit plus tard dans son style. Il l'attaqua dans sa septième épître ; dans un sonnet mordant, où il représente Boscan et Garcilasso incapables de le comprendre ; dans les vers mis en tête de l'*Orfeo*, de Montalvan ; dans beaucoup d'autres passages ; et, par-dessus tout, dans une lettre fort longue à un de ses amis qui lui avait formellement demandé son avis sur l'ensemble du sujet (2).

On ne peut donc mettre en doute son sentiment sur cette question : Gongora cependant l'attaqua avec la plus dure sévérité ; et si Lope de Vega continua de louer ce poète, peu facile pour ceux de ses ouvrages qui méritaient d'être recommandés, Gongora n'oublia jamais son attaque contre son *style cultivé*. Un petit volume de vers inédits nous prouve encore que son fiel se conserva jusqu'à la fin (3). Et cependant Lope de Vega lui-même tombe assez fréquemment dans la même faute qu'il blâme avec tant d'esprit et de finesse. On peut le voir dans ses comédies et, en particulier, dans le drame qui a pour titre : le *Cuerdo en su casa*, le Sage dans sa maison, dont le style est si peu en rapport avec le sujet ; dans

---

(1) Nous avons déjà parlé de Quevedo et de Caldéron. Nous pourrions ajouter Montalvan, Zarate, Tirso de Molina et le plus grand nombre des autres auteurs dramatiques en renom. Cervantès, qui était déjà vieux, ne fit pas grande attention à la nouvelle école ; mais il se plaint de l'obscurité du style poétique dans son *Ilustre Fregona*, 1613, et il en donne un spécimen. Il y fait encore allusion dans la seconde partie de son *D. Quichotte*, ch. XVI.

(2) Lope de Vega, *Obras Sueltas,* tom. I, pp. 271, 342 : tom. XII, pp. 231, 234 : tom. XIX, p. 49, et tom. IV, pp. 459 — 482. Dans le dernier passage cité, Lope avoue avoir presque toujours placé devant ses yeux, comme modèle, Fernando de Herrera.

(3) *Biblioteca Nacional* de Madrid, Estante XI, Codex 132, in-4°. Il y était du moins en 1818, année où je l'y ai vu.

plusieurs de ses poésies, et spécialement dans sa *Circe* et ses *Fiestas de Denia*. S'il ne s'était adressé à des lecteurs de la Cour, il aurait employé, on ne peut en douter, le style simple, naturel et coulant qui lui convenait si bien.

Il y en eut d'autres qui attaquèrent aussi le style affecté de Gongora. Tels furent Cascales, le rhétoricien, dans ses *Tablas poéticas*, imprimées en 1616, et dans ses *Letras filológicas*, publiées plus tard (1). Jauregui, le poète, dans son *Discurso sobre el estilo culto y oscuro* (2), en 1628; Salas, en 1633, dans ses *Investigaciones sobre la tragedia* (3). Mais l'attaque la plus formidable qu'eût à soutenir le style de Gongora, ce fut l'attaque de Quevedo, qui publia, en 1631, et son bachelier D. Francisco de la Torre et les poésies de F. Luis de Léon, comme s'il voulait montrer, par ces deux publications, ce que pouvait être le vers lyrique espagnol, lorsque, en conservant l'esprit national, il se basait sur de vrais modèles, anciens ou modernes, castillans ou étrangers. Cette attaque portée, il faut l'observer, au moment où les œuvres de Gongora et de ses disciples les plus heureux venaient de se publier, plutôt qu'au moment de leur composition et lorsqu'elles ne circulaient encore que manuscrites, donna à cette école un coup qui ne lui permit jamais de recouvrer entièrement ses triomphes primitifs et ses succès (4).

Francisco de Medrano vivait tout à fait étranger à ces discussions, si nous en jugeons par son style et son genre. C'était un des plus purs et des plus naturels poètes lyriques de l'Espagne ; un de ceux qui semblent s'être dégagés, sans le moindre effort, de la contagion des folies de son temps. Ses poésies, en petit nombre, sont meilleures que les *Sestinas* de Venegas, auxquelles elles forment une espèce de supplément, et avec lesquelles elles s'imprimèrent, en 1617. Plusieurs de ses sonnets religieux méritent particulièrement d'être connus ; mais ses odes, à la manière

---

(1) *Tablas poéticas*, édit. 1779, p. 102. Un des amis de Gongora, Mardones, répondit à Cascales, (*Cartas philologicas*, 1771, Dec. 1, *Cartas* 8 et 10.) Cascales répliqua, et Mardones lui répondit de nouveau dans la lettre 9.

(2) Je n'ai jamais vu ce livre ; mais Nicolas Antonio en donne le titre dans son article sur Jauregui, et Flogel (Gesch. *der Komischen Litteratur*, tom. II, p. 303.) donne la date de sa publication. Jauregui, toutefois, dans sa traduction de la *Pharsale* de Lucain, tombe dans le faux goût de Gongora. *Declamacion contra los abusos de la lengua castellana*, 1793, p. 138.

(3) *Tragedia Antigua*, Madrid, 1633, in-4°, pp. 84, 85.

(4) Voyez Appendice J, sur l'origine du mauvais goût en Espagne, et sur le *Cultisme*.

d'Horace, et par-dessus toutes l'ode sur la *Vanité des désirs de l'homme*, commençant par ces mots : *Todos, todos lo erramos*, sont des compositions qu'on peut considérer comme ce qu'il nous reste de meilleur de ses vers charmants (1).

Un autre écrivain de la même classe, qui remonte jusqu'en 1584, mais qui ne mourut qu'en 1606, c'est Baltazar de Alcazar, le fin et spirituel Andalou qui nous a laissé un petit nombre de poésies lyriques de peu d'étendue ; elles sont pour la plupart pleines de gaieté et d'un goût bien meilleur que celui du temps où elles parurent (2).

C'est un éloge semblable, sinon le même, qu'il faut donner à D. Juan de Arguijo, gentilhomme de Séville, riche et distingué par la protection qu'il accordait aux lettres. Lope de Vega lui dédia trois compositions poétiques ; Espinosa, apparemment pour attirer la faveur sur son livre, mit ses vers en tête de la collection des poésies de son temps. Arguijo écrivit dans les formes italiennes, si nous pouvons en juger par le petit nombre de ses œuvres arrivées jusqu'à nous. En effet, ses vingt-neuf sonnets qui, malgré leur air singulier d'antiquité, sont parfois très-poétiques ; une ode excellente sur la mort d'un ami, une autre sur une fête religieuse célébrée à Cadix, constituent la plus grande partie des œuvres que nous connaissons de lui. Sa petite composition lyrique à sa guitare, qu'il appelle tout simplement *Silva*, vaut tout le reste. Elle est entièrement espagnole par le ton ; elle respire une douce sensibilité, avec un mélange de mélancolie qui va directement au cœur (3).

---

(1) Nous ne connaissons rien de Medrano, à l'exception des poésies imprimées, à Palerme, en 1617, à la fin d'une imitation plutôt que d'une traduction d'Ovide par Venegas. Mais Pedro Venegas de Saavedra était un gentilhomme de Séville, et Nicolas Antonio (*Bibl. Nova*, tom. II, p. 246.) pense que l'impression du volume peut bien ne pas indiquer le véritable lieu de sa publication.

(2) Cervantès en fait mention dans son *Canto de Calliope* : et nous avons des détails sur sa vie, dans les notes de la traduction espagnole de Sismondi (tom. I, p. 274). Ses poésies sont insérées dans les *Flores* d'Espinosa, et dans le dix-huitième volume de la *Coleccion* de Fernandez.

(3) Varflora, *Hijos de Sevilla*, numero III, p. 14. — *Literatura española de Sismondi* par Figueroa, tom. I, p. 282 ; Espinosa, *Flores*, et Fernandez, *Coleccion*, tom. XVIII, pp. 88. — 124. Il faut peut-être observer ici que les *Hijos de Sevilla Ilustres en santidad, letras, armas, artes o dignidad*, publiés dans cette ville, en 1791, in-8º, est un pauvre livre, mais un ouvrage contenant des faits qu'on ne peut trouver ailleurs ; un ouvrage qui devient de plus en plus rare, parce qu'il s'est publié par livraisons. Le titre porte qu'il a été composé par D. Firmin Arana de Varflora : mais Blanco White, dans ses *Cartas de Doblado*, 1822, p. 469, assure que son véritable auteur fut le Père Valderrama.

Antonio Balvas Varona, qui mourut en 1629, est un poète dont les prétentions sont beaucoup plus humbles que celles des deux derniers, mais il fut peut-être un ennemi plus déclaré qu'aucun d'eux du goût à la mode. Dans un âge avancé, il prépara la publication d'un volume de ses poésies qu'il intitula après quelque hésitation, *El poeta castillano*. Lope de Vega déclara ce volume *escrito con pureza*, purement écrit et fort approprié à une époque, *en que la lengua de Castilla empezó à sonar en sus oidos como lengua extraña y desconocida*, où la langue castillane commencait à résonner à ses oreilles, comme une langue étrangère et inconnue. Et cependant dans cet écrit, si humble par son volume et si modeste dans ses prétentions, Balvas adresse des compliments à Gongora, des éloges à Ledesma, tant il était nécessaire de se concilier la faveur de la nouvelle école si goûtée du public (1).

---

(1) *El Poeta Castillano, Antonio Balvas Barona, natural de la Ciudad de Segovia.* Valladolid, 1627, in-8°.

CHAPITRE XXX

Continuation de la poésie lyrique. — Les Argensolas, Jauregui, Estevan Villegas, Balbuena, Barbadillo, Polo, Rojas, Rioja, Esquilache, Mendoza, Rebolledo, Quiros, Evia, Inez de la Cruz, Solis, Candamo et d'autres. — Caractères divers de la poésie lyrique espagnole, considérée sous le point de vue sacré et profane, populaire et de cour.

Parmi les poètes lyriques qui fleurirent, en Espagne, au commencement du dix-septième siècle, et qui s'opposèrent à ce qu'on commençait d'appeler le *Gongorisme*, les premiers, par leur importance et par l'influence générale qu'ils exercèrent, furent les deux frères Argensolas, gentilshommes aragonais, descendant d'une bonne famille italienne, qui était venue de Ravenne, sous le règne de Ferdinand et d'Isabelle. L'aîné, Lupercio Leonardo, était né vers 1564 ; le cadet, Bartolomé Leonardo, n'était moins âgé que d'une année. Lupercio avait été élevé pour suivre la carrière civile et s'était marié fort jeûne. Non loin de l'année 1587, il avait composé trois tragédies dont nous avons déjà parlé et, deux ans plus tard, il s'était distingué à Alcala de Henarès, dans une de ces luttes poétiques publiques, si communes alors en Espagne. En 1591, il fut envoyé à Saragosse, comme agent du gouvernement de Philippe II, lors de la fuite d'Antonio Perez en Aragon. Il fut successivement nommé chroniqueur de ce royaume et secrétaire particulier de l'impératrice Marie d'Autriche.

L'époque la plus heureuse de la vie de Lupercio fut probablement celle qu'il passa à Naples où il fut envoyé, en 1610, avec le comte de Lemos, ce gentilhomme accompli qui en était nommé vice-roi, et qui semble ne s'être pas moins inquiété de s'entourer de poètes que d'hommes d'État. Le comte prit les deux frères dans sa suite officielle, et donna à Lupercio non-seulement le poste de secrétaire d'État et de la Guerre, mais l'autorisa à prendre des subordonnés parmi les hommes de lettres espagnols. Mais sa vie, à Naples, fut de courte durée. Dans le mois de mars 1613, il mourut subitement et fut enterré, avec la plus grande solennité, par l'académie des *Oziosi*, qu'il avait lui-même contribué à fonder et qui avait alors pour président Manso, l'ami du Tasse et de Milton.

Bartolomé qui portait, comme son frère, le nom de Léonardo, fut élevé pour la carrière ecclésiastique. Par la protection du duc de Villahermosa, il reçut tout d'abord un bénéfice en Aragon, ce qui fixa définitivement sa position dans la société. Toutefois, jusqu'en 1610, année où il vint à Naples, il vécut principalement à l'Université de Salamanque, entièrement consacré à des recherches littéraires et à la préparation de son histoire sur la conquête récente des Moluques, qu'il imprima en 1609. A Naples, il fut un des principaux personnages de la Cour poétique du comte de Lemos, et, comme d'autres compagnons auxquels il était associé, il montra une aimable facilité à jouer des drames dont la composition était aussi improvisée que la représentation. A Rome, il fut encore favorablement accueilli et protégé : avant son retour en Espagne, il fut nommé, en 1616, chroniqueur d'Aragon, place où il succéda à son frère, et qu'il continua de remplir jusqu'à sa propre mort, en 1631.

Tel est le peu de différence qui existe dans la fortune et la carrière de ces deux frères remarquables, et qui sert à les distinguer l'un de l'autre, si l'on excepte la longueur de leur vie et la quantité différente de leurs œuvres. En effet, tous deux furent non-seulement poètes, et possédèrent des qualités intellectuelles capables de commander généralement le respect, mais ils eurent encore, tous deux, la bonne fortune de s'élever dans le monde à des positions qui leur donnèrent une haute influence, et leur permirent de devenir les protecteurs d'hommes de lettres qui leur étaient pour la plupart bien supérieurs. L'un et l'autre sont, néanmoins, à peine connus aujourd'hui, excepté par un volume de vers, surtout de vers lyriques, publié, en 1634, après leur mort, par un fils de Lupercio. Il se compose, dit-il, de toutes les poésies de son père et de son oncle qu'il a pu recueillir, mais non de toutes celles qu'ils ont écrites. Son père, en effet, avait détruit, avant sa mort, la plus grande partie de ses manuscrits ; et son oncle, qui avait donné à Espinosa, en 1605, vingt de ses compositions, n'avait pas apparemment pris un très-grand soin de conserver ce qu'il regardait comme un amusement de ses heures de loisir, plutôt que comme une occupation grave et sérieuse.

Telle qu'elle est, cette collection de leurs poésies manifeste, dans leurs talents et dans leurs goûts, la même conformité qui apparaît dans leurs vies. L'Italie, ce pays d'où leur famille tirait son origine, où ils avaient tous deux vécu ensemble, dont ils connurent intimement tant de poètes, l'Italie, semble avoir presque toujours été présente à leur pensée et dans leurs écrits. Horace n'en était pas non plus absent. Son esprit philosophique, sa versification si soignée, mais si riche, son enthousiasme tempéré, sont autant de traits caractéristiques, autant de qualités que recherchent les deux Argensolas, tant dans leurs odes véritables que dans le petit nombre de leurs pièces où règnent les formes plus libres et plus légères de la poésie nationale. L'aîné des deux frères montre, en général, plus de puissance et d'originalité : mais il nous a laissé la moitié moins de compositions que son frère pour juger de son mérite. Le plus jeune est plus gracieux et ses œuvres témoignent de plus de fini, plus de soin et de jugement. Quoique Aragonais, ils écrivirent l'un et l'autre en castillan avec une pureté de style si parfaite que Lope de Vega disait qu'ils lui semblaient venus de l'Aragon pour enseigner cette langue, *le parecia habian venido de Aragon à enseñar el castellano*. L'un et l'autre méritent, par conséquent, d'être haut placés sur la liste des poètes lyriques espagnols; immédiatement, peut-être, après les grands maîtres, rang que nous leur avons assigné sans hésiter, en considérant les poésies légères que l'aîné a adressées à la dame qu'il épousa plus tard ; la pureté de style et la dignité soutenue de sentiments qui caractérisent les compositions plus longues de chacun d'eux (1).

Parmi ceux qui suivirent les traces des deux Argensolas, le premier et le plus heureux de leurs imitateurs, dut-être, probablement, D. Juan de Jauregui, gentilhomme de Séville, descendant d'une vieille famille basque, et né vers 1570. Doué d'un talent remarquable, tant pour la peinture que pour la poésie, circonstance que nous connaissons par plusieurs voies, et entre autres par un sonnet épigrammatique de Lope de Vega, Jauregui vint à Rome et s'adonna à l'étude de l'art auquel il semble avoir, tout d'abord, consacré sa vie. Mais la poésie le détourna du sentier qu'il avait choisi. En 1607, pendant son séjour à Rome, il publia une traduction de l'*Aminta* du Tasse, et, depuis cette époque, il est compté parmi les poètes espagnols qui ont le plus de valeur, tant dans sa patrie

---

(1) Presque tous les détails sur les deux Argensolas et sur leurs œuvres peuvent se trouver dans les biographies érudites que nous en ont donné Pellicer, dans sa *Biblioteca de traductores*, 1778, pp. 1-141 ; et Latassa, dans sa *Biblioteca Nueva de Escritores Aragoneses*, tom. II, p. 143, 461. Outre l'édition originale de leurs *Rimas*, Saragosse, 1634, in-4°, il en existe deux réimpressions, l'une dans la *Coleccion* de Fernandez, et l'autre, de 1804. Le sonnet de Bartolomé : *A un Sueño*, est communément fort admiré; mais de toutes ses poésies, nous préférons le sonnet à la Providence (p. 330) et une ode, en l'honneur de l'Église, après la bataille de Lépante, édit. 1634, p. 372.

qu'au dehors. Rentré en Espagne, il se rendit, paraît-il, à Madrid, où, précédé par une haute réputation, il fut favorablement accueilli à la Cour. C'était probablement vers 1613 ; Cervantès, en effet, en cette année-là, mentionne dans ses *Novelas*, un de ses portraits peint, dit-il, par le célèbre Jauregui, *por el famoso Jauregui*.

Cependant nous le trouvons encore, en 1618, à Séville, où il publia une collection de ses œuvres. Mais, en 1624, son *Orfeo* paraît à Madrid : c'est un poème en cinq chants courts, sur l'histoire d'Orphée. Il est écrit avec moins de pureté de style qu'on devait en attendre d'un homme qui dénonce plus tard les extravagances de Gongora. Malgré tout, il excita un si vif intérêt que Montalvan, par la publication d'un autre poëme sur le même sujet, ne dédaigna pas d'entrer autant que possible en compétition avec Jauregui, rivalité à laquelle le poussa sans doute son grand maître Lope de Vega (1). Les deux œuvres furent très-bien reçues, et les deux auteurs continuèrent de jouir de la faveur, dans la capitale, jusqu'à leur mort qui arriva presque en même temps. Don Juan de Jauregui mourut vers 1640, au moment où il venait de finir une traduction trop libre ou plutôt un présomptueux et sans goût *rifacimiento* de la *Pharsale* de Lucain.

La réputation de Jauregui reste établie sur le volume de poésies qu'il publia lui-même, en 1618. La traduction de *l'Aminta* du Tasse, par laquelle il s'ouvre, a été soigneusement corrigée sur l'édition auparavant imprimée, à Rome, sans avoir été toujours améliorée par les changements que l'auteur y a introduits. Et cependant, sous chacune de ses formes, c'est probablement la traduction, en langue espagnole, écrite avec le plus de soin, la plus finie et la plus belle. Elle est marquée, dans sa versification, au coin de l'aisance et de la plus grande facilité, parce qu'elle conserve surtout le charme d'intonation lyrique qui règne avec tant d'harmonie et de douceur dans le texte italien.

Les poésies originales de Jauregui sont en petit nombre et offrent parfois les traces de soumission à l'influence de Gongora, comme on peut le voir dans son *Orfeo* et dans sa *Farsalia*. Mais la partie plus spécialement

---

(1) C'est un fait curieux et un trait caractéristique de l'incurie avec laquelle on attribuait, en Espagne, des ouvrages à des personnes qui ne les avaient pas composés, de voir *l'Orfeo* de Jauregui imprimé dans la *Cythara de Apolo*, collection des poésies posthumes d'Agustin de Salazar, (Madrid, 1626, in-4.) comme si ce poème lui appartenait. Je les ai comparés tous les deux et il n'y a rien de changé que la première stance et le titre. Ce dernier, au lieu d'être tout simplement *Orfeo* comme l'appelle son véritable auteur, devient, à l'imitation de l'école de Gongora, *Fabula de Euridice y Orfeo*.

lyrique où respire un véritable air italien, si l'on en excepte les poésies sacrées, cette partie est entièrement exempte de ce défaut. L'ode sur le Luxe est noble et élevée; la silve intitulée: *Acaecimiento amoroso*, où le poète suppose qu'il voit son amante se baigner, est traitée avec plus de mesure que la scène analogue dans l'*Eté* de Thomson. Sa diction est admirable, et elle porte, dans la pittoresque beauté de sa disposition, les indices de l'habileté et de la perfection de l'auteur dans cet autre art si rattaché à la poésie, auquel Jauregui s'était lui-même consacré. Ses sonnets et ses compositions légères sont moins heureuses (1).

Un autre disciple des Argensolas, et un disciple qui se vantait d'avoir marché sur leurs traces, depuis le jour où, tout enfant, il avait vu Bartolomé signalé à sa jeune admiration, dans les rues de Madrid, c'est D. Esteban Manuel de Villegas (2). Il était né à Najéra, en 1596, et avait reçu son éducation, partie dans la capitale, partie à Salamanque où il avait étudié les lois. Après 1617, et certainement vers 1626, année où il se maria, Villegas abandonna presque entièrement les lettres et se consacra aux profitables occupations qui se rattachaient à sa profession, et qui pouvaient fournir l'entretien nécessaire à ceux qui vivaient de son travail. Il n'en trouva pas moins le loisir de préparer pour la publication un nombre assez grand de savantes dissertations sur des auteurs anciens; de faire des progrès considérables dans son commentaire doctrinal sur le *Codex*

---

(1) Sedano, tom. IX, p. XXII. Lope de Vega, *Obras suellas*, tom. I, p. 38. Signorelle, *Storia de Teatri*, 1813, tom. VI, p. 13. Cervantès, *Novelas, Prologo, Orfeo*, de Juan de Jauregui, Madrid, 1624, in-4º. Fernandez, *Coleccion*, tom. VII et VIII, contenant la *Farsalia*; et *Rimas* de Juan de Jauregui, Séville, 1618, in-4º, réimprimées par Fernandez, tom. VI. Mais le meilleur texte de *l'Amynta* est celui de Sedano (Parnaso, tom. I.) collationné sur deux éditions préparées par Jauregui lui-même. Notons que Cervantès en parlant de cette belle traduction (*D. Quichotte*, partie II, ch. 62) dit ce qu'il avait dit du *Pastor Fido*, de Figueroa; *felizmente ponen en duda cual sea la traduccion y cual el original*. La *Farsalia* ne s'imprima pas avant 1684.

El acaecimiento amoroso de Jauregui peut être comparé, très-avantageusement pour lui, avec une silve sur le même sujet intitulée : *Anaxarete*, publiée par Manuel Gallegos, à la fin de sa *Gigantomachia*, Lisbonne, 1628, in-4º, dix ans après la publication de l'œuvre de Jauregui. Il ne manque pas d'y avoir dans *l'Anaxarete*, des morceaux fort gracieux; mais il est trop long, et il se ressent trop du mauvais goût de Gongora.

(2) Cette allusion se trouve dans une satire sur le style poétique *culto*, satire non insérée dans la collection de ses œuvres, et que Sedano donne pour la première fois (tom. IX, 1778, p. 8).

Theodosianus; et de publier, en 1665, comme une consolation de ses propres malheurs, une traduction du livre de Boèce, qui, outre son excellence pour la partie poétique, se place parmi les meilleurs modèles de la prose castillane. Villegas toutefois resta, durant toute sa vie, pauvre et sans protection, et il mourut, en 1669, dans l'infortune et le malheur (1).

La partie souriante et poétique de la vie de Villegas, c'est l'époque où il s'annonçait présomptueusement lui-même comme un soleil levant, et attaquait Cervantès, dans la pensée de plaire aux frères Argensolas. Cette époque dura peu et Villegas fut bientôt en proie aux soucis et aux dégoûts du monde (2). Il nous le raconte lui-même; il composa la plus grande partie de ses vers lorsqu'il était à peine âgé de quatorze ans; et lorsqu'il en publia la collection, il n'avait guère, c'est certain, que vingt-un ans (3). Cependant peu de volumes, en langue espagnole, apportent des preuves plus sûres d'une organisation poétique. L'ouvrage se divise en deux parties. La première contient des versions d'un certain nombre d'odes du premier livre d'Horace, une traduction complète d'Anacréon, accompagnée d'imitations anacréontiques sur des sujets propres à l'auteur. La seconde con-

---

(1) En tête de l'édition des œuvres de Villegas (Madrid, 1774, 2 vol. in-8.) se trouve une excellente biographie de cet auteur, écrite, dit Sempere Guarinos, *Bibliotheca de Escritores del Reinado de Carlos III*, Madrid, 1785, in-8. tom. V, p. 19) par Vicente de Los Rios.

(2 Dans l'édition de ses poésies, qu'il publia lui-même et à ses frais, en 1617, à Najera, lieu de sa naissance, il mit un titre représentant un soleil levant, entouré d'étoiles qui disparaissent et deux devises pour en expliquer le sens. La première, *Sicut sol matutinus*, comme le soleil du matin ; et la seconde *Me surgente; quid istæ*. Moi me levant que deviennent celles-ci. Ces *istæ* auxquelles il fait allusion n'étaient autres que Lope de Vega, Quevedo et toute la pléiade de la meilleure période de la littérature espagnole. Lope semble avoir été un peu ennuyé de cette impertinence et de cette vanité de Villegas. Il y fait allusion dans un passage, du reste élogieux :

> Aunque dixo que todos se escondiesen
> Quando los rayos de su ingenio viesen.
>
> (*Laurel de Apolo*. Madrid, 1630, in-4°, silva III.

Quant au langage peu gracieux de Villegas, à l'égard de Cervantès, voyez Navarrette, *Vida*, § 128.

(3)
> Mis dulces cantilenas,
> Mis suaves delicias,
> A los veinte limadas
> Y a los catorce escritas.
>
> (*Edit*. 1617; *fol*. 88.)

tient des satires, des élégies qui sont à proprement parler des épîtres ; des idylles en *ottava rima* italienne ; des sonnets, à la manière de Pétrarque ; et des *Latinas*, comme il les appelle, parce qu'elles sont composées suivant la métrique du vers des Latins.

Il se répand, dans tout l'ensemble, une certaine inspiration poétique. Les traductions sont libres, c'est vrai, mais elles n'en sont pas moins, plus qu'à l'ordinaire, conformes au génie de l'original. Les *Latinas* sont très-curieuses. Elles ne remplissent que quelques pages. A l'exception des quelques légers spécimens des mètres antiques, dans les chœurs de deux tragédies de Bermudez, quarante ans avant, elles sont la première tentative, digne d'être mentionnée, pour introduire, dans le castillan, ces formes de vers qui, peu de temps avant l'époque de Bermudez, avaient obtenu un certain succès en France, et que notre Spencer chercha à établir, un peu plus tard, dans la poésie anglaise.

Si Villegas ne réussit pas dans cette tentative, il fut plus heureux dans ses imitations d'Anacréon. Il nous semble, quand nous les lisons, voir revivre devant nous cet esprit simple, naïf et jovial de l'amour et de l'allégresse des anciens, mais ne contenant rien ou presque rien de ce qui pouvait rendre cet esprit offensif. L'ode au petit oiseau à qui l'on a dérobé son nid, *al pajarillo à quien han robado su nido*, celle de l'Amour et de l'Abeille, l'imitation de la pièce de Catulle, *Ut flos in septis*, en un mot, presque chacune des petites poésies qui composent le troisième livre de la première partie et quelques-unes du premier livre, sont des modèles dans leur genre, et nous font sentir une impression véritable de la douceur naturelle d'Anacréon, telle qu'il n'est pas facile de la trouver ailleurs dans la littérature moderne. Voilà pourquoi nous fermons le volume de Villegas avec le regret sincère que celui qui, dans sa jeunesse, avait pu écrire de si belles poésies, des poésies si imbues de l'esprit antique et si pleines de la tendresse du sentiment moderne ; d'une exactitude si classique, avec tant de fraîcheur et de naturel en même temps, ait pu survivre, pendant quarante ans, environ à sa publication, sans avoir trouvé un intervalle où les chagrins et les soucis du monde lui aient permis de retourner aux occupations qui avaient fait le bonheur de sa jeunesse, qui conservèrent son nom pour une postérité à laquelle il avait pu à peine penser sérieusement, lorsque, pour la première fois, il balbutiait ses vers (1).

---

(1) Nous lisons une intéressante étude sur Villegas et sur ses œuvres par Wieland, un esprit qui lui ressemble, dans le *Deutsche Merkur*, 1774, tom V, p. 237. etc.

Nous passons sous silence Balbuena dont les meilleures compositions lyriques se trouvent dans son roman en prose (1) ; Salas Barbadillo qui sema des poésies semblables dans ses divers ouvrages, et qui les réunit dans une collection intitulée : *Rimas castellanas* (2). Ces deux poëtes florissaient avant 1630, et, comme Polo (3), dont le talent brille principalement dans le genre léger ; comme Soto de Rojas, qui écrivit d'excellentes pastorales sur un ton vraiment lyrique (4), ils vivaient à une époque où Lope de Vega répandait des flots de poésie, flots qui ne suffisaient seulement pas pour déterminer le courant principal de la littérature du pays, mais pour entraîner au loin, indistinctement, dans ses ondes turbulentes, les contributions de plusieurs autres cours, moins importants, c'est vrai, mais plus purs et plus gracieux.

Parmi ces derniers, il faut comprendre le poète Francisco de Rioja, natif de Séville, né en 1658. Le fait d'occuper un poste élevé dans l'Inquisition aurait dû le mettre à l'abri des tempêtes dans les régions de l'État, s'il n'avait été aussi intimement lié avec le comte duc d'Olivarès, dont la chute entraîna après elle presque tous ceux qui avaient pris part à ses intrigues, ou obtenu la protection de son ombrageux patronage. La disgrâce de Rioja ne fut toutefois que temporaire, et la dernière partie de sa vie qu'il consacra aux lettres, dans Séville, semble avoir été aussi heureuse et aussi fortunée que la première.

La quantité de ses poésies qui nous sont parvenues est très-faible, mais

---

C'est la première fois, si je ne me trompe, que le nom de Villegas, est cité avec les éloges qu'il mérite, hors de l'Espagne, après un siècle. Il ne faut pas toutefois oublier que ce même Villegas, qui écrivait généralement avec une grande simplicité ; qui, dans son élégie à Bartolome Leonardo Argensola (*Eroticas*, 1617, tom. II, fol. 28), et ailleurs, blâme le style obscur et affecté des auteurs de son temps, écrit parfois lui-même dans ce mauvais goût qu'il condamne et consacre sa sixième élégie à la louange de l'absurde poème du comte de Villamediana : *Le Faeton*.

(1) Dans le *Siglo de Oro*, édition de l'Académie, Madrid, 1821, in-8°, il y a d'autres poésies, outre celles que contient la pastorale elle même.

(2) Presque toutes les œuvres de Salas Barbadillo contiennent des vers qui, réunis, doubleraient peut-être le nombre de ceux qu'il a publiés lui-même dans ses *Rimas Castellanas*, Madrid, 1618, in-8°, ou qui ont été édités, après sa mort, par ses amis, dans les *Coronas del Parnaso*, Madrid, 1635, in-8°. Le volume de *Rimas* se compose de plus de la moitié de sonnets et d'épigrammes.

(3) *Obras de Salvador Jacinto Polo*, Saragosse, 1670, in-4°. Son *Apolo y Dafne* est un poème burlesque écrit dans le style *culto*.

(4) *Desengaños del Amor en Rimas por Pedro Soto de Rojas*, Madrid, 1623, in-4°. Il était de Grenade, et ses sonnets témoignent d'une immense admiration pour Gongora.

elles sont toutes estimées et fort lues. Plusieurs de ses sonnets sont extraordinairement heureux ; telle est aussi son ode à la Richesse, imitation d'Horace, et sa correspondante à la Pauvreté, entièrement originale. Dans son ode au Printemps où, en employant presque les expressions de Periclès, il exhorte son jeune ami Fonseca à ne pas perdre le printemps de sa vie, il règne une tendresse et une mélancolie des plus grandes. Elle est comme un reflet des regrets que le poète éprouva lui-même pour les erreurs de sa première jeunesse et de sa carrière plus ambitieuse. Mais son titre principal à la distinction lui vient surtout d'une ode pleine de sentiment et de génie sur les ruines d'Italica, cette cité romaine, près de Séville, qui réclame l'honneur d'avoir donné le jour à Trajan. Il la célèbre avec tout l'enthousiasme d'une imagination juvénile, nourrie par des promenades au milieu des restes de son amphithéâtre démoli et de ses palais en ruines. Cet honneur lui a été toutefois contesté ; l'ode en question, ou plutôt une partie, a été réclamée au nom de Rodrigo Caro, connu dans ce temps plutôt comme un antiquaire que comme un poète. En effet, on a trouvé parmi ses œuvres inédites une esquisse de cette ode, avec la date de 1595 ; et, si cette date est vraie, elle fait remonter la conception générale de cette pièce ou du moins d'une de ses plus belles stances à une période antérieure à la naissance de Rioja (1).

Parmi les écrivains qui s'opposèrent le plus à l'école de Gongora, la personne qui, par son influence dans la société, pouvait le mieux arrêter sa puissance, si elle ne s'était elle-même laissé entraîner parfois dans son mauvais goût, c'est le prince Borgia Esquilache. Ses titres, corruption de deux grands noms tirés des principautés italiennes de Borgia et de Squillace, nous font connaître son origine et nous expliquent en quelque sorte ses tendances. Quoiqu'il fut, par une étrange coïncidence, arrière-petit-fils du pape Alexandre VI, et petit-fils d'un des premiers généraux de la Compagnie de Jésus, il descendait aussi d'une vieille famille royale d'Aragon et il avait un cœur sincèrement espagnol. Son rang élevé lui donna facilement une haute place dans les affaires publiques ; il se distingua comme soldat et comme diplomate ; il parvint au poste

---

(1) Les poésies de Rioja ne se publièrent que vers la fin du dix-huitième siècle, dans les Collections de Sedano et de Fernandez, en 1774 et en 1797. Les deux odes de Rioja et de Caro s'imprimèrent dans la traduction, en espagnol, de l'*Histoire de la littérature espagnole* par Sismondi, Séville, 1842, contenant dans ses notes les meilleurs détails sur Rioja. (Tom. II, p. 173.) Rioja, devons-nous ajouter, était un ami de Lope qui lui adressa une épître fort agréable sur son *Jardin*, imprimée pour la première fois en 1622.

élevé de vice-roi du Pérou, et il y administra les affaires, durant six années, avec autant de sagesse que de succès.

Comme plusieurs autres de ses compatriotes, il n'oublia jamais les lettres, au milieu des soucis de la vie publique, et il sut trouver assez de loisir pour écrire plusieurs volumes de poésies. Les meilleures sont, sans contredit, ses romances lyriques. Ses sonnets sont bons aussi, ceux surtout qui ont une veine de gaieté ; il en est de même de ses madrigaux qui sont, comme celui qu'il adresse à un rossignol, souvent pleins de grâce et parfois de tendresse. En général, quand ses compositions légères ont le ton un peu épigrammatique et le style simple, ce sont les meilleures. Elles appartiennent à un genre qui apparaît périodiquement et constamment dans la littérature espagnole, et dont la pièce suivante peut être prise pour un des meilleurs spécimens :

> Fuentecilla que reis
> Y con la arena jugais,
> ¿ Donde vais ?
> Pues de las flores huis
> Y los peñascos buscais,
> Si reposais,
> Donde ruiseña dormis,
> ¿ Porquè correis y os cansais ? (1)

Borgia fut très-respecté durant sa vie : il mourut à Madrid, sa ville natale, en 1658, à l'âge de soixante-dix-sept ans. Ses poésies sacrées, dont quelques-unes ont été publiées après sa mort, ont peu de valeur (2).

Antonio de Mendoza, poëte dramatique de la Cour, qui florissait de 1630 à 1660, peut être aussi compté parmi les poètes lyriques de son temps. On peut en faire autant pour Cancer y Velasco, Cubillo et Zarate, qui moururent tous dans la dernière moitié du dix-septième siècle. Men-

---

(1) Petit ruisseau qui souris — Et joues avec le sable, — Où vas-tu? — Puisque tu fuis les fleurs — Et recherches les rochers, — Si tu reposes — Où souriant tu t'endors, — Pourquoi courir et te fatiguer? — *Obras en verso de Borja*, Amberes 1663, in-4° p. 395.

(2) *La vie de Borja* est dans Baena, tom. II, p. 175. Ses opinions sur la poésie, défendant la vieille et plus simple école, sont exprimées dans des *décimas* placées en tête de ses *Obras en verso* dont il existe des éditions de 1639, 1654 et 1663. Dans ces romances lyriques, il faut citer les numéros 44, 66, et 129 de l'édition d'Anvers. Les vers cités dans le texte appartiennent au n° 20. Les poésies qu'il intitule : *Vueltas*, espèce de gloses avec refrain, montrent un grand talent poétique, tant pour la pensée que pour l'expression.

doza et Cancer inclinèrent vers la métrique de la vieille poésie nationale; les deux autres adoptèrent la versification italienne. Aujourd'hui on ne se souvient pas souvent d'aucun d'eux (1).

Il n'en est pas de même du comte D. Bernardino de Rebolledo, gentilhomme d'une vieille souche castillane qui, sans avoir été grand poëte, vit encore dans le souvenir et la mémoire de ses compatriotes. Né à Léon, en 1597, il se fit soldat dès l'âge de quatorze ans. Il servit, pour la première fois, dans la guerre contre les Turcs et contre les puissances de Barbarie. Plus tard, dans la guerre de Trente Ans, il porta les armes dans différentes parties de l'Allemagne, où il reçut le titre de comte de l'empereur Ferdinand. En 1647, au retour de la paix, il fut envoyé ambassadeur en Danemark : il vécut longtemps dans le Nord, en grandes relations, comme le prouvent souvent ses poésies, avec la Cour danoise et avec celle de Christine de Suède, à la conversion de laquelle il prit une grande part, d'après une de ses lettres (2). A partir de 1662, nous le trouvons ministre d'Etat, à Madrid ; il y mourut, en 1676, comblé d'honneurs de tout genre, jouissant de traitements et de pensions s'élevant à une somme annuelle de cinquante mille ducats.

C'est un fait singulier de voir les poésies d'un Espagnol paraître pour la première fois dans le Nord de l'Europe. Ce phénomène se produisit à l'occasion du comte Rebolledo. Un volume de ses œuvres se publia à Cologne, en 1650, et un autre, à Copenhague, en 1655. Chacun d'eux contient des poésies lyriques, tant dans la forme nationale que dans la forme italienne ; et, si aucune de ces compositions n'est fort remarquable, plusieurs sont écrites avec simplicité, et certaines sont supérieures à l'esprit de leur temps (3).

---

(1) *El Fenix Castellano,* de Ant. de Mendoza, Lisbonne 1690, in-4°, *Obras poeticas de Géronimo Cancer y Velasco,* 1650, et Madrid 1761, in-4°, Latassa, *Bibl. Nueva,* tom. III, p. 224; *El Enano de las Musas de Alvaro Cubillo de Aragon,* Madrid, 1654, in-4°. Il était natif de Grenade ; et *Obras varias de Fr. Lopez de Zarate,* Alcala, 1651, in-4°, contenant une quantité de mauvaises poésies, tant en mètres espagnols qu'italiens, et, à la fin, sa tragédie également sans mérite, *Hercules furens y Œta,* con todo el rigor del arte.

(2) *Obras,* Madrid, 1778, in-8°, tom. I, p. 571.

(3) On trouve une biographie de Rebolledo, qui a dû être préparée sur ses données, dans la préface de ses *Ocios,* imprimés à Anvers, en 1650 in-8°, il y en a une meilleure dans le cinquième volume du *Parnaso* de Sedano. Ses poésies et quelques détails sur sa personne peuvent se lire, dans l'édition de ses œuvres imprimées, à Madrid, 1778, trois volumes, in-8° dont le premier est en deux parties. Plusieurs de ses poésies tombent dans l'affection *Gongoresque.* Il a écrit une

Nous pourrions allonger cette liste des noms de plusieurs autres auteurs qui ne lui ajouteraient rien ni en dignité ni en mérite. Tels sont Ribero, le Portugais; Pedro Quiros, illustre Sévillanais; Barrios, le juif persécuté; Lucio y Espinosa, un Aragonais; Evia, natif de Guayaquil dans le Pérou; sœur Juana Inés de la Cruz, religieuse mexicaine; Antonio de Solis, l'historien; Condamo, le poëte dramatique; Marchante, Montoro, Negrete, qui vécurent tous dans la dernière partie du dix-septième siècle. Les trois derniers arrivèrent même jusqu'au seuil de la porte du dix-huitième, au moment où l'esprit poétique de leur pays semblait s'être absolument éteint (1).

Quoique cette dernière période soit triste et décourageante, la poésie lyrique, en Espagne, depuis le règne de Charles-Quint jusqu'à l'avéne-

---

pièce : *Amor despreciando riesgos :* il l'intitule tragi-comédie, et elle n'est pas sans mérite.

(1) Antonio Ruiz Ribero de Barros, *Jornada de Madrid*, Madrid, 1672, in-4° pauvre mélange de prose et de vers dont l'auteur mourut en 1683. (Barbosa, *Bibl.*, tom. I, p. 313.) — Pedro Quiros, 1670, cité par Sismondi, *Histoire de la littérature espagnole,* Séville, 1842, tom. II, p. 187, note et par Varflora, N° IV, p. 68. — Miguel de Barrios, *Flor de Apolo,* Bruxelles, 1665, in-4°, et *Coro de las Musas,* Bruxelles, 1672, in-8°. — *Ociosidad Ocupada y Ocupacion Ociosa de Felix de Lucio Espinosa y Malo,* Rome, 1674, in-4° et cent sonnets assez mauvais. (Latassa *Bibl. Nov.,* tom. IV, p. 22.) — Jacinto de Evia, *Ramillete de Flores Poéticas* Madrid, 1676, in-4° ; outre ces poésies, il y en a de plusieurs autres écrivains. — Inez de la Cruz, la Decima Musa, *Poemas,* Saragosse, 1682 — 1725, trois volumes in-4°, etc. — Antonio de Solis, *Poesias,* Madrid, 1692, in-4°. — Candamo, *Obras Liricas,* s. a. in-8°. — José Perez de Montoro, *Obras postumas liricas, humanas, y sagradas,* Madrid, 1736, deux volumes, in-4° non imprimés, je crois, avant, bien que l'auteur fut mort en 1694. — Manuel de Léon Marcante ; *Obras postumas,* Madrid, 1733, deux volumes in-4°; ses *Villancicos* par leur rudesse, mais non par leur poésie, rappellent Juan del Encina. — Andrés José Tafalla Negrete, *Ramillete poético,* Saragosse, 1706, in-4°, auquel Latassa (*Bibl. Nova,* tom. IV, p. 104.) ajoute un volume imprimé, à Valence, en 1680, ayant pour titre : *Varias hermosas flores del Parnaso.* Comparé avec le livre d'Espinosa, du même titre, imprimé en 1608, il donne une idée de l'état de décadence où la poésie était tombée au moment où il parut. Il contient des poésies d'Antonio Hurtado de Mendoza, de Solis, et des poëtes qui suivent, dont les noms nous sont d'ailleurs inconnus : Francisco de la Torre y Sebil, Rodrigo Artes y Muñoz, Juan Barcelo et Juan Bautista Aguilar, poëtes sans valeur à tous les points de vue. De tous les auteurs nommés dans cette note, le seul qui causa la plus grande sensation, après Solis, ce fut sœur Juana Inés de la Cruz, femme mais non poète remarquable, née dans la Guipuzcoa, en 1651, et morte dans la ville de Mexico, en 1695. — *Semanurio Pintoresco,* 1845, p. 12.

ment des Bourbons, eut, en général, une destinée plus heureuse que celle dont elle jouissait dans d'autres contrées de l'Europe, à l'exception de l'Italie et de l'Angleterre, et elle montra, dans chacun de ses divers genres, des traits originaux, frappants et marqués au coin du caractère national.

Peut-être aussi que la difficulté de satisfaire le goût populaire pour ce qui était l'objet d'une si solennelle vénération, sans s'attacher aux formes anciennes et fortement établies, fut-elle cause que la poésie appelée *à lo divino*, poésie sacrée, offrit plus fréquemment que toute autre une ressemblance marquée avec les mouvements les plus simples et les plus primitifs du génie national. Cette poésie est généralement pittoresque, comme les chants d'Ocaña sur l'arrivée de la Vierge à Bethléem, sur la fuite en Egypte. Parfois, elle est rude et grossière, et rappelle les *Villancicos* chantés par les bergers dans les premiers drames religieux. Presque toujours, même quand elle devient mystique, quand elle tombe dans le mauvais goût, elle est complétement imbue de l'esprit de la foi catholique, esprit plus distinctement imprimé dans cette branche de la poésie lyrique espagnole qu'elle ne l'est dans aucune autre des temps modernes.

La poésie profane n'est pas moins fortement marquée, quoique avec des attributs entièrement différents. Dans ses genres populaires, elle a de la fraîcheur, du naturel, souvent même de la rusticité. Quelques-unes de ses courtes *canciones*, qui abondent dans cette poésie ; plusieurs de ses *chanzonetas* coulent, en commençant, avec tendresse, et se terminent ensuite capricieusement par un jeu de mots ou par une pointe épigrammatique. Ses *Villancicos*, ses *letras* et *letrillas* sont encore plus fidèles à la nature du peuple, et expriment avec plus d'exactitude le sentiment populaire. Généralement ces compositions traitent d'un incident ordinaire ou prennent pour sujet une pensée triviale. Parfois c'est une jeune fille qui confesse à sa mère, dans sa simplicité enfantine, la passion que son inquiétude instinctive voudrait cacher. Tantôt c'est une femme, plus âgée et plus rudement éprouvée, qui demande d'être délivrée d'une influence à laquelle elle n'est pas capable de résister plus longtemps. Tantôt c'est une vierge heureuse et fortunée, se réjouissant franchement de son amour qu'elle regarde comme la lumière et la gloire de sa vie. Un grand nombre de ces légères compositions lyriques sont anonymes ; elles expriment les sentiments des plus basses classes de la société ; elles sortent de leurs cœurs aussi spontanément que les vieilles romances auxquelles elles sont souvent mêlées et avec lesquelles elles ont presque toujours une grande ressemblance. Leurs formes sont aussi antiques et caractéristiques : par moments il y respire un certain esprit folâtre et malicieux, empreint de la tendresse et de la passion la plus sincère, esprit conforme encore à l'origine de cette poésie et différent de tout ce qu'on trouve dans la poésie des autres nations.

Dans la partie de la poésie lyrique profane, moins populaire et moins fidèle aux traditions du pays, il se montre une plus grande variété de pensées, et cette variété se traduit presque toujours en mesures italiennes. Les sonnets, par-dessus tout, furent admirés avec une faveur extravagante, durant toute cette période, et leur nombre devint énormément grand, plus grand peut-être que celui de toutes les romances de la langue espagnole. Mais, depuis cette forme restreinte jusqu'à la forme large et grave de l'ode, construite par stances régulières de dix-neuf ou vingt vers chacune, nous avons toutes les variétés de genres, le solennel, le majestueux, l'imposant, comme aussi l'agréable, le gai, le souriant.

Prenant donc ensemble les différents genres de la poésie lyrique espagnole, le nombre des auteurs dont les œuvres ou une partie des œuvres se sont conservées, depuis le commencement du règne de Charles-Quint jusqu'à la fin du règne du dernier monarque de sa race, nous trouvons que ce nombre ne descend pas à moins de cent-vingt (1). Mais le nombre des poëtes qui eurent du succès est faible, comme il l'est ailleurs, et la quantité de poésie réelle qui s'est produite, même par les meilleurs écrivains, est rarement considérable. Un petit nombre des compositions des deux Argensolas, un plus grand nombre de celles de Herrera, presque toutes les pièces du bachelier Francisco de la Torre et de Fr. Luis de Léon, quelques efforts accidentels de Lope de Vega et de Quevedo, les odes particulières de Figueroa, de Jauregui, d'Arguijo et de Rioja, complètent le tableau de ce qui donna son caractère à la partie la plus grave et la moins populaire de la poésie lyrique espagnole. Si vous ajoutez à ces poëtes, Villegas qui en est tout-à-fait séparé, parce qu'il unit l'esprit de l'antiquité grecque à l'esprit d'un génie vraiment castillan ; si vous ajoutez les chansons populaires et les rondelets avec leur grâce et leur fraîcheur, genres qui, par leur nature, emportent la liberté de toutes les formes et ne se soumettent à aucune classification, vous aurez un corps de poésies, certainement pas énorme, mais un corps de poésies qui, d'un côté par l'énergie du sentiment national, de l'autre par la dignité, peuvent être incontestablement placées au nombre des efforts les plus heureux de la littérature moderne.

---

(1) Je possède dans ma bibliothèque, si je ne me trompe, les œuvres de plus de cent vingt poètes lyriques de cette époque.

CHAPITRE XXXI

Poésie satirique. — Les Argensolas, Quevedo et autres. — Poésie élégiaque et épistolaire. Garcilaso, Herrera et autres. — Poésie pastorale. — Saa de Miranda,
Balbuena, Esquilache et autres. — Epigrammes : Villegas, Rebolledo et autres —
Poésie didactique. — Rufo, Cueva, Cespedes et autres. — Emblèmes : Daza, Covarrubias. — Poésie descriptive : Dicastillo.

La poésie satirique, soit sous la forme de satires régulières, soit sous le
genre plus familier d'épîtres, n'a jamais joui d'un grand succès en Espagne. Son esprit était cependant connu depuis le temps de l'archiprêtre de
Hita et de Rodrigo de Cota ; l'un et l'autre semblent en avoir été entièrement imbus. Torres Naharro, aussi, dans la première partie du seizième siècle, Silvestre et Castillejo, dans la dernière moitié, le soutinrent encore et
écrivirent des satires en vers court national, avec beaucoup de cette liberté
antique et de cette humeur mordante qui caractérisent le genre depuis
son origine.

Mais, quand Mendoza et Boscan, dans le milieu de ce même siècle, se furent adressés l'un à l'autre des épîtres en vers, écrites dans le style d'Horace,
quoique dans la forme italienne appelée *terza rima*, la mode changea. Une
riche et forte satire, telle que Castillejo osait l'employer, quand il écrivait
son traité *De las condiciones de las mujeres*, souvent réimprimé et fortement
goûté, fut entièrement mise de côté et remplacée par un genre plus cultivé,
plus philosophique. plus en rapport avec la gravité des règnes de Charles-
Quint et de Philippe II. Montemayor, c'est vrai, Pedro de Padilla et
un petit nombre d'auteurs moins remarquables composèrent dans l'un et
l'autre genre ; mais Cantorral, avec peu de talent, Gregorio Murillo, avec
plus d'habileté, et Rey de Artieda, dans un style familier, plus séduisant
que l'autre, prirent une nouvelle direction si résolument qu'on peut considérer le changement virtuellement opéré, dès le commencement du
dix-septième siècle (1).

---

(1) Toutes ces satires se trouvent dans les ouvrages de leurs auteurs respectifs

Barahona de Soto doit être compté parmi les premiers qui écrivirent dans cette nouvelle forme, union du genre romain et du genre italien. Nous avons quatre de ses satires, composées après la guerre contre les Morisques des Alpujarras, où il avait servi. La première et la dernière attaquent les mauvais poëtes ; elles indiquent évidemment l'école à laquelle il appartenait et la direction qu'il se proposait de suivre. Mais ses efforts, tentés de la manière la plus sérieuse, ne s'élevèrent pas au-dessus d'une intolérable médiocrité (1).

Une seule satire de Jaurégui, adressée à Lydie, comme si ce pouvait être la Lydie d'Horace, est bien meilleure (2). Mais personne ne réussit autant que les deux Argensolas, dans le style particulier et la manière philosophique de la satire d'Horace. Leurs discussions sont parfois, c'est vrai, trop graves ou trop longues, mais elles nous donnent des peintures animées des mœurs du temps. L'esquisse d'une femme perdue à la mode, par exemple, dans une ode à Flora par Lupercio, est excellente ; il en est de même d'autres longs morceaux, dans deux autres compositions de Bartholomé, sur la vie de la capitale. Toutes ces trois pièces sont néanmoins trop longues, et la dernière contient une faible répétition de la fable du rat de ville et du rat des champs dans laquelle apparaissent, comme partout ailleurs, les rapports de l'auteur avec Horace (2).

---

que nous avons cités jusqu'ici, à l'exception de celle de Gregorio Murillo : *A las malas costumbres de su tiempo*, insérée dans les *Flores*, d'Espinosa, 1605, fol. 119, Valladolid. Les *Epistolas* d'Artieda, au nombre de six, s'imprimèrent aussi, en 1605, sous le titre de : *Epistolas de Artemidoro*. Les meilleures sont celles où il gourmande et ridiculise la vie du chasseur, et celle où il présente ironiquement la défense des frivoles passe-temps de la société. A cette liste des satires nous pourrions ajouter une lettre écrite par le capitaine Viruès à son frère, le 17 juin 1605 ; elle décrit sur un ton burlesque et plaisant le passage du Saint-Gothard par les troupes espagnoles, dans leur marche de Milan aux Pays-Bas.

(1) Les satires de Barahona de Soto s'imprimèrent pour la première fois dans le *Parnaso* de Sedano, tom. IX, p. 678.

(2) *Rimas*, 1618, p. 198. On y observe l'heureuse union de la forme du vers italien et de l'esprit des vieux classiques romains.

(3) *Rimas*, 1634, pp. 56, 234, 254. Il est, toutefois, bien singulier que Bartholomé imite Horace, pendant qu'il manifeste sa préférence pour Juvénal dans les vers suivants :

Però quando a escribir satiras llegues	Quand vous en viendrez à écrire des satires,
A ningun irritado cartapacio,	Ne vous livrez à aucun modèle en courroux,
Sino al cauto Juvenal te entregues	Mais prenez pour exemple le prudent Juvénal.

Ses contemporains semblent aussi l'avoir toujours considéré comme un imitateur

Quevedo, d'un autre côté, suivit Juvénal, dont le tempérament dur et inflexible convenait mieux à son goût et à sa disposition naturelle aigrie par de cruelles persécutions. Mais Quevedo est souvent trop libre, inconvenant et âpre; il offense souvent ce sentiment de vertu qu'un satirique doit cultiver avec le plus grand soin. On doit rappeler, toutefois, en sa faveur, qu'il vécut sous le despotisme des Philippe, et que, malgré le poids qui l'accablait, il n'y a pas de poète espagnol qui puisse lui être préféré pour l'énergie et l'esprit d'indépendance de sa satire. Gongora s'en approche, dans plusieurs occasions, mais rarement Gongora traite des sujets sérieux ; il limite presque entièrement sa satire à des romances, à des sonnets burlesques qu'il écrivit dans l'ardeur de sa jeunesse. A aucune époque de sa vie, et assurément pas après sa venue dans la capitale, il ne se serait hasardé d'écrire une épître satirique comme celle que Quevedo eut le courage d'envoyer sur la décadence de l'esprit castillan et la corruption des mœurs castillanes, au comte duc d'Olivarès, alors à l'apogée de son influence (2).

Les plus grands contemporains de Gongora et de Quevedo tournèrent à peine leurs pensées dans cette direction. En effet, le *Viaje al Parnaso* de Cervantès est une imitation trop joviale de Caporali pour être classée parmi les satires, lors même que la forme permettrait de l'y placer. Lope de Vega a bien composé des sonnets et des poésies légères pleines d'esprit et de sévérité, en particulier celles qui passent sous le nom de Burguillos, néanmoins sa vie entière et la faveur populaire dont il jouit l'empêchèrent naturellement de rechercher les occasions de dire ou de faire rien de désagréable.

L'état de la société n'était pas non plus, à cette époque, favorable soit au développement, soit même au maintien d'un pareil esprit. Les épîtres d'Espinel et d'Arguijo sont, par conséquent, absolument graves et solennelles; celles de Rioja, Salcedo, Ulloa et Melo sont non-seulement graves, mais elles manquent presque entièrement de tout mérite poétique. Il faut en excepter une seule, composée par le premier de ces poètes et adressée à Fabio; elle n'est ni gaie ni mordante, mais elle inflige dans un tableau admirablement peint, un blâme moral à la folie et à la sottise de ceux qui se confient à la faveur des rois. Borgia est plus libre ; placé

---

de Juvénal. Guevara, dans son *Diablo cojuelo*, tranco IX, l'appelle *Divino Juvenal Aragones* ; selon nous c'est une erreur, puisqu'il est tout imbu des formes et des expressions d'Horace.

(1) C'est la dernière pièce de sa *Melpomène*.

dans un rang plus élevé, il parle avec plus d'indépendance; mais la
meilleure de ses épîtres, celle qu'il écrivit contre la vie des Cours
ne vaut pas les tercets que Gongora composa dans sa jeunesse sur le
même sujet; elle n'égale pas même la burlesque composition qu'il mit en
tête de la collection de ses poésies. Rebolledo, son unique successeur de
quelque valeur, à cette époque, est moral, mais fatigant; Solis, et le petit
nombre de ceux qui le suivirent, est trop fastidieux pour que nous nous
souvenions de lui. Enfin, si Villegas dans sa vieillesse, et alors qu'il
était aigri peut-être par les déceptions, n'avait écrit trois satires qu'il ne
s'aventura pas à publier, nous n'aurions rien de digne d'être mentionné dans ce genre, à mesure que nous approchons de la fin décourageante de cette longue période (1).

Presque toutes les satires didactiques et presque toutes les épîtres
satiriques du plus beau siècle de la littérature espagnole sont dans le
goût d'Horace et écrites dans la *terza rima* des Italiens. Généralement
leur caractère est léger, bien que philosophique; parfois il est courtisan.
Prises dans leur ensemble, elles ont moins de vigueur poétique, moins de
coloris et de fermeté qu'on était en droit d'en attendre du genre auquel
elles appartiennent. D'un autre côté elles sont souvent remplies de charme
et de grâce: il y en a qu'on lira, par le seul plaisir qu'elles procurent, plus
souvent que d'autres compositions analogues, écrites en d'autres langues
et qui se distinguent par plus de finesse et de sévérité.

La vérité est, toutefois, que cette finesse et cette sévérité, dans ce genre
et sous cette forme, ne furent jamais sincèrement encouragées en Espagne.
La nation elle-même a toujours eu trop de gravité et de dignité pour
demander ou pour tolérer la censure que ce genre implique; et, si un caractère tel que le caractère espagnol, a son côté ridicule, il faut l'atteindre par toute autre chose que par la satire personnelle. Des livres
comme les romans de chevalerie peuvent-être attaqués d'une manière
effective, comme ils l'ont été par Cervantès; des classes entières peuvent
être l'objet de la caricature, ainsi qu'elles l'ont été dans les nouvelles
picaresques et dans le vieux drame espagnol; la mauvaise poésie peut
être frappée de ridicule, comme elle l'a été, par la moitié des poëtes qui n'en

---

(1) Les satires de tous ces auteurs se trouvent dans leurs œuvres, à l'exception
de celles de Villegas imprimées pour la première fois, sur des manuscrits supposés originaux, dans le *Parnaso español* de Sedano, tom. IV p. 3-18. Peut-être
ne s'en imprima-t-il d'abord que deux d'entre elles sur les mauvais poètes, et la
troisième fut, paraît-il, supprimée, par défaut de délicatesse.

donnent pas de mauvaise et par l'autre moitié qui en donnent. Mais les caractères individuels et principalement les caractères des personnes d'un
rang élevé et d'une notorieté reconnue, ceux-là sont protégés, dans de
pareilles circonstances, par toutes les influences sociales qui peuvent concourir à leur défense et ne peuvent être directement attaqués.

C'est ainsi que les choses se passèrent en Espagne. La satire poétique
finit par y être regardée avec défiance ; de sorte que, suivant les lois de
la bonne société, on considérait à peine comme de bon goût de se livrer
à sa composition (1).

Si à toutes ces considérations nous joignons le souvenir du caractère
inquiet de la politique tyrannique qui régna si longtemps dans ce pays ;
la sourde et infatigable vigilance de l'Inquisition, deux choses qui se manifestent dans les approbations et les licences introduites dans toutes les
œuvres qui réussissaient à trouver leur voie par la presse, nous n'aurons aucune difficulté à établir le fait : que la satire poétique n'a jamais
eu une vie forte et vigoureuse en Espagne ; qu'après la dernière partie
du dix-septième siècle, elle disparut presque entièrement pour revivre
dans des temps plus heureux.

Les élégies, quoique peu en rapport par leur sujet avec la satire, s'y
rattachent cependant, par la forme et la mesure, dans la poésie espagnole.
Ces deux genres sont en effet écrits en *terza rima* italienne ; tous deux
adoptent souvent la forme de l'épître (2). Garcilaso était très-capable
d'écrire des élégies dans leur véritable esprit, mais la seconde composition
qui passe sous ce nom, dans ses œuvres, est une simple épître familière à
un ami. Telle est aussi la première pièce de Figueroa que suivent
d'autres compositions, dans un ton plus approprié à leurs titres. Mais

---

(1) Cervantès en est un exemple frappant. Dans le quatrième chapitre de son
Viage al Parnaso, immédiatement après avoir parlé de son *D. Quichotte*, il nie
avoir jamais rien écrit de satirique ; il déclare toutes les compositions de ce genre
viles y despreciables. Les mots eux-mêmes *satiro* et *satirico* finirent par être pris
dans un mauvais sens. Voyez, à ces mots, Huerta, *Sinonimos castellanos*, Valence,
1807, 2 vol. in-8°.

(2) Un exemple frappant de ce fait nous est fourni par la première partie du
Parnaso antartico de Diego Mejia, imprimé, à Seville, en 1608, in-4° et la seule
partie qui ait été imprimée. Il consiste en une épître en vers écrite par une dame
à Mejia, et dans la traduction de vingt-un épîtres d'Horace et de son Ibis, le tout
en tercets d'un style castillan des plus élégants et des plus purs. Dans l'édition de
Fernandez (Coleccion, tom XIX.) l'épître de la dame a été supprimée ; c'est regrettable, parcequ'elle était fort intéressante, et qu'elle contenait des détails sur
un grand nombre de poëtes de l'Amérique du Sud.

toutes ces élégies sont écrites dans le mètre et le genre italien, deux
d'entre elles sont même en langue italienne. Les onze pièces que Gregorio
Silvestre appelle *Lamentaciones* sont des épîtres élégiaques à la dame de
ses pensées, écrites suivant l'antique versification castillane, et elles respirent un certain air poétique du vieux castillan. Lomas Cantoral échoue ;
on ne peut pas dire non plus que les Argensolas et Borgia aient réussi ;
quoiqu'ils aient écrit dans différents genres, on y trouve à peine quelques
poésies élégiaques. Herrera est trop lyrique, trop sublime, peut-être, par
la nature de son génie, pour composer de bonnes élégies. Cependant
plusieurs de ses compositions à *Su amor*; une autre, où il déplore les
passions qui survivent dans l'homme après sa jeunesse, ont certainement
autant de beauté que de tendresse.

Rioja, au contraire, semble avoir été doué d'un véritable tempérament pour ce genre, et avoir écrit des élégies par instinct, bien qu'il les
appelle des *Silvas*; tandis que Quevedo, s'il est réellement l'auteur des
poésies qui circulent sous le nom du Bachelier Francisco de la Torre, doit
avoir fait violence à son génie pour composer les dix petites pièces en vers
adoniques qu'il appelle *Endechas*, et qu'on peut lire plutôt comme des
imitations de certaines compositions des plus tendres parmi les anciennes
romances. Si nous ajoutons à toutes ces poésies les treize élégies de
Villegas, qui sont presque toutes des épîtres, et dont une ou deux sont
réellement des épîtres légères et amusantes, nous aurons tout ce qui
mérite d'être mentionné, dans cette petite section de la poésie espagnole,
durant le seizième et le dix-septième siècle, section que nous n'avons pas
jusqu'ici examinée. De tout ce que nous avons dit nous pouvons naturellement déduire que le tempérament espagnol était peu propre au ton
soumis, simple et tendre qui est le caractère particulier de l'élégie :
conclusion incontestablement vraie, malgré les exemples de Garcilaso et
de Rioja, dont les meilleures et les plus élégiaques compositions poétiques
n'ont jamais même porté le nom *d'élégies* (1).

---

(1) Ce qu'il y a de mieux dans ce genre, en langue espagnole, nous est donné
peut-être par certains morceaux de la première églogue de Garcilaso. Les élégies
et d'autres poésies du genre triste sont souvent appelées *endechas* en espagnol,
mot qui servit à Quevedo pour désigner ces tristes poésies amoureuses. Toutefois l'origine de ce mot n'est pas bien déterminée ; sa signification n'est pas non
plus bien définie. Venegas, dans un vocabulaire des mots obscurs placé à la fin
de son *Agonia del transito de la Muerte* (1574, p. 370), le fait dériver de *inde jaces*
comme si le poète qui se lamente s'adressait au corps mort. Mais une pareille
étymologie est absurde. Le mot vient du grec ενδεκα, onze, parce que le dernier vers

La poésie pastorale est, en Espagne, directement en relation avec la poésie élégiaque, par les églogues de Garcilaso qui réunit les attributs des deux genres. C'est dans cette école qu'il faut, en y rattachant Boscan et Mendoza, rechercher les premiers et les plus heureux spécimens de la vraie poésie pastorale espagnole, avec les traits caractéristiques qu'on lui reconnaît encore. Son origine remonte bien plus haut. Le climat et la condition de la Péninsule qui avaient favorisé, dès les temps les plus reculés, la vie pastorale et ses occupations, facilitèrent, sans aucun doute, s'ils n'en fournirent l'occasion, la première introduction du ton pastoral dans la poésie espagnole, ton dont les échos se firent entendre dans les vieilles romances. Mais les formes italiennes de la pastorale en vers s'y naturalisèrent, dès qu'elles s'y introduisirent. Figueroa, Cantoral, Monte-mayor et Saa de Miranda, ces deux derniers portugais, avaient tous visité l'Italie, y avaient vécu : ils réunirent leurs efforts à ceux de Garcilaso et de Boscan, et écrivirent des églogues espagnoles dans le genre italien. Ils eurent tous de grands succès, mais aucun n'en eut autant que Saa de Miranda, né en 1495 et mort en 1558. Cédant aux élans de son propre génie, Saa de Miranda renonça à la carrière des lois à laquelle il était destiné, à la faveur de la Cour où s'ouvraient devant lui les perspectives les plus hautes, pour se consacrer à la poésie.

Saa de Miranda était le premier Portugais qui écrivait dans les formes introduites par Boscan et Garcilaso ; aucun autre poëte n'a eu peut-être, en Portugal, plus de grâce et de puissance ; aucun, c'est certain, pour ce qui regarde la forme particulière de l'églogue. Ses pastorales n'appartiennent cependant pas toutes au nouveau genre. Au contraire, plusieurs d'entre elles sont composées en petits vers anciens et semblent avoir été écrites, avant que leur auteur ait connu le changement qui s'opérait au moment même dans la poésie espagnole. Mais toutes ces pièces portent l'empreinte de cet esprit, de cette simplicité qui caractérisent le genre de compositions auquel elles appartiennent, quoiqu'on les y trouve bien rarement. La vérité de ce que nous venons d'avancer est prouvée par la magnifique pastorale de *Mondego*, dans le genre de Garcilaso, et qui contient un récit de sa vie adressé au Roi ; par sa septième églogue, écrite dans les formes de Juan del Encina et de Gil Vicente, et qui se joua, paraît-il, au milieu des fêtes de la noble famille des Péreyras, après le

---

de chaque strophe se composait justement de onze syllabes, et qu'on disait alors que le poème était composé *d'endechas reales*. Covarrubias et le dictionnaire de l'Académie espagnole s'accordent avec notre opinion sur le sens de ce mot.

retour d'un de ses membres du service militaire dans la guerre contre les Turcs.

Mais l'amour des champs, des scènes de la nature et des occupations champêtres remplit presque chacune des compositions de Saá de Miranda. Les animaux eux-mêmes semblent y être traités avec plus de naturel et d'affection que dans tout autre écrivain. On respire, à travers toutes ses poésies, une aménité et une aisance indiquant bien qu'elles partent du cœur. Comment se fait-il que notre poëte ait tant écrit en espagnol, c'est ce qu'il n'est pas aisé de dire aujourd'hui. Peut-être trouvait-il cette langue plus poétique que son idiôme natal, le portugais : peut-être avait-il tout simplement des raisons personnelles pour cette préférence. Quelle qu'en soit la cause, six de ses églogues sur huit, sont composées dans le plus pur et le plus naturel castillan ; et le résultat définitif c'est que Saá placé, à tous les points de vue, parmi les quatre ou cinq principaux poëtes de sa nation, occupe aussi une position élevée et enviable parmi les écrivains de la fière nation qui devint bientôt, mais pour un temps, maîtresse de son pays (1).

Montemayor, Gil Polo et leurs imitateurs dans la pastorale en prose, semèrent abondamment dans leurs fictions des vers bucoliques de tout genre : ils augmentèrent parfois, quoique rarement, par cette espèce d'ornement, l'intérêt et le mérite de leurs fables. Un de ceux qui ont eu le moins de succès dans ce genre, c'est Cervantès ; un de ceux qui en ont eu le plus, c'est Balbuena, qui se place au premier rang. Son *Siglo de oro* contient quelques-unes des meilleures et des plus originales églogues qui existent en castillan. Ecrites sur le ton libre et rustique de Théocrite plutôt que dans le genre soigné et fini de Virgile, elles n'offrent pas pour cela moins d'attraits dans leurs narrations (2).

---

(1) Il existe plusieurs éditions des œuvres de Saá de Miranda ; mais la seconde et la meilleure (s. l. 1614. in-4°) est précédée d'une biographie du poëte, composée, affirme-t-on, par ses amis personnels. Elle établit un fait singulier, c'est que la femme dont il s'était épris était tellement laide que sa famille lui refusa son consentement jusqu'après réflexion plus mûre. Mais Saá persévéra dans ses idées et s'attacha si fortement à elle qu'il mourut du chagrin que lui causa sa perte. Le mérite poétique de notre auteur est l'objet d'un excellent examen par Antonio das Neves Pereira dans le cinquième volume des *Memorias da lett. portugueza*, de l'Académie Royale des Sciences, Lisbonne, 1793, p .99. etc. Plusieurs des ouvrages de Saá de Miranda sont compris dans l'Index Expurgatoire espagnol, de 1667, p. 72.

(2) Nous parlerons plus loin des poëtes dont les églogues se trouvent dans leurs pastorales en prose, lorsque nous examinerons cette curieuse branche de la fic-

Nous possédons de Luis Barahona de Soto une églogue bien meilleure que tout ce qu'il nous a d'ailleurs laissé (1). Quant à Pedro de Padilla, l'ami de Cervantès et de Silvestre, un improvisateur remarquable et un homme fortement aimé, nous avons un certain nombre de poésies pastorales, extrêmement pittoresques et d'un goût antique, parce qu'elles sont, en grande partie, composées de romances et de *Villancicos* (2). Pedro de Encinas essaya d'écrire des églogues religieuses, sacrées, mais il échoua dans son entreprise (3). Dans les formes établies et acceptées, Juan de Morales et Gomez Tapia, auteurs à peine connus aujourd'hui, excepté par quelques tentatives isolées dans ce genre (4), et Vicente Espinel qui composa, entre autres, l'églogue originale et poétique (5) où un soldat et un berger discutent sur les guerres espagnoles en Italie, ces poètes, dis-je, obtinrent un succès complet.

Les églogues de Lope de Vega, dont nous avons déjà parlé, entraînèrent après elles, comme ses autres poésies populaires, une multitude d'imitateurs. Mais ni Balvas, ni Villegas, ni Carrillo de Sotomayor, ni le prince de Esquilache ne purent jamais l'égaler. Seul, parmi tous les autres poètes, et seulement s'il est l'auteur des vers de Francisco de la Torre, Quevedo se montra le digne rival de ce grand maître. Nous ne devons pas moins donner une place égale à Pedro de Espinosa, dont la

---

tion romantique espagnole. Notons, toutefois, ici que Montemayor composa d'autres églogues insérées dans son *Cancionero*, 1588. ff. 111. etc.

(1) Elle se trouve dans l'importante collection d'Espinosa, *Flores* etc., fol. 66, où elle paraît pour la première fois.

(2) *Eglogas pastoriles de Pedro de Padilla*, Séville, 1582, in-4°. Il y en a treize, de diverses mesures; une partie de la dernière est en prose. Navarrete *(Vida de Cervantès*, p. 396-402*)* et Clemencin, (notes sur *D. Quichotte*, tom. I, p. 146) donnent de nombreux détails sur Padilla, écrivain très-lié avec tous les poètes de son temps. Quant à son *Tesoro de poesias*, Madrid, 1597, in-8°, le Curé dit avec raison: *Serian buenas si fueran menos*. Elles remplissent environ neuf cents pages, et il y en a de toutes les formes et de tous les styles. Padilla mourut en 1599.

(3) Il y en a six, en tercets et en octaves, entremêlées d'autres compositions lyriques sur d'autres mètres et beaucoup meilleures. Elle forment un volume intitulé: *Versos espirituales*, Cuenca, 1596, in-8°. Leur auteur était un moine de l'ordre de saint Augustin.

(4) *L'églogue de Morales* se trouve dans la collection d'Espinosa, fol. 48, et celle de Topia dans un endroit où on la supposerait le moins, dans le *Libro de Monteria que mandó escribir el Rey don Alfonso XI*, édité par Argote de Molina, 1582. Le lieu de la scène était placé dans les bois d'Aranjuez, et elle fut écrite après la naissance d'une fille de Philippe II. Les descriptions sont longues et indigestes.

(5) *Rimas*, 1591, folios 50—57.

Fabula del Genil, moitié élégie, moitié pastorale, est le plus heureux et le plus original spécimen de cette espèce particulière de compositions dont Boscan avait donné le premier exemple imparfait dans son poème intitulé : *Hero y Léandro* (1). Pedro Soto de Riojas qui composa de petites poésies lyriques pleines d'animation, ainsi que des églogues; Lopez de Zarate et Ulloa appartiennent à cette même école que continuèrent Tejada Gomez de los Reyes, le juif Barrios, la religieuse mexicaine, sœur Inés de la Cruz, jusqu'à la fin de ce siècle. Mais, sous toutes ces formes, soit qu'elle tende à devenir trop lyrique, comme dans Figueroa, ou trop descriptive comme dans Espinosa, la poésie pastorale espagnole montre moins de ces défauts qui défigurent partout ailleurs ce genre poétique; et elle a aussi, en plus grand nombre, les qualités qui en font une charmante et idéale représentation de la nature et de la vie champêtre, meilleure peut-être que celles qu'on peut trouver dans les autres littératures des temps modernes. La raison en est qu'il y avait, en Espagne, plus que partout ailleurs, cet esprit et ce caractère vraiment pastoral sur lesquels elle s'appuie (2).

Ce qui est encore un trait aussi caractéristique du génie national espagnol que ses pastorales, ce sont ces courtes compositions poétiques de formes différentes, mais d'un esprit toujours épigrammatique, qui apparaissent dans toute la durée du siècle d'or de sa littérature. Elles sont de deux espèces. Les premières sont généralement amoureuses, toujours tendres et sentimentales; les autres, en plus grand nombre, sont courtes et ingénieuses. On les trouve dans les vieux *Cancioneros*, dans les *Romanceros*, dans les œuvres de Maldonado, de Silvestre, de Villegas, de Gongora, dans d'autres poëtes d'un mérite inférieur, jusqu'à la fin de ce siècle. Elles sont généralement dans le ton le plus vrai du vers populaire. L'une d'elles, qui a été mise en musique, se compose de ces simples mots :

> ¿ A quien contaré yo mis quejas,
> Mi lindo amor;

---

(1) Espinosa l'a insérée dans ses *Flores*, fol. 107.

(2) Si nous ne nous trompons, nous avons donné d'amples détails sur tous les auteurs mentionnés dans le texte, excepté sur Pedro Soto de Riojas. Il fut ami de Lope de Vega, et il publia, à Madrid, en 1623, in-4°, son *Desengaño de Amor*, volume de vers dans le style italien et dont les meilleures pièces sont les madrigaux, les églogues.

A quien contaré mis quejas
Si à vos no ? (1)

Une autre pièce de la même époque, adressée à un soupir, devint le sujet d'un grand nombre de gloses et n'est pas moins simple.

¡ O dulce suspiro mio !
No quisièra dicha mas
Que las veces que à Dios vas
Hallarme donde te envio (2).

Quant aux autres compositions de ce genre, plus étendues et plus travaillées, nous en trouvons le plus heureux spécimen dans le Portugais Camoëns qui les écrivait avec une tendresse et une beauté rare, non-seulement dans sa propre langue, mais encore dans la langue castillane. Tels sont les vers suivants sur une passion cachée et malheureuse : les deux premiers sont probablement un fragment d'une vieille chanson, et le reste forme la glose qu'on en a faite.

De dentro tengo mi mal,
Que de fora no hay señal.
Mi nueva y dulce querella
Es invisible à la gente :
El alma sola la siente,
Quél cuerpo no es dino della :
Como la viva sentella
S'encubre en el pedernal,
De dentro tengo mi mal (3).

---

(1) A qui conterai-je mes plaintes, — Mon doux amour ; — A qui conterai-je mes plaintes — Sinon à vous ? ═ Bohl de Faber trouva ces vers et quelques autres du même genre, dans le *Tratado de musica*, de Francisco de Salinas, imprimé à Salamanque, en 1577. Il les inséra avec une partie de compositions légères dans le premier volume de sa *Floresta*, p. 303 et suivantes.

(2) O mon doux soupir ! — Je ne voudrais d'autre bonheur — Que de me trouver toutes les fois que tu vas à Dieu — Là où je t'envoie.

Ubeda fut, selon nous, le premier qui paraphrasa cette épigramme, en 1588, mais je n'ai pu savoir dans quel endroit il l'avait découverte.

(3) Intérieur est mon mal — Au dehors il n'y en a pas de signe. — Mon doux et nouveau sujet de plainte — Est invisible au vulgaire :— L'âme seule le ressent ;— Le corps n'en est pas digne : — Comme la vive étincelle — Se cache dans le caillou, — Dans l'intérieur est mon mal. Camoens, *Rimas*, Lisbonne, 1598, in-4°, fol. 189.

Plusieurs des compositions qui précèdent ou suivent celle qui est citée dans le texte, tant espagnoles que portugaises, méritent d'être connues.

Le nombre de ces compositions, sous leurs formes diverses et sérieuses, est certainement grand : mais le nombre des compositions de la seconde espèce, de cette espèce où règne un ton plus léger et plus vif, est encore bien plus grand. Les Argensolas, Villegas, Lope de Vega, Quevedo, le prince Esquilache, Rebolledo, et une multitude d'autres poëtes, en ont écrit avec un esprit et une grâce charmante. Mais de tous ceux qui s'adonnèrent à ce genre, aucun ne s'y consacra avec plus de zèle, aucun n'y obtint plus de succès que Francisco de la Torre. Il appartenait bien à l'école puriste, *culta*, mais il semble secouer son influence, lorsqu'il se rappelle qu'il est le compatriote et le disciple de Martial.

Francisco de la Torre prit pour base de ses compositions humoristiques, les remarquables épigrammes latines de John Owen, anglais protestant, mort en 1622, et dont le spirituel volume a été souvent traduit et imprimé, tant en Angleterre qu'au dehors, depuis sa publication jusqu'à nos jours. Ce volume, il faut le noter, devait être offensant pour l'Église romaine, puisqu'il fut, dès le principe, compris dans l'Index expurgatoire. Mais la Torre sut en écarter tout ce qui pouvait donner de l'ombrage aux autorités ecclésiastiques de son temps : il y ajouta un grand nombre d'épigrammes originales, aussi bonnes que celles qu'il traduisait, et en forma une collection remplissant deux volumes, dont le dernier s'imprima, en 1682, après la mort de l'auteur (1).

Quoique la Torre ait écrit des épigrammes meilleures et sous une plus grande variété de formes qu'aucun autre auteur espagnol, il n'a peut-être pas composé les meilleures, ni les plus nationales. En effet, un petit nombre de celles qui restent encore anonymes, et un nombre plus faible encore composées par Rebolledo, semblent réclamer cet honneur. L'épigramme suivante est un exemple du genre d'esprit que ce poète affectait fréquemment dans ces compositions légères :

> Pues el rosario tomais,
> No dudo que lo receis
> Por mi, que muerto me habeis,
> O por vos, que me matais. (2)

---

(1) « Agudezas de Juan Oven, etc. con adiciones por Francisco de la Torre » Madrid, 1674 1682, deux volumes in-4°. *Oven* est l'Owen ou Audoenus de l'Athenœ Oxon de Wood, tom. II. p. 320. Ses « Epigrammata » imprimées une douzaine de fois, de 1606 à 1795, furent comprises dans la liste des livres prohibés en 1654. Index, Rome, 1786, in-8° p. 216.

(2) Puisque vous prenez le rosaire — Vous le récitez, je n'en doute pas, — Pour moi que vous avez tué, — Ou pour vous qui me tuez. — *Obras*, 1778, tom. I, p. 337.

Rebolledo fut parfois plus heureux qu'il ne l'a été dans cette épigramme, mais rarement il a été plus national.

La poésie didactique apparut dès l'origine, en Espagne, sous des formes indécises et incertaines, et prit de temps en temps, soit le ton de la philosophie morale, soit le ton d'une instruction religieuse. On en trouve des spécimens dans la vieille stance de quatre vers longs, depuis le siècle de Berceo jusqu'à l'époque du chancelier Lopez de Ayala. Le nombre de ces morceaux n'est pas grand, c'est vrai, mais le caractère en est suffisamment marqué pour révéler l'intention des auteurs. Plus tard, les exemples deviennent plus nombreux et se présentent sous des formes un peu améliorées. On les rencontre dans les Cancionéros ; et parmi les meilleurs on peut citer *Los preceptos de buena crianza*, de Ludueña ; les *Quejas de la fortuna*, imitation de Bias, par Diego de San Pedro ; et les *coplas* de D. Juan Manuel de Portugal sur les *Siète pecados mortales*, œuvres d'auteurs connus à la cour de Ferdinand et d'Isabelle. Le poème de Boscan sur sa propre *Conversion* ; celui de Silvestre sur le *Conocimiento de si mismo* ; celui de Castilla intitulé : *Téorica y practica de virtudes*, et la *Vida feliz*, de D. Juan Mendoza, continuent cette série jusqu'au règne de Charles-Quint, mais sans ajouter le moindre progrès matériel au caractère et à l'importance du genre (1).

Camoëns avait exprimé la même idée dans des *redondillas* portugaises (*Rimas*, 1598, fol. 159), de sorte que je soupçonne ces deux auteurs de l'avoir empruntée à quelque vieille épigramme populaire.

(1) Les poèmes de Boscan et de Silvestre se trouvent dans leurs œuvres respectives que nous avons déjà examinées. Ceux de Francisco de Castilla et de Juan de Mendoza, ainsi que leur poésie, méritent une mention particulière, puisque leurs noms n'ont pas été encore cités.

Don Francisco de Castilla était un gentilhomme du vieux type national et, comme on l'appelait dans ce temps, *un cumplido caballero*. Il descendait, par branche illégitime de la famille de D. Pedro le Cruel. Il vivait du temps de Charles-Quint, et il passa sa jeunesse près de la personne de ce grand souverain. Mais, comme il l'avoue dans une lettre à son frère, évêque de Calahorre, « se retiro degustado del aborrecible vulgo y desatinada vida de corte, y eligio el estado del matrimonio como el mas conveniente para su alma y mas acomodado à su condicion.» Il se retira dégoûté de l'abominable vulgaire et de la vie déréglée de la Cour ; il choisit l'état de mariage comme l'état le plus convenable à son âme et le plus en rapport avec sa condition. Il ne nous raconte pas comment il se trouva de son expérience ; mais perdant par sa retraite les plaisirs des relations sociales auxquels il était accoutumé, il acheta, dit-il, avec peu d'argent, d'autres amis plus sûrs et plus sages, Comprò con pocos dineros otros amigos mas ciertos y mas sabios, dont il mit en vers les conseils et les enseignements pour mieux les graver dans la mé-

Sous le règne de Philippe II, la poésie didactique, comme toutes les autres branches de la poésie espagnole, prit un plus grand essor. Les *Opiniones de los sabios*, de Francisco de Guzman, et, en particulier, son allégorie si fastidieuse des *Triunfos morales*, à l'imitation de Pétrarque, sont, pour leur longueur, les poèmes les plus importants des diverses

moire. Le résultat de cette vie purement contemplative fut un livre où se trouve d'abord sa *Teórica de virtudes*, ou explication, en strophes dites de *arte mayor*, accompagnées de leur glose correspondante en prose, des différentes vertus et finissant par la *Némésis vengeresse;* en second lieu, un traité sur l'amitié, *Tratado de la amistad*, en stances de neuf grands vers; puis, dans l'ordre où nous les énumérons, une satire sur les misères de la vie humaine et ses vaines consolations; une allégorie sur la *Felicidad mundana;* une série d'exhortations à la sainteté et à la vertu, qu'il intitule assez improprement *Proverbios;* un discours peu étendu, en dizains, sur l'Immaculée conception de la Vierge. A la fin avec une pagination distincte et, comme un traité tout à fait différent, nous avons la contre-partie de sa *Teórica de virtudes*, dans l'ouvrage intitulé : *Pratica de la virtudes de los buenos Reyes de España*, poème d'environ deux cents stances de huit vers, sur les vertus des Rois d'Espagne, depuis le Goth Alaric jusqu'à l'empereur Charles-Quint à qui il dédie son œuvre, avec une forte dose d'adulation. Tout le volume, tant la prose que les vers, est fortement écrit dans le vieux style castillan, chargé parfois d'une érudition ridicule, mais plus souvent riche, énergique et coulant. Les vers suivants, écrits sans doute au moment où l'auteur, dégoûté déjà de la vie de la Cour, cherchait à se retirer du monde peuvent servir de spécimen sur sa manière d'écrire :

Nunca tanto el marinero	Jamais autant le marin
Deseò llegar al puerto	Ne désire arriver au port
Con fortuna ;	Heureusement ;
Ni en batalla el buen guerrero	Ni dans la bataille, le brave guerrier
Ser de su victoria cierto	Etre certain de sa victoire
Cuando puña ;	Quand il combat :
Ni madre el ausente hijo	Jamais la mère, son fils absent
Por mar, con tanta aficion	Sur mer, avec tant d'ardeur
Lo deseò,	Ne désire,
Como haber un escondrijo	Que d'avoir une cachette,
Sin contienda en un rincon	Sans lutte dans un coin,
Deseo yo.	Je désire moi-même.

(fol. 45, verso.)

La licence pour l'impression du livre de Castilla, devenu fort rare, porte la date de 1536. Mais je n'ai jamais vu cette édition, je n'en ai jamais eu connaissance. La seule dont je possède un exemplaire est imprimée, à Saragosse, in-4°, caractères gothiques, 1552. Il en existe, je crois, une autre d'Alcala, en 1554 ou 1564, in-8°.

Les poésies de Juan Hurtado de Mendoza, régidor de Madrid et député aux Cortès en 1544, sont encore plus rares que les œuvres de Castilla, et, sont contenues dans un petit volume, imprimé à Alcala, en 1550, et intitulé : « *Buen placer*

compositions didactiques, produites dans cette période (1). Mais une œuvre encore plus caractéristique que ces deux écrits, c'est la lettre profondément religieuse de Francisco de Aldana à Montano, en 1573 : et une pièce encore plus belle et plus touchante, c'est une autre lettre écrite, vers la même époque, par Juan Rufo à son fils, tout jeune; lettre remplie de l'affection la plus tendre et des conseils les plus sages.

Il ne faut pas non plus passer sous silence une invitation composée par le capitaine Aldana, au nom de la gloire militaire, et adressée à Philippe II lui-même, pour le presser de défendre l'Église souffrante. Elle respire le véritable esprit du sujet et on peut la mettre directement en contraste avec les mélancoliques et sombres invitations à la paix par

---

trovado en trece discantes de cuarta rima castellana segun imitacion de trobas francesas », etc. Il contient treize discours sur la vie heureuse, ses causes et ses moyens, écrits en stances de quatre vers qu'il appelle *français*, parce qu'ils sont plus longs que les vers sur la vieille mesure nationale, que la rime est alternative et que la rime du dernier vers d'une strophe passe au premier de la strophe qui suit. A la fin se trouve un *Canto real*, comme l'appelle l'auteur, sur un verset d'un psaume, chant composé de la même manière; plusieurs poésies moins longues, quatre sonnets et une espèce de *villancico* religieux. Le ton est généralement didactique et le mérite poétique très-faible. Pour qu'on puisse en juger nous citons les vers suivants :

> Errado va quien busca ser contento
> En mal placer mortal, que como heno
> Se seca y pasa como humo en viento.
> De vanos tragos de aire muy relleno.
> Cuando las negras velas van en lleno
> Del mal placer, villano peligroso,
> De buen principio y de buen fin ageno,
> No halla en esta vida su reposo.

Il erre celui qui cherche son contentement — Dans un mauvais plaisir mortel, qui comme le foin — Se dessèche et passe comme la fumée au vent — De vaines bouffées d'air rempli. — Quand les sombres voiles se gonflent — De mauvais plaisir, le solitaire en danger, — Aux bons principes et à la bonne fin etranger, — Ne trouve point de repos dans cette vie.

Mendoza était une personne grandement considérée en son temps et citée comme tel par Quintana (*Historia de Madrid*, 1629, in-folio) qui donne un de ses sonnets, fol. 27, et qui esquisse son caractère, au folio 245.

(1) Les *Triunfos morales de Francisco de Gusman* (Séville, 1581, in-8°), sont une imitation des *Trionfi* de Pétrarque; mais ils sont plus didactiques. En effet dans le *Triunfo de la Sabiduria*, il rapporte les opinions des sages de l'antiquité, et, dans celui de la *Prudencia*, les règles générales pour une conduite prudente et pleine de précautions.

Virués, aussi soldat de profession, avec la charmante poésie de Lomas Cantoral, conviant à la quiétude de la vie champêtre. On peut y ajouter quelques-unes des poésies religieuses de Diego de Murillo et de Pedro de Salas, sous les règnes suivants, et plusieurs épîtres philosophiques des frères Argensolas, d'Artieda et de Mesa. Mais toutes ces pièces sont de courtes compositions, à l'exception du poème de Murillo sur les paroles du Christ en croix, *Palabras de Christo en la Cruz*, qui s'étend durant une centaine de vers sur chaque parole, et qui, défiguré par les antithèses et les exagérations, peut être néanmoins considéré comme le spécimen le plus fortement empreint de l'esprit didactique du catholicisme.

Sur ces entrefaites et au milieu de ce groupe, soit parce que la voie avait été déjà préparée par la publication, en 1591, d'une bonne traduction de l'Art poétique d'Horace par Vicente Espinel (1) ; soit pour d'autres causes, nous avons enfin un poème didactique proprement dit, ou plutôt une tentative réelle dans ce genre. Juan de la Cueva écrivit, en 1605, et en *terza rima*, trois épîtres avec le titre de *Ejemplar poetico*, épîtres qui constituent le premier et le plus original effort de ce genre en langue castillane. Considérées dans leur ensemble, elles sont loin toutefois de former un art poétique complet : certaines parties pèchent même par un défaut de jugement et de conséquence. Elles n'en contiennent pas moins fort souvent des passages d'une critique des plus fines, rendue par une versification des plus coulantes, outre qu'elles ont le mérite d'être écrites dans un ton national. Sous tous les rapports, elles ont plus de valeur qu'un absurde poème didactique du même auteur, composé trois ans plus tard et intitulé : *Los inventores de las cosas*, et qui prouve, comme Juan de la Cueva le dit ailleurs, qu'il s'était aventuré à cultiver trop de genres (2).

---

(1) *L'Arte poética*, de Vicente Espinel est la première composition publiée dans le *Parnaso español* de Sedano, en 1768. Il fut violemment attaqué par Iriarte, lorsqu'en 1777, il imprima sa traduction du même ouvrage. (Obras de Iriarte, Madrid 1805, in-8, tom IV.) Sedano répliqua dans le tom. IX de son *Parnaso*, en 1778. Iriarte répondit dans un dialogue satirique : *Donde las dan las toman* (Obras, tom. VI) et Sedano termina la controverse par les *Coloquios de Espina*, Malaga, 1785, 2 volumes, in-8., sous le nom de Juan Maria Chavero y Esclava ; escarmouche littéraire fort animée et tout à fait dans le genre espagnol.

(2) *L'Ejemplar poético*, de Juan de la Cueva s'imprima, pour la première fois, dans le tom. VIII du *Parnaso español*, 1774 ; et les *Inventores de las cosas*, généralement emprunté du Polydore de Virgile et daté de 1608, se publia dans le neuvième volume de la même collection, en 1778. On peut conclure

Pablo de Cespedes, sculpteur et peintre de cette même époque, plus connu aujourd'hui comme érudit et comme poëte, approcha plus du succès que Juan de la Cueva. Né à Cordoue, en 1538, il mourut dans cette ville, à l'âge de soixante-dix ans et chanoine de sa magnifique cathédrale. Il avait passé une partie de sa vie en Italie et à Séville, et avait consacré aux lettres une grande partie de ses loisirs. Entre autres ouvrages, il avait commencé un poème, en *octava rima*, sur l'*Arte de la Pintura*. On ne sait pas s'il l'a jamais terminé. Tout ce que nous en possédons est une série de fragments qui s'élèvent, pris ensemble, à six ou sept cents vers que son ami Francisco Pacheco inséra dans un traité en prose sur le même sujet, et qu'il fit imprimer, quarante ans environ après la mort de leur auteur. Ils sont d'une qualité telle qu'ils nous font regretter de ne pas en avoir reçu davantage. Leur versification est excellente, leur énergie poétique et leur solidité sont assez uniformes. Le passage le plus beau, peut-être, de tous ceux qui nous ont été conservés, c'est la description d'un cheval, animal dont la race a toujours fait l'orgueil de la ville natale du poète, et dont un noble individu se retraçait dans son esprit pendant qu'il en faisait la peinture. D'autres passages témoignent de beaucoup de talent, de plus de talent peut-être que le morceau que nous venons de citer; la partie surtout où il explique les moyens d'acquérir une habileté pratique dans son art et l'endroit, plus poétique encore, où il discute sur les couleurs (1).

---

des absurdités de ce dernier par le fait d'attribuer à Moïse l'invention du vers hexamètre, et à Alexandre le Grand, la découverte de la fabrication du papier.

(1) Ce qui nous reste des poésies de Cespedes se trouve dans le tom. XVIII de la collection de Fernandez. Sa vie est fort bien écrite dans le *Diccionario de los profesores de las Bellas Artes, por A Cean Bermudez*, Madrid, 1800, 6 vol. in-8°, tom. I, p. 316. En outre, son érudit auteur publia de nouveau, à la fin du tom. V, les fragments du *Poëma de la pintura*, dans un ordre meilleur qu'auparavant, y ajouta un agréable discours en prose sur la peinture et la sculpture ancienne et moderne que Cespedes avait écrit vers 1604, dans un moment de convalescence après des fièvres, ainsi que deux autres badinages, le tout précédé d'un prologue, fort judicieux, par le même Cean Bermudez. Cespedes avait étudié le grec, dans sa jeunesse et il disait que dans sa vieillesse, quand il lui arrivait d'ouvrir un Pindare, il ne manquait jamais d'y trouver des images, nobles riches et grandioses, dignes du pinceau de Michel-Ange. Il fut l'ami de Caranza, le grand archevêque qui, après avoir été orateur au Concile de Trente, confesseur de Marie d'Angleterre, après son mariage avec Philippe II, mourut par suite des persécutions de l'Inquisition, en 1576 (Voyez ci-dessus, chap. 1, tom, II p. 9). Cespedes lui-même fut sur le point de souffrir une persécution semblable, à cause d'une lettre qu'il écrivit à Caranza, en 1559, dans laquelle il parle avec peu de respect du Grand Inquisiteur et du Saint Office. Llorente, Hist., tom. II, p. 440.

Les poèmes de Cueva et de Cespedes ne s'imprimèrent que longtemps après la mort de leurs auteurs : aucun de leurs contemporains ne subit par conséquent leur influence et ne s'inspira d'eux. Le meilleur traité de poésie didactique, publié vers le même temps, c'est la légère mais piquante défense de ses propres infractions contre les règles de l'art, composée par Lope de Vega sous le nom de *Arte nuevo de hacer comedias*. Les meilleures pièces écrites vers la fin du siècle sont les *Selvas*, comme il les appelle, ou poésies en vers irréguliers, du comte Rebolledo sur l'art de la guerre et sur le gouvernement civil. Ces *Selvas* datent de 1632, mais elles ne sont guère autre chose que de la prose rimée. Un long poème, en dix chants et en vieilles *quintillas*, par Trapeza, publié en 1612, et intitulé : *La Cruz*, parce qu'il n'est qu'une espèce d'exposition de toutes les vertus théologales attribuées à ce saint emblème, est trop fastidieux pour être mentionné, bien qu'il soit rigoureusement didactique dans sa forme (1).

Nous devrions encore rappeler d'autres tentatives, dont les plus anciennes, faites, à travers toute l'Europe, dans l'esprit du seizième et du dix-septième siècle, se publièrent, sous la forme appelée *Emblemas* ou explications poétiques de devises hiéroglyphiques. Les compositions de ce genre qui obtinrent le plus de succès, ce furent probablement les *Emblèmes* de Daza, imprimés en 1549, à l'imitation des emblèmes latins plus célèbres d'Alciat : ceux de Covarrubias, primitivement publiés par leur auteur, en espagnol, en 1591, et plus tard traduits par lui en latin. Ces deux ouvrages offrent les plus curieux spécimens de ce genre particulier de compositions, et sont peut-être aussi agréables qu'aucune autre pièce de cette espèce produite par le siècle des *Emblèmes* (2).

L'autre forme est celle où la poésie didactique tombe dans la poésie descriptive. L'exemple le plus poétique qu'offre ce genre, en Espagne,

---

(1) Nous avons déjà parlé de *l'Arte nuevo*, de Lope. La *Selva militar y politica*, de Rebolledo s'imprima, pour la première fois, à Cologne, en 1652, in-8°. L'auteur était alors ministre espagnol en Danemark, et il nous a donné une espèce d'histoire généalogique des rois de ce pays, dans un autre de ses poèmes intitulé : *Selvas Dánicas* — *La Cruz, por Albanio Ramirez de la Trapeza*, Madrid, 1612 in-8°. p. 368. Il y a, vers la fin, quelques courtes poésies sur le même sujet de la Croix.

(2) *Los Emblemas de Alciato, etc, añadidos de nuevos Emblemas*, Lyon, 1549, in-4°. cité dans l'Index Expurgatoire de 1790. Ceux de Covarrubias s'imprimèrent en espagnol, en 1591 ; en espagnol et en latin, Agrigenti, 1601, in-8°. Ce dernier est un volume augmenté d'une longue et savante dissertation latine sur les *Emblèmes* qu'elle précède. Ce Covarrubias était le frère du lexicographe du même nom. *Tesoro*, article *Emblema*.

nous est donné par Dicastillo, moine de la Chartreuse de Saragosse, dont le livre fut publié, en 1637, sous les auspices de son ami, D. Miguel de Mencos. C'est une longue correspondance poétique, dont l'objet est d'enseigner la vanité des choses humaines, le bonheur et les mérites d'une vie de pénitence et de retraite. Les parties qui se rapportent à l'auteur lui-même sont parfois touchantes, mais le reste présente partout des inégalités. Les passages les meilleurs sont consacrés à la description de l'immense et sombre monastère qu'il habitait et à l'observation des pratiques auxquelles sa vie devait être employée (1). Le vers castillan ne prend pas souvent le caractère descriptif, excepté quand il apparaît dans les formes de l'églogue ou de l'idylle. Même dans ce cas, il est presque toujours empreint d'une ingénuité et d'un brillant qui s'écartent fortement de cette intonation robuste qu'inspire un amour sincère de tout ce qui est grand ou beau dans la nature. Cette remarque trouve une ample confirmation dans les poèmes destinés à célébrer les conquêtes espagnoles en Amérique, où la merveilleuse végétation tropicale des vallées immenses, à travers lesquelles les hordes aventurières cherchaient leur route, ni les volcans couverts de neige qui couronnaient les *Sierras* au-dessus de leurs têtes, ne semblent pas avoir été non plus capables d'exciter leur imagination ou d'intimider leur courage (2).

A part ces variétés irrégulières de la poésie didactique, nous n'avons rien, dans tout le dix-septième siècle, rien à ajouter à tout ce que nous avons déjà relevé dans ce genre, excepté une répétition des vieilles formes d'épître et des *silves* qui s'offre si fréquemment dans les œuvres de Castillejo, de Ledesma, de Lope de Vega, de Jauregui, de Zarate et de leurs contemporains. Nous ne pouvions pas non plus raisonnablement espérer davantage. Ni le caractère populaire de la poésie espagnole, ni la nature sévère de la constitution ecclésiastique et politique du gouvernement n'étaient favorables au développement de cette forme particulière de

---

(1) *Aula de Dios, Cartuja real de Zaragoza. Describe la vida de sus monjes acusa la vanidad del siglo, etc. consagrala à la utilidad pública Don Miguel de Mencos*, Zaragoza, 1637, in-4o. Elle est écrite en *silvas*, et le nom de leur véritable auteur est indiqué par des points dans des vers élogieux qui la précèdent.

(2) L'exception la plus agréable, sinon la plus importante, à cette observation que nous rappelons, se trouve dans la lettre écrite par l'ami de Lope de Vega, Cristobal de Viruès à son frère. Elle est datée du 17 juin 1600 et nous donne la relation de son passage, à travers le Saint-Gothard, avec un corps de troupes. Elle est composée en vers blancs, ce qui n'est pas très-correct, mais les descriptions sont excel-

versification; on n'aurait pas toléré probablement non plus qu'elle
s'exerçât sur des sujets importants. C'est pourquoi, la poésie didactique,
en Espagne, resta, à la fin de cette période, ce qu'elle avait été dès le
commencement, une des branches les plus faibles et les moins heureuses
de la littérature nationale (1).

---

lentes et empreintes des sentiments qu'inspire ce sombre passage. *Obras* 1606,
fol. 269.

(1) Les poésies légères que nous avons citées comme poésies didactiques se trouvent dans les Cancioneros, et dans d'autres collections auxquelles nous avons
renvoyé, ou dans les œuvres de leurs auteurs respectifs.

CHAPITRE XXXII

La poésie des romances. — Sepulved.a Fuentes, Timoneda, Padilla, Cueva, Hita, Hidalgo, Valdivielso, Lope de Vega, Arellano, Roca y Serna, Esquilache, Mendoza, Quevedo. — Romanceros de romances plus populaires : Les douze Pairs, le Cid et autres. — Nombre immense d'écrivains de romances.

La collection et la publication des romances populaires de l'Espagne, dans les Cancioneros et les Romanceros du seizième siècle, leur attira une espèce et un certain degré d'attention qu'elles n'avaient pas obtenu durant la longue période où elles avaient surnagé, au milieu des traditions oubliées du commun du peuple. Il y en avait tant de si belles, tant qui en appelaient heureusement aux plus beaux souvenirs de tout genre, tant qui se rattachaient directement aux plus grandes époques de la gloire nationale, qu'elles réveillèrent tous les esprits, dès qu'elles apparurent sous une forme permanente, et devinrent immédiatement l'objet favori de la partie la plus cultivée du peuple, comme elles l'avaient toujours été des humbles cœurs qui leur avaient donné naissance. Il en résulta une conséquence toute naturelle; elles eurent de nombreuses imitations; et ces imitations se durent non pas simplement à des poètes les composant accidentellement, au milieu d'autres formes de vers, mais à des auteurs qui les composèrent en grand nombre et les publièrent par volumes (1).

Le premier de ces personnages ce fut Lorenzo de Sépulvèda, dont le *Romancero* peut remonter jusqu'en 1551, un an après l'apparition, à

---

(1) En parcourant une des grandes collections de romances et, en particulier, celles qui se sont produites durant le dix-septième siècle, nous voyons que la popularité de tout ce genre de poésies et la facilité de leur structure métrique rendent très-fondée l'excellente remarque de Rengifo dans son *Arte poético*, 1592. p. 38 ; « *no hay cosa mas facil que componer un romance, ni mas dificil que harcerle como es debido,* » Rien n'est plus facile que de composer une romance, rien n'est plus difficile que de le faire comme il faut.

Saragosse, de la première collection de romances populaires et anonymes, recueillies sur les souvenirs du peuple. La tentative de Sépulvèda
prit une direction plus droite : en effet il les basa presque entièrement
sur les vieilles chroniques castillanes et en appela, comme il le dit, pour
les faire supporter, à la tradition populaire et aux sentiments de nationalité. Dans sa préface il dit : *estan en metro castellano y en tono de romances viejos que es lo que agora se usa :* « elles sont sur le mètre castillan
« et sur le ton des vieilles romances suivant l'usage qu'on en fait maintenant. » Puis il ajoute: *Fueron sacados a la letra de la cronica que mando
recopilar el Serm̃o. Sr. rey D. Alfonso, que por sus buenas letras y reales
deseos, y grande erudicion en todo genero de esciencia fue llamado el Sabio;*
« Elles ont été tirées à la lettre de la chronique que fit composer le Séré-
« nissime Sr. roi D. Alphonse qui, par ses bonnes lettres, ses désirs
« royaux et sa grande érudition dans tout genre de science, fut appelé le
Savant. » En effet, les trois quarts de son curieux volume se composent
de romances tirées de la *Cronica general de España.* Souvent les mêmes
expressions sont employées, mais toujours elles respirent le même esprit.
Le reste consiste principalement en romances, reposant sur l'histoire
sacrée ou sur l'histoire ancienne, sur la mythologie ou sur d'autres sujets
de pure invention.

Malheureusement Sépulvèda n'était pas un vrai poète; il put bien
par conséquent puiser ses sujets à de bonnes sources et rarement échouer
dans leur heureux choix, mais il ne put jamais donner à ses romances
un coloris plus poétique que celui des chroniques qui lui servaient de
modèle. Il fut toutefois assez heureux pour obtenir la faveur générale ;
non-seulement son œuvre entière se réimprima quatre fois au moins,
mais plusieurs de ses romances séparées apparaissent constamment dans
les vieilles collections, publiées de temps en temps pour satisfaire aux
demandes du public. (1).

Un autre ouvrage qui caractérise particulièrement cette période, c'est
une petite collection de romances, imprimées, pour la première fois, en
1564. Elle est due à une personne de distinction qui l'envoya à Alonso
de Fuentes, avec prière de vouloir bien y ajouter toutes les explications

---

(1) *Romances nuevamente sacados de Historias antiguas de la Crónica de
España, compuestos por Lorenço de Sepulveda,* etc., Anvers, 1551, in-8º. Nous
avons les éditions augmentées et altérées de 1563, 1566, 1580 et 1584, mentionnées par Ebert. L'édition de 1584 contient cent cinquante-six romances; celle
de 1551, cent quarante-neuf. Un grand nombre d'elles figurent dans les romanceros généraux et dans les collections récentes de Depping et de Duran.

nécessaires en prose. Les commentaires se firent, mais l'auteur de la collection originale mourut avant la publication. Des quarante romances dont la collection se compose, dix roulent sur des sujets bibliques ; dix, sur des faits de l'histoire romaine ; dix, sur d'autres parties de l'histoire ancienne, et les dix restant, sur des faits de l'histoire d'Espagne, en s'arrêtant à la prise de Grenade. Nous ne savons pas à qui nous devons ces romances, mais aucune d'elles n'a une grande valeur. Le grand mérite de tout l'ouvrage, aux yeux de ceux qui s'intéressèrent à sa publication, consiste, sans aucun doute, dans le lourd et ennuyeux commentaire historique et moral qui accompagne chacune d'elles.

Fuentes, cependant, donna à entendre que la tâche était à peine digne de sa position et montra qu'il avait plus de goût sur ces matières que la personne qui l'employait. En effet dans une épître préliminaire, il nous donne, de son propre mouvement, la romance suivante, romance évidemment fort ancienne, sinon très-animée, qu'il attribue à Alphonse le Sage. Mais elle n'est l'œuvre de ce monarque qu'en ce que les dernières stances sont extraites de la remarquable lettre qu'il écrivit sur la désastreuse situation de ses affaires, en 1280, année où la rébellion de son fils, D. Sanche, et l'abandon du haut clergé de son royaume l'avaient réduit, dans un âge avancé, à la misère et au désespoir. Cette lettre nous l'avons déjà citée (1) et, quoique en prose, elle est plus poétique que la romance composée sur elle :

Yo sali de mi tierra (2)
Para ir á Dios servir,
Y perdi lo que habia
Desde mayo hasta abril,
Todo el reino de Castilla
Hasta allá á Guadalquivir ;
Los obispos y perlados
Cuidé que metien paz
Entre mi y el mio hijo,
Como en su decreto jaz
Ellos dejaron aquesto
Y metieron mal azaz :

(1) Voyez tom. I, p, 37 et note 1.
(2) Je suis sorti de mon pays — Pour aller servir Dieu — Et j'ai perdu ce que j'avais — De mai à avril, — Tout le royaume de Castille — Jusqu'au Guadalquivir ; — Les évêques et les prélats — J'ai voulu qu'ils missent la paix — Entre mon fils et moi, — Comme le porte leur décret. — Mais eux le laissèrent — Et s'entremirent assez mal. — Non à la dérobée, mais à haute voix — Et comme au son

> Non a escuso, mas à voces,
> Bien como el añafil faz.
>   Falleciéronme parientes
> Y amigos que yo habia
> Con haberes y con cuerpos
> Y con su caballeria.
> Ayádeme Jesu Christo,
> Y su madre sancta Maria,
> Que yo à ellos me encomiendo
> De noche y tambien de dia.
> No he mas à quien lo diga
> Ni à quien me querellar,
> Pues los amigos que hauia
> No me osan ayudar,
> Que por miedo de don Sancho
> Desamparado me han,
> Pues Dios no me desampare
> Cuando por mi a enviar,
> Ya yo oi otras veces.
> De otro rey asi contar,
> Que con desamparo que hubo,
> Se metió en alta mar
> A se morir en las ondas
> O las venturas buscar :
> Apolonio fué aqueste
> E yo haré otro quetal.

Juan de de Timoneda, libraire et poëte, l'ami de Lope de Rueda, et comme lui, auteur des farces représentées sur les places publiques de Valence, Juan de Timoneda était, tant par goût que par profession, une

---

de la trompette. — Alors me manquèrent et parents— Et amis que j'avais — Et leurs biens et leurs personnes — Et toute leur chevalerie. — Que Jésus-Christ me vienne en aide — Et sa mère, Sainte Marie, — C'est à eux que je me recommande — La nuit et le jour aussi. — Je n'ai plus personne à qui le dire — Ni à qui me plaindre, — Puisque les amis que j'avais — N'osent pas me venir en aide, — Par crainte de don Sanche — Ils m'ont abandonné, — Que Dieu donc ne m'abandonne pas — Et qu'il envoie à mon secours. — J'ai déjà entendu moi-même autrefois— D'un autre roi ainsi raconter — Que livré à l'abandon, — Il s'élança dans la haute mer — Pour mourir dans les flots — Ou chercher des aventures :— ce roi fut Apollonius — Et je ferai tout comme lui.

Les *Cantos de Fuentes* où se trouvent cette lettre et cette romance, s'imprimèrent trois fois. Dans l'édition d'Alcala, 1587, in 8º, ils remplissent avec leurs fastidieux commentaires, environ huit cents pages. Fuentes est cité par Zuñiga dans ses *Añales de Sevilla*, 1677. p. 585, et il l'appelle *caballero Sevillano de ilustre alcurnia*.

personne capable de comprendre naturellement les sentiments poétiques et les besoins généraux de son temps. Cette intelligence le porta, probablement, à publier, en 1573, une collection de romances intitulée : *La Rosa*, composée en grande partie de ses propres poésies et aussi de beaucoup d'autres poëtes, anciens et contemporains. Cette collection forme un volume d'environ sept cents pages, divisée en *Rosa de amor*, *Rosa española* et *Rosa gentil* ainsi appelée parce que les sujets sont empruntés au paganisme, et la *Rosa real*, qui roule sur les destinées et les fortunes des princes. Le tout est suivi d'environ cent pages remplies de poésies populaires, de mélanges, de chants rustiques, et de gloses bizarres.

La meilleure partie de cette vaste collection consiste dans les romances recueillies par l'auteur sur la tradition populaire et qui ont été, pour la plupart, bientôt publiées dans d'autres Romanceros, avec les variations que leur origine comprenait nécessairement. Les parties les plus pauvres sont celles qui contiennent les compositions de Timoneda, la dernière division, par exemple, qui lui appartient entièrement et qui n'a pas plus de valeur que les romances analogues de Sépulvéda et de Fuentes. Comme collection, cependant, c'est une œuvre importante : elle nous montre avec quelle énergie le peuple espagnol resta fidèle à ses vieilles traditions ; avec quelle constance il exigea que les meilleures parties de son histoire lui fussent représentées sous les vieilles formes auxquelles il était depuis si longtemps accoutumé. Elle est aussi, sous un autre point de vue, de la plus haute importance, elle nous fournit des romances sur les héros primitifs de l'Espagne, romances dont certaines sont nécessaires pour combler le vide de deux ou trois des meilleures histoires conservées par la tradition ; pendant que d'autres, par la description analogue des héros plus modernes, arrivent jusqu'à la fin des guerres contre les Maures (1).

En 1583, la série de ces poésies populaires fut poussée encore plus loin par Pedro de Padilla, qui publia un Romancero, contenant ses soixante-trois longues romances. La moitié environ avait été empruntée à des traditions incertaines, à des fables dans le genre de celles de l'Arioste :

---

(1) Le seul exemplaire connu de ce volume se trouve parmi les rares et précieux livres espagnols, que Reinhart légua à la bibliothèque impériale de Vienne. Il en a été donné une excellente analyse, accompagnée d'environ soixante de ses meilleures romances dans la *Rosa de Romances* publiée à Leipsik, en 1846, in-8°, par Wolf, cet admirable savant à qui doivent tant les vrais amis de la littérature espagnole.

d'autres appartiennent à des sujets connus dans l'histoire d'Espagne et arrivés successivement sous les règnes de Charles-Quint, de Philippe II et durant les guerres des Flandres. Les mesures italiennes y sont parfois introduites, dans des moments où elles ne peuvent que produire un effet désagréable et déplacé. Le reste du volume n'est pas réservé à des romances, à l'exception de cinquante *Villancicos* remplis du vieil esprit populaire, mais composé de poésies dans le genre italien et qui n'ajoutent rien à son mérite (1).

Juan de la Cueva trouvant les vieux sujets nationaux ainsi traités par ses prédécesseurs, eut recours par nécessité, paraît-il, aux histoires de la Grèce et de Rome pour ses matériaux. Il publia, en 1587, un volume contenant environ cent romances; il le divisa en dix livres; plaça les neuf premiers sous la protection des neuf Muses et le dixième sous la protection d'Apollon. Leur mérite poétique est peu considérable. Les meilleures sont celles dont le sujet est tiré des vieilles chroniques castillanes : telles que la romance sur la triste histoire de doña Theresa qui, mariée, contre son gré, au roi maure de Tolède, peut miraculeusement se réfugier dans un couvent, avant de consommer un mariage si abhorré avec un infidèle. Deux autres romances, où le poète nous entretient de sa personne et de ses entreprises littéraires, sont encore très-curieuses. La seconde contient une amusante description des mauvais poètes de son temps (2).

La publication de la première partie des *Guerras de Grenada* par Gines Perez de Hita, en 1595, contient soixante romances environ. Plusieurs sont très-anciennes et ont un grand mérite poétique. Elle redoubla, sans aucun doute, l'impulsion que la fréquente apparition de volumes de romances populaires anonymes continua de donner à la poésie espagnole,

---

(1) « *Romancero de Pedro de Padilla*, » Madrid, 1583, in-8°. Les romances remplissent trois cent-soixante pages environ. Les vingt-deux premières roulent sur la guerre des Flandres : les neuf suivantes sont empruntées des sujets de l'Arioste, et plusieurs autres reposent sur l'histoire de Rodrigo Narvaez et sur d'autres traditions espagnoles.

(2) *Juan de la Cueva*, dont nous avons parlé déjà dans l'examen des différentes branches de la littérature espagnole, imprima ses romances sous le titre de « *Coro Febeo de Romances Historiales,* dans sa ville natale, à Séville, 1587, in 8°. Dans ce volume d'environ sept cents pages, quatre ou cinq seulement roulent sur des sujets espagnols. Celle sur doña Teresa, fol. 215, est tirée évidemment de la « *Cronica general*, » partie III. ch. 22. La romance à son livre « *Al libro* » est à la fin de la *Melpomene* ; elle est d'un grand mérite pour ses détails sur la vie et la personne de l'auteur.

sous cette forme si attrayante (1). C'est un fait qui devient encore plus évident par la nouvelle direction que prirent les compositeurs de romances. Dès cette époque, ils se mirent à choisir des sujets particuliers et à les adresser à des classes distinctes de lecteurs. Ainsi, en 1609, nous avons un volume de romances, dans le dialecte des gitanos, écrites dans le véritable esprit des vagabonds qu'elles représentent, et réunies par l'un d'eux qui se cache sous le pseudonyme de Juan Hidalgo (2). En 1612, dans un sens diamétralement opposé, Valdivielso, poète ecclésiastique à la mode, imprimait un *Romancero espiritual*, dont toutes les romances roulent sur des sujets religieux et ont pour but de développer des habitudes de dévotion (3). En 1614 et en 1622, Lope de Vega, qui affectionne toujours ce genre de poésie, donne au monde religieux une collection analogue de romances de dévotion, collection souvent réimprimée plus tard (4). En 1629 et en 1634, il fournit des matériaux pour deux autres collections du même caractère : la première anonyme et intitulée : *Ramillete de divinas flores* : la seconde formée par Luis de Arellano, sous le nom de *Avisos para la muerte*. Cette dernière contient trente romances dont plusieurs sont dues aux principaux poètes de ce temps (5).

---

(1) Nous ferons connaître les *Guerras civiles de Granada*, de Hita quand nous parlerons de la fiction romantique.

(2) *Romances de Germania*, 1609; réimprimées, à Madrid, 1789, in-8°. Les mots *Germania, Germano* etc. s'appliquèrent au jargon dont les larrons se servaient entre eux. Hidalgo, qui ne composa que six des romances qu'il publia, donne à la fin de sa collection un vocabulaire de ce dialecte reconnu authentique et vrai par Mayans y Siscar, qui le réimprima dans ses *Origenes*. De sorte que l'indication de Clemencin que nous avons suivie dans le texte et prétendant que Juan de Hidalgo est un pseudonyme peut bien n'être pas très-fondée. Un fait qui vient corroborer ce doute, c'est que, dans le volume XXXVIII° des *Comedias escogidas* 1672, la pièce intitulée : *Los Muzarabes de Toledo*, est attribuée à Juan Hidalgo. Borrow, dans son *Zincali*, Londres, 1841, in-8°. tom. II, p. 143, nie que le vocabulaire ait rien de commun avec le dialecte des gitanos. Sandoval (Carlos V, liv. III, § 38), appelle plus d'une fois *Germania* la révolte des *Comuneros* de Valence, nom qui lève tout doute sur l'origine des mots *Hermandad, Hermano*, confrérie, frère. Covarrubias n'en paraît pas très-sûr. Voyez-le au mot : *Alemania*.

(3) Le nom de Valdivielso se présente souvent dans *l'approbation* des livres, au seizième siècle. Son *Romancero espiritual*, Valence, 1689, in-8°, s'imprima, pour la première fois, en 1612; il a eu plusieurs éditions et il se compose d'environ trois cent-cinquante pages. Il n'est pas tout entier dans la mesure des romances; et les romances n'ont pas toutes le ton grave et sévère.

(4) Lope, *Obras sueltas*, tom. XIII et XVII.

(5) *Ramillete de divinas flores para el desengaño de la vida humana*, An-

D'autres poètes, tels que Roca y Serna, écrivirent un grand nombre de romances, mais ne les imprimèrent pas séparément (1). Celles du prince Esquilache, parmi lesquelles il s'en trouve d'excellentes, s'élèvent à trois cents environ. Antonio de Mendoza en composa près de deux cents; on peut en recueillir presque un égal nombre, dans toutes les variétés possibles du genre, qui sont répandues dans les œuvres de Quevedo. De sorte que, vers le milieu du dix-septième siècle, les auteurs les plus distingués de cette époque avaient fait, c'est hors de doute, de continuels et d'heureux efforts pour conserver l'esprit des vieilles romances, en contribuant librement à leur développement, tant par des volumes séparés que par la multitude de ces compositions insérées dans leurs autres ouvrages.

Cependant le vieil esprit lui-même ne s'était pas perdu. Le Romancero, connu primitivement sous le titre de *Flor de romances*, dont nous avons déjà indiqué les divisions en cinq petits volumes, se publia, entre 1593 et 1597, dans toutes les diverses parties de l'Espagne, au point que ses matériaux semblaient être recueillis sur le sol de presque toute la Péninsule. Cette *Fleur de romances* continua d'être estimée, se réimprima et s'augmenta, dans quatre éditions différentes, sous le nom de *Romancero general*. Enfin, avec les *Romanceros* de 1550 et de 1555, elle comprit presque toutes les vieilles romances conservées par la tradition, avec un bon nombre des romances de Lope de Vega, de Gongora et d'autres auteurs vivants. C'est de ces deux vastes dépôts et d'autres sources pouvant fournir encore de semblables matériaux qu'ont été tirées et publiées des collections de romances plus petites et plus populaires. L'une de ces collections parut, à Barcelone, en 1582, s'y réimprima en 1602 et en 1696. La partie la plus considérable du livre est empruntée à la collection de 1550; mais il contient en outre des romances qu'on ne peut trouver ailleurs et, dans le reste, des pièces sur la triple ligue et sur la mort de Philippe II (2).

vers, 1629, in-8º. p. 262. *Avisos para la muerte por L. de Arellano*, Saragosse, 1634. 1648 etc. in-12º de 90 feuilles. Voyez ci-dessus, tome 11, chap. XXII, p. 386, note 4.

(1) Les romances de Roca y Serna, souvent défigurées par leur gongorisme, se trouvent dans sa *Luz del alma*, Madrid, 1728, in-8º. La première édition est de 1634, il y en a eu plusieurs autres depuis.

(2) Elle a pour titre : *Silva de varios romances*, et elle contient les célèbres romances du comte d'Irlos, du marquis de Mantoue, de Gayferos, et du comte Claros et d'autres, au nombre de vingt-trois, insérées déjà dans le Romancero de 1550. Celles qui se rapportent à la mort de Philippe II et de doña Isabel de la Paz, ne se trouvent pas, par conséquent, dans la première édition de cette Silva, mais bien dans l'édition de Barcelone, 1602, in-12.

Le Romancero des Douze Pairs, de *Los Doce Pares*, et de leurs merveilleux exploits, publié pour la première fois, en 1608, a toujours continué à jouir de la faveur du peuple (1). Quatre ans après, parut le *Romancero del Cid*, qui s'est imprimé et réimprimé, tant de fois en Espagne et au dehors, jusqu'à nos jours (2). Ces collections furent suivies, en 1623, de la *Primavera de romances*, par Perez, dont la seconde partie fut collectionnée et publiée par Francisco de Segura, en 1629. Le tout porte à près de trois cents le nombre des romances dont la plus grande partie était déjà connue et dont la plupart ont une grande beauté (3). D'autres collections de la même espèce, continuèrent à s'imprimer à bas prix et dans des éditions à l'usage du peuple, jusqu'à la disparition de la vieille civilisation castillane, avec la décadence du vieux caractère national.

Durant la longue période d'un siècle et demi, où ce genre de poésie domina si largement en Espagne, les romances ne restèrent pas le patrimoine exclusif des collections formelles, soit anonymes, comme la plus grande, soit d'auteurs connus, comme celles de Sépulvéda et de la Cueva ; ni même des personnes qui en composèrent un grand nombre et qui les imprimèrent dans une partie distincte de leurs œuvres complètes, comme le fit le prince Esquilache. Au contraire, de 1550 à 1700, on peut à peine trouver un poète espagnol dont les œuvres n'en soient pas semées avec une profusion telle que le nombre des romances populaires qu'on pourrait en recueillir n'excédât grandement, si on les réunissait, la quantité de celles qui forment les romanceros proprement dits. Plusieurs de ces romances qui s'offrent ainsi à nous, soit séparément, soit par petits groupes, ont autant de pittoresque et de beauté que les anciennes, mais rarement au même degré. Silvestre, Montemayor, Espinel, Castillejo et, par-dessus tous ceux de son temps, Lopez Maldonado, les écrivirent avec succès, jusqu'à la fin du seizième siècle (4). Peu de temps après, Gongora

---

(1) *Floresta de varios romances, sacados de las historias antiguas de los hechos famosos de los Doce Pares de Francia*, Madrid, 1728, in-12, imprimée, pour la première fois, en 1608. Voyez, pour sa popularité, Sarmiento, § 528. Les dernières romances du volume ne se rapportent pas aux Douze Pairs.

(2) *Romancero y Historia del muy valeroso cavallero, el Cid Ruy Diaz de Bivar, recopilada por Juan de Escobar*, Alcalà, 1612, in-12. Il y a eu plusieurs éditions ; la plus complète est celle de Stuttgard, 1840, in-8°.

(3) Outre les éditions de 1623 et de 1629, nous en connaissons une autre de Madrid, 1659, in-12, en deux parties, augmentée de *letrillas*, de romances satiriques, etc., etc., par Francisco de Segura.

(4) Lopez Maldonaldo était un ami de Cervantès et son *Cancionero*, (Madrid, 1586,

en composa d'admirables. En effet, ses romances plus simples, plus enfantines, celles où la gaieté d'esprit et la malice servent à déguiser une tendresse naturelle, l'emportent sur tout ce qu'on peut trouver ailleurs dans ce genre et peuvent à peine être surpassées (1). Mais Gongora introduisit ensuite dans ce genre de poésie la même affectation et la même fausseté de style que dans les autres; et il fut suivi, avec une progression constante d'absurdités, par Arteaga, Pantaléon de Ribera, Villamediana, Coronel et le reste de ses imitateurs. Leurs romances sont généralement ce qu'ils ont écrit de pire, parce que la simplicité et la sincérité requises par la nature propre de ce genre de compositions tolèrent beaucoup moins la seule apparence d'affectation.

Cervantès, contemporain de Gongora, composa, nous dit-il, un grand nombre de romances qui sont aujourd'hui perdues : mais d'après l'opinion qu'il en avait lui-même nous n'avons aucune raison de regretter leur perte. Lope de Vega, au contraire, qui a conservé avec soin tout ce qui pouvait contribuer à sa réputation, ce qui n'était nullement le caractère de Cervantès, nous en a sauvé un grand nombre, qui sont souvent excellentes. Ce sont, en particulier, les romances qui se rapportent à sa personne ou à ses amours : il dut composer, paraît-il les meilleures de ce genre, soit à Valence, soit à Lisbonne (2). Vers la même époque et plus tard, d'excellentes romances furent écrites par Quevedo, qui en vint même à employer le style des gitanos dans leur composition ; par Bernarda

---

in-4°) se trouve parmi les livres de la Bibliothèque de D. Quichotte. Au folio 35, nous lisons une magnifique romance commençant ainsi :

Ojos llenos de beldad,	Yeux pleins de beauté,
Apartad de vos la ira.	Eloignez de vous la colère,
Y no pagueis con mentira	Et ne payez par le mensonge
A los que os tratan verdad.	Ceux qui vous cultivent en vérité.

Nous avons déjà parlé des autres auteurs cités dans le texte.

(1) Quelques-unes des romances chevaleresques de Gongora, telle que celle d'*Angélica y Medoro*, et plusieurs romances burlesques sont très-bonnes : mais les meilleures sont les plus simples. Une des plus jolies est la romance qui raconte la conversation d'un garçon et d'une fillette sur la manière dont ils doivent s'habiller pour bien se divertir, un jour de fête.

(2) Cervantès parle de ses innombrables romances dans son *Viage al Parnaso ;* celles de Lope de Vega furent bientôt insérées dans les *Romanceros* populaires, si plusieurs d'entre elles ne furent pas primitivement composées, comme nous le soupçonnons, pour la *Flor de Romances*, de Villalta, imprimée, à Valence, en 1593, in-12.

de Fereira, religieuse du pittoresque couvent de Buzaco en Portugal ; par Rebolledo, le diplomate, et peut-être ajouterons-nous, avec quelque hésitation, par Solis, l'historien (1). En effet de quelque côté que nous portions nos regards sur la poésie espagnole de cette période, nous trouvons des romances sur toutes les variétés de ton et de caractère. Elles appartiennent souvent à des auteurs d'ailleurs peu connus, comme Alarcon, qui, vers la fin du seizième siècle, écrivit d'excellentes romances dévotes (2) ; comme Diego de la Chica, dont on n'a le souvenir que par une unique satire, conservée par Espinosa dans ses *Flores*, au commencement du dix-septième siècle (3). Ou bien nous les trouvons dans les œuvres de ces poètes de distinction qui désiraient complaire à la multitude de leurs compatriotes.

Il ne pouvait en être autrement. Les romances, en effet, avaient fini par faire, au dix-septième siècle, les délices de tout le peuple espagnol. C'est avec elles que le soldat se consolait sous la tente ; le muletier, dans les *sierras* ; la jeune fille dansait, en les entendant, dans la prairie ; l'amant lés chantait, dans ses sérénades. Elles pénétrèrent dans les bruyantes orgies des voleurs et des vagabonds ; dans les somptueux divertissements de la luxuriante noblesse et dans les cérémonies saintes de l'Eglise. Le pauvre aveugle les chantait pour recevoir l'aumône ; le joueur de marionnettes les récitait pour expliquer son spectacle. Elles constituèrent une partie essentielle de la fondation du théâtre, tant sacré que profane ; le théâtre les répandit partout, et augmenta partout leur effet et leur autorité. Aucun genre de poésie, dans les temps modernes, ne s'est répandu avec autant de rapidité, dans toutes les classes de la société ; aucun n'a pénétré aussi profondément dans le caractère national. Les romances semblent, en réalité, avoir été trouvées dans chaque coin du

---

(1) Solis, *Poesias sagradas y humanas*, 1692, 1732, etc.

(2) *Vergel de plantas divinas*, par Arcangel de Alarcon, 1594.

(3) C'est une romance sur l'argent (Espinosa, *Flores*, 1605, fol. 30) et la seule que nous connaissions de Diego de la Chica. Nous pourrions ajouter des romances d'autres auteurs que l'on rencontre là où l'on s'y attendrait le moins. Par exemple, une de Rufo, dans ses *Apotegmas;* une de Jauregui, dans ses *Rimas;* une de Camoens, très-belle, *Rimas*, 1598, f. 187, digne de Gongora et commençant par ces vers :

Irme quiero, madre,	Je veux aller, ma mère,
A aquella galera	Sur cette galère,
Con el marinero	Avec le marinier
A ser marinera.	Pour être *marinière*.

sol espagnol ; elles semblent avoir rempli l'air que ses habitants respirent (1).

---

(1) Nous ne croyons pas nécessaire d'alléguer ici des autorités pour prouver la
prédominance universelle des romances dans le dix-septième siècle. En effet, la
littérature entière de ce siècle s'y trouve souvent empreinte, comme dans son véritable monument. Mais, pour dire quelque chose sur ce sujet, nous citerons *D.
Quichotte*, où Sancho en fait mention et s'y rapporte constamment ; les Nouvelles
de Cervantès et par-dessus tout *La Gitanilla*, qui chante des romances dans les palais des nobles et dans l'église de Sainte-Marie ; *Rinconete y Cortadillo*, où l'on
suppose que les romances servaient de récréation et de divertissement aux picaros de Séville. Maese Pedro dit aussi, dans *D. Quichotte*, part. II, ch. 26, « que
andaban en boca de todo el mundo, hasta de los muchachos, por las calles. »
Qu'elles étaient dans toutes les bouches, jusqu'en celles des enfants, dans les
rues.

CHAPITRE XXXIII

Contes et nouvelles. — Le changement de mœurs produit un changement dans les romans qui se basent sur elles. — Pastorales et leur origine. — Montemayor, sa *Diane*, ses continuations par Perez et par Polo. — Lofrasso, Montalvo, Cervantès, Enciso, Bobadilla, Bernardo de la Vega, Lope de Vega, Balbuena, Figueroa, Adorno, Botelho, Quintana, Corral, Saavedra. — Caractères du roman pastoral.

Les romans de chevalerie, comme les institutions qui leur servaient de base, se traînèrent longtemps languissants en Espagne. Leurs graves fictions s'adaptaient bien à l'air sombre des vieux châteaux que la lutte contre les Maures avait parsemés dans toute l'étendue de la Péninsule; de même que leur ton général s'harmonisait, non moins heureusement, avec cette gravité de mœurs que l'esprit de chevalerie avait contribué à introduire dans les plus hautes classes de la société, depuis les montagnes de la Biscaye jusqu'aux rives de la Méditerranée. L'influence de ces livres fut immense par conséquent, et un résultat naturel de leur longue domination, ce fut d'empêcher la production, en Espagne, d'une autre classe de romans, sous des formes meilleures, ou de ne les laisser apparaître que plus tard. dans des circonstances différentes, Cervantès fait allusion à cet état de choses, lorsqu'il se plaint, dès le commencement du dix-septième siècle, de ne trouver encore que très-rarement des livres espagnols de ce dernier caractère (1).

Cinquante ans avant cette période, les signes du changement qui allait s'opérer étaient cependant perceptibles. Les magnifiques triomphes de Charles-Quint avaient déjà rempli toutes les âmes d'un esprit d'aventures très-différent de celui d'Amadis de Gaules et de ses descendants, mais d'un esprit qui n'était pas moins bizarre, ni moins extravagant. Les guerres cruelles entreprises sans cesse contre les puissances barbares; les misères des milliers de captifs qui, de retour d'Afrique, frappaient d'éton-

---

(1) *D. Quichotte,* partie I, chap. 28.

nement leurs compatriotes, par l'histoire tragique de leurs propres souffrances et des tortures de leurs compagnons d'infortune, remplissaient le
roman de la vie réelle de plus de tristesse que ne pouvaient en imaginer toutes les fictions. Les mœurs aussi, les mœurs anciennes, graves et
chevaleresques de la noblesse espagnole, commençaient à se modifier par
le commerce avec le reste du monde, et particulièrement avec l'Italie, la
nation alors la plus civilisée, et la moins guerrière de toute la chrétienté.
De sorte que la fiction romantique, cette branche de la littérature qui, plus
que toute autre, repose sur l'état de la société, s'était naturellement modifiée, en Espagne, à la suite des grands changements survenus dans les
relations extérieures et dans la culture intellectuelle du royaume. De cet
état des choses, et des œuvres qu'il produisit sous les formes naturelles
de la fiction, nous trouverons des preuves fréquentes, à mesure que nous
avancerons.

La première forme, cependant, où se manifesta un changement dans
le goût national avec un succès définitif, ce fut celle des *pastorales en
prose*, transformation que l'esprit même le plus sagace n'aurait peut-être
pas aperçu seule; quoique, si nous remontons dans son histoire, nous
puissions aisément découvrir plusieurs des fondements sur lesquels cette
réforme s'est primitivement appuyée.

Dès le moyen âge, les occupations de la vie pastorale ont prévalu, en
Espagne et en Portugal, sur une étendue beaucoup plus grande que partout
ailleurs en Europe (1). C'est probablement le résultat de cet état de
choses qui fit éclore ces églogues et ces bucoliques primitivement connues
dans la poésie des deux nations, et qui se rattachèrent, dans l'une et
l'autre, aux orgines du drame populaire. D'un autre côté, l'esprit militaire
d'une civilisation pareille à celle de l'Espagne jusqu'au seizième siècle,
dut se détourner avec plaisir de l'exagération monotone donnée à son
propre caractère dans les romans de chevalerie, et chercher un délas-
sement, un repos dans la paix et la simplicité d'une Arcadie fabuleuse.
Ce sont là du moins deux circonstances qui s'offrent dans l'état et la
condition de l'Espagne, pour favoriser l'apparition d'une forme de fiction
aussi singulière que celle de la pastorale en prose, sans qu'il nous soit
possible de déterminer aujourd'hui le degré d'influence que l'une et
l'autre ont exercée.

---

(1) *Las Partidas*, données vers 1260, fournissent d'abondantes preuves sur l'étendue et l'importance de la vie pastorale, en Espagne, et à leur époque, et longtemps
avant.

Sur un point, nous n'avons toutefois aucun doute. Nous savons d'où venait l'impulsion, qui porta pour la première fois ce genre d'ouvrages dans la littérature castillane, et quand il apparut pour la première fois. C'est Sannazar, gentilhomme napolitain, dont la famille s'était transportée d'Espagne à Naples, par suite des révolutions politiques du siècle précédent, c'est Sannazar, qui est le véritable père de la pastorale moderne en prose : c'est de lui qu'elle passa directement en Espagne, où elle subsista, durant une longue période avec succès, sans jamais perdre entièrement le caractère que son auteur lui avait primitivement imprimé. Son *Arcadia*, écrite probablement sans aucune analogie avec la pastorale grecque de Longus, mais avec des réminiscences de *l'Ameto* de Boccaccio et des *Eglogues* de Bembo, se publia intégralement, pour la première fois, à Naples, en 1504 (1). C'est un véritable roman pastoral en prose et en vers, où, avec une narration légèrement rattachée et sous le déguisement des amours de bergers et de bergères, Sannazar raconte les aventures réellement arrivées à lui et à plusieurs de ses amis. Lui-même se met en scène sous le nom de Sincero, qui est le principal personnage. Un pareil ouvrage est par conséquent un peu fantastique de sa nature, mais la fiction de Sannazar est écrite dans l'italien le plus pur et le plus gracieux. Elle eut un grand succès, succès qui s'étendit peut-être à toute la Péninsule par suite des relations de l'auteur avec les familles espagnoles. Quoiqu'il en soit, l'Espagne est la première nation étrangère où se fit l'imitation de *l'Arcadia*, et fut plus tard la seule où des œuvres du même genre parurent en grand nombre et y exercèrent une durable influence.

Chose singulière, cependant, de même que les romans de chevalerie, la pastorale en prose fut introduite pour la première fois en Espagne par un Portugais, par George de Montemayor, natif de la ville de ce nom, près de Coïmbre. Quelle est la date de sa naissance, c'est ce qu'on ignore; mais on peut la placer probablement avant 1520. George de Montemayor avait été soldat dans sa jeunesse; mais plus tard, son habileté dans la musique, le fit attacher à la chapelle ambulante du prince d'Espagne, depuis Philippe II, et il jouit ainsi de l'avantage de visiter les pays étrangers, et particulièrement l'Italie et les Flandres. L'étude avait peu cultivé son esprit : il ne savait pas le latin, que ceux-là même qui avaient acquis les plus humbles connaissances littéraires, savaient d'ordinaire dans le siècle où il vivait; de sorte qu'il dût ses succès à son propre génie et aux suggestions de cette passion qui donna sa couleur à toute sa vie. Il abandonna

_____

(1) Ginguené, *Histoire littéraire d'Italie*, tom. X, par Salvi, pp. 87-92.

l'Espagne, c'est probable, par suite d'une déception d'amour; il périt aussi probablement dans un duel, à Turin, en 1561. Nous ne savons rien de plus sur lui avec une évidence plus ou moins probable (1).

Sa *Diana Enamorada*, son œuvre capitale, s'imprima pour la première fois, à Valence, en 1542 (2). Elle est écrite en bon castillan, comme ses poésies, qu'il publia séparément, et où il se trouve, ainsi que dans sa Diane, un certain mélange de portugais, sa langue maternelle (3). Elle contient, suivant ce qu'il nous a raconté, des histoires et des aventures réellement arrivées (4). Nous savons aussi que, sous le nom de Sereno, c'est George de Montemayor lui-même, le héros, et Lope de Vega ajoute que Diana, l'héroïne, était une dame de Valence de Don Juan, ville voisine de la cité de Léon (5).

Montemayor se proposait donc, comme Sannazar, de donner sous la

---

(1) Barbosa, *Bibliotheca lusitana,* tom. II, p. 809, et le Prologue de la *Diane* de Perez, édit. de 1614, p. 362.

(2) Nous n'avons jamais vu citer une édition de la *Diane*, avant celle de Madrid, 1545; mais nous en possédons une in-4°, de 112 feuillets, fort bien imprimée, à Valence, en 1542, sans nom d'imprimeur. *L'Historia de Narvaez*, dont nous ferons mention, en parlant d'Antonio de Villegas, ne se trouve pas dans le quatrième livre de cette édition, mais elle se trouve dans les éditions suivantes. La *Diane* de Montemayor était si populaire qu'il en parût au moins seize éditions, en quatre-vingts ans : six traductions françaises, selon Gordon de Périel, (*Bibl. de l'usage des Romans*, Paris, 1734, in-8° tom. II, pp. 23, 24.) : deux en allemand, selon Ebert, et une en anglais. La dernière par Bartolomew Yong (Londres, 1598, in-fol.) est excellente. On trouve aussi d'heureuses traductions des poésies de Montemayor dans *l'Hélicon* d'Angleterre, *England's Helicon*, de 1600 à 1614, réimprimées dans le tom. III du *Bristish Bibliographer*. Londres, 1810, in-8°. *L'Histoire de Protée et de Julie*, dans The two Gentlemen of Verona, de Shaskespeare, est empruntée, d'après ce que supposent M. Lenox et le D. Farmer, de la *Felismena*, dans le second livre de la *Diane* de Montemayor. C'est pourquoi Collier publia de nouveau la traduction de Yong, dans le second volume de la *Bibliothèque* de Shakespeare, *Shakespearés library*, Londres, s. a., in-8°, malgré son doute que Shakespeare l'eût prise en cet endroit. *Shakespeare de Malone*, édit. Boswell, Londres, 1821, in-8°, vol. IV, p. 3, et Brydges, *Restituta*, Londres, 1814, in-8°, vol. 1, p. 498.

Il se publia de pauvres abrégés de la *Diane* de Montemayor et de la continuation de Gil Polo, à Londres, 1738, in-8°. — La première édition de la *Diane* où se trouve l'histoire de Abindarraez est celle qu'Alonso de Ulloa donna, en 1568, à Venise.

(3) Montemayor écrivait en même temps dans les deux langues. Il le fit du moins dans son *Cancionero*, 1588, fol. 81, où nous trouvons un de ses sonnets qui peut se lire à la fois en espagnol ou en portugais.

(4) Dans son *Argumento* général à toute la Nouvelle.

(5) *Dorotea*, act. II, sc. 2. *Obras sueltas*, tom. VII, p. 84.

forme d'un roman pastoral, un récit de plusieurs événements de sa vie et de la vie de plusieurs de ses amis. A cet effet, il réunit sur les rives de l'Esla, au pied des montagnes de Léon, un certain nombre de bergers et de bergères qui racontent leurs histoires respectives, durant sept livres de prose mêlés de vers. Mais les deux principaux personnages, Sereno et Diane, introduits tout d'abord comme amants, sont séparés par un pouvoir magique, et le roman arrive à une conclusion fort brusque, peu conforme à toutes les idées qu'on s'était déjà faites, par le mariage de Diane et de Delio, indigne rival de Sereno.

Il n'est pas aisé de bien comprendre, à une première lecture, *la Diane* de Montemayor. Les diverses histoires dont elle se compose sont tellement enchevêtrées l'une dans l'autre, unies à l'action principale avec si peu d'artifice, que l'on perd constamment le fil de la narration primitive. Cette difficulté s'augmente encore par le mélange du vrai et du faux, dans tout ce qui touche à la géographie, au paganisme, à la magie, au christianisme ; par toute espèce de contradictions et d'impossibilités diverses qui devaient naturellement suivre la tentative de placer, au cœur de l'Espagne, près d'une de ses cités les plus connues, une Arcadie poétique, qui n'a jamais même existé ailleurs. La *Diane* de Montemayor mérite cependant mieux le nom de roman que l'*Arcadie* de Sannazar qui lui a servi de modèle. La fiction principale est plus ample et plus ingénieusement construite : ses épisodes offrent plus d'intérêt. Tout respire la passion et la tendresse d'une affection trompée, attachement qui fut, sans aucun doute, la cause de la composition de tout l'ouvrage. La poésie est des plus belles, en particulier la poésie lyrique, et si la prose n'est pas aussi pure que celle de Sannazar, elle se distingue néanmoins par sa grâce et sa richesse. Malgré ses défauts, la *Diane* n'est pas sans intérêt pour nous, même à une époque si éloignée, alors que toutes les fictions de ce genre sont dédaignées et presque oubliées. Aussi pensons-nous que ce n'est qu'une justice poétique qui lui fut rendue, lorsque le bon goût du Curé la sauva, dans la destruction de la bibliothèque de Don Quichotte.

La *Diane* de Montemayor resta, avons-nous insinué, incomplète, de la part de son auteur. Mais, en 1564, trois ans après sa mort, Alonso Perez, un médecin de Salamanque, à qui Montemayor avait communiqué, avant d'avoir quitté définitivement l'Espagne, son plan pour la compléter, publia une seconde partie, commençant au palais enchanté de Félicio où finit la première. Cette seconde partie nous raconte les histoires et les aventures de bergers et de bergères, qui n'avaient pas encore été introduits, comme une continuation de la fiction originale. Ainsi que la première, cette seconde partie laissa aussi le roman incomplet. Elle ne s'étend pas au-delà de la mort de Delio, mari de Diane, mort qui, selon le plan de Montemayor, devait être suivie de son union avec Sereno, son premier et son véritable amant. Elle s'arrête brusquement et promet encore une troisième partie qui n'a jamais paru. Il n'est pas non plus probable qu'on l'ait demandée avec empressement : en effet, continuée pendant sept livres, considérablement plus longue que la première, elle lui est aussi de beaucoup inférieure en mérite. Dans plusieurs histoires, elle manque de cette tendresse que le désappointement de Montemayor avait donnée à la première partie de l'ouvrage, et un défaut, qui n'est pas peut-être d'une conséquence moindre dans ce genre de composition, c'est que la prose est pesante et monotone et que les vers sont pires (1).

Cette malheureuse tentative ne fut pas la seule conséquence du succès de Montemayor. La même année qu'Alonso Perez publia son travail, une autre continuation apparut à Valence : elle appartenait à Gaspar Gil Polo, gentilhomme de cette ville et professeur de langue grecque dans son Université (2). La *Diane* de Gil Polo a le mérite d'être plus courte que les deux qui l'ont précédée. Elle se divise en cinq livres, et elle contient un récit de la fausseté et de la mort de Delio, du mariage de Diane avec Sereno qu'elle rencontre, pendant qu'elle est à la recherche de son mari, qui l'a lâchement abandonnée pour d'autres bergères. Il y a des épisodes et beaucoup de poésies pastorales de diverses espèces, habilement intercalées : quoique le plan original de Montemayor semble avoir été complété, le livre se termine par la promesse d'une continuation encore plus longue, et qui, malgré l'existence de l'auteur pendant près de trente ans encore, ne paraît pas avoir été jamais composée (3). Ce livre de Gil Polo eut toutefois

---

(1) La première édition citée est de 1564, (Nicol. Antonio, *Bib. Nova*, tom. I, p. 539). Je n'en connais qu'une autre, celle de Barcelone, 1614, in-8°, que je possède. J'en ai cependant vu une autre, sans titre, et différente de l'une et de l'autre. Quoiqu'il en soit, les éditions de la *Diana enamorada* ont été en petit nombre et la popularité du livre a été faible. Elle fut traduite en français et en anglais par Bart. Youg : l'original en castillan s'imprima plus d'une fois uni à la *Diane* de Montemayor.

(2) La *Diana Enamorada*, de Gil Polo s'imprima, pour la première fois, en 1564. On en fit sept éditions, en cinquante ans, avec deux traductions en français et une en latin ; cette dernière par Gaspar Barth. Elle fut aussi traduite en anglais par Bartholomew Yong ; traduction qui forme la troisième partie de la *Diane*, dans un même volume, avec celles de Montemayor et de Perez ; mais elle est en réalité une autre seconde partie.

(3) Il existe une troisième partie de la *Diane* de Montemayor écrite par Hiéromino de Texada, imprimée à Paris, 1627, in-8°. Ebert en cite un exemplaire

un grand succès : sa prose a toujours obtenu la plus grande faveur, ainsi que plusieurs parties en vers : en particulier le chant de Nerée, au troisième livre, et plusieurs poésies légères du dernier (1).

Les *Diez libros de fortuna de amor*, d'Antonio de Lofrasso, soldat, natif de la Sardaigne, publiés, en 1673, constituent le premier roman espagnol du même genre qui suivit la *Diane* de Montemayor. C'est un ouvrage sans mérite, et immédiatement oublié dès son apparition (2). Neuf ans après, en 1582, il s'en publia un meilleur, le *Pastor de Filida*, livre qui a obtenu cinq éditions ; qui a encore du mérite et qu'on lit avec plaisir (3). Son auteur, Luis Galvez de Montalvo, était né à Guadalajara, ville située près d'Alcala, lieu de naissance de Cervantès. C'est peut-être cette circonstance qui les mit bientôt en rapport ; en effet, ces deux écrivains furent longtemps unis d'amitié et se louèrent réciproquement dans leurs œuvres respectives (4). Leurs caractères étaient, cependant, bien différents :

---

se trouvant, dit-il, dans la Bibliothèque impériale de Paris, mais nous n'avons jamais pu le voir.

(1) La meilleure édition de la *Diane* de Gil Polo est celle que publia Cerda, à Madrid, 1802, in-8°, avec une vie de l'auteur. Elle est particulièrement estimable par les notes sur le *Canto del Turia*, chant où, à l'imitation du *Canto de Orfeo* de Montemayor, en l'honneur de dames les plus célèbres de son temps, *Polo* vante les femmes poètes les plus illustres de Valence. Ximeno, *Escritores de Valencia*, tom. I, p. 110, Fuster, *Bibliotheca Valenciana*, tom. I, p. 150, donnent des détails sur Gil Polo. Il paraît singulier que Polo, après avoir imprimé un livre si bien accueilli du public, n'ait écrit depuis qu'une ou deux compositions peu importantes.

(2) C'est le même livre que ridiculise Cervantès, dans le chap. VI, part. I. de son *D. Quichotte*, et dans le chap. III de son *Viage al Parnaso ;* il est curieux à cause des morceaux de poésie sarde qu'il contient. Pedro de Pineda, professeur d'espagnol à Londres, prenant l'ironie du bon curé de Cervantès sur ce roman pour un éloge sincère, publia une édition de l'œuvre de Lofrasso, en deux jolis volumes (Londres, 1740, in-8°), avec une dédicace, un prologue des plus insensés où, pour montrer le mérite du livre, il allègue l'autorité de Cervantès. A peine existe-t-il une autre pastorale en prose plus absurde que celle-ci, et contenant plus de mauvais vers. Une grande quantité de ces vers est adressée à des personnes vivantes et bien connues par leur titre. Le dixième livre est presque entièrement composé d'une poésie pareille. Je ne me rappelle pas que Cervantès se soit montré, dans son *Voyage au Parnasse*, aussi sévère pour tout autre poète que pour Lofrasso.

(3) La meilleure édition de la *Filida* est la sixième, Madrid, 1792, in-8°, avec un prologue biographique par Mayans y Siscar, prologue indigeste, comme toutes les préfaces semblables, mais assez estimable pour les détails qu'il nous apprend.

(4) Navarrete, *Vida de Cervantès,* pp. 66, 278, 407.

car au lieu de la vie d'aventures suivie par Cervantès, Montalvo s'attacha à la grande famille de l'Infantado, descendant du marquis de Santillane, et il passa la plus grande partie de son existence, comme une espèce de courtisan oisif et de serviteur dans le palais ducal, près de sa ville natale. Il vint ensuite en Italie où il traduisit et publia, en 1587, *Las lagrimas de San Pedro*, de Tansilo : il avait même commencé une traduction de la *Jérusalem délivrée*, du Tasse, lorsqu'il fût enlevé au milieu de ses travaux, par une mort accidentelle, en Sicile, vers l'année 1591 (1).

Montalvo écrivit son *Pastor de Filida*, en sept parties, pendant qu'il était attaché à la maison du duc de l'Infantado. En effet, il s'annonce lui-même, dans le titre, comme *caballero y cortesano*, et, dans la dédicace qu'il adresse à un membre de la famille, il dit que « son plus grand travail est de vivre oisif, content et honoré, comme un des serviteurs de sa maison » *su mayor trabajo es vivir ocioso, contento y honrado como criado de su casa*. Le roman contient, suivant l'usage, comme tous les livres de ce genre, les aventures de personnages vivants et connus, parmi lesquels figurent Montalvo lui-même, Cervantès et le grand seigneur à qui il est dédié. Mais le ton de la vie pastorale n'y est pas mieux conservé que dans les autres fictions de la même classe. Dans la sixième partie, nous trouvons même une discussion critique très-déplacée sur les mérites des deux écoles de poésie espagnole qui se disputaient alors la faveur du public. Dans la septième, une fête de cour, et des jeux de bagues, où les bergers apparaissent montés sur des coursiers, avec la lance et l'écu d'armes, comme des chevaliers. La prose est généralement bonne et pure ; et parmi les poésies, dont le livre abonde, on peut en choisir, dans le vieux rythme espagnol qui approchent, si elles ne les égalent pas entièrement, des poésies semblables de Montemayor.

Cervantès, aussi, comme nous l'avons déjà indiqué, se laissa entraîner, par l'esprit du temps plutôt peut-être que par sa propre inclination, à commencer, pour en faire hommage à la dame de ses pensées, la *Galatea* dont les six livres, publiés en 1584, constituent tout ce qui en a paru (2). Cette œuvre fut suivie, en 1586, du *Desengaño de celos*, roman en six livres encore et resté incomplet, comme le précédent. Il avait été composé par Bartolomé Lopez de Enciso qui l'écrivit, nous le savons par lui-même,

---

(1) Lope de Vega, *Obras sueltas,* tom. I, p. 77, et tom. XI, p. xxviii *D. Quichotte,* édit. Clemencin, tom. I, p 146, et tom. III, p. 14, notes. Les *Lagrimas* de Tansillo jouirent de l'honneur d'être quatre fois traduites en castillan par des auteurs différents.

(2) Voyez ci-dessus tom. II, chap. X, pp. 147, 150.

pendant qu'il était encore jeune. Il avait aussi la pensée d'en publier une seconde partie dont on n'a plus entendu parler. Nous n'avons pas à regretter que Bartolomé Lopez ait manqué de remplir sa promesse. Ses fictions, principalement occupées par les nymphes et les bergers du Tage, sont ce qu'il y a de plus confus et de plus insignifiant dans les essais de ce genre. La scène s'ouvre, dès le commencement, aux jours les plus anciens de la mythologie grecque, mais, au cinquième livre, le Génie de l'Espagne porte les mêmes bergers qui figurent au premier, dans un temple magnifique, et il leur montre les statues de Charles-Quint, de Philippe II et même de Philippe III, qui n'était pas encore sur le trône. Notre auteur confond ainsi les temps les plus reculés de l'antiquité classique avec les temps futurs de la fin du seizième siècle. Il s'y trouve encore, cela va sans dire, d'autres inconséquences et en grand nombre; et rien, ni dans la prose, ni dans la poésie, n'a assez de valeur pour compenser les absurdités du plan. En outre, il y a peu de branches dans la littérature espagnole offrant quelque chose de plus affecté, de plus ennuyeux que les longues déclamations et les interminables discussions de cette fiction assoupissante (1).

Un autre roman pastoral en six livres intitulé : *Ninfas y pastores de Henares*, par Bernardo Gonzalez de Bovadilla s'imprima en 1587. L'auteur, natif des îles Canaries, avoue qu'il a placé la scène de son œuvre sur les bords de l'Hénares sans les avoir jamais vus : auteur et roman sont depuis longtemps oubliés. Il en est de même des *Pastores de Iberia*, en quatre livres, par Bernardo de la Vega que l'on suppose natif de Madrid, et qui fut certainement chanoine de Tucumon, au Pérou, où parut son histoire, mal écrite, en 1591. Tous ces romans et tous ceux qui les ont précédés jouirent, pendant un certain temps, de la faveur du public, c'est évident, puisqu'ils se trouvaient tous dans la bibliothèque de Don Quichotte, et que trois d'entre eux reçurent de grands éloges de Cervantès, mais trop grands pour être confirmés par les jugements des générations suivantes (1).

---

(1) *Desengaño de celos*, compuesto por Bartolomé Lopez de Enciso, natural de Tendilla, Madrid, 1586, in-8°, 321 feuillets. Nous ne savons, je crois, absolument rien de son auteur, excepté ce qu'il nous en raconte lui-même dans son livre devenu excessivement rare. L'exemplaire que nous possédons a appartenu à Cerdà y Rico à qui Pellicer l'emprunta pour rédiger son excellente note sur Enciso, dans son édition de *D. Quichotte*, partie 1, chap. 6.

(1) *D. Quichotte*, édit. Pellicer, part. I, tom. I, p. 67, et édition Clemencin tom. II, p. 144.

Il s'écoula un certain temps avant qu'une autre œuvre vint continuer la série, si l'on excepte l'*Arcadia* de Lope de Vega qui, composée bien avant, ne s'imprima qu'en 1598 (1). Enfin parut *El Siglo de oro*, de Bernardo de Balbuena. Son auteur est né au milieu des vignobles, sur les coteaux de Val de Peñas, en 1568; il accompagna sa famille à Mexico où il fut élevé et où, à peine âgé de dix-sept ans, il était déjà distingué comme poète. Une fois au moins et peut-être davantage, il visita son pays natal : cependant il passa, paraît-il, la plus grande partie de sa vie, soit à la Jamaïque où il jouissait d'un bénéfice ecclésiastique, soit à Porto-Rico, dont il fut plus tard archevêque et où il mourut, en 1627.

Quant aux mœurs du Nouveau Monde et aux scènes majestueuses de la nature, *El Siglo de oro en las Selvas de Erifile* n'en porte pas vestige. Il s'imprima à Madrid, en 1608, et il aurait pu y être composé, si son auteur n'avait jamais vécu dans une autre cité. Il n'a pas le moindre mérite. Les poésies dont il abonde appartiennent généralement à l'école italienne; elles sont bien supérieures à celles qu'on peut trouver dans ces romans douteux : quant à sa prose, elle est, malgré son afféterie accidentelle, le plus souvent agréable et coulante. Aucune des neuf églogues, nom singulier que reçoivent les divisions du livre, ne se rattache probablement soit à l'histoire, soit aux scandales du temps, et cette circonstance nous explique peut-être comment ses contemporains firent à la publication de Balbuena un accueil plus indifférent que celui qu'ils accordèrent à d'autres ouvrages semblables et d'un mérite inférieur. Quelle que soit la cause de cette indifférence, ce roman fut longtemps négligé et on n'en redemanda une seconde édition qu'en 1821, année où il reçut le rare honneur d'être publié de nouveau par l'Académie Royale Espagnole (2).

Dans l'année qui suivit l'apparition du *Siglo de oro*, Cristobal Suarez

---

(1) Nous avons parlé de l'*Arcadia*, ci-dessus tom. II, chap. XIII, pag. 206. *l'Enamorada Elisea*, de Jeronimo de Covarrubias Herrera, imprimée en 1594, in-8°, serait l'unique exception : mais nous ne la connaissons que par le titre que nous en donne Nicolas Antonio. — Une autre exception consiste peut-être aussi dans *Las tragedias de Amor*, de Juan Arze Solorzano, roman pastoral en prose, publié, pour la première fois, en 1604, et puis, en 1607 et 1647; composition pauvre cependant et méritant à peine d'être mentionnée. Son auteur l'écrivit, étant encore fort jeune, et la divisa en quinze *eglogues* ou *livres*, dont il n'en publia que cinq, accompagnés, suivant la coutume du temps, d'un commentaire allégorique des plus tristes.

(2) La notice préliminaire de cette édition contient tout ce que l'on a pu savoir sur Balbuena.

de Figueroa, natif de Valladolid, jurisconsulte et soldat, publia sa *Constante Amarilis*, en quatre discours, roman rempli, comme ses prédécesseurs, de courtes poésies et avec la prétention de raconter, comme la plupart d'entre eux, un conte dont la plus grande partie reposerait sur des faits véritables (1). Son auteur passa la majeure partie de sa vie en Italie, où il s'était déjà fait connaître par une excellente traduction du *Pastor Fido*, de Guarini (2). Il publia plus tard, à différentes époques, plusieurs œuvres originales qui jouirent d'une grande réputation (3).

---

(1) Il existe une édition de 1614, avec la traduction en français, mais la meilleure de toutes est celle de Madrid, 1781, in-8°.

(2) Je crois qu'elle s'imprima, pour la première fois, à Naples, en 1602, mais l'édition qui a le plus de prix est celle de Valence, 1609, in-8°. Voici le commencement du troisième acte.

O primavera juventud del año,	O printemps, jeunesse de l'année
Nueva madre de flores,	Saison nouvelle, mère de fleurs,
De nuevas yervecillas y d'amores,	De nouvelles tendres herbes et d'amours,
Tu buelves, mas contigo	Tu reviens, mais avec toi
No buelven los serenos	Ne reviennent pas les jours
Y aventurosos dias de mis gustos;	Sereins et heureux de mes plaisirs ;
Tu buelves, si, tu buelves,	Tu reviens, oui, tu reviens,
Mas contigo no torna	Mais avec toi ne se présente
Sino la remembrança	Que le souvenir
Miserable y doliente	Misérable et douloureux
De mi caro tesoro ya perdido.	De mon cher trésor déjà perdu.

p. 94.

Ce passage est tellement rendu, presque mot à mot, qu'il n'est pas nécessaire de copier l'italien. Sa facilité et sa limpidité n'en sont pas moins admirables.

Il existe une traduction de *Pastor Fido* par une juive, Doña Isabel de Correa. Je n'en connais que la troisième édition, publiée à Anvers, 1694, in-8°. C'est un du petit nombre des trophées poétiques que peut réclamer le beau sexe de cette race, quoiqu'il ne soit pas très-digne d'éloges. Ginguené se plaint de la longueur de l'original qui n'a pas moins de sept mille vers. La traduction de Doña Isabel est encore plus longue, puisqu'elle contient environ onze mille vers. Le pire, c'est qu'elle est écrite avec mauvais goût. Nous avons aussi une comédie espagnole du même titre : *El Pastor Fido*, dans les *Comedias Escogidas*, tom. VIII, 1657, fol. 106. Quoique composée par trois poètes qui ne sont rien moins que Solis, Coello, Calderón, elle n'a pas un grand mérite.

(3) Nicolas Antonio, dans sa *Bibl. Nova*, tom. I, p. 251, donne une liste de neuf ouvrages de Figueroa dont plusieurs seront mentionnés à leurs chapitres respectifs. Cette liste n'est probablement pas complète ; en effet, Figueroa lui-même, dans son *Pasagero*, 1607, fol. 377, dit qu'il avait déjà publié sept livres et Nicolas Antonio n'en donne que six, avant cette date. En outre, dans la préface de la *Vie du marquis de Cañete* par Figueroa, 1613, un de ses amis assure que, dans les *dix* années précédentes, notre auteur avait composé huit ouvrages.

Suarez de Figueroa semble avoir été un homme d'un caractère méchant et déloyal. Dans une narration curieuse de sa propre vie, qui parut dans son *Pasajero*, il parle avec dureté et mauvaise foi de divers de ses contemporains. Cervantès lui-même qui venait de mourir et qui avait, durant toute sa vie, fait si généreusement l'éloge de tous les esprits de son temps, Cervantès est l'objet de toute sa malignité (1). Son dernier ouvrage porte la date de 1611, et c'est là le dernier détail que nous savons de lui. Son *Amarilis* composée, comme il l'indique, pour plaire à une personne de haute considération ne satisfit par son auteur (2). Son style est, cependant, facile et assez pur. Quoiqu'il contienne d'ennuyeuses dissertations en forme, comme celle qui traite de la poésie dans la première partie ; qu'il y ait un merveilleux extravagant, comme la vision de Vénus et de sa cour, dans la seconde, c'est le seul de ses livres qui ait été réimprimé et beaucoup lu durant le siècle dernier.

Il s'est publié peu de pastorales, en Espagne, après la *Constante Amarilis*, mais aucune n'a eu autant de mérite, aucune n'a joui d'une faveur aussi considérable. Espinel Adorno (3) ; Botelho, le Portugais (4) ; Quintana, qui prit le nom de Cuevas (5) ; Corral (6) et Saa-

---

(1) Navarrete, *Vida de Cervantes*, pp. 179-181 et ailleurs. Les curieux détails donnés par Figueroa sur sa propre personne et dont personne ne s'est servi pour sa biographie, se trouvent dans son *Pasagero*, de la feuille 286, à la feuille 392. Comme beaucoup d'autres passages de ce livre singulier, ils sont pleins de fiel contre ses contemporains, Lope de Vega, Villegas, Espinosa et autres.

(2) *Pasagero*, fol. 96. b.

(3) *El premio de la constancia y pastores de sierra bermeja, por Jacinto de Espinel Adorno*, Madrid, 1620, in-8°, 162 feuillets. Je n'ai trouvé aucun détail sur ce livre, excepté la légère notice que nous en donne Nicolas Antonio, *Bib. Nova*, tom. I, p. 613. Cet ouvrage n'est pas plus mauvais que d'autres qui ont été l'objet de plus d'éloges.

(4) *El Pastor de Clenarda, de Miguel Botelho de Cavalho*, Madrid, 1622, in-8°. Il écrivit aussi plusieurs autres ouvrages, tous en castillan, excepté sa *Filis*, poème en octaves, Barbosa, *Bibl. lusitana*, tom. III, p. 466.

(5) *Experiencias de Amor y Fortuna, por el licenciado Francisco de las Cuevas, de Madrid*, Barcelone, 1646, in-8°. Voyez aussi Baena, *Hijos de Madrid*, tom. II, pp. 172, et 189. Francisco de Quintana dédia cette pastorale à Lope de Vega qui lui fit une réponse des plus courtoises où il traite Quintana comme un jeune homme, et son livre comme sa première production. Nous en avons des éditions de 1626, 1646, 1654 ; celle de Barcelone, citée ci-dessus, et celle de Madrid, 1666, in-8°. Dans le tome XIX, des *Obras Sueltas* de Lope, pp. 353-400, nous trouvons un sermon que Quintana prononça en l'honneur de Lope, et sur le titre, il se dit : *Su intimo amigo*.

(6) *La Cintia de Aranjuez, prosas y versos*, par D. Gabriel de Corral, natif de

vedra (1) ferment la série. Le dernier nous amène jusqu'à la révolution d'un siècle, depuis la première apparition de ce genre de romans, au temps de Montemayor. Toutes ces œuvres sont infectées du mauvais goût de l'époque. Considérées dans leur ensemble, les pastorales en prose ne laissent aucun doute qu'elles se sont substituées, en Espagne, aux romans de chevalerie et qu'elles ont hérité à un haut degré de leur faveur et de leur popularité. La plus grande partie des œuvres que nous venons de citer se sont réimprimées plusieurs fois : la *Diana* de Montemayor, la première et la meilleure de toutes, a été probablement plus lue que tout autre ouvrage divertissant, en Espagne, à l'exception de la *Célestine*.

Tout ce que nous venons de dire paraîtra singulier et étrange, si nous considérons seulement les absurdités et les inconséquences dont de pareilles fictions abondent. Mais voici un autre côté de la question qu'il ne faut pas perdre de vue. Le roman pastoral, après tout, s'appuie sur un des plus vrais et des plus profonds principes de notre propre nature, l'amour de la beauté champêtre, de la paix des champs, en un mot, de tout ce qui constitue la vie à la campagne, en opposition à la vie contrainte des villes ; charmes qu'un petit nombre ne peut sentir à cause de sa trop grande rudesse, qu'un plus petit nombre, trop artificiellement instruit, ne peut rejeter entièrement. Ce genre prévalut, par conséquent, plus ou moins, dans toutes les nations de l'Europe moderne, comme on peut le voir ; en Italie, par le succès qu'obtint Sannazar ; en France, par l'*Astrée*, de d'Urfé ; en Angleterre, par l'*Arcadie*, de Sir Philip Sidney. Ces deux derniers romans sont d'une longueur énorme comparés à ceux de l'Espagne. La pastorale anglaise a joui, pendant un siècle environ, d'une popularité qui peut fort bien se comparer à celle de la *Diane* de Montemayor, si elle ne peut l'égaler (2).

Valladolid, Madrid, 1629, in-8°, 208 feuillets. Je n'en connais pas d'autre édition. L'auteur vécut, à Rome, de 1630 à 1632, et probablement plus longtemps. Nicolas Antonio, *Bibl. Nova*, tom. I, p. 505. Son style, comme celui de Quintana, respire le Gongorisme.

(1) *Los Pastores del Betis*, par Gonzalvo de Saavedra. (Trani, 1633, in-4°.) Cet ouvrage semble avoir été écrit en Italie. Nous ne savons rien de son auteur, excepté qu'il était un des vingt-quatre de Séville. Dans l'exemplaire que nous possédons et dont le colophon est de 1634, se trouvent ajoutés quatre feuillets de conseils religieux et moraux, adressés au fils de l'auteur se rendant, comme gouverneur, dans une province de Naples. Ils sont mieux écrits que le roman qui les précède.

(2) Nous aurions pu ajouter quelques détails sur le Portugal. La *Menina e*

C'est hors de doute, en Espagne, comme ailleurs, les défauts de ce genre de fictions se perçoivent immédiatement. Les écrivains mêmes qui le cultivèrent le plus prouvèrent que ce n'était pas entièrement par suite d'un malentendu sur leur nature. Cervantès, qui mourut avec le regret de n'avoir pas terminé sa *Galatée*, se raille plus d'une fois lui-même, dans son *D. Quichotte*, de toutes ces fantaisies pareilles. Dans son *Coloquio de los perros*, il permet à l'un d'eux, qui a été au service d'un berger, de faire la satire de la fausse peinture de la vie, dans les meilleures pastorales de son temps, sans s'oublier lui-même parmi les autres (1). Lope de Vega aussi, quoiqu'il eût publié son *Arcadie* dans des circonstances qui prouvent quelle valeur constante il plaçait dans la gentillesse de ces contes, n'hésite pas, dans une comédie où il introduit des bergers, à faire dire à l'un d'eux qu'il trouvait la vie réelle, au milieu des troupeaux de moutons et de bœufs, pendant le mauvais temps, beaucoup moins agréable que l'existence qu'il a lue dans les pastorales. C'est pourquoi il s'écrie quand il souffre la tourmente :

> Quisiera ver
> Los que suelen componer
> Estos libros de pastores,
> Donde todo es primavera,
> Flores, arboles y fuentes (2).

Néanmoins, ni Cervantès, ni Lope de Vega, ni aucun autre écrivain de ces temps ne pensa sérieusement à décourager les fictions pastorales. Au contraire, il y avait, dans leur manière et leur style, généralement imités de la pastorale italienne qui leur avait donné naissance à toutes, un attrait particulier pour les oreilles castillanes cultivées, à une époque

---

Moça, de Bernadino Ribeyro, imprimée en 1559, est un superbe fragment. La *Primaveira*, de Francisco Rodriguez de Lobo, en trois parties, assez longues, imprimées, entre 1601 et 1614, dont la première fut traduite en espagnol par Juan Bautista Morales, en 1629, est une des meilleures et des plus complètes pastorales qui existent. Ces deux compositions ont été longtemps l'objet de la faveur en Portugal et y sont encore lues avec plaisir. Barbosa, *Bibl. Lusit.* tom. I, p. 518, tom. II, p. 242.

(1) *D. Quichotte*, part. I, chap. 6, dans l'examen de la Bibliothèque, lorsque la nièce dit que l'on doit brûler également les pastorales et les livres de chevalerie pour que son oncle, fatigué de la vie de chevalier errant, n'aille pas tomber dans une autre folie et vouloir se faire berger : et part. II, chap. 67 et 73, au moment où ses craintes sont sur le point de se réaliser.

(2) Je voudrais voir — Ceux qui ont coutume de composer — Ces livres de pastorales, — Où tout est printemps — Fleurs, arbres et fontaines. — *Comedias*, parte VI, Madrid, 1615, in-4°, f. 102. *El Cuerdo en su Casa*, act. 1.

où l'école de Garcilaso était arrivée au comble de la popularité et de la faveur. En outre, les événements réels qu'elles rappelaient, les histoires amoureuses des personnages de haut rang que l'on savait y être déguisées, leur donnaient souvent l'apparence d'une énigme, souvent l'aspect d'une mascarade qui piquaient la curiosité de ceux qui vivaient soit dans le cercle de leurs auteurs, soit dans le cercle de leurs héros et de leurs héroïnes (1).

Mais par-dessus tout, ces éclairs qui laissent entrevoir la nature ou la vérité ; la tendresse vraie et profonde telle qu'elle se montre dans Montemayor ; les gracieuses descriptions des scènes champêtres qui abondent dans Balbuena, offraient, sans aucun doute, une espèce de distraction à une société aussi grave et aussi compassée que l'était la cour espagnole, aux temps de Philippe II et de Philippe III, au milieu d'une civilisation basée plus qu'aucun autre état des temps modernes, sur les vertus militaires et sur l'esprit chevaleresque. Par conséquent, tant que dura cet état de choses, les fictions et les créations pastorales, pleines des rêves d'une *Arcadie* poétique, jouirent, en Espagne, d'une faveur dont elles n'avaient jamais joui ailleurs. Mais aussi quand cet état de choses disparut, elles disparurent avec lui.

---

(1) La *Diana de Montemayor*, dit Lope de Vega, dans le passage de sa *Dorotea*, déjà cité ci-dessus, note 5, p. 122, était une dame de Valence de Don Juan, village près de Léon, dame que l'auteur a immortalisée, ainsi que la rivière Esla. La *Filida*, de Montalvo, la *Galatea*, de Cervantès, et la *Filis*, de Figueroa furent également des personnes ayant réellement existé. On pourrait en ajouter d'autres d'après le témoignage et l'autorité des auteurs, tels que *Los Diez libros de Fortuna y amor;* la *Cintia de Aranjuez*, etc. Voyez une note de Clemencin, *D. Quichotte*, tom. VI, p. 440.

CHAPITRE XXXIV

Romans picaresques. — Etat des mœurs qui les produit. — Le *Lazarillo de Tormes*, de Diego Hurtado de Mendoza. — Le *Guzman d'Alfarache*, de Mateo Aleman, ave la fausse continuation par Sayavedra, et la vraie, par Aleman lui-même. — Perez. — Espinel et son *Marcos de Obregon*. — Yañez, Quevedo. — Solorzano. — Enriquez Gomez. — Estebanillo Gonzalez.

La nouvelle forme de fiction en prose qui se produisit immédiatement après, en Espagne, la forme qui, par la plus exacte vérité de ses tableaux, a joui d'une faveur plus constante que la dernière que nous venons de voir, se trouve dans ces récits communément répandus sous le nom de nouvelles *del genero picaresco*, du genre picaresque. Considérées comme classe, elles constituent une singulière peinture de caractère et ont, en réalité, un air propre et national qui les distingue dans tout le corps de la littérature moderne.

Leur origine est simple, et elle s'explique facilement par la singularité même de leur caractère. Elles jaillissent directement de la condition de certaines classes de la société espagnole, au moment de leur apparition ; condition, faut-il ajouter, qui s'y est toujours maintenue depuis, et qui a contribué à conserver aux histoires qui portent son impression, une grande partie de la faveur dont elles ont toujours joui. Avant d'entrer dans les détails, nous devons faire connaître, par conséquent, les circonstances particulières au milieu desquelles elles se sont produites, et l'état particulier des mœurs qui leur ont donné naissance.

Les guerres d'opposition de race et de religion qui avaient constitué toute l'occupation de la vie et absorbé si longtemps la pensée humaine, en Espagne, avaient presque cessé, à partir du règne de Ferdinand et d'Isabelle. Mais l'esprit et le caractère qu'elles avaient imprimé chez le peuple espagnol n'avait pas cessé avec elles. Loin de là, ils avaient été maintenus dans leur plus ardente activité par les vastes entreprises de Charles-Quint, en Italie, en France, en Allemagne ; entreprises couronnées d'un tel succès que la nation espagnole, toujours emportée par un enthousiasme téméraire, s'était pleinement convaincue qu'elle était destinée à constituer un empire couvrant tout le Nouveau Monde et tout ce qu'il y avait de plus désirable dans l'Ancien, un empire, devant surpasser en puissance et en gloire, l'empire des Césars, aux jours de sa plus haute domination.

Ce magnifique résultat était devenu l'objet d'une croyance tellement générale que chaque individu éprouva le désir de contribuer à son accomplissement par ses efforts personnels. Non-seulement la haute noblesse d'Espagne, mais encore les hommes d'honneur et tous ceux qui recherchaient la distinction, ne virent, en dehors des places dans l'administration civile ou dans l'Église, d'autre route ouverte devant eux et où ils éprouvèrent plus d'envie d'entrer, que dans la carrière militaire. Les laborieuses occupations des affaires de la vie commune, l'exercice pratique et productif de l'industrie, furent regardés dès lors avec indifférence, même avec mépris, pendant que les armées étaient encombrées et qu'une multitude de gentilshommes, des esprits cultivés, tels que Cervantès et Lope de Vega, y servaient avec plaisir, comme simples soldats.

Mais, quelque nombreuses que fussent les armées de Charles-Quint et de Philippe II, tous les Espagnols qui le désiraient ne pouvaient cependant pas être soldats. Des personnes d'une condition fort honorable restaient, par conséquent, oisives, parce qu'elles ne trouvaient pas d'occupation convenable à leur rang dans la société. D'autres avaient fait une expérience de la vie militaire, dont les privations les dégoutaient suffisamment et rentraient dans leur patrie, incapables de faire autre chose. Ces deux catégories de personnes formaient une classe d'oisifs qui flottaient dans la société des principales villes d'Espagne, prospérant surtout par la flatterie et l'intrigue la plus basse, cherchant parfois son existence dans le crime. Leur nombre n'était pas petit : ils étaient connus et distingués partout où ils se présentaient, et leurs caractères, retracés avec beaucoup d'énergie, souvent même avec la plus grande fidélité, se reconnaissent encore dans ces hautains hidalgos, mourant de faim, chez Mendoza et Quevedo, hidalgos qui parcourent les rues, à la recherche d'aventures, ou qui remplissent les antichambres d'un ministre, et fatiguent sa patience de leurs abjectes supplications pour les plus humbles emplois qu'il est en son pouvoir d'accorder.

Il y avait encore, en Espagne, un autre genre de personnes dont l'esprit se rapproche de très-près de la dernière classe que nous venons d'examiner, qui en diffère par son origine particulière, et qui figure également dans cette forme spéciale de fictions. C'étaient les individus les plus actifs, les plus malins et les moins scrupuleux des basses classes de la société; c'étaient des hommes fort capables de comprendre que les ressources et la puissance du pays, ainsi que tous les avantages qu'ils désiraient obtenir, se trouvaient déjà dans les mains d'une race aristocratique qui n'exigeait d'eux autre chose qu'une fidélité et une loyauté sincère. Durant une longue période, l'époque des dangers et des troubles intérieurs, la fidélité de cette classe avait été complète et aveugle; n'emportant avec elle, ni la moindre pensée d'injustice, ni peut-être le moindre sentiment de dégradation. En effet, ces hommes, dans des temps pareils, ne réclamaient de leurs supérieurs que la protection, et ils ne demandaient pas autre chose, après l'avoir reçue.

D'autres perspectives s'ouvrirent enfin devant eux. La paix se développa peu à peu, à mesure qu'on expulsa les Maures: avec elle, se développa un sentiment d'indépendance et de dignité personnelle qui se traduisit, tantôt par une agitation sociale, dans les troubles fréquents des Universités, tantôt par une révolte ouverte, dans les guerres des *Comuneros*. Avec tous ces efforts des masses populaires, efforts presque toujours heureusement repoussés et contenus, coïncidèrent aussi les conquêtes d'Amérique, répandant des flots d'argent tels que le monde n'en avait jamais vus jusqu'alors, sur une nation qui avait été, durant des siècles, une des plus pauvres et des plus souffrantes de l'Europe. Ces trésors si facilement acquis, qui se trouvaient pour la première fois seulement dans les mains d'aventuriers militaires ou de ceux qui avaient obtenu des emplois ou des terres dans le Nouveau Monde, ces trésors, se dépensaient aussi légèrement qu'ils se gagnaient. Les plus fins et les plus corrompus des classes les moins favorisées apprirent bientôt à entourer leurs possesseurs, qui rentraient dans leur patrie avec des fardeaux si tentants, et trouvèrent facilement les moyens de profiter d'une pluie d'or semé de tous côtés avec une telle profusion qu'elle répandait une action délétère dans toutes les classes de la société. Des hommes si humbles et dans une position si fausse ne pouvaient toutefois obtenir que peu de chose, sans avoir recours à l'art de l'intrigue et de la flatterie. L'intrigue et la flatterie furent donc évoquées parmi eux sur une vaste échelle. L'or des Indes devint un riche engrais qui fit pousser des parasites, des fripons et d'autres plantes nuisibles: Paul, le fils d'un barbier et neveu d'un bourreau; Cortadillo, petit voleur dont le père était tailleur dans un village; Lazarillo, qui ne put jamais établir sa généalogie à sa propre satisfaction, devinrent, dans la littérature espagnole, les représentants perpétuels de leur classe, classe bien connue sous la dénomination dégradante de *Catariberas* (1), ou sous le nom beaucoup plus gai de *Picaros*.

Le premier exemple d'une fiction basée sur cet état de choses, c'est, comme nous l'avons déjà dit, le *Lazarillo de Tormes*, de Mendoza, publié, pour la première fois, en 1554 : esquisse hardie et incomplète de la vie d'un fripon, sorti de la plus basse classe de la société. Cinquante-cinq ans après, il fut suivi du *Guzman de Alfarache*, de Mateo Aleman, peinture la plus achevée du genre auquel ce livre appartient dans la littérature espagnole. Nous ignorons le motif qui poussa Aleman à composer cet ouvrage. Nous ne savons aussi que peu de chose sur son auteur. Il était né à Séville ; il avait écrit trois ou quatre autres livres moins importants que ce conte; avait été employé du gouvernement, au ministère des finances, fonctions qui l'avaient exposé à un procès vexatoire. Enfin, rentré volontairement dans la vie privée, il alla visiter le Mexique, en 1609, et, soit dans ce pays, soit en Espagne, il consacra le reste de ses jours à la culture des lettres (2). Peut-être avait-il été aussi un moment militaire. En effet, un de ses amis, dans un éloge placé en tête de la seconde partie de *Guzman de Alfarache*, dépeint son caractère en disant : « *nunca hubo soldado de bolsa mas probre ni corazon mas rico, ni de vida mas inquieta y agitada que la suya ; todo porque tuvo mas á honra el ser pobre filósofo que rico lisonjero.* « Il n'y eut jamais de soldat plus pauvre de bourse, ni plus riche de cœur ; ni de vie plus inquiète et plus agitée

---

(1) Quant à cette canaille vile et vagabonde de greffiers, d'alguazils et autres gens de bas étage vulgairement appelés *catariberas*, voyez tom. II, chap. IV, note 1, p. 53.

(2) Nicolas Antonio, *Bibl. Nova*, article *Matthæus Aleman;* Salvà, *Repertorio Americano*, 1827, tom. III, p. 65. Quant à ses questions avec le gouvernement, voyez Navarrete, *Vida de Cervantes*, 1819, p. 441. Il semble qu'il était vieux, lorsqu'il vint au Mexique. D. Adolfo de Castro, à la fin du *Buscapie*, 1848, insère une lettre datée de Séville, 20 avril 1607, écrite par Aleman à Cervantès. Nous n'avons aucun détail sur son origine ou sa découverte. L'auteur y introduit tous les dires vulgaires, tous les proverbes qu'il a pu recueillir et dont aucun n'est assez obscur pour que l'érudition d'Adolfo de Castro ne puisse l'élucider. Toute la lettre se réduit à une plainte d'Aleman sur sa mauvaise fortune et à la prédiction de la fortune de Cervantès; elle se termine par la déclaration de l'auteur résolu à passer au Mexique. Elle ne me paraît pas authentique. Si elle l'était, elle donnerait le *coup de grâce* aux conjectures de Clemencin, dans ses notes à la première et à la seconde partie de *D. Quichotte*, part. 1, chap. XXII, part. II, chap. IV, où ce commentateur prétend que Cervantès parle avec peu d'estime du *Guzman d'Alfarache*, conjecture qui ne peut se soutenir, si les relations de Cervantès et d'Aleman ont été aussi amicales que l'implique la lettre publiée par D. Adolfo de Castro.

que la sienne : et tout cela, parce qu'il eut plus à honneur d'être philosophe pauvre que flatteur riche. »

Quelle qu'ait été la vie de Mateo Aleman, quelques souffrances qu'il
ait éprouvées, ses droits à notre souvenir se concentrent aujourd'hui sur
son *Guzman de Alfarache*. Tel qu'il nous est parvenu, ce roman se divise
en deux parties, dont la première se publia, à Madrid, en 1599. Son héros,
qui se suppose le fils d'un marchand génois, établi à Séville, marchand
en décadence du côté de la fortune et peu riche en réputation, son héros,
s'échappe, comme un enfant, des bras de sa mère, après la ruine et la
mort de son père, et s'enfonce dans le monde à la recherche des aventures.
Nous le trouvons bientôt à Madrid, mais non sans avoir passé par les
mains des officiers de justice. Là, il supporte toute espèce de souffrances ;
il sert de marmiton à un cuisinier ; de commissionnaire déguenillé, à quiconque veut l'employer, jusqu'à ce que, saisissant une occasion favorable,
il vole une forte somme d'argent qui lui avait été confiée et s'échappe à
Tolède, où il se fait passer pour un gentilhomme. Là, il devient à son tour
victime d'une friponnerie semblable à la sienne ; et, son argent presque
épuisé, il s'enrôle pour les guerres d'Italie. Mais dès ce moment son étoile
décline. A Barcelone, il redevient voleur et fripon ; à Gênes, à Rome, il
tombe dans la plus triste condition de mendiant des rues. Dans cette dernière ville, un cardinal le recueille et en fait son page, place que les har-
diesses, les astuces et les fraudes du picaro ne lui auraient jamais fait obtenir, place qu'il abandonne au milieu de la plus grande détresse, par suite
de ses pertes au jeu, pour entrer au service de l'ambassadeur de France.

C'est là que finit la première partie : elle obtint le plus grand succès,
parce qu'elle donnait une vive peinture des vices et de l'esprit des temps, durant le règne licencieux de Philippe III, sous l'influence corruptrice de son
favori, le duc de Lerme ; qu'elle offrait une espèce de carnaval de folie et de
désordre, après l'hypocrisie et la contrainte des sombres dernières années
du règne de Philippe II. Dans l'espace de douze mois, après son apparition,
le *Guzman de Alfarache* eut trois éditions ; vingt-six, en moins de six ans,
sans compter les traductions qui s'en firent, en France et en Italie (1). Il

---

(1) Les trois premières éditions qui sont celles de Madrid, de Barcelone et
de Saragosse, sont fort connues et datent toutes de 1599. Quant aux vingt-six autres
nous les citons sur la foi de Valdès, qui en parle, dans une lettre mise en tête de
la seconde partie, imprimée, pour la première fois, à Valence, 1605, in-8°. Or, nous
n'avons aucune raison de récuser cette autorité. Valdès dit expressément : « pasan
de cincuenta mil los cuerpos de libros estampados, de veinte y seis ediciones las que
han llegado á mi noticia. »

fut aussi imité, dans une seconde partie, par un écrivain inconnu qui n'était autre probablement que Juan Marti, avocat de Valence; ce dernier aurait déguisé son nom sous celui de Mateo Lujan et Sayavedra, et publié, en 1603, ce qu'il appela audacieusement la *Continuacion del Guzman de Alfarache* (1). Cette basse tentative, qui n'était pas sans mérite littéraire, attira sur son auteur les justes reproches d'Aleman. Il donna à entendre qu'on avait fait, pour sa composition, un mauvais usage de ses propres manuscrits. Elle fit retomber aussi sur lui les justes sarcasmes de Luis de Valdès, ami de Mateo, qui dévoila la bassesse de toute cette fraude littéraire.

En 1605, parut la véritable seconde partie (2). Elle commence par la vie de Guzman dans la maison de l'ambassadeur de France, à Rome, où il remplissait les fonctions les plus basses, fonctions par lesquelles les grands de cette époque humiliaient leurs serviteurs mercenaires. Mais ses folies et ses crimes le firent priver d'une place qui devait si bien lui convenir, ce semble, sous tant de rapports, et il se rendit à Sienne. Mateo Aleman en était à ce point de son récit, lorsqu'il lui vint à la pensée d'at-

---

(1) Cette continuation, plus courte que la première partie de l'œuvre originale, se réimprima à Madrid, 1846, in-8°, dans le tom. III de la *Bibliotheca* de Rivadeneyra. Auparavant, elle avait passé presque inconnue dans l'histoire littéraire et elle était négligée par les bibliographes. Ebert, qui en avait trouvé des traces, l'attribue à Aleman lui-même et la considère comme une vraie seconde partie du *Guzman*. Mais il se trompe. Aleman lui-même et son ami Valdès sont très-explicites sur ce sujet, dans les lettres qui précèdent la première édition de la seconde partie. Valdès déclare que l'auteur de la dite continuation était un Valencien qui, reniant son nom, s'appela Mateo Luxan pour ressembler à Mateo Aleman. Aleman avoue aussi qu'il fut obligé de recomposer sa seconde partie, parce que, ayant été prodigue de ses papiers et de leur communication, on lui avait dérobé sa pensée, on lui avait volé les matériaux sur lesquels il l'avait primitivement *écrite*. L'ouvrage de l'écrivain valencien s'imprima à Barcelone, en 1603, à Bruxelles, en 1604, etc. Sur le titre de la première édition authentique de la seconde partie, Aleman dit : « Sepa el lector que la segunda parte, impresa antes de la presente, no es mia y que solo reconozco esta como tal. » Fuster, *Bibliotheca*, tom. I, 198, allègue de très-fortes raisons pour supposer que l'auteur de la fausse seconde partie était l'avocat valencien Juan Marti.

(2) Il règne une certaine confusion sur le moment où parurent, pour la première fois, ces deux secondes parties : l'une ayant été souvent, par erreur, prise pour l'autre, Fuster croit évidemment qu'il n'exista pas d'édition de la *fausse* seconde partie, avant 1603, dont la licence est datée de 1602. Je possède une édition de la *véritable seconde* partie, imprimée à Valence, en 1605, avec licence de la même année. Elle ne reconnaît pas de publication antérieure, et elle porte toutes les preuves ordinaires d'avoir été la première. Toutes les deux parties en promettent une troisième qui n'a jamais paru.

taquer Sayavedra qui avait cherché d'en imposer au monde par une fausse seconde partie du *Guzman*. Il introduit, par conséquent, un personnage dont il fait ainsi la description : « Dijòme ser Andaluz de Sevilla, patria « mia, caballero principal, Sayavedra, una de las casas mas ilustres, « antigua y calificada de ella : ¿ quién sospechara de tales prendas tales « embelecos? Todo fué mentira, era Valenciano, y no digó su nombre por « justas causas , mas no fuera posible juzgar alguno de su retórico « hablar en castellano, de un mozo de su gracia y buen tratado qne fuera « ladroncillo, cicatero y bajamanero ; que todo era como la compostura « prestada del pavon, para solo engañar, teniendo entrada en mi casa « y aposento, à fin de hurtar lo que pudiese (1). »

Ce personnage, son histoire et ses aventures remplissent un trop large espace dans la seconde partie du Guzman. En effet, dès que Mateo Aleman s'en est saisi, il semble qu'il ne peut cesser de lui infliger une punition tellement immédiate que le lecteur en rend témoignage. Sayavedra trompe et vole Guzman, dans cette première partie de l'histoire ; mais ensuite il l'accompagne, dans une condition équivoque, à Milan, à Bologne, à Gènes, en Espagne où, partie pour se débarrasser de lui, partie peut-être, comme le fit plus tard Cervantès, dans son *D. Quichotte*, vis-à-vis d'Avellaneda, pour mettre fin à son histoire et empêcher son ennemi de la continuer plus loin, Aleman la termine par la mort de sa victime.

Le reste du livre est rempli des aventures de Guzman lui-même, aventures aussi variées, aussi extravagantes que possible. Il devient négociant, à Madrid, et trompe ses créanciers par une banqueroute frauduleuse ; il se marie, mais sa femme meurt bientôt. Alors, comme un étudiant d'Alcala, il commence à se préparer pour la carrière ecclésiastique, excès de scélératesse dont il ne prévient la consommation que par un second mariage. Mais sa seconde femme l'abandonne à Séville où il s'était établi, et s'échappe avec un amant en Italie. Après ces malheurs, Guzman est encore réduit à la dernière pauvreté : il ne peut vivre avec une mère

---

(1) « Il me dit qu'il était Andalous de Séville, ma patrie, gentilhomme distingué, du nom de Sayavedra, une des familles les plus illustres, les plus anciennes et les plus titrées. Avec de telles qualités qui aurait soupçonné de pareilles ruses? Tout n'était que mensonge ; il était Valencien, et il ne dit pas son nom pour de justes motifs. Mais il n'eut été possible à personne de juger, sur son habileté à s'exprimer en castillan, sur la grâce et les belles manières d'un pareil jeune homme, que c'était un voleur, un coupeur de bourses, un adroit filou ; que tout était chez lui, comme chez le paon, allure composée, dans l'unique but de tromper, d'avoir accès dans ma maison, dans mon appartement, afin d'y voler tout ce qu'il pourrait. » Partie II, chap. VIII.

âgée, misérable et effrontée. Il devient majordome chez une dame fort riche, il la vole et est envoyé aux galères. Là, il a la bonne fortune de découvrir une conspiration qu'il révèle ; il recouvre sa liberté et obtient un pardon complet.

Avec l'annonce de cette grâce finit brusquement la seconde partie, non pas sans en promettre une troisième qui n'a jamais été publiée, quoique l'auteur avoue, dans sa préface, qu'elle est déjà composée. Le livre tel qu'il nous est parvenu n'en est pas moins imparfait ; mais il n'a pas, pour ce motif, été l'objet de moins de faveur, de moins d'admiration. Au contraire, il s'imprima et se traduisit dans toute l'Europe, en français, en italien, en allemand, en portugais, en anglais, en hollandais et même en latin : succès rare, dont le secret est dû en partie au siècle où parut le *Guzman*, et plus encore au talent et aux facultés intellectuelles de l'auteur (1). Les longs discours moraux dont il abonde, écrits en castillan le plus pur, pleins de grâce et d'esprit, devinrent l'objet de l'admiration publique et sauvèrent le livre de la censure qu'il n'aurait certainement pas manqué d'encourir. De ce genre, sont, sans aucun doute, les passages dont parle Ben Jonson quand il dit :

> Ese Proteo español
> Que escribe en sola una lingua,
> Pero que ostenta el ingenio
> De la humanidad entera ;
> Cuyo libro hermoso y bueno
> Tiene la notable prenda
> De que el malo no le mira
> Sin terror de su conciencia,
> Y huye de ver el retrato
> Que sus hojas le presentan,
> Cual huye de un claro espejo
> Una faz deforme y fea (2).

---

(1) Les bibliographes les plus ordinaires donnent la liste de toutes les traductions. La première, en anglais, est de Mabbe, et elle est excellente. Voyez Vood's, *Athenæ*, édit. Bliss, tom. III, p. 34. et *Retrosp. Review*, tom. V, p. 189. Elle eut quatre éditions. La quatrième s'imprima, à Londres, 1656, in-fol. Il s'en est fait aussi une autre édition, due au travail de plusieurs mains et due, je crois, à la traduction française de Le Sage. La version latine est de Gaspar Ens, et j'en ai vu des exemplaires, portant les dates de 1623, 1624, 1652. Chacune d'elles montre que la popularité et le succès de Guzman furent immenses dans toute l'Europe.

(2) Ce Protée espagnol — Qui écrit en une seule langue — Mais qui montre le génie — De l'humanité entière ; — Dont le livre, beau et bon — A la qualité

Ce n'est pas là, toutefois, son réel ou du moins son principal caractère. Le *Guzman* est surtout curieux et intéressant parce qu'il nous montre, dans le costume du temps, l'existence d'un picaro ingénieux et machiavélique qui n'est jamais embarrassé pour des expédients ; qui se traite toujours et parle toujours de lui, comme s'il s'agissait d'un homme honnête et respectable ; qui va parfois à la messe et dit ses prières, un instant avant de se livrer à tout un extraordinaire système de friponnerie, comme s'il se proposait de lui donner un relief plus frappant et plus brillant. Aussi loin d'être un livre moral, le *Guzman* est un ouvrage de la plus haute immoralité, et Le Sage, parlant de l'esprit de son auteur, lorsqu'il entreprit, au siècle dernier, d'en donner une traduction nouvelle répétait bien haut : « qu'il l'avait expurgé de toutes ses réflexions « morales entièrement superflues (1). »

Le *Guzman de Alfarache* abonde naturellement en épisodes : celui de Sayavedra dont nous avons déjà parlé, occupe, dans ce roman, un espace en disproportion avec tout autre chose que la colère de son auteur. Un autre qui s'offre dès le début, c'est l'histoire d'Osmin et de Daraxa, modèle agréable de ces fictions, moitié mauresques, moitié chrétiennes, qui caractérisent une si grande partie de la littérature espagnole (2). Un troisième, dont la scène se passe en Espagne, du temps du grand connétable, D. Alvaro de Luna, n'est, après tout, qu'un conte italien de Masuccio dont se servirent plus tard Beaumont et Fletcher, dans le *Petit avocat français* (3). En général l'attention du lecteur se fixe constamment

remarquable — Que le méchant ne le regarde pas — Sans terreur de sa conscience, — Et fuit pour ne pas voir le portrait — Que ses pages lui présentent, — Comme fuit un clair miroir — Un visage hideux et difforme.

Voyez les vers mis en tête de la traduction de *Mabbe* et signés par Ben Jonson.

(1) Il en existe quatre traductions françaises : la première de Chappuis, en 1600, et la dernière de Le Sage, en 1724. Cette dernière s'est réimprimée souvent. La troisième, dans l'ordre chronologique, est celle que fit Bremont, pendant son emprisonnement en Hollande. Poussé par sa haine contre l'administration de la justice dont il souffrait les rigueurs, il ajouta de sanglants portraits à l'original, surtout toutes les fois qu'un juge ou un alguazil lui tombèrent sous la main. Voyez la préface de Le Sage.

(2) Partie I, liv. I, chap. 8, c'est Guzman qui le raconte, et Guzman est toutefois trop jeune pour raconter une pareille histoire. Il faut remarquer aussi que Guzman se fait homme, dès sa sortie de Madrid et avant d'arriver à Tolède, où il se réfugie, dès qu'il peut échapper aux poursuites.

(3) *The little french Lawyer*. Beaumont et Fletcher, édit. Weber. Edimbourg, 1815, in-8°. p. 120. Le Sage met cet épisode dans sa traduction parce que Scarron avait, dit-il, écrit un conte sur le même sujet. En effet on a souvent écrit sur ce même sujet, comme aussi sur plusieurs autres histoires de ce genre.

soit sur le héros, soit sur les longues discussions auxquelles le héros se
livre, et dans lesquelles l'auteur nous donne des esquisses frappantes,
quoique souvent empreintes d'exagération et de burlesque, de toutes les
classes de la société espagnole, à mesure qu'elles passent en revue devant
lui. Mateo Aleman avait voulu intituler tout d'abord son ouvrage : *A talaya
de la vida*, expression qui n'aurait eu rien d'impropre et qu'impliquent bien
les qualités du livre, la sagacité, la connaissance de la vie et du caractère du monde, la finesse des réflexions sur les hommes et sur les mœurs,
qualités qui lui ont conservé sa popularité primitive jusqu'à nos jours.

En 1605, parut aussi une histoire du même genre la *Picara Justina*,
récit également autobiographique, fiction d'une moralité également
douteuse. Elle avait été composée par un moine dominicain, Andrès
Perez de Léon, écrivain connu, avant et après la publication de son roman, comme auteur de livres de dévotion chrétienne, et qui eut un tel
sentiment de l'incompatibilité de la *Picara Justina* avec sa profession religieuse qu'il l'imprima sous le pseudonyme de Francisco Lopez de Ubeda.
Il prétendit l'avoir écrite pendant qu'il était étudiant à l'Université d'Alcala, mais il avoue aussi, qu'après l'apparition du *Guzman de Alfarache*,
il y fit de nombreuses additions. Ce n'est en vérité qu'une pure, mais
pauvre imitation de l'œuvre d'Aleman. Le premier livre est rempli de l'é-
numération vague et fastidieuse des ancêtres de Justine, tous barbiers
ou joueurs de marionnettes : le reste consiste dans le récit de sa propre
vie, jusqu'au moment de son premier mariage, existence signalée par un
petit nombre d'aventures. L'auteur finit par dire que, pendant qu'il écrivait son roman, Justine s'était déjà mariée deux fois ; qu'elle était
alors la femme de Guzman d'Alfarache, et qu'elle continuera les mémoires
de sa vie, si le public veut bien lui prêter une oreille attentive.

La *Justina* découvre une faible puissance d'invention dans les incidents
qui sont peu nombreux et dénués d'intérêt. Cependant l'auteur déclare
lui-même qu'ils sont tous des résultats de sa propre expérience ; et cette
circonstance jointe aux maigres *moralités*, comme il les appelle, ou
conseils contre les folies ou les crimes de l'héroïne, qui terminent chaque
chapitre, paraît à ses yeux une raison suffisante pour justifier la publication d'un livre dont la tendance est évidemment nuisible. Le style n'est
pas meilleur que les incidents ; il témoigne de constants efforts pour
exprimer des pensées ingénieuses et brillantes, mais il est rarement
heureux : il y règne en outre une telle affectation, dans l'emploi de mots
nouveaux et de phrases singulières, sans aucun rapport avec le génie et
l'analogie de la langue, que ce défaut a du moins poussé un critique
espagnol à considérer Perez comme le premier auteur qui avait aban-

donné le style noble et tempéré des premiers temps et avait entrepris, par un pur caprice, d'en inventer un nouveau (1).

Quoique la *Picara Justina* eût éprouvé un échec, l'écrasante popularité de Guzman d'Alfarache, ajoutée à celle du *Lazarillo*, rendit cette forme de roman si généralement agréable, en Espagne, qu'elle lui fraya la voie pour l'introduire dans le drame, dans le genre des petits contes, comme nous l'avons déjà vu en traitant de Lope de Vega et de Cervantès, et comme nous l'observerons plus tard, quand nous parlerons de Salas Barbadillo et de Francisco de Santos. Sur ces entrefaites paraissait le volume intitulé : *Escudero Marcos de Obregon*, livre qui, sous plus d'un rapport, attira l'attention et qui mérite d'être mentionné comme un des meilleurs du genre, dans la littérature espagnole, après le *Lazarillo* et le *Guzman de Alfarache*.

El Escudero Marcos de Obregon fut composé par Vicente Espinel, né vers l'année 1550, à Ronda, cité romantique, hardiment bâtie sur la cordillière qui s'étend à travers la partie sud-ouest du royaume de Grenade, et pittoresquement décrite par l'auteur dans une de ses poésies les plus saisissantes (2). Espinel avait étudié à Salamanque et, lorsque Lope de Vega apparut comme poète devant le public, le premier était déjà si avancé dans sa carrière que le jeune aspirant à la faveur publique soumit ses vers à l'habileté critique de son vieil ami (3). Cette faveur, Lope la lui paya plus tard par des éloges, dans son *Laurel de Apolo*, en des termes plus effectifs et plus sincères qu'il ne les a donnés ordinaire-

---

(1) La première édition de la *Picara Justina* est celle de Medina del Campo, 1605, in-4°. Depuis elle s'est réimprimée plusieurs fois. La meilleure édition est probablement celle de Madrid, 1735, in-4°, éditée par Mayans y Siscar qui, dans une notice préliminaire, reproche à son auteur d'avoir été le premier corrupteur de la bonne prose espagnole. On y voit une grande quantité de vers répandus dans tout l'ouvrage, mais tous sont alambiqués et fort pauvres. Parmi eux il s'en trouve qui ont la dernière syllabe coupée, et sont semblables à ceux que Cervantès inséra au commencement du *Quichotte*. Or, comme la première partie de ce dernier et la *Picara Justina* se publièrent simultanément, la même année, en 1605, Pellicer et Clemencin ont agité la question de savoir quel fut l'inventeur de ces vers tronqués et si pauvres. *Le jeu ne vaut pas la chandelle*. Mais comme la première partie du *Quichotte*, suivant la Taxe, s'imprima le 20 décembre 1604, quoique le privilége se diffère jusqu'au 9 février 1605, il est hors de doute que c'est Cervantès qui le premier en a fait usage.

(2) Voyez la *Cancion à su Patria* qui fait le plus grand honneur à ses sentiments personnels et à son caractère poétique, malgré la recherche de quelques phrases trop alambiquées. — *Diversas rimas* de Vicente Espinel, Madrid, 1591. in-8°, fol. 23.

(3) Voyez le prologue d'Espinel à son *Marcos de Obregon*.

ment, dans ce confus recueil de louanges, aux poètes de son temps (1).

Nous ignorons quelle a été l'existence de Vicente Espinel, mais on suppose généralement que la plupart des événements relatés dans son *Marcos de Obregon* lui appartiennent. Quoique ce dernier point soit probable, quoique plusieurs parties de cette histoire soient évidemment vraies, il y en a beaucoup d'autres qui sont évidemment des fictions; de telle sorte que nous devons plutôt la considérer comme un roman que comme une autobiographie. Toutefois, nous savons que la vie de Vicente Espinel, en Italie, ressemble beaucoup à celle de son héros; qu'il fut soldat en Flandres; qu'il écrivit des vers latins ; qu'il publia un volume de poésie castillane, en 1591; qu'il fut chanoine à Ronda, sa patrie, quoiqu'il ait vécu longtemps et qu'il soit mort à Madrid. Il a été regardé comme l'inventeur de la forme métrique appelée tantôt *décimas*, et tantôt, de son nom, *espinelas*. On dit aussi qu'il ajouta une cinquième corde à la guitare, corde qui conduisit à l'invention de la sixième, et par là se trouva complété un instrument vraiment national (2). Suivant Nicolas Antonio, Espinel mourut en 1634 : suivant Lope de Vega, il ne vivait plus en 1630. Tous les récits s'accordent toutefois pour le représenter comme ayant vécu jusqu'à l'âge de quatre-vingt-dix ans (3) ; comme ayant passé la dernière partie de sa vie dans la pauvreté et dans des relations peu aimables avec Cervantès : fait d'autant plus digne d'observation qu'ils jouissaient l'un et l'autre de pensions que leur accordait la même personne, un ecclésiastique distingué, le vénérable et charitable archevêque de Tolède (4).

La première édition de l'*Escudero Marcos de Obregon* se publia en 1618; elle parut donc quand son auteur était déjà avancé en âge (5). Il repré-

(1) La fin de la première *Silva* du *Laurel de Apolo*, publié en 1630.

(2) Lope de Vega, *Dorotea*, act. I, scène 8.

(3) Noventa años viviste,   Quatre-vingt-dix ans tu as vécu,
Nadie te dió favor, poco escribiste,   Personne ne t'accorda de faveurs, tu écrivis peu,

dit Lope de Vega dans le *Laurel*.

(4) Salas Barbadillo, *Estafeta del Dios Momo*, 1627, dédicace. Navarrete, *Vida de Cervantes*, 1819, in-8°, pp. 178-406.

(5) La première édition est dédiée à son protecteur, l'archevêque de Tolède, dont la pension ou le secours *quotidien*, fut fort bien qualifié *d'aumône* par Salas Barbadillo. Elle fut suivie d'autres éditions et l'*Escudero Marcos* a continué de s'imprimer et de se lire jusqu'à nos jours, en Espagne. A Londres, le major Algernon Langton en publia, en 1818, une excellente traduction anglaise, deux volumes, in-8°. A Breslau, Tieck en fit imprimer une autre, fort animée, mais trop libre, en deux volumes, in-8°, avec une préface très-estimable et d'excellentes notes. L'original figure dans l'Index expurgatoire de 1667.

sente d'abord son héros comme une personne qui a déjà passé le terme moyen de la vie humaine, comme un écuyer de dames, *escudero de damas*, écuyers qui étaient, à cette époque, des personnages à prétentions plus humbles et d'un caractère plus grave que ceux qui, avec le même titre, suivaient les vieux chevaliers (1). Mais quoique l'histoire de Marcos s'ouvre d'abord devant nous par les scènes de la dernière moitié de sa vie, elle remonte bientôt vers sa jeunesse, et tout le volume est presque rempli du récit de ses aventures, qu'il semble raconter à un ermite qu'il avait connu, lorsqu'il était soldat en Flandres ou en Italie, et dans la cellule duquel le retient maintenant accidentellement une espèce de tempête et de bourrasque, pendant une excursion hors de Madrid.

Dans un grand nombre de ses détails, cette histoire ressemble beaucoup à celle de son prédécesseur *Guzman d'Alfarache*. C'est la vie d'un jeune homme qui abandonne la maison paternelle pour aller chercher fortune. D'abord il le fait étudiant; puis soldat; il visite l'Italie; va prisonnier en Algérie; voyage à travers une grande partie de l'Espagne; passe à travers une grande variété de périls, de dangers, d'intrigues, de folies, de crimes, et arrive tranquillement à un âge avancé pour nous donner le récit de toute ces aventures, avec un air aussi grave et aussi satisfait que si la plus grande partie de toute ces actions ne fournissaient pas la preuve d'un caractère des moins honorables. Il contient un nombre suffisant de réflexions morales fastidieuses, bien écrites, destinées à rendre, par le contraste, le souvenir de ses fourberies, de ses fraudes et de ses crimes plus piquant pour le lecteur. Inférieur au *Guzman d'Alfarache* et au *Lazarillo* pour la beauté et la vivacité du style, il l'emporte sur eux par la vie et l'action; les événements s'y développent aussi avec plus de rapidité et se terminent par une conclusion plus régulière (2).

---

(1) *L'écuyer* des comédies et des romans du dix-septième siècle est tout-à-fait différent de *l'écuyer* des romans de chevalerie du seizième. Covarrubias, au mot *Escudero*, décrit fort bien ces deux classes en disant : « En el dia (1611) las damas son las que principalmente usan de escuderos, oficio poco apetecido por cualquiera que tenga lo suficiente para vivir, porque se gana en el poco y se trabaja mucho. — Aujourd'hui les dames seulement emploient des écuyers, service peu désirable pour quiconque a suffisamment de quoi vivre, parce qu'on gagne peu et qu'on travaille beaucoup. »

(2) *Marcos de Obregon* a été l'objet de nombreuses discussions, tant de la part de ceux qui l'avaient lu que de ceux qui ne l'avaient point lu, sur la question de savoir l'usage qu'en avait fait, suppose-t-on, Le Sage, dans la composition du *Gil Blas*. Voltaire qui avait des raisons personnelles de blâmer Le Sage et qui, dans son *Siècle de Louis XIV* (1752), dit assez formellement que le *Gil Blas* est entièrement tiré

Dix ans après, parut un autre roman du même genre, composé par Ya-ñez y Rivera, médecin de Ségovie, qui, outre son roman *picaresque* et comme s'il voulait montrer la variété de son talent, publia deux ouvrages de dévotion ascétique; œuvres, tout étrangères aux soins et aux études de sa profession régulière. Il intitula son livre : *Alonso, mozo de muchos amos.* Alonso, serviteur de plusieurs maîtres, titre qui en indique bien le contenu. En effet, c'est le récit des aventures de son héros, Alonso, au service d'abord d'un officier, puis d'un sacristain, ensuite d'un gentilhomme, d'un avocat, enfin d'un assez grand nombre d'autres qui voulaient bien l'employer. Ce n'est en réalité, ni plus ni moins qu'une satire des différentes classes et des différentes conditions de la société telles qu'il les avait étudiées dans les maisons de ses maîtres divers. Le livre est évidemment écrit avec l'expérience du monde, et dans un style castillan des meilleurs ; la forme du dialogue en diminue malheureusement en quelque sorte l'animation. Yañez publia la première partie, en 1624, et déclara qu'il y avait déjà vingt-six ans qu'il pratiquait la médecine, et qu'il n'avait imprimé que des travaux relatifs à la profession qu'il suivait. Le succès de son *Alonso* était toutefois trop tentant. Aussi publia-t-il, en 1626, une seconde partie, contenant les aventures de son héros chez les Gitanos et durant sa captivité en Algérie. Yañez mourut ensuite en 1632 (1).

---

du roman espagnol intitulé : *La Vidad de lo Escudiero Dom Marcos de Obregon*, (Œuvres, édit. Beaumarchais, Paris, 1785, in-8°, tom. XX, p. 155.) Voltaire, dis-je, fut le premier qui fulmina cette accusation. Mais c'est là une de ces observations que Voltaire hasardait parfois avec trop peu de connaissance du sujet en discussion et qui, par conséquent, n'est pas exacte. Que Le Sage ait connu le *Marcos de Obregon*, ce n'est pas douteux ; il ne l'est pas non plus qu'il s'en soit servi pour la composition de son *Gil Blas*. Ce fait ressort de l'histoire qui constitue sa préface et qui est empruntée d'une histoire semblable, insérée dans la préface du roman espagnol. L'imitation n'est pas moins évidente, dans le corps de l'ouvrage : la plaisanterie sur la vanité de Gil Blas, dès qu'il arrive à Salamanque (liv. I, ch. 2) est substantiellement la même que celle que l'on fait à Marcos (relacion I, desc. 9) ainsi que les histoires de Camila (*Gil Blas*, liv. I, ch. 16; *Marcos*, relac. III, desc. 8.); de Mergellina (*Gil Blas*, liv. II, ch. 7 ; *Marcos*, relac. I, desc. 3.) et beaucoup d'autres moins [importantes qui se correspondent exactement, à ne pas s'y méprendre. Mais Le Sage en usa toujours de cette façon, lui qui eut souvent recours à Estebanillo Gonzalez, à Guevara, à Riojas, à Antonio de Mendoza, et à d'autres, sans le moindre scrupule. Il ne s'en cachait pas puisque, dans son *Gil Blas*, il appelle un de ses personnages '*Marcos de Obregon.* Mais l'idée que le *Gil Blas* est *entièrement pris du Marcos de Obregon*, d'Espinel, ou que le fond du sujet lui est entièrement dû, c'est une absurdité. Voyez ce que nous dirons plus loin en parlant du P. Isla, période III, chap. IV.

(1) Le nom de cet auteur est un de ceux qui se présentent en grand nombre dans

Le *Gran Tacaño*, le *Grand Fourbe*, de Quevedo dont nous avons déjà parlé, se publia en 1627, un an après que Yañez eût complété son histoire; il contribua à augmenter la faveur avec laquelle on accueillait ce genre d'ouvrages. Castillo Solorzano, bien connu à cette époque comme auteur de drames et de contes populaires, s'aventura à le suivre, mais avec une fortune moins heureuse. Sa *Teresa* ou *Niña de los embustes* ou l'*Enfant du mensonge*, parut en 1632. Elle fut immédiatement suivie de la *Bachiller Trapaza*, la *Bachelière en fourberies*, dont la continuation se publia en 1634, sous le titre étrange de la *Garduna de Sevilla* ou *Anzuelo de las bolsas*, la *Fouine de Séville* ou l'*Hameçon des bourses*. Ce dernier récit contient l'histoire des aventures de la fille du bachelier, et, tout incomplet qu'il est, il est devenu le livre le plus populaire de Solorzano; non-seulement il a été souvent imprimé, mais il a été, dès l'origine, traduit en français, et s'est acquis une certaine réputation dans toute l'Europe. Tous ces trois romans sont toutefois des contes moins *picaresques* par leur essence que les fictions analogues qui les avaient précédés; non pas qu'il y manque des peintures grossières de la vie et des caricatures, comme dans *Guzman d'Alfarache*, mais parce qu'il s'y entremêle des contes, des romances, des farces même et des parties de drames. Preuve que cette forme de romans commençait à se mêler à d'autres plus poétiques, sinon plus vraies, pour peindre l'état des mœurs et de la société du temps (1).

Une autre preuve de ce changement se trouve dans : *El Siglo pitagórico*, d'Antonio Enriquez, publié pour la première fois, en 1644. C'est un livre de peu de mérite, qui emprunte la vieille doctrine de la transmigration des âmes comme moyen d'introduire une série de peintures lui four-

---

l'histoire et dans la littérature espagnole et dont il est difficile de déterminer la part qui leur est propre. Son nom complet est Géronymo de Alcalà Yañez y Rivera : Ses amis et ses connaissances l'appelèrent toujours : *El doctor Jéronimo.* Dans l'Index de la *Biblioteca Nova* de Nicolas Antonio, il est placé au mot *Alcalà*, mais ce dernier mot veut impliquer seulement, je présume, que ses études se firent à Alcalà. J'ai préféré l'appeler Yañez y Rivera, le premier nom étant celui de son père et le second celui de sa mère. Je n'indique cette circonstance que parce que des difficultés de ce genre peuvent se présenter souvent, et qu'il est bon que la solution soit connue une fois pour toutes. Le titre de son roman est : *Alonso Moço de muchos amos*. La première partie s'imprima, à Madrid, en 1624. Mon exemplaire est de l'édition de Barcelone, 1625, in-8°; elle prouve que le livre fut bien accueilli de son temps, puisqu'il parvint bientôt à une deuxième édition. Il s'en est fait plusieurs depuis celle de Madrid, 1804, in-8°, sous le titre de : *El donado hablador*, qui raconte, par suite de son caractère, l'histoire de son héros. Yañez y Rivera était né en 1563.

(1) Alonso de Castillo Solorzano semble avoir obtenu son plus grand succès, de

nissant le sujet de ses satires. Il commence par un poème en stances irrégulières, décrit l'existence de l'âme, d'abord dans le corps d'un ambitieux,
puis dans celui d'un calomniateur, d'un espion, d'une coquette, d'un ministre d'État, d'un favori, et se termine par des esquisses semblables,
moitié en poésie, moitié en prose, d'un chevalier, d'un auteur de projets
et d'autres. Au milieu de l'ouvrage, se trouve *La Vida de Don Grégorio Gua-
daña*, en prose, conte directement imité de Quevedo et d'Aleman, aussi libre
et aussi hardi que les leurs, sans offenser généralement les bienséances
du monde. Par moments, il est piquant et intéressant, comme dans les
scènes du voyage et du séjour dans la ville de Carmone, parce que ce sont
évidemment des esquisses dues à la propre expérience de l'auteur. Comme
tous les autres ouvrages du même genre, il est des plus heureux quand
il s'appuie sur la réalité; il l'est moins, lorsqu'il erre dans les régions imaginaires de la poésie et de la fiction (1).

Mais le livre qui nous fait le mieux connaître la condition sociale et
la vie qui produisit tous ces contes, s'il n'est pas le meilleur ouvrage qui
nous en retrace tous les caractères, c'est la *Vida de Estebanillo Gonzalez*,
imprimé, pour la première fois, en 1646. C'est l'autobiographie d'un
bouffon qui a été longtemps au service d'Ottavio Piccolomini, l'illustre
général de la guerre de Trente Ans. Mais c'est une autobiographie si
pleine de fictions que Le Sage, soixante ans après sa publication, le trans-

---

1624 à 1629. Il avait été un moment au service de Pedro Faxardo, marquis de
Velez et capitaine général de Valence. Nous avons une édition de la *Niña de los
Embustes*, imprimée vers 1632, et une autre de la *Garduna de Sevilla*. Excepté
les quelques traits sur leur auteur qu'on peut recueillir dans les titres et les préfaces de ses romans; quelques maigres détails dans le *Laurel de Apolo*, de Lope
de Vega, silva VIII, et dans Antonio, *Bibl. Nova.* tom I, p. 17 , nous ne savons
presque rien de lui. Dans une page de la *Niña de los Embustes*, il se moque du
Cultisme, et, immédiatement après, il tombe dans ce défaut.

(1) *El Siglo Pitagórico y la Vida de Don Gregorio Guardana* est l'œuvre
d'Antonio Enriquez Gomez, qui, originaire du Portugal, fut élevé en Castille et
vécut longtemps en France, où s'imprimèrent plusieurs de ses ouvrages. La première édition du *Siglo Pitagórico* est datée de Rouen, 1644. Il en existe aussi une
autre de Bruxelles, 1727, in-4°. Barbosa donne des détails sur Enriquez Gomez,
tom. I, p. 297, et Amador de los Rios, dans ses *Juifs d'Espagne*, examine tous ses
ouvrages. Cet auteur appartenait, en effet, à une famille juive portugaise et Barbosa
ajoute qu'il naquit même en Portugal, quoique de los Rios le fasse natif de Ségovie.
(Voyez *Etudes sur les Juifs d'Espagne*, traduction de J. G. Magnabal, Paris, 1860,
in-8°.) Il renia la religion chrétienne que son père avait embrassée, se réfugia
en France, en 1638, et fut brûlé en effigie par l'Inquisition en 1660, ce n'est pas
douteux. Son véritable nom espagnol était Enriquez de Paz, et, dans la préface de
son *Samson Nazareno*, il donne la liste de ses ouvrages publiés.

forma en un vrai roman, qui a continué de se réimprimer depuis comme un de ses ouvrages (1).

L'original et la traduction française portent pour titre : *Vida y hechos de Estebanillo Gonzalez, hombre de buen humor*, vie et actes d'Estebanillo Gonzalez, homme de bonne humeur. Il raconte ses voyages dans toute l'Europe ; ses aventures, comme courrier, cuisinier, valet de différents maîtres de distinction qu'il a servis à différentes époques, depuis le roi de Pologne jusqu'au duc d'Ossuna. Rien ne peut surpasser le sangfroid avec lequel il se déclare menteur de profession, lâche par constitution, fripon accompli, toutes les fois qu'il peut par là rendre son histoire amusante. D'un autre côté, il ne manque pas d'une certaine instruction, il compose des vers pleins de gaieté, il nous donne des tableaux du temps et des grands hommes auxquels il a été successivement attaché qui ne sont rien moins que fastidieux. Il faut lire sa vie, ne serait-ce que pour comparer le récit de sa bataille de Nordlingue avec la narration que Defoe inséra dans son *Caballero* ; et l'esquisse d'Ottavio Piccolomini, avec le majestueux portrait du même personnage, dans le *Wallenstein*, de Schiller. Ses défauts consistent dans un vain étalage de son érudition ; dans des tentatives accidentelles pour montrer de la grandeur et de l'éloquence dans le style, et il n'y réussit jamais ; dans une répétition d'équivoques innombrables et intolérables. Ce livre démontre clairement, ce que nous avons déjà observé, que toute la classe des fictions à laquelle il appartient a sa base et son fondement dans les mœurs et dans la société espagnole de l'époque où ces œuvres parurent, et qu'elle leur doit non-seulement le succès que ces romans obtinrent, dans la Péninsule, sous le règne de Philippe III et de Philippe IV, mais les succès à l'étranger, succès qui produisirent plus tard le *Gil Blas* de Le Sage, imitation plus brillante qu'aucun des originaux qu'elle a voulu imiter.

---

(1) *Vida y hechos de Estebanillo Gonzalez, hombre de buen humor compuesta por él mismo*, imprimée à Anvers, en 1646, et à Madrid, en 1652. Nous ignorons s'il y a eu d'autres éditions entre celles que nous venons d'indiquer et l'édition de Madrid, 1795, 2 vol. in-8°. Le *rifacimento* de Le Sage parut, je crois, pour la première fois, en 1707.

CHAPITRE XXXV

Romans sérieux et historiques. — Juan de Flores, Reinoso Luzindaro, Contreras, Hita et ses *Guerres civiles de Grenade*, Flegetonte, Noydens, Cespedes, Cervantès, Lamarca, Valladares, Tejada, Lozano. — Insuccès de ce genre de fictions en Espagne.

La fiction grave et sérieuse, conforme au changement des temps, devait inévitablement apparaître en Espagne, comme s'était produite la fiction basée sur la satire des mœurs dominantes. Mais elle rencontra des obstacles dans sa route et arriva plus tard. Les vieilles chroniques si remplies du même esprit romantique, et d'autant plus intéressantes qu'elles reposent parfois sur des romances antiques et bien-aimées; les vieilles romances elles-mêmes, extraites plus souvent encore des chroniques; les livres de chevalerie, qui n'ont pas encore perdu cette popularité qui nous paraît aujourd'hui presque incroyable, toutes ces œuvres contribuèrent, dans leurs proportions respectives, à satisfaire le désir de livres divertissants, à contenir l'apparition et à limiter le succès de la fiction sérieuse et historique. Toutefois son heure devait arriver, lors même qu'elle devait obtenir peu de faveur.

Nous avons déjà fait connaître les essais tentés pour introduire ce genre, sous le règne de Ferdinand et d'Isabelle, par Diego de San Pedro et par son imitateur, l'auteur anonyme de la *Cuestion de Amor*. D'autres écrivains suivirent leurs traces, sous le règne de Charles-Quint. Le sujet, qui relie bien imparfaitement les discussions entre Aurélio et Isabelle, sur la question de savoir qui des deux fournit plus souvent l'occasion de pécher, ou l'homme à la femme ou la femme à l'homme, est une imitation de ce genre. C'est une fiction maigre et légère de Juan de Flores, dont la date remonte jusqu'en 1521 et qui, dans sa première traduction anglaise, a fait penser qu'elle avait fourni des données à Shakespeare pour sa *Tempéte* (1). Un autre se trouve dans *Los amores de Clarea y Florisea*, publiés,

---

(1) Je ne connais que l'édition d'Anvers, 1556, in-8°, mais il y en a plusieurs autres. Lowndes, *Bib. manual*, article *Aurelio*, et œuvres de Shakespeare, commentées par Malone, édition Boswell, vol. xv.

en 1552, à Venise, pendant qu'il y résidait, par Nuñez de Reinoso ; fiction, partie allégorique, partie sentimentale, partie dans le genre des romans de chevalerie, mais sans valeur pour l'invention des incidents, et d'un faible mérite pour le style (1). L'histoire de *Luzindaro y Medusina*, imprimée vers 1553, et qui, au milieu des allégories et des enchantements, conserve le ton et l'air d'une série de plaintes contre l'amour, et finit tragiquement par la mort de Luzindaro, constitue la troisième de ces informes tentatives (2). Elles n'ont toutes d'autre conséquence que d'avoir ouvert la voie à des productions meilleures. A l'exception de ces essais et de deux ou trois autres babioles du même genre et même d'une valeur inférieure, le règne de Charles-Quint se livra tout entier, en ce qui touche la fiction grave et sérieuse, aux romans de chevalerie (3).

Sous le règne de Philippe II, alors que la littérature nationale commençait à se développer dans toutes ses branches, des romans sérieux apparurent sous des formes meilleures ou du moins avec des attributs plus relevés et des prétentions plus hautes. Nous trouvons deux exemples de ces tentatives dans des directions nouvelles, essais qui obtinrent un succès plus considérable.

Le premier est une nouvelle de Hieronimo de Contreras, sous le titre plein d'affectation de : *Selva de aventuras*. Elle se publia en 1573, et contient

---

(1) *Historia de los amores de Clareo y Florisea, por Alonso Nuñez de Reinoso*, Venise, 1552, réimprimée dans le troisième volume de la Bibliothèque de Rivadeneyra, 1864. Suivant Nicolas Antonio, l'auteur était natif de Guadalajara. D'après ses poésies qu'il publia en même temps que son roman et qui n'ont pas un grand mérite, il semble avoir mené une vie assez malheureuse, vie partagée entre les lois pour lesquelles il n'avait pas de vocation, et les armes où il n'eut aucun succès.

(2) Il se dit *Sacado* del estilo griego, et, en cela, il ressemble à un grand nombre d'autres livres de chevalerie annonçant également dans leur titre leur origine fictive. Il en existe plusieurs éditions, dont une de Venise, 1553, que j'ai dans ma bibliothèque et qui est intitulée : *Quexa y aviso de un cavallero llamado Luzindaro*.

(3) *Historia de la Reyna*, Sevilla, 1532, 1551. — et *Libro de los honestos amores de Peregrino y de Jinebra*, 1548. Dans la première, fondée sur un épisode de l'histoire fabuleuse de Charlemagne, apparaît un personnage appelé el conde Tomillas, gran traidor y aleve. Ce personnage pourrait bien être le même que celui dont Cervantès certifie avoir écrit une histoire — Quant à la seconde, nous en avons vu une édition faite à Séville par Jacob Cromberger, 1527, in-4°, avec le titre suivant: *Libros de los honestos amores de Peregrino y Ginebra, etc.,fingidos por la mayor parte moralmente*, etc. Son auteur était Hernando Diaz, étudiant de Salamanque.

l'histoire d'un gentilhomme de Séville, du nom de Luzuman, élevé dès l'enfance dans la plus grande intimité avec Arboleda, dame d'une condition égale à la sienne. A mesure qu'ils grandirent cette amitié se changea en amour, la dame en rejeta les conséquences, sous prétexte qu'elle préférait la vie religieuse. Le refus est plein de douceur et de tendresse ; mais Luzuman en est si affligé que, dans sa douleur et son chagrin, il quitte secrètement sa patrie et se rend en Italie. Là, il passe par une série d'aventures sans fin ; il voyage dans toute la Péninsule et finit par arriver à Naples. Dégouté de ce genre de vie, il se rembarque pour l'Espagne ; dans la traversée, il est capturé par des corsaires et conduit à Alger. Il reste cinq années dans un dur et cruel esclavage. Son maître lui rend enfin la liberté ; alors il rentre dans son pays, aussi secrètement qu'il l'a quitté. Voyant qu'Arboleda avait pris le voile ; que la société à laquelle il appartenait l'avait oublié et lui avait fermé l'unique place qu'il pouvait remplir, il refuse de se faire connaître à personne, et il se retire dans un ermitage, avec la ferme résolution de finir ses jours dans la dévotion (1).

Toute cette nouvelle, solennellement divisée en sept livres, est indigeste. Elle manque à la fois d'une variété suffisante dans les détails et d'une suffisante animation dans le style. Elle offre pourtant son intérêt, parce qu'elle est la première, dans ce genre de fictions, si multipliées depuis, qui s'appuyait sur la curiosité, piquant alors l'Espagne à l'égard de l'Italie, contrée remplie d'Espagnols jouissant d'un luxe et de raffinements encore inconnus dans leur patrie ; et à l'égard d'Alger où des milliers d'autres Espagnols souffraient les plus cruelles formes de captivité ; fictions qui firent consister la plus grande partie de leur intérêt dans les récits qu'elles donnèrent de leurs héros, soit comme aventuriers en Italie, soit comme esclaves sur les côtes de Barbarie. Lope de Vega, Cervantès et plusieurs autres auteurs des plus populaires du dix-septième siècle, sont au nombre des écrivains de nouvelles de ce genre.

L'autre forme de fiction grave qui parut sous le règne de Philippe II, c'est le roman historique proprement dit. Le premier spécimen, après les insi-

---

(1) La *Selva de aventuras* s'imprima à Salamanque, 1573, in-8°, et peut-être avant. Il en a paru depuis des éditions, à Barcelone, à Saragosse, etc. (Nicolas Antonio, *Bibl. Nova*, tom. I. p. 572.) Mais le roman est compris dans l'Index expurgatoire de 1667, p. 529. Philippe II, dans la *Licencia*, appelle Contreras *nuestro cronista*. La *Selva* fut traduite par G. Chapuis, et imprimée, en 1580 (Bibl. de Duverdier, tom. VI, p. 224). Contreras écrivit aussi un volume d'allégories en prose et en vers, *Dechado de varios subjetos*, Saragosse, 1572, et Alcala, 1581, in-12°, volume aussi grave que fastidieux.

gnifiantes et malheureuses tentatives dont nous avons déjà parlé, se trouve
dans *Las Guerras civiles de Granada*, de Ginés Perez de Hita. L'auteur de
ce livre si remarquable était habitant de Murcie et, par le peu de détails
qu'il nous donne sur lui-même, nous pouvons conjecturer qu'il n'était pas
seulement familiarisé avec les sauvages montagnes et les riches vallées
du voisin royaume de Grenade, mais qu'il avait eu des rapports personnels et intimes avec un grand nombre des vieilles familles morisques, qui
habitaient encore les demeures de leurs pères, et répétaient les traditions
de leur ancienne gloire et de leur défaite désastreuse. Ces circonstances lui firent choisir peut-être le sujet de son roman ; dans tous les
cas, elles lui fournirent ses matériaux les meilleurs. En effet, l'histoire
que Gil Perez de Hita nous raconte repose sur la chute de Grenade, vue
de l'intérieur, au milieu des querelles et des discordes des Maures eux-
mêmes, plutôt que de l'extérieur et comme nous avons l'habitude de la
considérer, de la partie chrétienne de l'Espagne, se répandant graduellement avec tout l'appareil militaire autour de ses murailles.

Perez de Hita commence son travail, en lui recherchant une base solide dans l'origine et l'histoire du royaume de Grenade, d'après les
meilleures autorités qu'il eut sous sa main. Cette partie de son œuvre a
quelque chose de grave et d'aride qui prouve les notions imparfaites qu'on
avait, du temps où il vivait, sur ce que pouvait être un roman historique.
Mais, à mesure qu'il avance et qu'il entre dans l'objet principal qu'il
s'est proposé, le ton change. Nous sommes encore entourés de personnages qui nous sont familiers, tels que l'héroïque Mouza d'une part, le grand
maître de Calatrava de l'autre ; nous sommes en présence de Boabdil, le
dernier rejeton de la longue dynastie des rois maures, et qui fait une guerre
cruelle contre son propre père, au milieu de la capitale ; de Ferdinand le
Catholique et de ses chevaliers, s'appliquant au dehors à dévaster tout le
royaume. A ces figures historiques viennent s'ajouter les esquisses fantastiques et fabuleuses des Zegris et des Abencerrages, Reduan, Abenamar
et Gazul, aussi pleins de valeur chevaleresque que les chevaliers chrétiens
qui leur sont opposés ; les portraits de Haja, Zayde et Fatime, aussi belles, aussi séduisantes que les dames qu'Isabelle avait amenées avec elle
à Santa Fé, pour la divertir durant la conquête.

Dans ce mélange des créations de son génie avec les faits de l'histoire,
Perez de Hita montre une habileté toute particulière pour donner à tout
les mœurs et la couleur du temps. Il étale à nos yeux un luxuriant empire, chancelant et près de sa ruine, et pendant que les rues de sa capitale
retentissent des cris de guerre et s'inondent de sang, ses princes et sa
noblesse ne retranchant pas un atome de leurs joyeux repas et de leurs

débauches accoutumées. Les mariages et les fêtes, les danses au milieu de la nuit dans l'Alhambra, les tournois splendides et les jeux en présence de la Cour, alternent avec les querelles et les duels entre les deux grandes et puissantes familles qui détruisent l'État, et les escarmouches et les combats singuliers contre les Chrétiens qui s'avancent. Vient ensuite la cruelle accusation de la sultane par le faux Zegris ; sa défense, les armes à la main, par les Maures et les Chrétiens ; l'atroce assassinat de sa sœur Morayma par Boabdil, qui déploie soudain toute la violence jalouse d'un despote oriental ; le triste et scandaleux spectacle de trois rois, se disputant chaque jour l'Empire sur les places, dans les palais d'une cité destinée à tomber, quelques semaines après, entre les mains d'un ennemi qui entoure déjà ses murailles.

Il y a là, c'est vrai, beaucoup de fiction, surtout en ce qui concerne les détails, mais ce n'est pas une fiction fausse, quand à l'esprit des événements réels sur lesquels elle se base. Par conséquent, lorsque nous approchons de la fin de l'histoire, nous refoulons sans violence un champ historique aussi vaste que celui du commencement, aussi singulier, aussi romantique presque que les descriptions des discordes et des fêtes que nous venons de passer. C'est ainsi que la captivité temporaire de Boabdil et sa lâche soumission ; le siége et la reddition d'Alhama et de Malaga ; la chute de Grenade, se présentent à nous, non d'une manière inattendue ni en désaccord avec les événements qui les précédent ; et l'histoire finit, sinon par une catastrophe régulière, que de pareils matériaux auraient pu aisément fournir, du moins par un récit en rapport avec le ton de tout le reste, et qui nous rappelle la triste destinée de Don Alonso de Aguilar. Nous pouvons ajouter qu'un assez grand nombre des plus belles romances de la vieille Espagne sont disséminées dans tout l'ouvrage, fournissent à l'histoire d'immenses matériaux, ont par elles-mêmes une richesse et une propriété particulière, et donnent aux événements décrits un air de réalité qu'ils auraient difficilement obtenu par d'autres moyens.

Cette première partie, vulgairement appelée la partie des *Guerras civiles de Granada*, se composa entre 1559 et 1595 (1). On prétend que c'est une traduction d'un original arabe, écrit par un Maure de Grenade. Dans le dernier chapitre, Hita nous fait le récit circonstancié de la manière dont

_____

(1) La *Cronica de Pedro de Moncayo*, publiée en 1589, est citée au chap. 12, et la première édition des *Guerras civiles* s'imprima, comme l'on sait, à Saragosse en 1595, in-8°. Cette seconde partie a été reproduite plus souvent que la première. Il y en a des éditions de 1598, 1603, 1604 (trois), 1606, 1610, 1613, 1616, et plusieurs autres sans date.

il l'avait tiré d'Afrique où il avait été emporté, à ce qu'il voudrait nous faire croire, lors de la dispersion de la race maure. Certes il n'y a rien d'invraisemblable que, dans ses courses à travers le royaume de Grenade, Hita ait trouvé des matériaux arabes pour les diverses parties de son histoire ; au dernier siècle même, on a plus d'une fois essayé de donner à tout l'ouvrage une origine arabe (1) ; toutefois, le récit de Perez de Hita lui-même, n'est, sous ce rapport, nullement probable. De plus, il s'en réfère continuellement aux chroniques de Garibay et de Moncayo, comme à des autorités pour les faits qu'il établit, et, dans le cours principal de la narration, il donne, surtout dans les passages relatifs à la conversion de la sultane, un air et un coloris chrétien qui ne permettent pas de supposer que le livre ait pu être composé par un autre que par un chrétien. Malgré son refus formel, nous devons concéder à Gil Perez de Hita l'honneur d'être le véritable auteur d'un des livres les plus attrayants de la littérature espagnole en prose, livre écrit dans un style pur, riche et pittoresque, qui semble, sous certains rapports, en avance sur son siècle, et digne à tous égards d'être placé au nombre des meilleurs modèles de la période la meilleure.

Hita publia, en 1604, la seconde partie sur un sujet assez analogue à celui de la première. Soixante-dix-sept ans après la conquête de Grenade, les Maures de ce royaume, incapables de supporter plus longtemps les oppressions auxquelles les soumettait le rigoureux gouvernement de Philippe II, essayèrent de se réfugier dans les sauvages aspérités des Alpujarras, sur les côtes de la Méditerranée. Là, ils élirent un roi et se déclarèrent en révolte ouverte. Ils se maintinrent bravement, pendant près de quatre années, dans les retraites de ces montagnes, et ne furent définitivement défaits que par trois armées envoyées contre eux ; la dernière sous le commandement d'un général qui n'était rien moins que Don Juan

---

(1) Bertuch, *Magasin der Spanischen und Portugiesischen literatur*, tom. I, p. 275-280, et un extrait des *Voyages de Carter*. Une assertion récemment produite, quoiqu'elle ne le soit pas d'une manière formelle, par le comte Albert de Circourt dans sa curieuse et importante *Histoire des Arabes d'Espagne* (Paris, 1846, in-8°, tom. III, p. 346), prétend que D. Pascual de Gayangos de Madrid possède le manuscrit arabe original des *Guerres de Grenade*, mais cette assertion est sans fondement. D. Pascual de Gayangos lui-même, dit que le manuscrit qu'il acquit à Londres, à la vente des livres de D. José Antonio Condé, n'est qu'une mauvaise traduction où plutôt un abrégé du roman de Hita, œuvre de quelque morisque espagnol qui n'est pas très versé dans la connnaissance de la langue de son pays.

d'Autriche. Hita avait servi dans toute cette guerre, et la seconde partie de son roman contient son histoire. Un grand nombre des faits qu'il y raconte sont authentiques ; il a été aussi témoin oculaire de plusieurs autres, comme nous le voyons par ses récits des atrocités commises dans les villages de Felix et de Huescar ; par tous les détails du siége de Galera, de la mort et des honneurs funèbres rendus à Luis de Quijada. Mais d'autres passages tels que l'emprisonnement d'Albexari, son amour pour Almanzora, la jalousie et la conspiration de Benalguacil sont, en tout ou en partie, des produits de sa propre imagination. Le morceau le plus intéressant de son livre c'est l'histoire de Tuzani, histoire qu'il nous raconte avec la plus grande minutie, et qu'il nous déclare avoir reçue de la bouche de Tuzani lui-même et d'autres personnes intéressées, conte singulier d'une farouche passion orientale que Calderón a pris, nous l'avons vu, pour sujet d'un de ses drames les plus terribles et les plus caractéristiques.

Si le reste de la deuxième partie du roman historique de Perez de Hita avait ressemblé à ce fragment, elle aurait été digne de la première ; mais il n'en est pas ainsi. Les romances, qui l'embellissent et qui lui appartiennent probablement toutes, sont d'un mérite bien inférieur aux vieilles romances qu'il avait insérées dans la première partie ; et sa narration a beaucoup moins de richesse et de chaleur de style. Peut-être Hita éprouva le manque des vieilles traditions morisques qui l'avait inspiré d'abord ; peut-être se trouva-t-il aussi lui-même forcément contraint, lorsqu'il se vit en présence de faits récents et trop notoires pour les faire rentrer dans le plan de sa fiction. Or quelle que soit la cause de cette infériorité, elle n'en est pas moins réelle. Cette seconde partie, considérée comme composition historique, ne peut se comparer à la relation des mêmes événements que nous donne Diego de Mendoza ; comme roman, Hita s'était déjà surpassé lui-même de beaucoup (1).

Toutefois le sentier que Perez de Hita ouvrit par ces deux ouvrages à la fiction historique, en s'appuyant sur les vieilles traditions et les mœurs pittoresques des Maures, voie qui nous semble aujourd'hui si séduisante, ne paraît pas avoir été suivie par d'autres écrivains de son temps. Son roman

---

(1) La seconde partie parut, pour la première fois, à Alcala, en 1604, mais elle a été si rarement réimprimée depuis qu'on n'en trouve que très-peu d'exemplaires. Il en existe une fort bonne édition des deux parties, en deux volumes in-8º, Madrid, 1833. Elles sont comprises toutes deux dans le troisième volume de l'édition de Rivadeneyra, 1846.

se réimprima souvent, c'est vrai; il fut beaucoup lu, mais la nature même de son sujet l'obligea de montrer le caractère maure sous un jour favorable; il alla même jusqu'à exprimer son horreur pour les cruautés que ses compatriotes faisaient souffrir à leurs ennemis abhorrés, et le sentiment d'injustice à l'égard du vaincu qui faisait que, par mauvaise foi, on ne tenait ni les promesses de Ferdinand et d'Isabelle, ni celles de Don Juan d'Autriche (1). Tant de sympathie pour un ennemi infidèle, qui avait si longtemps tenu l'Espagne sous sa domination, s'accordait peu avec l'esprit de ce temps. Cinq ans seulement après la publication du livre de Hita sur la *Rébellion des Alpujarras*, les restes des Maures, contre qui il avait lui-même combattu, furent violemment expulsés d'Espagne par Philippe III, au milieu de la joie universelle du peuple espagnol. Il n'y eut même que peu d'âmes, animées des plus profonds sentiments d'humanité, qui considérèrent les souffrances qu'on leur infligeait comme autre chose que le juste châtiment du ciel offensé.

Avec un pareil état des esprits dans toute la nation, il ne fallait pas s'attendre, par conséquent, à ce que des fictions représentant les Maures sous des couleurs romantiques et attrayantes, et remplies d'aventures extraites de leurs traditions, pussent trouver une grande faveur en Espagne. Un siècle plus tard, la troisième partie de la *Guerre de Grenade*, écrite par Hita ou par tout autre auteur, nous ne savons, obtint le permis d'imprimer, mais elle ne se publia jamais (2). En France, madame de Scudéri commença bientôt, avec son *Almahide*, une série de fictions, basées sur le même sujet et qui se sont continuées dans le *Gonzalve de Cordoue*, de Florian, dans l'*Abencerrage*, de Chateaubriand, sans qu'on puisse déclarer qu'elles sont près de cesser (3). Mais, en Espagne, ce genre ne prit aucune racine, n'eut aucun succès.

---

(1) Partie I, ch. 18; partie II, chap. 25.

(2) Mon exemplaire de la seconde partie, imprimée à Madrid, en 1731, in-8°, dans l'*Aprobacion*, datée du 10 septembre de cette année, parle distinctement de *trois* parties, mentionne la seconde comme une de celles qui se sont imprimées à *Alcalà*, en 1604, et la *troisième*, comme étant encore en manuscrit. C'est tout ce que nous avons pu savoir sur cette *troisième* partie. Dans son *Histoire des Maures Mudéjares et des Morisques*, M. de Circourt cite fréquemment, comme autorité, la seconde partie, et, dans l'espace que nous venons d'indiquer, il expose les raisons de sa confiance en elle.

(3) Walter Scott après avoir lu les *Guerras civiles de Granada*, dans les dernières années de sa vie, aurait dit, à ce que l'on rapporte, que s'il avait plus tôt connu ce livre, il aurait placé en Espagne la scène de tous ses romans. — Denis, *Chroniques chevaleresques*, Paris, 1839, in-8°, tom. I, p. 323.

Outre le sentiment naturel de répugnance s'opposant à ce que des fictions romantiques vinssent occuper le champ des disputes entre Maures et Chrétiens, d'autres circonstances peut-être continuèrent à arrêter leurs progrès en Espagne. Peut-être que la publication de la première partie de *Don Quichotte* détruisant, par le ridicule, la seule forme de roman bien connue et bien estimée de son temps, ne fut pas sans exercer son influence sur les autres formes, en suscitant une ennemie contre toutes les œuvres graves d'invention en prose, et surtout leur substituant une lecture bien plus amusante que ces œuvres ne pouvaient aspirer à l'être. Que ce soient là ou non les véritables causes, ce qu'il y a de certain c'est que des attaques se mirent à pleuvoir de toutes parts contre elles et dans le même esprit. La *Cryselia de Lidaceli*, publiée en 1609, et qui, comme une fastidieuse satire en prose contre les extravagantes académies alors à la mode, portait le nom de Capitaine Flegetonte, la *Cryselia*, dis-je, attaqua, avec la plus grande liberté, toute espèce de fiction en prose jouissant encore de quelque estime en Espagne, soit roman pastoral, soit roman historique, soit roman de chevalerie (1). Cette attaque resta, toutefois, sans effet et ne servit qu'à montrer la tendance de l'opinion à décourager la composition romantique en Espagne; tendance bien plus sensible, un peu plus tard, non-seulement dans les écrivains ascétiques du dix-septième siècle, mais encore dans des ouvrages tels que la *Historia moral del dios Momo*, de Noydens, publiée en 1666, et qui se proposait, nous dit distinctement l'auteur, dans le prologue, de proscrire de la société toutes les nouvelles et tous les livres d'aventures dont l'amour serait le sujet (1).

---

(1) *La Cryselia de Lidaceli, famosa y verdadera historia de varios aconteci-mientos de amor y fortuna* s'imprima, pour la première fois, à Paris, 1609, in-8°, avec une dédicace à la princesse de Conti. Outre celle-là, j'en ai vu une troisième édition de Madrid, 1720. A la fin, il y a l'annonce d'une seconde partie qui n'a jamais paru. L'autre ouvrage du capitaine Flegetonte est intitulé : *La famosa y temeraria compañia de Rompe Columnas*, et s'imprima également, en 1609, avec des dialogues sur l'Amour. Tout cela est aussi pauvre qu'on peut se l'imaginer. La *Cryselia* offre l'étrange confusion du style de la pastorale et du style du roman sérieux, le mélange de descriptions de géants, d'enchantements, et, par occasion, de courtes poésies.

(2) Benito Remigio Noydens est l'auteur d'un grand nombre d'œuvres morales et ascétiques. La *Historia moral del dios Momo* (Madrid, 1666, in-8°) nous donne le récit de l'exil du ciel du dieu Momus, de sa transmigration dans le corps de personnes de toutes conditions sur la terre, corps dans lesquels il produit toute espèce de ravages. Chacun des dix-huit chapitres, en lesquels il se divise, est accompagné d'une moralité et d'un éclaircissement. Au chapitre v, par exemple, les troubles

On continua, cependant, d'écrire des romans sérieux, en Espagne, durant tout le dix-septième siècle, de les écrire avec une assez grande variété de ton et de forme, mais sans succès réel. C'est ainsi que Gonzalo de Cespedes, natif de Madrid, et auteur de plusieurs autres ouvrages, publia la première partie de son *Gérardo*, en 1615, et la seconde, en 1617. Il l'intitula : *Poema tragico del español Gerardo*, et le divisa en discours, au lieu de chapitres. C'est en réalité un roman en prose consistant dans une série d'aventures légèrement rattachées à la vie de son héros, Gérardo, en aventures et épisodes de différents personnages plus ou moins associés à lui ; ensemble où règne surtout un esprit sentimental et romantique, et où se distingue un caractère plus tragique qu'on ne le trouvait ordinairement dans les Nouvelles espagnoles semblables. Cette œuvre se réimprima plusieurs fois et fut remplacée, en 1626, par la *Varia fortuna del soldado Pindaro*, ouvrage du même genre, mais moins intéressant et, par cela même, laissé peut-être incomplet, suivant la pensée primitive de son auteur. Ces deux romans témoignent toutefois d'une puissance d'invention qu'on peut à peine trouver dans les écrits du même genre composés soit en France, soit en Angleterre ; tous deux annoncent des prétentions au style, prétentions qui se remarquent plutôt dans la partie légère que dans la partie grave et sérieuse (1).

En 1617, la même année, remarquons-le, où parut le *Persiles y Sigismunda*, de Cervantès, Francisco Lombayssin de Lamarca, basque de naissance, publia aussi son *Historia tragi-comica de Don Enrique de Castro*, où faits connus et aventures fantastiques se mêlent dans une déplorable confusion. La scène remonte, au moyen d'un récit narré par l'oncle du héros, qui s'est fait ermite dans sa vieillesse, jusqu'aux guerres d'Italie, sous Charles VIII de France ; et, dans la personne du héros lui-même, jusqu'à la conquête du Chili par les Espagnols. L'espace intermédiaire se trouve rempli, suivant qu'il paraît convenable au plan de l'auteur ; comme roman historique c'est un échec complet (2).

---

que Momus excite sur la terre contre le ciel sont expliqués par les hérésies de l'Angleterre et de l'Allemagne, explications où le duc de Saxe et Henri VIII, sont traités avec fort peu d'avantage.

(1) *Poema tragico del español Gerardo y Desengaño del Amor lascivo*, tel est le titre du roman. Outre cette première édition, il fut encore imprimé, en 1617, 1618, 1623, 1625, 1654, etc. La *Varia fortuna del soldado Pindaro*, qui, malgré son nom classique, est représenté comme né en Castille, fut moins favorisée. Je n'en connais que les éditions de 1626, et de 1661, avant d'arriver à celle de Madrid, en 1845, in-8°, illustrée avec beaucoup d'habileté. Quant à Cespedes y Meneses, nous pouvons lire quelques détails dans Baena, *Hijos de Madrid*, tom. II, p. 362.

(2) La *Historia tragicómica de Don Enrique de Castro* s'imprima à Paris, en

On peut faire une remarque semblable sur un autre ouvrage, publié en 1625, et qui prend, en partie, la forme d'un voyage imaginaire. Il a pour titre: *La historia de los dos verdaderos amigos*; le sujet repose sur les aventures fictives d'un Français et d'un Espagnol voyageant en Perse, et consiste principalement en descriptions incroyables de leurs intrigues avec des dames persanes de distinction. Une grande partie de cette composition prend la forme d'une correspondance, et elle se termine par la promesse d'une continuation qui n'a jamais été publiée (2).

Plusieurs ouvrages de ce genre commencés, en Espagne, durant le dix-septième siècle, sont restés, comme les *Deux vrais amis*, inachevés, faute d'encouragement et de popularité : d'autres se sont écrits et n'ont jamais été imprimés (3). Un de ces derniers intitulé : *El Caballero venturoso*, par Juan Valladares de Valdelomar, de Cordoue, se trouvait, dès 1617, entièrement préparé pour l'impression , mais il existe encore en manuscrit, avec toutes les licences pour son impression, et l'approbation autographe de Lope de Vega. C'est un roman historique divisé en quarante-cinq *aventures*. Le héros, comme beaucoup d'autres de son genre, est soldat en Italie, esclave en Afrique : il a servi d'abord sous Don Juan d'Autriche, puis sous Don Sébastien de Portugal. Y a-t-il beaucoup de vrai dans ce récit, c'est ce qu'on ne peut déterminer qu'avec incertitude. Des dates fixes sont données pour la plupart des événements et on peut en vérifier l'exactitude : mais il est en outre rempli de poésies et de conceptions fantastiques : plusieurs de ses histoires, telles que celle des amours du chevalier lui-même avec la belle Mayorinda, peuvent bien n'être dues qu'à l'imagination de l'auteur. De plus, dans le prologue, tous les livres de fiction sont traités avec mépris, comme si tout le genre était si peu en faveur que ce fût tomber dans le discrédit que d'avouer l'intention d'en publier un autre, même au moment de le faire. Quant au style de sa prose, *El Caballero venturoso* l'offre aussi bon que celui de tout autre ouvrage semblable de la même époque; quant aux poésies dont

---

1617, alors que son auteur avait trente-neuf ans. Deux ans plus tôt, il avait publié *Engaños deste Siglo*, (Nicolas Antonio, *Bib. Nov.* tom. II, p. 358.) Je crois qu'il écrivit parfois en français.

(2) Je n'ai jamais pu connaître l'auteur de cet ouvrage singulier et licencieux, qui n'est peut-être autre chose qu'une *Chronique scandaleuse* de la cour. Il s'imprima, en Roussillon, en un petit volume in-8°.

(3) Dans la *Biblioteca* de Nicolas Antonio et dans les *Hijos de Madrid* de Baena, on peut lire les titres d'un grand nombre de manuscrits semblables encore inédits.

il est rempli et qui atteignent le nombre de cent-cinquante environ, elles ont moins de valeur (1).

Le découragement auquel nous venons de faire allusion procède, soit du ridicule lancé par Cervantès sur les longues œuvres de fiction, soit de la vigilance de l'autorité ecclésiastique, soit des deux causes réunies. Il n'en fut pas moins, selon toute probabilité, une des raisons qui déterminèrent les écrivains de romans graves et sérieux à chercher des directions nouvelles, des formes inconnues pour leurs compositions, à s'écarter parfois, autant que possible, de la vérité des faits, et parfois à rentrer presque en plein dans le domaine de l'histoire. Nous citerons deux exemples de ces déviations des sentiers frayés, exemples probablement uniques pour leur temps du genre auquel chacun d'eux appartient. Ils méritent d'être connus, plus par leur singularité que par leur mérite littéraire.

Le premier appartient à Cosme de Tejada et a pour titre : *El Leon prodigioso*. Il le publia, pour la première fois, en 1636. C'est l'histoire du *Gran Leon Auricrino*, de ses aventures merveilleuses, enfin, de son mariage avec *Crisaura*, la dame de ses pensées. Il se divise en cinquante-quatre apologues qu'on pourrait plutôt intituler chapitres. Si, au lieu des noms d'animaux donnés à ses personnages, il leur avait appliqué les noms poétiques, ordinairement en usage dans la fiction romantique, à part quelques esquisses satiriques contre les folies du temps, cette composition ne serait plus qu'un pur roman d'amour, n'ayant rien de plus antinaturel, ni de plus extravagant que beaucoup d'autres qui le suivirent.

Tel qu'il est il ne donna pas toutefois entière satisfaction à son auteur. Il avait composé la première partie dans sa jeunesse, pendant qu'il étudiait la théologie, à l'Université de Salamanque ; lorsque, un peu plus tard, il reprit sa tâche, et voulut lui donner une conclusion régulière, il était déjà trop avancé dans la composition d'un autre roman encore plus grave, plus spiritualisé, et beaucoup plus éloigné même des réalités de la vie. Cette fiction, plus soignée et plus mûrie, s'intitulait : *Entendimiento y Verdad, amantes filósofos* : tous ses personnages sont allégoriques, et elle nous donne, avec ses rêves et ses aventures, une sombre peinture de la vie humaine, depuis la création jusqu'au jugement dernier.

_____

(1) Le manuscrit du *Caballero Venturoso* qui est évidemment le manuscrit original, appartient à D. Pascual de Gayangos, professeur d'arabe à l'Université centrale de Madrid. Il remplit 289 feuillets in-4°, d'une écriture fine. Une seconde partie est annoncée, mais elle ne fut probablement jamais écrite.

Combien de temps Cosme de Tejada employa-t-il à cette froide et peu satisfaisante allégorie, c'est ce que nous ne pouvons savoir. Toutefois elle ne fut publiée qu'en 1673, quarante années presque après sa composition : et ce fut encore son frère qui la donna au public, comme une œuvre posthume, avec le titre impropre de : *Segunda parte del Leon prodigioso.* Aucun des deux romans n'a un intérêt assez vif pour assurer un succès permanent, l'un et l'autre sont écrits cependant dans un style plus pur que d'ordinaire pour ce genre d'ouvrages à cette même époque ; le premier attaque même par moments les défauts de la littérature contemporaine avec beaucoup d'esprit et de gaieté d'humeur (1).

Bien différente de ces deux ouvrages est la composition de D. Cristobal Lozano : *Los Reyes nuevos de Toledo*, où ne sont introduits que des personnages réels et qui ne contient guère que des faits de l'histoire bien connus ou admis dans de vieilles traditions et légèrement embellis par l'esprit romantique. Son auteur était attaché à l'église métropolitaine de Tolède et servait, avec Calderón, dans la chapelle construite à part pour la sépulture des Nouveaux Rois ; c'est ainsi qu'on appelait les monarques de Castille, depuis Henri de Transtamare, qui voulut élever pour lui-même un tombeau séparé de l'endroit où était ensevelie la race qui venait de finir avec Don Pedro le Cruel.

Le pieux chapelain ainsi appelé à prier chaque jour pour les âmes de la race de souverains qui avaient constitué la maison de Transtamare, résolut d'illustrer leur mémoire par une histoire romantique. Il commence donc par les vieilles traditions nationales sur l'origine de Tolède, la grotte d'Hercule, le mariage de Charlemagne avec une princesse maure qu'il a convertie, et le refus d'une princesse chrétienne d'épouser un Maure qu'elle n'a pu convertir ; il nous raconte la construction de la chapelle, les aventures des rois, ensevelis sous les autels, jusqu'à la mort de Henri III, en 1406. Une évidence intrinsèque fait ressortir que la composition du livre se place vers la fin du règne de Philippe IV, et alors que

_____

(1) *Leon prodigioso, apologia moral, por el licenciado Cosme Gomez Tejada de los Reyes*, Madrid, 1670, in-4°. *Segunda parte del Leon prodigioso, Entendimiento y Verdad, Amantes filosóficos*, Alcala, 1673, in-4°. La licence de la première partie est de 1634. Cet auteur publia en outre *El filósofo*, mélange de sciences physiques et de philosophie morale, en 1650. Dans le *Leon prodigioso* on trouve de nombreux vers ; particulièrement dans la première partie qui contient le poème de *La Nada*, fastidieux et lourd ; et dans la seconde qui contient *El Todo*, poème pire que le premier. Il critique le *cultisme* avec assez de grâce et de finesse, dans la première partie, pp. 317, 391, 395.

la prose espagnole avait beaucoup perdu et de sa pureté et de sa dignité. Toutefois Cristobal Lozano, sans se dégager complétement de l'affectation de son siècle, écrit avec plus de simplicité que ses contemporains en général, et son histoire, quoique peu redevable à son esprit d'invention, se trouva néanmoins si pleine d'attraits qu'en moins de cinquante ans il s'en est publié onze éditions et qu'elle a obtenu, dans la littérature espagnole, une place qu'elle n'a jamais entièrement perdue (1).

En dernière analyse, les fictions graves et historiques qui se produisirent, en Espagne, et méritèrent le nom de longs romans, sont tout d'abord en très-petit nombre, et elles obtinrent peu de faveur, à l'exception des *Guerres civiles de Grenade*, écrites par Gil Perez de Hita. Sous le règne de de Philippe IV, elles disparaissent presque, pendant un siècle environ ; et, à la fin de cette période, elles ne se rencontrent même que très-rarement et sont médiocrement appréciées (2).

---

(1) L'exemplaire dont je me sers est de la onzième édition, Madrid, 1734, in-4°. Le liv. III, chap. I, p. 237, s'écrivait au moment de l'avénement de Charles II. L'histoire se rattache aux doctrines favorites du catholicisme espagnol, telle que l'immaculée conception, dont l'annonce est décrite avec beaucoup d'effet dramatique, dans le liv. I, chap. 10. L'édition la plus ancienne que nous ayons vue est de 1667.

(1) L'unique roman sérieux de ce genre que nous pouvons citer, après 1650, c'est, je crois, *La Historia de Lisseno y Fenisa*, par Francisco Parraga Martel de la Fuente, Madrid, 1701, in-4°, très-mauvaise imitation du *Gerardo español*, de Cespedes y Meneses.

CHAPITRE XXXVI

Contes. — Villegas, Timoneda, Cervantès, Hidalgo, Figueroa, Barbadillo, Eslava, Agreda, Liñan y Verdugo, Lope de Vega, Salazar, Lugo, Camerino, Tellez, Montalvan, Reyes, Peralta, Cespedes, Moya, Anaya, Mariana de Carvajal, Doña Maria de Zayas, Mata, Castillo, Lozano, Solorzano, Alonso de Alcala, Villalpando, Prado, Robles, Guevara, Polo, Garcia, Santos. — Nombre considérable de contes. — Observations générales sur les formes de la fiction espagnole.

Les récits courts ou les contes eurent plus de succès, en Espagne, durant la dernière moitié du seizième siècle et durant tout le dix-septième, qu'aucune autre forme de fiction en prose, et se produisirent aussi en plus grand nombre. Ils semblent avoir jailli spontanément, en effet, du goût et des mœurs nationales prédominantes, sans aucun rapport avec les contes d'origine orientale, introduits, deux cents ans avant, par Don Juan Manuel; n'ayant qu'une légère empreinte du brillant de l'école italienne dont Boccace était le chef. Mais, dans les couleurs qu'ils empruntent des longues fictions pastorales, satiriques et historiques de la même époque, ils montrent plutôt qu'ils appartiennent vraiment à l'esprit de leur temps et à l'état de la société, au moment où ils parurent. Nous allons donc y revenir avec un intérêt plus qu'ordinaire.

Les vieux contes espagnols du seizième siècle, méritant d'être connus, sont les deux qu'on trouve dans un petit volume des œuvres d'Antonio de Villegas, sous le titre un peu maniéré de: *El Inventorio*, préparés pour l'impression, dès 1550, et restés inédits jusqu'en 1565 (1). Le premier est intitulé: *Ausencia y soledad de Amor*, pastorale moitié en prose, moitié en vers, remplie d'autant d'affectation et de mauvais goût que les plus longues

---

(1) L'*Inventorio* de Villegas s'imprima deux fois, la première en 1565, in-4°, et la seconde, petit in-8°, en 1577, de 144 feuillets : toutes les deux à Médina del Campo, patrie de l'auteur suivant certains. Les deux éditions portent une note préliminaire, avertissant que la première licence pour l'impression fut accordée en 1551.

fictions de la classe à laquelle elle appartient. Le second intitulé : *Historia de Narvaez*, est bien meilleur. Il repose sur la tradition espagnole d'une aventure romanesque, réellement arrivée sur les frontières de Grenade, au jour où la chevalerie était parvenue à l'apogée de sa gloire, tant chez les Maures que chez les chrétiens. En voici les principaux incidents.

Rodrigo de Narvaez, gouverneur d'Alora, forteresse de la frontière espagnole, profondément ennuyé de la vie d'inaction dont il souffrait depuis quelque temps, sort une nuit, avec quelques compagnons, dans le pur désir de chercher des aventures. Il ne tarda pas à trouver ce qu'il recherchait, dans une pareille disposition d'esprit. Abindarraez, maure illustre, appartenant à la famille persécutée et exilée des Abencerrages, suivait, bien monté et bien armé, la route où les chrétiens faisaient sentinelle, en chantant joyeusement, dans le silence de la nuit :

> Nascido en Granada,
> Criado en Cartama,
> Enamorado en Coin,
> Frontero de Alora (1).

Une lutte s'engage et le jeune et galant Maure est fait prisonnier. Son abattement, après la courageuse résistance qu'il avait opposée, étonne son vainqueur. Ce dernier apprend, à la suite de demandes réitérées, que son captif allait, cette nuit même, s'unir par un mariage secret à la dame de ses pensées, fille du gouverneur de Coin, forteresse maure située non loin de là. A cette nouvelle, le guerrier espagnol, en vrai chevalier, délivre immédiatement le jeune Maure de sa captivité, à la condition de revenir volontairement, dans trois jours, et de se soumettre lui-même à sa destinée. Le noble Maure tient sa parole, emmenant avec lui l'épouse qu'il avait enlevée. L'intervention du généreux Espagnol auprès du roi de Grenade fait réconcilier la fille avec le père, et le conte finit ainsi à l'honneur et à la satisfaction de toutes les parties qui apparaissent dans le récit.

Cette nouvelle offre des morceaux d'une beauté remarquable : tels sont la première déclaration d'amour d'Abindarraez qu'il décrit lui-même ; la peinture de l'affliction qui remplit, dit-il, son âme, le lendemain du jour où sa bien-aimée fut emmenée loin de lui par son père, et qu'il resta, ajoute-t-il, « *como quien caminando por unas fragosas y asperas montañas,* « *se le eclipsa el sol* ; comme le voyageur qui, cheminant à travers des

_____

(1) « Né à Grenade, — Élevé à Cartame, — Épris d'amour à Coin, — Frontière d'Alora. »

montagnes âpres et coupées de précipices, voit le soleil s'éclipser. » Son point d'honneur et sa fidélité mauresque sont aussi très-caractéristiquement et très-finement exprimés, quand le moment de retourner à sa captivité approche, qu'il révèle à son épouse la parole qu'il a engagée, que celle-ci le presse d'offrir et d'envoyer une riche rançon, de ne point tenir sa parole, et qu'Abindarraez lui répond : « *Por cierto no caeré yo en tan* « *gran yerro : porque, si cuando venia à verme con vos, que iba por mi solo,* « *estaba obligado à cumplir mi palabra, ahora, que soy vuestro se me he dobla-* « *do la obligacion. Yo volveré à Alora, y me porné en las manos del alcaide del-* « *la, y tras hacer yo lo qué debo, haga él lo que quisiere.* Certainement je ne « tomberai pas dans une erreur si grande ; en effet, si, lorsque je venais « vous voir, et c'était pour moi seul, j'étais obligé de tenir ma parole ; « maintenant que je vous appartiens, mon obligation s'est doublée. Je re-« viendrai à Alora, je me remettrai entre les mains de son gouverneur, « et quand j'aurai fait, moi, ce que je dois, il fera, lui, ce qu'il voudra. »

L'anecdote originale, telle que la racontent les écrivains arabes, se trouve à la fin de l'*Historia de la dominacion de los Arabes en España,* par Conde, et il ajoute qu'elle avait été souvent répétée par les poètes de Grenade. Mais elle était trop attrayante par elle-même, elle était trop flatteuse pour le caractère chevaleresque de la nation pour ne pas occuper une place semblable dans la littérature espagnole. Aussi Montemayor l'empruntant, sans le moindre scrupule, de Villegas et l'altérant matériellement à son désavantage, sous le rapport du style, l'a-t-il insérée dans les éditions de sa *Diane*, publiée dans les dernières années de sa vie, bien qu'elle s'harmonise fort peu avec la peinture pastorale où il l'encadre. Padilla s'en empara bientôt après et la fit entrer dans une série de romances: Lope de Vega en a fait le sujet de sa comédie : *Remedio de la desdicha :* Cervantès l'a introduite dans son *Don Quichotte.* De tous côtés, on trouve donc de ses traces, mais nulle part, elle n'a cette grâce et ce charme qui se répandent dans la narration si simple de Villegas (1).

_____

(1) L'*Historia de Narvaez* dont Pulgar fait une mention honorable dans ses *Claros Varones*, tit. XVII, et qui est, dit-on, un des ancêtres du Narvaez qui a été ministre d'Isabelle II, se trouve dans Argote de Molina, (*Nobleza*, 1588, fol 206l); dans Condé (*Historia*, tom. III, p. 262); dans Villegas (*Inventorio*, 1565. p. 94); dans Padilla (*Romancero*, 1583, ff. 117, 127); dans Lope de Vega (*Remedio de la desdicha*; *Comedias*, tom. XIII, 1620); dans *Don Quichotte* (partie I, chap. v. etc.). Elle a été donnée aussi, je crois, par Timoneda, sous le titre de *Historia del Enamorado Moro Abindarraez*, sans année. (Fuster, *Bibl.* tom. I, p. 162.) Elle se trouve dans les romances de sa *Rosa española*, 1573. (Voyez la réimpression

Juan de Timoneda, dont nous avons déjà parlé comme d'un des fondateurs du théâtre populaire en Espagne, fut aussi un des plus anciens écrivains de contes. Libraire, cherchant à tirer profit de tout ce qui pouvait
être agréable au goût public, Timoneda, qui avait écrit et publié dans cet
esprit plusieurs volumes de romances, de poésies diverses et de farces,
devait tout naturellement s'aventurer à composer des fictions en prose,
genre qui avait maintenant tant d'attraits. Sa première tentative semble
avoir été son *Patrañuelo*, dont la première partie parut en 1576, et qui
n'eut pas de continuation (1).

C'est un petit livre qui a emprunté ses matériaux à des sources entièrement différentes. Les uns, en effet, tels que l'histoire bien connue d'Apollonius, prince de Tyr, se trouvent dans le *Gesta Romanorum*; d'autres, dans
les œuvres des grands maîtres italiens, tels que l'histoire de Griselda, dans
Boccace, et cette autre familière aux lecteurs anglais, dans la romance du
Roi Jean et de l'Abbé de Cantorbery que Timoneda emprunta probablement
de Sacchetti (2). Trois ou quatre de ses contes, entre autres le premier du

---

de Wolf, 1846, p. 107.) Cette histoire sert aussi de sujet à un long poème par
Francisco Balbi de Corregio, 1593. (Depping, *Romancero*, Leipsik, 1844, in-8º,
tom. II, p. 231.) Montemayor prit la sienne de Villegas, c'est hors de doute, et
pour s'en convaincre, il suffit de comparer l'une avec l'autre ; de se rappeler qu'elle
n'existe pas dans la première édition de la *Diane*; qu'elle est entièrement déplacée
dans un roman pareil ; et de constater que la différence qui existe entre elles
deux, c'est que l'histoire racontée par Montemayor, au livre IV de sa *Diane*,
quoique prise presque à la lettre de celle de Villegas, est rendue beaucoup plus
longue par trop de verbiage. Voyez ci-dessus chap. XXXIII, note 2, pag. 122.

Dans le *Nobiliario* de Ferrant de Mexia, Séville, 1492, in-fol. livre curieux,
écrit avec toute la dignité du style castillan, et plein de l'esprit féodal d'un siècle
qui croyait aux qualités inhérentes à la noblesse du sang, il y a un passage (liv. II,
ch. XV.) où l'auteur s'enorgueillit de compter ce Narvaez parmi ses aïeux, le réclame comme le frère de son grand-père et l'appelle *Cavallero de los bienventu-
rados que ovo en nuestros tiempos desde el Cid acà, batalloso è victorioso.*

(1) Rodriguez, *Bibliotheca*, p. 283 ; Ximeno, *bib.* tom. I, p. 72. Fuster. *Bibl.*
tom. I, p. 161, tom. II, p. 530. Le *Sobremesa y alivio de caminantes*, par Timoneda, imprimé en 1569, et probablement plus tôt, est une simple collection de
cent soixante-une anecdotes et bons mots dans le genre de ceux de Joe Miller,
bien qu'on les ait plusieurs fois citées comme une collection de contes. Cette collection est précédée de douze petits contes, fort piquants, attribués à un certain Juan
Aragonés. Dans toutes les éditions du *Patrañuelo*, excepté, je crois, dans la première, et dans celle de la Bibliothèque de Rivadeneyra, on n'a inséré que vingt-un
contes : huit autres, tirés de l'Arioste, ont été supprimés, à cause de leur trop
grande licence.

(2) L'histoire d'Apollonius, qui est le *Périclès* de Shakespeare, était fort connue,

volume, avaient été déjà employés, dans la construction de leurs drames, par Alonso de la Vega et par Lope de Rueda. Tous ces détails tendent à démontrer ce fait, déjà prouvé par d'autres manières, que ces histoires populaires avaient fait longtemps partie des divertissements intellectuels, dans une société peu partisane de livres; qu'après avoir flotté, durant des siècles et s'être répandues dans les diverses contrées de l'Europe, elles avaient, portées par la tradition générale ou par les ménestrels et troubadours, elles avaient, dis-je, été pour la première fois, vers cette époque, ramenées à la composition écrite; qu'elles avaient ensuite passé de main en main, jusqu'au moment où elles reçurent une forme qui devint la forme définitive. Par conséquent, la tâche que les *Novellieri* avaient entreprise en Italie, pendant environ deux cents ans, Timoneda entreprit de la remplir en Espagne. Les vingt-deux contes de son *Patrañuelo* n'ont pas de rapport entre eux, comme ceux du *Décaméron*; mais il leur a donné un caractère uniforme, en les enveloppant tous dans un style agréable et facile, sinon entièrement pur. Ainsi donc, sans en avoir peut-être le sentiment, Timoneda constitua par sa publication une nouvelle branche de la littérature nationale, et fit jaillir après elle une longue suite de fictions semblables dont la plupart portent les noms les plus éminents des célèbres prosateurs espagnols.

En effet, l'écrivain qui suivit immédiatement Timoneda, dans cet ordre d'idées, c'est Cervantès. Il commença par insérer des contes analogues, dans la première partie de son *Don Quichotte*, en 1605; et, huit ans plus tard, il en produisit une collection qu'il publia séparément. Nous avons déjà parlé de ses *Novelas ejemplares*; il nous suffira, par conséquent, de répéter que, pour l'originalité de l'invention, pour la beauté du style,

---

ainsi que nous l'avons vu, volume I, p. 26, dans la vieille poésie espagnole, quoique le poème ne se soit imprimé qu'en 1844. Mais il est plus vraisemblable que Timoneda l'a prise des *Gesta Romanorum*, conte 153, dans l'édition de 1488. Il a emprunté celle de Griselda sans doute du *Decamerone* où elle se trouve à la fin. Il aurait pu aussi la prendre ailleurs. (Manni, *Historia del Decamerone*, Firenze, 1742, in-4° p. 603.) Quant au roman avec lequel les Anglais sont si familiarisés, grâce aux *Reliques* de Percy, il le tira probablement de la quatrième *Novella* de Sacchetti, écrite vers 1370; nous ignorons qu'il y en ait aucune trace, quoiqu'il ait été bien connu depuis jusqu'à la version de Burger. De semblables recherches sur d'autres contes du *Patrañuelo* conduiraient à des résultats analogues, mais ces exemples suffisent pour prouver que Timoneda prenait partout tout ce qui pouvait servir à ses projets, comme le faisaient les *Novellieri* italiens et les *Trouvères* français sans s'inquiéter de l'origine ou de la provenance.

elles se placent en tête du genre auquel elles appartiennent (1).
D'autres collections suivirent, avec un caractère tout à fait différent. Hidalgo publia, en 1605, une relation des folies permises, durant les trois
derniers jours de carnaval, relation remplie d'anecdotes et de petits contes
dans le genre de ce que les *novelle* italiennes ont de plus léger et de plus
gai (2). Suarez de Figueroa, qui n'était pas l'ami de Cervantès, tout en
étant son disciple, inséra d'autres contes d'un ton plus romantique dans
son *Pasajero*, publié en 1617 (3). Peut-être n'y a-t-il pas, dans la première
partie du dix-septième siècle, un écrivain de fictions de ce genre qui ait
eu plus de succès que Salas Barbadillo, né à Madrid vers 1580, et mort
en 1630 (4). Durant les dix-huit dernières années de sa vie, il ne publia
pas moins de vingt ouvrages différents, consistant tous, à l'exception de
trois ou quatre qui sont remplis de drames et de poésies du genre que Lope
de Vega avait mis à la mode, en histoires populaires, moins courtes que
les contes de Timoneda, pas assez longues pour mériter le titre de romans
réguliers, mais composées toutes dans un esprit vraiment national et dans
un style fortement marqué de l'empreinte castillane.

La *Ingeniosa Elena, hija de Celestina*, une de ses premières et de ses plus
spirituelles fictions, parut en 1612, et se réimprima ensuite fréquemment.
C'est l'histoire d'une courtisane dont les aventures, par le haut rôle

---

(1) Voyez ci-dessus volume II, chap. XI, pag. 168.

(2) Il est sous la forme de dialogue et porte pour titre : *Carnestolendas de
Castilla, dividido en las tres noches del Domingo, lunes y martes de Antruejo,
por Gaspar Lucas Hidalgo, vecino de la villa de Madrid*, Barcelone, 1605, in-8°,
fol. 108. Nous en avons des éditions de 1606 et 1618.

(3) *El Pasagero*, Madrid, 1617, in-8°, fol. 492, se compose de dix dialogues entre
deux voyageurs qui reposent, d'où leur vient le titre affecté de *Alivios*. Nous avons
aussi un petit volume intitulé : *Historia de los siete Sabios de Roma compuesta
por Marios Perez, Barcelona, por Rafael Figuero*, in-8°, sans date, imprimé,
selon toute apparence, vers le commencement du dix-huitième siècle. Il contient
l'histoire des Siete Sabios maestros, une des fictions les plus anciennes des temps
modernes. Dans le livre en castillan, l'Empereur s'appelle Ponciano, et est supposé
fils de Dioclétien. Le style est un peu meilleur que celui de la *Donzella Teodor.*
(Voyez ci-dessus tom II. chap. XVII, pag. 279.) Il semble appartenir à la même
période.

(4) On trouve des détails sur Salas Barbadillo dans Baena (*Hijos de Madrid*
tom. I, p. 42) ; dans Nicolas Antonio (*Bibl. Nov.*, tom. I, p. 28); dans les préfaces de son *Estafeta del Dios Momo*, Madrid 1627 in-8°, de ses *Coronas del Parnaso*, Madrid, 1635, in-8°. Il appartenait à la même confrérie religieuse que Cervantès, et il donna une approbation des plus fortes à la première édition des contes
et nouvelles de son ami. (Navarrete, *Vida*, §§ 121, 132.) Il remplit aussi, paraît-il,
une fonction à la Cour, puisqu'il s'appelle lui-même *Criado de su Majestad.*

qu'elle entreprend de jouer dans la vie, appartiennent au genre le plus audacieux et le plus désespéré. Elle s'appelle la fille de Célestine, parce qu'elle se rend digne de ce nom par son talent et par ses crimes. Mais, par une vérité instinctive, l'auteur la fait périr par la forme la plus terrible d'exécution en Espagne, parce qu'elle a empoisonné un amant vulgaire et obscur. Un ou deux épisodes sont introduits, sans le moindre artifice, dans le cours de la narration principale; on peut en dire autant de quelques romances qui n'ont d'autre valeur que de jeter plus de jour sur la vie picaresque, comme on l'appelait, vie dominante alors dans les grandes cités espagnoles. Les meilleurs passages du livre sont ceux qui se rapportent à Hélène elle-même et à ses machinations : les scènes les plus frappantes, celles qui sont peut-être les plus vraies pour le temps, sont celles où elle est représentée s'élevant à l'apogée de la fortune, passant pour une sainte et en imposant à Séville tout entière (1).

Rien d'étonnant, par conséquent, qu'avec de pareils matériaux et de pareils incidents, l'*Ingeniosa Elena* n'emprunte beaucoup de l'esprit des contes du *genre picaresque*, et ne prenne le style des fripons espagnols. Diamétralement opposé se trouve aussi, par conséquent, dans le but et le caractère, *El Caballero perfecto*, conte philosophique, qui n'est pas sans avoir plusieurs traits des romans de chevalerie. Il est dédié à toute la noble jeunesse du royaume, au moment où les Cortès sont assemblées : son objet est de présenter à ses yeux l'idéal du vrai chevalier, comme devant un public dont la partie la plus jeune peut être excitée à rechercher les attributs et les honneurs de la chevalerie. Pour atteindre son but, Barbadillo raconte l'histoire d'un gentilhomme espagnol qui, après avoir parcouru l'Italie, sous le règne d'Alphonse d'Aragon, le conquérant de Naples, obtient la faveur de ce monarque, le sert dans les emplois militaires et diplomatiques les plus élevés, commande des armées en Allemagne, joue le rôle de médiateur entre des rois imaginaires d'Angleterre et d'Irlande, se retire dans les environs de Baies, et jouit d'une vieillesse tranquille dans la pratique de la religion (2).

La Casa del placer honesto, la Maison du plaisir honnête, diffère encore des deux fictions qui précèdent et nous montre, par une autre variété

---

(1) *La Ingeniosa Helena, Hija de Celestina*, Lérida, 1612, souvent reproduite depuis. Notre édition est de Madrid, 1737, in-8°. — Scarron en profita, en l'altérant, comme il le faisait ordinairement de tous les romans espagnols, dans ses *Hypocrites*, nouvelles tragi-comiques de Scarron, Paris, 1754, tom. I.

(2) *El Caballero perfeto*, Madrid, 1620, in-8°.

de ce compositeur ,la flexibilité du talent de l'écrivain. Barbadillo nous
y raconte les farces de quatre gais étudiants de Salamanque qui, fatigués
de la vie monotone de cette Université, viennent à Madrid, ouvrent une
maison splendide, disposent de grandes salles pour les réceptions, invi-
tent tout ce qu'il y a de plus élégant et de plus à la mode dans cette cité,
racontent des histoires pour divertir leurs hôtes, récitent des romances,
et jouent des comédies : c'est là la matière qui remplit tout le volume, se
composant réellement et effectivement de six contes. Le livre se termine
tout à coup et brusquement par la maladie dangereuse du plus actif des
quatre compagnons, si gais, qui avaient si bien arrangé ce divertissement de carême (1).

Il n'est pas nécessaire de pousser plus loin l'examen des légères et agréables fictions de Barbadillo. Nous dirons seulement de ses autres ouvrages que *El Caballero Puntual*, en deux parties, est une histoire burlesque pour ridiculiser ceux qui prétendent être les premiers en tout (2) ;
que *El Necio bien afortunado* est bien ce que son nom implique (3) ; que
Don Diego de Noche se compose des aventures amoureureuses, durant neuf
nuits consécutives, d'un personnage qui échoue dans tout ce qu'il entreprend (4) ; que toutes ces œuvres, ainsi que les autres productions de.

---

(1) *Casa del placer honesto*, Madrid, 1620, in-8°.

(2) *El Caballero Puntual*, primera parte, Madrid, 1614; segunda parte, Madrid
1619, in-8°. A la fin de la deuxième partie est insérée une comédie, *Los prodigios
de amor*. Un livre assez semblable au *Caballero Puntual*, s'imprima à Rouen,
en 1610, in-8°, avec ce titre : *Rodomuntadas castellanas*. Il est en espagnol, comme
beaucoup d'autres livres imprimés en ce moment, en France, par suite des rapports
excellents entre les deux Cours de France et d'Espagne. Il se réduit à une incroyable série de bouffonneries et d'exagérations du genre de celles du baron Mun-
chausen. Il est sans valeur et je ne l'ai cité que pour avoir précédé de quatre ans
le roman de *Salas Barbadillo*. — Il convient, toutefois, de ne pas confondre ces
Rodomuntadas avec un autre petit volume, assez semblable, pour le titre, imprimé à Venise, en 1675, en quatre langues, espagnol, italien, français et allemand. Ce dernier porte pour titre : *Rodomuntadas españolas*, et n'est qu'une collection de bons mots et de fanfaronnades.

(3) *El Necio bien afortunado*, Madrid, 1621, in-8°.

(4) *Don Diego de Noche*, Madrid, 1623, in-8°. Toutes les neuf aventures qu'il
renferme arrivent la nuit : Pourquoi ces histoires se trouvent-elles dans la traduction des œuvres de Quevedo (Edimbourg, 1798, trois volumes, in-8°), et dans
la traduction antérieure de Stevens où elles sont aussi insérées, c'est ce que nous
n'avons pu savoir. Il existe aussi une comédie de Rojas intitulée : *Don Diego
de Noches*, *Comedias escogidas*, tom. VIII, 1654, mais elle n'a rien de commun
avec la fiction de Barbadillo.

Salas Barbabillo, ne révèlent pas, c'est vrai, un talent d'un ordre supérieur, mais qu'elles dénotent une flexibilité peu commune, effleurant plutôt les mœurs à la surface que pénétrant les secrets du caractère que les mœurs servent à déguiser. Son dernier ouvrage intitulé : *Coronas del Parnaso y platos de las Musas* n'est qu'un mélange de prose et de vers, composé de contes et de drames. Il était déjà prêt pour l'impression ; la licence avait été accordée, en octobre 1620, mais Barbadillo mourut immédiatement après, et il ne fut édité qu'en 1635 (1).

Durant la vie de Barbadillo, et probablement à son exemple et par suite de ses succès, ce genre de fictions se développa fréquemment. *Las Noches de invierno*, d'Antonio de Esclava, publiées en 1609, appartiennent à cette classe; leur date les fait toutefois remonter si haut qu'elles ont dû plutôt donner une impulsion à Salas Barbadillo qu'elles n'en ont reçu une de lui (2). Mais les *Doce novelas morales* de Diego de Agreda, en 1620, appartiennent clairement à son école (3), ainsi que la *Guia y avisos de forasteros en la corte*, publiée la même année par Liñan y Verdugo, singulière série d'histoires, racontées par deux gentilshommes d'un certain âge à un jeune homme, pour le prémunir contre les dangers de la vie joyeuse de Madrid (4). Lope de Vega, suivant son habitude, marcha dans la voie

---

(1) *Coronas del Parnaso y platos de las Musas*, Madrid, 1635, in-8°. L'idée du livre est la même que celle du *Convite* de Dante ; mais il n'est pas probable que Salas Barbadillo ait cherché à imiter l'allégorie philosophique du grand maître italien.

(2) La primera parte de *Las noches de invierno*, d'Antonio de Esclava, s'imprima à Pamplona, en 1609, et à Bruxelles, en 1610, in-8°. La seconde partie n'a jamais paru, ce qui arrivait fréquemment avec des œuvres de ce genre. l'Index de 1667, p. 67, en ordonna la correction.

(3) *Doce novelas morales y exemplares*, par Diego de Agreda y Vargas, Madrid, 1620; réimprimé par un de ses descendants, à Madrid, 1724, in-8°. Diego de Agreda dont parle Baena, tom. I, p. 331, était soldat et écrivain tout à la fois. Dans le conte intitulé : *El Premio de la Virtud*, il rapporte, selon toute apparence, l'histoire d'un événement arrivé dans sa propre famille. Il emprunte d'autres contes à l'Italie. Celui d'*Aurélio et Alexandra*, par exemple, est un *rifacimento* de l'histoire de Roméo et Juliette par Bandello, histoire dont Shakespeare se servait vers la même époque.

(4) *Guia y avisos de forasteros*, por el lecenciado D. Antonio Liñan y Verdugo, Madrid, 1620 in-4°. Dans son discours qui précède les contes, au nombre de quatorze, il est dit que l'auteur a déjà écrit d'autres livres et qu'il est déjà vieux. Mais je n'ai pas trouvé d'autres détails sur lui que ceux que Nicolas Antonio nous donne, *Bibl. nov.* tom. I, p. 141. N. Antonio ne transmet cependant que les titres des contes et se trompe sur l'année de leur impression. Ajoutons que plusieurs

où d'autres avaient obtenu des succès. En 1621, il ajouta un petit conte à sa *Filomena*, et un peu plus tard, trois autres à sa *Circe*. Lope lui-même regardait cette tentative comme une expérience douteuse et, en effet, elle ne fut pas heureuse (1). D'autres personnes, encouragées toutefois par la faveur générale qui accompagnait évidemment ces légères et amusantes collections d'histoires, s'engagèrent avec plus d'empressement dans la même voie. Salazar avec ses *Clavellinas de recreacion*, en 1622 (2) ; Lugo avec ses *Novelas*, de la même année (3) ; Camerino avec ses *Novelas amorosas* (4), un an après seulement. Tous ces six ouvrages se produisirent en trois ans : ils appartiennent tous à l'école de Timoneda, modifiée par le genre de Cervantès et par l'habileté pratique de Salas Barbadillo.

Le succès était réellement populaire, mais la direction fut tellement la même que le résultat devint un peu monotone. On exigea bientôt, par conséquent, de la variété ; et cette variété, demandée par la voix de la mode, s'obtint bientôt. La nouvelle forme ainsi introduite n'apportait cependant pas un changement violent. L'essai fut tenté par un auteur dramatique bien connu qui, empruntant du *Décameron* une idée déjà adoptée en partie par Barbadillo, dans sa *Casa del placer honesto*, substitua, comme moyen de relier une série d'histoires séparées, la charpente dramatique à la narration simple employée par Bocace et ses disciples. Cette essai coïncida, heureusement, avec la passion générale pour le théâtre, passion qui subjuguait alors toute d'Espagne, et le succès couronna ces efforts.

Le changement auquel nous faisons allusion se remarque, pour la

---

de ces récits ont un certain air de vérité et ressemblent à des esquisses des mœurs du temps.

(1) Voyez ci-dessus, tom. II, chap. XIV, pag. 231. Nous avons déjà parlé de ces Nouvelles de Lope, et expliqué comment on y en avait ajouté quatre autres qui ne sont pas de lui, et qui s'imprimèrent néanmoins dans la collection de ses œuvres, tom. VIII.

(2) *Clavellinas de Recreacion*, par Ambrosio de Salazar, Ruan, 1622, in-8º. Il composa d'autres œuvres en espagnol, et qui s'imprimèrent, en France, où il était médecin de la Reine. (Nicolas Antonio, *Bibl. Nov.*, t. I, p. 68.)

(3) *Novelas de Francisco de Lugo y Avila*, Madrid, 1622, in-8º.

(4) *Novelas Amorosas*, par Joseph Camerino, Madrid, 1623 et 1736, in-4º. (N. Antonio, *Bibl. Nov.*, tom. II, p. 361.) C'était un Italien, ainsi que l'indique un sonnet de Lope de Vega, mis en tête de ses Nouvelles, et son propre préambule. Son style espagnol est toutefois assez pur ; on n'y remarque qu'un peu trop d'affectation, défaut commun à beaucoup d'écrivains castillans de cette époque. Sa *Dama bea'a*, récit plus étendu, s'imprima, à Madrid, en 1655, in-4º.

première fois, dans les *Cigarrales de Toledo*, publiés, en 1624, par Gabriel Tellez, Tellez qui, comme nous l'avons déjà observé, toutes les fois qu'il abandonnait son couvent et se présentait au public comme un auteur profane, se déguisait toujours sous le nom de Tirso de Molina. C'est un livre singulier, tirant son nom d'un mot d'origine arabe particulier à Tolède : *Cigarrale* y signifie une petite maison de campagne dans le voisinage de la ville, construite seulement comme habitation de plaisance, et seulement pour la saison d'été. Tirso suppose que, dans une de ces maisons, on célèbre une noce avec des circonstances qui intéressent un grand nombre de personnes. Ces personnes désirant, en conséquence, se trouver souvent ensemble, conviennent d'arrêter une série de divertissements dans leurs maisons respectives, désignées chacune par le sort et sous la direction d'un des membres de leur société. Chacun de ces membres, durant toute la journée de son autorité, devait avoir le contrôle suprême et la responsabilité pour amuser toute la compagnie.

Les *Cigarrales de Toledo* contiennent donc la relation de ces divertissements et se composent des histoires qui s'y lisaient ou s'y racontaient, des poésies qui s'y récitaient, des comédies qui s'y jouaient, en un mot de tout ce qui s'y faisait en spectacles divers et amusements de la réunion. Il y a des parties où se trouvent une limpidité et une harmonie peu communes dans ce temps; mais, en général, comme il arrive dans les descriptions et dans la pauvre invention du *Laberinto*, toute cette composition est défigurée par les puérilités et les extravagances qui caractérisent les folies du Gongorisme. Le livre plut cependant, et Tirso de Molina en prépara un autre intitulé : *Deleitar aprovechando*, d'un ton plus grave et plus religieux, mais d'un mérite pratique bien inférieur. Composé en 1632, il ne s'imprima qu'en 1635. Malgré l'accueil qu'ils reçurent, ils restèrent tous les deux incomplets; le dernier se termine par la promesse d'une deuxième partie, et le premier qui entreprend de nous donner une description des divertissements de vingt journées, n'en embrasse en réalité que cinq (1).

_____

(1) Baena, *Hijos de Madrid*, tom. II, p. 267. Je n'ai pas trouvé d'édition des *Cigarrales de Toledo* mentionnée avant 1631. L'exemplaire que je possède est cependant daté de Madrid, 1624, et appartient évidemment à la première édition. Covarrubias au mot *Cigarral* en donne la signification propre, qui ressort aussi du livre lui-même. Le *Deleitar aprovechando* se réimprima, à Madrid, en 1765, deux volumes, in-4º. Dans les *Cigarrales*, Tirso de Molina promet douze récits avec l'argument général qui les relie et il ajoute satiriquement : *no robadas del toscano;* mais ils n'ont jamais paru.

Le genre que ces récits adoptèrent produisit bientôt des imitations. Montalvan qui, comme son maître Lope de Vega, ne manquait jamais de suivre les indications du goût du peuple, imprima, en 1632, son *Para todos*, contenant les amusements imaginaires d'une réunion d'amis des lettres qui conviennent d'y pourvoir l'un pour l'autre, durant une semaine, et dont les joyeuses réunions finissent, comme avaient commencé celles des *Cigarrales*, par une noce. Plusieurs de ces inventions sont d'une érudition des plus fatigantes, et l'ensemble a un arrangement beaucoup moins bien ordonné que le récit des divertissements de Tolède : il se plie moins naturellement au ressort dramatique. Il n'en démontre pas moins le talent de l'auteur. Certains contes sont dits de la manière la plus plaisante; en particulier celui qui porte pour titre : *Al cabo de los años mil*. Considéré dans son ensemble, le *Para todos* dut être populaire, puisqu'il eut neuf éditions, en moins de trente ans, malgré les rudes attaques de Quevedo (1). Comme conséquence naturelle de sa popularité, il produisit de nombreuses imitations, au nombre desquelles il faut compter *Para algunos*, de Matias de los Reyes, en 1640 (2), et, un peu plus tard, *Para si*, de Juan Fernandez y Peralta (3).

---

(1) Baena, tom. III, p. 157. Nous avons sous les yeux la neuvième édition du *Para todos*, Alcalà, 1661, in-4°. Quevedo semble avoir été porté de mauvaise volonté personnelle contre Montalvan qu'il appelle : *Desecho de Lope de Vega*, en ajoutant que son *Para todos* est « como el coche de Alcalà à Madrid, que lleva toda clase de gentes, hasta las malas » (*Obras*, tom. XI, p. 129.) Le nom de Quevedo ne paraît pas non plus parmi ceux qui, en 1639, composèrent des vers ou offrirent un tribut à la mémoire de Montalvan, quoique leur nombre s'élève à cent-cinquante environ, et qu'il s'y trouve presque tous les auteurs en renom de l'Espagne contemporaine. Voyez *Lagrimas panegiricas en la muerte de Montalvan*, 1639.

(2) Outre les nouvelles insérées dans le *Para algunos*, Matias de los Reyes en composa d'autres. Son *Curial del Parnaso*, Madrid, 1624, in-8°, dont la première partie seulement fut publiée, en contient plusieurs. Il écrivit également pour le théâtre. Son *Para algunos* s'imprima, à Madrid, 1640, in-4°, et il n'est pas mal écrit. Baena, *Hijos*, tom. IV, p. 97.

(3) Nous n'avons jamais vu le *Para Si*, de Peralta, et nous ne connaissons son titre que par les catalogues. Il existe deux autres ouvrages semblables d'une date plus récente et qu'on peut ajouter aux œuvres précédentes. Le premier c'est *El entretenido*, por Antonio Sanchez Tortoles, dont l'impression fut autorisée en 1671, et dont nous n'avons vu d'autre édition que celle de 1729, in-4°. Il contient les divertissements d'une académie, durant les fêtes de la Noël; une comédie, un *entremes*, des poésies et des dissertations sur des sujets d'histoire naturelle, d'érudition et de théologie. Il n'y a pas le moindre conte et il ne décrit que dix des quatorze soirées

Cependant la composition successive de contes séparés se poursuivait activement. Montalvan en publia huit, en 1624, écrits avec plus de grâce qu'on n'en trouve ordinairement dans ce genre de compositions espagnoles. L'un deux, La *Desgraciada amistad*, basé sur les souffrances d'un prisonnier en Algérie, est un des plus beaux pour le style ; et tous eurent un tel succès qu'ils se réimprimèrent onze fois, dans l'espace d'environ trente ans (1). Montalvan fut suivi de Cespedes y Meneses qui publia, en 1628, une série de contes intitulés : *Historias peregrinas* (2) ; de Moya qui donna, vers cette même époque, son histoire singulièrement extravagante : *Las Fantasias de un susto*, relation de tous les incidents merveilleux qui avaient successivement traversé son imagination, pendant qu'il roulait, comme il le déclare lui-même, dans un précipice de la Sierra Morena (3). Castro y Anaya publia aussi, en 1632, cinq contes portant

---

promises au commencement. Les quatre soirées restantes furent remplies par Joseph Moraleja, Madrid, 1741, in-4°, avec des matériaux généralement plus légers et plus gais, et même par une nouvelle. — L'autre ouvrage a pour titre : *Gustos y disgustos del lentiscar de Cartagena, por el licenciado Ginés Campilo de Bayle*, Valence, 1689, in-4°. Il tire son nom de *Lentiscar*, localité voisine de Carthagène où les lentisques abondent. Là sont décrits les divertissements et les fêtes données, durant douze jours, dans une maison de campagne, en l'honneur d'une jeune dame qui hésite à prendre le voile, mais qui, reconnaissant son erreur, à la fin malheureuse de chacun de ces jours de plaisirs, rentre joyeuse dans son couvent et achève sa profession. Aucun de ces livres ne vaut la peine d'être lu. Les quatre *Academias* de Jacinto Polo, *les Amusements de quatre jours de noce* (*Obras*, 1670, pp. 1-106), sont bien meilleurs quoique la plus grande partie soit en vers.

(1) Ces œuvres furent traduites en français par Rampale et imprimées, à Paris, en 1644. Voyez Baena et Brunet. Elles sont notées dans l'Index expurgatoire de 1667, p. 735.

(2) Gonzalo de Cespedes y Meneses, *Historias peregrinas*, Saragosse, 1628, 1630 et 1647, la dernière in-8°. La première partie a été, comme toujours, la seule publiée. C'est un livre curieux commençant par un *Epitome de las excelencias de España*. L'action de chacune des six nouvelles qu'il contient est supposée se passer dans une des principales cités d'Espagne; en conséquence, il la fait précéder d'un autre abrégé des excellences de la ville où le fait se passe. Cespedes est aussi l'auteur de *l'Español Gerardo* dont nous avons déjà parlé ci-dessus, chap. xxxv, p. 160, note 1. Comme beaucoup d'autres nouvellistes, il était natif de Madrid.

(3) Juan Martinez de Moya, *Fantasias de un susto*. Sa lecture nous rappelle la théorie de Coleridge, sur la rapidité avec laquelle une série d'événements peuvent traverser l'imagination d'un homme qui se noie ou qui est en proie à une surexcitation mentale. Malgré sa prétention de critiquer les mœurs du temps, elle a peu de valeur et elle est pleine de mauvais vers. Elle n'en a pas moins été réimprimée à Madrid, en 1778, in-8°.

le titre de *Las Auroras de Diana*, récits racontés dès l'aube, pendant cinq jours consécutifs, pour charmer Diane, dame qui, après une longue maladie, était tombée dans une mélancolie profonde (1).

Le beau sexe entra aussi en lice dans le champ général de la mode. Doña Mariana de Carvajal, native de Grenade, descendante des anciennes familles ducales de San Carlos y Rivas, imprima, en 1638, huit nouvelles aussi agréables par leur invention que par la simplicité de leur style, qu'elle intitula : *Navidades en Madrid* ou *Noches entretenidas* (2). En 1637 et 1647, Doña Maria de Zayas y Sotomayor, dame de la cour, publia deux collections : la première portait simplement le titre de *Novelas*, et la seconde, celui de *Saraos*. Chaque série se compose de dix contes ou histoires reliés entre eux par les divertissements d'une compagnie d'amis, réunis à la Noël, et par les danses et les fêtes du mariage de l'un d'entre eux, durant les jours de solennité qui suivent (3).

On chercha à introduire encore quelques légers changements dans ce genre de fictions. Mata, dans deux contes assez fastidieux intitulés : *Soledades de Aurelia*, publiés, en 1637, essaya de leur donner un caractère plus religieux (4). En 1641, André del Castillo, dans six autres histoires, improprement nommées *La Mojiganga del gusto*, s'efforça de leur donner plus de légèreté que par le passé (5). Ils eurent tous deux des imitateurs. Les *Soledades de la vida*, de Lozano, sont quatre nouvelles qu'il suppose racontées par un ermite, vivant sur les sommets abruptes

---

(1) *Auroras de Diana*, por Don Pedro de Castro y Anaya. L'auteur était né à Murcie, et c'est dans cette ville que se firent les éditions de son livre, en 1632, 1637, 1640. Il s'en publia une autre à Coïmbre, en 1654, in-8°.

(2) Mariana de Carvajal y Saavedra, *Novelas entretenidas*, Madrid, 1633, in-4°. A la fin de ces huit histoires, elle promet une seconde partie. Et en effet, dans l'édition de 1728, nous trouvons deux récits de plus, désignés par neuvième et dixième, mais ces deux derniers ne lui appartiennent pas, selon nous.

(3) Baena, *Hijos*, tom. IV, p. 48. Les deux collections sont réunies dans l'édition de Madrid, 1795, in-4°. La première prend le nom de *Novelas*, et la seconde celui de *Saraos*. Une des nouvelles, bien qu'écrite par une dame, est des plus vertes et des moins modestes que je me rappelle avoir lues dans de pareils livres. Elle a pour titre : *El prevenido engañado*, et a servi à Scarron pour sa *Précaution inutile*, avec de légères modifications.

(4) Jeronimo Fernandez de la Mata, *Soledades de Aurélia*, 1638. Dans la réimpression de Madrid, 1737 in-8°, on ajouta un dialogue assez pauvre entre Cratès et sa femme Hipparcha, contre l'ambition et les efforts mondains, qui avait déjà été imprimé, en 1637.

(5) André del Castillo, *La mogiganga del gusto*, Saragosse, 1641, seconde édition, Madrid, 1734. Elle est écrite en style *culto*.

du Montserrat. Elles appartienent à la première classe et, malgré une certaine affectation de style, elles reçurent les éloges de Caldéron, et arrivèrent au moins à six éditions (1). Dans un sens opposé, entre 1645 et 1649, nous avons un assez grand nombre de nouvelles profanes et libres, de Castillo Solorzano, dont les meilleures sont : *Los Alivios de Cassandra*, *La Quinta de Laura*, imitées, toutes deux, des *Auroras de Diana*, de Castro y Anaya (2).

Dans le même sens, la succession des fictions courtes se continua sans interruption, jusqu'à ce qu'elle cessât avec la décadence générale de la littérature espagnole, vers la fin du siècle. C'est ainsi qu'en 1641, nous avons les *Varios efetos de amor*, par Alonso de Alcalà, cinq récits dont on peut se faire une idée par cette singularité que, dans chacun d'eux, une des cinq voyelles est entièrement omise (3). En 1645, les *Escarmientos de Jacinto*, par Villalpando, expériences qui semblent avoir été prises

---

(1) Cristobal Lozano, *Soledades de la Vida*, sixième édition, Barcelone, 1722, in-4º. Après les quatre histoires que raconte l'ermite, il y en a six autres dans cette édition qui, quoique séparées, sont du même goût et du même style. Lozano écrivit encore les *Reyes nuevos de Toledo*, dont nous avons déjà parlé ci-dessus pag. 163 ; le *David perseguido*, et d'autres œuvres semblables. Nous croyons du moins qu'elles appartiennent toutes à la même personne, quoique l'Index expurgatoire de 1790 attribue les *Soledades* à Gaspar Lozano, comme s'il n'était pas le même que Cristobal Lozano.

(2) Nous avons déjà parlé chap. XXXIV, p. 148, d'Alonso del Castillo Solorzano, comme auteur des romans *picaresques*. Nicolas Antonio, *Bib. Nov.* tom. I, p. 15, nous donne une liste de ses ouvrages où l'on remarque une espèce de série avec ces titres : *Jornadas alegres*, 1626 ; *Tardes entretenidas*, 1625 ; et *Noches de placer*, 1631. Aucune de ces compositions n'eut un grand succès ; l'auteur ne se distingua pas non plus beaucoup dans d'autres contes, excepté dans la *Garduña de Sevilla*, déjà mentionnée. Sa *Quinta de Laura* s'imprima trois fois, et ses *Alivios de Casandra*, déjà publiés en 1640, et ressemblant jusqu'à un certain point au *Para todos* de Montalvan, puisqu'ils offrent une collection de drames, de poésies et de six contes, furent traduits en français et imprimés, à Paris, en 1683 et 1685.

(3) Alonso de Alcalà y Herrera, *Varios efetos de Amor*, Lisbonne, 1641, in-8º. C'était un Portugais d'origine espagnole, il écrivit le castillan avec autant de pureté que le portugais. (Barbosa, *Bib. Lus.* in-fol. tom. I. p. 26.) Clémencin cite ces contes d'Alcalà comme une preuve de la richesse de la langue espagnole. (Edit. *D. Quichotte*, tom. IV. p. 286.) Il y a une autre nouvelle que Guevara imprima dans son *Diablo cojuelo* et qui a pour titre : *Los tres hermanos* ; elle est écrite sans aucun *a*. En 1654, Fernando Jacinto de Zarate avait également publié le récit d'une histoire amoureuse intitulée : *Meritos disponen premios discurso lirico*, en omettant la même voyelle. Mais, dans ce genre, les cinq contes d'Alcalà sont les meilleurs.

de la propre vie de l'auteur, dont Jacinto est le premier des prénoms (1) ; en 1663, les *Meriendas del Ingenio y entretenimientos del gusto*, par Andrés de Prado (2) ; et, en 1666, une série de contes empruntés de divers auteurs par Isidro de Robles (3), et publiés sous le titre de *Varios prodigios de amor*. Toutes ces compositions appartiennent, comme leurs titres l'indiquent, à une même école. Il y a bien accidentellement quelque variété dans leur intonation particulière, puisque les unes sont amusantes, d'autres sentimentales ; puisque les unes ont le lieu de la scène en Espagne, d'autres en Italie, d'autres en Algérie, mais, comme leur but unique n'est que l'amusement le plus léger, on peut n'en faire qu'un seul groupe et les caractériser, en général, comme des compositions de peu de valeur et manquant de mérite, à mesure qu'elles approchent davantage de l'époque où ce genre de fictions disparaît dans la vieille littérature espagnole.

Dans cette branche de la littérature espagnole, il existe encore une autre variété, tellement distincte du reste qu'il faut lui accorder une mention particulière. Cette variété, on l'a parfois appelée conte allégorique et satirique, et elle a pris généralement la forme de *Vision*, titre qui lui a été probablement suggéré par les audacieuses et originales visions de Quevedo. Le modèle qui mérite le plus d'être connu, c'est le *Diablo Cojuelo*, le diable boiteux, de Luis Velez de Guevara, qui parut en 1641. Ce petit conte repose sur la donnée qu'un étudiant délivre de sa prison, dans la bouteille d'un magicien, le diable boiteux, et qu'en récompense de ce service, ce diable emporte son libérateur à travers les airs, enlève, pour ainsi dire, le toit des maisons de Madrid, durant le silence de la nuit, et lui montre les secrets qui s'y passent. L'ouvrage se divise en dix *trancos* ou sauts, suivant qu'ils vont d'un endroit à un autre, dans les différentes parties de l'Espagne, pour saisir leur butin. Partout règne la satire : il y a des morceaux vraiment heureux ; on peut choisir entre

---

(1) Jacinto de Villalpando, *Escarmientos de Jacinto*, Saragosse, 1645. Il était marquis d'Osera, et il donna d'autres ouvrages dans les dix années qui suivirent la publication de *Jacinto*. L'un d'eux parut sous le nom de *Fabio Clymente*. Voyez ci-dessus, chap. XXVII, p. 26.

(2) *Meriendas del Ingenio y entretenimientos del gusto*, Saragosse, 1663, in-8°. Six contes.

(3) Isidro de Robles recueillit les *Varios efetos de amor*, Madrid, 1666, in-4°, et les réimprima avec les cinq *novelas* d'Alcalá, déjà mentionnées, en 1704, 1719 et 1760. — Le nombre des contes s'éleva ainsi à onze, avec trois *Sucesos* à la fin, le tout publié sous le titre de : *Varios prodigios de amor*.

autres ceux qui se rapportent à la vie et aux mœurs à la mode, à la vie des truands, à la vie des hommes de lettres, dans les grandes cités de la Castille et de l'Andalousie, bien que tous ces tableaux soient souvent, comme le reste, défigurés par le mauvais goût alors si répandu. Considérée dans son ensemble, c'est toutefois une fiction amusante; elle se compose en partie d'allégories, en partie d'esquisses vivantes des mœurs. On peut la placer parmi les satires en prose les plus piquantes et les plus animées de la littérature moderne, tant dans sa forme originale que dans celle que lui a donnée Le Sage, dont le rifacimiento, sous le même nom de *Diable boiteux*, a porté l'œuvre et le nom de Guevara partout où les lettres sont connues (1).

Avant l'apparition du *Diablo cojuelo*, Jacinto Polo avait écrit son *Hospital de incurables*, imitation directe, mais imitation faible de Quevedo : il avait même, en 1647, publié sous un nom supposé, son *Universidad de amor y escuela del intéres*, satire contre les mariages intéressés. L'auteur imagine une espèce de vision de *l'Université d'amour*, où le beau sexe est élevé dans les arts d'une intrigue profitable, et où il reçoit des grades académiques conformes à ses progrès (2). C'est en général une allégorie mal composée, remplie de mauvaises pointes et de vers détestables : il s'y trouve cependant un passage tellement caractéristique du génie espagnol dans les fictions de cette forme qu'on peut le citer comme un spécimen du genre auquel il appartient (3).

L'exemple de Quevedo fut encore suivi par Marcos Garcia qui publia,

---

(1) Nicolas Antonio, *Bib. Nov.* tom. II, p. 68 et Montalvan, dans le catalogue à la fin de son *Para todos*, 1661 p. 545, parlent de Guevara comme d'un des auteurs dramatiques de son temps des plus distingués et des plus favorisés. Le *Diablo cojuelo* s'est très-souvent réimprimé, en Espagne, depuis 1641. Le Sage publia son *Diable boiteux*, en 1707, en empruntant presque tout de Guevara. Dix-neuf ans après il le réimprima, en l'augmentant d'autres romans espagnols pris de Francisco Santos et d'autres, et y mêlant d'autres traits de la vie scandaleuse de Paris. Pendant ce temps, le *Diable boiteux* était passé au théâtre où il avait eu, comme sous sa forme primitive, un succès prodigieux.

(2) *Universidad de Amor y escuela del interes, verdades soñadas ó sueño verdadero.* La première partie parut sous le nom d'Antolinez de Piedrabuena, et la seconde, sous celui du Bachiller Gaston Daliso de Orozco. Mais l'une et l'autre s'imprimèrent ensuite dans les œuvres de Salvador Jacinto Polo. Elles parurent aussi réunies toutes deux dans une édition séparée, de soixante-trois pages, en 1664, et avec quelques poésies de l'auteur.

(3) C'est celui qui commence par *Aquella niña que aqui ves* et se trouve au fol. 21, verso de l'édition de 1640.

en 1657, son *Flema de Pedro Hernandez*, personnage imaginaire, mais fort populaire, dont les bras, suivant le vieux proverbe espagnol, tombaient d'eux-mêmes par l'indolence et la nonchalance de leur maître. C'est une vision où des servantes dépensent leur vie à duper vivement, où des étudiants se pressent vigoureusement pour devenir fripons et chicaneurs, où des soldats dissipateurs et des fâcheux de la même espèce, des personnages sans foi ni loi, appartenant à d'autres conditions, contrastent avec ceux qui, s'adonnant à leurs dispositions pacifiques, flottent et se laissent nonchalamment emporter par le courant de la vie, réussissent sans efforts et sans savoir comment. En général, l'allégorie est maigre et pauvre, mais il y a des esquisses individuelles qui sont bien imaginées (1).

Toutefois, la personne qui eut, durant la dernière moitié du dix-septième siècle, le plus de succès en ce genre de composition, ainsi que dans les autres genres de contes et nouvelles, ce fut Francisco Santos, natif de Madrid, et qui mourut vers l'année 1700. De 1663 à 1697, il publia seize volumes d'ouvrages de différents genres destinés à l'amusement du peuple. Ce sont en général de petites histoires dont la plupart sont remplies de personnages allégoriques et de fastidieuses discussions morales (2). La première de la série, *Dia y Noche en Madrid* est une pure fiction morale, divisée en dix-huit parties que l'auteur appelle *discursos*. Elle commence, comme le plus grand nombre des nouvelles espagnoles, avec une certaine pompe. La première scène décrit, avec une exactitude scrupuleuse une pro-

---

(1) Marcos Garcia, *La flema de Pedro Hernandez, discurso moral y politico*, Madrid, 1657, in-8°. L'auteur était un chirurgien de Madrid, qui avait écrit en outre l'*Honor de la medecina* et une autre petite brochure *Papelillo*, sans son nom, et que Nicolas Antonio mentionne dans son prologue, *Bib. Nov.* tom. II, p. 83. Au commencement de la *Flema*, il avoue avoir voulu imiter Quevedo, mais son style respire trop le *cultisme*. Quant à la signification de *Flema*, voyez Covarrubias à ce mot. — Nous pourrions citer encore ici une autre plaisanterie intitulée : *Desengaño del hombre en el tribunal de la fortuna y casa de descontentos, ideado por D. Juan Martinez de Cuellar*, 1663. C'est une vision où l'auteur se rend à la demeure du *Desengaño*, mot castillan qu'on peut traduire ici par *vérité;* il passe ensuite au palais et au tribunal de la Fortune, et là, il est désabusé de toutes ses erreurs sur les félicités du monde. La fiction n'a pas grand mérite et son style est celui de l'école de Gongora. On pourrait citer encore un autre exemple patent de *gongorisme* dans le roman intitulé : *Firmeza en los imposibles y fineza en los desprecios*, de D. Baltasar Altamirano y Portocarrero, Saragosse, 1648, in-8°, dont le sujet repose sur la coquetterie de l'héroïne et la constance inébranlable de l'amant qui se fait tuer dans un combat naval contre les Français.

(2) Baena, *Hijos de Madrid*, tom. II, p. 216. Il existe une édition complète, mais mauvaise des œuvres de Santos, quatre volumes in-4°, Madrid, 1723.

cession de trois cents captifs délivrés, qui entrent dans Madrid, en louant Dieu et se réjouissant d'avoir été rachetés des horreurs de l'esclavage en Algérie. Un de ces captifs, le héros de l'histoire, tombe immédiatement entre les mains d'un domestique des plus fins, mais pas excessivement honnête, du nom de Juanillo, qui, après avoir commencé la vie comme un mendiant, s'est élevé par son adresse, a fini par être employé en qualité de frère servant dans une communauté de moines, et entreprend maintenant de faire connaître à l'étranger la condition de Madrid, de lui servir de guide partout où il veut aller, et de lui expliquer tout ce qu'il y a de plus caractéristique dans les mœurs et les folies de la capitale. Plusieurs de ces esquisses et de ces récits ainsi introduits, sont pleins de vie et de vérité : tels sont, par exemple, ceux qui se rapportent aux prisons, aux maisons de jeu, aux hôpitaux, et, en particulier, celui où une coquette rencontrant un pauvre homme à un combat de taureaux, le dupe tellement par ses flatteries qu'elle le renvoie, à minuit, sans un maravédis, à sa femme et à ses enfants, qui, inquiets, au désespoir et sans nourriture, ont attendu depuis le matin son retour pour avoir leur dîner. Ce petit volume, dont plusieurs parties ont été librement imitées par Le Sage, se termine par la relation que fait le prisonnier de ses aventures en Italie, en Espagne, en Algérie, aventures auxquelles il donne une intonation vraiment nationale, une vigueur et une limpidité vraiment extraordinaires (1).

Periquillo de las gallineras, tel est le titre d'une autre de ces collections d'esquisses ou de contes, moins bien écrite que la précédente, excepté dans les parties purement narratives. Elle contient l'histoire d'un enfant abandonné qui, après la ruine et la mort du couple compatissant qui l'avait recueilli, la première fois, à sa porte, le matin de la Noël, commence son existence propre en servant de guide à un aveugle. De cette condition qui, dans les nouvelles analogues espagnoles, a toujours été regardée comme la plus humble possible de la société, il s'élève jusqu'à être le serviteur d'un personnage qui n'est autre qu'un voleur mystérieux. Periquillo s'échappe de chez lui, mais il tombe dans les mains d'un personnage pire encore, et il est pris dans des circonstances qui nous rappellent l'histoire de Doña Mencia du *Gil Blas*. Notre héros venge toutefois son innocence, et, libre des serres de la justice, il retourne, dégoûté du monde, dans sa première demeure où il mène une vie ascétique. Il fait de longs et pédantesques discours sur la vertu, à ses compatriotes qui l'admirent ; il se

_____

(1) *Dia y noche en Madrid, discursos de lo mas notable que en él pasa.* Madrid, 1663, in-8°. Il existe en outre des éditions de 1708, 1734, etc.

montre, en réalité, une espèce de philosophe humble, devenant de plus en plus dévot, jusqu'à finir son récit par une prière. Considérée dans son ensemble, c'est une nouvelle pleine d'intérêt parmi les fictions espagnoles, parce qu'elle est évidemment écrite à l'imitation des nouvelles du genre *picaresque* et en opposition avec elles. En effet, Periquillo sort de sa condition la plus humble, non par la friponnerie et l'adresse, mais par l'honnêteté et la bonne foi ; au lieu de s'élever dans le monde, de devenir riche et courtisan, il s'établit patiemment en ermite dans un village, comme un pauvre Diogène chrétien. Ce n'est pas douteux, il n'a ni la finesse ni la sagacité de *Lazarillo de Tormes*, mais le fait seul de sa rencontre avec cet audacieux petit mendiant transforme, au moins, Periquillo en personnage de quelque importance (1).

Une autre composition de Santos mérite d'être mentionnée. C'est un conte allégorique intitulé : *La verdad en el potro y el Cid resucitado*, la Vérité sur le chevalet et le Cid ressuscité. Le sujet consiste à représenter la Vérité sous la forme d'une belle femme, placée sur un chevalet, entourée du Cid et d'autre figures qui s'élèvent de terre, autour de l'échafaud sur lequel on lui donne la torture. Là, on la force de raconter les choses telles qu'elles existent ou ont réellement existé ; de discourir sur une multitude d'ombres passant, aux yeux de la compagnie qui l'environne, sur ce qui semble un pont très-long. Toute cette histoire n'est autre chose qu'une satire sous la forme d'une vision, mais son caractère se soutient constamment, depuis le commencement jusqu'à la fin. Le Cid y est partout le même personnage, hardi, résolu, franc parleur. Il se montre très-peu satisfait de tout ce qu'il trouve sur la terre, et en particulier des traditions et des romances populaires qui le concernent, et il redescend dans sa tombe, fort content d'échapper à un monde pareil en disant : *Quedate, Verdad en este mundo, que aunque me le dieron para vivirle no lo hiciera* (2). Reste, Vérité, dans ce monde ; me le donnerait-on pour y vivre, je ne le voudrais pas.

D'autres œuvres de Santos, telles que *El Diablo anda Suelto* et *El vivo y*

---

(1) *Periquillo, el de las Gallineras*, Madrid, 1668, in-8°. Il tire son nom de la circonstance que son auteur, étant enfant, avait été employé à prendre soin d'un poulailler.

(2) *La Verdad en el potro y el Cid resucitado*, Madrid, 1679 et 1686, in-8°. Les romances citées ou insérées dans ce volume, ainsi que d'autres romances chantées dans les rues en l'honneur du Cid, ne se trouvent, fait digne de remarque, dans aucun romancero. L'une d'elles relative à l'insulte faite au père du Cid et qui commence par les vers suivants :

el Difunto appartiennent au même genre allégorique (1). D'autres le sont encore plus, comme ses *Tarascas de Madrid* (2) et ses *Gigantones* (3), inspirées par les monstrueuses et ridicules figures qu'on faisait sortir, pour amuser ou effrayer la multitude, dans les processions annuelles de la Fête-Dieu. L'interprétation satirique que Santos leur donne, c'est qu'on peut voir, chaque jour, dans Madrid, des monstres plus dangereux que les Tarascas, si l'on veut faire attention aux vices et aux folies qui remplissent toujours les rues de cette capitale luxurieuse. Malgré le succès de ces satires, lors de leur première apparition, elles ont cependant cessé de plaire depuis longtemps ; soit parce qu'elles abondent en allusions à des circonstances locales que connaît aujourd'hui la curiosité seule des antiquaires, soit parce qu'elles dépeignent un état de société et des mœurs dont il reste à peine quelques vestiges.

Santos est le dernier des écrivains de contes espagnols, antérieurs au dix-huitième siècle, qui mérite d'être connu (4). Quelque grand que soit

---

Diego Lainez, el padre
De Rodrigo el castellano,
Cuidando en la mengua grande
Hecha à un hombre de grado, etc.

p. 9. édit. 1686.

est fort différente de celle que donnent les romanceros. Il en est de même d'une autre sur la mort du comte Lozano, p. 33 ; d'une autre, sur l'insulte du Cid au Pape, à Rome, p. 105. En entendant cette dernière romance, chantée dans les rues, le Cid du roman s'écrie en colère : « Yo habia de tener tal atrevimiento? « Yo à quien Dios crió castellano, yo me habia de atrever al pastor de la Iglesia? « Yo, castellano, habia de tratar así al Supremo, habia de hacer tal desacato? « Por S. Pedro y S. Pablo y por S. Lazaro, que me hablaron y comunicaron, « siendo vivo, que mientes, vil cantor. » On pourrait extraire d'autres romances de ce volume et les ajouter au *Romancero du Cid*, de Keller, Stuttgard, 1840, qui est le plus complet de tous.

(1) *El Diablo anda suelto*, Madrid, 1677, et *El Vivo y el difunto*, 1692, sont deux romans excessivement curieux.

(2) *Las Tarascas de Madrid y tribunal espantoso*, Madrid, 1664, Valence, 1694, etc. *La Tarasca de parto en el meson del infierno, y dias de fiesta por la noche*, Madrid, 1674, Valence, 1694, sont des livres fort intéressants aussi pour les anecdotes et les peintures qu'ils contiennent, détails qui expliquent le drame populaire religieux.

(3) *Los gigantones de Madrid por de fuera*, Madrid, 1666, in-8º.

(4) Les nouvelles et les contes espagnols du milieu et de la fin du dix-septième siècle sont infectés du mauvais goût et du *cultisme*, plus qu'aucune autre branche de la littérature espagnole. Vers la fin de ce siècle, il n'y avait peut-être pas un livre de ce genre exempt de ce vice.

le nombre des auteurs que nous avons cités jusqu'à la fin de la période dont ils font partie, nous aurions pu en ajouter beaucoup d'autres. Depuis le temps de Montemayor, les pastorales en prose abondent en compositions de ce genre. La *Galatée*, de Cervantès, l'*Arcadie*, de Lope de Vega ne sont guère autre chose qu'une série de contes, légèrement reliés ensemble par un autre qui les embrasse tous. Telles sont aussi, jusqu'à un certain point, les fictions *picaresques* de *Guzman de Alfarache*, de *Marcos de Obrégon* : telles sont encore les fictions plus graves, les *Guerras civiles de Granada* et le *Gerardo español*. Le drame populaire se rapproche de tout ce genre : c'est ce que nous pouvons voir dans Timoneda, dont les histoires, avant de se produire comme des contes, avaient été déjà présentées au public sous forme de farces, sur les scènes grossières des places publiques ; dans Cervantès qui, non-seulement inséra son conte du *Cautivo*, du captif, dans le *Don Quichotte*, mais encore dans sa seconde comédie de *La Vida de Argel*, et composa presque entièrement son conte de l'*Amante libéral* sur sa première comédie, roulant sur le même sujet. Durant la période que nous venons de parcourir, l'Espagne est entièrement pénétrée de l'esprit de ce genre de fictions. Non-seulement elle en produisit un grand nombre et les marqua fortement au coin du caractère populaire, mais elle importa leur ton dans des romans de plus longue haleine et jusque sur le théâtre, à un degré complétement inconnu ailleurs (1).

Le fait le plus frappant, dans toute l'histoire de la fiction romantique, en Espagne, quelle que soit la forme qu'elle ait revêtue, c'est sa prompte

---

(1) L'Italie est l'unique contrée qui puisse rivaliser avec l'Espagne pour les contes et les nouvelles, durant le seizième et le dix-septième siècle. J'oserais même affirmer qu'en considérant la courte période d'un siècle et demi, pendant lequel le goût de livres semblables dura en Espagne, le génie espagnol produisit, en proportion, plus d'ouvrages de ce genre que n'en donna l'Italie, durant la longue période de quatre siècles et demi, pendant laquelle ce genre fut cultivé. Si donc, aux innombrables contes et nouvelles espagnoles, imprimés dans des collections séparées, ou accidentellement insérés dans d'autres livres, nous ajoutons tous ceux qui se trouvent à l'infini dans les drames espagnols, matière où le théâtre italien ne peut offrir de contre-partie, il est hors de doute que le nombre des romans espagnols est infiniment supérieur à celui des fictions italiennes. L'évidence de ce fait ressortirait même si l'on décidait la question par les maigres et imparfaits catalogues des nouvelles espagnoles que donne la *Biblioteca* de D. Nicolas Antonio, et l'admirable et complète *Bibliogia delle novelle italiane*, de Gamba : le résultat serait même fort différent. Et cependant, en parlant des *Novelle italiane*, il faut remarquer que, jusqu'à une époque récente, toute la force, toute la vigueur et toute la richesse de la fiction romantique en Italie s'est tirée du théâtre et des vieux contes, refondus dans cette espèce de nouvelles plus courtes.

apparition et sa décadence également prompte. L'*Amadis* remplissait le monde de sa renommée, alors qu'on avait pas entendu parler, en Espagne, d'aucun autre roman de chevalerie en prose ; et, circonstance singulière, ce roman le plus ancien dans ce genre, reste encore le mieux composé dans toutes les langues. D'un autre côté, le livre qui en finit avec ce même *Amadis* et toute sa poésie, c'est le *Don Quichotte*, livre qui est encore le plus ancien et le meilleur de tous les ouvrages de ce genre, le seul livre qui est encore lu et admiré par des milliers de personnes ne sachant rien des multitudes fantastiques qu'il détruit, excepté ce que son grand auteur veut bien leur en raconter. Le *Conde Lucanor* précède le *Décaméron* d'un demi-siècle. La *Diana*, de Montemayor, éclipsa bientôt en popularité son prototype italien et brilla, pendant quelque temps, sans rival heureux, dans toute l'Europe. Les nouvelles du genre *picaresque*, produit tout d'abord exclusivement espagnol, et la multitude de contes qui les suivirent, avec des caractères plus ou moins distincts et nationaux, ne perdirent jamais leur physionomie et leur costume espagnol, même dans les imitations étrangères les plus heureuses. Prises dans leur ensemble, ces fictions présentent un total très-grand, tellement grand qu'on peut le qualifier d'énorme. Mais un fait plus remarquable encore que leur multitude, c'est qu'elles se produisirent à une époque où le reste de l'Europe, à part une légère exception en faveur de l'Italie, n'était pas encore capable d'exciter de pareils efforts d'imagination ; avant que madame de Lafayette n'eût publié sa *Zayde*, avant que n'eussent paru l'*Arcadie*, de Sidney, l'*Astrée*, de D'Urfé, le *Cid*, de Corneille, le *Gil-Blas*, de Le Sage. En un mot, les fictions espagnoles étaient à l'apogée de leur gloire, au moment où l'Hôtel de Rambouillet exerçait son autorité suprême sur le goût français ; au moment où Hardy, suivant les indications de la volonté du public et l'exemple de ses rivaux, ne trouvait rien de mieux que de mettre sur la scène de Paris presque toutes les nouvelles de Cervantès, et plusieurs même de celles qui appartenaient à des rivaux et à des contemporains de Cervantès (1).

Mais pendant que la civilisation et les mœurs faisaient, à partir de ce moment, des progrès rapides en Europe, elles restaient stationnaires en Espagne. Madrid, au lieu de transporter son influence en France, commence à reconnaître elle-même le contrôle de la littérature et de la finesse du goût de la France. L'esprit inventif cessa d'animer, par conséquent, la fiction romantique espagnole, et, comme nous le verrons, l'esprit d'imitation française prit sa place.

---

(1) Puisbusque, *Histoire comparée*, tom. II, chap. 3.

CHAPITRE XXXVII

Eloquence du barreau et de la chaire. — Fray Luis de Léon. — Fray Luis de Granada. — Paravicino et son école de mauvais goût. — Correspondance épistolaire. — Zurita. — Perez. — Sainte Thérèse. — Argensola. — Lope de Vega. — Quevedo. — Cascales. — Antonio. — Solis.

Nous n'avons presque rien à voir, en Espagne, dans l'éloquence délibérative ou l'éloquence judiciaire. L'état constitutif des choses, les institutions politiques et ecclésiastiques du pays, et, nous pouvons presque ajouter, le caractère même du peuple s'opposaient au développement d'une plante pareille, qui ne fleurit que sur le sol de la liberté.

Les tribunaux espagnols du quinzième et du seizième siècle, soit dans le cours ordinaire de l'administration de la justice, soit dans les sombres procédés de l'Inquisition, connurent l'influence de l'éloquence beaucoup moins que les tribunaux des autres nations chrétiennes des temps modernes. Ils administraient avec le chevalet ou par le bûcher, et jamais par l'esprit de persuasion. Cet esprit ne fut vraiment ni connu ni favorisé dans les assemblées politiques du royaume, bien qu'il n'y fût pas remplacé par les instruments formidables employés dans les cours de justice. Dans les anciennes Cortès de Castille ou plutôt dans les Cortès d'Aragon, il y a eu, paraît-il, des discussions dont l'animation s'est élevée jusqu'à ressembler, en quelque sorte, à ce que nous appelons aujourd'hui l'éloquence parlementaire. Nous trouvons, en effet, des indices de ces discussions dans les vieilles chroniques, en particulier dans les pages qui nous rappellent les troubles et les violences des grands et de la noblesse, sous les règnes de Jean III et de Henri IV. Mais un débat libre et animé sur un grand principe politique, ou sur la conduite des ministres qui dirigent les affaires du pays, débat émouvant parfois les assemblées populaires de l'antiquité et, dans les temps modernes, influençant souvent les destinées de la chrétienté, un tel débat, dis-je, était une chose absolument inconnue en Espagne.

Les discussions graves et monotones auxquelles l'urgence des affaires permettait de s'élever, étaient encore rares et accidentelles. Personne ne s'y destinait : elles ne pouvaient avoir pour conséquence aucun de ces grands résultats pratiques qui sont comme un motif, une récompense suffisante, pour les faire entrer librement dans les institutions d'un Etat. En effet, toute discussion qui pouvait s'ouvrir dans une assemblée ne pouvait avoir lieu dans les premiers temps de la monarchie, à une époque où la langue et la civilisation étaient encore trop peu développées pour produire des modèles de débats si importants. Plus tard, après les règnes de Ferdinand et d'Isabelle et les temps des *Comunidades*, les Cortès virent leurs priviléges se restreindre graduellement, et finir par n'être autre chose qu'une partie du cérémonial de l'empire, ne servant qu'à rappeler les lois qu'elles auraient dû discuter et formuler elles-mêmes. Dès ce moment s'était évanoui l'espoir de voir naître une circonstance favorable au développement de l'éloquence politique, en Espagne ; du reste aucun des Philippe ne l'aurait pas plus tolérée que le luthéranisme.

L'éloquence de la chaire était arrêtée par des causes semblables, mais dans une voie différente. La religion catholique a conservé, jusqu'à la dernière période, en Espagne, plus que dans aucune autre contrée, le caractère qu'elle avait eu durant le moyen âge. Là, elle a été, jusqu'à un degré extraordinaire, une religion de mystères, de formes et de pénitences, une religion, par conséquent, où les moyens de remuer l'intelligence et le cœur tels que ceux qui prévalurent en France et en Angleterre, à partir de la moitié du dix-septième siècle, ont été rarement essayés et ne l'ont jamais été avec grand succès.

Si cette remarque souffre une exception, il faut la faire en faveur de Fr. Luis de Léon et de Fr. Luis de Grenade. Nous avons déjà parlé du premier. Il n'imprima pas ses sermons à proprement parler, mais il inséra, dans ses autres ouvrages et spécialement dans les *Nombres de Cristo* et dans la *Perfecta casada*, de longues déclamations, précédées parfois d'un texte, et tantôt non, régulièrement divisées par points, et portant tous les attributs et les apparences générales de discours religieux. Ces discours, imprimés vers 1584, peuvent être rangés parmi les premiers spécimens de l'éloquence de la chaire espagnole et, s'ils ne peuvent être prêchés actuellement, ils sont du moins encore dignes de fixer l'attention (1).

L'étude de Fr. Luis de Grenade rentre plus directement dans notre

---

(1) Le spécimen le plus remarquable, et peut-être le plus beau, se trouve dans le premier livre des *Nombres de Cristo*, et roule sur le texte d'Isaïe, xɪ, 6, *Père éternel*.

proposition. Cet homme remarquable était général de l'ordre des Dominicains ou ordre des frères prêcheurs, de sorte que sa profession et le poste qu'il occupait le portaient naturellement vers la culture de l'éloquence de la chaire. Mais, outre ces conditions, il semble s'être adonné à ce genre avec une préférence marquée de son génie ; il prêchait, nous est-il dit, d'improvisation avec la facilité, la puissance et l'onction les plus grandes . En 1576, il publia, en latin, un traité sur l'éloquence de la chaire ; en 1595, après sa mort, ses amis imprimèrent quatorze de ses meilleurs discours qui vinrent s'ajouter à ceux qu'il avait lui-même publiés pendant sa vie. Cette publication l'a fait considérer non-seulement comme l'auteur qui éclairait d'un grand jour les préceptes qu'il voulait inculquer, mais l'a placé lui-même en tête de cette branche d'éloquence à laquelle il avait consacré une si grande partie de son existence.

Le style en est vigoureux et coulant, parfois mystique, conséquence de ses propres tendances religieuses, et souvent plus déclamatoire qu'il ne convient, si l'on considère la nature grave et solennelle de leurs sujets. Mais ils sont écrits avec une remarquable pureté de langage et ils respirent partout cet esprit religieux, si profondément incarné dans cette époque et dans ce pays. Il serait peut-être difficile de trouver un morceau d'éloquence de la chaire espagnole plus caractéristique que le passage où Fr. Luis de Grenade décrit la résurrection du Sauveur, description à laquelle il ajoute sa descente aux enfers pour racheter les âmes des justes qui y souffrent, parce qu'ils étaient morts, avant que le Sauveur eût accompli son grand sacrifice : doctrine de l'Église catholique, susceptible des plus grands ornements poétiques et qui, depuis les temps de Dante, a été souvent employée et a produit les effets les plus solennels (1).

« Desciende, pues, el noble Triunfador á los infiernos, vestido de clari-
« dad y fortaleza, cuya entrada describe Eusebio Emiseno por estas pa-
« labras : ¡ Oh luz hermosa que resplandeciendo dende la alta cumbre
« del cielo vestiste de subita claridad á los que estaban en tinieblas y
« sombra de muerte! Porque en el punto que el Redentor allí descendió,
« luego aquella eternal noche resplandeció y el estruendo de los que
« lamentaban cesó, y toda aquella cruel tienda de atormentadores tembló

---

(1) « En ce jour glorieux, s'écrie Fr. Luis de Grenade, dans son sermon sur la Résurrection, le noble Triomphateur descend aux enfers, environné de clarté et de force, dont Eusèbe Emisène décrit l'entrée en ces termes : « Oh! belle lumière qui, resplendissant des sommets élevés du ciel, as illuminé d'une subite clarté ceux qui gisaient dans les ténèbres et les ombres de la mort! En effet, le Rédempteur y fut-il à peine descendu que cette nuit éternelle s'éclaira aussitôt, que le bruit

« viendo al Salvador presente. Allí fueron conturbados los principes de
« Edom, y temblaron los poderosos de Moab, y pasmaron los moradores
« de la tierra de Canaan. Luego todos aquellos infernales atormentado-
« res, en medio de sus obscuridades y tinieblas, comenzaron entre sí à
« murmurar, diciendo : ¿ Quién es este tan terrible, tan poderoso y tan
« resplandeciente? Nunca tal hombre como este se vió en nuestro infi-
« erno, nunca á estas cuevas tal persona nos envió hasta hoy el mundo.
« Acometedor es este, no deudor; quebrantador es, no pecador; juez
« parece, no culpado; à pelear viene, no à penar. Decidme, ¿ Donde esta-
« ban nuestras guardas y porteros cuando este conquistador rompió
« nuestras cerraduras y por fuerza nos entró? ¿ Quién será este que
« tanto puede? Si este fuese culpado, no seria tan osado. Y si trajera
« alguna oscuridad de pecado, no resplandecieran tanto nuestras tinie-
« blas con su luz. Mas si es Dios, ¿ que tiene que ver con el infierno? Y
« si es hombre, como tiene tanto atrevimiento ? Si es Dios, que hace en
« el sepulcro? Y si es hombre, como ha despojado nuestro limbo?¡ Oh
« cruz, que asi has burlado nuestras esperanzas, y causado nuestro
« daño! En un madero alcanzamos todas nuestras riquezas, y ahora en
« un madero las perdimos.

« Tales palabras murmuraban entre sí aquellas infernales compañias,
« cuando el noble Triunfador entró allí à libertar sus cautivos. Allí esta-
« ban recogidas todas las ánimas de los justos que dende el principio del
« mundo hasta aquella hora habian salido de esta vida. Allí viérades

---

des lamentations cessa, et que tout ce cruel arsenal de tortures tremble, en
voyant le Sauveur en sa présence. Alors se troublèrent les princes d'Edom, alors
tremblèrent les puissants de Moab, et s'étonnèrent les habitants de la terre de Cha-
naan. Puis tous ces infernaux artisans de tortures, commencèrent à murmurer
entre eux, au milieu de leurs obscurités et de leurs ténèbres, et à se dire : Quel
est celui qui est si terrible, si puissant, si resplendissant ? Jamais homme pareil
n'a été vu dans notre enfer, jamais le monde ne nous a envoyé un pareil personnage dans ces cavernes. C'est un agresseur, et non un débiteur; c'est un bri-
seur de chaines, et non un pécheur ; il parait un juge, et non un coupable; il vient
pour combattre, et non pour souffrir. Dites-moi, où étaient nos défenseurs et nos
gardiens, quand ce conquérant a rompu nos verrous et est entré par force chez nous?
Qui peut être celui qui a tant de puissance? Si c'était un coupable, il n'aurait pas
tant d'audace. S'il entrainait avec lui l'obscurité du péché, il n'illuminerait pas
autant nos ténèbres de sa lumière? S'il est Dieu, qu'a-t-il à voir avec l'enfer ? S'il
est homme d'où lui vient tant de hardiesse? S'il est Dieu, que fait-il dans la tombe?
S'il est homme, comment a-t-il dépouillé notre limbe? Oh ! croix qui as ainsi
déjoué nos espérances et causé notre perte! C'est par un bois que nous avions
obtenu toutes nos richesses, et maintenant c'est par un bois que nous les perdons.

« un profeta aserrado, y otro apedreado, y otro quebrados las cervices
« con una barra de hierro, y otros que con otras maneras de muertes
« glorificaron à Dios. ¡ Oh compañia gloriosa ! ¡ Oh nobilisimo tesoro del
« cielo ! ¡ Oh riquísima parte del triunfo de Cristo ! Allí estaban aquellos
« dos primeros hombres que poblaron el mundo, que así como fueron
« los primeros en la culpa así lo fueron en la fe y en la esperanza. Allí
« estaba aquel santo viejo que con la fabrica de aquella grande arca
« guardo simiente para que se volviese à poblar el mundo despues de
« las aguas del diluvio. Allí estaba aquel primer padre de los creyentes,
« el que mereció primero que todos recibir el testamento de Dios, y la
« señal y divisa de los suyos en su carne. Allí estaba su obediente hijo
« Isaac, que llevando à cuestas la leña en que habia de ser sacrificado,
« representó el sacrificio y el remedio del mundo. Allí estaba el santo
« padre de las doce tribus que ganando con ropas ajenas y habito pere-
« grino la bendicion del padre figuro el misterio de la humanidad y En-
« carnacion del Verbo divino. Alli estaba también como hùesped
« nuevo morador de aquella tierra el Santo Bautista, y el Bienaventu-
« rado viejo que no quiso salir del mundo, hasta que viese con sus ojos el
« remedio del mundo, y lo recibiese en sus brazos, y cantase antes que

« Tels étaient les mots que murmuraient entre elles ces troupes infernales, quand
le noble Triomphateur y entra pour mettre en liberté leurs captifs. Là étaient
recueillies toutes les âmes des justes qui, depuis l'origine du monde jusqu'à cette
heure, avaient quitté cette vie. Là vous auriez vu un prophète scié, un autre lapidé, un autre dont on avait brisé le cou avec une barre de fer, et d'autres qui, par
divers genres de mort, glorifièrent Dieu. Oh compagnie glorieuse ! Oh noble trésor
du ciel ! Oh riche partie du triomphe du Christ ! Là étaient ces deux premiers êtres
qui peuplèrent le monde et qui, les deux premiers dans la faute, furent aussi les
deux premiers dans la foi et l'espérance. Là était ce saint vieillard qui construisit
la grande arche et conserva la semence qui servit à repeupler le monde après les
eaux du déluge. Là était ce premier père des croyants, celui qui mérita de recevoir, le premier de tous, le testament de Dieu, le signe et l'emblème des siens dans
sa chair. Là était son fils obéissant, Isaac, qui, portant sur ses épaules le bois sur
lequel il devait être sacrifié, réprésenta le sacrifice et la rédemption du monde. Là
était le père saint des douze tribus qui, avec les vêtements d'un autre et sous l'habit
d'un étranger, gagna la bénédiction de son père et figura le mystère de l'humanité et
l'Incarnation du Verbe divin. Là était aussi, comme hôte et nouvel habitant de cette
terre, saint Jean Baptiste, et le bienheureux vieillard qui ne voulut point sortir du
monde, avant d'en avoir vu de ses yeux le Rédempteur, l'avoir reçu dans ses bras,
et avoir chanté, avant de mourir, comme un cygne, ce doux chant. Là avait aussi
sa place le pauvre Lazare de l'Evangile qui mérita, par ses plaies et sa patience,
de se trouver en si noble compagnie, de partager de si belles espérances.

« Tout ce chœur de saintes âmes était là gémissant et soupirant après ce jour : au

» muriese como cisne aquella dulce cancion. Tambien tenia su lugar allí
« el pobrecito Lazaro del Evangelio, que por medio de sus llagas y pa-
« cencia mereció ser participante de tan noble compañia y esperanza.
    « Todo este coro de ánimas santas estaban allí gimiendo y suspirando
« por este dia; en medio de ellos, como maestro de capilla, aquel santo
« rey y profeta repetia sin cesar aquella su antigua lamentacion di-
« ciendo : Como el ciervo desea las fuentes de las aguas, asi desea mi
« ánima à ti, mi Dios. Fuéronme mis lágrimas pan de noche y de dia,
« mientras dicen à mi ánima : ¿ Dònde està tu Dios? « ¡ Oh santo rey !
« si esa es la causa de tu lamentacion, cesa ya de ese cantar, porque aquí
« está ya tu Dios presente, y aquí està tu Salvador. Muda pues, ahora
« ese cantar, y canta lo que mucho antes en espiritu cantaste, cuando es-
« cribiste. Bendijiste, Señor à tu tierra, y sacaste à Jacob del cautiverio.
« Perdonaste la maldad de tu pueblo, y disimulaste la muchedumbre
« de sus pecados. Y tú, santo Jeremias, que por el mismo señor fuiste
« apedreado, cierra ya el libro de las lamentaciones que escribias por
« ver à Jerusalen destruida y el templo de Dios asolado, porque otro
« mas hermoso templo que ese verás de aquí à tres dias reedificado, y
« otra mas hermosa Jerusalen por todo el mundo renovada (1). »

milieu d'elles, comme un maître de chapelle, le saint roi prophète répétait sans
cesse son antique lamentation, en disant: « Comme le cerf désire les sources des
« eaux, de même mon âme vous désire, ô mon Dieu. Mes larmes furent le pain de
« mes jours et de mes nuits, pendant qu'on disait à mon âme: Où est ton Dieu? »
    Oh ! saint roi ! si c'est là la cause de tes lamentations cesse maintenant ces chants ;
ton Dieu est là, présent devant toi ; là, devant toi, est ton Sauveur. Change donc
maintenant tes chants et chante ce que tu chantais longtemps avant en esprit,
quand tu écrivais : « Seigneur tu as béni ta terre, et tu as tiré Jacob de la cap-
« tivité. Tu as pardonné à la méchanceté de ton peuple et tu as dissimulé la mul-
« titude de ses péchés. » Et toi, saint Jérémie qui as été lapidé pour le même
Seigneur, ferme maintenant le livre des lamentations que tu écrivais à la vue de
Jérusalem en ruines et du temple de Dieu détruit, parce que, d'ici à trois jours, tu
verras reconstruit un temple plus beau et une autre Jérusalem plus belle renou-
velée dans tout l'univers. »
    (1) On trouve des détails sur Fr. Luis de Grenade dans Antonio, et dans le pro-
logue du *Guia de pecadores*, Madrid, 1781, 2 vol. in-8°. Son traité sur l'éloquence
de la chaire intitulé : *Rhetoricæ ecclesiasticæ sive de ratione concionandi*, *libri
sex*, fut très-apprécié dans d'autres pays. Une édition de Cologne, 1611, remplit cinq
cents pages d'un caractère assez serré. Remarquons que, outre le sermon de la
Résurrection dont nous avons tiré l'extrait ci-dessus, une de ses meilleures méditations, celle de la *Alegria de los santos padres*, traite le même sujet. Fr Luis
naquit à Grenade, en 1504, et il mourut, en 1588.

Il n'est pas possible de choisir un exemple plus frappant du genre particulier de rhétorique si fort en honneur dans la chaire espagnole. Peu de morceaux offrent un semblable mérite et, considérés dans leur ensemble, la valeur est faible. Après le commencement du dix-septième siècle, l'afféterie du style de Gongora et les conceptismes de l'école de Lesdema trouvèrent généralement leurs voies dans les églises et spécialement dans les églises de Madrid. C'était naturel : personne n'obéissait plus à la voix de la mode que les prédicateurs de la Cour et de la capitale, et la mode de l'une et l'autre se trouvait conplètement infectée des doctrines nouvelles. A cette époque, Fr. Hortensio Paravicino était à la tête des prédicateurs populaires. C'était aussi un poëte dévoué aux afféteries de Gongora, un homme de génie, un gentilhomme, un courtisan. A partir de 1616, il fut, durant vingt ans, le prédicateur de Philippe III et de Philippe IV, et il jouit, à ce titre, d'une réputation et d'une popularité inconnues avant lui (1). Comme on peut s'y attendre, Paravicino eut de nombreux imitateurs, et chacun d'eux chercha à se faire un auditoire de gens à la mode. Ces auditoires s'organisèrent bientôt systématiquement. Ils furent en réalité formés, composés, arrangés par les amis et les admirateurs du prédicateur lui-même ; en général, par les personnes que leurs relations ecclésiastiques pouvaient intéresser à ses succès. Alors ces masses ainsi réunies étaient poussées par différentes voies à exprimer leur approbation sur les passages les mieux élaborés de tous ces discours. Dès cette époque et par ce moyen, la dignité et le respect religieux disparurent de la chaire espagnole. Tout ce qu'il pouvait y avoir de mérite et de valeur dans ce genre d'éloquence se borna dès lors à deux formes : les discussions savantes, le plus souvent en latin, et adressées à des corps d'ecclésiastiques ; les exhortations improvisées, adressées aux basses classes de la société, d'un ton si véhément et si populaire, et d'une rudesse telle qu'elles devenaient généralement indignes de la solennité des sujets qu'elles voulaient traiter (2).

---

(1) Au moment où Paravicino était au plus haut degré de sa splendeur, il se publia, à Madrid, un modeste traité sur l'éloquence de la chaire, principalement dans ses rapports à son caractère sacré, dans lequel le cultisme de cette époque est traité avec la plus grande sévérité, et considéré comme un effet de la vanité personnelle des prédicateurs qui l'employaient. Voyez *Sumulas* de prédication évangélique, par le P. maître Joan Rodriguez, Séville, 1640, in-4°, ch. x.

(2) Quant à Paravicino et à son école, voyez Sedano, *Parnaso espanol*, tom. V, p. 28 ; Baena, *Hijos de Madrid*, tom. II, p. 389, et Nicolas Antonio, *Bib. Nov.*, tom. I, p. 612., qui en parle comme s'il avait souvent entendu l'éloquence de Pa-

Nous n'avons que peu de chose dans la correspondance épistolaire espagnole méritant une mention, comme partie de la littérature élégante de la Péninsule. La sincérité d'un siècle où règne plus de candeur donne, cependant, du charme à des lettres comme celles que l'on suppose avoir été écrites par le bachelier Fernan Gomez de Cibdaréal, aux lettres de Fernando del Pulgar et de Diego de Valera, mais à un degré moins élevé qu'aux premières. Plus tard, les dépêches de Christophe Colomb, où il fait connaître au monde ses vastes découvertes, portent naturellement l'empreinte de cette ardeur et de cet enthousiasme que la grandeur du sujet devait inspirer; et les réponses de sa reine et de sa protectrice, quoique en moins grand nombre et moins intéressantes, sont presque aussi caractéristiques, aussi pleines de noblesse et de sincérité.

Mais tout cela changea avec la cour majestueuse, importée du Nord par l'empereur Charles-Quint. Des formes nouvelles, une gravité plus emphatique que la vieille gravité nationale, pénétrèrent dans les relations de la vie sociale et corrompirent le style de la correspondance la plus ordinaire. La familiarité naturelle disparut des lettres entre amis; les affections particulières, les sentiments intimes ne s'y exprimèrent que rarement où s'y enveloppèrent d'un voile tel qu'on ne put les reconnaître qu'avec difficulté. C'est ainsi que les ouvrages les plus estimés dans ce genre, à cette époque et même un siècle plus tard, ne sont autres que les lettres de Guevara, appelées *Epistolas de oro*, se composant seulement de graves dissertations; et les lettres d'Avila, sermons déguisés, par lesquelles il touchait les cœurs de ses compatriotes, parce qu'elles sont de véritables exhortations à la vie religieuse (1).

---

ravicino et été témoin de ses effets. Figueroa dans son *Pasagero*, 1617, Alivio IV, dit le contraire, et se montre très-sévère à l'égard des prédicateurs de Madrid et de leurs auditoires. Le fait est que Capmany, dans ses cinq importants volumes consacrés à l'éloquence espagnole, n'a rien trouvé, durant le dix-septième siècle, soit dans l'éloquence du barreau, soit dans l'éloquence populaire de la chaire, de quoi remplir ses pages. Il a été obligé de recourir à l'éloquence de la prose historique et philosophique ou à l'éloquence de l'ascétisme moral ou religieux, nous dit-il une fois, pour ne pas se méprendre sur la décadence de l'éloquence castillane dans le sens que l'on donne à ce mot en Angleterre. On peut en dire autant de sa *Filosofía de la elocuencia*, Madrid, 1786-94, cinq volumes in-8°. Capmany naquit à Barcelone, en 1743, et mourut, en 1813. Voyez l'opuscule intitulé: *Fallecimiento de Don Antonio Capmany y Montpalau*, Madrid, 1814.

(1) Nous avons déjà parlé de chacun de ces écrivains, tom. I, chap. xx, p. 359, et tom. II, chap. v, pp. 72 et 74. Quant aux lettres de la reine Isabelle, publiées, par Clemencin à la fin de son Eloge, dans le sixième volume des Mémoires de l'Aca-

Il nous faut, toutefois, excepter de cette qualification une partie de la correspondance du chroniqueur Jeronimo Zurita, comprenant les trente dernières années de sa vie, et se terminant peu de temps avant sa mort, en 1582. Elle nous donne une espèce de tableau de la vie active d'un homme de lettres, en rapport avec toutes les classes de la société, depuis des ministres d'État et de hauts dignitaires ecclésiastiques, jusqu'à des personnes qui ne se distinguaient, comme lui, que par leurs occupations littéraires et leur goût pour l'étude. Le nombre de lettres composant cette collection est considérable et s'élève presque à deux cents. La plus grande partie est de l'archevêque de Tarragone, D. Antonio Agustin, érudit éminent dans l'histoire d'Espagne et dans la législation civile : mais les plus intéressantes appartiennent à Zurita lui-même, à son ami Ambrosio Moralès, à l'historien Diego de Mendoza, à l'antiquaire Argote de Molina, au commandeur grec Fernan Nuñez. Chacune de ces séries porte l'empreinte caractéristique de son auteur; considérées dans leur ensemble, elles nous montrent la condition intérieure et la vie domestique des lettrés espagnols du seizième siècle, avec des détails plus intimes qu'on ne pourrait les trouver partout ailleurs (1).

Mais l'exception principale que l'on doit faire en faveur du genre épistolaire espagnol se trouve dans la correspondance d'Antonio Perez, secrétaire de Philippe II, et, pendant longtemps, son ministre favori. Son père qui était un savant, qui avait traduit l'*Odyssée* en castillan (2),

---

démie royale d'Histoire, elles sont adressées à son confesseur, Hernando de Talavera, et elles répandent le jour le plus clair tant sur sa sagesse que sur sa soumission aux influences ecclésiastiques. Voyez. p. 351-383. Plusieurs lettres adressées à Colomb, portent l'empreinte de son esprit plutôt que de celui de son époux dont elles sont également signées, et elles sont insérées dans le second volume des voyages de Navarrete, si riches en curieux documents. (*Viages*, etc, tom. II.)

(1) La correspondance de Zurita et de ses amis se lit dans les *Progresos de la Historia en el Reyno de Aragon*, par Diego Josef Dormer, Saragosse, 1680, in-fol. et surtout aux pages 362-563.

(2) *La Ulyxea de Homero*, etc, par Gonzalo Perez, Venise, 1553, in-8°, est écrite en vers blancs. Mais l'édition dont nous parlons ne contient que les treize premiers livres et la dédicace au prince Philippe dont Gonzalo Perez était alors le secrétaire, comme le fut son fils Antonio Perez, lorsque ce même prince fut monté sur le trône. Aussi, quand la traduction fut terminée, il l'imprima complète et la dédia de nouveau au roi Philippe II, Anvers, 1556, in-12°. Il avait corrigé et revu avec soin la première partie. Lope de Vega, dans sa *Dorotea*, acte IV, scène III, fait l'éloge de la version de Perez, version qui, comme toutes les traductions de l'antiquité faites par des Espagnols du seizième siècle, reproduit peu l'esprit de l'original.

avait été longtemps au service de Charles-Quint, de sorte que le jeune Perez avait un peu hérité de son influence à la Cour, condition si importante à cette époque. Son avancement rapide, il ne le dut toutefois qu'à son propre génie, qu'à son amour pour l'intrigue et les aventures, qui semblaient constituer une partie de sa nature. Enfin, en 1578, sur l'ordre de son maître, il trama sans grande répugnance l'assassinat de Juan de Escobedo, personnage profondément entré dans la confidence de Don Juan d'Autriche, dont on croyait refréner par là l'envahissante influence, crime qui, perpétré en conséquence des relations officielles du secrétaire et du monarque, éleva Antonio Perez à l'apogée de sa faveur.

Mais il ne s'écoula pas beaucoup de temps avant que l'agent criminel ne devînt aussi désagréable à son criminel maître que l'avait été leur victime. Il s'ensuivit un changement dans leurs relations, changement cauteleusement opéré par ce roi sans scrupules, mais profond et entier. Tout d'abord, Philippe II autorisa des poursuites contre Perez de la part des enfants du malheureux assassiné ; plus tard, il imagina des prétextes plausibles pour colorer ses motifs et vint se joindre lui-même à la persécution. Durant onze longues années, l'infortuné courtisan fut recherché, véxé, emprisonné dans Madrid : une fois, au moins, son corps fut soumis aux plus cruelles tortures. Lorsqu'il ne put endurer plus longtemps un pareil traitement, il s'enfuit en Aragon, son pays natal, royaume où la liberté de la constitution politique ne permettait pas de l'opprimer en secret. Cette fuite causa une extrême surprise à Philippe et sembla, pour un instant, avoir déconcerté tous ses projets. Mais ses ressources étaient toujours égales aux besoins des circonstances. Il poursuivit jusque dans Saragosse et trouvant les voies régulières de la justice insuffisantes pour ses désirs de vengeance, il fit saisir sa victime par le tribunal de l'Inquisition, sous l'absurde accusation d'hérésie. Cette mesure, dans la forme où Philippe se vit nécessairement obligé de procéder, constituait une violation des vieux priviléges du royaume ; le peuple se déclara en révolte ouverte et délivra Antonio Perez de sa prison : conséquence que Philippe n'avait peut-être pas été sans prévoir et qui n'avait rien de désagréable pour lui. En effet, ce roi envoya dans l'Aragon une armée capable de détruire non-seulement toute résistance ouverte, mais d'inspirer encore assez de terreur pour prévenir toute opposition future à ses volontés. Cette énergie donna pour résultat, outre un grand nombre de riches confiscations pour le trésor royal, la condamnation à mort de soixante-huit personnes de distinction par le tribunal de l'Inquisition, et la ruine totale de presque tout ce qui restait des libertés si longtemps chéries dans le royaume.

Cependant Antonio Perez s'échappa secrètement de Saragosse, comme il s'était auparavant enfui de Madrid. Il traversa les Pyrénées, sous le déguisement d'un berger et chercha un refuge dans le Béarn, à la petite Cour de Catherine de Bourbon, sœur de Henri IV. Des raisons politiques le firent bien accueillir, tant dans cette Cour qu'en France, où il passa plus tard la plus grande partie de son long exil. Durant la guerre entre Elisabeth et Philippe II, Perez passa, par un mouvement instinctif, en Angleterre ; là il se lia d'amitié avec le comte d'Essex, et il vécut avec Bacon, dans une intimité plus grande que ne le voulait la sage et pieuse mère du futur chancelier, avec un homme de mœurs aussi relâchées que l'était Perez. Philippe II, qui ne pouvait supporter l'idée de voir un pareil témoin de ses crimes intriguer dans les Cours de ses plus mortels ennemis, tenta de faire assassiner Perez, tant à Paris qu'à Londres ; s'il échoua, ce fut plutôt l'effet du hasard que du défaut d'ensemble dans des plans bien concertés pour l'accomplissement de son objet.

Finalement la paix se signa, entre la France et l'Angleterre d'un côté et l'Espagne de l'autre ; Perez cessa d'être un personnage important pour ceux qui s'étaient si souvent servi de lui. Henri IV, cependant, avec sa bonté naturelle, satisfit encore à ses caprices, même pour son genre de vie, vraiment extravagant et qui ressemblait plutôt à celle d'un prince qu'à celle d'un exilé. Mais ses prétentions étaient tellement déraisonnables, elles étaient exigées avec tant de hardiesse et d'opiniâtreté que chacun finit par se fatiguer de lui. Il se vit tomber, par conséquent, dans une honteuse pauvreté et il traîna la misérable existence d'un courtisan abandonné, jusqu'en l'année 1611, où il mourut à Paris. Quatre ans après, l'Inquisition qui l'avait fait brûler en effigie, comme hérétique, lui accorda, avec répugnance, l'imparfaite justice de le relever de ses anathèmes contre sa mémoire, et permit ainsi à ses enfants de rentrer dans la jouissance des droits civils dont la violence la plus inouïe les avait privés pour toujours.

Dès l'époque de son premier emprisonnement, Antonio Perez avait commencé d'écrire des lettres qui existent encore, et dont la série se continue jusqu'à une époque voisine de sa mort. Les unes sont adressées à sa femme et à ses enfants ; d'autres, à Gil de Mesa, son intime ami, son confident et son agent ; et d'autres, à des personnes haut placées par l'influence desquelles il espérait obtenir quelque faveur. Ses *Relaciones*, comme il les appelle, et le *Mémorial de sa causa* renferment accidentellement quelques lettres ; ces deux écrits eux-mêmes sont en quelque sorte de longues épîtres, composées avec un grand talent, avec une ingénuité plus grande encore, pour se concilier la faveur de ses juges ou du public. Toutes ces lettres dont la plupart ne durent pas parvenir aux personnes à qui elles étaient adressées par suite de sa position, Antonio Perez les conserva avec le plus grand soin; il en publia quelques-unes de temps en temps, durant son exil, suivant qu'il convenait à ses vues politiques, d'abord, sous le voile de l'anonyme ou sous le nom supposé de *Rafael Peregrino ;* ensuite sous la direction apparente de l'éditeur Gil de Mesa, son ami ; enfin, sans aucune espèce de déguisement et en les dédiant les unes à Henri IV, les autres au Pape.

Leur nombre est considérable; dans l'édition la plus complète, elles ne remplissent pas moins de mille pages. Les meilleures sont les lettres intimes et familières. Même dans les plus légères, comme celle où il envoie en présent des gants à Lady Rich ou un cure-dents d'une nouvelle mode au duc de Mayenne, Antonio Perez conserve scrupuleusement au castillan toute sa propriété d'expression. Il y en a qui respirent une finesse et un génie, tout à fait inattendus parfois, sans être toujours du meilleur goût. Voyez comme il parle à sa femme innocente et violemment jetée en prison durant son exil : « Si de allà no se puede escribir, ni gozar desta res-
« piracion dabsentes, acá no ay pena por estos actos naturales. Yo res-
« pondo à lo que oygo en espiritu de quexas de Vmd. y dessos hijos
« innocentes desde esse asylo de tinieblas, desde essa sombra de la muerte.
« Y aun effecto es natural para averlas podido oyr sensiblemente, pues
« las voces y los gritos desde las cuevas hondas y escondrijos de la tierra
« retumban y resuenan mas fuertes (1). » Dans un autre endroit en parlant de la cruelle conduite de ses juges à l'égard de sa famille, il s'écrie :
« Pues no se engañen, que ally donde están, los mas impedidos y aher-
« rojados cantivos tienen los dos mas fuertes sollicitadores de toda la na-
« turaleza inferior, la Innocencia y el Agravio, Que no ay Cicerones,
« ny Demosthenes que assy alteren los oydos, assy conmuevan lòs
« animos, assy conturben los elementos como ellos. Porque demas de
« otros privilegios, les ha dado Dios uno, que hagan compañia para
« la demanda de su justicia, y que sean testigos y advogados el uno

---

(1) « Si on ne peut écrire de là, ni jouir de cette respiration des absents, ici il
« n'y a pas de peine pour ces actes naturels. Pour moi je réponds à ce que j'entends,
« par l'esprit de vos plaintes et des plaintes des ces enfants innocents, de cet
« asyle de ténèbres, de cette ombre de la mort. Et c'est un effet naturel d'avoir
« pu les entendre sensiblement, puisque les voix et les cris sortis des cavités pro-
« fondes et des entrailles de la terre retentissent et résonnent plus fortement. »
Obras, Ginebra, 1654, in-8°, pag. 1075.

« del otro, y que puedan cerrar el processo de los que él juzga en este
« siglo (1). »

Les lettres d'Antonio Perez offrent une grande variété de style, depuis
les prudents et énergiques appels qu'il adresse à Philippe II jusqu'aux
notes galantes qu'il écrit aux dames de la Cour, et aux tendres sentiments
qui débordent de son cœur pour ses jeunes enfants. Elles sont toutes
écrites avec une remarquable pureté castillane, et rendues surtout intéressantes, parce que chacune, dans son genre, observe strictement ces formes conventionnelles qu'exigent relativement les positions sociales de
l'auteur et des personnes auxquelles il écrit (2).

Les lettres de sainte Thérèse, contemporaine du secrétaire de Philippe II, et qui mourut en 1582, sont d'un caractère entièrement différent. Rien n'est plus pratique ni plus mondain en effet que la correspondance d'Antonio Perez, tandis que les lettres de la dévote religieuse sont
complètement spirituelles. Se croyant elle-même inspirée, elle écrivait,
par conséquent, avec un air d'autorité presque toujours solennel et imposant, mais qui devient parfois, malgré sa hardiesse et son dégagement de
toute contrainte, plein de grâce et de facilité. Sainte Thérèse avait des
qualités des plus variées et une pénétration des plus fines. A chacun de
ses nombreux correspondants elle répond quelque chose particulièrement
en rapport à la circonstance qui la fait consulter, tâche non sans diffi-

(1) « Qu'ils ne se trompent pas, là où ils sont, les captifs les plus embarrassés
« et les plus ferrés, ont pour eux les deux solliciteurs les plus forts de toute la
« nature inférieure, l'Innocence et l'Injure. Il n'y a pas de Cicérons ni de Démos-
« thènes qui troublent les oreilles, remuent les âmes et agitent les éléments
« comme eux. Parce que entre autres privilèges, Dieu leur en a accordé un, c'est
« d'être de compagnie pour demander justice, c'est d'être témoins et avocats l'un
« et l'autre, c'est de clore le procès de ceux que Dieu juge dans ce siècle. » Obras,
Genève, 1654, in-8º, pag. 96.

(2) La première publication des œuvres d'Antonio Perez semble avoir été faite
à Lyon, sans date, et l'on suppose qu'elle appartient à l'année 1598, avec le titre de :
Pedazos de Historia. La même année, ce volume se réimprima, à Paris, sous le
titre plus approprié de Relaciones. Perez semble s'être complu à publier différentes
parties de ses œuvres, en des lieux différents et à des époques différentes. Mais
l'édition la plus complète est celle de Genève, 1654, in-8º. Sa vie a été admirablement racontée par M. Mignet dans son Antonio Perez et Philippe II, Paris, 1846,
2e édition. Le livre de D. Salvador Bermudez de Castro intitulé : Antonio Perez,
estudios historicos, Madrid, 1841, in-4º, serait meilleur si l'auteur ne se fut
permis d'y introduire certaines fictions, telles que les romances qu'il appelle poésies de Perez et qu'il suppose lui avoir servi pour soulever le peuple de Saragosse,
mais qui sont indubitablement l'œuvre de Castro lui-même. Les détails sur la vie

culté pour une religieuse ayant vécu quarante-sept ans retirée du monde, temps pendant lequel elle fut appelée à donner des avis à des évêques et à des archevêques, à des hommes d'Etat savants et capables, tels que D. Diego Hurtado de Mendoza, à des hommes de génie, tels que Fr. Luis de Grenade, à des personnes qui, dans la vie privée, étaient dans une affliction profonde ou dans un grand danger, à des femmes dans les circonstances ordinaires de leur vie quotidienne. Ces lettres remplissent quatre volumes; on ne doit les considérer en général que comme des exhortations ferventes ou des instructions religieuses; cependant la pureté, la beauté, la grâce féminine de leur style leur donnent de véritables droits à une place distinguée dans la littérature épistolaire de l'Espagne (1).

Des fragments de la correspondance de Bartolomé Léonardo de Argensola, vers 1625, de Lope de Vega, avant 1630, et de Quevedo, un peu plus tard, nous ont été conservés; mais ils sont trop peu considérables pour avoir une grande valeur. Nous en avons un plus grand nombre de l'humaniste Cascales. En 1634, il fit imprimer trois *Décadas* de lettres, mais elles sont presque entièrement consacrées à des discussions roulant sur des points de science et d'érudition, et celles qui portent sur d'autres matières sont encore pleines de gravité et de pédantisme. Un petit nombre de lettres écrites par Nicolas Antonio, l'auteur de l'Histoire littéraire, mort en 1684, sont simples et naturelles, mais leur style est si sec qu'il

---

de Perez dans Baena, tom. I, 1789, p. 21, et dans Latassa, *Bibl. Nov.* tom. II, 1799, p. 108, manifestent bien la crainte des littérateurs, même à la fin du dix-septième siècle, d'avoir à toucher à des sujets qui se rattachaient de si près à la couronne. Les Index expurgatoires, même les plus récents, 1790 et 1805, défendirent rigoureusement les œuvres d'Antonio Perez. Ses lettres au comte d'Essex sont écrites dans un assez bon latin. De tous ses écrits en castillan il a été extrait depuis longtemps déjà, des collections d'aphorismes et des maximes fort ingénieuses et fort piquantes qui se sont plusieurs fois réimprimées. Il existe beaucoup de lettres manuscrites de Perez dans la bibliothèque de la Haye et dans d'autres que M. Mignet indique. La Bibliothèque nationale de Paris possède un traité de politique assez important qui porte son nom. Ochoa doute qu'il lui appartienne, quoiqu'il se distingue par le brillant et la finesse de son style. Voyez Ochoa, *Manuscritos españoles*, pag. 158, 166, et *Semanario erudito*. tom. VIII, pp. 245, 250. Llorente, tom. III, pp. 316, 375, donne de nombreux détails sur Antonio Perez. — De nos jours, M. le marquis de Pidal a publié sur la lutte d'Antonio Perez et de Philippe II, trois volumes sous le titre : *Historia de las alteraciones de Aragon bajo el reinado de Felipe II*, ouvrage que J. G. Magnabal a traduit sous le titre de *Philippe II, Antonio Perez et le Royaume d'Aragon*, Paris, 1866, 2 volumes in-8°.

(1) *Cartas de Santa Teresa de Jesus*, Madrid, 1793, 4 vol. in-4°, écrites principalement dans la dernière partie de sa vie.

empêche de les trouver intéressantes. Les lettres d'Antonio de Solis, qui clot ce siècle et cette période, sont bien meilleures. Elles sont telles qu'il convient à l'existence d'un vieillard, abandonné, pendant les dernières années d'une longue vie, à la lutte contre la pauvreté et l'infortune; elles expriment des sentiments conformes à sa situation, et respirent à la fois la tranquillité philosophique et la résignation chrétienne (1).

Mais dans l'histoire du genre épistolaire, en Espagne, il n'y a pas d'écrivain dont la correspondance puisse être comparée à celle d'Antonio Perez pour le brillant et la finesse; ni pour la grâce et l'éloquence, à celle de sainte Thérèse de Jésus.

---

(1) Les lettres de Bartolomé Léonardo de Argensola se trouvent dans les *Cartas de varios autores españoles*, par Mayans y Siscar, Valence 1773, 3 vol. in-12, recueil offrant par lui-même la preuve la plus forte de la pauvreté de la littérature espagnole dans le genre dont on essaie de faire une collection. En effet, la plus grande partie se compose de vieilles dédicaces imprimées, d'approbations sous forme épistolaire, placées en tête de livres imprimés pour la première fois, de vies d'auteurs servant de préfaces à leurs œuvres, etc., etc. Les lettres de Quevedo et de Lope roulent principalement sur des sujets littéraires et sont répandues dans les œuvres. Celles d'Antonio de Solis sont contenues dans un petit volume publié par Mayans, à Lyon, en France, en 1733. On peut y ajouter les lettres qui se trouvent à la fin de la *Censura de historias fabulosas* du même Antonio, Madrid, 1742, in-folio. Les *Cartas filologicas*, de Cascales, dont une nouvelle édition a été donnée par Sanchez, Madrid, 1779, in-8°, sont, pour l'Espagne et pour le temps où elles s'écrivirent, ce que furent les lettres curieuses et charmantes publiées par Melmoth sous le pseudonyme de Fitzosborne, en Angleterre, pendant le règne de Georges II, une tentative pour mêler, autant que le public pourrait le supporter, la science dans une infusion de matières d'une discussion plus légère avec des sujets roulant sur la morale et les mœurs.

CHAPITRE XXXVIII

Composition historique. — Zurita, Moralès, Ribadeneyra, Sigüenza, Sandoval, Herrera, Argensola, l'Inca Garcilaso, Mendoza, Moncada, Coloma, Melo, Saavedra, Solis. — Observations générales sur les historiens espagnols.

Les pères de l'histoire espagnole, entièrement distincts des vieux chroniqueurs de la Péninsule, sont Jéronimo de Zurita et Ambrosio de Moralès. Elevés l'un et l'autre sous le règne de Charles-Quint, ils montrèrent qu'ils n'avaient pas été insensibles aux influences de cette époque sur les annales de leur pays, et, la période une fois terminée, ils préparèrent et publièrent, aussi tous deux, leurs œuvres sous les plus heureux auspices.

Zurita était né à Saragosse, en 1512 ; il y mourut, en 1580 : de sorte qu'il eut le bonheur de vivre pendant que les priviléges politiques de son pays natal n'étaient encore que légèrement affaiblis, et de mourir peu de temps avant qu'ils fussent effectivement brisés. Son père était le médecin favori de Ferdinand le Catholique, et il avait accompagné ce monarque à Naples, en 1506. Le fils, qui avait montré, dès sa plus tendre enfance, une grande facilité pour acquérir des connaissances, reçut son éducation à l'Université d'Alcala, où il eut la bonne fortune de trouver pour principal professeur, Fernan Nuñez, vulgairement appelé *el Comendador griego*, le commandeur grec. Nuñez dut ce surnom à cette circonstance que, sa position dans l'Etat comme membre de la grande famille des Guzmans le faisant chevalier commandeur de l'ordre de Santiago, ses qualités personnelles et ses talents le signalaient comme le premier helléniste de son siècle et de sa patrie.

Pendant que le vieux Zurita continuait d'être l'objet de la faveur de Charles-Quint, son fils entrait principalement en relations avec des personnes de la plus haute considération : aussi les premiers pas du futur historien se firent-ils tout d'abord dans la direction des affaires publiques. Mais, en 1548, et par suite de circonstances particulièrement honorables pour lui, il fut nommé historiographe du royaume d'Aragon. Zurita était unaniment élu par le libre suffrage des Cortès pour cette fonction qu'elles venaient de créer, et quoiqu'il eût à lutter, comme candidat, contre des compétiteurs redoutables par leur grande influence et leur vaste érudition. Cette nomination semble avoir satisfait son ambition et avoir donné à son genre de vie une nouvelle direction. En effet, il obtint immédiatement une autorisation royale pour examiner et employer tous les documents nécessaires à son projet, et pouvant se trouver dans les diverses parties de l'empire. Avec une autorisation si large, il parcourut la plus grande partie de l'Espagne, consulta, coordonna l'immense dépôt national de Simancas, visita la Sicile et Naples dont les monastères et les archives publiques lui fournirent un ample butin et de précieux matériaux.

Le résultat de ces recherches fut, entre 1562 et 1580, la publication des annales d'Aragon, *Anales de Aragon,* six volumes in-folio, depuis l'invasion du pays par les Arabes jusqu'en 1516. Le dernier tiers de ce travail est entièrement consacré au règne de Ferdinand le Catholique, pour lequel les relations de Zurita le père à la cour de ce monarque, avaient probablement procuré à notre historiographe les matériaux les plus intéressants. L'ensemble de l'ouvrage constitue, pour l'histoire d'Espagne, l'œuvre la plus importante de toutes celles qui l'ont précédée. Il n'a rien de la crédulité monacale des vieilles chroniques; Zurita était en effet un homme du monde, toujours au courant de ce qui excitait l'intérêt de son temps: il avait été d'abord mêlé aux affaires municipales d'une des principales cités du royaume; puis chargé de la correspondance générale de l'Inquisition, et finalement du même devoir, comme attaché à l'un des secrétariats de Philippe II, qui le conserva longtemps à sa cour et auprès de sa royale personne. Il révèle aussi assez fréquemment un grand amour pour les anciens priviléges d'Aragon, et une généreuse liberté d'opinion en matière politique, qualités remarquables chez un historien parfaitement instruit que tout ce qu'il écrivait n'était pas seulement soumis avant sa publication à la censure de rivaux jaloux, mais encore à la lecture du prudent et sévère monarque duquel dépendait toute sa fortune. Ses principaux défauts sont une longueur excessive et une grande négligence de style, défauts à peine considérés comme tels à l'époque où il écrivait (1).

---

(1) La meilleure notice sur Jeronimo de Zurita est celle que donne Prescott à la fin du chapitre I, partie II, de son *Ferdinand et Isabelle.* — La plus complète, celle que contient le volume in-folio de Diego Josef Dormer, intitulé : *Progresos de*

Moralès, qui était un admirateur de Zurita, qui l'avait défendu contre un de ses critiques, dans un discours publié à la fin du dernier volume des *Annales d'Aragon*, était né en 1513, c'est-à-dire une année après son ami, et il mourut en 1591, après lui avoir survécu pendant onze ans. Il avait reçu son éducation à Salamanque; après avoir obtenu des bénéfices et des distinctions ecclésiastiques, il s'éleva successivement jusqu'à la plus haute réputation, comme professeur à l'Université d'Alcala. A partir de 1570, année où il fut nommé chroniqueur de la couronne de Castille, il se consacra tout entier à compléter l'histoire générale d'Es-

---

la Historia en Aragon, Saragosse, 1680, in-fol. C'est réellement une vie en l'honneur de Zurita, publiée par les Cortès du royaume auquel il appartenait. Il existe plusieurs éditions de ses *Annales*. Latassa, *Bib. Arag.*, tom. I, pag. 150-173, donne les titres d'une quarantaine de ses œuvres, la plus grande partie inédites et n'ayant pas une immense valeur, à l'exception de son *Histoire* avec laquelle elles ont toutes plus ou moins de rapport. Sous Philippe II, il remplit plusieurs fonctions importantes. Dormer insère (page 1091) une de ses lettres au roi, lettre qui prouve la haute considération dont il jouissait. Nous l'avons plusieurs fois indiqué, et, on peut aussi le voir dans Dormer, liv. II, chap. 2, 3, 4, il eut à lutter souvent contre les censeurs de son histoire. La première édition des *Anales de la Corona de Aragon* se publia, en plusieurs années à Saragosse, de 1562 à 1580. Plus tard, en 1604, on y ajouta un volume d'Index, et l'édition complète se composa de sept volumes. La troisième édition, Saragosse, 1610 à 1621, sept volumes in-folio, est la plus estimée.

Un autre volume fut ajouté aux *Annales* de Zurita, Saragosse, 1630, in-fol. par Bartolomé Leonardo de Argensola, le poète qui les conduisit jusqu'en 1520, et dont le style est meilleur que celui de Zurita. Mais on peut dire que la rédaction n'est pas de lui puisque la majeure partie se compose de documents. La composition en est extrêmement diffuse, puisque le récit des événements arrivés en quatre années, de 1516 à 1520, remplit chez notre auteur près de onze cents pages. Le style est bien meilleur et plus pur que celui de Zurita, néanmoins on n'y remarque pas la même impartialité. L'œuvre d'Argensola fut continuée par Sayas, *Anales de Aragon*, Saragosse, 1667, in-fol., avec autant, sinon plus de probité, puisque dans ses huit cents pages il ne dépasse pas 1525. Ce dernier auteur mourut en 1680. Voyez Latassa, *Bibl. Nueva*, tom III, p. 551.

Nous avons dit que Zurita remplit, de temps en temps, les fonctions de secrétaire de Philippe II, et il le fut en effet. Ce titre n'accordait alors d'autre prérogative que de donner à la personne qui le portait le droit de recevoir sur le trésor public un modeste salaire; circonstance dont j'ai cru devoir faire mention, parce que nous avons fréquemment l'occasion de citer des auteurs qui furent secrétaires royaux, depuis le juif Alfonso de Baena, sous le règne de Jean II, jusqu'à l'extinction de la maison d'Autriche. Gonzalo Perez et son fils Antonio Perez furent secrétaires du roi, ainsi que les deux Quevedo et plusieurs autres. En 1605, Philippe III avait vingt-neuf secrétaires. Clemencin, note sur *Don Quichotte*, partie I, chap. 47.

pagne, commencée sur une vaste échelle par Florian de Ocampo, tâche qu'il semble, à certains égards, avoir entreprise pour donner un témoignage de considération à la mémoire de son auteur.

Moralès, toutefois, commença son travail trop tard. Il avait déjà soixante-sept ans d'âge et, à sa mort, onze années plus tard, il n'avait pu conduire son histoire au-delà de l'union des couronnes de Castille et de Léon, en 1037, point d'où la poussa plus tard son continuateur, Sandoval, jusqu'à la mort d'Alphonse VII, en 1097, où elle s'arrête définitivement. Quelque imparfaite que soit cette partie compilée par Moralès dans sa vieillesse, si nous ne pouvons la considérer comme une composition historique aussi distinguée par sa sagesse et son jugement que celle de Zurita, nous ne pouvons pas nous empêcher de reconnaître qu'il y règne, en général, une habileté plus grande, qu'elle témoigne d'un esprit plus éclairé que l'œuvre d'Ocampo à laquelle elle sert de continuation. Son style pèche, malheureusement, par la correction; défaut d'autant plus remarquable que Moralès se piquait lui-même de pureté castillane, tant comme fils d'un gentilhomme de noble caste que comme neveu de Fernan Perez de Oliva qui l'avait élevé, et dont il publia les œuvres en preuve de ses progrès dans la bonne prose castillane (1).

---

(1) L'*Histoire* d'Ambrosio de Moralès se publia pour la première fois en trois volumes in-folio, Alcala 1574 —77; mais la meilleure édition est celle de Madrid, 1791, en six volumes petit in-4°, à laquelle s'ajoutent d'ordinaire deux autres volumes sur les antiquités d'Espagne, à la date de 1792, et trois autres de 1793, sous le titre d'*Opusculos*. Le tout est précédé des œuvres de Florian de Ocampo, en deux volumes déjà connus, et suivi de la continuation de Sandoval, en un volume, ouvrage qui a autant de valeur que celui de Moralès, et qui s'imprima plus tard, à Pampelune, 1615, in-fol. Les trois auteurs Ocampo, Moralès et Sandoval remplissent ainsi douze volumes dont on a voulu former un seul ouvrage sous le titre de : *Coronica general de España*.

Dans sa jeunesse, Moralès se mutila horriblement pour assurer la pureté et la sainteté sacerdotale de sa vie, et il fut sur le point de mourir des suites de l'opération.

Nous aurions pu mentionner ici le *Comentario de la Guerra de Alemaña de Luis de Avila y Zuñiga*, imprimé pour la première fois, à Anvers, en 1548, et fréquemment reproduit depuis, tant en français et en latin qu'en espagnol. C'est un récit des campagnes de Charles V, en Allemagne, en 1546 et 1547, récit composé probablement sur les données fournies par l'Empereur lui-même (Navarra, *Dialogos*, 1567, f. 13), dans un style castillan naturel, mais néanmoins poli. Certaines parties prouvent évidemment qu'il fut composé à l'époque même des événements qu'il rappelle. C'est également l'œuvre d'un des amis de Charles V. Son rôle ne paraît toutefois pas avec avantage dans les lettres particulières de Guil-

Un contemporain de Zurita et de Moralès, mais bien supérieur à chacun d'eux comme historien, c'est le vieux politique D. Diego Hurtado de Mendoza. Nous avons déjà considéré sa narration vigoureuse et pittoresque de la rébellion des Morisques en 1568 ; mais nous l'avons plutôt rapportée à l'époque où elle fut écrite qu'au commencement du dix-septième siècle, où elle se publia pour la première fois, et dans un temps où Sigüenza, Ribadeneyra, Mariana, Sandoval et Herrera avaient déjà paru et déterminé le caractère qui devait définitivement être imprimé à cette branche de la littérature espagnole.

Dans ce groupe, les deux premiers qui se consacrèrent à la composition de l'histoire ecclésiastique, et pénétrèrent dans toutes les discussions religieuses de leur temps, les deux premiers, dis-je, furent peut-être les plus éminents. Ribadeneyra, un des premiers et des plus actifs membres de la compagnie de Jésus, se distingua par son *Historia del cisma de Inglaterra*, sous le règne de Henri VIII, et par son *Flos sanctorum* ou Vie des Saints. Sigüenza, disciple de saint Jérôme, ne fut pas moins fidèle à l'ordre religieux, qui l'adopta et le combla d'honneurs, ainsi que le prouve surabondamment sa vie du fondateur et son histoire de l'Ordre. Ces deux historiens étaient des hommes doués de talents peu communs, et ils écrivirent avec une noble et mâle éloquence ; le premier avait plus de richesse et de ferveur ; le second, plus de simplicité et de dignité, mais chacun d'eux était animé de cette ardeur et de cette confiance d'âme qui caractérisaient leur foi particulière (1).

---

laume de Van Male, publiées par les bibliophiles belges en 1843. Voyez ce que nous avons déjà dit, volume I, p. 35 et note 1.

Pellicer de Tobar, dans sa *Gloria de España*, 1650, p. 16, in-4°, parle du *Comentario*, comme si c'était réellement l'œuvre de Charles V, mais la narration de Navarra me paraît plus probable. Avila avait continué de visiter l'Empereur jusqu'au dernier moment et avait reçu de lui de nombreuses marques d'estime. Il résidait à Plasencia non loin de Juste, aussi fut-il un de ceux qui assistèrent à sa mort. Un jour que l'Empereur venait de dîner d'un chapon avec son appétit ordinaire, il dit à son camérier : « Gardez ceci pour que Don Luis en mange ; peut-être n'aurons-nous pas autre chose à lui donner. » Dans une autre circonstance, il dit en parlant du *Commentaire* : « Alexandre a fait un plus grand nombre d'exploits que moi, mais il n'a pas eu un si bon chroniqueur. » Voyez Vera y Figueroa, *Vida y hechos de Carlos V*, Madrid, 1654, folios 125-130, livre fort agréable, plein de détails intéressants : il révèle, d'autre part, l'esprit de son époque en ce qui touche à l'intolérance religieuse et le réalisme exagéré.

(1) Fray Pedro de Ribadeneyra, mort en 1611, à l'âge de quatre-vingt-quatre ans, pour qui Mariana composa une épitaphe magnifique, écrivit plusieurs ouvrages

Par la nature de leurs sujets, ils ne s'élevèrent, toutefois, ni l'un ni l'autre, jusqu'à la condition d'historien général de l'Espagne. Cet honneur était réservé au P. Juan de Mariana, enfant trouvé, né à Talavera de la Reina, en 1526, et dont les talents extraordinaires attirèrent l'attention des Jésuites, institution qui s'avançait à pas rapides pour se faire connaître comme puissance religieuse. Juan de Mariana suivit rigoureusement le cours des études, à l'Université d'Alcalà et fut choisi, à l'âge de vingt-quatre ans, pour remplir la place la plus importante, dans le grand collége que les membres de la société de Jésus établissaient alors à Rome, collége qu'ils regardaient comme une de leurs principales institutions pour consolider et étendre leur influence. Cinq ans après, il fut appelé en Sicile, pour introduire dans cette île des études semblables, et peu de temps après, il fut transféré à Paris où il fut reçu avec honneur. Il y enseigna pendant quelques années et expliqua principalement à ses nombreux auditeurs les œuvres et les opinions de saint Thomas d'Aquin. Le climat de la France convenait peu à sa santé ; aussi, en 1574, après avoir passé à l'étranger treize ans consacrés à l'enseignement public, il retourna en Espagne, se fixa dans une maison de son ordre, à Tolède, et il ne la quitta presque pas dans les quarante-neuf années restantes de sa vie.

Il consacra toute cette longue période au travail littéraire. Il ne lui fut cependant pas permis de vivre aussi tranquille que le méritaient ses

---

en l'honneur de la compagnie de Jésus et d'autres œuvres ascétiques ; de ce nombre le *Cisma de Inglaterra*, Valence, 1588, et *Flos sanctorum*, Madrid, 1599-1601, deux volumes in-folio.

Le P. Fr. José de Sigüenza, né en 1545 et mort en 1606, prieur de l'Escurial, dont il surveilla la construction et qu'il décrivit, publia sa *Vida de San Jeronimo*, Madrid, 1595, in-4°, et son *Historia de la orden de San Jeronimo*, Madrid, 1600, deux volumes in-folio. Il fut poursuivi par l'Inquisition, Llorente, tom. II, 1817, p. 474.

Il serait facile d'ajouter beaucoup d'autres noms à ces deux écrivains de l'histoire ecclésiastique. Il n'y a pas de couvent, pas de saint, un peu illustre en Espagne, durant le seizième ou dix-septième siècle qui n'ait obtenu une commémoration spéciale. Chaque ordre religieux, chaque cathédrale avait au moins un historien, quelquefois deux, trois, et même plus. Le nombre des livres relatifs à l'histoire ecclésiastique d'Espagne, inséré à la fin du tome II, de la Bibliothèque de Nicolas Antonio est des plus considérables. Plusieurs d'entre eux, tels que la *Cronica de la orden de San Benito*, par Yepes, et diverses histoires d'ordres militaires et religieux, sont importants par la grande quantité de faits et de documents qu'ils contiennent. Mais presque toutes ces compositions sont pesantes, indigestes et pèchent par la crédulité excessive de leurs auteurs : de sorte qu'on peut affirmer qu'aucune d'elles n'a un mérite littéraire suffisant pour appeler l'attention des curieux.

éminentes qualités. La *Biblia polyglota* avait été publiée de 1569 à 1572, à Anvers, par Arias Montano. Cette traduction reçue d'abord avec la plus grande faveur se vit, plus tard, dénoncée à l'Inquisition par les intrigues des Jésuites. Elle excita une querelle si vive que l'on jugea nécessaire d'examiner la vérité des accusations portées contre elle. L'adresse des Jésuites fit indiquer le P. Mariana comme la principale personne chargée de cette investigation ; comptant sur son érudition et sur son influence, ils étaient déjà sûrs du triomphe. Mais quoique Mariana fut un Jésuite sincère, il n'était pas un esclave docile. Il se prononça en faveur d'Arias Montano. Cette décision, jointe à la circonstance de n'avoir pas écouté les insinuations qu'on lui avait données, lorsqu'il était employé à la rédaction de l'Index expurgatoire, en 1584, lui fit encourir la disgrace de ses supérieurs, de manière à lui causer les plus grands soucis (1).

Mariana publia, en 1599, en latin, un traité *de Rege et Regis institutione :* et il le dédia à Philippe III, œuvre fort libérale au point de vue de la politique générale et donnant même à entendre qu'il était permis, dans certains cas, de mettre à mort le monarque. En Espagne, son apparition causa peu de sensation ; il obtint des censeurs de la presse l'approbation réglementaire, il fut même, dit-on, favorisé par la politique du gouvernement qui, sous Philippe II, avait envoyé des assassins pour se débarrasser d'Elisabeth d'Angleterre et du prince d'Orange. Mais en France, où Henri III venait d'être assassiné, quelques années avant, où Henri IV succomba, quelques années après, à une destinée pareille, cette publication produisit une sensation profonde. En effet, le sixième chapitre du premier livre traite directement ce point, et autorise d'une manière implicite l'assassinat du premier de ces monarques. Aussi fut-il considéré, contrairement à la vérité du fait, comme une des causes qui avaient poussé Ravaillac à l'assassinat du second. L'ouvrage se vit donc attaqué et défendu avec un acharnement extraordinaire ; finalement le Parlement de Paris donna l'ordre de le brûler par les mains du bourreau. Le résultat le plus désagréable pour son auteur, c'est que toute la polémique suscita la haine du peuple contre les Jésuites qu'on rendit responsables d'un

_____

(1) Llorente, tom. I, p. 479, tom. II, p. 457, tom. III, pp. 75-82. Carvajal, l'auteur de l'*Elogio historico* de Montano, dans le septième volume des *Mémoires de l'Académie d'Histoire*, 1832, in-4°, p. 84, nie que la conduite de Mariana dans cet examen ait été aussi franche qu'elle aurait dû l'être. Peut-être n'en fut-il pas ainsi ; mais il arriva du moins à une petite conclusion et il eut assez d'honêteté et d'énergie de caractère pour agir de cette manière.

livre écrit par un membre de leur ordre, et qui n'aurait pas été publié sans la permission de ses supérieurs. Aussi Mariana devint-il plus que jamais odieux à la plus grande partie de ses compagnons religieux (1).

Enfin, il se présenta une occasion où il put être attaqué sans qu'on eût besoin d'assigner les raisons de l'attaque. En 1609, Mariana publia, non en Espagne, mais à Cologne, sept traités latins, sur divers sujets de théologie et de critique, tels que l'état du théâtre espagnol, la computation arabe du temps, l'année et le jour de la naissance du Sauveur. La plupart de ces traités étaient de nature à ne pas provoquer la moindre animadversion; mais un d'entre eux sur la *Mortalité et l'immortalité* encourut la censure théologique; un autre, sur les *Monnaies du Royaume*, fut attaqué au point de vue politique, parce qu'il démontrait tout ce qu'avaient de déplorable et de scandaleux les pratiques du favori régnant, le duc de Lerme, pour altérer et abaisser le cours de ces monnaies. L'Inquisition prit connaissance des deux griefs, et l'auteur des deux opuscules se vit, à l'âge de soixante-treize ans, d'abord soumis à un emprisonnement, et plus tard, pour ses offenses, à une pénitence sévère. Les deux traités furent immédiatement inscrits dans l'Index expurgatoire, et Philippe III, donna des ordres pour réunir et détruire tous les exemplaires possibles du volume qui les contenait. Aussi Lope de Vega a pu dire : « *Su misma patria no perdonó al Sabio Mariana cuando erro.* » Sa patrie même ne pardonna pas les erreurs du savant Mariana.

Le traitement qu'on lui infligea, dans cette occasion, fut d'autant plus sévère, c'est hors de doute, qu'on trouva parmi ses papiers un discours

---

(1) Les détails sur ce livre et la polémique à laquelle il donna lieu se trouvent très au long dans les notes de Bayle à l'article *Mariana*, et, suivant son habitude, avec la colère la plus violente et la plus mauvaise volonté contre les Jésuites. Je ne connais qu'une édition du traité *De Rege et Regis Institutione*, *Typis Wechelianis*, 1611, in-12°; mais cette édition n'est pas entièrement corrigée. L'édition princeps, 1599, in-4°, est précédée de son approbation et de son permis d'imprimer, tant du Roi que du provincial de la Compagnie de Jésus. Le passage où Mariana disculpe ou cherche à atténuer l'assassinat de Henri III de France par Jacques Clément, se lit au chap. vi, du liv. I. Cet acte y est qualifié de *Monimentum nobile*. Voyez aussi Sismondi, *Hist. des Français*, tom. XXII, p. 191, qui se trompe en donnant au traité de Mariana la date de 1602, tandis qu'il s'est imprimé à Tolède, en 1599, in-4°. Des remarquables lettres de Loaysa, confesseur de Charles-Quint, on peut déduire que l'Empereur n'était pas plus scrupuleux que son fils en ces matières, et cela explique bien le passage de Mariana. Voyez *Briefe an Kaiser Karl V*, etc. voir D. G. Heine, Berlin, 1848, in-8°, p. 130 et note.

sur les erreurs qui se rencontrent dans la forme de gouvernement de la Société de Jésus, *Discursus de Erroribus qui in formâ Gubernationnis societatis Jésu occurrunt*, traité qui ne s'imprima qu'après la mort de son auteur et dans des vues alors peu favorables à l'ordre des Jésuites (1). Toutefois la fermeté d'esprit de Mariana ne se laissa pas abattre par ces persécutions. Il continua jusqu'à la fin de se livrer à des travaux littéraires, et lorsqu'il mourut, en 1623, il succomba aux infirmités que son grand âge lui avait naturellement apportées, puisqu'il avait quatre-vingt-huit ans.

L'occupation principale des trente ou quarante dernières années de sa vie, ce fut la grande histoire de sa patrie. Dans les pays étrangers où il avait si longtemps vécu, il avait vu les annales primitives de l'Espagne, si peu connues, même des savants avec lesquels il avait été en rapport, qu'il avait été, en tant qu'Espagnol, profondément mortifié d'une ignorance qui semblait injurieuse pour sa patrie. Il se résolut donc à entreprendre un travail manifestant au monde entier la marche

---

(1) *Joh. Mariana, Soc. Jesu Tractatus VII, nunc primum in lucem editi*, Colon. Agrip. 1609, in-fol. L'exemplaire que nous possédons est mutilé par les nombreuses corrections, suivant les minutieuses indications données dans l'Index expurgatoire de 1667, p. 719. Nous devons observer que le traité *De Ponderibus et mensuris* qui contient de dangereuses observations sur la monnaie, avait été préalablement publié à Tolède, en 1599, in-4°, que nous avons sous les yeux et portant les priviléges et les licences nécessaires. (Santander, Catalogue 1792, in-8°, tom. IV, pp. 152, 153, article *Proceso del Padre Mariana*. Ms. — Lope de Vega, *Obras Sueltas*, tom. I, p. 295.) Le *Discursus de erroribus qui in formâ Gubernationis societatis Jesu occurrunt*, écrit dans le style coulant et élégant de Mariana, s'imprima, pour la première fois, à Bordeaux, 1625, in-8°, et de nouveau, lorsque Charles III supprima la compagnie. Mais dans l'Index expurgatoire de 1667, p. 735, où il apparaît absolument défendu, il est supposé, très-malicieusement, qu'il est encore manuscrit et d'un auteur inconnu. En effet, cette incertitude sur l'auteur du *Discours* se perpétua tellement, durant un siècle et demi, que, lors de sa résurrection en 1768, après l'expulsion des Jésuites, on crut nécessaire de prouver dans une dissertation en forme que Mariana et non un autre était le véritable auteur. Dans une des innombrables brochures contre le *Teatro critico* de Feijoo, l'auteur en parlant de la reconnaissance que l'Espagne devait avoir pour Mariana, parce qu'il avait fait connaître son histoire à l'étranger, l'auteur, dis-je, s'exprime ainsi en des termes assez ridicules : *Hasta el tiempo en que este docto jesuita escribió su historia latina pasábamos entre extranjeros por gente sin abuelos.* (*Estracto critico*, s. l. 1727, in-4°, fol. 26.) Dans l'Index de 1790, ce traité est l'objet des censures les plus sévères. On y dit que la maison professe de Tolède conserve, dans sa bibliothèque, de nombreux manuscrits inédits du P. Mariana.

qu'avait principalement suivie l'Espagne, et sa participation dans les intérêts généraux de l'Europe, et prouvant par son histoire combien elle méritait la considération dont elle avait partout joui, depuis le règne de Charles-Quint. Par conséquent, il commença son œuvre, en latin, afin que toute la chrétienté fût capable de la lire, et il publia, en 1592, dans cette langue, vingt des trentes livres qui la composent.

Avant même d'avoir imprimé les dix autres livres, qui parurent en 1609, Mariana fut heureusement engagé, comme le cardinal Bembo, à se faire son propre traducteur, et à donner son œuvre à ses compatriotes dans le pur castillan de Tolède. Dans cette traduction, notre historien jouit d'un immense avantage : il put prendre, dans cette version, une liberté qu'un autre aurait vainement réclamée. En effet, il eut non-seulement le droit de changer la phraséologie et la disposition des matières, mais de modifier encore, toutes les fois que la chose lui parut convenable, les opinions d'un livre lui appartenant en propre dans l'une et l'autre langue. Son *Historia de España*, dont la première partie parut en 1601, présente, par conséquent, toute l'apparence et tout le mérite d'une œuvre originale. Dans les éditions successives publiées sous sa propre direction et spécialement dans la quatrième, imprimée l'année même de sa mort, cette histoire se trouve graduellement augmentée, enrichie, améliorée sur tous les points, de sorte qu'elle est devenue, ce qu'elle est toujours restée depuis, le monument le plus grandiose élevé à l'histoire de sa patrie (1).

Elle commence par l'hypothèse de la population de l'Espagne par Tubal, fils de Japhet, et se continue jusqu'à la mort de Ferdinand le Catholique et l'avénement de Charles-Quint. A cet ensemble, Mariana lui-même ajouta plus tard un court abrégé des événements survenus jusqu'en 1621, année où Philippe IV monta sur le trône. C'était là une entreprise hardie, empreinte, à certains égards, de l'esprit particulier de son siècle. En appréciant, par exemple, la valeur des autorités qu'il cite, Mariana est bien moins scrupuleux qu'il ne convient à la tâche difficile qu'il s'était imposée. Il suit Ocampo, et surtout Garibay, crédules

(1) L'édition la meilleure et la plus correcte de la *Historia* de Mariana, c'est la quatorzième, publiée à Madrid par Ibarra, 2 vol. in-fol., 1780, sous la direction des directeurs de la bibliothèque royale. L'exécution matérielle ferait honneur à n'importe quelle presse d'Europe. Il est à remarquer que Mariana corrigea beaucoup chacune des éditions successives qu'il publia durant sa vie. D'après les éditions de 1780, les additions faites de 1608 à 1623, formeraient un volume assez considérable.

compilateurs de vieilles fables, quoiqu'ils fussent ses contemporains, et il avoue franchement qu'il trouve meilleur et plus sûr d'accepter les traditions reçues dans sa patrie, s'il n'y a pas de raisons évidentes qui l'obligent à les repousser. Sa manière suggère aussi, sous certains points de vue particuliers, quelques observations. Dans la belle dédicace de la traduction espagnole de son histoire à Philippe III, il reconnaît que sa langue est accidentellement mélangée de mots surannés, par suite de l'étude et du commerce familier avec les vieux écrivains; et Saavedra, qui se complaisait à lui trouver des défauts, prétend que, de même que les vieilles gens se teignent la barbe pour paraître jeunes, Mariana se teignit la sienne pour paraître vieux (1).

Mais tout cet ensemble présente un autre aspect. Sa foi énergique dans les vieilles chroniques, tempérée, comme c'était nécessaire, par son immense érudition, donne à ses récits un air de vérité, de sincérité et de bonne foi, et, à ses détails, une teinte pittoresque qui attire par un attrait singulier. Tandis qu'en même temps, ses archaïsmes fréquents, ses tours de phrases surannés s'ajustent merveilleusement à la nature du sujet et ajoutent au langage une richesse telle que, parmi les compositions en prose espagnole, le style de Mariana est resté sans rival, et que ses narrations, qui forment la partie la plus importante d'une œuvre historique de ce genre, sont particulièrement belles, pittoresques et frappantes. Ses récits des guerres d'Annibal, dans le second livre; ceux de l'invasion des Normands, qui commencent le cinquième; la conspiration de Jean de Procida, au quatorzième ; les dernières scènes de la vie agitée et troublée de Pierre le Cruel, au dix-septième ; la plus grande partie des des-

---

(1) Mariana, *Hist.* liv. I, ch. 13, Saavedra, *Republica literaria*, Madrid, 1759, in-4º, p. 44. Mariana reconnaît le défaut d'exactitude et de critique historique dans quelques passages de son livre. Répondant à une lettre de Lupercio Leonardo de Argensola qui le blamait d'avoir fait naître Prudence à Calahorra, il dit : « Yo nunca » pretendi hacer Historia de España, ni examinar todos los particulares, que fuera « nunca acabar; sino poner en estilo y en lengua latina lo que otros tenian jun- « tado, como materiales de la fabrica que pensaba levantar. Que si todo se caute- « lara, sospecho que otros muchos centenares de años nos estuvieramos sin his- « toria latina que pudiera parecer entre los gentes. » Je n'ai jamais eu la préten- tion de composer l'Histoire d'Espagne, ni d'examiner tous les faits en particulier, je n'en aurais jamais fini, mais mettre en style et en langue latine ce que d'autres avaient réuni comme matériaux de l'édifice que je me proposais d'élever. S'il fal- lait tout vérifier, je soupçonne que nous serions restés des centaines d'années sans histoire latine digne de paraître parmi les nations. — J. A. Pellicer. *Ensayo de una Biblioteca de Traductores*, p. 59.

criptions des principaux événements, qui ont marqué le règne de Ferdinand et d'Isabelle, vers la fin de l'ouvrage, fournissent d'abondantes
preuves de ce singulier talent historique. Elles semblent pleines de vie
et de mouvement.

Ses harangues solennelles, où il prend Tite-Live pour modèle, sont,
en général, moins heureuses. La plus grande partie manquent d'indivi-
dualité et de propriété. Cependant le discours que, dans le cinquième
livre, il met dans la bouche du connétable Ruy Lope Davalos, au moment où ce noble personnage offre la couronne de Castille à l'Infant Don
Ferdinand, est un discours remarquable par le courage et l'esprit d'indépendance avec lesquels il discute les fondements de tout gouvernement politique, et déclare que les droits des rois s'appuient sur l'assentiment de leurs sujets: hardiesse, pouvons-nous ajouter, qui se manifeste
dans d'autres parties de son histoire, et qui apparaît souvent comme
un trait distinctif de son caractère et de sa vie.

Les portraits des personnages éminents, qui se présentent de temps
en temps sur le front du théâtre, sont presque toujours courts, esquis-
sés par quelques traits seulement et tracés de main de maître. Telles
sont les figures d'Alvaro de Luna, d'Alphonse le Sage, de l'infortuné
prince de Viane, où moins de mots peuvent difficilement avoir plus
d'expression.

Comme remarque générale, on peut dire qu'un certain air de noblesse,
une certaine gravité de port, peu éloignée, peut-être, de la vieille rudesse castillane, mais ne manquant jamais de dignité, sont les traits
caractéristiques dominant dans l'ensemble de l'ouvrage. Si, à toutes
ces qualités, vous ajoutez un style admirable, si harmonieux et si dégagé en même temps, si pur et en même temps si riche, vous ferez de
cette composition, sinon le plus digne modèle de la véracité historique,
du moins le type le plus remarquable que le monde ait jamais vu, où
s'unissent le pittoresque de la chronique et la sobriété de l'histoire (1).

(1) La première attaque contre Mariana se fit en Italie par un Espagnol appelé
Pedro Mantuano qui imprima ses *Advertencias*, à Milan, en 1611. Tomas Tamayo
de Vargas lui fit une vigoureuse réponse, Tolède, 1616, in-4°. Mariana ne voulut
sagement lire ni l'une ni l'autre. Le marquis de Mondejar, une autorité respectable, renouvela la discussion : Ses *Advertencias* se publièrent, à Valence, en 1674,
in-fol. avec une préface de Mayans y Siscar, qui adoucissait leur violence. Mais ni
ces critiques, les principales qui ont été faites sur Mariana, ni d'autres n'ont, dans
l'estime des Espagnols, sérieusement porté atteinte aux droits qu'a Mariana d'être
regardé comme le grand historien de leur pays.

Sandoval, qui était un des chroniqueurs salariés de la monarchie et qui prépara, sous ce titre, la continuation de Moralès dont nous avons déjà parlé, semble avoir eu la ferme volonté de se constituer le successeur de Mariana et de poursuivre l'histoire générale d'Espagne du point où cet éloquent jésuite l'avait probablement laissée, plutôt que du point où il aurait dû officiellement la prendre. C'est par là du moins qu'il commença, en écrivant une longue histoire de la vie de Charles-Quint. Mais elle est trop longue; elle remplit presque autant de pages que l'ouvrage entier de Mariana, et, malgré la simplicité de sa composition, son style n'a rien d'attrayant. Ses défauts sont énormes et palpables. Non-seulement le moine Sandoval fut en effet bénédictin et jouit successivement de deux évêchés fort riches, mais encore le courtisan de Philippe III y apparaît constamment. Il fait retomber tout le crime de l'assaut et de la prise de Rome sur le connétable de Bourbon; et outre qu'il fait remonter distinctement la maison d'Autriche jusqu'à Adam, il rattache encore leur arbre généalogique à ceux d'Hercule et de Dardanus. Toutefois l'histoire de Sandoval est un document, un texte autorisé sur lequel s'est appuyé Robertson; un ouvrage qui, après tout, donne, tant par le nombre que par la minutie des détails sur le règne de Charles-Quint, un récit plus satisfaisant que toutes les autres histoires particulières qui existent. Cette histoire se publia, pour la première fois, de 1604 à 1606, et son auteur mourut vers la fin de 1620 ou au commencement de 1621 (1).

Après Sandoval, il ne parut pas, durant une longue période, d'ouvrage important et se rattachant à l'histoire d'Espagne, qui pût tomber dans le domaine de la littérature (2). Il se publia bien, de temps en

---

(1) Nicolas Antonio, *Bibl. Nova.* tom. II, p. 255. La Mothe le Voyer dans un discours adressé au cardinal Mazarin, Œuvres, Paris, 1622, in-fol. tom. I, pp. 225, etc.) attaque Sandoval avec fureur et parfois avec succès pour sa crédulité, sa superstition, sa flatterie, etc., sans oublier son style. Ces attaques faisaient partie de la guerre qui existait alors entre la France et l'Espagne. La notice la meilleure et la plus étendue sur Sandoval se trouve dans l'œuvre intéressante et bien écrite de Ferrer del Rio, *Decadencia de España.*

(2) Durant cette période, embrassant une grande partie du dix-septième siècle, il s'éleva, en Espagne, deux controverses remarquables qui introduisirent un esprit d'examen plus critique dans la composition historique, influèrent sans aucun doute sur Mariana, et contribuèrent à diminuer le nombre de ses successeurs, en soumettant le genre historique, dans toutes ses formes, à des règles plus sévères. Les discussions qui s'élevèrent en conséquence roulèrent sur deux inventions extraordinaires qui produisirent, pendant un certain temps, une grande sensation dans la

temps, des fragments d'histoire espagnole, des morceaux d'histoire sur les découvertes et les conquêtes des Espagnols à l'Est et à l'Ouest, dans l'ancien et dans le nouveau monde, mais les chroniqueurs officiels des couronnes de Castille et d'Aragon ne se crurent pas obligés de continuer les tâches importantes de leurs prédécesseurs, et l'esprit de décadence de la monarchie n'en demanda pas non plus d'autre pour marcher sur les traces des premiers. Néammoins plusieurs de ces historiens des gardes avancés d'un empire, s'étendant maintenant autour du globe, plusieurs de ces écrivains qui nous ont raconté les événements isolés de ses annales domestiques, méritent d'être connus.

Dans cette classe, le premier de tous en importance et le plus remarquable par son caractère spécial, c'est Antonio de Herrera qui écrivit *La Historia general de las Indias*. Il embrasse la période qui s'écoula, depuis la première découverte de l'Amérique, jusqu'à l'année 1554.

Péninsule et trompèrent un assez grand nombre d'hommes intelligents et de savants honnêtes.

La première se rapporte à certaines plaques métalliques appelées *Lames de plomb*, préparées et enfoncées à dessein, quelques années avant, et déterrées près de Grenade, de 1588 à 1595. Quand on les déchiffra, elles semblèrent offrir des matériaux pour défendre la doctrine favorite de l'Eglise espagnole sur l'Immaculée Conception, et pour établir la pierre angulaire de l'histoire ecclésiastique espagnole : la venue en Espagne de l'apôtre saint Jacques, saint patron de cette nation. Cette énorme supercherie fut admise comme authentique par Philippe II, Philippe III, et Philippe IV, chacun desquels, dans un conseil d'État composé des principaux personnages du royaume, les reconnut solennellement vraies : de sorte qu'après une certaine période de discussion, des personnes crurent que les *laminas de plomo* pouvaient être admises dans le canon des Ecritures, comme article de foi. La question se porta à Rome, et là il fut décidé par le suprême tribunal de l'Eglise que tout cela n'était que mensonge et fausseté : résolution à laquelle l'Espagne acquiesça immédiatement.

La seconde supercherie, rattachée en quelque sorte à celle des *Lames de plomb* dont elle devait confirmer l'autorité, était plus étendue, plus importante et d'un caractère plus hardi et plus dangereux. Elle consistait dans une série de fragments de chroniques qui avaient d'abord circulé manuscrits, et s'étaient imprimés pour la première fois en 1610. On les supposait trouvés, en 1594, dans le monastère de Fulde, près de Worms par le P. Higuera, jésuite de Tolède, personnellement connu de Mariana. Ces fragments s'annonçaient, dès le frontispice, comme écrits par Flavius Lucius Dexter, Marcus Maximus, Heleca, et d'autres chrétiens des temps primitifs ; ils contenaient des données intéressantes et tout-à-fait inconnues sur l'histoire civile et ecclésiastique de l'Espagne primitive. C'était, à ne pas douter, une imitation des supercheries de Jean de Viterbe, données au monde un siècle auparavant, comme œuvres de Bérose et de Manethon. Toutefois les fictions es-

Comme Herrera était un écrivain pratique, que sa position officielle de chroniqueur des Indes lui donnait accès à toutes les sources d'information connues de son temps, son œuvre imprimée en 1601, est d'une grande valeur. Herrera fut encore l'auteur d'autres travaux historiques pour lesquels ses ressources et ses talents sont moins satisfaisants, et où les préjugés abondent. Telle est son *Historia general del mundo en tiempo del Rey D. Felipe el Prudente*; une histoire des événements d'Angleterre et d'Écosse, sous le règne infortuné de Marie Stuart; une histoire de la Ligue en France; une histoire des événements d'Aragon au temps d'Antonio Perez et des troubles qui s'en suivirent; compositions écrites, toutes, sous l'influence des passions contemporaines, publiées, toutes, de 1589 à 1612, avant qu'aucune de ces passions se fut complétement calmée.

Il suffit de dire pour les caractériser que dans l'affaire d'Antonio Perez, Herrera supprime presque chacun des faits importants qui pou-

---

pagnoles étaient composées avec plus d'érudition et plus d'ingénuité. Des mensonges agréables et flatteurs se mêlaient à des faits reconnus historiques. Les églises s'enrichirent de nouveaux Saints, expressement forgés pour celles qui avaient une pauvre agiologie ; des familles distinguées qui ne pouvaient indiquer leur fondateur y trouvèrent des origines illustres : enfin on y rappela une multitude d'exploits, de faits glorieux, de victoires chrétiennes qui flattaient l'orgueil de la nation entière et la charmaient par leur nouveauté.

Peu de personnes revoquèrent en doute des choses si douces à croire. Sandoval. Tamayo de Vargas, D. Lorenzo Ramirez de Prado, pendant quelque temps D. Nicolas Antonio lui-même, tous hommes d'érudition et de savoir, crurent fermement que ces sommaires de chroniques ou *chronicones*, comme on les appelait, étaient authentiques. Si Arias Montano, l'éditeur de la Bible polyglotte, Mariana l'historien et D. Antonio Agustin, l'éclairé et prudent ami du Zurita, s'opposèrent à l'opinion universellement reçue, ils ne jugèrent pas tout d'abord à propos de la contredire ouvertement. Le courant de l'opinion, en effet, roulait trop fortement en faveur des supercheries, aussi jouirent-elles en général de la faveur d'être considérées comme des histoires vraies, jusque vers 1650, c'est-à-dire quelque temps après la mort de leur véritable auteur, le P. Higuera, mort survenue en 1624. La polémique que ces faussetés suscitèrent et qui, durant longtemps, se traîna avec assez de lenteur, ne fut pas, c'est évident, sans utilité. Les doutes se multiplièrent; la défiance sur la légitimité de ces récits, défiance exprimée à Higuera lui-même dès 1695, par le modeste et savant Juan Bautista Perez, évêque de Segorbe, gagna graduellement du terrain : les écrivains d'histoires devinrent plus soupçonneux et plus prudents: enfin, en 1652, Nicolas Antonio commence sa *Censura de historias fabulosas*, œuvre qu'il laisse inachevée, qui ne s'imprima que longtemps après, œuvre où une érudition pesante et indigeste, malgré sa sagacité et sa pénétration, met en relief la nature et l'étendue des fictions du P. Higuera et donne aux historiens espagnols une leçon des plus avantageuses, et qui ne semble

vaient tendre à la justification de cesingulier personnage ; que, pour donner une fin glorieuse à son histoire générale, il suppose que Philippe II, à son lit de mort, reçoit du ciel une assistance miraculeuse, afin qu'il puisse terminer sa longue et sainte vie par un acte de dévotion. Toutefois, la principale réputation d'Herrera comme historien repose surtout sur son grand ouvrage *de la Découverte et de la Conquête de l'Amérique*, où son style, du reste sans richesse ni vigueur, semble meilleur et plus énergique que dans aucun autre de ses essais de composition historique. Herrera mourut, en 1625, à l'âge de soixante-seize ans, très-estimé de Philippe IV, comme il l'avait été du père et du grand-père de ce monarque (1).

L'Orient et l'Occident se trouvaient maintenant ouverts aux aventuriers espagnols. La conquête du Portugal avait fait passer les possessions orientales de ce royaume sous l'autorité de la couronne de Castille. Le

---

pas avoir été perdue. Voyez la *Cronica* de Dextro, à la fin de la *Biblioteca vetus* de Nicolas Antonio ; la *Censura de historias fabulosas*, du même Nicolas ; sa Vie par Mayans y Siscar, Madrid, 1742, in-fol. et la *Cronica universal* du Fr. Alonso Maldonado, Madrid, 1624, in-fol. comme preuve patente du crédit illimité que les hommes les plus instruits d e ce temps accordaient à ces scandaleuses impostures. L'homme qui examina avec le plus de pénétration et de jugement les *Laminas de plomo* et les *chronicones*, et qui manifesta le plus grand courage et la plus grande résolution à ce sujet, ce fut l'évêque de Segorbe, dont Villanueva fait une mention honorable dans son *Viage literario à las Iglesias de España*, Madrid, 1804, in-8°, tom. III, p. 166, et qui inséra (p. 259-278) le document où l'évêque découvrit la fraude, et qui ne s'était pas publié jusqu'à ce moment.

Ces lames de plomb, ou du moins celles qui se forgèrent entre les mois de mars et mai 1595, furent gravées par ordre de l'archevêque de Grenade, et se publièrent avec son approbation et sous son autorité. Ces lames ainsi que les faux *Cronicones* furent considérées comme authentiques et dignes de foi par la majeure partie des historiens espagnols dont plusieurs se maintinrent fermes dans leur croyance, même longtemps après la découverte de l'imposture. Le P. Fr. Francisco Arcos, entre autres, dans ses *Conversaciones instructivas*, Madrid, 1786, in-4°, cite Flavius Dexter, comme si c'était un auteur du plus grand crédit et de la meilleure bonne foi.

(1) *Historia général de los hechos de los castellanos en las Islas y tierra firme del mar Oceano*, Madrid, 1601-15, 4 vol. in-fol. — *Historia général del mundo del tiempo del Señor Rey Don Felipe II*, desde 1559, *hasta su Muerte*, Madrid, 1601, 1612, 3 vol. in-fol. Cinq volumes sur la *Historia de Portugal y conquista de las ilas terceras*, Madrid, 1591, in-4°, *Historia de los sucesos de Francia*, Madrid, 1598, in-4°. *Historia del levantamiento de Aragon*, 1612, in-4°, livraison de 150 pages environ. *Hechos de los españoles en Italia*, desde 1281, hasta 1559, imprimée à Madrid, 1624, in-folio ; nous n'avons pu la voir. Dans l'Index expurgatoire de 1667, on trouve l'*Historia général del Mundo*, comme sujette à corrections.

comte de Lemos, grand protecteur des lettres, dans son temps, et président du Conseil des Indes, porta heureusement son attention particulière dans cette direction, et il commanda au plus jeune des Argensolas d'écrire une description des Moluques. Le poëte obéit et publia, en 1609, son œuvre dédiée à Philippe III. C'est une des compositions les plus agréables parmi les histoires partielles de l'Espagne ; elle est pleine des traditions que les Portugais apprirent des naturels du pays, lors de leur premier débarquement, et des étranges aventures qui suivirent leur prise de possession de ces îles. Une partie du récit se trouve, par conséquent, incompatible avec la nature de la civilisation qui y régnait, tels que des discours éloquents et en forme attribués aux naturels ; d'autres, telles que les aventures amoureuses, sont trop romantiques pour n'être pas suspectes d'invention, tout en offrant un certain fond de vérité. En général l'ouvrage est écrit dans un style poétique fort agréable, et convenant parfaitement à la description des îles mystérieuses

> De Ternate y Tidore, de do vienen
> Ricas especies, drogas exquisitas, (1)

îles que les Espagnols s'efforcèrent de dérober, pendant longtemps, à la rivalité des autres nations, en leur cachant l'histoire et les ressources de leur race opprimée, qu'ils obligeaient de satisfaire à leur amour du gain (2).

C'est avec autant d'incertitude pour l'autorité et moins d'élégance de style que l'Inca Garcilaso de la Vega composa ses histoires ; esprit aimable et confiant plutôt que prudent et sage ; fier d'être un capitaine au service du roi d'Espagne, allié, comme fils d'un des moins scrupuleux conquérants du Pérou, à la grande maison de l'Infantado ; mais trahissant toujours la nature plus faible de sa mère issue du sang royal des Incas, n'oubliant jamais entièrement les gloires de la race indienne, ni les cruelles injures qu'elle avait souffertes des mains des Espagnols. Garcilaso de la Vega était né à Cuzco del Peru, corte de Atabalipa, en 1540 ; il y avait été élevé au milieu du tumulte de la conquête. Mais à l'âge de vingt ans, il avait été envoyé en Espagne où, au milieu de circonstances diffi-

---

(1) De Ternate et de Tidore d'où viennent — de riches épices, des drogues exquises.

(2) *Conquistas de las islas Molucas*, Madrid, 1609, in-fol. Pellicer *Biblioteca de traductores*, tom I, p. 87. L'histoire amoureuse de l'alferez Durante, au troisième livre de la *Conquista*, est agréable et probable ; mais le récit des géants patagons, dans le même livre, ressemble aux aventures les plus fabuleuses de Marco Polo et de Mendez Pinto.

ciles et épineuses, il conserva une réputation honorable, durant une existence qui se prolongea jusqu'à l'âge de soixante-seize ans.

La partie militaire de sa personnalité historique, consistant en services sous D. Juan d'Autriche, contre les Morisques de Grenade, n'a pas une immense importance, bien qu'il paraisse lui-même en faire une estime qui n'est pas médiocre. La partie qu'il consacre aux lettres offre plus de prix et plus d'intérêt. Cette dernière commence, en 1590, par une traduction des *Dialogos de amor* du juif Abarbanel, disciple de l'école philosophique de Platon. Abarbanel avait eu sa famille expulsée d'Espagne, lors de la persécution, sous Ferdinand et Isabelle, et, réfugié en Italie, il avait publié ce livre si singulier sous le nom de *Leon Hebreo*. La tentative, en ce qui concerne Garcilaso, n'était pas des plus heureuses. Les dialogues qui avaient joui d'une popularité considérable à cette époque avaient été déjà imprimés en Espagne, circonstance qui lui était évidemment inconnue. Il apparaît bien, par une assertion qu'il donne postérieurement lui-même, que sa traduction obtint un regard favorable de Philippe II, toutefois il y règne une telle saveur de judaïsme et une telle liberté de penser païenne qu'elles la rendirent suspecte aux autorités ecclésiastiques du royaume. Aussi le premier travail littéraire de Garcilaso fut-il bientôt compris dans l'Index expurgatoire, et on n'en entendit parler ensuite que rarement.

L'essai qui suivit cette traduction porta sur un sujet offrant un intérêt plus immédiat. Ce fut une *Historia de la Florida*, ou plutôt une relation de la première découverte de ce pays, qui se publia en 1605. Quand vingt ans avant l'auteur parlait de composer cet ouvrage, il l'appelait plus justement *Expedicion de Fernando de Soto*: en effet, les aventures de cet homme extraordinaire et son étrange destinée constituent non-seulement la partie la plus brillante et la plus attrayante, mais encore presque toute la substance du livre. Là, Garcilaso fut plus heureux que dans sa traduction des Dialogues italiens; et son *Histoire de la Floride*, comme on l'appelle encore, a été souvent réimprimée depuis.

Il était déjà avancé en âge, lorsque son cœur se tourna de plus en plus vers les pensées et les sentiments de sa jeunesse. Rassemblant alors le peu de matériaux qu'il avait pu réunir, et que lui avaient fournis soit ses parents sur les bords du Pacifique, soit les histoires que sa propre mémoire conservait, soit les documents déjà accumulés dans les archives d'Espagne, il publia, en 1609, à Lisbonne, la première partie de ses *Comentarios reales del Perú*. La seconde partie, pour laquelle il avait obtenu le permis d'imprimer en 1613, ne parut qu'en 1617, un an après la mort de l'auteur. C'est un livre plein de bavardage et de commérage, écrit dans un style diffus et abondant en faits personnels à l'auteur. Jusque dans la division, Garcilaso reconnaît franchement les objections contradictoires qu'on peut lui adresser. La première moitié, dit-il, se rapporte aux dix-huit premiers Incas connus dans l'histoire du Pérou ; elle contient une description des traditions du pays, de ses institutions, de ses mœurs, et de son caractère général : détails qu'il offre, tous, comme un tribut dû aux descendants des fils du soleil. Le reste qui, avec de nombreux épisodes, de nombreuses discussions inopportunes, mais qui ne manquent pas toujours de charme, contient l'histoire de la conquête par l'Espagne et des disputes qui éclatèrent entre les conquérants, il l'offre de la même manière à la gloire de la grande famille espagnole à laquelle il était allié et qui compte dans ses annales plusieurs des noms les plus illustres dans les fastes castillans. Les deux parties de ces *Commentaires* forment un livre intéressant et remarquable où règne l'esprit des vieilles chroniques, mais infecté, au delà même de la mesure ordinaire, de cette crédulité qu'on y observe. En effet, il se montre naturellement bien disposé à croire toutes les fables honorables pour son pays natal, et, à ces dispositions, se mêle une anxiété constante pour témoigner qu'il est, malgré tout, un chrétien catholique, dont la foi est trop grande pour rejeter les plus extravagantes légendes de son Église et trop pure pour tolérer l'idolâtrie de ses ancêtres royaux qu'il ne peut s'empêcher de regarder avec respect, avec admiration (1).

---

(1) *La traduction del Indio de los tres dialogos de Amor, de Leon Hebreo, echado del italiano en español, por Garcilasso Inga de la Vega*, Madrid, 1590, in-8º. Nous en avons vu une autre traduction espagnole, imprimée à Venise, en 1568 ; nous présumons qu'il en existe une autre de Saragosse, 1584, et il semble étrange que Garcilaso ne les ait pas connues. (Barbosa. *Bibl. Lusitana*, tom. II, p. 920. Castro, *Bibl.* tom. I, p. 371, Nicol. Antonio, *Bib. Nov.* tom. I, p. 232.) La lettre de Garcilaso à Philippe II, avec les notes additionnelles de son auteur, donnant des détails intéressants sur sa vie, est insérée en tête de la première édition de la seconde partie des *Commentarios* sur le Pérou. La *Florida* s'imprima pour la première fois, à Lisbonne, en 1606 in-4º. La première partie des *Commentaires* s'imprima, dans la même ville, en 1609, et la seconde, à Cordoue, en 1617, toutes deux in-fol. Il en existe d'autres éditions ; les *Dialogos* se traduisirent en outre dans les principales langues de l'Europe moderne.

Nous pourrions citer deux exemples, fort singuliers quoique dans un sens opposé de la crédulité de Garcilaso, crédulité qui ternit si gravement ses *Commentaires* L'un (partie I, liv. ix, ch. 15 et partie II, liv. viii. ch. 18) assure que le dernier Inca qui régna avant l'arrivée des Espagnols avait prédit la conquête ; et l'autre (partie II. liv. iv, ch. 21) que presque tous les Espagnols de l'armée du Pérou, connus comme notoirement blasphémateurs, étaient morts de blessures à la bouche.

La publication, en 1610, de la *Guerra de Granada*, par Mendoza, exerça, comme on pouvait s'y attendre, par le charme du sujet et la beauté du style, une influence considérable sur la composition historique, en Espagne. Elle produisit, dans l'espace d'un siècle, des imitations plus dignes d'être connues qu'aucun autre écrit de leur genre publié après la grande œuvre de Mariana.

La première de ces imitations appartient à D. Francisco de Moncada, gentilhomme de la première noblesse du midi de l'Espagne, et lié avec plusieurs des principales familles de Catalogne et de Valence. Son père avait été successivement vice-roi de Sardaigne et d'Aragon ; et Moncada lui-même avait été gouverneur des Pays-Bas, et commandant en chef des armées qui occupaient ces contrées : chacun d'eux avait, dans leurs époques respectives, rempli les ambassades espagnoles les plus importantes. Le jeune Moncada avait évidemment des goûts différents des soins qui assiégeaient sa vie. En 1623, il publia son *Expedicion de Catalanes y Aragoneses contra Turcos y Griegos ;* à sa mort, en 1635, immédiatement après avoir mis en déroute les deux armées ennemies, il laissa plusieurs autres œuvres de moins de valeur, dont une ou deux se sont imprimées depuis. Son *Expédition de Catalans et Aragonais contre les Turcs et les Grecs*, qui l'a seule fait connaître dans ces derniers temps, roule sur les aventures et les exploits romanesques d'une bande extraordinaire de mercenaires qui, sous la conduite de Roger de Flor, successivement pirate, grand amiral et César de l'empire d'Orient, repoussèrent les Turcs qui s'approchaient du Bosphore, au commencement du quatorzième siècle. Là, après avoir été pendant quelque temps non moins formidables à leurs alliés qu'ils l'avaient été aux infidèles, ils s'établirent au milieu d'une espèce de tranquillité inquiète, à Athènes, où leur historien les laisse.

C'est, par conséquent, le récit d'un événement des plus extraordinaires, se rattachant plutôt à l'histoire du moyen âge qu'à celle de la péninsule espagnole ; récit des plus véridiques, malgré sa couleur romanesque, puisque ses bases reposent sur la grande œuvre de Zurita ; récit qui ne manque pas d'effet pittoresque, puisque les détails sont souvent empruntés de Ramon Muntaner, le vieux Catalan qui avait lui-même partagé les dangers de cette singulière expédition, et qui les avait décrits dans sa propre chronique, avec son énergie et sa vigueur accoutumée. Il y a des passages vraiment frappants et racontés d'une manière saisissante ; telle est, en particulier, l'élévation de Roger de Flor parvenu au plus haut point qu'un sujet peut espérer, dans l'empire grec, et son assassinat, en présence et par ordre du même Empereur qui l'avait élevé si haut, et son sang souillant la table impériale à laquelle une traîtreuse hospitalité l'avait invité. Tout l'ouvrage est écrit dans un style plus robuste et plus énergique que soigné et correct : les couleurs sont en parfaite harmonie avec le sombre dessin du tableau et, quoique moins vigoureux de ton que la *Guerre de Grenade* de Mendoza, dont elle nous semble, au premier abord, une imitation, le travail de Moncada la surpasse souvent par des traits plus faciles, plus moelleux, plus naturels (1).

Une autre histoire militaire, écrite par un gentilhomme attaché au service de son pays tant dans les armes que dans la diplomatie, se trouve dans la relation des onze campagnes en Flandres par D. Carlos Coloma, marquis de Espinar, publiée en 1625. La traduction que ce marquis fit des *Annales* de Tacite a été regardée comme la meilleure en langue castillane, mais, dans son propre ouvrage, il ne manifeste pas la moindre tendance à imiter les anciens. Au contraire, il respire, pour ainsi dire, la fraîcheur des glorieuses campagnes de l'auteur; il est rempli des honorables sentiments d'un soldat esquissant les aventures de l'armée, dans le camp, dans l'action du combat, dans les quartiers d'hiver; et ajoutant accidentellement à sa narration principale des détails sur les négociation alors entamées dans les Pays-Bas, sur les affaires d'Espagne et sur les intrigues des courtisans qui entouraient, à Madrid, le lit de mort de Philippe II. Le style de Coloma manque d'uniformité; mais la plus grande partie des événements qu'il décrit, il les a vus ; quant au reste, il les a soumis à l'examen de ce qu'il considérait comme la plus exacte et la plus sûre information. De cette façon il parle non-seulement avec autorité, mais encore avec cette vivacité naturelle qu'inspire la proximité des événements qu'il raconte, ce qui donne à son langage son feu et sa couleur (2).

C'est à la même classe qu'appartient l'histoire dramatique et animée d'une période de la rébellion catalane, sous le règne de Philippe IV. Elle a été écrite par D. Francisco Manuel Melo, gentilhomme portugais, qui resta attaché au service de l'Espagne jusqu'en 1640-41, époque où il

---

(1) *Expedicion de los Catalanes y Aragoneses contra Turcos y Griegos, por D. Francisco de Moncada, conde de Osona*, Barcelone, 1623, et Madrid, 1772 et 1805. Il en existe une autre édition de Barcelone, 1842, in-8°, publiée par D Jaime Tió. A la fin se trouve un poème de D. Calixto Fernandez Comporedondo sur le même sujet, poème qui remporta le prix dans une des fêtes célébrées à Barcelone. Ce qui nous rappelle les anciens jeux floraux et le célèbre marquis de Villena.

(2) *Las guerras de los Estados Baxos, desde Mayo, 1588, hasta el año 1599*, Anvers, 1627 et 1635, in-4°. Barcelone, 1627. Ximeno, tom. I, p. 338. Il fut ambassadeur d'Espagne près la cour de Jacques Ier en Angleterre, vice-roi de Majorque, etc. Il mourut en 1637, à l'âge de soixante-quatre ans.

rejoignit l'étendard de la maison de Bragance et où il combattit pour l'indépendance de sa propre patrie. Sa vie, qui s'étendit de 1611 à 1667, est pleine d'aventures. Il se trouva dans l'horrible tempête de 1627 où toute la marine portugaise fit, pour ainsi dire, naufrage, et le sort lui réserva la charge d'ensevelir les corps d'environ deux mille victimes qui avaient péri dans les vagues, à la fureur desquelles il avait lui-même échappé avec peine. Il prit part aux guerres des Flandres et de la Catalogne. Douze années, il fut retenu en prison dans son pays natal, sous une accusation de meurtre, accusation qu'il finit par prouver n'avoir aucun fondement ; il passa six autres années exilé au Brésil. Au milieu de tous ces contre-temps, à travers tous ces dangers, il sut trouver une consolation dans les lettres. Il publia des livres, en prose et en vers, en espagnol et en portugais ; leur nombre dépasse plus de cent volumes, nous avons déjà parlé de quelques-uns d'entre eux ; la quantité des œuvres inédites augmenterait considérablement ce nombre déjà immense. Une circonstance des plus remarquables, c'est que D. Francisco Manuel Melo a obtenu dans les deux langues les honneurs d'un écrivain classique.

Sa *Guerra de Cataluña*, embrassant la courte période durant laquelle il y servait, a été composée pendant son emprisonnement et publiée, pour la première fois, en 1645. Cédant à des motifs politiques, il ne lui donna pas son nom, et comme un de ses amis lui en témoignait sa surprise dans une lettre, Melo lui répondit par cette phrase caractéristique : « *Ni el libro pierde nada por faltarle mi nombre, ni yo perderia nada por falta del libro :* Le livre ne perd rien parce qu'il y manque mon nom, et moi je ne perdrais rien si mon livre me manquait. » Ce livre toutefois, eut du succès. Les récits des premiers tumultes de Barcelone, à la fête du Corpus Christi, quand la cité se remplit des hardis paysans de l'intérieur ; les disputes subséquentes des factions exaspérées ; les débats dans la Junte de Catalogne, les discussions du Conseil royal, sous la direction du comte duc d'Olivarès ; l'attaque inutile de la grande forteresse de Monjuich par les forces royales et la retraite désastreuse qui s'ensuivit, sont autant de tableaux peints avec une fraîcheur et une vigueur qu'on ne peut attendre que d'un homme qui partage les sentiments qu'il décrit, qui a été témoin oculaire de tous les mouvements qu'il met sous nos yeux avec tant d'énergie et d'animation. Son style est aussi en rapport avec la variété des sujets, tantôt plein de vie et de force, tantôt remarquable par sa finesse et sa pureté, d'autrefois par ses pensées fortes et ses tournures abruptes, qui nous rappellent Tacite. L'ouvrage est court, pas plus long que celui de Mendoza, son modèle ; il n'embrasse qu'un espace d'environ six mois, de la fin de 1640 et du commencement de 1641.

Melo eut-il la pensée de pousser plus loin sa narration, c'est incertain. Les paroles de sa conclusion sont remarquables : « No pararon aquí los su-
« cesos y ruinas de las armas del rey en Cataluña, reservadas quizà à
« mayor escritor, asi como ellas fueron mayores. » Là ne s'arrêtèrent
« pas les malheurs et les ruines des armées du roi en Catalogne, infor-
« tunes réservées peut-être à un plus grand écrivain, puisqu'elles ont
« été aussi plus grandes. » Elles semblent nous faire induire que notre historien désirait seulement décrire les événements dont il avait été témoin oculaire. D'un autre côté, dans sa préface qui porte le caractère d'un avis aux lecteurs, faisant allusion au déguisement de son nom comme auteur du livre qu'il leur offre il dit : « Si en algo te he servido, pi-
« dote que no te entrometas à saber de mí mas de lo que quiero decirte.
« Yo te inculco mi juicio como lo he recibido en suerte; no te ofrezco
« mi persona, que no es del caso para que perdones o condenes mis es-
« critos. Si no te agrado no vuelvas à leerme, y si te obligo, perdonote
« el agradecimiento; no es temor, como no es vanidad. Largo es el teatro,
« dilatada la tragedia, otra vez nos toparémos; ya me conoceras por la
« voz, yo à tí por la censura » (1). Quelle qu'ait été primitivement l'intention de Melo, le fait est qu'il survécut plus de vingt ans à la publication de son intéressant ouvrage, qu'il ne fit rien pour le continuer, et qu'il n'ajouta rien à ses premières pages (2).

A partir de cette époque, la composition en prose, longtemps infectée du mauvais goût du siècle, éprouva une décadence plus rapide encore et

---

(1) « Si je t'ai rendu quelque service, je te demande de ne pas chercher à savoir
« de moi plus que je ne t'en veux dire. Je t'inculque mon jugement, tel que je
« l'ai reçu du sort; je ne t'offre pas ma personne, elle n'est d'aucune importance
« pour que tu pardonnes ou condamnes mes écrits. Si je ne te plais pas, ne reviens
« pas me lire; si je t'y oblige, je te fais grâce de la reconnaissance. Ce n'est pas par
« crainte, comme ce n'est pas non plus par vanité. Vaste est le théâtre, longue, la
« tragédie; nous nous rencontrerons une autre fois. Tu me connaîtras à la voix;
« moi, je te connaîtrai par la critique. »

(2) *Historia de los Movimientos, separacion y guerra de Cataluña*, por Francisco Manuel de Melo, Lisbonne, 1645. Il y en a eu plusieurs autres éditions; une par Sanchez, 1808, in-8°, et une autre publiée, à Paris, 1830. Nous avons déjà parlé de ses poésies, ci-dessus, p. 67. Quant à sa vie et à la multitude de ses œuvres, voyez la *Biblioteca lusitana*, de Diego Barbosa Machado, (Lisbonne 1741-59, 4 volumes in-fol.) bibliothèque que j'ai souvent citée comme la plus grande autorité pour tout ce qui regarde l'histoire de la littérature portugaise, quoique les opinions qu'elle exprime n'ait qu'une valeur très-faible ou presque nulle. C'est un ouvrage des plus considérables et des plus importants de bibliographie et de biographie littéraire qui ait été jamais publié. Malheureusement il est aussi un des plus rares,

plus marquée. D. Diego Saavedra Fajardo, qui vécut quarante années hors de l'Espagne, employé dans des missions diplomatiques, avait été élevé à une école meilleure, s'était formé lui-même sur des modèles plus dignes que tous ceux qu'on peut trouver parmi ses contemporains dans la Péninsule. Cependant sa *Corona gótica* publiée, en 1646, à Munster, à l'époque où il était membre du congrès qui devait conclure la paix de Westphalie, est un travail imparfait, qu'il laissa incomplet, à sa mort survenue deux ans après, à Madrid (1). Par conséquent l'unique historien remarquable de cette période qu'il nous reste à faire connaître, c'est D. Antonio de Solis.

Nous avons déjà parlé de lui comme poète lyrique et poète dramatique, retiré du monde en 1667, et consacré exclusivement au service de la religion. Il était, cependant, le chroniqueur officiel des Indes ; et il se crut obligé de faire quelque chose pour remplir les devoirs d'une charge à laquelle des émoluments étaient, peut-être, nominativement attachés. Il choisit donc pour son sujet la *Conquista de Mexico* ; il commence par décrire la situation de l'Espagne, au moment où elle entreprit cette conquête ; la nomination de Cortez pour commander les forces d'invasion, et il conduit sa narration jusqu'à la prise de Mexico et la capture de l'empereur Guatimozin. La période qu'il embrasse n'est pas longue, moins de trois ans ; mais ces années sont remplies de si brillantes aventures et de crimes si atroces qu'on rencontre difficilement, dans l'histoire du monde, une époque offrant un égal intérêt. Le sujet, par suite de cette circonstance, est aussi un des plus habilement ménagés : Antonio de Solis, qui le considérait avec des yeux d'artiste autant qu'avec le regard de l'historien, a obtenu le plus grand succès en donnant à son œuvre, mais à un degré extraordinaire, la couleur d'une époque historique, tant est grande l'habileté avec laquelle toutes ses parties et tous les épisodes viennent se fondre dans un ensemble harmonieux dont la catastrophe et le dénouement est la ruine du grand empire mexicain.

Le style d'Antonio de Solis lui est tout particulier. Sans aucun doute,

---

une grande partie des trois premiers volumes imprimés ayant été détruite par l'incendie qui suivit le grand tremblement de terre de Lisbonne, en 1755. L'auteur, qui donne quelques détails sur lui-même dans son propre livre, était né en 1682. Il mourut, je crois, en 1770.

(1) L'œuvre de Saavedra fut continuée, mais pauvrement par Alonso Nuñez de Castro, jusque sous le règne de Henri II. Le travail des deux auteurs remplissant sept volumes de l'édition de Madrid, 1789-90, in-8°, les deux premiers, qui arrivent jusqu'à 756, appartiennent à Saavedra.

il avait sous les yeux les historiens romains et principalement Tite-Live, c'est ce qui résulte du ton général du livre et de la structure de ses pensées et de ses phrases. Il y a cependant peu de prosateurs espagnols dont la langue soit plus absolument castillane. Sa phraséologie manque de simplicité, mais elle se relève par sa richesse et sa beauté ; elle est appropriée au sujet romanesque que l'auteur avait choisi pour son histoire et profondément empreinte de son esprit poétique. Pour la hardiesse, il est bien inférieur à Mendoza, pour la dignité, il n'égale pas Mariana, mais son abondance et son éloquence soutenue le placent à côté de ces écrivains. Son livre est aussi intéressant qu'aucun des leurs ; je n'en veux pour preuve que la popularité constante dont il a joui, depuis son apparition jusqu'à nos jours.

La *Conquête du Mexique* fut composée dans la vieillesse de son auteur, aussi est-elle assombrie par les sentiments qui le détachèrent des soucis et des intérêts du monde. Il refuse de voir l'atroce et merveilleuse lutte qu'il raconte d'une autre place que des marches de l'autel où il a reçu les ordres sacrés. Les Espagnols, par conséquent, ne sont à ses yeux que des chrétiens ; les Mexicains, que des païens. La bataille qu'il voit et qu'il décrit, se livre entièrement entre les puissances de la lumière et les légions des ténèbres. Les Indiens infortunés que les Espagnols n'avaient pas plus le droit d'attaquer et d'envahir, sous prétexte de détruire leurs rites abominables dont il n'avaient jamais entendu parler qu'après leur débarquement, que n'en avaient Henri VIII ou Elisabeth pour envahir l'Espagne, sous prétexte de détruire les horreurs de l'Inquisition espagnole, les infortunés Indiens ne reçoivent, dis-je, de la part de l'historien, aucun témoignage de sympathie pour les souffrances extrêmes qu'ils eurent à supporter, tant que dura leur lutte inutile, mais héroïque, pour tout ce qui pouvait leur rendre l'existence agréable à leurs yeux.

Le livre d'Antonio de Solis, écrit avec une grande perfection et dans des termes flatteurs pour l'amour-propre national, reçut immédiatement un accueil agréable. Mais le mot succès désigne une expression dont la signification était alors bien différente de celle qu'il porte aujourd'hui ou de celle qu'elle avait, en Espagne, au temps de Lope de Vega. La publication, qu'on place en 1684, se fit par les soins et le secours d'un ami qui se chargea de tous les frais ; elle trouva son auteur pauvre, et pauvre elle le laissa. Sur ce point il y a, dans sa correspondance, des passages pénibles à lire, tel est celui-ci : « *Tengo acreedores que me detendrian en la calle si me viesen con calzado nuevo* (1). » Un autre où il demande à un ami

---

(1) J'ai des créanciers qui m'arrêteraient dans la rue, s'ils me voyaient avec des souliers neufs.

un vêtement chaud pour le protéger contre le froid de l'hiver. Il ne se réjouit pas moins du succès qui accueillait son livre, quoique à la fin de l'année, il ne s'en fût vendu que deux cents exemplaires. Il mourut deux ans après, à l'âge de soixante-seize ans, *dejando*, suivant la phrase technique et les habitudes particulières de ce temps, *à su alma por heredera de su cuerpo* (1) ou en d'autres termes, donnant les restes de sa pauvreté pour obtenir des messes expiatoires (2). Diego de Tovar, le même ecclésiastique qui avait confessé Quevedo et Nicolas Antonio, se tint aussi au chevet du lit du moribond, et il consola les derniers moments d'Antonio de Solis, comme il avait consolé ceux de ces deux écrivains (3).

Antonio de Solis fut le dernier des bons écrivains de la vieille école historique espagnole, école qui ne compta, même dans ses meilleurs jours, qu'un petit nombre de noms et qui, aujourd'hui, au moment où toute la littérature nationale était en décadence partageait le sort commun. Il ne pouvait en être autrement. L'esprit de tyrannie politique dans le gouvernement et de tyrannie religieuse dans l'Inquisition, plus étroitement unis que jamais, était plus hostile aux investigations hardies et sincères de l'histoire qu'à celles d'aucune autre branche littéraire; de sorte que le généreux sentiment d'indépendance nationale et d'honnêteté, annoncé dans les vieilles chroniques, se vit arrêter au milieu de son élan, avant d'avoir pu exprimer la moitié de son énergie et de sa force.

Néanmoins, comme nous l'avons vu, plusieurs des historiens qui se sont produits, sous l'influence désastreuse de la maison d'Autriche, ne sont pas indignes du caractère national. Mariana montre beaucoup de fermeté; Solis, beaucoup de ferveur; Zurita, une grande et consciencieuse activité; pendant que Mendoza, Moncada, Coloma et Melo, se renfermant dans des sujets qui embrassent des histoires plus courtes et offrent moins d'intérêt, nous donnent plusieurs des esquisses les plus frappantes qu'on puisse

---

(1) Laissant son âme pour héritière de son corps.

(2) Madame d'Aulnoy (*Voyage,* édition 1693, tom. II, pp. 17, 18.) explique cette coutume et montre jusqu'à quel degré d'absurdité et de ridicule elle avait été portée du temps d'Antonio de Solis.

(3) Il y a de nombreuses éditions de la *Conquista de Mejico.* La première est celle de Madrid, 1684, et la meilleure, celle de 1783, deux volumes in-4°. L'auteur du prologue qui précède ses poésies dit que, *Solis laissa des matériaux pour continuer l'histoire du Mexique, mais qu'on ne sait où ils existent.* Quelques-unes de ses lettres, avec une esquisse biographique par Mayans y Siscar, se publièrent, comme nous l'avons déjà dit, en 1733. Elles se réimprimèrent avec plus de correction dans les *Cartas morales,* etc., édition de 1773. Voyez tome II, pp. 455; ci-dessus chap. XXX, p. 64; chap. XXXVII, p. 202.

trouver dans l'histoire littéraire d'aucun pays. Tous ces auteurs se distinguent par la richesse et la dignité ; leurs œuvres respirent plutôt la sensibilité que la philosophie; le ton et le style dans lequel elles sont écrites révèlent moins peut-être le génie particulier de leurs auteurs respectifs que le caractère du pays qui leur a donné naissance. De sorte que, si elles ne sont pas entièrement classiques, elles sont entièrement espagnoles, et, ce qui leur manque de grâce et de perfection, elles le compensent par ce qui déborde de pittoresque et d'originalité (1).

---

(1) Sous les règnes de Charles-Quint et de Philippe II, quand l'Aragon et la Castille virent leurs chroniqueurs se multiplier et faire partie du personnel de la Cour, les autres royaumes incorporés dans l'unité de la monarchie espagnole commencèrent à manifester le désir d'avoir aussi leurs histoires particulières, telles que Valence, dont les historiens furent Beuter, Escolano, Diago. Un grand nombre de villes obtinrent aussi leurs annales distinctes, écrites au moins par un auteur, ouvrages d'une autorité fort respectable, comme les histoires de Ségovie, par Colmenares, de Séville, par Avila et Ortiz de Zuñiga. Bien que, du milieu du XVe siècle à la fin du XVIIe, il se soit écrit en Espagne plus d'histoires locales qu'en aucun autre pays d'Europe, aucun de ces ouvrages, autant que nous pouvons le connaître, n'a un mérite assez particulier pour être mentionné dans l'histoire littéraire de la Péninsule. Néanmoins, l'esprit qui en fit produire un grand nombre et spécialement l'esprit qui, durant le règne de Philippe II, fit composer, avec tant de soin et d'argent, la vaste collection de documents que renferment la citadelle de Simancas et le couvent de l'Escurial, cet esprit, dis-je, ne doit pas être négligé.

Le chapitre sur les Chroniques du XVe siècle (Première période, chap. IX), était imprimé, lorsque est venue à ma connaissance la chronique écrite par le prince de Viane, *Cronica de los Reyes de Navarra*, dont il n'existe qu'une édition, celle de Pampelune, 1843, in-4º par D. José Yanguas y Miranda. Elle avait été composée, en 1434, par le prince D. Carlos, dont nous avons parlé (vol. I. p. 302), prince mort à l'âge de quarante-quatre ans, en 1461, et dont la traduction de la *Morale*, d'Aristote, s'imprima à Saragosse, en 1509. (Mendez, Typogra. esp. 1796, p. 193.) La publication de la chronique, préparée avec le plus grand soin, se fit sur quatre manuscrits ; elle embrasse l'histoire de la Navarre depuis les origines jusqu'à l'avénement de Charles III, en 1390, et fait connaître quelques événements du siècle suivant. Outre la vie de l'auteur, elle s'étend, en deux cents pages environ, écrites dans un style modeste et simple, ne valant pas cependant celui des chroniques castillanes contemporaines. Elle conserve quelques-unes des traditions de la montagne relatives à l'origine du royaume ; elles sont racontées, tantôt avec les expressions de la Chronique générale d'Espagne, tantôt avec des additions et des changements. Les parties où j'ai pu observer des traces de ce rapport sont dans la Chronique du prince de Viane, liv I. cháp. 9-14, et la dernière partie de la Chronique générale, partie III. Parfois le prince s'écarte des traditions reçues ; ainsi il appelle Cava, la *femme* du comte Julien, au lieu de dire sa *fille*. En général, sa chronique plaît parce qu'elle conserve les traditions populaires et les histoires de la période à laquelle elle se rapporte.

CHAPITRE XXXIX

Proverbes : Santillane, Garay, Nuñez, Mal Lara, Palmireno, Oudin, Sorapan, Cejudo, Yriarte. — Prose didactique : Torquemada, Acosta, Fr. Luis de Granada, San Juan de la Cruz, Santa Theresa de Jésus, Malon de Chaide, Rojas, Figueroa, Marquez, Vera y Zuñiga, Navarrete, Saavedra, Quevedo, Antonio de Vega, Nieremberg, Guzman, Dantisco, Andrada, Villalobos, Paton, Aleman, Faria y Sousa, Francisco de Portugal. — Le *Gongorisme* dans la prose. — Gracian, Zabaleta, Lozano, Heredia, Ramirez. — Décadence et ruine de la bonne prose didactique.

La dernière branche de la littérature d'un pays qui puisse tomber, au point de vue du style, sous la juridiction de la critique, c'est la prose didactique. En effet, cette branche est tellement éloignée de tout ce qui est poétique, que les ornements y sont plus accidentels qu'en tout autre genre, et ne doivent pas en outre y être, en aucune façon, exigés. Dans les temps modernes, la France semble avoir été, plus que toute autre nation, sans en excepter même l'Italie, plus désireuse d'ajouter les grâces et l'élégance du style à sa prose didactique. D'un autre côté, il n'y a pas de peuple qui ait été plus malheureux que les Espagnols dans ses tentatives pour la cultiver.

Toutefois, dans une forme particulière de composition didactique, l'Espagne se trouve en avance sur toutes les autres nations. Je veux parler des *refranes* ou proverbes, que Cervantès appelle avec bonheur *Sentencias breves, sacadas de la luenga y discreta experiencia* (1). Les proverbes espagnols remontent au temps les plus reculés. Un des plus connus, *Allà van leyes do quieren reyes* (2), se rattache à un événement fort important du

---

(1) *Sentences courtes tirées d'une longue et sage expérience*, *D. Quichotte*, part. I, chap. 39.

(2) Dans la question si grave entre les deux liturgies, la romaine et la gothique, qui troubla si longtemps l'Église espagnole, Alphonse VI résolut de jeter un exemplaire

règne d'Aphonse VI, mort au commencement du douzième siècle, alors que la langue castillane avait à peine une existence distincte. Un autre nous retrace une coutume fort répandue du temps des infants de Lara, et ne s'écarte probablement pas beaucoup de l'époque où ils vivaient (1). D'autres se trouvent dans la *Cronica general*, une des plus vieilles compositions en prose espagnole, et dans ce nombre celui qui sert à peindre heureusement les espérances frustrées, et que D. Quichotte cite plus d'une fois : *Fué por lana y volvió trasquilado* (2). Il y en a beaucoup dans le *Conde Lucanor*, de D. Juan Manoel (3), ainsi que dans les poésies de l'archiprêtre de Hita (4), auteurs qui vivaient, tous deux, sous le règne d'Alphonse XI.

Dès ces temps éloignés, nous n'avons, toutefois, que des expressions séparées et isolées, appartenant évidemment à la vieille race espagnole et toujours employées comme familières et notoires. Sous le règne de D. Juan II, et à la demande de ce monarque, le marquis de Santillane réunit en collection cent de ces proverbes rimés, dont nous avons déjà parlé, sans compter, dit-il, six cents autres environ de ceux que les vieilles femmes répétaient au coin du feu, *se decian por las viejas tras el huego*. Par conséquent, dès cette époque ou plutôt dès 1508, année où cette collection se publia, les vieux et sages proverbes de la langue peuvent être

---

de chacun des deux bréviaires dans un foyer bénit et préparé à cet effet, déclarant expressément qu'il donnerait la suprématie à celui qui ne serait pas consumé dans cette épreuve. Le manuscrit gothique triompha, mais le roi ne tint pas sa promesse, le rejeta dans les flammes, en prononçant ces paroles qui sont devenues proverbe : *Allà van leyes adonde quieren reyes*, traduction libre : *Les Lois obéissent aux Rois* (Sarmiento, etc. 411). On donne une origine historique analogue au proverbe : *Ni quito rey ni pongo rey*, qui nous rappelle la querelle personnelle de Pierre le Cruel et de son frère et successeur, D. Henri. Clémencin, édit. *D. Quichotte*, tom, VI, 1839, p. 225.

(1) Dissertation de D. Juan Lucas Cortès dans les *Origines de la langue espagnole*, de Mayans y Siscar, tom. II, p. 211 ; le proverbe est : *Entrale por la bocamanga y sácale por el cabezon*, ou *Metedlo por la manga, y salirse os ha por el cabezon*.

(2) *Cronica general*, 1604, parte III, f. 61, et *D. Quichotte*, part. I, ch. 7.

(3) Par exemple : « Ayudad vos, y Dios ayudarvos ha » — El bien munca muere, qui se trouvent dans le premier conte.

(4) « Quien en l'arenal sembra, non trilla *pegujares* » stance, 160. *Pegujares*, mot singulier qu'on ne rencontre qu'une fois dans le *Quichotte*, dit Clémencin (tom. V, p. 34), vient de *Peculio*, et l'une et l'autre de *pecus*. Voyez également partida IV, titre XVII, loi 7.

considérés comme ayant obtenu une place honorable dans la littérature didactique (1).

Le nombre de ces proverbes, non-seulement de ceux qui se conservaient dans la conversation ordinaire, mais encore de ceux qui s'imprimaient et se réunissaient en collection, devint si considérable que l'on commença à les tenir en compte. Blasco de Garay, attaché à la cathédrale de Tolède, et vivant par conséquent au centre de tout ce qui était plus particulièrement castillan, écrivit une longue lettre dont chaque pensée exprimait un refrain populaire. A cette lettre, il en ajouta deux autres semblables, trouvées, dit-il, accidentellement, et de la même manière composées de proverbes (2). Au milieu de ce siècle, un honneur plus grand attendait les vieux adages espagnols. Pedro de Valles, qui écrivit la *Vida del marques de Pescara*, publia, en 1549, une liste alphabétique de quatre mille trois cents proverbes ; le célèbre commandeur grec Hernan Nuñez de Guzman, aussi distingué par son érudition que par sa naissance, successivement professeur à Alcalà et à Salamanque, trouva un amusement pour sa vieillesse dans la composition d'une autre série de proverbes s'élevant au nombre d'environ six mille. La plus grande partie est accompagnée de gloses et d'explications ; d'autres, le sont de divers proverbes équivalents, extraits de différentes langues. Sentant ses forces lui manquer, il confia le soin de terminer sa tâche à un de ses amis, comme lui, professeur à Salamanque, qui publia son livre en 1555, deux ans après la mort de Nuñez. Il le fit, à ce qu'il nous apprend, plutôt par respect

---

(1) Réimprimé par Mayans, *Origines* etc., tom. II, p. 179-210. — Voyez aussi les *Proverbes de Sénèque*, par Pero Diaz de Mendoza, cités dans la note de la première période, tom. I, pag. 343-44, note I, chap XIX.

(2) Je n'ai jamais vu la collection des proverbes de Pedro Valles, l'Aragonais, mais Mayans y Siscar en avait un exemplaire dans sa bibliothèque dont le titre est le suivant : *Specimen bibilioteca Hispano-Majansianæ, etc., ex Museo Davidis Clementis*, Hanovre, 1753, in-4° p. 67. Ils s'imprimèrent à Saragosse, en 1549, in-4°, sous le titre de *Cuatro mil y tres cientos refranes puestos por el A, B, C.* Les *Cartas*, de Blasco de Garay, se sont réimprimées souvent, mais l'édition la plus ancienne et la plus complète que nous ayons vue, est celle de Venise, 1553, in-8°, et elle n'est probablement pas la première. La seconde des lettres de Garay n'est pas en proverbes, et, dans l'édition citée, elle est suivie d'une prière dévote, le tout dit l'auteur : *que no es tanto su intencion el hacer provecho à los muy bien doctrinados, cuanto à los que no suelen leer sino à Celestina ó cosas semjantes*. Je n'ai pas tant l'intention d'être utile à ceux qui sont bien instruits qu'à ceux qui, d'ordinaire, ne lisent que la *Célestine* ou d'autres livres semblables. — Les *Proverbes* de Francisco de Castilla, joints à sa *Teórica de Virtudes* (1552, fol. 64-69), ne sont pas des proverbes, mais des exhortations à la vie sainte et vertueuse, mises en vers.

pour la personne dont il avait reçu la commission que par considération pour la dignité d'une occupation semblable (1).

Outre ces collections, un autre ami de Hernan Nuñez, le Sévillanais Mal Lara, fit un choix d'un millier de ces proverbes, ajouta un commentaire à chacun d'eux et les publia, en 1568, sous un titre qui ne manquait pas de propriété : *Filosofia Vulgar*. Malgré son érudition indigeste, ce volume peut se lire avec plaisir, tant pour l'élégance du style avec lequel plusieurs morceaux sont écrits que pour les curieuses anecdotes historiques dont il abonde. Une autre collection, composée par le Valencien Lorenzo Palmireno, en 1689, consiste en deux cents proverbes environ, relatifs tous à la table, et elle montre l'abondance d'aphorismes populaires qu'on peut trouver dans une langue qui en fournit autant sur un seul sujet. César Oudin en publia encore une autre, à Paris, en 1608, à l'usage des étrangers, et cette publication témoigne, d'une manière non moins évidente, de la grande extension que la langue espagnole avait alors prise en Europe. En 1616 et en 1617, un médecin de Grenade, Sorapan de Rieros, publia deux collections où il chercha à condenser ce que peuvent donner l'expérience populaire et la sagesse vulgaire pour l'enseignement de la médecine, comme elles avaient servi dans les mains de Mal Lara pour inculquer les principes de la philosophie de la vie quotidienne. Finalement, en 1675, Cejudo, maître d'école de Val de Peñas, mit au jour une collection d'environ six mille proverbes, avec les adages latins correspondants, toutes les fois qu'il put les trouver, et avec des explications plus satisfaisantes que celles qui avaient été fournies par ses prédécesseurs (2).

Quoiqu'il y ait des milliers de proverbes qui ont été réunis en collec-

---

(1) *Refranes, etc., que coligio y gloso, el comendador, Hernan Nuñez, profesor de Retorica en la Universidad de Salamanca*, Madrid, 1619, in-4°. La préface de Léon de Castro indique que le volume s'imprima durant la vie de Nuñez, qui mourut en 1553. Mais nous ne connaissons aucune édition antérieure à celle de 1555. Voyez la note de Pellicer sur *D. Quichotte*, partie II, ch. 34.

(2) *La Filosofia vulgar de Juan de Mal Lara, Vezino de Sevilla*, Séville, 1558, Madrid, 1618, in-4°, écrivain fort connu dans son temps, que nous avons cité, tome II, p. 117, en parlant des poètes dramatiques, et qui mourut, en 1571, à l'âge de quarante-quatre ans, *Semanario Pintoresco*, 1845, p. 34. La collection de Lorenzo Palmireno se réimprima dans les quatre volumes de Nuñez, édition de Madrid, 1804, in-8°. Celle d'Oudin, à Bruxelles, en 1611, in-8°. Juan Sorapan de Riero , *Medecina española en proverbios vulgares de nuestra lengua*, s'imprima, à Grenade, 1616-17, in-4°, en deux parties. *Refranes castellanos con latinos, etc.*, por el licenciado Géronimo Martin Caro y Cejudo, Madrid, 1675, réimprimés en 1792, 4 vol. Nous ne citons point les *Apotegmas* de Juan Rufo, 1596, ni la *Floresta de*

tions, il en reste encore inédits des milliers, adages se conservant seulement par la tradition dans les plus humbles classes de la société qui leur ont donné naissance à tous. D. Juan de Yriarte, érudit distingué, qui est resté, près de quarante années, à la tête de la bibliothèque du roi, à Madrid, en réunit, vers le milieu du dix-huitième siècle, une collection d'environ vingt-quatre mille. Malgré tout, on ne peut encore supposer qu'un seul homme, quelque actif qu'il soit, vivant à Madrid, ait pu épuiser leur nombre, alors surtout que les proverbes appartiennent plutôt aux provinces qu'à la capitale, qu'ils sont partout répandus parmi le vulgaire et dans tous les dialectes (1).

Comment se fait-il que les proverbes soient ainsi plus abondants en Espagne que dans aucun autre pays de la chrétienté, c'est ce qu'il ne nous est pas possible d'expliquer. Peut-être que les Arabes, dont la langue est si riche en pareille matière, leur en ont fourni plusieurs ; peut-être que toute cette quantité a jailli du sol original des classes les moins cultivées de la société espagnole. Quoiqu'il en soit, il nous faut bien reconnaître que nous les rencontrons souvent comme un des ornements les

---

Apotegmas de Santa Cruz, imprimée, pour la première fois, en 1574, et éditée souvent dans la suite, entre autres à Bruxelles, en 1629. Cette dernière collection est un livre fort agréable, loué par Lope de Vega, dans sa première nouvelle, parce que c'est plutôt une collection de bons mots que de proverbes. Les *Proverbios morales*, de Cristobal Perez de Herrera, Madrid, 1618, in-4°, sont en vers et si pauvres qu'ils ne méritent pas d'être connus, lors même qu'ils seraient en prose.

(1) Vargas y Ponce, *Declamacion, etc.*, Madrid, 1793, in-4°. — Appendix, pag. 93. Un écrivain anonyme de la fin du siècle dernier, en parlant des collections de proverbes ou refrains, et en particulier de la collection d'Yriarte, dit que la plus grande et la plus complète est celle de Don Gonzalo Correa. Voyez la *Defensa de Don Firmin Perez, autor de la carta de Paracuellos*, Madrid, 1790, in-8°, p. 30. Il y a lieu d'espérer que l'une ou l'autre de ces collections paraîtra un jour et sera donnée à la presse.

Les *Proverbios de Alonso de Barros*, coordonnés par Bartolomé Jimenez Paton, in-4°, Baena, 1615, se composent de onze cents proverbes grecs et latins, traduits en vers castillans : par conséquent, il y en a peu qui soient légitimement espagnols. Dix-sept cents de ces derniers, extraits pour la plus grande partie du *Dictionnaire de l'Académie espagnole* et convenablement expliqués, se trouvent dans la collection intitulée : *Refranes de la lengua castellana*, Barcelone, 1815, deux volumes, in-8°. Sur les *Apotegmas de Santa Cruz*, cités plus haut, on peut lire une intéressante notice dans le petit traité de Ferdinand Wolf sur la chronique burlesque de l'empereur Charles-Quint, composée par le truand D. Francesillo de Zuñiga, pp. 2-3 et note.

plus aimables et les plus caractéristiques de la littérature nationale. Aussi quiconque se sera familiarisé avec eux ne pourra s'empêcher de convenir avec le savant auteur du *Dialago de las lenguas*, qui dit et répète l'observation suivante, que c'est dans les vieux proverbes nationaux qu'il faut aller pour trouver ce qu'il y a de plus pur dans le castillan original (1).

Passant maintenant à la prose didactique proprement dite, dans la littérature espagnole, le premier modèle que nous en trouvons, après ceux qui sont généralement connus comme imitations des discussions philosophiques italiennes du seizième siècle, nous conduit presque aux bords de la fiction. C'est le *Jardin de flores curiosas*, par Antonio de Torquemada, qui le publia, pour la première fois, en 1670. Dans l'examen de la bibliothèque de D. Quichotte, le curé dit de cet ouvrage : qu'il n'a pu distinguer s'il est plus vrai ou, pour parler plus exactement, moins plein de mensonges que le *Don Olivante de Laura*, livre de chevalerie du même auteur, qu'à cause de ses absurdités singulières, il jette immédiatement dans le feu allumé au milieu de la basse-cour. Malgré tout, le *Jardin de flores curiosas* est encore un livre curieux. Il se compose de six dialogues entre amis discourant, pour leur distraction, sur des sujets tels que les productions monstrueuses de la nature, le paradis terrestre, les fantômes et les enchantements, l'influence des astres, l'histoire et la condition des pays les plus rapprochés du pôle nord. C'est en réalité une collection de toutes les histoires étranges et extravagantes, telle que pouvait la faire un érudit, en commençant par les récits qui se trouvent dans Aristote, Pline, Solinus, Olaus Magnus, Albert le Grand, et en y insérant ceux que pouvaient raconter les personnes les plus crédules de son temps. Mais ces histoires présentées sous une forme alors populaire, racontées dans un style agréable, obtinrent un assez grand succès. Elles se réimprimèrent plusieurs fois en espagnol, se traduisirent en outre en italien et en français, et elles sont bien connues de tous les érudits curieux de la littérature anglaise du temps d'Élisabeth, sous le nom si déguisé de *El Mandeville*

---

(1) Mayans y Siscar, *Origines*, tom. I. pp. 188-191, et le *Dialogue des langues*, page 12, où l'auteur dit : « Dans nos proverbes se voit la pureté de la langue castillane » et page 170: « le plus pur castillan, nous l'avons dans nos proverbes. »

Le premier livre qui se présente à nous pour prouver l'abondance des proverbes dans la littérature espagnole, c'est le *Don Quichotte*. Mais, dans la *Célestine*, leur nombre est au moins en égale proportion et leur application plus sérieuse et plus effective.

español. A cela on peut ajouter que plusieurs des récits de Torquemada sur les spectres et les visions offrent encore une lecture amusante. Cervantès a bien parlé légèrement de tout ce livre, dans son *D. Quichotte*, mais il y a eu recours plus tard, tant pour les faits que pour les aventures fantastiques, relatives aux terres de Finlande et d'Islande, lorsqu'il composa la première partie de son *Persiles y Sigismunda* (1).

Cristobal de Acosta, médecin et botaniste portugais, qui se désignait d'ordinaire par le surnom de l'*Africain*, parce qu'il avait eu le bonheur de naître dans une des possessions africaines du Portugal, voyagea beaucoup en Orient, et, à son retour, il publia, en 1578, un volume sur les plantes et les drogues orientales, livre à la fin duquel il ajouta un traité sur l'histoire naturelle de l'éléphant. Quoique cet auteur ait eu assez de succès pour attirer l'attention de l'Europe sur sa publication, quoique la première partie de sa vie ait été celle d'un soldat, d'un aventurier, d'un prisonnier de pirates et de voleurs, il dépensa la plus grande partie de ses dernières années, sinon toutes, dans une retraite religieuse où il composa, entre autres choses, un discours sur les *Bienfaits de la solitude*, un traité sur les louanges des femmes, *Loores de mujeres*. Ce dernier s'imprima en 1592 et, à part une érudition excessive, il peut offrir encore une lecture intéressante sinon agréable (2).

Ce ne furent cependant pas les écrivains de morale et de philosophie, tels que Perez de Oliva et Guevara, ni les écrivains qui s'exerçaient sur des sujets reliés à l'histoire naturelle, tels que Torquemada et Acosta, qui obtinrent la plus grande faveur, sous les règnes de Philippe II et de ses successeurs immédiats. Elle fut toute réservée aux auteurs mystiques et ascétiques, produits naturels du sol espagnol, et, sans presque exception aucune, fidèles interprètes du vieux génie castillan.

---

(1) *Jardin de flores curiosas*, por Antonio de Torquemada, 1570, 1573, 1587, 1589. L'édition d'Anvers, 1575, in-12°, remplit 536 pages. *The spanish Mandeville of miracles*, ou jardin de fleurs curieuses, Londres, 1600, in-4°, est une bonne traduction, en vieil anglais, par Ferdinand Walker. L'original fut absolument prohibé par l'Index expurgatoire de 1666, p. 58. Nous n'avons jamais pu voir les *Coloquios satiricos*, du même auteur. (1553.)

(2) *Tractado de las drogas y medecinas de las Indias Orientales*, por Cristobal Acosta. Il s'imprima à Burgos, où l'auteur exerçait la profession de chirurgien, 1578, in-4°. Il s'en fit d'autres éditions, en 1582 et en 1592, et fut traduit en français et en italien, presque dès son apparition. Le *Tratado en loor de las mujeres*, por Cristobal Acosta Africano, s'imprima à Venise, en 1602, et nous n'en connaissons pas d'autre édition. — Barbosa, dans sa *Bibliotheca*, l'appelle *Dacosta*.

Parmi les hommes les plus éminents dans ce genre, il faut classer Luis de Grenade, prédicateur espagnol distingué, mais plus remarquable encore pour son éloquence, comme mystique. Ses *Meditaciones para los siete dias de la semana*, son *Tratado de la oracion y consideracion*, son *Simbolo de la fe* et son *Memorial de la vida cristiana* se virent immédiatement traduits en latin, en italien, en français; l'un de ces traités le fut en turc, un autre en japonais. Tous continuent, comme ses autres œuvres en espagnol, d'être imprimés et admirés dans l'original jusqu'à nos jours.

Le plus remarquable de tous ses ouvrages, c'est son *Guia de pecadores*, publié, pour la première fois, en 1556. Il se compose de deux volumes ordinaires, et plusieurs de ses passages sont empreints de cette déclamation diffuse qui est peut-être une imitation de celle de Juan de Avila, l'apôtre de l'Andalousie, dont Fray Luis de Grenade se vante souvent d'avoir été l'ami et le disciple. Toutefois, le ton général du livre est celui d'une éloquence touchante et harmonieuse, qui en a fait le livre de dévotion favori en Espagne, dès le premier jour de sa publication, et qui a répandu sa réputation si loin qu'il fut immédiatement traduit dans presque toutes les langues de l'Europe, y compris le grec et le polonais, et qu'il obtint, ce semble, en même temps, dans la littérature religieuse de la chrétienté, une place voisine de celle qu'occupe le grand livre ascétique qui passe sous le nom de Thomas A Kempis. Le *Guide des pécheurs* rencontra, tout d'abord, dans son pays natal une assez vive opposition. A peine s'était-il écoulé une année, depuis sa publication, qu'on le comprenait dans l'Index expurgatoire, et nous ne voyons pas qu'après la première édition, on en ait permis d'autre, jusqu'à ce que nous trouvions l'édition de Salamanque, en 1570. Mais l'Index qui l'avait condamné devint à son tour l'objet d'une condamnation, et pour ce qui regarde le *Guide des pécheurs*, le pouvoir ecclésiastique alla si loin, dans un sens opposé, qu'il proclama la concession d'indulgences spéciales pour tous ceux qui auraient lu ou entendu un chapitre de ce même livre contre lequel il avait primitivement fulminé une censure si rigoureuse.

Fray Luis de Grenade passa toute la dernière partie de sa vie à Lisbonne, soit peut-être parce qu'en Espagne il avait été fréquemment tourmenté par l'Inquisition, soit peut-être parce que ses devoirs semblaient l'obliger à y résider. Quelle que soit la cause de ce séjour, il jouit, c'est certain, de plus de faveur en Portugal qu'en Espagne. A sa mort, arrivée en 1588, il avait quatre-vingt-quatre ans, et il pouvait se vanter d'avoir refusé les postes les plus élevés de l'Eglise portugaise, et d'avoir humblement consacré tout le cours d'une longue existence à la réforme et aux progrès de l'ordre des Prêcheurs, ordre dont il avait été, durant ses meilleures années, le général actif et vénéré (1).

San Juan de la Cruz, imitateur, jusqu'à un certain point, de Fray Luis de Grenade, était né en 1542, et avait dépensé la plus grande partie de sa vie à réformer la discipline des monastères carmélites. Il mourut en 1591, et fut béatifié en 1674. Ses œuvres, principalement contemplatives, lui ont fait obtenir le surnom de Docteur extatique, et elles respirent une grande ferveur. Les principales sont les allégories, *Subida al monte Carmelo*, et la *Noche escura del alma*, traités qui lui acquirent une immense réputation d'éloquence mystique, éloquence qui s'élève, parfois, chez lui jusqu'au sublime, et qui, parfois, se perd dans l'obscur et l'inintelligible. Ses poésies, dont un petit nombre sont, dans plusieurs éditions, imprimées à la suite de ses œuvres, portent le même caractère général, mais elles sont empreintes du plus grand bonheur et de la plus heureuse richesse d'expression (2).

Sainte Thérèse de Jésus, l'associée de saint Jean de la Croix pour l'œuvre de la réforme des Carmélites, ou plutôt celle avec qui s'associa saint Jean de la Croix, puisque sainte Thérèse était principalement l'âme de cette réforme, mourut en 1582, à l'âge de soixante-sept ans. Ses œuvres didactiques dont les plus remarquables sont *El camino de la perfeccion* et *El Castillo interior ó las moradas*, sont moins obscures que celles de son coadjuteur, mais sont plus déclamatoires. Tout ce que cette sainte a écrit, y compris une narration de sa vie et diverses dissertations sur les devoirs religieux auxquels elle s'était consacrée, semble

---

(1) Préface des *Obras de Fray Luis de Granada*, Madrid, 1657, in-fol. et préface au *Guia de los pecadores*, Madrid, 1781, in-8°, Nicol. Antonio. *Bibl. Nov.*, tom. II, p. 38. Llorente, *Hist.* tom. III, p. 123. Ses ouvrages sont nombreux et ils méritèrent l'insigne honneur d'être publiés par Planta, aux frais du duc d'Albe, ministre et général de Philippe II.

Pour donner une idée de la popularité que la traduction française de ce livre obtint, en France, vers 1660, nous pouvons citer la première scène du *Sganarelle* de Molière. Là, le père donne des avis à sa fille sur le choix d'un mari et lui recommande la lecture de certains livres de dévotion, au lieu des romans comme la *Clélie* qu'elle aimait, et lui nomme, entre autres, le *Guide des pécheurs*, qu'il qualifie de livre excellent.

(2) *Obras de San Juan de la Cruz*, Séville, 1703, in-fol. douzième édition. Il existe une Vie fort curieuse de ce père, écrite en 1623, sous le titre de *Suma de la Vida y milagros del venerable Fray Juan de la Cruz*. Elle s'imprima, en 1625, in-4°, à Anvers. L'objet de son auteur ne paraît pas avoir été autre que de préparer la voie à la canonisation qui eut lieu plus tard.

composé avec une apparente résignation de sa part et en obéissance aux ordres de ses supérieurs. Elle se croyait souvent en communication directe avec Dieu, et comme tous ceux qui l'environnaient partageaient sa croyance sur ce point, ils la pressaient continuellement de faire connaître au monde ce qui était alors regardé comme des révélations de la volonté divine. Dans un certain passage, elle s'écrie : « Estando medi-
« tando, se me apareció el Señor en una vision, como acostunbra, y me
« alargó su diestra, diciendome : Mira esa herida del clavo; pues es
« señal de que dende hoy eres mi esposa : hasta este instante no eras
« digna de serlo, pero en adelante mirarás mi honra no solo como cosa
« de tu criador, rey y Dios, sino como de tu esposo, porque ya mi honra
« es tuya y tu honra es mia (1). »

Vivant, comme elle nous le fait entendre sans aucun doute, dans la persuasion qu'elle était favorisée par de nombreuses révélations de cette espèce, sainte Thérèse écrivait avec hardiesse et rapidité et ne corrigeait jamais rien. Son style est, par conséquent, diffus, exposé à des objections que l'esprit de pure critique littéraire respecte trop, en Espagne, pour désirer les écarter. Néanmoins, tout ce qu'elle écrivait est plein d'animation et de vie, de sincérité et d'amour. Aussi ses œuvres n'ont jamais cessé d'être lues par ceux qui partagent sa nationalité et sa foi. Durant sa vie, elle fut persécutée par l'Inquisition; après sa mort ses manuscrits furent réunis avec un soin pieux, et publiés en 1588, par Fray Luis de Léon, qui exhorte tous les hommes à la suivre dans le glorieux chemin qu'elle leur a tracé, en ajoutant : « Mientras vivió vió à Dios cara à
« cara, y despues de muerta os le está mostrando (2). »

_____

(1) « J'étais en méditation; le Seigneur m'apparut dans une vision; selon sa
« coutume, il étendit vers moi sa main, en me disant : regarde cette blessure du
« clou, c'est le signe que, désormais, tu es mon épouse; jusqu'à ce moment tu
« n'étais pas digne de l'être : dorénavant tu regarderas mon honneur non seule-
« ment comme une chose de ton Créateur, de ton roi et de ton Dieu, mais encore
« comme une chose de ton époux, puisque à présent mon honneur est le tien et ton
« honneur est le mien. »

(2) « Tant qu'elle vécut elle vit Dieu face à face, et, depuis sa mort, elle vous le montre ». — _Obras de Santa Teresa_, Madrid, 1793, deux volumes in-4°, tom. I, p. 393. Nous avons déjà parlé de ses lettres, ci-dessus, p. 200. Dans l'_Examinateur chrétien_, n° 52, Boston, mars 1849, on peut lire un excellent article sur le caractère de la sainte et sur celui de l'école mystique à laquelle elle appartenait : ses œuvres sont accompagnées de l'indication des indulgences accordées aux personnes qui en liront un chapitre ou qui liront une lettre, ou l'entendront lire. Quant à ses querelles avec l'Inquisition, voyez Llorente, tom. III, p. 114. Sainte Thé-

Cette école de spiritualistes, à laquelle appartiennent Juan de Avila et Fray Luis de Léon dont nous avons déjà parlé, exerça une influence considérable sur la prose didactique espagnole. Elle éleva son intonation et contribua à la placer sur les vieux fondements où les chroniqueurs et les premiers écrivains nationaux, tels que Lucena, l'avaient laissée, mieux qu'on ne l'avait fait pendant deux siècles environ. De pareils efforts donnèrent au style castillan de la dignité, sinon de la pureté, de l'exactitude et de la perfection; de sorte que, vers la fin du règne de Philippe II, s'il n'était pas d'une plus grande conséquence pour la réputation d'un auteur de bien écrire en prose sur un sujet grave quelconque qu'il ne l'avait été auparavant, il était cependant plus facile, avec de pareils exemples, d'obtenir un semblable résultat. Malgré tout, le mouvement s'opérait dans une bonne direction et produisait d'heureux résultats. Mais d'un autre côté, il ne faut pas oublier qu'on vit se confirmer par là, dans la littérature didactique espagnole, cette tendance à la déclamation diffuse et fleurie qui a toujours été un de ses défauts, et un de ceux dont la prose castillane, avec de pareilles autorités en sa faveur, n'a jamais pu complétement se débarrasser.

Nous en trouvons une preuve remarquable dans *La Conversion de la Magdalena*, de Malon de Chaide, publiée, pour la première fois, en 1592, après la mort de son auteur. C'est un livre religieux divisé en quatre parties. La première est tout simplement une introduction, et les trois autres roulent sur les trois caractères de Marie-Madeleine, en tant que pécheresse, pénitente, sainte. Il y règne une air de pure rhétorique. Sa lecture ressemble presque à un roman, tant il y a de liberté dans la conception du caractère et dans les conversations de la sainte. Ses discussions sur les vêtements à la mode et sur les peintures religieuses sont des plus curieuses; ses exhortations pieuses, comme celle qui traite du repentir avant que la vieillesse arrive, sont animées et touchantes. Le

---

rèse fut béatifiée en 1614, et canonisée en 1622. En outre, les Cortès de 1617, et de 1626, la choisirent pour patronne de l'Espagne conjointement avec saint Jacques. Cet honneur lui fut disputé longtemps, mais il lui fut de nouveau concédé par le testament de Charles II, et confirmé en dernier lieu par les Cortès de 1812, le 28 juin, sur la demande urgente des Carmélites, dans un esprit digne de l'époque où vivait leur fondatrice. Voyez Southey Peninsular War, *Histoire de la Guerre de l'Indépendance*, Londres 1832, in-4°, tome III, p. 539. Les œuvres de sainte Thérèse commencent à être fort connues dans les États-Unis. En 1851, sa *Vie* et son *Chemin de la perfection* s'y imprimèrent dans une collection de livres pieux à l'usage des catholiques.

ton moral de l'ensemble est sévère. Profondément imbu de l'esprit monastique, l'auteur s'élève avec la plus grande violence contre les livres de chevalerie. Il blâme non-seulement l'habitude de lire les classiques anciens, mais même des poètes espagnols, tels que Garcilaso de la Vega, parce qu'il croit que l'admiration pour ces écrivains est incompatible avec la conservation du caractère chrétien. Par moments, il devient mystique; alors, si son style est plus que jamais coulant, sa pensée n'est pas toujours claire. Dans son ensemble et considérée comme une exhortation à la vie dévote, la *Conversion* de Marie-Madeleine est écrite avec une telle richesse de langage et souvent avec tant d'éloquence que, lue très-souvent, lors de sa première publication, elle n'a pas cessé, même dans les temps modernes, d'être admirée et réimprimée (1).

Bien différent est le caractère du *Viage entretenido* d'Agustin de Rojas, livre qui peut à peine rentrer dans les limites d'un genre et qui a toujours été très-populaire en Espagne. L'auteur était acteur; ses voyages consistent dans le récit de ses aventures personnelles et ses propres expériences, présentées sous la forme de dialogues entre lui et trois de ses compagnons également comédiens, à mesure qu'ils visitaient les principales cités de l'Espagne, dans l'exercice de leur profession, comme comédiens ambulants. Ils voyageaient à pied et leurs conversations, dégagées des scrupules de toute espèce, constituent un livre des plus amusants.

Dans certaines parties nous avons la description des villes qu'ils visitaient, avec des notices sur l'histoire locale de chacune d'elles. Dans d'autres, Rojas lui-même, dans un esprit qui nous rappelle assez souvent Gil Blas, nous raconte les propres aventures de sa vie passée, comme soldat, prisonnier en France, comédien en Espagne. Ailleurs nous trouvons des fictions ou des choses qui leur ressemblent et, parmi elles, l'histoire sur laquelle Shakespeare fonda son Christophe Sly et son introduction à *The Taming of the shrew*. En général, le *Viage entretenido* est plutôt une

---

(1) Malon de Chaide était un moine augustin, professeur à l'Université de Salamanque. Sa *Conversion de la Madalena* a eu plusieurs éditions à Alcala, en 1592, 1596, 1603, 1794. etc., in-8°. Ce livre fut précédé d'un autre assez semblable dont voici le titre : *Historia de la reina Saba, cuando discurrió con el rey Salomon en Jerusalen*, composé par un autre moine, Agustin Alonso de Orozco, auteur des plus féconds, et imprimé à Salamanque, en 1568, in-8°. Ce n'est guère qu'une collection de sermons dans la plupart desquels il n'est pas même fait mention de la reine de Saba : il peut être considéré comme un hommage offert à la reine Isabelle, femme de Philippe II, dont Orozco était l'aumônier.

description se rapportant au théâtre et aux affaires des quatre joyeux compagnons, à Séville, à Tolède, à Ségovie, à Valladolid, à Grenade et aux chemins qui y conduisent, entremêlée de quarante ou cinquante *loas* que Rojas composa avec un succès incontestable, et dont il est évidemment très-fier. C'est un livre amusant, désordonné et sans plan, mais fort important pour l'histoire du théâtre espagnol ; il est écrit avec assez de talent pour avoir attiré l'attention de Scarron, qui lui emprunta l'idée de son *Roman comique*. Une évidence intrinsèque place en 1602 la composition du *Viago entretenido* ; à la fin, la continuation est annoncée, mais, comme beaucoup d'autres continuations de la même espèce promises dans la littérature espagnole, elle ne s'est jamais réalisée (1).

Peut-être le livre d'Agustin de Rojas a-t-il aussi servi de plan pour le *Pasagero* de Suarez de Figueroa. Quoiqu'il en soit, l'auteur bien connu de la *Constante Amarilis*, publia, en 1617, sous ce titre, un livre moitié descriptif, moitié didactique, contenant dix longues discussions, sur des sujets des plus variés, entre quatre interlocuteurs voyageant de Madrid à Barcelone, afin de s'embarquer pour l'Italie. Ces discussions portent elles-mêmes le nom de *alivios* ou repos pour la route. Le fil de la conversation se trouve dans les mains de Figueroa, le principal personnage de son propre drame et, tant pour ce qui le concerne lui-même, tant pour les discussions relatives aux hommes de lettres de son temps, le *Pasagero* est assez immodeste. Sa biographie, contenue dans le huitième dialogue, est pleine d'intérêt ; il en est de même des dialogues neuf et dix où l'auteur expose ses vues sur l'état de l'Espagne aux temps où il écrit et les moyens d'y mener une existence honnête et honorable. Mais les plus importantes conversations sont celles du troisième entretien , relatif au théâtre et du quatrième, sur la manière de prêcher devant le peuple et devant la Cour. L'ensemble du livre est d'un style trop diffus, quoique moins déclamatoire que bien d'autres ouvrages en prose didactique de cette époque (2).

---

(1) Nicolas Antonio, *Bibl. Nov.*, tom. I, p. 178, cite par erreur une édition de 1583, qui n'a pu exister. Voyez le *Viaje*, Madrid, 1640, fol. 66. La première édition dut être celle de Madrid, 1603, mentionnée dans l'Index expurgatoire de 1667, où elle est traitée fort rigoureusement. Depuis, il a été souvent réimprimé, Clemencin (*Don Quichotte*, tom. III, p. 295) en parlant des acteurs espagnols, appelle avec raison le *Voyage* de Rojas, *libro magistral en la materia*. Un autre ouvrage imputé à Rojas que nous n'avons jamais pu voir et qui fut rigoureusement défendu, c'est *El Buen Republico*.

(2) *El Pasagero, advertencias utilissimas à la vida humana*, por el doctor

Les meilleures parties de la littérature didactique, en Espagne, durant le dix-septième siècle, sont, en tout ou en partie, politiques. Le P. Marquez qui écrivait en bon style, sous le règne de Philippe II, publia, en 1612, son *Gobernador cristiano*, ouvrage composé sur la demande du duc de Feria, alors vice-roi de Sicile, et dans l'intention de servir de réponse au livre du prince de Machiavel (1). Vera y Zuñiga, comte de la Roca, auteur d'un étrange poème épique sur la conquête de Séville, meilleur ministre de Philippe III que poète, publia, en 1620, un traité en quatre discours sur le caractère et les devoirs d'un ambassadeur. C'est un livre rempli d'érudition, illustré parfois par des anecdotes appropriées aux circonstances et tirées de l'histoire d'Espagne, plein de citations sur les graves sujets en discussion, extraites indistinctement d'ouvrages respectables et même sans la moindre autorité, et se reposant ouvertement, avec la plus grande confiance, tant sur une opinion d'Ovide que sur une pen-

---

Cristobal Suarez de Figueroa, Madrid, 1617, in-8°, ff. 4º2. Figueroa publia aussi (Madrid, 1621, in-4°), un autre volume de cinq cents pages avec le titre de *Varias noticias importantes à la humana comunicacion*, divisé en vingt essais intitulés *Variedades*. Il est moins bien écrit que le *Pasagero* et se ressent beaucoup plus des défauts de son époque. Toutefois, le dix-septième essai sur la vie domestique avec des éclaircissements tirés de l'histoire d'Espagne est fort amusant. Sa *Plaza universal de las Ciencias*, imprimée pour la première fois, à Madrid, en 1615, in-4°, et réimprimée in-folio, avec de grands changements et de nombreuses additions, en 1737, est une espèce d'encyclopédie ou tableau général des connaissances humaines, œuvre curieuse en ce qu'elle montre l'état des connaissances et de l'opinion en Espagne à cette époque, mais de peu de valeur sous les autres aspects.

Nous pourrions ajouter ici un livre de voyages plus sérieux : c'est le *Viage del mundo*, de Pedro Ordoñez de Cevallos, imprimé pour la première fois, à Madrid, en 1614, in-4°. C'est une agréable et, le plus souvent, intéressante autobiographie de son auteur, commençant par sa naissance à Jaen, son éducation à Séville, et continuant par la relation de ses voyages, durant trente-neuf ans, à travers le monde, y compris la Chine, l'Amérique, plusieurs parties de l'Afrique et des royaumes du nord de l'Europe. Son esprit est éminemment national, le style en est simple et du plus pur castillan.

Nous avons également vu un autre petit ouvrage de Cevallos intitulé : *Relaciones verdaderas de los reinos de la China, Cochin-China, Champau*, etc., (Jaen, 1626, in-4°), rempli de ses étranges aventures dans ces pays lointains et des progrès du christianisme dans la Chine.

(1) *El gobernador cristiano deducido de las vidas de Moyses y Josue* por Juan Marquez. Il y en a des éditions de 1612, 1619, 1634, etc., et des traductions en italien et en français. Marquez écrivit aussi les *Dos estados de la espiritual Jerusalen*, 1603. Il naquit en 1561, et mourut en 1621. Capmany (*Eloquencia*, tom. IV), en fait un grand éloge.

sée de Comines (1). Pedro Fernandez Navarrete, secrétaire du même monarque, choisit un sujet un peu plus élevé. En 1625, sous le déguisement d'un pseudonyme, dans une lettre à un premier ministre de Pologne qui n'a jamais existé, il édita ses idées sur les qualités d'un royal favori. Il ne pensait évidemment qu'à l'Espagne, lorsqu'il écrivait son petit traité où se trouvent entassées une érudition inopportune, de malencontreuses pensées alambiquées qui l'ont bientôt fait condamner à l'oubli (2).

On ne peut en dire autant des *Empresas politicas* de D. Diego de Saavedra Fajardo, mort à Madrid, en 1648, après avoir longtemps servi la couronne d'Espagne dans la carrière diplomatique. C'était un sujet bien plus élevé que ceux qu'avaient choisi Navarrete et Figueroa; il est traité aussi avec plus de talent. Sous l'étrange combinaison de cent ingénieux Emblèmes, avec leurs devises correspondantes, généralement bien choisies et bien appliquées, l'auteur nous présente cent essais sur l'éducation d'un prince, ses relations avec ses ministres et ses sujets, ses devoirs comme chef de l'État, dans ses relations à l'intérieur et à l'extérieur, ses devoirs envers lui-même dans sa vieillesse, et pour se préparer à bien mourir : plan général pour l'instruction de Don Baltasar, fils de Philippe IV, et à qui il était dédié, de ce prince mort trop jeune pour profiter des leçons de sa sagesse. Ce livre est écrit dans un style concis et sentencieux; il abonde en originales et curieuses connaissances historiques; il étale une érudition immense, mais pas toujours judicieuse. Par bien des points il nous rappelle le *Cabinet council*, de Sir Walter Raleigh et les *Resolves*, d'Owen Feltham, éloge qu'on ne peut donner qu'à un petit nombre d'ouvrages en prose dans la langue espagnole. Le succès de *las Empresas* de Saavedra fut considérable, et ce livre n'est pas de ceux qu'on néglige

---

(1) *El Embajador, por D. Juan Antonio de Vera y Zuñiga*, Séville, 1620, in-4°, 280 feuillets. Nous l'avons déjà cité comme poète épique ci-dessus, chap. XXVIII, p. 42.

(2) *El Perfecto privado*, lettre de Lelio Peregrino à Stanislas Borvio, favori du roi de Pologne. Il s'imprima, pour la première fois, en 1625, (Nicol. Antonio, *Bib. Nov.*) Je ne l'ai vu que dans la collection intitulée : *Varios eloquentes libros recogidos en uno*, Madrid, 1726, in-4°, volume contenant, outre l'œuvre de Navarrete, le *Retrato politico del rey Alfonso VIII*, par Gaspar Mercader y Cervellon (Ximeno, tom. II, p. 99), le *Govierno moral*, de Jacinto Polo et les quelques discussions qu'il souleva ; les *Lagrimas de Heraclito defendidas*, œuvre d'Antonio de Vieyra, lu devant Christine de Suède, à Rome, et qui cherche à prouver que le monde doit nous porter plutôt à pleurer qu'à rire. Tous ces traités, malgré leur tour ingénieux, sont écrits dans le plus mauvais goût du temps.

encore aujourd'hui. Sa première édition, publiée à Munster, date de 1640. Elle fut suivie de beaucoup d'autres dans le cours du siècle. Traduit dans toutes les langues de l'Europe, il a continué d'être, du moins en Espagne, réimprimé et estimé jusqu'à nos jours (1).

La *Politica de Dios y Gobierno de Cristo*, de D. Francisco de Quevedo, dont une partie fut publiée avant, une autre après *las Empresas*, peut bien avoir fourni le sujet à Saavedra, mais non la manière de le traiter. Le grand satirique peut avoir exercé également une certaine influence, pour déterminer le Portugais Antonio de Vega à composer le *Perfecto Señor*, en 1620 (2); le jésuite, Juan Eusebio Nieremberg, à écrire son livre intitulé: *Obras y dias, manual de señores y principes* (3), qui parut en

(1) *Empresas politicas, idea de un principe cristiano, por Diego Saavedra Fajardo.* Le nombre de ses éditions est aussi grand que celui de ses traductions. Nous en connaissons deux en anglais dont l'une est due à Sir J. Astry, Londres, 1700, deux vol. in-8°. Une version latine publiée à Bruxelles, en 1640, la même année où l'original parut à Munster, se réimprima bientôt après.

(2) *El Perfecto Señor* etc., d'Antonio Lopez de Vega, 1626, et 1642, cette dernière édition, de Madrid, in-4°. Il publia également (Madrid, 1641, in-4°,) une série de dialogues moraux sur divers sujets se rapportant aux rangs, aux richesses, aux lettres, sous le titre de: *Heraclito y Democrito de nuestro siglo.* Il donne les sentiments opposés qu'impliquent les noms des interlocuteurs. C'est un livre qui reproduit, en esquisse, les mœurs et les opinions du temps où il fut composé. Amusant le plus souvent, il est généralement débarrassé de toute affectation de style. Nous avons parlé des poésies d'Antonio Lopez de Vega, ci-dessus, chap. XXIX, p. 66.

(3) *Obras y Dias, manual de Señores y principes por Juan Eusebio Nieremberg*, Madrid, 1629, in-4°, ff. 220. Son père et sa mère étaient des Allemands, venus en Espagne avec l'impératrice d'Autriche, Doña Maria. Pour lui, il était né à Madrid, en 1595, et il y mourut, en 1658. Nicolas Antonio (*Bibl. Nov.*, tom. I, p. 686,) et Baena (tom. III, p. 190,) donnent une longue liste de ses œuvres, dont la plus grande partie est en latin. Les *Reflexiones sobre el estado del hombre*, publiées en 1684, dix-sept ans après la mort de Jérémie Taylor, comme lui appartenant en propre, sont prises, on le sait, à la lettre, d'un livre de Nieremberg, imprimé dès 1554, et intitulé: *Diferencia de lo temporal y eterno.* Les *Reflexiones*, il est vrai, sont plutôt une refonte de la traduction anglaise de Nieremberg faite par Sir Vivian Mullineaux et publiée en 1672. (Voyez sur ce sujet l'intéressante brochure intitulée: *Lettre à Joshua Watson*, par Edouard Charton, maître-ès-arts, archidiacre de Claveland; Londres, 1848, in-8°.) Il est difficile d'expliquer comment ce plagiat ne s'est pas plutôt découvert, alors que Heber et d'autres avaient déjà remarqué la différence de style entre cet ouvrage et ceux de l'évêque Taylor. Ce célèbre livre de Nieremberg a toujours été fort apprécié dans l'original espagnol; il fut bientôt traduit en latin, en italien, en français, en anglais, et publié en arabe, en 1733-34, au couvent de Saint-Jean dans les montagnes des Druses. Voyez Brunet.

1629; et Benavente, à faire paraître, en 1643, ses *Advertencias para reyes, principes y embajadores* (1). Mais aucun de ces ouvrages, aucun autre même de ceux qui, en prose didactique, ont paru, durant le dix-septième siècle, n'égale *Las Empresas* de Saavedra, à moins qu'on n'excepte la vision d'un Etat qu'il appelle la *Republica literaria*, où, par des discussions un peu satiriques, mais avec un ton de critique agréable, il traite du mérite des principaux écrivains anciens ou modernes, nationaux ou étrangers. La *Republica literaria* ne se publia toutefois qu'après la mort de son auteur, et ne jouit jamais de la popularité qu'avait obtenue son plus long et premier ouvrage; ouvrage qui laisse bien loin derrière lui tout ce qui s'était publié de livres en ce genre, et qui avait si longtemps servi d'occupation au génie des plus hautes classes de la société en Europe (2).

A ces écrivains de la fin du seizième siècle et de la première moitié du dix-septième, nous pouvons en ajouter encore quelques autres qui ont moins d'importance. Juan de Guzman publia, en 1589, un traité de rhétorique en dialogues; dans le septième, il fait une ingénieuse application des préceptes des maîtres grecs et latins aux exigences de l'éloquence sacrée alors employée en Espagne (3). Gracian Dantesco, un des secrétaires de Philippe II, publia, en 1599, un petit discours sur la morale de la vie, traité qu'il intitula : *Galateo*, à l'imitation de Giovanni della Casa, dont le traité classique italien portant le même nom, avait été déjà traduit en espagnol (4). Dans la même année parut un curieux ouvrage de Pedro de

---

(1) *Advertencias para reyes, principes y embajadores*, por D. Cristobal de Benavente y Benavides, Madrid, 1643, in-4°. Elles ressemblent assez à l'*Embajador* de Vera y Zuñiga. Comme Vera, Benavente avait été ambassadeur d'Espagne dans d'autres pays, et il écrit avec une curieuse érudition et une singulière expérience sur un sujet qui lui était familier, sur sa profession.

(2) La *Republica literaria* est une œuvre légère et agréable, dans le style de Lucien, écrite avec une grande pureté de langage et qui ne s'imprima qu'en 1670. Un dialogue des plus animés entre Mercure et Lucien sur les folies d'Europe, *Las locuras de Europa*, où Saavedra défend la Maison d'Autriche contre les attaques du reste du monde, resta manuscrit, jusqu'au moment où il fut inséré, en 1787, dans le sixième volume du *Semanario erudito*.

(3) *Primera parte de la Retorica*, etc., por Juan de Guzman, Alcala ,1590, in-8°, 291 feuillets. Ce livre se divise, avec assez d'affectation, en quatorze *Convites*. Son auteur fut disciple du fameux Sanctius, *El Brocense*.

(4) Le *Galateo* se réimprima plusieurs fois. C'est un petit volume, se composant dans l'édition de Madrid, 1664, de 126 feuillets in-12°. (Nicolas Antonio, *Bib Nov.*, tom. II, p. 17.) Gracian Dantisco eut aussi du goût pour la peinture et fut très en faveur à la Cour. Voyez Stirling, *Annales des artistes en Espagne*, Londres, 1848, tom. I, p. 416.

Andrada, le *Libro de la Jineta de España*, livre savant et bien composé, accompagné d'anecdotes fort amusantes sur les chevaux. Il fut suivi, en 1605, d'un traité semblable de Simon de Villalobos qui, par son caractère plus militaire et par l'importance exagérée accordée au sujet, mérita de faire partie de la bibliothèque de D. Quichotte (1). Ces deux ouvrages portent des marques de l'état social du temps où ils ont été écrits.

Ximenez Paton, l'auteur de plusieurs livres de peu de valeur, publia, en 1604, un informe traité sur l'*Arte de la elocuencia española*, fondé sur les règles des anciens (2). Mateo Aleman imprima à Mexico, pendant qu'il vivait dans cette capitale, en 1609, un traité sur l'*Ortografia castellana*. Ce traité contient, outre les questions relatives à son titre, d'agréables discussions sur d'autres points relatifs à la langue dont il se montra si grand maître, en écrivant son *Guzman de Alfarache* (3). Une série de conversations sur des sujets divers, divisée en sept nuits, que l'auteur, Faria y Sousa voulait appeler simplement *Dialogos morales* et que le libraire publia, à son insçu, en 1624, sous le titre de *Noches claras,* constitue un livre aussi pédant, aussi pesant que tous les autres ouvrages de ce Portugais érudit. La seconde partie qu'il avait offerte au public, ne fut jamais redemandée (4). Enfin un autre Portugais, Francisco de Portugal, mort en 1632, composa un piquant traité sur l'*Arte de la galanteria* (5) : il y mêle des anecdotes qui peignent bien l'état de la bonne société du temps ou plutôt de la société de la Cour. Ce livre ne s'imprima que longtemps après la mort de son auteur (6).

Durant la période qui comprend les ouvrages mentionnés les derniers,

---

(1) *Libro de la Jineta de España*, par Pedro Fernandez de Andrado, Séville, 1599, in-4°, 182 feuillets. *Modo de Pelear à la Jineta*, por Simon de Villalobos, Valladolid, 1605, in-8°, 70 feuillets.

(2) *Eloquencia española en arte*, por el mastro Bartolomé Ximenez Paton, Tolède 1604, in-8°. Les extraits des livres espagnols et les notices sur leurs auteurs, dans ce traité, sont souvent fort estimables. Quant aux préceptes qu'on y inculque et aux opinions propres de l'auteur, il suffira de dire qu'il recommande aux orateurs, pour fortifier la mémoire de s'oindre la tête avec un onguent composé de graisse d'ours et de cire blanche.

(3) *Ortografia castellana*, por Mateo Aleman, Mexico, 1609, in-4°, 83 feuillets.

(4) *Noches claras, primera parte*, por Manoel de Faria y Sousa, Madrid, 1624, in-8°. Barbosa, tom. III, p. 257.

(5) Francisco de Portugal, comte de Vimioso, laissa un fils qui publia les poésies de son père, avec sa vie en tête du volume ; mais nous ne connaissons aucune édition de l'*Arte de la galanteria*, antérieure à celle de Lisbonne, 1670, in-4°.

(6) Avant d'entrer dans l'examen de l'époque où le mauvais goût devint général

le mauvais goût avait envahi la prose espagnole. C'était ce même malheureux goût qui s'était fait connaître, dans la poésie espagnole, sous le nom de *Gongorisme*, et que ses admirateurs appelaient tantôt le style poli et tantôt le style cultivé, *Estilo culto*. Nous avons pu en voir des traces dans le seizième siècle, même chez les meilleurs écrivains espagnols; mais on ne sait où en chercher le fondement, excepté dans ce fait qu'un goût sévère n'a jamais, en aucun temps, dominé en Espagne, et que le succès luxuriant des lettres, vers la fin du règne de Philippe II, et par conséquent la difficulté d'obtenir la distinction d'auteur, alors à la mode, a laissé accidentellement de l'affectation jusque dans le style de ceux qui, comme Cervantès et Mariana, sont si haut placés parmi les meilleurs écrivains de leur temps.

---

nous parlerons, en passant, de quelques écrivains qui s'affranchirent de son influence, mais qui n'ont pas assez d'importance pour être introduits dans le texte.

Le premier d'entre eux est le P. Fray Diego de Estrella, né en 1524, et mort en 1578. Il fut l'ami du célèbre diplomate cardinal Granvelle; il publia divers ouvrages en latin et en espagnol, dont les meilleurs, pour la diction et le style, sont le *Tratado de la vanidad del mundo*, 1574, et les *Meditaciones sobre el amor de Dios*, 1578.

Il y a aussi des biographies qu'on peut considérer comme des livres d'un caractère réellement ascétique et didactique, publiées plus tard et écrites avec beaucoup de pureté et de vigueur. Ce sont la *Vida de san Pio V*, 1595, par D. Antonio Fuenmayor, mort encore jeune, à l'âge de trente ans; la *Vida de santa Teresa*, 1595, par Fray Diego de Yepes, un des correspondants de la sainte et confesseur de Philippe II, dans les dernières années de sa vie; les *Vidas de Doña Sancha Carillo* et de *Doña Ana Ponce de Leon*, deux femmes remarquables par leur sainteté et leur dévotion, écrites par le jésuite Martin de Roa, qui représenta longtemps, à Rome, les intérêts de sa compagnie.

A ces écrits nous en ajouterons trois autres d'un caractère tout-à-fait différent. 1° L'*Examen de ingenios para las ciencias*, de Juan Huarte de san Juan (Alcala, 1640, publié, pour la première fois, en 1566.) Ce livre, qui détermine l'éducation que les conditions physiques et extérieures doivent faire donner aux enfants, jouit en son temps, d'une réputation immense. Il s'imprima plusieurs fois en Espagne, se traduisit dans toutes les principales langues d'Europe; en anglais, par Richard Carew, 1594; plus tard, vers le milieu du dix-huitième siècle, en allemand, par une personne qui n'était pas moins que le littérateur distingué Lessing dont la version intitulée : *Prüfung der Kopfe*, s'imprima une deuxième fois à Wittenberg, 1785, in-8°. C'est un livre rempli de pensées originales, assez extravagantes parfois, mais toujours remarquables en physiologie, et écrit dans un style clair et animé; de sorte que Lessing compare fort justement l'auteur à un coursier fougueux qui galoppe sur une voie pavée, et dont les fers ne font plus jaillir d'étincelle

Dans l'époque à laquelle nous nous reportons, l'admiration qui suivit Gongora fit nécessairement introduire dans les compositions en prose, les mêmes défauts de conceptisme qui avaient paru si dignes d'imitation dans la poésie. C'est pourquoi, les écrivains qui recherchaient le plus la faveur du public, commencèrent à jouer avec les mots, cherchèrent à surprendre, par une opposition d'idées inattendue, par des métaphores extravagantes, peu en rapport avec la vieille dignité castillane, jusqu'à ce qu'ils finirent par abandonner les constructions majestueuses sur lesquelles repose tout ce qui est particulièrement harmonieux et sonore, dans les déclamations de F. Luis de Léon et de Fra. Luis de Grenade. Leurs efforts excessifs pour être brillants, les rendit si embrouillés, si obscurs qu'ils ne furent pas toujours intelligibles. On trouve des exemples de

---

que lorsqu'il trébuche et est sur le point de tomber. Forner en fait l'éloge, *Obras*, Madrid, 1843, in-8°. tom. I, p. 61, et il est compris dans l'*Index expurgatoire* de 1667, p. 734. L'*Examen de maridos*, drame spirituel et fort piquant d'Alarcon, et le *Vejamen de Ingenios*, vivante satire en prose de Cancer, *Obras*, 1761, p. 105, se composèrent dans l'opinion des contemporains en vue du titre de l'*Examen de Ingenios*, alors dans toute sa popularité. Un ouvrage qui n'est pas sans ressemblance avec l'*Examen de Ingenios*, parut, à Barcelone, en 1637, in-4°, sous le titre de *El sol solo* etc., *y anatomia de Ingenios*. Le sujet est traité au point de vue physionomique et avec quelques traces de ce que nous avons appelé depuis phrénologie. Il avait été écrit par Esteban Pujasol, un aragonais; il est remarquable par la manière, moitié anatomique, moitié spirituelle, avec laquelle les questions sont discutées. Il n'a pas du reste grand intérêt.

2° *Historia moral y filosofica*, de Pero Sanchez de Toledo, publiée à Tolède, en 1590, in-fol., alors que son auteur prébendier de la cathédrale était déjà avancé en âge. Elle contient les vies d'hommes illustres de l'antiquité, tels que Platon, Alexandre, Cicéron, et se termine par un traité sur la mort. Chaque biographie est suivie de réflexions morales et chrétiennes, écrites dans un style coulant et animé; mais elles sont rarement propres au sujet et n'ont jamais ni vigueur ni originalité.

3° Vicente Carducho, peintre florentin qui vint, tout enfant, en Espagne, en 1585, avec son frère Bartolomé, et mort en 1638, après avoir élevé à une très-grande hauteur la profession de son art, publia à Madrid, en 1634, ses *Dialogos de la pintura, su defensa, origen*, etc., mais les licences sont datées de 1632 et de 1633. Ils sont écrits dans une langue pure et simple, mais sans mérite particulier quant au style. Cean Bermudez, *Diccionario*, tom. I, p. 251, dans sa notice sur l'auteur, dit que son traité est *el mejor libro que tenemos de pintura en castellano*. A la fin se trouve un appendice qui exprime les opinions de Lope de Vega, de Juan de Jauregui et d'autres contre un droit imposé sur la peinture, et que les efforts de Carducho et de ses amis firent abolir, d'après Céan, en 1637. Sur Carducho, on peut aussi consulter l'ouvrage de Stirling déjà cité, tom. I, pp. 417-28.

cette affectation dans Saavedra et dans Francisco de Portugal, quoique l'innovation soit antérieure à la publication de leurs œuvres. Elle commença avec Paravicino qui, non content d'imiter, comme nous l'avons déjà vu, les poésies de Gongora, introduisit les mêmes métaphores et les mêmes constructions extravagantes dans sa prose oratoire et didactique; insinuant, dans une phrase caractéristique, qu'il réclamait l'honneur d'être le Colomb qui avait fait cette grande découverte. Vers 1620, il avait été l'objet de la censure et du ridicule de Liñan, dans son *Guia y avisos de Forasteros*; un peu plus tard, de Mateo Velasquez, dans son *Filósofo del aldea*. De sorte que, dès cette époque, nous pouvons considérer le *cultisme* exerçant une influence plus ou moins grande sur la prose espagnole, comme il l'exerçait sur la poésie (1).

L'écrivain qui détermina son caractère, qui lui donna, à certains égards, un air de prétention philosophique, c'est Baltasar Gracian, jésuite aragonais, qui vivait, entre 1601 et 1658, précisément à l'époque où le *cultisme* prit possession de la prose espagnole et s'éleva au plus haut degré de considération. Il commença, en 1630, par la publication d'un traité intitulé : *El heroe*, qui ne renferme pas tant la description d'un caractère de héros que la recette pour en former un, recette donnée en phrases courtes et concises, construites dans le nouveau genre de style. Ce livre obtint un grand succès et fut suivi de cinq ou six autres ouvrages écrits de la même manière. Après lui, comme pour les confirmer et justifier tous, Gracian fit paraître, en 1648, son *Agudeza y arte de ingenio*, espèce d'art poétique, ou plutôt système de rhétorique, accommodé à l'école de Gongora. Là, l'auteur déploie une grande finesse, surtout dans l'habileté avec laquelle il fait contribuer à son service les vieux poètes, tels que Diego de Mendoza, les deux Argensolas, et même Fr. Luis de Léon et le bachelier Francisco de la Torre.

---

(1) Voyez *Declamacion*, etc., de Vargas y Ponce, 1793, append. 17. Marino, *Ensayo*, etc., dans les *Mémoires de l'Académie d'Histoire*, tom. IV, 1804; Liñan y Verdugo, *Avisos de los forasteros*, 1620, déjà cité en parlant des *Nouvelles*, et le *El filosofo del aldea por el alférez D. Baltasar Mateo Velazquez*, Saragosse, par Diego de Ormer, in-8°. s. a. livre singulier, sur un sujet purement didactique, mais adouci par des anecdotes et des faits de philosophie vulgaire. Nous n'en trouvons nulle part aucune notice, mais dans la dédicace l'auteur indique que ce n'était pas son premier ouvrage imprimé. Il semble avoir été écrit peu de temps après la mort de Philippe III, en 1621. Son dernier dialogue roule sur le *cultisme* dont l'introduction dans la prose espagnole a été l'objet de nos observations lorsque nous avons parlé de la *Picara Justina*, par Andrés Perez, 1605.

Toutefois, l'ouvrage le plus remarquable de Gracian, c'est *El Criticon*, publié en trois parties, de 1650 à 1653. C'est une allégorie de la vie humaine : là nous sont racontées les aventures de Critile, noble espagnol, naufragé dans l'île déserte de Sainte-Hélène, où il trouve un sauvage solitaire qui ne sait absolument rien sur lui-même, excepté qu'il a été nourri par une bête fauve. Après de nombreuses communications par signes, ils finissent par se comprendre en espagnol ; alors ils quittent l'île, voyagent ensemble à travers le monde, parlent souvent des savants espagnols de leur temps, et communiquent plus avec des personnages allégoriques qu'avec d'autres. Le récit de leurs aventures est très-long ; les trois parties représentent les trois périodes de la vie humaine appelées, la première, *Primavera de la niñez* ; la seconde, *Otoño de la edad viril* ; et la troisième, *Invierno de la vejez*. L'auteur montre souvent beaucoup de talent ; le livre contient d'éloquentes discussions sur des points de morale, de brillantes descriptions des évènements et des spectacles de la nature, très-peu infectées des extravagances du style cultivé. Sa lecture nous rappelle parfois le *Viage del peregrino* : telle est, par exemple, la description de la foire du monde. On peut presque dire que le *Criticon* est à la religion catholique et à la connaissance de la vie, en Espagne, sous le règne de Philippe IV, ce qu'est la fiction de Bunyan, au puritanisme et au caractère anglais, au siècle de Cromwell. Mais la vitalité manque dans les personnages fantastiques de Gracian. Il n'y a rien qui excite et remue notre sympathie et nous attache à eux, comme dans les créations si habilement finies de Christian et de Greatheart; lorsqu'elles nous émeuvent, c'est seulement par leur finesse et leur éloquence.

Les autres ouvrages de Baltasar Gracian ont peu de valeur et sont encore plus défigurés par le mauvais goût, surtout *El politico Fernando*, éloge extravagant de Ferdinand le Catholique, et *El Discreto*, collection de divers morceaux en prose où se trouvent quelques-unes de ses lettres. Une idée assez singulière, c'est que, par suite de son état d'ecclésiastique, il jugea plus convenable de faire imprimer toutes ses œuvres, sous le nom d'un de ses frères, appelé Lorenzo, qui vivait à Séville. Mais ce qui est encore plus singulier peut-être, c'est qu'il n'en publia aucune par lui-même, et qu'il les fit éditer par son ami, Don Juan Vincencio Lastañosa, gentilhomme fort épris pour les lettres, faisant collection des œuvres d'art anciennes et vivant à Huesca, en Aragon. Toutefois, malgré ces précautions et ces voies indirectes, les livres de Gracian firent leur chemin dans le monde, jouirent d'une grande faveur, et produisirent un grand bruit. Son *Heroe* s'imprima six fois de suite, et la collection de ses traités en prose, dont la plus grande partie se traduisit en français, en italien, plusieurs en anglais et en latin, s'est réimprimée souvent dans l'original espagnol, tant dans la Péninsule qu'à l'étranger (1).

Dès cette époque disparut, on peut le dire, de la littérature espagnole, le vieux et riche style de la prose de F. Luis de Léon et de ses contemporains. Lope de Vega et Quevedo, après avoir longtemps résisté aux innovations du *cultisme*, avaient fini par y céder : Caldéron attaquait alternativement le goût dépravé de son public et, pour lui complaire, s'abandonnait à des extravagances aussi fortes presque que celles qu'il venait de ridiculiser. Le langage de la poésie la plus affectée passa dans la prose de ce siècle et lui enleva cette énergie et cette dignité, constituant, même dans ses morceaux les plus déclamatoires, son mérite le plus saillant. Le style devint fantastique; les pensées, qui devaient s'exprimer avec simplicité, étaient fréquemment enveloppées dans des phrases ingénieuses et brillantes sous lesquelles elles disparaissaient. Comme disait Sancho, on voulait du pain meilleur que le froment, et l'on se rendait ridicule en cherchant à l'obtenir. Des tropes et des figures de toute espèce devinrent des formes ordinaires du langage, répétées proprement ou improprement, au point que le lecteur, dès le commencement d'une phrase, devinait souvent comment elle devait inévitablement finir. Tout, dans la prose comme dans la poésie, annonçait cette corruption du goût qui précède et précipite la décadence d'une littérature : décadence qui, comme en Espagne, dans la dernière moitié du dix-septième siècle, est accompagnée d'un déclin général dans les arts, et d'une dégradation progressive de la monarchie.

---

(1) Il y a des éditions des œuvres de Gracian de 1664, 1667, 1725, 1748, 1757, 1773, etc. Nous nous servons de l'édition de Barcelone, 1748, 2 vol. in-4°. Sa vie peut se lire dans Latassa, *Bibl. Nov.* tom III, p. 267 et suivantes. On trouve des détails intéressants tant sur lui que sur son ami Lastañosa dans Aarsens, *Voyage d'Espagne*, 1667 p. 294, et dans la dédicace à Lastañosa de la première édition de la *Fortuna con Seso*, de Quevedo, 1650. Son poème sur les *Quatre saisons*, imprimé généralement à la fin de ses œuvres est, je crois, sa plus mauvaise composition. Il est certainement difficile de trouver, dans aucune langue, quelque chose de plus absurde, de plus extravagant et d'un goût plus faux.

Nous pourrions citer quelques compositions du même genre, telles que la *Invectiva poética contra cinco vicios, soberbia, invidia, ambicion murmuracion, y ira*, etc., par le licencié Luis Sanchez de Melo (Malaga, 1614, in-4°). L'auteur, natif de Lisbonne, habitait Malaga où il exerçait la profession d'avocat. Il prétend avoir composé son *Invective* dans le court espace de vingt jours, sans pour cela interrompre ses occupations ordinaires et celles de sa profession, ce qui ne paraît pas croyable. Son livre, quoique entremêlé de poésies, ressemble plutôt à une série de sermons ou de discours moraux qu'à toute autre chose.

Au nombre de ceux qui écrivirent le mieux, quoique infectés encore du mauvais goût dominant, il faut compter Zavaleta. Ses *Problemas morales*, ses *Errores celebrados*, et, surtout, le *Dia de fiesta en Madrid*, où il nous donne la peinture satirique et gracieuse des mœurs de la capitale, dans ces moments où l'oisiveté porte le peuple dans les rues et sur les places où il y a des amusements, sont des ouvrages dignes d'être lus. Zavaleta vivait sous le règne de Philippe IV, comme Lozano, dont les différents écrits ascétiques sur le caractère du roi David, *David perseguido* ne valent pas son roman historique les *Reyes nuevos de Toledo*, mais sont meilleurs qu'aucune autre composition de ce genre de la même époque. Ce sont, toutefois, les derniers qu'on peut lire. Le règne de Charles II n'offre même pas d'exemple, plus favorable que ces derniers, des restes et des ruines du bon goût. Les *Trabajos de Hercules*, par Heredia, en 1682; les *Discursos morales de Boecio*, par Ramirez, en 1698, s'ils ne servent pas à autre chose, contribuent du moins à marquer les dernières limites du cultisme et de l'affectation. Si nous n'avions la *Conquista de Mejico*, par Antonio de Solis, histoire que nous avons déjà fait connaître, nous chercherions en vain un monument respectable de composition en prose, après ce dernier et si dégénéré représentant de la Maison d'Autriche sur le trône espagnol (1).

---

(1) D. Juan de Zabaleta florissait, comme écrivain, de 1653 à 1667; ses œuvres dont il se fit bientôt une collection complète, s'imprimèrent fréquemment, Madrid, 1667 in-4°, 1728, 1754. (Baena, tom. III, p. 227.) Don Cristobal Lozano était connu dès 1656, par son *David arrepentido*, auquel il ajouta ensuite *David perseguido*, en trois volumes, et, plus tard, un autre ouvrage sur l'exemple de *David éclairé par la lumière du christianisme*, ouvrages qui ont tous trois peu de valeur. — Juan Francisco Fernandez de Heredia, écrivit ses *Trabajos y Afanes de Hercules*, Madrid, 1682 in-4°. Il en fit une espèce de livre d'emblèmes, mais rien n'est plus rempli de pensées alambiquées. Latassa (*Bibl. Nov.*, tom. V, p. 3.) parle de cet auteur.

D'Antonio Perez Ramirez, je ne connais que les *Armas contra la fortuna*. Madrid, 1698, in-4°, traduction de Boèce, avec des dissertations du plus mauvais goût possible, mêlées dans plusieurs divisions.

Nous pourrions peut-être placer à côté de Lozano un autre auteur, Joseph de la Vega, qui publia, à Amsterdam, en 1688, in-8°, trois dialogues intitulés : *Confusion de confusiones*, pour ridiculiser la manie de spéculer sur les fonds, introduite par la compagnie hollandaise de l'Inde Orientale, créée en 1602, et qui était alors dans toute sa force. Leur érudition a quelque chose d'assez lourd et pesant, mais ils renferment des anecdotes anciennes et modernes fort bien racontées. L'auteur était un riche Juif d'Anvers, qui avait fui d'Espagne et publié plusieurs ouvrages de 1683 à 1693, ouvrages de peu de valeur. Voyez Amador de los Rios, *Etudes historiques, politiques et littéraires sur les Juifs d'Espagne*, dans la traduction française qu'en a faite J. G. Magnabal, Paris, 1860, un vol. in-8°, p. 532.

Cette décadence n'a rien d'étonnant. Au contraire, il faut plutôt considérer comme digne de remarque que la prose didactique ait eu quelque mérite, ait obtenu quelque succès, en Espagne, durant le seizième et le dix-septième siècle. En effet, le but qu'elle se propose n'est pas, comme celui de la poésie, d'amuser, mais, comme celui de la philosophie, d'éclairer et de corriger ; et nous n'avons pas besoin de faire ressortir tout le danger que présentait, en Espagne, la position sociale d'un professeur ou d'un prédicateur de morale, réclamant pour lui-même ce degré d'indépendance d'opinion sans laquelle l'instruction devient une lettre morte et un corps sans âme. Peu de personnes, dans ce malheureux pays, ont été entourées d'un plus grand nombre de difficultés ; il n'y en eut pas de surveillées, de poursuivies plus sévèrement, ni de punies avec plus de rigueur, si elles venaient à s'écarter des voies ouvertes et permises.

Il n'était pas possible non plus à de tels écrivains, malgré l'ardeur la plus notoire de leurs convictions pour le juste contrôle de la religion d'Etat, malgré le degré de leur fidélité la plus sincère, d'éviter de tomber parfois sous les coups de la jalousie qui épiait chacun de leurs pas. C'est un fait qui devient suffisamment évident, dès que nous nous rappelons que presque tous les auteurs didactiques de quelque mérite, durant toute cette période, tels que Juan de Avila, Fr. Luis de Léon, Fr. Luis de Grenade, Quevedo, saint Jean de la Croix, sainte Thérèse de Jésus, ont été persécutés par l'Inquisition ou par le gouvernement, et que leurs livres ont été corrigés ou prohibés.

Sous une pareille oppression on ne pouvait s'attendre à voir paraître des écrivains éloquents et libres, des hommes destinés à favoriser l'instruction et les progrès de leur génération. Le petit nombre de ceux qui s'aventurèrent dans des voies si dangereuses se réduisirent le plus possible à des généralités ; se firent mystiques, comme saint Jean de la Croix ; tombèrent dans l'extravagance et la déclamation, comme Fr. Luis de Grenade. Presque tous, privés de l'usage de la logique, d'une sage et libérale philosophie, tombèrent dans le pédantisme, par la démangeaison de s'appuyer, toutes les fois que c'était possible, sur le principe d'autorité. De sorte que, depuis Fr. Luis de Léon jusqu'à l'écrivain le plus ordinaire qui, dans une lettre ou dans une approbation, cherchait à donner cours aux opinions d'un ami, personne ne croyait remplir son devoir, s'il ne pouvait justifier et soutenir ce qu'il avait dit par une multitude de citations tirées des Ecritures Saintes, des Pères de l'Eglise, des philosophes de l'antiquité, et de la scolastique. Ainsi donc la prose didactique espagnole qui, par ses éléments originaux et ses tendances, semblait destinée à épuiser les attraits d'un style éloquent et élevé, devint graduellement si formelle, si grossière et si pédante qu'à peu d'exceptions près, on peut dire qu'elle a traîné une vie difficile et pénible, durant une longue période, alors que d'autres parties de la littérature nationale, moins suspectées et moins opprimées, telles que la poésie dramatique et la poésie lyrique, arrivaient à l'apogée de leur succès et de leur gloire.

CHAPITRE XL

Il est impossible d'étudier avec soin la littérature espagnole du dix-septième siècle, sans penser que nous sommes en présence d'une décadence générale du caractère national. A mesure que nous avançons, nous voyons diminuer, à chaque pas, le nombre des écrivains qui nous environnaient. Combien ce nombre était considérable sous les règnes de Philippe II et de Philippe III, c'est ce que prouvent les longues listes de poètes données par Cervantès, dans sa *Galatée* et dans son *Voyage au Parnasse;* par Lope de Vega, dans son *Laurier d'Apollon.* Mais sous le règne de Philippe IV, quoique, par des circonstances accidentelles, le théâtre ait été plus florissant que jamais, toutes les autres branches manifestaient des symptômes de décadence. Sous le règne de Charles II, de quelque côté que nous portions nos yeux, le nombre des auteurs se réduit, au point qu'il devient évident qu'un grand changement va s'opérer ou que la belle littérature va promptement s'éteindre en Espagne.

L'intérêt public aussi ne se porta plus sur le petit nombre des écrivains qui restaient; du moins, cet intérêt général, cet intérêt national qui peut seul soutenir la vie qu'il peut seul donner à la littérature d'un pays, cet intérêt n'existait déjà plus en Espagne. Toute la faveur dont pouvaient jouir, dans la Péninsule, les poètes et les hommes de lettres, vers la fin du dix-septième siècle, provenait de la Cour et d'une mode superficielle du temps. L'une et l'autre protégeaient le style affecté de ces disciples de Gongora, dont le mauvais goût semblait croître en extravagance, à mesure que le talent devenait plus rare parmi eux.

Tout, cependant, annonçait que les solides fondements du caractère national s'effondraient de tous côtés, et que la décadence de la littérature de la Péninsule n'était qu'une des phases, un des signes de la ruine future de ses institutions. Cette décadence, si visible à la surface des choses, les avait cependant longtemps et invisiblement minées, durant toute une période de sécurité et de gloire extraordinaire. Pendant que, d'un côté, Charles-Quint, par la guerre des *Comuneros*, avait détruit presque tout ce qui restait de la liberté politique que le cardinal Ximenès avait laissée dans les vieilles constitutions de la Castille, Charles-Quint, dis-je, avait, d'un autre côté, par ses magnifiques conquêtes étrangères, donné une fausse direction au caractère du peuple espagnol. Ces deux tendances firent diminuer cette vigueur et ce sentiment d'indépendance que les guerres contre les Maures avaient nourri dans le cœur de la nation, et qui avaient si longtemps constitué sa force réelle. Philippe II avait été moins heureux que son père dans ses efforts pour développer la prospérité permanente de la monarchie. Il avait cependant ajouté le Portugal et les îles Philippines à son empire qui comprenait maintenant cent millions d'êtres humains et semblait menacer les intérêts de tout le reste de l'Europe. Mais ces avantages si douteux furent tristement contrebalancés par la révolte religieuse des Pays-Bas, source fatale de disgrâces infinies; par les guerres ruineuses contre Elisabeth d'Angleterre et Henri IV de France; par le mépris pour le travail, qui découla de cette prédominance extraordinaire d'un esprit d'aventures militaires et qui ruina l'industrie de l'Espagne; par l'établissement sans nombre d'institutions ecclésiastiques qui créèrent une ruineuse multitude de paresseux pensionnés; par le luxe effréné importé avec l'or de l'Amérique, qui semblait corrompre tout ce qu'il touchait; de sorte que ce prince si prudent laissa, à sa mort, un peuple appauvri, dont il avait comprimé et détruit l'énergie par son despotisme, dont il avait faussé et détourné le caractère par une superstition inflexible et sans scrupule (1).

---

(1) Il y a un mémoire remarquable, dans le sixième volume du *Semanario erudito*, sur les causes de la décadence de l'Espagne. Il est surtout remarquable parce qu'il fut écrit, sous le règne de Philippe IV, par D. Juan de Palafox y Mendoza, ecclésiastique célèbre, évêque d'Osma et de Puebla de los Angeles, et dont Charles III demanda la canonisation. Cet auteur attribue surtout l'origine de la prostration sous laquelle son pays gémissait de son temps, aux guerres des Flandres.

Dans le curieux dialogue de *Mercurio y Caron*, attribué à Juan de Valdès, et imprimé, pour la première fois, vers 1530, le bon moine qui est un des interlocu-

Son successeur, faible d'esprit et superstitieux, était incapable de réparer les résultats de pareilles erreurs et de lutter contre les difficultés qui naissaient dans tout son royaume. La puissance du clergé, énorme déjà par la faveur que lui avait accordée Philippe II, et par la solide influence des Jésuites, continua de développer sa force, comme conséquence de sa nature même. Par la persuasion directe de cette puissante hiérarchie, près de six cent mille descendants des Maures, conservant, comme l'avaient fait leurs pères pendant un siècle, les apparences extérieures du christianisme, se virent suspectés d'être mahométans au fond du cœur, expulsés, par un grand crime d'État, du pays qui les avait vu naître : crime qui causa des pertes immenses à l'agriculture, à la richesse du midi de l'Espagne et de toute la Péninsule, qui n'a jamais depuis recouvré son ancienne splendeur (1).

---

teurs dit qu'il entra dans son couvent pour pouvoir honnêtement travailler « por poder honestamente trabajar. » Il allègue comme raison à ce sujet que ni son lignage ni son état ne lui permettraient de travailler s'il ne changeait d'habit (Edit. Wiffen, p. 306). Il avait raison ; dans ces temps, quiconque n'embrassait pas la profession ecclésiastique ou n'entrait pas au service du roi, dans son armée de terre ou de mer, n'avait pas d'autre carrière honorable pour arriver à se distinguer et à gagner son existence.

Le pernicieux effet que produisit, en Espagne, le nombre toujours croissant des institutions et des ordres religieux, passa jusqu'à un certain point inaperçu, sous le règne de Philippe II, mais il appela l'attention des politiques, sous le règne suivant. En 1620, Jéronimo de Cevallos publia son *Discurso de las razones*, etc., pour prouver tout ce qui lui paraissait désastreux dans un pareil système, qui renfermait en lui-même la ruine lente, mais sûre, d'un État. La même année, le docteur Gutierre, marquis de Carreaga, lui répondit dans la *Respuesta al discurso*, etc, niant qu'un mal si grand pût procéder des institutions religieuses, tout en avouant que l'Espagne marchait rapidement à sa ruine et était irrévocablement perdue, s'il n'y était porté remède par les prières, les jeûnes et les aumônes des fidèles. Mais ni l'un ni l'autre écrivain ne se trouvait à la hauteur du grave et important sujet qu'il se proposait de traiter.

(1) On a longtemps disputé sur le nombre de Morisques expulsés d'Espagne, de 1600 à 1611. Plusieurs auteurs l'ont porté à un million, d'autres ont réduit cette perte à cinq ou six cent mille. Quel qu'ait été le nombre des bannis, tous les auteurs s'accordent sur le désastreux effet que cette expulsion produisit sur une population déjà en décadence et qui perdit des milliers d'ouvriers, artisans et agriculteurs les plus habiles du royaume, effet dont les *despoblados*, marqués dans nos cartes d'Espagne, portent le triste témoignage. (Clemencin, notes sur le *D. Quichotte*, part. II, chap. 54.) En fixant à six cent mille le nombre des exilés, nous avons suivi le calcul de Circourt, (tom. III. p. 103.) calcul qui semble fait avec exactitude.

Le caractère facile, gai et égoïste de Philippe IV, la flagrante dissolution de ses ministres, donnèrent une prodigieuse activité aux causes qui préparaient la ruine menaçante. La Catalogne se déclara en révolte ; la Jamaïque fut occupée par l'Angleterre ; le Roussillon, cédé à la France ; le Portugal, qui ne s'était jamais de cœur incorporé dans la monarchie espagnole, reprit son ancienne place parmi les nations indépendantes de la terre : en un mot, tout manifesta le trouble et le danger régnant dans les relations extérieures de l'Etat. Sa situation intérieure n'était pas moins ébranlée. La monnaie, malgré les sages conseils du P. Mariana, avait été de nouveau altérée ; les impôts avaient été impudemment augmentés,

Cette race infortunée était cependant parvenue à un haut degré de culture dans la langue et la littérature castillane. Il nous en reste des traces dans des manuscrits qui, comme celui de Joseph déjà décrit (période I, chap. v), sont composés en mots espagnols, mais écrits avec des caractères arabes. Grâce à l'obligeance de D. Pascal de Gayangos, nous avons les copies de deux de ces manuscrits fort remarquables. Le premier consiste en un poème écrit, en 1603, et intitulé : *Discurso sobre la luz y descendencia y alcurnia de nuestro jefe bendito profeta Mahoma, compuesto y compilado por su siervo, necesitado de perdon, Mahomad Rabadan, natural de Rueda, sobre el rio Xalon*, il se divise en huit histoires dont la quatrième que nous avons sous les yeux porte pour titre : *Historia de Hexim*, un des prédécesseurs du prophète. Il se compose d'environ dix mille vers, en romance, et le ton en est complètement arabe et musulman, bien qu'on y remarque des allusions à la mythologie grecque. Il ne manque pas d'un certain mérite poétique, comme on peut le voir par les vers suivants qui commencent le second chant et dépeignent l'heureuse matinée du jour où se maria Hexim.

Al tiempo que el alba bella,	Y las que la luz gobiernan,
Enseña su rostro alegre,	El delgado viento hienden;
Y rompiendo las tinieblas,	Cuando los hombres despiertan,
En clara luz resplandece,	Y el pesado sueño vencen,
Dandolas nuevas que el dia,	Para dar à su Hacedor,
En su seguimiento viene,	El débito que le deben ; —
El rojo Apolo tras ella,	En este tiempo la compaña,
Dejando los campos verdes ;	Del hijo de Abdulmunef,
Cuando las aves nocturnas,	Se levantan y aperciben,
Se recogen en su albergue,	Al casamiento solemne,

Dans le prologue du poème, l'auteur dit que seul Allah sait le travail que lui a coûté la réunion des manuscrits nécessaires à sa tâche. Ils étaient, ajoute-t-il, répandus dans toute l'Espagne, et perdus ou cachés par crainte de l'Inquisition.

Cet ouvrage dont il existe deux exemplaires, l'un dans la Bibliothèque nationale de Paris, l'autre, au Musée britannique de Londres, se trouve amplement décrit dans le *Catalogo razonado de manuscritos españoles* etc., de D. Eugenio de Ochoa, Paris 1844, in-4°, publication importante et qui doit être comptée parmi

tandis que l'intérêt de la dette publique, toujours croissante, avait été malhonnêtement diminué. Les populations commencent à s'alarmer de ces signes des temps. Les timides cherchent un asile dans le célibat, dans les établissements de l'Église ; les plus hardis émigrent. Enfin le malaise universel devient visible dans l'état de la population. Des villes et des villages entiers deviennent déserts. Séville, l'ancienne capitale de la monarchie, perd les trois quarts de ses habitants ; Tolède, un tiers ; Ségovie, Medina del Campo et d'autres grandes cités perdirent encore plus, nonseulement sur le nombre des habitants et leur opulence, mais encore sur tout ce qui pouvait en faire un grand centre de civilisation. Tout le pays se trouvait, en réalité, appauvri, et tombait dans une décadence rapide.

Le résultat inévitable d'un si déplorable état de choses devint encore plus apparent sous le règne suivant, le règne infortuné de Charles II, qui commença par les troubles inhérents à une longue minorité, finit par le manque d'héritiers dans la ligne directe de succession, et par une dispute

---

les nombreux services que cet écrivain a rendus à la littérature de son pays. Dans la dite description se trouve (pp. 57. 599) une lettre intéressante de D. Pascual de Gayangos sur divers autres manuscrits *aljamiados*, conservés dans d'autres bibliothèques, et des détails particuliers sur le manuscrit décrit par Ochoa. L'exemplaire du Musée britannique fut apporté, paraît-il, à Londres en 1715, par José Morgan, consul d'Angleterre à Tunis. De 1725 à 1727, il en donna, en prose, une version libre et incomplète sous le titre : de *Mahometanism fully explained*, le Mahométisme complètement expliqué.

L'autre ouvrage auquel nous nous rapportons est anonyme, et en prose dans sa majeure partie. L'auteur y raconte qu'expulsé de l'Espagne, en 1610, il débarqua à Tunis, avec trois mille de ses infortunés compagnons ; que, pour avoir vécu en Espagne, dans un pays chrétien, sujets, toute leur vie, aux furieuses persécutions de l'Inquisition, ils avaient totalement oublié les rites et les cérémonies de leur religion, au point d'avoir besoin d'être instruits de nouveau, comme des enfants, mais qu'ils avaient perdu la connaissance de la langue arabe, et qu'il leur était nécessaire de l'apprendre au moyen du castillan. Le pacha de Tunis donna donc commission à l'auteur et lui commanda d'écrire un livre en castillan pour l'instruction de ces singuliers néophytes. Il obéit, et de là résulta le présent livre intitulé : *Mumin* ou le Croyant en Allah. Il se figure une cité populeuse et fortifiée, qui est attaquée par les vices et défendue par les vertus de la religion mahométane. Là, un des personnages raconte sa vie, ses aventures, ses souffrances, dans le but d'instruire tantôt par des préceptes, tantôt par des exemples, les Morisques nouvellement arrivés, de leurs devoirs et de leur religion. L'œuvre est, par conséquent, en partie allégorique et romantique. Son coloris est entièrement arabe, le style l'est aussi accidentellement. Mais la plupart des scènes se passent entre des amants qui se parlent aux grilles de leurs fenêtres, comme dans les villes de Castille ; il s y mêle des vers castillans de Montemayor, de Gongora, d'Argensola, et peut-être même de

du trône. Ce fut une triste époque, marquée de tous côtés par des dilapidations et des ruines. En commençant par les frontières méridionales de France, suivant les côtes de Barcelone à Gibraltar jusqu'à Cadix, il n'y avait pas une seule des grandes forteresses, clés du royaume, en état de se défendre contre l'attaque des forces les plus médiocres. Sur les bords de l'Atlantique, les vieux arsenaux d'où était sortie l'invincible Armada, étaient vides; l'art de la construction navale avait été si longtemps négligé qu'il était presque oublié ou même entièrement perdu (1). Dans la capitale et à la Cour, les revenus publics avaient été depuis si longtemps perçus par anticipation et épuisés, qu'ils ne pouvaient plus satisfaire aux besoins ordinaires du gouvernement; parfois même ils ne purent suffire pour fournir à la table royale le décorum habituel. Aussi l'envoyé de l'Autriche exprimait-il son regret d'avoir accepté le poste d'ambassadeur auprès d'une Cour où il était forcé d'être témoin d'une misère si peu honorable (2).

l'auteur qui semble avoir été un esprit cultivé et un caractère aimable. J'ai environ quatre-vingts pages de ce manuscrit, un cinquième de l'ouvrage.

On peut trouver de plus longs détails sur la littérature des Morisques, dans l'analyse de deux manuscrits existant en France, par l'orientaliste Silvestre de Sacy, manuscrits semblables à ceux que nous décrit Ochoa — (*Manuscritos españoles*, etc., 1844, in-4°). Mais on peut en lire une discussion plus satisfaisante dans un savant article inséré dans la *British and foreing Review*, janvier 1839.

Rappelons que le mot *Morisco* fut substitué à *Moro*, après la destruction de la puissance des Maures en Espagne, comme une expression du mépris avec lequel les chrétiens espagnols n'ont jamais cessé de poursuivre leurs vieux conquérants et leurs ennemis abhorrés, depuis la prise de Grenade jusqu'à nos jours.

Encouragé par l'expulsion des Juifs, en 1492, par celle des Maures de 1609 à 1611, D. Sancho de Moncada, professeur à l'Université de Tolède, adressa à Philippe III un discours, imprimé en 1619, et pressant le monarque d'expulser les Gitanos. Mais il n'y réussit pas. Ce mémoire est inséré dans Hidalgo, *Romances de Germania* (Madrid, 1779, in-8°); il a été traduit par Borrow dans son remarquable ouvrage sur les Gitanos, ou *The Gypsies* (Londres, 1841, in-8°, vol. I, chap. XI). Salazar de Mendoza, à la fin de ses *Dignidades de Castilla*, publié en 1618, affirme avoir préparé lui aussi un mémoire sur le même sujet, l'expulsion des Gitanos, et il ajoute, dans un esprit véritablement castillan, que c'est une honte de souffrir une race si pernicieuse et si perverse.

(1) *Comentario de la guerra de España por el marques de San Félipe*, Genova s. a. in-4°, tom. I, liv. II, année 1701.

(2) Tapia, *Hist. de la civilisacion española*, Madrid, 1849, in-8°, tom. III, p. 167. — Autant en dit Stanhope, ambassadeur d'Angleterre à Madrid, dans une de ses intéressantes lettres publiées par Lord Mahon, *Spain and Charles II*, 2e édition, Londres, 1744, in-8°. Cette lettre est adressée au sous-secrétaire d'État, à la

Ces vicissitudes de l'empire devinrent une nouvelle leçon pour le monde. Il n'y a pas eu de nation dans la chrétienté qui, d'une hauteur de puissance égale à celle qu'avait occupée l'Espagne, au temps de Charles-Quint, soit tombée dans un abîme de dégradation semblable à celui où tout bon Espagnol voyait l'Espagne s'enfoncer, au moment où le dernier descendant de la grande maison d'Autriche s'approchait de la tombe, se croyait sous l'influence de la sorcellerie et cherchait un remède dans des exorcismes qui auraient fait honte à la crédulité du moyen âge. Et tout cela, à l'époque où la France était remplie de joie par les victoires de Condé, et que l'Angleterre se préparait pour le siècle de Malborough (1).

En tout autre pays, une pareille décadence dans le caractère national et dans la puissance de l'Etat, aurait été accompagnée d'une décadence correspondante, sinon égale, dans sa littérature. Mais, en Espagne où ces deux éléments avaient été toujours si intimement unis ; où tous deux s'étaient appuyés, à un degré si remarquable sur les mêmes bases, les gens sensés qui voyaient un peu de loin, ne purent s'empêcher de prévoir un déclin rapide et désastreux de tout ce qu'il pouvait y avoir d'intellectuel et d'élégant dans la littérature. Les faits vinrent prouver la justesse de leur raisonnement. La vieille religion du pays, le trait le plus saillant de tout le caractère national, l'impulsion puissante qui, aux jours de la lutte contre les Maures, n'avait produit rien moins que des

---

date du 26 mai 1698, p. 131. Il y est dit que le comte d'Andero (?) surintendant du trésor royal, déclare ne pas avoir les moyens de pourvoir à la subsistance de S. M.

L'histoire d'Espagne, depuis la découverte de l'Amérique, ressemble à celle d'un fils prodigue qui hérite inopinément de biens immenses, les dépense, les consume en bagatelles et d'une manière improductive, en croyant que ses trésors sont inépuisables.

(1) Les détails sur cet acte honteux nous sont fournis par L. P. Moratin, dans les notes à son édition de l'*Auto-da-fé de Logroño*, de l'année 1610, publié, la première fois, pour l'édification du public, par un des ministres qui figurèrent, dans *l'auto* même, et accompagné de certificats attestant son authenticité. Le poète comique, Moratin, le fils, le fit réimprimer, à Cadix, en 1812, in-8°, pour démontrer l'ignorance et la brutalité de tous ceux qui préparèrent un spectacle si révoltant. En 1837, on représenta sur les théâtres de la capitale un drame de Gil y Zarate, intitulé : *Carlos II el hechizado*, où la vérité historique n'est pas fort respectée. Stanhope, dans les lettres déjà citées, (p. 181), assure que, dans son temps, on croyait généralement à la Cour que Charles II était ensorcelé. (15 juillet 1699.) Sismondi, *Histoire des Français*, tom. XXV, 1841, p. 85, et tom. XXVI, 207-8, fait une peinture des plus tristes de l'imbécillité de ce monarque.

miracles, se trouvait aujourd'hui tellement détournée de son véritable caractère par l'énorme accroissement d'intolérance considérée dès l'origine comme presque une vertu, qu'elle devint un moyen d'oppression tel que l'Europe n'en avait jamais vu. Durant toute cette période du seizième et du dix-septième siècle que nous venons de parcourir, depuis la chute de Grenade jusqu'à l'extinction de la dynastie autrichienne, l'Inquisition, ce grand symbole de la puissance de la religion en Espagne, a maintenu une autorité non seulement sans interruption, mais en augmentant constamment ses relations avec l'Etat, en se prêtant de plus en plus librement au châtiment de tout ce qui était opposé au gouvernement, elle a effectivement brisé tout ce qui restait des premiers jours d'indépendance intellectuelle et de franche liberté. Tout cela ne se faisait ou ne pouvait se faire sans le consentement de la grande masse du peuple, sans une coopération active de la part du gouvernement et des hautes classes, qui portèrent la dégradation et la ruine à tout ce qui partagea leur esprit.

Malheureusement, cet esprit, pris par erreur pour la religion, qui avait soutenu les Espagnols dans leur longue lutte contre les infidèles envahisseurs, n'était rien moins qu'universel en Espagne, durant toute cette période. Le premier et le dernier représentant de la maison d'Autriche, Charles-Quint et le plus faible de ses descendants, se ressemblèrent, sinon en autre chose, du moins par le zèle avec lequel ils soutinrent, durant leur vie, le Saint-Office, et avec lequel ils le recommandèrent, dans leurs testaments, à la sollicitude et à la vénération de leurs successeurs (1). Les rois qui régnèrent entre eux deux ne témoignèrent pas moins de déférence à son autorité. Le premier acte royal de Philippe II, lorsqu'il vint des Pays-Bas pour ceindre la couronne d'Espagne, ce fut de célébrer un *auto-da-fé*, à Valladolid (2). Quand la jeune et gracieuse fille de Henri II de France arriva à Tolède, en 1560, cette cité lui offrit un *auto-da-fé*, comme une partie des réjouissances qu'elle croyait devoir préparer pour ses noces. La même chose avait lieu, à Madrid, en 1632, lorsqu'une autre princesse française donnait naissance à un héritier de la couronne (3). Preuves odieuses du degré auquel était arrivé un esprit

---

(1) Tapia, *Historia de la civilisacion*, tom. III, pp. 77 et 108. Sandoval, *Hist.* tom. II. p. 657.

(2) Llorente, *Hist.*, tom. II, p. 239.

(3) ib. ib. tom. II, p. 385, tom. IV, p. 3. Je suppose que la date de 1632, donnée par Llorente est une erreur de composition ou d'impression, et qu'il faudrait lire 1623 En effet Isabelle de Bourbon n'eut pas d'enfant, en 1632, tandis que l'Infante D. Margarita Maria Catalina naquit effectivement le 25 novembre 1623. Florez, *Reinas Catolicas*, tom. II, p. 940.

de superstition, étouffant à la fois la voix d'une raison éclairée et les sentiments communs de l'humanité.

Après tout, le peuple et ceux qui le dirigeaient se réjouissaient de ces spectacles. Un jour qu'un gentilhomme, marchant à la mort pour son attachement à la religion protestante, passait devant le balcon où Philippe II était assis avec toute sa pompe, et l'apostrophait en lui disant de ne pas regarder ainsi ses innocents sujets si cruellement mis à mort, le monarque lui répondit que si c'était son propre fils, il porterait avec plaisir le bois pour son exécution. Cette réponse fut reçue à cette époque et rappelée dans la suite, comme une réponse digne du chef du plus grand empire du monde (1). Plus tard, en 1680, lorsque Charles II fut poussé à manifester son désir de jouir, avec sa jeune épouse, du spectacle d'un *auto-da-fé*, les ouvriers de Madrid s'offrirent volontairement en masse pour ériger le vaste amphithéâtre. Ils travaillèrent avec un tel enthousiasme qu'ils complétèrent leur vaste construction dans un espace de temps incroyablement court; ils s'animaient l'un l'autre au travail par de pieuses exhortations, et déclaraient que si les matériaux qu'on devait leur fournir venaient à manquer, ils démoliraient leurs propres maisons pour avoir tout ce qui leur serait nécessaire et remplir un si saint objet (2).

---

(1) Tapia, *Hist.* tom. III, p. 88, Baltasar Porreño cite les paroles que Philippe II répondit en cette occasion à D. Carlos de Sessé: « yo traere la leña para quemar à mi hijo si fuere tan malo como vos » *Dichos y hechos*, etc., chap. XIV. A ce fait on peut ajouter que la ville de Mexico réclama comme un honneur pour Philippe II d'y avoir introduit l'Inquisition, d'où il résulta que huit prévenus, parmi lesquels se trouvaient cinq femmes, furent brûlés, en 1596, accusés de professer la religion juive, *Exequias de Felipe II, Méjico*, 1600, in-4°. Nous pourrions citer un autre fait peut-être plus remarquable. L'amusant et corrompu Philippe IV semble avoir exprimé les mêmes sentiments, dans une situation analogue. Un jour on lui demandait, par pure forme, l'autorisation d'intenter un procès à un de ses ministres et de le traduire devant le tribunal de l'Inquisition. Non-seulement il l'accorda, mais il ajouta, de son propre mouvement, l'observation suivante: Le criminel, serait-il mon fils, je la donnerais avec la même bonne volonté. A ser hijo mio el criminal con la misma buena voluntad la daria. (Monforte, *Honras de Felipe IV*, Madrid, 1666, in-4°.) Partout où l'Inquisition étendit son influence malfaisante on trouve des traces de cet esprit.

(2) Un des livres les plus remarquables qu'on peut consulter pour nous éclairer sur le caractère et les sentiments des diverses classes de la société espagnole, vers la fin du XVII siècle, c'est la *Relacion*, etc., *de este auto general*, de 1680, publiée immédiatement après, à Madrid, par Joseph del Olmo, familier du Saint-Office, qui en dirigea les préparatifs. C'est un petit volume in-4° de 308 pages. Comme s'il décrivait de magnifiques représentations théâtrales, il donne les détails de la cérémonie qui commença à sept heures du matin, le 30 juin, et ne se termina que le len-

Le principe de fidélité, trait toujours si saillant dans le caractère espagnol, ne fut pas moins perverti et ne devint pas moins nuisible que le principe religieux. Il offrit ses sincères hommages à la froide sévérité de Philippe II, comme à la faible superstition de Philippe III, à l'égoïsme luxuriant de Philippe IV, et à la misérable imbécillité de Charles II. Le gaspillage et la dissolution des favoris royaux, tels que le duc de Lerme et le comte duc d'Olivarès qui finirent par la banqueroute et l'opprobre national, n'affectèrent jamais sérieusement les sentiments du peuple pour la personne du monarque, et ne purent changer sa persuasion qu'il était sur terre le souverain auquel il devait s'adresser, avec les mêmes expressions et les mêmes sentiments qu'il s'approcherait de la Majesté des Cieux (1). Le roi, par le seul fait d'être le roi, était effectivement considéré, comme il l'avait été aux jours de saint Ferdinand et dans les lois des *Partidas*, alors

---

demain à neuf heures. Le roi et la reine restèrent à leur loge ou balcon, quatorze heures consécutives. Quatre-vingt-cinq grands d'Espagne s'offrirent comme *familiers* spéciaux ou serviteurs du Saint-Office, afin de relever l'éclat de la cérémonie en cette occasion. Le roi mit lui-même, de sa propre main, le premier fagot qui devait allumer le bûcher. Le nombre des victimes s'éleva à cent vingt, dont vingt et une furent brûlées vives. Il ne paraît pas que le roi ni la reine aient assisté à cette partie de ce sanglant spectacle. De tout ce récit on peut néanmoins déduire que les dévots espagnols virent cet acte, non-seulement sans répugnance, mais même avec faveur. Madame d'Aulnoy (*Voyage*, tom, III p. 154), décrit les préparatifs de la cérémonie tels que les lui fournit un conseiller de la Suprême Inquisition, qui considérait cet acte comme un honneur pour la monarchie. Mais la voyageuse quitta, je crois, Madrid avant la célébration de l'auto.

(1) Voyez les remarquables lettres de Doblado ; la première où il dit : Se oyen en « el pulpito los deberes del hombre para con ambas Majestades, y un estrangero « no puede menos de sorprenderse al oir decir à un Español que espera que su Majes-« tad tendra à bien conceder la vida y salud por algunos años mas « On entend dans « la chaire les devoirs de homme à l'égard des deux Majestés, et un étranger ne « peut s'empêcher d'être surpris en entendant dire à un Espagnol qu'il espère que « Sa Majesté voudra bien lui accorder vie et santé pour quelques années de plus. » Le dictionnaire de l'Académie espagnole (1736) explique plus longuement cette phrase au mot *Majestad.* Mais le meilleur exemple qu'on puisse donner de l'emploi vulgaire de ce mot, est celui que nous trouvons dans une brochure intitulée : *Epitome, historial*, etc., *de once martires franciscanos de Gorcomio,* composé par Fray Alonso Lopez. Magdalena, Madrid, 1672, in-4°. L'auteur en y parlant d'un soulèvement qui avait éclaté dans la ville de Gorkum, en Hollande, au siècle précédent, s'exprime ainsi : « Empuñando los herejes las armas contra todos los fieles vasallos de *ambas majes-« tades* (pag. 18). Les hérétiques prenant les armes contre tous les fidèles vassaux « des *deux majestés*, » désignant par ces mots Dieu et Philippe II. — Cette confusion d'idées, cet amalgame singulier de foi religieuse et de fidélité politique est trèsfréquent dans la littérature espagnole.

qu'on le disait le vice-gérant direct du ciel sur la terre, et personnellement propriétaire de toutes les parties du globe dont il avait hérité avec sa couronne (1). Le duc de Vendôme montra, par conséquent, une connaisance profonde du caractère espagnol, lorsque, dans la *Guerre de Succession*, Madrid étant en possession de l'ennemi et tout semblant perdu, il avait encore déclaré que si les personnes du roi, de la reine et du prince étaient en sureté, il répondrait du succès définitif (2). En effet, le vieux principe de fidélité se convertit en une soumission volontaire, c'est vrai, qui n'était pas sans grâce ; en une soumission inaltérable à la simple autorité royale. C'est cette soumission qui semble être devenue l'unique lien rattachant effectivement les sujets et la couronne, et la principale ressource de l'État pour la conservation de l'ordre social. La nation cessait de réclamer ses droits les plus importants, s'ils devaient élever un conflit avec les droits de la prérogative royale. Voilà pourquoi la résistance de l'Aragon, dans l'affaire d'Antonio Perez ; celle de la Catalogne contre l'administration oppressive du comte duc d'Olivarès, furent aisément vaincues par le zèle des véritables descendants des *Comuneros* de Castille.

C'est cette dégradation de la fidélité et de la religion du pays, infectant toutes les diverses parties du caractère national qui a miné, selon nous, la civilisation générale de l'Espagne, durant le dix-septième siècle. Son action est tantôt visible à la surface ; tantôt elle se dérobe, sous le sombre et gigantesque apparat du despotisme et de la superstition, qui la déguise souvent, même à ses propres victimes. Mais c'est un fait des plus tristes à constater, tout ce qui, dans la littérature espagnole, survit à la fin de cette période trouve son aliment dans ces sentiments de fidélité et de religion qui soutenaient encore les formes de la monarchie, menant une existence rachitique et maladive, respirant toujours une atmosphère mortelle. Enfin, à mesure que nous approchons de la fin de ce siècle, l'Inquisition et le despotisme semblent être partout présents, et avoir répandu sur toutes choses leur souffle délétère. Tous les écrivains cèdent à leur influence, mais aucun ne la subit d'une manière plus sensible que Caldéron et Solis ; les deux auteurs dont les noms ferment cette période et laissent si peu d'espoir pour l'avenir. En effet, les *Autos* de Caldéron et la *Historia* de Solis étaient incontestablement regardés, tant par leurs auteurs que par le public, comme des œuvres éminemment reli-

---

(1) Partida Segunda, titre XIII.
(2) Tapia. *Hist.* tom. IV. p. 19.

gieuses par leur nature, et le respect, et même la révérence, avec laquelle chacun de ces grands hommes a traité l'infortuné et imbécille Charles II, furent indubitablement mis par leurs contemporains au compte de leurs sentiments religieux, de leur fidélité et de leur patriotisme. Aujourd'hui, il ne nous est pas permis de douter qu'une littérature qui s'appuie à un degré si considérable sur de pareils fondements ne soit bien près de sa ruine (1).

---

(1) Voyez la fin de *El segundo Scipion* et celle de *El segundo blason de Austria*, par Caldéron ; la dédicace de l'*Historia de Méjico à Charles II*, par Antonio de Solis, où ce dernier, avec une légère affectation de *cultisme*, dont il ne peut se défaire entièrement, dit à ce monarque : « Rey de retazos y remiendos, Roi de pièces et de morceaux, Hallo en la sombra de Vuestra Majestad todo el esplendor que falta en mis escritos. Je trouve dans l'ombre de Votre Majesté toute la splendeur qui manque à mes écrits. »

Dans le même esprit, Lupercio Leonardo de Argensola fait, de son ode sur la canonisation de san Diego, une espèce de canonisation prophétique de Philippe II, composition qui ne manque pas d'un certain mérite au point de vue littéraire, mais qui répugne aux sentiments religieux, parce qu'elle rappelle les apothéoses des empereurs romains.

HISTOIRE

DE LA

LITTÉRATURE ESPAGNOLE

DE G. TICKNOR

———

TROISIÈME PÉRIODE

———

LITTÉRATURE QUI S'EST DÉVELOPPÉE EN ESPAGNE
DEPUIS L'AVÉNEMENT AU TRONE DE LA FAMILLE DE BOURBON
JUSQU'A L'INVASION FRANÇAISE;
OU DEPUIS LE COMMENCEMENT DU DIX-HUITIÈME SIÈCLE
JUSQU'A LA PREMIÈRE PARTIE DU DIX-NEUVIÈME.

HISTÒIRE

DE LA

LITTÉRATURE ESPAGNOLE.

TROISIÈME PÉRIODE.

CHAPITRE Ier

Guerre de Succession. — La famille de Bourbon.— Philippe V.— Académie de la
langue espagnole. — Son dictionnaire, son orthographe, sa grammaire et ses
autres ouvrages. — Académie de Barcelone. — Académie Royale d'Histoire. —
Etat des Lettres. — La Poésie : Moraes, Barnuevo, Reinosa, Ceballos, Gerardo
Lobo, Benegasi, Georgos Pitillas.

Charles II était allé rejoindre ses ancêtres, le premier novembre de l'année 1700. Nous avons déjà vu dans quel triste état il avait laissé la culture intellectuelle de son pays, et comment, sous son règne, la vieille
littérature nationale s'était complètement éteinte. Avant même qu'on pût
concevoir une pensée sérieuse de renaissance, après un si désastreux état
de choses, une guerre civile avait éclaté dans toute la monarchie, guerre
destinée à ravager tout le pays et à épuiser encore toutes ses ressources.
L'Autriche et la France, on le comprenait depuis longtemps, élèveraient
des prétentions au trône d'Espagne, dès qu'il serait laissé vacant par l'extinction de la dynastie régnante. Les partisans de chacune de ces deux grandes puissances étaient nombreux, sûrs du succès, non-seulement en Espagne, mais encore dans toute l'Europe. A ce moment, pendant qu'il était sur
le bord de la tombe, et sentant qu'il était près d'y descendre, le dernier et
infortuné rejeton de la Maison d'Autriche, manifesta enfin avec une répugnance marquée et un pressentiment de la lutte, manifesta, dis-je, sa
préférence. Par un testament politique secret, il déclara le duc d'Anjou,
second fils du Dauphin et petit-fils de Louis XIV de France, seul héritier
de son trône et de ses domaines.

Cette résolution n'était pas inattendue; c'était peut-être une résolution aussi sage que le roi le plus sage pourrait la prendre dans des circonstances analogues. Mais il n'était pas non plus, d'un autre côté, très-vraisemblable qu'on y acquiesçât. L'Autriche déclara la guerre à la nouvelle dynastie, dès que devinrent publiques les dernières volontés du monarque défunt. L'Angleterre et la Hollande, outragées par la mauvaise foi de Louis XIV qui, il y avait à peine deux ans, avait conclu avec elles un arrangement entièrement différent sur cette question espagnole, se joignirent à l'Autriche. La guerre connue sous la dénomination de *Guerre de la succession*, prit dès lors un caractère général. L'Espagne fut envahie par les puissances alliées ; la lutte pour son trône fut soutenue sur le sol de cet infortuné pays, partie par des troupes étrangères, partie par des divisions au sein même de la population, jusqu'en **1713**, où le traité d'Utrecht vint confirmer les droits de la famille de Bourbon, et donner la paix à l'Europe, fatiguée de tant de sang.

En ce qui concerne l'Espagne les résultats de cette guerre furent de la plus haute importance. D'un côté elle perdit presque la moitié de ses possessions en Europe, elle descendit, non pas, il est vrai, dans la proportion d'une perte pareille, mais encore à un degré considérable, dans le rang des nations. D'un autre côté, les vastes ressources de ses colonies américaines restaient encore intactes; son peuple avait trouvé une énergie nouvelle dans ses efforts pour la défense de ses foyers, et son ancienne fidélité s'était concentrée, à un degré extraordinaire, sur un prince jeune et aventureux, qui, malgré sa qualité d'étranger, se plaçait à sa tête pour le défendre contre l'invasion étrangère. L'Espagne conservait donc encore une vitalité assez grande, il lui restait encore assez de son vieux caractère national pour servir de base à une nouvelle civilisation (1).

Il était naturel que Philippe V désirât restaurer la dignité intellectuelle dans un pays qui l'avait si généreusement adopté. Mais, tant que dura la guerre, celle-ci absorba tous les soins de son gouvernement; lorsqu'elle fut terminée et qu'il voulut reprendre sa tâche, il devint évident, tant par ses relations que par ses dispositions personnelles, qu'il n'était propre qu'imparfaitement à une pareille entreprise. Malgré ses efforts les plus sincères pour s'assimiler au peuple qu'il gouvernait, il n'était encore

---

(1) L'excellente *Histoire de la guerre de succession en Espagne*, de lord Mahon, Londres, 1832, in-8°, laisse la même impression générale sur l'esprit du lecteur que les relations contemporaines ont laissée, quant aux résultats de cette guerre, sur le caractère espagnol. Preuve évidente de la vérité de notre assertion.

qu'un étranger, peu en rapport avec la condition de ce peuple et incapable de sympathiser avec son caractère national si particulier. Philippe V avait été élevé à la cour de Louis XIV, la cour la plus brillante de l'Europe, celle où, plus que partout ailleurs, les lettres étaient regardées comme une partie de la pompe de l'empire. Son caractère n'était pas fortement trempé; il n'exprima jamais un amour décidé pour une forme définie de culture intellectuelle, quoiqu'il eût assez de bon goût pour apprécier l'élégance à laquelle il avait été toujours accoutumé, et qui avait constitué une partie importante de son éducation. C'était, en réalité, un Français, et il ne pouvait jamais oublier qu'il l'était, qualité dont son grand-père lui avait imprudemment recommandé de se souvenir toujours. Aussi lorsque ce prince désira la littérature, il dut naturellement recourir aux moyens qu'il avait vus l'encourager plus que partout ailleurs, je veux parler de l'heureux encouragement qu'elle recevait de la protection royale. Si sa position était, à certains égards, moins favorable pour un pareil usage de sa puissance, il se trouva, toutefois, de ce côté éminemment favorisé. En effet, la littérature espagnole primitive avait presque entièrement disparu; elle ne pouvait présenter qu'une faible résistance à une tentative faite pour introduire des formes nouvelles ou pour imprimer un caractère nouveau à son ancien caractère.

A ce moment, l'idée de patronner et de contrôler la littérature d'un pays par des académies, établies sous l'autorité de son gouvernement et composées des principaux hommes de lettres du temps, était une idée généralement bien accueillie. L'Académie française, fondée par le cardinal Richelieu et toujours le modèle de tous les établissements de ce genre, se trouvait à l'apogée de ses succès et de sa gloire. La création d'une académie espagnole qui, occupée des mêmes objets donnerait les mêmes résultats, devint, par conséquent et naturellement, le grand projet littéraire du règne de Philippe V (1). Le roi lui-même l'avait probablement nourri dès l'origine, mais il ne le fit certainement connaître d'une manière formelle qu'en 1713, année où le marquis de Villena, noble et illustre Espagnol, trouva le loisir, au milieu des soucis de cinq vice-royautés successives, de se consacrer non-seulement aux lettres mais encore à plusieurs des branches les plus difficiles des sciences physiques et mathé-

_____

(1) La Bibliothèque royale, aujourd'hui Bibliothèque nationale, à Madrid, qui fut réellement et véritablement la première pensée littéraire du règne de Philippe V, se fonda en 1711. Durant plusieurs années ce fut une institution de peu d'importance. *El Bibliotecario y el Trovador*, Madrid, 1841, in-fol. p. 3.

matiques. Son plan primitif semble avoir été de créer une académie, dont l'empire s'étendrait de tous côtés jusqu'aux limites des connaissances humaines, et dont les subdivisions seraient entièrement conformes au système de Bacon. Ce plan fut toutefois bientôt abandonné comme trop étendu et d'une réalisation impossible ; on résolut de commencer par restreindre les obligations de la nouvelle association principalement « à l'étude et à la conservation de la pureté de la langue castillane, *al estudio y conservacion de la pureza del idioma castellano.* » A cet effet une académie fut créée, en vertu d'un décret royal, daté du 3 novembre 1714 (1).

Comme cette institution était presque exactement calquée sur les formes de l'Académie française, le premier projet de ses membres fut la composition d'un dictionnaire, ouvrage des plus nécessaires. Depuis le temps de Fernando de Herrera, la langue n'avait pas reçu de nombreuses additions, mais elle en avait reçu d'une certaine valeur. Mendoza et Coloma y avaient introduit un petit nombre de termes militaires qui sont passés depuis dans le domaine public. L'un et l'autre, avec Ercilla, Urrea et beaucoup d'autres écrivains, se familiarisèrent avec la langue italienne au point de prendre sa richesse comme leur propre bien. Cervantès en fit, peut-être, plus que tout autre à cet égard. Il ne méconnaissait ni le danger d'un mélange trop libre de mots étrangers, ni les vrais principes qui doivent présider à leur introduction lorsqu'elle est nécessaire. Il en donne des preuves dans les conversations de D. Quichotte avec les imprimeurs à Barcelone, avec Sancho, dans le château du duc. Mais il sent encore les droits du génie en lui-même, et il les exerce dans cette circonstance avec autant de hardiesse qu'il l'a fait dans d'autres. Ses nouveaux mots composés, ses latinismes, sa restauration de vieilles phrases négligées, ses recours accidentels à l'italien, tout a été bien relevé, et, dans presque tous les cas, les mots qu'il a adoptés sont maintenant entrés dans le vocabulaire des mots reconnus, dans le dictionnaire de la langue castillane. D'autres écrivains se sont aventurés dans la même direction, avec moins de succès : les glossaires ajoutés aux poésies de Blasco, *Universal Redencion*, en 1584 ; de Lopez Pinciano, *Pelayo*, en 1605, ne laissent pas de doute que des mots reconnus alors pour avoir besoin d'explication, sont devenus familiers depuis longtemps ; que le vieux fonds castillan

---

(1) *Historia de la Académia,* dans la préface du *Diccionario de la lengua castellana,* por la Real Académia Española, Madrid, tom. I, 1726, in-fol. Sempere y Guarinos, *Biblioteca,* 1785, *Discurso preliminar*, et tom. I, p. 55.

reçut, sous les règnes de Philippe II et de Philippe III, des additions nombreuses que nous devons, à certains égards, reconnaître comme une partie importante de ses ressources permanentes (1).

D'un autre côté, durant le dix-septième siècle, on avait grandement abusé de la vieille langue castillane. Dès l'apparition de Gongora, un seul regard ne fut pas même accordé à la conservation de sa pureté et de son caractère original par la plupart des auteurs les plus populaires qui l'employaient. La *Culta latiniparla*, expression par laquelle Quevedo qualifie l'affectation de son temps, y avait introduit des mots latins et des phrases étranges, tout à fait contraires au génie de l'espagnol. Ces mots et ces constructions avaient aussi joui d'une grande faveur. Lope de Véga, Calderón, et d'autres esprits distingués, les déclarèrent bien pleines d'affectation et leur refusèrent directement leur appui, néanmoins ils durent céder à la mode de leur temps pour obtenir les applaudissements qui les accompagnaient sûrement (2).

Tant pour admettre les mots légitimement naturalisés dans la langue que pour marquer de l'empreinte de non approbation ceux qui ne méritaient pas d'être adoptés, on avait besoin d'un dictionnaire s'appuyant sur des autorités. Rien de semblable n'avait encore été entrepris en Espagne. En effet, durant tout le siècle précédent, il ne s'était produit, en Espagne, qu'un seul dictionnaire méritant d'être connu et accepté par l'Académie. C'était le livre de Covarrubias, son *Tesoro*, imprimé pour

---

(1) Garcès, *Vigor y elegancia de la lengua castellana*, Madrid, 1791, 2 vol., in-fol. Dans les préfaces de chacun d'eux, Mendoza employa avec répugnance des mots tels que *centinela*. Coloma, qui avait longtemps vécu dans les Flandres, introduisit le mot *dique*, etc. Navarrete, *Vie de Cervantès*, pp. 163-169; Garcès, loc. cit., démontrent la valeur de ce que fit Cervantès. Clemencin, *D. Quichotte*. tom. V, pp. 92, 292, 357, donne une liste des mots latins, italiens et autres employés par Cervantès, qui n'ont pas été tous naturalisés et sur lesquels, dans d'autres notes, il s'exprime moins favorablement que Garcès. Rien de plus curieux que la liste des mots que Blasco et Pinciano jugèrent à propos d'insérer dans les vocabulaires placés à la fin de leurs poèmes, en les expliquant pour les lecteurs. Entre autres : *fatal, natal, fugaz, gruta, abandonar, adular, anhelo, aplauso, arrojarse, asedio*, etc , appartenant tous aujourd'hui au castillan familier.

(2) Il est impossible d'ouvrir les œuvres du comte de Villamediana et des autres disciples de Gongora sans rencontrer des preuves de leur désir de changer la langue de la littérature espagnole. On trouve une liste imparfaite et incomplète des mots et des phrases que ces novateurs voulurent y introduire, dans la *Declamacion contra los abusos de la lengua castellana*, por Vargas y Ponce, p. 150, ouvrage qui éclaire leur pensée générale.

la première fois, en 1611, ouvrage curieux, plein d'érudition, très-estimable dans la partie étymologique, mais souvent affecté et montrant rarement de la finesse philosophique dans ses définitions (1). La nouvelle académie n'eut donc que peu de chose à prendre dans les travaux de ses prédécesseurs, et, pour obtenir quelque chose d'utile, elle se vit obligée de remonter jusqu'à Lebrija et à ses éditeurs. Mais les académiciens se prirent au sérieux, ils travaillèrent avec activité et, de 1726 à 1739, ils publièrent leur grand ouvrage, en six volumes in-folio, travail qui leur fait généralement honneur. Il manque, sans aucun doute, dans certaines parties, de maturité, de réflexion, de rectitude de jugement. On a omis beaucoup de mots qui auraient dû y être introduits ; on y en a inséré qui ont été retirés plus tard ; beaucoup d'autres ne s'appuient pas sur des autorités suffisantes. Mais en général ses définitions sont bonnes ; ses étymologies, partie du travail auquel les auteurs accordèrent peu de soin, sont respectables ; ses citations sont amples, propres et convenables. En un mot, tout ce qui avait été fait pour la langue, dans le genre de dictionnaire, depuis son origine, ne pouvait égaler le résultat offert maintenant par ce seul ouvrage.

Toutefois les académiciens ne tardèrent pas à s'apercevoir qu'un si grand dictionnaire ne peut exercer qu'une faible influence sur le peuple. Ils se mirent donc à préparer, immédiatement après, un abrégé en un volume in-folio, destiné à un usage plus général, et ils en publièrent la première édition en 1780. Le projet était judicieux, l'exécution en fut habile. On laissa de côté les discussions, les citations, les étymologies en règle du grand ouvrage ; le vocabulaire fut mieux composé, les définitions primitives rendues plus claires. Dès son apparition, ce dictionnaire fit décidément autorité ; et, grâce aux travaux persévérants de l'Académie, il a continué dans ses éditions successives d'être le type propre et exact de la langue espagnole. Ces travaux ont presque toujours été, depuis la dernière partie du dix-huitième siècle, fatigants et parfois désagréables, par la tendance constante même des meilleurs écrivains, tels que Mélendez et son école, de tomber dans les gallicismes que les rapports fréquents avec la France mettaient à la mode dans la société de leur temps.

Une autre difficulté se présenta bientôt d'elle-même à l'Académie, difficulté aussi grave que la composition du dictionnaire : celle de l'or-

_____

(1) Il existe une édition du *Tesoro de Covarrubias*, par Benito Remigio Noydens, Madrid, 1674, in-fol. Elle est meilleure et plus complète que l'édition originale.

thographe qu'elle avait adoptée. La prononciation et l'écriture de la langue castillane, partie, peut-être, par suite des éléments divers dont elle était composée, partie par suite du caractère populaire de sa littérature, avaient été toujours plus indéterminées que celles des autres langues modernes. Lebrija, le grand érudit du temps de Ferdinand et d'Isabelle, essaya le premier d'y mettre de l'ordre : la simplicité de son système, qui parut en 1517, fit tout d'abord espérer qu'il serait favorablement accueilli et généralement accepté ; mais trente traités qui le suivirent à des époques différentes, servirent, à l'exception de l'ingénieux et piquant travail de Mateo Aleman, imprimé pendant son séjour à Mexico, en 1609, plutôt à embrouiller et à obscurcir toute cette matière qu'à rien fixer et déterminer sur ce sujet (1).

Il n'y a donc pas lieu de s'étonner que la première tentative de l'Académie, faite sous la forme d'un petit discours, inséré en tête de son grand dictionnaire, ait produit si peu d'effet. Un opuscule distinct qui parut, en 1742, fit quelque chose de plus, mais pas beaucoup : ses éditions successives demandées par le public servirent à démontrer l'état d'incertitude de l'opinion sur le point en discussion, plutôt qu'à toute autre chose. Enfin en 1815, l'Académie, dans la huitième révision de son traité sur l'orthographe, et en 1817, dans la cinquième édition de son dictionnaire abrégé, entreprit une série de changements importants, généralement adoptés depuis par les écrivains les plus autorisés, fixa, paraît-il, l'ortho-

---

(1) La *Ortografía de la lengua castellana,* Mejico, 1609, in-4°, est un traité important et des plus agréables, commencé, ainsi que nous l'apprend l'auteur, en Castille, et terminé à Mexico. Il propose de renverser la lettre C, pour exprimer le son de *ch.* comme dans *mucho,* et d'imprimer *muɔo* ; il emploie deux espèces de *r* ; il écrit la conjonction *y* toujours *i,* comme Salvá, qui insiste maintenant pour qu'il en soit ainsi ; il prétend que *s, ll, ñ,* sont des lettres distinctes, fait admis depuis longtemps.

En parlant de Mateo Aleman, je me suis souvenu de son *San Antonio de Padua,* imprimé à Valence, en 1607, in-12°, ff. 309. Il appartient au même genre de livres que le *San Patricio,* de Montalvan (voyez vol 11, pag. 352, chap xx), mais il est plus travaillé et plus religieux. Le nombre des miracles du Saint qu'il rappelle est considérable. En inventa-t-il quelques-uns pour la circonstance, c'est ce que je n'ai pu connaître, mais il y en a plusieurs qu'on peut lire comme des *nouvelles* et comme des histoires de son *Guzman de Alfarache;* ils sont toujours écrits avec la même grâce et la même pureté castillane. Il commença par une *cancion* en son honneur, œuvre de Lope de Véga. Je n'ai jamais pu savoir s'il avait été réimprimé. Pourquoi, c'est assez difficile à dire. C'est en effet un des livres qui, dans ce genre, offrent le plus d'attraits.

graphe du castillan, tout en laissant le champ ouvert aux modifications qu'elle semble même appeler (1).

Une grammaire fut aussi comprise, comme un dictionnaire, dans les statuts de l'Académie. Mais les membres primitifs de ce corps dont un petit nombre étaient des hommes remarquables et d'une grande autorité, montrèrent une mauvaise volonté marquée à l'approche des discussions difficultueuses que devait entraîner un pareil ouvrage : aussi ne l'entreprit-on qu'en 1740. Ils ne procédèrent, même alors, qu'avec lenteur et hésitation, de sorte que le résultat de leurs travaux ne put paraître qu'en 1771. Ces retards n'étaient pas entièrement de leur faute ; ils n'avaient presque pas de guides, à l'exception des grammaires rivales de Gayoso et de San Pedro, publiées au moment où l'Académie préparait la sienne, et la tentative originale d'Antonio de Lebrija, tentative oubliée depuis longtemps. Après un travail si prolongé, les académiciens auraient dû produire un ouvrage plus digne de leur titre ; or l'ouvrage qu'ils mirent au jour présenta un caractère antiphilosophique et impraticable. Soumis à de fréquentes révisions depuis, il offre à peine une esquisse de ce qu'il devait être, et il est bien inférieur à la grammaire de Salvá (2).

---

(1) Les difficultés de l'orthographe castillane se trouvent expliquées dans le *Dialogo de las lenguas*, Mayans y Siscar, *Origines*, tom. II, pp. 47-65. L'ingénieux auteur de cette discussion se montre, à l'égard de Lebrija, plus sévère qu'il ne fallait. Un auteur anonyme d'un excellent essai sur le même sujet, dans le premier volume du *Repertorio americano*, tom. I, p. 27, est plus judicieux. Toutefois, le sujet reste encore plein de doutes pour la pratique, comme on peut le voir dans le *Manual del cajista*, par José Maria Palacios, Madrid, 1845, in-8° où les pages 134-154, contiennent un *Prontuario de las voces de dudosa ortografía*, formé d'environ dix-huit cents mots.

(2) Nous avons parlé de la grammaire de Lebrija, vol. II, chap. v, pag. 79, et son souvenir a tellement survécu qu'une contrefaçon s'en est imprimée, en 1775, petit in-folio ; et, si j'en juge par l'apparence, sans la moindre intention de tromper. De pareilles supercheries étaient assez ordinaires dans ce temps, selon le P. Mendez, qui suppose l'édition en question publiée vingt ans avant son ouvrage, en 1796. Voyez sa *Typografia*, p. 242. Malgré tout, cette grammaire est devenue si rare que je n'ai pu en obtenir un exemplaire qu'avec difficulté.

La grammaire de Gayoso s'imprima à Madrid, en 1745, in-8°, et celle de San Pedro, à Valence, également in-8°. Gayoso, sous le déguisement d'une espèce d'anagramme, attaqua cette dernière dans un livre intitulé : *Conversaciones críticas*, por D. Antonio Gobeyos, Madrid, 1780 in-8°. Il prouve que San Pedro n'est pas aussi original qu'il le croit, et il traite sa grammaire avec plus de rigueur qu'elle ne mérite. La *Gramática de la lengua castellana como ahora se habla*, par Salvá, s'imprima, pour la première fois, en 1831, et la sixième édition se publia, à Madrid, en 1844, in-8° : preuve frappante du besoin qu'on avait d'un pareil livre.

L'histoire de la langue castillane ainsi qu'un art poétique rentraient aussi expressément dans les prescriptions des statuts de l'Académie. Ces traités n'ont jamais été préparés sous son autorité; mais, à la place de ces publications, elle a parfois rempli des devoirs qui ne lui avaient pas été primitivement imposés. Ainsi elle a publié avec soin les éditions de différentes œuvres d'une autorité reconnue, et en particulier une magnifique édition du *Don Quichotte*, en quatre volumes, de 1780 à 1784. Depuis 1777, l'Académie espagnole a, de temps en temps, offert des prix pour des compositions poétiques, tout en obtenant, comme il arrive d'ordinaire dans des cas pareils, des résultats moins importants que ceux qu'elle en avait espéré. Par moments, elle a imprimé, avec des fonds accordés par le gouvernement, des ouvrages dignes par leur mérite d'une si grande protection, entre autres l'excellent traité de Garcès intitulé : *Fundamento del vigor y elegancia de la lengua castellana*, publié sous ces auspices en 1791 (1). Durant tout ce siècle, l'Académie espagnole s'occupa par conséquent de ces divers travaux, continua d'être une institution utile, s'abstenant avec soin de toute prétention de contrôle sur le goût public, comme l'avait fait son modèle, l'Académie française. Sans être toujours active et diligente, elle ne mérita cependant jamais le reproche de négliger les fonctions et les devoirs pour lesquels elle avait été primitivement instituée.

Un des meilleurs effets qui résulta de l'établissement de l'Académie royale espagnole, ce fut la création d'autres académies dans un but analogue. Ces académies étaient entièrement différentes de ces réunions amicales qui, sous le même nom, et à l'imitation des académies italiennnes, se formèrent sous le règne de Charles-Quint, et dont une des premières se réunissait dans la maison de Fernand Cortès, le conquérant du Mexique (2). Les premières associations paraissent toutefois avoir fourni les matériaux avec lesquels se sont élevées les institutions qui leur ont succédé. Tel est, du moins, le cas de l'Académie de Barcelone qui a rendu de si bons services à la cause des lettres depuis 1751, après avoir eu une longue existence, sous un titre plein d'affectation : *Académia de los Descon-*

---

(1) Gregorio Garcès, dont le *Fundamento del vigor y Elegancia de la lengua castellana*, s'imprima à Madrid en 1791, 2 vol. in-8°, était un jésuite. Il prépara cet excellent ouvrage pendant son exil à Ferrare, ville où il vécut environ trente années. Il la quitta pour rentrer dans sa patrie en 1798, lorsqu'un décret de Charles IV abrogea le décret porté par son père, prescrivant l'expulsion de l'ordre des jésuites de l'Espagne, en 1767.

(2) Voyez tome II, chap. 5, et la note 3, p. 69.

fiados. Mais l'unique académie qui a exercé une influence considérable sur la littérature espagnole en général, c'est l'académie fondée sous le règne de Philippe V, en 1738, sous le titre de *Real Academia de la Historia*. Le caractère et l'importance des travaux de cette académie royale d'histoire, tant publiés qu'inédits, font le plus grand honneur à chacun de ses membres (1).

De pareilles associations, quoique fort utiles et très-importantes par leurs propres relations, ne purent jamais créer nulle part une littérature nouvelle dans un pays, encore moins y faire revivre l'ancienne littérature, lorsqu'elle y était morte décidément. Les académies espagnoles ne firent pas exception à cette observation. Toute espèce de culture littéraire y avait presque disparu, avant l'avènement des Bourbons; il régnait une telle insensibilité sur sa valeur dans les classes de la société qui devait le plus l'estimer, que sa résurrection devait être évidemment l'œuvre du temps, et que la terre devait se reposer de longues années avant qu'on pût y moissonner une nouvelle récolte. Durant tout le règne de Philippe V, règne qui, en y comprenant les six mois de son abdication nominale en faveur de son fils, embrasse une espace de quarante-six ans, nous trouvons des traces irrécusables de ce triste état des choses. Il n'y a qu'un petit nombre d'auteurs dignes de ce nom, et il y en a moins encore méritant un examen attentif.

La poésie, ou plutôt une chose qui passait sous cette dénomination, continuait toutefois de se composer; on imprimait quelques travaux, médiocrement encouragés par l'attention générale du pays. Botello Moraes, gentilhomme portugais de distinction, qui vivait en Espagne depuis sa jeunesse, écrivait deux poèmes héroïques, en espagnol. Le premier, sur la découverte du Nouveau Monde, se publia en 1701, et le second, sur la fondation du royaume de Portugal, parut en 1712. Tous deux s'éditèrent primitivement sans être terminés, par suite de l'impatience de l'auteur pour acquérir une renommée, et le premier des deux reste encore inachevé. Mais l'un et l'autre sont oubliés depuis longtemps. Le premier,

---

(1) Pour des notices sur ces académies, voyez Guarinos, *Biblioteca*. Quant à l'Académie royale d'histoire et à son origine, voyez le premier volume de ses *Mémoires* et la *Revue des sociétés savantes*, publiée en France, tom 11, année 1857, p. 435. Les anciennes académies, à l'imitation des académies italiennes, ont été tournées en ridicule dans le *Diablo cojuelo*, tranco IX. — Elles ont passé de mode et ont été remplacées par les modernes *Tertulias*, où les deux sexes se mêlent : ces dernières réunions ont aussi été ridiculisées dans les *Sainetes*, de D. Ramon de la Cruz et de D. Juan del Castillo.

rempli d'allégories extravagantes, eut bientôt la destinée que son auteur croyait qu'il méritait ; le second, composé avec le plus grand respect pour les règles de l'art et même souvent réimprimé, n'a pas joui d'une fortune meilleure.

L'ouvrage de Moraes le plus amusant est une satire en prose, imprimée en 1734, sous le titre de *Las Cuevas de Salamanca*. Là, dans ces grottes dont la tradition populaire suppose l'existence, scellées par des sceaux magiques sur les bords du Tormès, il trouve Amadis de Gaule, Oriane, Célestine ; il s'entretient avec eux et avec d'autres personnages fantastiques sur les sujets que son imagination lui suggère. Il y a des passages d'une véritable extravagance ; d'autres sont à la fois sages et divertissants, en particulier tous ceux qui parlent de la langue espagnole, des académies ; tous ceux qui roulent sur le *Télémaque* de Fénélon, livre alors à l'apogée de sa gloire. Considéré dans son ensemble, il offre peu de traces de cette affectation de style qui défigurait et dégradait alors tout ce qui appartenait à la littérature espagnole ; défaut qui, couvert de ridicule dans *Las Cuevas de Salamanca*, se reproduit fréquemment dans les autres œuvres du même auteur (1).

Un long poème héroïque, en deux parties, et en l'honneur de la conquête du Pérou par les Pizarre, s'imprima à Lima, en 1732. Il a pour base principale l'histoire en prose ou *Comentarios* de l'Inca Garcilaso ; mais il est rarement aussi intéressant que la narration sur laquelle il est construit. L'auteur, D. Pedro de Peralta Barnuevo, était un employé du gouvernement espagnol dans l'Amérique méridionale, et il nous donne, dans la préface, une longue liste de ses œuvres publiées et manuscrites. C'était incontestablement un homme d'érudition, mais non un poète. Comme Moraes, il arrangea une interprétation mystique pour son histoire : plusieurs parties en effet, telles que les passages où l'Amérique se présente devant Dieu et le supplie de faire sa conquête, afin de pouvoir

---

(1) Il existe une édition du *Nuevo Mundo*, imprimée à Barcelone, en 1701, in-4°, avec des blancs que l'auteur se proposait de remplir. Quant à l'*Alfonso* ou *Fundacion del reino de Portugal*, il s'imprima en 1712, 1716, 1731 et 1737. Nous avons une notice sur l'auteur Francisco Botello Moraes Vasconcellos, dans Barbosa, tom. II, p. 119, et à la fin de l'édition de Salamanque, 1731, in-4°, l'*Alfonso* présente une défense pour les particularités de son ortographe. *Las Cuevas de Salamanca*, s. l., 1734, est un petit volume divisé en sept livres, écrit, peut-être, à Salamanque même que Moraes aimait et où il se retira dans sa vieillesse. Outre les livres déjà mentionnés, Moraes publia un ou deux autres ouvrages en espagnol et un ou deux en latin, mais n'ayant pas d'autre importance.

être convertie, sont des parties réellement allégoriques. En général, l'interprétation qu'il donne est purement une arrière-pensée forcée et peu naturelle. Tous le poème est pesant et de mauvais goût, et les octaves qui le composent révèlent une habileté moindre que d'ordinaire (1).

Il existe d'autres poèmes religieux, appartenant à la même période. L'un d'eux, écrit par Pedro de Reinosa et imprimé en 1727, roule sur *Santa Casilda*, fille convertie d'un roi maure de Tolède, qui figure dans l'histoire d'Espagne du onzième siècle. Un autre a pour titre : La *Elocuencia del silencio* ; composé par Miguel de Zevallos, en 1738, il est écrit en l'honneur de saint Jean Nepomack ou Népomucène, qui fut interné à Moldau, au quatorzième siècle par ordre d'un roi de Bohème, parce que ce saint homme ne voulut pas révéler à ce monarque jaloux ce que la reine lui avait confié sous le sceau de la confession. Ces deux poèmes sont en octaves, stances ordinaires pour ces compositions, et ils sont aussi pleins des défauts de leur temps. Deux autres poèmes burlesques suivirent naturellement cette tentative poétique, mais ils ne sont pas meilleurs que les compositions sérieuses qui les avaient provoqués (2).

Nous ne pouvons pas porter, sur la poésie lyrique et sur les mélanges poétiques de cette période, un jugement plus favorable que sur la poésie narrative. La meilleure qui parut, ou du moins celle qui a été regardée comme la meilleure dans ce temps, se trouve dans les œuvres poétiques de D. Eugénio Gerardo Lobo, imprimées, pour la première fois, en 1738. C'était un soldat composant des vers uniquement pour son plaisir. Ses amis, qui les admiraient plus qu'ils ne méritaient, en imprimaient des

---

(1) *Lima fundada*, poème héroïque de D. Pedro de Peralta Barnuevo, Lima, 1732, in-4°, d'environ sept cents pages ; mais si mal paginé qu'il n'est pas aisé d'en déterminer le nombre.

(2) *Santa Casilda*, poema en octavas reales, por el R. P. Fr. Pedro de Reynosa, Madrid, 1727, in-4°. Il se compose de sept chants ; chacun d'eux est accompagné d'une espèce d'appendice que l'auteur appelle avec affectation *contrapunto*. — La *Elocuencia del silencio*, poema héroïco, por Miguel de la Reyna Zevallos, Madrid, 1738, in-4°. Des poëmes burlesques mentionnés dans le texte, l'un est la *Proserpina*, poema héroïco, por D. Pedro Silvestre, Madrid, 1721, in-4°, en douze chants mortels. L'autre est la *Burromaquia*, qui est meilleur, mais pas plus amusant. Il est incomplet et il se trouve dans les *Obras Postumas* de Gabriel Alvarez de Toledo. Les divisions ne s'appellent pas chants, *cantos*, mais *Brayings*, braiments. J'ai vu aussi des extraits tout à fait ridicules, d'un poème par le P. Butron sur sainte Thérèse, imprimé en 1722 : et d'un autre sur saint Jérôme, par P. Francisco de Lara, 1726. Je n'ai jamais pu avoir les poèmes eux-mêmes qui semblent devoir être aussi mauvais que tous ceux de cette classe.

fragments de temps en temps, jusqu'à ce qu'il trouva meilleur lui-même de permettre à une congrégation religieuse de les publier tous en un volume. Leur forme est des plus variées, depuis les fragments de deux poèmes épiques jusqu'aux sonnets; leur ton varie également, depuis l'intonation qui convient au *villancico* religieux, jusqu'à la satire la plus libre. Mais ils respirent tous un mauvais goût, et s'il y apparaît quelque chose qui ressemble à de la poésie, ce n'est qu'à de rares intervalles. Benegasi y Lujan qui publia, en 1743, un volume de poésies légères, approprié à la gaieté de la société au milieu de laquelle il vivait, écrivit avec plus de simplicité de style que Lobo, sans avoir en somme plus de succès. A l'exception de ces deux poètes et d'un petit nombre d'imitateurs, tels que Alvarez de Toledo et Antonio Muñoz, nous ne trouvons rien, sous le règne du premier des Bourbons, qui mérite une mention particulière dans les deux formes de poésie que nous venons d'examiner (1).

Nous trouvons un caractère plus marqué dans deux collections de vers écrites, comme l'indiquent leurs titres, par les poètes les plus distingués de ce temps. Elles ont été composées en l'honneur du roi et de la reine qui, en 1722, rencontrant le Saint Viatique que l'on portait à un mourant, cédèrent leur propre voiture au prêtre et, se conformant aux mœurs du pays, l'accompagnèrent à pied avec le plus profond respect. Les noms de D. Antonio de Zamora, auteur dramatique, de D. Diego de Torres, bien connu par ses talents dans les sciences et dans les lettres, et de quelques autres poètes dont on se souvient encore aujourd'hui, se présentent à nous dans la première collection. En général l'obscurité qui règne sur les auteurs qui ont contribué à cette collection est telle qu'elle nous dispense de lire leurs poésies; pendant que la collection entière nous révèle en même temps à quel degré d'abaissement était descendue la culture intellectuelle pour attribuer une valeur à de pareilles publications (2).

---

(1) *Obras poeticas lyricas* por el coronel D. Eugenio Gerardo Lobo, Madrid, 1738, in-4° — *Poesias lyricas, y Joco-Serias, su autor, D. Joseph Joachim Benegasi y Luxan,* Madrid, 1743, in-4°. — Gabriel Alvarez de Toledo, comme ci-dessus — Antonio Muñoz, *Aventuras en verso y en prossa,* (sic) sans date : la licence est de 1739.

(2) *Sagradas, Flores del Parnasso, Consonancias Metricas de la bien templada Lyra de Apolo que a la reverente catolica accion de haver ido accompañando sus Magestades el Ssmo sacramento que iba a darse por Viatico a una Enferma el Dia 28 de novembre,* 1722, *cantaron los mejores Cisnes de España,* in-4°. Nous donnons en entier le titre de la première collection comme un témoignage du mauvais goût de son contenu. Les deux collections réunies forment un volume

Un seul point brillant dans l'histoire de la poésie de cette période n'est remarquable que par l'obscurité qui l'environne. C'est une satire, attribuée à un certain Herbas, écrivain inconnu du reste, qui se déguisait sous le pseudonyme de Jorge de Pitillas, et qui imprima sa pièce dans un journal littéraire. Elle eut un succès singulier au moment de son apparition ; une circonstance digne de remarque, c'est que ce succès n'inspira aucune autre tentative semblable ; qu'il n'encouragea pas même l'auteur à s'aventurer encore devant le public. Le sujet qu'il avait choisi était cependant heureux : les mauvais écrivains de son époque. Dans sa peinture il parle avec hardiesse et énergie ; tantôt il appelle par leur nom ceux qu'il couvre de ridicule ; d'autres fois il désigne de telle façon qu'on ne peut se méprendre. Ses principaux mérites sont la facilité et la simplicité du style, le mordant et la justesse de sa satire, ses agréables imitations des maîtres de l'antiquité, en particulier de Perse et de Juvénal, à qui il ressemble plutôt, par les qualités recommandables de la briéveté et de la concision (1).

---

d'environ deux cents pages : elles contiennent des poésies de cinquante auteurs environ, du style en général le plus ridicule et le plus affecté : la lie véritable du *Gongorisme*.

(1) La *Satira contra los malos escritores de su tiempo* est ordinairement attribuée à José Gerardo de Herbas. Mais Tapia, *Civilisacion*, tom. IV, p. 226, prétend qu'elle fut composée par José Cobo de la Torre. De plus, elle est insérée dans le *Rebusco de las Obras literarias*, de J. F. de Isla, Madrid, 1790, in-8°, comme si elle appartenait sans conteste à ce dernier. Elle parut, pour la première fois, dans la seconde édition du sixième volume du *Diario de los literatos*, première publication périodique conforme à l'esprit de la critique moderne qui se soit publiée en Espagne, et si avancée sur son siècle qu'elle ne vécut que jusqu'à la seconde année. Commencée en 1737, elle dura vingt et un mois et donna sept volumes. Vainement elle obtint la protection du roi et la faveur des personnages les plus distingués de la Cour. C'était une œuvre trop large ; c'était une œuvre nouvelle, ce qui plaît rarement aux Espagnols ; sévère dans ses critiques, de sorte que les auteurs du temps se conjurèrent généralement contre elle et la détruisirent.

A la même époque que la *Satire* de Pitillas appartient le poème de *Deucalion*, par Alonzo Verdugo de Castilla, comte de Torrepalma. C'est une imitation d'Ovide, en soixante octaves environ, remarquable par sa versification. Dans une époque plus favorable à la poésie, elle eût à peine appelé l'attention.

CHAPITRE II

Le marquis de San Felipe. — Influence de la France sur la littérature espagnole. — Luzan. — Ses prédécesseurs et ses doctrines. — Triste état de la culture intellectuelle en Espagne. — Feijoo.

Une œuvre historique d'une certaine importance appartient entièrement au règne de Philippe V ; ce sont les *Commentaires sur la Guerre de Succession et l'histoire d'Espagne*, de 1701 à 1725, par le marquis de San Felipe. Son auteur, gentilhomme issu d'Espagnols, était né en Sardaigne, dans la dernière partie du dix-septième siècle, et avait rempli plusieurs fonctions importantes sous le gouvernement espagnol. Quand l'île où il était né fut conquise par le parti autrichien, il resta fidèle à la dynastie française sous laquelle il avait jusqu'alors servi, et il se réfugia à Madrid. Là, Philippe V le reçut avec la plus grande faveur. Il le créa marquis de Saint-Philippe, titre qu'il avait lui-même choisi pour être agréable au roi. Durant la guerre, le monarque l'employa souvent dans des affaires militaires ; et, quand elle fut terminée, il fut envoyé, comme ambassadeur, d'abord à Genève, puis à la Haye, où il mourut, le premier juillet 1726.

Pendant sa jeunesse, le marquis de Saint-Philippe avait reçu une éducation soignée; aussi durant la partie active de sa vie trouva-t-il une agréable ressource dans des occupations intellectuelles. Il composa un poème en octaves, sur l'histoire de Tobie, *Libro de Tobias* qui s'imprima en 1709; il écrivit une histoire de la monarchie hébraïque, *Historia de la monarquia hebraïca*, empruntée principalement de la Bible et de Josèphe, mais qui ne parut qu'en 1727, une année après sa mort. Mais son œuvre capitale, c'est l'*Histoire de la guerre de Succession*. Le grand intérêt qu'il prit à la cause des Bourbons le porta à l'écrire; la position qu'il avait occupée dans les affaires publiques de son temps, lui fournit des matériaux abondants que n'auraient pu obtenir d'autres écrivains moins favorisés. Il intitula son ouvrage : *Comentarios de la guerra de España, e historia de su rey Felipe V el Animoso, desde el principio de su reinado hasta el año de* 1725. Quoique le dévouement à son souverain, inséré dans le titre, se reproduise sincèrement dans tout le récit, le livre ne se publia pas sans difficulté. Le premier volume s'imprima à Madrid, in-folio, mais il fut bientôt supprimé par ordre du roi, eu égard sans doute à l'honneur de certaines familles espagnoles, montrées sous un jour peu avantageux, dans les temps de trouble que cette histoire rappelait, de sorte que la première édition complète parut à Genève, sans date, et probablement en 1729.

C'est un livre plein d'animation, embrassant avec ardeur la cause de la Castille contre la Catalogne. Malgré son caractère partial, c'est la narration des événements contemporains qu'il raconte, la plus estimable; malgré l'air dégagé et superficiel, qu'il porte à un si haut degré, des mémoires français si fort à la mode, il reste fortement empreint des vieux sentiments espagnols de religion et de fidélité, sentiments qui avaient en partie, ce livre nous le prouve, survécu à la décadence générale du caractère national, durant le dix-septième siècle et durant les convulsions qui avaient agité l'Espagne, au commencement du dix-huitième. Son style n'est pas d'une pureté parfaite. Peut-être verra-t-on quelques traces de l'éducation sarde dans le choix de ses mots; ses pointes, ses épigrammes, ses phrases sentencieuses, montrent certainement trop souvent qu'il s'appuyait sur les préceptes de rhétorique de la Grèce, dont son poème descriptif nous l'a plus d'une fois fait voir comme un parfait disciple. Mais, après tout, les *Commentaires* sont un livre agréable, abondant en détails, exprimés avec la modestie la plus profonde, lorsqu'ils se rattachent personnellement à l'auteur, et avec un coloris pittoresque, appartenant seulement à la narration d'un auteur qui a été acteur dans les scènes qu'il décrit (1).

Quand on parle de la littérature espagnole, sous le règne de Philippe V, il ne nous faut jamais oublier que l'influence française se faisait graduellement sentir sur toute la culture intellectuelle de l'Espagne. La masse du peuple, c'est vrai, n'eut pas connaissance de ce changement qui s'opérait, ou lui résista ; le nouveau gouvernement évita volontiers

---

(1) *Los Tobias, su vida escrita en octavas*, por D. Vicente Bacallar y Sanna, marquis de San Felipe, etc., sans date ; le permis d'imprimer est de 1709. — *Monarchia hebrea*, Madrid, 1727, 2 vol. in-4°. — *Comentarios de la guerra de España hasta el año* 1725, Gênes, sans date, 2 vol. in-4°. Il existe une pauvre continuation de ce dernier ouvrage, allant jusqu'en 1742 et intitulée : *Continuacion à los comentarios*, etc., par D. José del Campo Raso, Madrid, 1736-63, 2 vol. in-4°.

tout ce qui semblait pouvoir offenser ou rabaisser le vieil esprit castillan. Mais Paris était alors, comme il l'avait été pendant longtemps, la capitale la plus brillante de l'Europe. Les Cours de Louis XIV et de Louis XV, nécessairement dans des relations intimes avec la Cour de Philippe V, ne pouvaient manquer d'apporter dans Madrid le ton et les manières qui se répandaient déjà dans toute l'Allemagne et jusque dans les provinces éloignées du Nord.

Le français commença bientôt à se parler, en effet, dans la société élégante de la capitale et de la Cour, chose inconnue en Espagne, quoique des princesses françaises soient plus d'une fois montées sur le trône espagnol. Maintenant parler français, c'était faire sa cour au monarque régnant lui-même, et les courtisans se livrèrent à l'envi à ce genre de flatterie. Pitillas, sous prétexte de se railler lui-même d'avoir suivi la mode, tourne en ridicule la maladresse de ceux qui en faisaient autant, lorsqu'il dit :

> Hablo francés, aquello que me basta
> Para que no me entiendan ni yo entienda,
> Y fermentar la castellana pasta (1).

Le P. Isla plaisante aussi finement, avec l'idée d'un homme qui s'imagine épouser une Andalouse ou une Castillane, et il se trouve qu'après tout, sa femme n'est autre chose qu'une Française (2).

Des traductions françaises suivirent cet état de choses. On essaya du moins d'introduire formellement, en Espagne, un système poétique fondé sur les doctrines critiques alors dominant en France. L'auteur de ce projet fut D. Ignacio de Luzan, gentilhomme aragonais, né en 1702. Encore enfant, il avait été porté en Italie, et il avait reçu une éducation classique, dans les écoles de Milan, de Palerme et de Naples. Durant dix-huit années, il résida dans cette contrée et y jouit de la société des poètes italiens les plus distingués de ce temps, au nombre desquels nous trouvons Maffei et Métastase. Il retourna en Espagne, en 1733, érudit parfait, tout imbu des idées de l'école alors dominante en Italie, et doué d'une facilité singulière pour parler et écrire les langues italienne et française.

---

(1) Je parle français, cela me suffit — Pour que l'on ne m'entende pas, pour que je n'entende pas — Et pour faire fermenter la pâte castillane.

(2) Pitillas, *Satira*, — Isla, A ceux qui, dégénérant du caractère espagnol, affectent d'être étrangers. — A los que degenerando del caracter español, afectan ser extranjeros. — Rebusco, p. 178.

Ses affaires personnelles et sa modestie naturelle le firent vivre pendant quelque temps retiré, dans une des fermes de sa famille, en Aragon. L'état auquel se trouvait alors réduite la littérature espagnole faisait qu'un homme doué de qualités semblables ne pouvait manquer, quelle que fut sa position, d'exercer une influence sensible. L'influence de Luzan se manifesta bientôt, parce qu'il aimait à écrire et qu'il écrivit une grande quantité d'ouvrages. En Italie et en Sicile, il avait publié non-seulement des poésies italiennes de sa composition, mais encore des poésies françaises. Dans sa langue maternelle et dans sa patrie, il alla naturellement plus loin. Il fit des traductions d'Anacréon, de Sapho, de Musée; il arrangea des drames de Maffei, de La Chaussée, et de Metastase, pour la scène espagnole; il écrivit un nombre considérable de courtes poésies et une comédie originale intitulée : La *Virtud honrada*, qui fut représentée à Saragosse, dans une maison particulière.

Tout ce qui sortait de sa plume était bien reçu, mais il imprima fort peu de chose dans son temps et il n'en a pas été édité beaucoup depuis. Ses *Odas à la conquista de Oran* excitèrent l'admiration particulière de ses amis et, quoique un peu froides, elles se lisent encore avec plaisir. Ces compositions et beaucoup d'autres le firent connaître du gouvernement, à Madrid, et lui valurent, en 1747, la nomination de secrétaire de l'ambassade espagnole à Paris. Luzan y resta trois ans, et en l'absence de l'ambassadeur, il se trouva pendant une grande partie du temps, le seul représentant de son pays à la Cour de France. A son retour dans sa patrie, il continua à jouir de la confiance du roi; et à sa mort, arrivée subitement en 1754, il était au plus haut point de la faveur, et à la veille d'être nommé à des fonctions plus importantes que toutes celles qu'il avait déjà remplies (1).

Les circonstances particulière de l'Espagne, celles de son éducation, de sa position, de ses goûts littéraires, ouvraient à Luzan, comme critique, une carrière où le succès lui était presque assuré. Tout était dans un tel

---

(1) Latassa, *Bibl. Nueva*, tom. V, p. 12, et Préface à la *Poétique* de Luzan, par son fils, 1789. Ses poésies n'ont jamais été réunies et publiées, mais il en existe plusieurs dans Sedano, dans Quintana, etc. Les octaves qu'il lut lors de l'inauguration de l'Académie des Beaux-Arts de saint Ferdinand, en 1752, imprimées à la p. 21 de la *Abertura solemne*, etc., publiée à cette occasion, Madrid, in-folio, et d'autres compositions lues à la distribution des prix, en 1754, et publiées dans les *Relaciones*, etc., Madrid, in-fol. pp. 51-61, prouvent la dignité de sa position sociale plus que toute autre chose. Latassa donne une longue liste de ses œuvres inédites.

état de faiblesse et de dégradation que rien ne pouvait présenter une ré‑
sistance effective aux réformes qu'il voudrait entreprendre. L'importance
politique de son pays parmi les nations de l'Europe, était anéantie; sa
dignité morale, compromise; son école poétique avait disparu. L'ancien
ordre des choses, en Espagne, pour tout ce qui concernait la culture poé‑
tique, avait passé pour ne plus revenir, non moins que la dynastie de la
Maison d'Autriche qui l'avait emporté. Aucune tentative vraiment digne
de ce nom n'avait été faite encore pour déterminer quel devait être le
caractère intellectuel du système qui devait le suivre. Dans de telles
circonstances, le moindre effort pouvait imprimer un mouvement décisif;
et quant au goût littéraire et à la critique, Luzan était certainement
l'homme le mieux préparé pour donner la première impulsion. Il avait
été élevé avec le plus grand soin dans les principes de l'école classique
française, et il possédait toute la science nécessaire pour faire connaître
et soutenir ses doctrines particulières. En 1728, il avait offert à l'Aca‑
démie de Palerme, dont il était membre, six dissertations critiques sur la
poésie, écrites en italien; de sorte que, de retour en Espagne, il n'eut
qu'à prendre ces papiers, donner à ces œuvres la forme d'un traité, ac‑
commodé à ce qu'il considérait comme les besoins littéraires les plus
puissants de son pays. C'est ce qu'il fit et le résultat de ce travail fut son
Arte poética, dont la première édition parut en 1737.

Cette tentative n'avait rien de nouveau. Les règles et les doctrines
des anciens, en matière de goût et de rhétorique, avaient été longtemps
avant fréquemment annoncées et défendues en Espagne. Juan de l'Encina
lui‑même, le premier de ceux qui ont regardé la poésie castillane comme
un art, n'ignorait pas les préceptes de Quintilien ni de Cicéron; quoique,
dans son petit traité, écrit avec plus de bon sens et un goût meilleur qu'on
ne pouvait l'exiger de son siècle, il ait évidemment sur son sujet les
mêmes vues que le marquis de Villena et les Provençaux avaient eues
avant lui, en considérant la poésie principalement sous le rapport de
ses formes mécaniques (1). Rengifo, lecteur de grammaire et de rhéto‑
rique à Salamanque, dont l'*Arte de poésia castellana* date de 1592, se ren‑
ferme presque entièrement dans la structure du vers et dans les formes
techniques, tant du genre de composition propre au castillan primitif
que du style italien introduit par Boscan. C'est une discussion des plus
curieuses où l'autorité des anciens n'est nullement méconnue ni oubliée,

---

(1) Il précède l'édition du *Cancionero*, d'Encina, 1496, in‑fol., et toutes les autres
qui en ont été faites. Il remplit neuf petits chapitres.

mais dont le principal mérite consiste dans tout ce qui se rapporte à l'école nationale et à sa métrique particulière (1).

Alonzo Lopez, vulgairement appelé El Pinciano, le même qui composa un poème épique indigeste sur Pélage, *El Pelayo*, alla plus loin et publia, en 1596, sa *Filosofia antigua poética* où, sous la forme d'une correspondance entre deux amis, il donne, avec autant d'érudition que de finesse, ses propres sentiments sur les opinions des anciens maîtres, en ce qui touche les formes diverses de la composition poétique (2). Cascales le suivit et il publia, en 1616, une série de dialogues, un peu plus familiers que les lettres si graves de Lopez, et s'appuya un peu plus sur les doctrines d'Horace, dont il édita un peu plus tard l'épître aux Pisons avec un commentaire écrit en excellent latin (3). Salas, au contraire, dans sa *Nueva idea de la tragedia antigua*, qui parut en 1663, suivit Aristote plus que toute autre autorité et éclaira sa dissertation, la plus habile dans toute la littérature espagnole sur le point en discussion, par une traduction des *Troyennes* de Sénèque et par un discours que le théâtre de tous les siècles adresse à ses auditoires respectifs (4).

Toutes ces œuvres, et trois ou quatre autres de moindre importance, entreprirent, dans leurs tentatives pour établir les fondements de la doctrine poétique sur la philosophie, de construire d'après les règles transmises par Aristote ou par les rhétoriciens romains (5). En cela ils commirent une grave erreur. La rhétorique ancienne ne pouvait strictement s'appliquer à aucune poésie moderne et encore moins à la poésie espa-

---

(1) *Arte poética española, su autor Juan Diaz Rengifo*, Salamanque, 1592, in-4°, augmenté, mais non amélioré, dans les éditions de 1700, 1737, etc., par José Vicens.

(2) *Filosophia antigua poética del doctor Alonso Lopez Pinciano, medico Cesareo*, Madrid, 1596, in-4°.

(3) *Tablas poeticas del licenciado Francisco Cascales*, 1616. Une édition de Madrid, 1779, in-8°, contient une vie de l'auteur par Mayans y Siscar. Cascales eut la présomption de mieux disposer l'*Art poétique* d'Horace qu'il crut mettre en meilleur ordre.

(4) *Nueva idea de la tragedia antigua ilustracion ultima al libro singular de poetica de Aristoteles*, par Jusepe Antonio Gonzalez de Salas, Madrid, 1633, in-4°.

(5) Nous avons déjà parlé du traité d'Argote de Molina précédant l'édition du comte Lucanor, de 1600, et du poème de Juan de la Cueva. Un tout petit discours intitulé : *Libro de erudicion poética*, se publia dans les œuvres de D. Luis de Carillo, 1611. Nous pourrions y ajouter quelques lettres de Cristobal de Mesa, mais ces dernières ont peu de valeur, et le discours de Carillo est de très-mauvais goût.

gnole. L'école de Lope de Véga passe par-dessus, comme un torrent irrésistible qui laisse à peine après lui une trace des constructions élevées
pour s'opposer à son progrès impétueux. Mais Luzan prit un moyen
différent. Ses prédécesseurs les plus immédiats avaient été Gracian, le
défenseur du *Gongorisme* de l'époque antérieure, et Artiga qui, dans un
long traité *De la elocuencia española*, écrit dans la métrique des romances, semblait avoir voulu encourager le mauvais goût qui régnait
au commencement du dix-huitième siècle (1).

Luzan ne fit aucun cas ni de l'un ni de l'autre. Il adopta le système
poétique de Boileau et de Lebossu, sans oublier, pour cela, les maîtres
de l'antiquité, mais accommodant partout leurs doctrines aux exigences de
la poésie moderne, comme Muratori l'avait fait avant lui, et les renfor-
çant par les exemples de l'école française, école alors plus admirée que
toute autre en Europe (2). Son objet, comme il l'expliqua plus tard, c'était
de *sujetar la poésia española à los préceptos que usan las naciones cultas* (3),
et son œuvre est écrite avec tout le jugement nécessaire pour arriver à
ses fins. Le premier livre traite de l'origine et de la nature de la poésie; le
second, du plaisir et des avantages que la poésie porte avec elle. Ces deux
livres constituent la première partie de l'ouvrage; après y avoir expliqué
tout ce qu'il pense nécessaire de dire sur les subdivisions les moins importantes de l'art, telles que la poésie lyrique, la satire et la pastorale,
il consacre les deux livres restants, tout entiers, à une dissertation sur le
drame et sur la poésie épique, branches sur lesquelles le génie espagnol
a eu plus d'ambition d'exceller que sur aucune autre. Une méthode rigoureuse, le style moins riche que dans les vieux prosateurs, moins
riche aussi que ne le demande le génie de la langue, n'en est pas moins
clair, simple et expressif. Dans l'exposition et la défense de son système
et de ses opinions, il fait preuve d'un jugement sain et d'une philosophie

(1) Nous avons déjà parlé de Gracian, ci-dessus chap. xxxix, p. 250. L'*Epitome
de la elocuencia española* par D. Francisco José Artiga, olim Artieda est de 1725,
d'après le permis d'imprimer. Il se compose d'environ treize mille vers. C'est un
livre singulier et véritablement ridicule, mais il est fort important comme spécimen du mauvais goût de son époque, relativement surtout à l'éloquence de la
chaire.

(2) Blanco White, *Vie* par Thom, 1845, tom. I, p. 21, dit que Luzan copia le livre
de Muratori, *Della perfetta poésia*, dans des termes tels, que le traité espagnol
lui servit beaucoup pour apprendre l'italien. En réalité, Luzan ne copia pas Muratori avec l'impardonnable liberté qu'accuse cette observation. Il adopta son
système, il l'avoua franchement et le cita fréquemment.

(3) D'assujettir la poésie espagnole aux préceptes adoptés par les nations cultivées.

modérée. Les éclaircissements abondent, et il les tire non-seulement du castillan et du français, du grec et du latin, mais encore de l'italien et du portugais. Ils sont choisis avec un goût exquis et appliqués avec une habileté rare à donner plus de force à l'argument général et à son dessein principal. Sur cette partie, on a vu à peine se produire un traité meilleur.

L'effet que Luzan produisit fut grand et immédiat : il semblait offrir un remède contre le mauvais goût qui avait accompagné et hâté à un haut degré la décadence de la littérature nationale, depuis l'époque de Gongora. Son livre fut donc pris avec ardeur, comme le livre dont on avait besoin : et si à cette circonstance vous ajoutez que la littérature du siècle de Louis XIV qu'il proposait comme la littérature modèle de la chrétienté, était alors admirée de toute l'Europe avec un enthousiasme sans mélange, vous ne serez pas surpris que la *Poética* de Luzan ait exercé, dès sa première apparition, une autorité absolue sur l'opinion de la Cour d'Espagne et sur le petit nombre d'écrivains en renom répandus dans la Péninsule (1).

Mais il fallait quelque chose de plus qu'une réforme du goût en Espagne, pour établir sur des fondements solides un progrès sensible dans la littérature. Les formes les plus vulgaires de la vérité avaient été depuis si longtemps bannies du pays que l'esprit humain semble y avoir dépéri et s'être desséché, faute de sa nourriture propre. Toutes les grandes sciences, tant physiques que morales, qui depuis un siècle avaient à pas de géant fait des progrès, partout ailleurs, dans toute l'Europe, étaient à peine capables de se frayer un chemin à travers la barrière jalouse que le despotisme ecclésiastique et civil était parvenu à établir avec une surveillance active sur les passages des Pyrénées. Depuis les temps des *Comuneros* et de la réforme de Luther, alors que les sectes religieuses commencèrent à discuter l'autorité des princes et les droits du peuple,

_____

(1) La première édition de la *Poétique*, de Luzan, parut, à Saragosse, en 1737, in-fol., avec des approbations fort élogieuses de Navarro et de Gallinero, deux de ses amis. La deuxième édition, matériellement améliorée par des additions tirées des manuscrits de Luzan, s'imprima à Madrid, deux volumes in-8°, 1789. Lors de la publication de la première édition, *El Diario de los literatos,* tom. VII, 1738, en fit un grand éloge. Mais, comme un des rédacteurs de ce journal, Yriarte, écrivit la dernière partie de l'article et mêla quelques exceptions à ces louanges, alors Luzan, homme fort susceptible, répondit avec la plus vive acrimonie, sous le nom de Iñigo de Lanuza, Pamplona, 1740, in-8°, par une série de notes fort savantes et fort pesantes écrites par Colmenares, à qui le livre était dédié.

alors que le châtiment de l'opinion devint la base politique du gouvernement espagnol, tout ce qui sentant l'instruction n'était pas approuvé par l'Eglise fut traité de dangereux. Les Universités qui, dès leur fondation, avaient été des corporations entièrement ecclésiastiques et qui avaient constamment servi à soutenir l'influence du clergé, n'entretenaient aucunement la belle littérature; elle n'y était que médiocrement tolérée, excepté comme fournissant les moyens de former des prêtres versés dans la scolastique et de fidèles catholiques. Les sciences exactes, les sciences physiques étaient aussi soigneusement exclues et prohibées, à moins de faire reposer leur enseignement sur l'autorité d'Aristote. Jovellanos s'exprime avec assez de hardiesse dans un mémoire sur ce sujet à Charles IV, lorsqu'il dit : « Hasta la misma medicina y juris« prudencia hubieran sido desatendidas, si el instinto natural permitiera « al hombre olvidar los medios de proteger su existencia y su proprie« dad (1). »

En effet, les Universités espagnoles avaient encore les mêmes livres et les mêmes méthodes d'enseignement que du temps du cardinal Ximenez de Cisneros. La philosophie scolastique était encore regardée comme la forme la plus élevée de la vraie culture intellectuelle. Don Diego de Torres, si distingué plus tard, pour ses connaissances dans les sciences physiques, né et élevé à Salamanque dans la première moitié du dix-huitième siècle, affirme qu'après avoir suivi pendant cinq années, les cours de cette Université, il n'apprit que par hasard l'existence des sciences mathématiques (2). Cinquante ans après, Blanco White déclare qu'il aurait, comme plusieurs de ses compatriotes, complété ses études théologiques à l'Université de Séville, sans avoir entendu parler de belles lettres, s'il n'avait eu la chance de faire connaissance avec une personne qui l'avait initié à la connaissance partielle de la poésie espagnole (3).

Le vieil ordre de choses était donc triomphant et les formes ordinai-

---

(1) Jusqu'à la médecine elle-même et la jurisprudence auraient été négligées, si l'instinct naturel permettait à l'homme d'oublier les moyens de protéger son existence et sa propriété. Cean Bermudez, *Memorias de Jovellanos*, Mad., 1814, in-8°, chap.   p. 221.

(2) *Vida ascendencia*, etc. *del doctor Don Diego de Torres Villaroel*, Madrid, 1789, in-4°, autobiographie écrite dans le plus mauvais goût de ce temps, 1743. En parlant d'un traité de la sphère du père Clavio, il dit : Creo que fue la primera noticia que habia llegado à mis oidos de que habia ciencias matematicas en el mundo. Ce fut la première fois, je crois, que parvint à mes oreilles la nouvelle de l'existence des sciences mathématiques dans le monde.

(3) *Cartas de Doblado*, 1822, p. 113.

res des progrès de la science étaient, à un degré extraordinaire et presque incroyable, bannies de la Péninsule. D'un autre côté, des erreurs, des folies, des absurdités se répandirent en abondance, à mesure que les ténèbres suivirent l'exclusion de la lumière. Au commencement du dix-huitième siècle, peu de personnes, en Espagne, étaient assez instruites pour ne pas croire à l'astrologie, et un plus petit nombre encore doutaient de la désastreuse influence des comètes et des éclipses. Le système de Copernic n'était pas seulement critiqué, mais son enseignement défendu, comme contraire aux Saintes Écritures. La philosophie de Bacon, avec toutes les conséquences qui en découlent, était inconnue. Peut-être n'est-il pas vrai de dire que les eaux salutaires du savoir étaient remontées vers leur source, mais aucune intelligence puissante n'était descendue pour les troubler, et elles restaient dans un état de stagnation, parce qu'il n'y avait en elles plus de vie ou qu'elles ne pouvaient la supporter plus longtemps. Vous eussiez dit que les facultés de penser et de raisonner, dans le sens le meilleur de ces mots, s'étaient entièrement perdues en Espagne ou n'avaient été en partie conservées que chez un petit nombre d'individus dispersés que la tyrannie civile et ecclésiastique qui les opprimait, empêchait de répandre la lumière, même imparfaite, dont ils jouissaient eux-mêmes.

Il ne pouvait en être toujours ainsi; l'esprit humain ne peut rester ainsi emprisonné d'une manière permanente, et la preuve évidente de ce fait consolant se trouve dans ce que l'émancipation intellectuelle de l'Espagne commença de s'opérer par un homme qui n'avait pas des qualités extraordinaires, à qui sa position ne donnait pas des avantages extraordinaires pour l'entreprise à laquelle il consacrait sa vie. Ce personnage n'était qu'un moine pacifique, P. Fr. Benito Jeronimo Feijoò. Il était né en 1676, l'aîné de parents respectables, dans le nord-ouest de l'Espagne, parents qui, contrairement aux opinions de leur temps, ne pensèrent pas que la loi de primogéniture les obligeât de dévouer entièrement leur premier né au devoir de soutenir les honneurs de sa famille, ni de jouir des rentes du patrimoine dont il était l'héritier. A l'âge de quatorze ans, sa destination à l'état ecclésiastique fut arrêtée et déterminée. Or Feijoo aimait l'étude; il s'appliquait non-seulement à la théologie, mais encore aux sciences physiques, à la médecine, autant que lui permettaient ses moyens, dans le triste état où se trouvait alors toute culture intellectuelle. Vers 1717, il entra au couvent des Bénédictins d'Oviedo; il y vécut quarante-sept ans, dans une retraite aussi stricte que ses devoirs le permettaient, occupé uniquement de ses études, et s'en rapportant presque entièrement à la presse comme moyen d'éclairer ses compatriotes.

Son caractère personnel et ses ressources le rendaient à certains égards, très-apte pour la grande tâche qu'il entreprenait. Catholique sincère, il ne se sentit pas de disposition pour attaquer même les abus que protégeait l'autorité de son Eglise; circonstance sans laquelle il eût été arrêté dès les débuts de son entreprise. C'était un esprit fort et patient dans le travail : si d'un côté ses recherches étaient bornées et restreintes par les embarras de sa position ecclésiastique, il avait obtenu, d'un autre, l'avantage dont jouissaient alors peu d'Espagnols, c'est-à-dire les moyens de connaître une grande partie de ce qui avait été fait en Italie, en France et même en Angleterre, pour les progrès de la science, durant tout le siècle précédent. Par-dessus tout, il était honnête et sérieusement dévoué à son œuvre. Mais, à mesure qu'il avançait, il était choqué de rencontrer un abîme immense séparant son pays du reste de l'Europe. Il vit que la vérité avait été sur des sujets importants, si complètement exclue de l'Espagne, que son existence était à peine soupçonnée; que si Cervantès, Lope de Véga, Calderon et Quevedo s'étaient lancés, sans contrainte, dans le monde de l'imagination, le monde solennel de la réalité, le monde de la vérité morale et physique, avait été complètement fermé à toute investigation, comme si sa patrie n'avait pas fait partie de l'Europe civilisée.

Par moments, Feijoo semble avoir éprouvé quelque inquiétude sur le résultat de ses travaux; généralement, son courage ne lui fit jamais défaut. Ce n'était pas cependant un homme de génie ; ce n'était pas un homme capable d'inventer de nouveaux systèmes en métaphysique, ni en philosophie. Mais c'était un érudit d'un jugement prudent, un peu obscurci, sans être réellement altéré par les préjugés religieux dont il ne faut pas s'attendre à le voir complètement émancipé. C'était un homme comprenant l'importance réelle des travaux de Galilée, de Bacon, de Newton, de Leibnitz, de Pascal et de Gassendi ; et, ce qui est d'une conséquence autrement vaste, il arrêta que ses compatriotes ne pouvaient rester plus longtemps dans l'ignorance des progrès déjà faits par tout le reste de la chrétienté sous l'influence d'esprits supérieurs semblables à ceux que nous venons de nommer.

Tant que la Guerre de Succession servit à secouer de sa léthargie le caractère national ; à diriger les pensées des Espagnols sur tout ce qui s'était fait de l'autre côté des Pyrénées, elle avait été favorable à son entreprise. Sous d'autres rapports, nous l'avons vu, elle n'avait produit aucun effet sur la culture intellectuelle nationale. Cependant, lorsqu'en 1726, Feijoo imprima un volume d'essais se rattachant évidemment à son plan, son livre commanda à l'attention du public et l'auteur se vit encouragé pour aller de l'avant. Il l'intitula : *Teatro critico*, et dans ses diverses dissertations qui sont des feuilles détachées comme dans le *Spectator* anglais, mais plus longues et sur des sujets plus graves, il attaque hardiment la dialectique et la métaphysique alors enseignées partout en Espagne ; il maintient le système d'induction de Bacon dans les sciences physiques ; tourne en ridicule l'opinion générale relative aux comètes, aux éclipses, aux arts de la magie et de la divination ; établit des règles pour la vérité historique, règles excluant la plus grande partie des traditions primitives du pays ; il témoigne la plus grande déférence pour la femme et réclame pour elle dans la société une place plus haute que celle que l'influence de l'Église espagnole lui permet volontiers d'occuper ; enfin, il conseille, sous tous les rapports, à ses compatriotes, comme une nécessité urgente, la recherche de la vérité et l'amélioration de la vie sociale. Huit volumes de cette œuvre remarquable s'étaient publiés avant 1739, année où Feijoo s'arrêta sans aucune raison apparente. En 1742, il reprit une série analogue de dissertations sous le titre de *Cartas eruditas*, série terminée en 1760, avec le cinquième volume, et fermant ainsi la longue suite de ses travaux vraiment philosophiques et philanthropiques.

Par exemple, il fut attaqué. Un livre intitulé : *Antiteatro crítico* parut tout d'abord ; il fut bientôt suivi d'un autre portant presque le même titre et d'un assez grand nombre de brochures et de volumes divers, dirigés contre différentes parties des dissertations que Feijoo avait publiées. Mais notre auteur était bien capable de se défendre. Il écrivait avec clarté, avec bon goût, dans un siècle où le style dominant était obscur et prétentieux ; s'il commit parfois des gallicismes parce qu'il s'appuyait beaucoup pour la recherche de ses matériaux sur des écrivains français, les erreurs de ce genre sont rares chez lui ; en général, il se présente sous un costume castillan assez respectable, assez attrayant. Il ne manquait pas de finesse, et sa prudence lui apprit à en user avec parcimonie ; il montra toujours l'énergie qui est le partage du bons sens et de la sagesse pratique : réunion de qualités qui ne se trouvent pas souvent partout et qui ne se rencontrent que très-rarement dans des cloîtres, comme ceux où Feijoo passa sa longue existence.

Les attaques dirigées contre lui contribuèrent principalement à attirer sur ses œuvres l'attention qu'il désirait et, à la fin, elles firent faire des progrès à sa cause, au lieu de la retarder. L'Inquisition elle-même à laquelle il fut dénoncé plus d'une fois (1). le cita vainement devant ses

(1) Llorente, *Hist. de l'Inquisition,* tom. II, p. 446. L'Anglais Goldsmith paye un juste tribut au mérite du P. Feijoo. Il rapporte de lui l'anecdote suivante. Il passait

tribunaux. Sa foi ne pouvait être mise en question et sa cause était plus forte qu'elle. Il s'imprima quinze éditions de ses œuvres principales, malgré leur nature volumineuse, dans un demi siècle. L'intérêt qu'elles excitèrent alla en augmentant durant sa vie. A sa mort, en 1764, il put jeter un regard en arrière et voir le mouvement qu'il avait imprimé à l'esprit humain en Espagne. En effet, s'il n'a pas élevé la philosophie espagnole au niveau de cette science en France et en Angleterre, il lui a donné du moins une bonne direction ; il a contribué au développement de la vie intellectuelle dans sa patrie plus que ses prédécesseurs ne l'avaient fait durant un siècle (1).

---

dit-il, par un village dont la population était tout émue à la vue d'un miracle. Le P. Feijoo leur démontra que c'était seulement l'effet de la réflexion de la lumière, en s'exposant aux remontrances de l'Inquisition (*The Bee*, n° III, oct. 20, 1759. Miscellaneous Worths, Londres, 1812, in-8°, vol. IV, p. 193). Après la mort de Feijoo, l'Inquisition n'ordonna qu'une légère correction à un des volumes de son *Teatro crítico*. Index expurgatoire 1790.

(1) Le *Teatro crítico* et les *Cartas eruditas y curiosas* avec les discussions qu'elles soulevèrent, remplissent quinze ou seize volumes. L'édition de 1778 porte en tête une vie de Feijoo, écrite par le P. Rodriguez Campomanes, illustre ministre d'État sous le règne de Charles III, le même qui, sur la proposition de Franklin, fut nommé membre de la société philosophique américaine de Philadelphie. Clemencin dit avec beaucoup de raison en parlant de Feijoo : « A cuya ilustrada « religiosidad se debio el desengaño de muchos errores comunes ; y gran parte de « los adelantos de la civilisacion española en el siglo ultimo ». A la religion éclairée duquel on dut de voir dissipées de nombreuses erreurs communes ; on dut une grande partie des progrès de la civilisation espagnole dans le dernier siècle. — Notes sur *D. Quichotte*, tom. V, 1836, p. 35.

CHAPITRE III

Intolérance, crédulité, superstition. — Règne de Ferdinand VI. — Signes d'amélioration. — La littérature. — Saladueña. — Moraleja. — Académie du bon goût. — Velazquez. — Mayans. — Nasarre.

On peut rigoureusement affirmer que, durant les quarante-six ans du règne de Philippe V, l'intolérance qui avait si longtemps comprimé l'Espagne avait à peine relâché son étreinte. Les progrès de la science pouvaient bien accumuler peu à peu, graduellement et en silence, les moyens de lui résister, mais son pouvoir était encore intact et son activité aussi formidable que par le passé. Louis XIV, chez qui une vieillesse superstitieuse terminait naturellement une vie d'indulgence égoïste, avait conseillé à son petit-fils de soutenir l'Inquisition, comme un des moyens d'assurer la tranquilité au gouvernement politique de son pays. Ce conseil donné avec une connaissance profonde du caractère espagnol, fut suivi, sinon avec une entière confiance, du moins avec le meilleur succès.

Tout d'abord, les dispositions personnelles du roi relativement à cette puissante machine d'état semblèrent un peu vacillantes. Lorsqu'on lui proposa de célébrer un *auto-da-fé*, comme une partie de la pompe solennelle convenant à l'inauguration d'une nouvelle dynastie, le jeune monarque, au souvenir encore tout frais de l'élégance de la Cour de Versailles, refusa de sanctionner par sa présence une barbarie semblable. Plus tard il encouragea même Macanaz, qui occupait une position élevée, à publier un ouvrage pour défendre les prérogatives de la couronne contre les prétentions exagérées de l'Eglise ; et un moment il en vint jusqu'à nourrir le projet de suspendre le Saint-Office ou de le supprimer totalement (1).

Mais ces dispositions étaient passagères. Le clergé espagnol exerça bientôt son contrôle sur l'esprit du roi. Dans un des siéges de Barcelone,

(1) Llorente, *Histoire de l'Inquisition*, tom. IV, 1818, pp. 29 et 43. Le *Papel*, de Macanaz, est compris dans l'Index expurgatoire de 1790.

durant la Guerre de Succession, il l'engagea à consulter une image de la Vierge, et à avouer plus tard, d'une manière solennelle, que cette image lui avait donné une promesse miraculeuse de la fidélité des Catalans, promesse telle, ajoutait-il, que son accomplissement serait assuré selon toute apparence. La mort de la reine (1) arrivée en 1714, plongea Philippe V dans une mélancolie profonde, qui contribua puissamment à augmenter le pouvoir du clergé qui l'environnait; et, un an après, lorsque l'Inquisition attaqua résolument Macanaz et les prérogatives royales, le roi céda et Macanaz dut se réfugier en France. Enfin, lorsqu'en 1724, après une abdication de quelques mois, Philippe dut reprendre les rênes du gouvernement qu'il n'aurait jamais dû abandonner, une grande partie de l'énergie incroyable avec laquelle il remplit les devoirs de sa haute position lui fut inspirée par l'influence ecclésiastique. Plus il avançait en âge, plus il devenait religieux; et, dans ses dernières années, lorsque la somme de son pouvoir s'accumulant dans ses mains par la destruction du peu de priviléges qui restaient encore à l'Aragon et à

---

(1) *Lugubres obsequias de la Universidad de Salamanca à D. Felipe V*, Madrid, 1747, in-4°, p. 23. D. Francisco Freyle qui prêcha dans cette solennité, attribua la victoire décisive gagnée par le roi, à Almansa, en 1707, c'est-à-dire, un an après la publication du décret, à son zèle et à sa promptitude à soutenir la doctrine de l'Immaculée Conception. Quant aux passages de Ferreras qui se trouvent aux tomes I et II de son *Histoire*, non-seulement ils soulevèrent une vive controverse, mais ils produisirent une infinité de brochures contre son auteur, et Philippe V dut mettre fin à une lutte si bruyante par une simple déclaration en faveur du miracle. Voyez la *Antidéfensa*, de D. Luis Salazar est la *Continuacion de la Crisis Ferrérica*, Saragosse, 1740, in-4°, p. 4 et suivantes. — Southey, *Peninsular War*, 1823, in-8°, tom. I, p. 402, note. La vérité est que Philippe V, du moment où il se mit en chemin pour recevoir la couronne d'Espagne, s'efforça de s'accommoder le plus qu'il pût aux us et coutumes des Espagnols. Dès son arrivée à Bayonne, les personnes qui l'accompagnaient observèrent la ponctualité et l'exactitude avec laquelle il remplissait ses devoirs religieux. Il entendait la messe tous les jours, assistait aux vêpres. Pour la première fois, dans l'histoire de la dite ville, on donna au public le spectacle d'une course de taureaux en l'honneur du monarque. Philippe V y assista avec toute sa suite, *Relacion de la entrada del rey nuestro Señor en Bayona* etc. Madrid, 27 janvier 1701, in-4°.

Quand sa position commença à être fort critique, Philippe V expédia un décret royal en faveur des doctrines de l'Immaculée Conception, si vénérées des Espagnols; et quand Ferreras, dans sa consciencieuse et minutieuse histoire d'Espagne, osa mettre en doute l'authenticité de la miraculeuse tradition de la Vierge del Pilar de Saragosse, le roi lui-même l'obligea d'effacer le passage où il exposait ses doutes et promulga un édit à ce sujet, en guise d'expiation et comme pour se concilier l'Eglise outragée.

la Catalogne, eût fait de lui un monarque plus absolu qu'aucun de ceux qui s'étaient assis sur le trône espagnol, il semblait se réjouir de consacrer, autant qu'aucun autre de ses prédécesseurs, toutes ses prérogatives, à augmenter les intérêts et la puissance de l'Eglise (1).

Aussi, du commencement à la fin, l'intolérance de l'Eglise n'eut réellement aucun relâche. Les bûchers de l'Inquisition brûlèrent, comme si Philippe II était sur le trône. On célébra au moins un *auto-da-fé* annuellement, dans chacun des dix-sept tribunaux qui se partageaient la Péninsule ; de sorte que le nombre total de ces atroces et populaires spectacles de religion, dépasse, sous le règne de Philippe V, le chiffre de sept cent quatrevingts. On ne sait pas exactement le nombre de victimes qui y furent brûlées, mais on peut croire qu'il dépasse mille, et qu'il faut répéter ce chiffre au moins douze fois pour atteindre le nombre des personnes soumises, sous différents prétextes, à des peines publiques et à l'infamie. Le Judaïsme qui avait de nouveau pénétré en Espagne, depuis l'époque de la conquête du Portugal, était le grand crime qui devait être poursuivi avec toute l'adresse de la persécution. Tout ce qui restait de la nation ou de la religion hébraïque fut, maintenant, sans aucun doute, et pour la seconde fois, extirpé, autant du moins qu'il est possible d'extirper ce que la conscience refuse de céder, autant que la terreur et la haine fournissent les moyens de le déguiser. Des hommes de lettres, tels que Belando, auteur d'une histoire civile d'une partie du règne de Philippe V, dédiée au monarque lui-même et portant sur ses pages tous les permis d'imprimer exigés par les réglements, se vit puni sous prétexte du crime d'hérésie et d'incrédulité. Un plus grand nombre d'autres disparurent de la société ; ils étaient, comme Macanaz, soupçonnés d'entretenir des opinions politiques hostiles à l'Eglise ou au gouvernement, sans qu'aucune autre chose les exposât notoirement à la censure. De sorte que généralement parlant, jusqu'à la mort de Philippe V, la vieille alliance entre le gouvernement de l'Etat et la puissance de l'Eglise, alliance supportée par l'assentiment général du peuple, continua de rester encore inébranlable. Cette autorité se maintint même d'une manière suffisante pour contrôler toute liberté de discussion et pour imposer effectivement silence à toute activité intellectuelle, qui lui paraissait si profondément dangereuse (2).

---

(1) Mahon, *Guerre de la succession*, 1832, p. 180. Tapia, *Hist.*, tom. IV, p. 32. San Felipe, *Comentarios*, liv. IV.

(2) Llorente, *Historia*, tom. II, pp. 420-24, tom. IV, p. 31. Les données de Llorente ne sont pas aussi précises qu'elles pourraient être, mais, pour peu qu'elles ap-

Sous le règne de Ferdinand VI, qui dura treize ans et finit en 1759, il y eut évidemment amélioration dans l'état des choses. Les semences jetées du temps de son père, quoique cultivées avec moins de soin et de sollicitude qu'elles auraient dû l'être, commencèrent à germer et à se dégager du terrain froid et dur sur lequel elles avaient été semées. Le commerce avec les nations étrangères et particulièrement avec la France, importa de nouvelles idées. Ferreras le soigneux, mais indigeste annaliste de l'histoire de son pays; Juan de Yriarte, le directeur actif de la bibliothèque royale; Bayer, son successeur érudit; Mayans, qui avait une passion pour collectionner et éditer des livres, et par-dessus tous le savant et modeste Père Feijoo, n'avaient pas travaillé en vain, et ils vivaient encore pour voir les résultats de leurs efforts.

L'Église elle-même commença à reconnaître, mais lentement, l'irrésistible pouvoir des progrès de l'intelligence, et l'Inquisition, sans vouloir l'avouer, sentit son influence. Sous le règne de Ferdinand VI, il n'y eut pas plus de dix personnes brûlées, encore n'était-ce que des Juifs obscurs et relaps, personnes dont le triste sort n'est pas moins un grave reproche pour l'Inquisition, comme si elles avaient eu plus d'intelligence et de distinction, mais dont l'exemple et le châtiment ne causèrent pas cette vive terreur qu'avaient inspirée le supplice et la mort des protestants et des patriotes aragonais. Les persécutions du Saint-Office ne furent pas seulement moins fréquentes et moins cruelles, mais elles se subordonnèrent plus qu'autrefois à l'autorité politique du pays. Elles ne s'exercèrent principalement que sur la franc-maçonnerie qui commençait à se faire connaître, pour la première fois, en Espagne, et causait une profonde inquiétude au gouvernement. Mais le système politique du gouvernement, sous le règne de Ferdinand VI, fut généralement pacifique et conciliant. Il se fit des efforts assez heureux, afin de réunir des matériaux pour une histoire nationale dès les temps primitifs. Des Espagnols furent envoyés à l'étranger pour étudier aux frais du trésor public; on encouragea des étrangers à venir s'établir en Espagne, à y répandre les connaissances qu'ils

---

prochent de la vérité, elles causent toujours de l'effroi. Cependant, dans une brochure imprimée en 1817, comme il le déclare dans son autobiographie, p. 170, il assure que, de 1680 à 1808, il périt, sur les bûchers de l'Inquisition, quinze cent soixante-dix-huit personnes; que onze mille neuf cent quatre-vingt-dix-huit et plus souffrirent des peines dégradantes, ce qui forme un total de quatorze mille trois cent-soixante-quatre victimes. Les quinze cent soixante-dix-huit premières durent périr toutes, entre 1680 et 1781, année où eut lieu le dernier supplice, comme nous le dirons dans le chapitre suivant.

avaient acquises dans leurs patries plus favorisées. Tout, en un mot, indiquait un esprit de changement et d'amélioration, si tout ne donnait pas la preuve d'un progrès complet et absolu (1).

La direction de la littérature nationale restait, toutefois, la même que nous l'avons prise au commencement du siècle. On continua de faire des efforts éphémères et peu satisfaisants pour rester fidèle aux formes du vieux temps. On peut voir le résultat de ces tentatives dans le long poème narratif du comte de Saldueña sur l'histoire de Pélage, et dans deux tristes imitations du *Para todos* de Montalvan, l'une composée par Moraleja et l'autre par Ortiz. Mais la somme de ces efforts et de ces entreprises était très-faible, et l'impulsion alla constamment en diminuant. L'école française jouissait maintenant de toute la faveur accordée aux formes de la belle littérature (2).

Sous ce rapport, une société à la mode, appelée l'Académie du bon goût, *Académia del Buen Gusto*, et en relations avec la cour de Madrid, exerça sur ce point une grande influence. Elle date de 1749; elle se fonda peut-être, dans la pensée de ressembler à ces *coteries* françaises qui commencèrent, sous Louis XIII, à l'Hôtel de Rambouillet, et qui acquirent une si grande importance, tant dans l'histoire littéraire que dans l'histoire politique de la France. La comtesse de Lemos, dans le palais de laquelle se tenait la réunion, en fut la fondatrice. Peu à peu elle compta dans son sein plusieurs des membres de la noblesse la plus cultivée et le plus grand nombre des gens de lettres et des érudits, tels que Luzan, Montiano, Blas Nasarre, Velazquez, auteurs tous connus, soit dans ce moment, soit plus tard, par la publication de leurs œuvres (3).

_____

(1) *Noticia del Viage de España hecha de orden del Rey*, por L. J. Velazquez, Madrid, 1765, in-4°, *passim* Llorente, tom. IV, p. 51. Tapia, tom. IV, p.73.

(2) *El Pelayo*, poème de D. Alonso de Solis Folch de Cardona, Rodriguez de las Varillas, conde de Saldueña, etc., Madrid, 1754, in-4°. Il se compose de douze chants, en stances de huit vers; il est écrit dans un style des plus affectés. José Moraleja, *El Entretenido*, segunda parte, continuation de l'*Entretenido*, de Sanchez Tortoles. Le sujet se résume dans une réunion d'amis qui se divertissent, durant quatre jours, à lire des intermèdes, des contes, des compositions poétiques, des calculs astronomiques, etc., mélange ridicule et absurde. Baena, *Hijos de Madrid*, tom. III, p. 81, donne la vie de l'auteur. Les *Noches alegres*, de Isidoro Ortez Gallardo de Villaroel, Salamanque, 1758, in-4°, sont plus courtes et tout en vers. Les deux ouvrages sont ce qu'on peut voir de plus triste.

(3) Luzan, *Arte poética*, édit. 1789, tom. I, p. 19, etc. J'ai dans ma bibliothèque un grand nombre de mémoires distincts, de romances d'aveugles, etc., etc., indiquant suffisamment quel était le goût populaire entre 1700 et 1760 et, entre tous, une

Excepté Luzan dont nous avons déjà parlé, le plus distingué de tous ces membres, c'était D. Luis José Velazquez, descendant d'une antique et noble famille de l'Andalousie. Il y était né en 1722, mais sa position sociale l'avait fait passer à la cour la plus grande partie de sa vie. Là il se trouva impliqué dans les troubles politiques du règne de Charles III ; il eut conséquemment à souffrir un long emprisonnement, de 1766 à 1772, et il mourut d'apoplexie, l'année même de sa mise en liberté.

Velazquez était un homme de talent et d'activité, plutôt qu'un homme de génie. Il était non-seulement membre des principales Académies espagnoles, mais encore de l'Académie française des inscriptions et belles lettres. Il écrivit plusieurs ouvrages d'érudition sur la littérature et les antiquités de la Péninsule. Mais le seul qui a conservé quelque prix aujourd'hui, c'est celui qu'il publia, en 1754, sous ce titre : *Origines de la poésia castellana*, et qui est en réalité l'histoire de cette poésie jusqu'à son temps ou peu s'en faut. C'est un travail léger, confus et peu méthodique, trop court pour développer son sujet d'une manière satisfaisante ; mais il est écrit dans un style excellent et il n'est pas sans finesse dans la critique individuelle des auteurs. Son défaut capital c'est d'être trop dévoué à l'école française. C'est une tentative pour développer, au moyen d'une discussion historique, les doctrines exposées, environ vingt ans avant, par Luzan dans sa *Teoria de la composicion poética* (1).

---

vingtaine de compositions sur l'avénement au trône de Ferdinand VI, en 1746. On ne peut voir rien de pire, et Mélendez Valdés avait raison lorsque, dans une réquisition, il demanda au gouvernement de défendre la publication de semblables œuvres et de chercher par l'Académie ou par tout autre moyen de ressusciter en matière de romances, l'esprit des XVIᵉ et XVIIᵉ siècles. L'entreprise était digne de Mélendez. Mais la véritable poésie populaire est comme un torrent impétueux qu'il est impossible de contenir dans son cours, encore moins de le faire pousser et jaillir par un orifice artificiel. Le peuple aura toujours une littérature qui lui est propre, accommodée à ses mœurs, à ses sentiments. C'est ainsi qu'en plein dix-neuvième siècle, il s'imprima et circula, en Espagne, la même classe de *jacaras* et *romances* que Mélendez dénonçait, il y a un siècle, aux colères du gouvernement. Mais aucune école poétique n'est responsable de pareilles productions aussi insensées, aussi extravagantes. Voyez les *Discursos forenses*, de Mélendez Valdès, 1821, pp. 167 et suivantes.

(1) D. Luis Jose Velazquez, *Origines de la poésia castellana*, Malaga, 1754, in-4°, p. 175. J. A. Diese, professeur à l'université de Gottingue, qui mourut en 1785, en publia une traduction allemande en 1769. Il y a ajouté de nombreuses et excellentes notes qui doublent non-seulement le volume, mais encore la valeur de l'œuvre originale. La vie de Velazquez qui porte un titre de Castille, sous le nom de marquis de Valdeflores, bien qu'il fît fort peu usage de ce titre dans ses œuvres, se trouve dans Sempere et Guarinos, *Bibliot.* tom. VI, p. 139.

Mayans, gentilhomme valencien érudit, et un de ceux qui ont exercé une influence considérable sur la littérature espagnole de cette époque, suivit une voie semblable dans sa *Retórica*, qui parut en 1737. Son ouvrage se base plutôt sur les opinions philosophiques des rhétoriciens romains que sur les modifications introduites dans ses opinions par Boileau et par ses disciples. C'est un traité long et indigeste, moins approprié aux besoins du temps que l'œuvre de Luzan, et plus opposé même au vieil esprit castillan, qui ne s'est jamais soumis qu'involontairement à toute espèce de règles. Il constitue un immense répertoire de curieux extraits d'auteurs appartenant à la meilleure époque de la littérature espagnole, extraits choisis presque toujours avec un excellent discernement, quoique ne s'appliquant pas toujours habilement au sujet en discussion (1).

A ces œuvres de Mayans, de Velazquez, de Luzan, on peut ajouter la préface de Nasarre aux comédies de Cervantès. Il la publia en 1749 ; c'est une tentative pour s'appuyer sur l'autorité de son grand nom, pour expliquer l'école dominante de son temps et démontrer que les efforts malheureux de l'auteur de *Don Quichotte* ne sont que des caricatures afin de tourner en ridicule Lope de Véga, et non des compositions dramatiques pour obtenir un succès sérieux dans la carrière extravagante que le génie versatile de Lope de Véga avait ouverte à ses contemporains. Mais cette tentative fut un véritable échec, elle ne constitua qu'un des chaînons dans la longue série des efforts tentés pour décontenancer le vieux théâtre, fait que nous donnerons à connaître plus tard (2).

---

(1) D. Gregorio Mayans y Siscar qui écrivit et publia un grand nombre de livres, tant en latin qu'en espagnol, naquit en 1699, et mourut en 1782. Sa vie et la liste de ses œuvres nous sont données par Ximeno, tom. II, p. 324 et par Fuster, tom. II, p. 98.

(2) Nous avons une réponse sévère à Blas Nasarre par D. Joseph Carrillo, intitulée *Sinrazon impugnado*, in-4°, 1750, pp. 25. En outre, sa préface fut attaquée par D. T. Zabaleta dans son *Discurso Critico*, in-4°, 1750, p. 258, défense générale et fort décousue de Lope et de son école. La théorie de Nasarre était trop absurde pour se faire des adhérents.

CHAPITRE IV

Le règne de Ferdinand VI, marqué, pendant sa durée, de peu d'énergie politique, fut attristé, à sa fin, par la mort du monarque, accablé de la perte de la reine. Il ne s'était cependant pas écoulé sans laisser des traces d'une influence bienfaisante sur le pays. Une sage économie avait été introduite, pour la première fois depuis la découverte de l'Amérique, dans l'administration de l'Etat; le pouvoir abusif de l'Eglise avait été restreint par un concordat avec le Pape; les progrès de l'instruction s'étaient répandus : le Père Féijoò, vigoureux dans sa vieillesse, obtenait encore la permission, sinon les encouragements nécessaires, pour continuer sa grande entreprise, et créer une école basée sur les larges principes de philosophie reconnus en France et en Angleterre.

Ne nous laissons pas éblouir toutefois par cet exposé général. Malgré un demi siècle de progrès, l'Espagne se trouvait encore dans un état de retard déplorable sur les autres contrées de l'Europe occidentale, pour tout ce qui regarde la culture intellectuelle, culture sans laquelle une nation ne peut être, dans les temps modernes, ni prospère, ni forte, ni honorée. « No sé, disait le marquis de la Enséñada, comme ministre « d'Etat, dans un mémoire adressé au roi, no sé que haya cátedra al « guna de derecho público, de fisica experimental, de anatomia y bo « tánica..... No hay puntuales cartas geográficas del reino y de sus pro « vincias, ni quien las sepa grabar, ni tenemos otras que las imper « fectasque vienen de Francia y Holanda. De esto proviene que igno-

« ramos la verdadera situacion de los pueblos y su distancia, que es
« una vergüenza (1). »

En de pareilles circonstances, l'avénement au trône d'un prince comme
Charles III fut un événement des plus heureux pour la nation. C'était
un homme d'énergie et de discernement, un Espagnol par la naissance
et le caractère, mais un homme que les circonstances politiques avaient
d'abord placé sur le trône de Naples où, durant un règne de vingt-quatre
ans, il avait fait les plus grands efforts pour relever la dignité d'une
monarchie déchue, et s'était instruit complètement sur la situation de
l'Europe d'au delà les Pyrénées. Quand donc la mort de son cousin l'appela au trône d'Espagne, il y arriva avec cette provision et ce degré
d'expérience dans les affaires qui le préparèrent à bien remplir ses devoirs, dans le royaume le plus important et le plus infortuné, et dont
il devait diriger les destinées pendant un quart de siècle. Heureusement,
Charles III sembla avoir compris tout d'abord sa position et avoir bien
saisi qu'il était appelé à une grande œuvre de réforme et de régénération dont le point capital était la lutte contre les abus ecclésiastiques.

Sa conduite fut à certains égards couronnée de succès. Ses ministres
Roda, Floridablanca, Aranda et Campomanes étaient des hommes d'une
rare habileté. Avec leur aide et par leurs conseils, il limita de telle
sorte le pouvoir papal qu'aucun rescrit, aucun édit de Rome ne pouvait

---

(1) « Je ne sache pas qu'il existe une chaire de droit public, de physique expéri-
« mentale, d'anatomie et de botanique... Il n'y a pas de cartes géographiques exactes
« du royaume et de ses provinces, ni d'ouvrier qui sache les graver. Nous n'avons
« que les cartes imparfaites qui nous viennent de France et de Hollande. D'où il
« résulte que nous ignorons la véritable situation des villes et leur distance, et
« c'est une honte. »

Tapia, *Historia*, tom. IV, ch. XV. — Les meilleures données sur l'histoire de
la civilisation en Espagne, sous le règne de Charles III, se trouvent dans la *Biblioteca de los majores escritores del reinado de Carlos III*, par Juan Sempere y
Guarinos, Madrid, 1787-89, six volumes, in-8º. Quand l'auteur publia cet ouvrage
il avait trente-cinq ans; il était né en 1754. Il se distingua, surtout plus tard, comme
écrivain politique, par ses *Observaciones sobre las Cortes*, 1810; par son *Historia
de las Cortes*, 1815; et par d'autres travaux du même genre. Son premier ouvrage
connu fut une traduction libre de l'essai de Muratori sur le bon goût, *Sobre el
buen gusto*, auquel il ajouta un traité original, *Sobre el progreso de la literatura
de los españoles en este siglo*, qu'il inséra plus tard avec quelques changements
dans sa *Biblioteca*. Cet actif écrivain mourut, je crois, en 1824; sa biographie, rédigée, probablement, sur des données qu'il avait lui-même fournies, se publia à
Madrid chez Amarita, in-8º, 1821.

avoir de force en Espagne, sans l'assentiment exprès de la couronne. Il défendit à l'Inquisition d'exercer une autorité quelconque, excepté dans des cas d'hérésie ou d'apostasie obstinée ; il prohiba la condamnation des livres, avant que les auteurs ou les intéressés n'eussent eu l'occasion de faire entendre leur défense : finalement, croyant que les Jésuites étaient les opposants les plus actifs aux réformes qu'il travaillait à introduire, il expulsa, en un jour, toutes les corporations de tous ses domaines, ferma leurs écoles et confisqua leurs revenus immenses (1). En même temps il rechercha l'amélioration des plans d'étude ; il fit pour l'éducation populaire une organisation inconnue avant lui en Espagne, et il éleva le degré d'instruction et les méthodes d'enseignement, dans le petit nombre d'institutions supérieures sur lesquelles il put légitimement étendre son contrôle.

Mais il restait encore des abus loin de sa portée. Quand il en appela aux Universités, les pressant de changer leurs anciennes habitudes, d'enseigner les vérités des sciences physiques, des sciences exactes, l'Université de Salamanque lui répondit, en 1771 : « Nada enseña Newton « para hacer buenos lógicos ò metafisicos, y Gassendi y Descartes no van « tan acordes como Aristóteles con la verdad revelada (2). » Les autres Universités ne témoignèrent guère plus de cet esprit de progrès ;

Avec l'Inquisition, son succès fut loin d'être complet. Elle résista à son autorité autant que la résistance était possible. Mais les progrès de l'intelligence rendaient chaque jour le fanatisme religieux moins actif et moins formidable, et, soit honneur pour son règne, soit au contraire sa honte, il est permis de rappeler que la dernière personne qui périt sur le bûcher en Espagne, par ordre de l'autorité ecclésiastique, ce fut une malheureuse femme brûlée, à Séville, comme sorcière, en 1781 (3).

Sous l'influence d'un esprit tel que celui de Charles III, durant un règne qui se prolongea pendant vingt-neuf années, il se fit de nouveaux et de considérables progrès dans tout ce qui tend à rendre la vie désirable et

---

(1) Llorente, *Histoire de l'Inquisition*, tom. IV, *Cartas de Doblado*, 1822, appendice aux lettres III et VII.

(2) « Newton n'enseigna rien pour faire de bons logiciens et de bons métaphysiciens ; Gassendi et Descartes ne s'accordent pas autant qu'Aristote avec la vérité révélée. »

(3) Sempere y Guarinos, *Bibliot.*, tom. IV, art. *Planes de estudios*. Tapia, tom. IV, ch. XVI. Llorente, tom. IV. p. 270. Le marquis de Langle dans son *Voyage en Espagne*, s. l. 1785, in-12, pag. 45, dit que la pauvre femme brûlée, à Séville, était jeune et belle.

dont le pays donna des preuves de tous côtés. La population qui s'était enfuie ou éteinte, semblait renaître dans ces lieux où l'oppression avait fait un désert. Elle s'était un peu refaite, sous le premier des Bourbons, maintenant, sous le troisième, elle regagnait rapidement les chiffres qu'elle avait perdus au temps de la Maison d'Autriche par les guerres que l'Espagne soutint dans tout le monde, par l'émigration, par la persécution des Juifs et l'expulsion des Morisques, par une mauvaise législation, par un cruel esprit d'intolérance religieuse. Les revenus triplèrent, durant la même époque, sans rien ajouter aux charges du peuple : l'Espagne semblait sortir d'un état de banqueroute complète pour passer à un autre état relatif d'aisance et de prospérité. Il est certain, par conséquent, que la Péninsule ne se trouvait plus dans l'état de ruine et de prostration où elle s'était vue réduite sous le règne de Charles II (1).

Si toute culture intellectuelle est lente dans son développement, plus lentes sont encore toutes les réformes intellectuelles. La vie et la santé s'infusant dans la nation remplissaient chaque partie de son système physique, restauraient et renouvelaient les forces restées si longtemps abattues et qui avaient été, un moment, si proches d'une rapide dissolution. Il n'en était pas moins évident qu'il s'écoulerait encore un long espace de temps avant qu'une sève si bienfaisante pût circuler dans toutes les branches de la culture nationale ; qu'il s'écoulerait encore plus de temps avant que cette sève pût faire revivre cette littérature élégante, fleur délicate et parfaite de toute civilisation véritable. On commençait néanmoins à sentir la vie ; c'était l'aurore, si ce n'était pas encore le jour lui-même.

Le premier résultat notable produit par ce mouvement, sous les règnes de Ferdinand VI et de Charles III, fut une œuvre tout à fait en harmonie avec l'esprit de la nation, résistant alors aux abus ecclésiastiques qui l'avaient si longtemps opprimée. Ce fut une attaque contre le style de la prédication populaire qui, corrompu primitivement par Paravicino, disciple distingué de Gongora, était constamment tombé de plus en plus bas, et semblait enfin avoir atteint le dernier point de la dégradation et de la vulgarité. L'auteur de cette attaque était le P. Isla, né en 1703, et mort

---

(1) Tapia, tom. IV, pp 124 et suiv. Quand Charles-Quint monta sur le trône, l'Espagne comptait alors dix millions et demi d'habitants. A l'époque du traité d'Utrecht, elle n'en contenait plus que sept millions et demi, diminution monstrueuse, si l'on considère l'augmentation, dans le reste de l'Europe, durant la même période.

en 1781, à Bologne, où il s'était retiré, comme jésuite, lors de l'expulsion générale de son ordre des domaines espagnols (1). Le premier ouvrage qu'il publia avait pour titre : *Juventud triunfante*; il s'imprima en 1727; il contient la narration de fêtes célébrées, cette même année, durant onze jours, à Salamanque, en l'honneur de deux saints fort jeunes, de l'ordre de Jésus, que Benoit XIII venait de canoniser : relation divertissante, remplie de poésies, de farces, de descriptions, de mascarades, de combats de taureaux qui avaient eu lieu à cette occasion; relation qui frise autant que possible la satire ouverte sur toute matière, mais avec une extrême habileté pour la dissimuler.

Plus tard le P. Isla poussa plus loin cette satire, dans une œuvre un peu semblable. Je veux parler de la description de la proclamation faite à Pamplona, en 1746, à propos de l'avénement de Ferdinand VI. Cette proclamation fut accompagnée de cérémonies si extravagantes et si ridicules que, chargé d'en donner une relation pour le peuple, il ne pût s'empêcher de se laisser aller à son penchant contre le ridicule. Le P. Isla tourna toutefois sa satire avec tant de délicatesse et de subtilité que ceux-là mêmes qui en étaient l'objet ne purent tout d'abord en saisir le but réel. Loin de là, la députation de la noble capitale de la Navarre le remercia de l'honneur qu'il lui avait fait; l'évêque et l'archevêque le complimentèrent de son travail ; plusieurs personnes qu'il avait particulièrement nommées lui envoyèrent des présents. Lorsqu'on commença de soupçonner l'ironie, il s'éleva une controverse publique, comme il arriva avec l'opuscule de Daniel de Foe intitulé : *El camino mas corto con los disidentes*, sur la question de savoir si les éloges de l'auteur tournaient au sérieux ou à la plaisanterie. Le P. Isla se défendit tout le temps avec un talent et une adresse admirables, et comme si on lui faisait une personnelle injure en doutant de la sincérité de ses louanges. La discussion se termina toutefois par sa retraite ou son exil de Pamplona (2).

Notre auteur s'occupait à ce moment de sa vie de devoirs plus sérieux qui lui fournirent l'occasion de donner une plus haute preuve de son talent. Dès l'âge de vingt-quatre ans, il s'était livré à la prédication avec succès et il avait continué ses sermons, jusqu'à ce qu'une expulsion

---

(1) *Vida de J. F. de Isla*, par J. S. de Salas, Madrid, 1803, in-8°.

(2) *Juventud triunfante*, Salamanca, 1727, in-4°. *Dia grande de Navarra*, deuxième édition, Madrid, 1746, in-4°; *Semanario Pintoresco*, 1840, p. 130; *Carta à su hermana*, datée du 21 octobre 1781. L'autre auteur du livre s'appelait le P. Losada, mais il est à croire que les plaisanteries sont du même P. Isla.

cruelle l'eût banni de son pays. Il ne s'était pas moins aperçu du peu de dignité qu'avait, pour de si grands sujets, le style espagnol dominant dans la chaire ; du degré d'avilissement que le mauvais goût y avait introduit, ainsi que l'artifice de la composition, les pointes et les pensées alambiquées, et même cette basse bouffonnerie à laquelle les moines vulgaires, envoyés pour prêcher dans les églises, dans les rues, sur les places publiques, se livraient, dans le but d'obtenir des applaudissements d'un auditoire également vulgaire, et d'augmenter la récolte des offrandes qu'ils sollicitaient par des moyens si peu honorables. Le P. Isla suivit tout d'abord, dit-on, le courant de son temps qui entraînait avec une force extraordinaire, et, à certains égards, il écrivit comme les autres. Mais il reconnut bientôt son erreur et les nombreux sermons de lui qui ont été publiés, écrits entre 1729 et 1754, sont empreints d'une pureté et d'une justesse de style depuis longtemps inconnue. Ils manquent, c'est vrai, de cette richesse et de cette ferveur qui caractérisent les exhortations de Luis de Léon et de Luis de Granada, mais ils n'auraient pas déshonoré la chaire espagnole, même du temps de ces illustres orateurs (1).

Le P. Isla ne se contenta pas d'avoir donné un bon exemple par ses sermons, il résolut d'attaquer directement l'abus lui-même. Dans cette pensée, il composa le livre qu'il appela *Historia del famoso predicador Fray Gerundio*, roman satirique où il nous dépeint la vie d'un de ces orateurs populaires, depuis sa naissance dans un obscur village, jusqu'à son éducation dans un couvent à la mode, et ses aventures comme missionnaire à travers le pays. La fiction finit brusquement avec la préparation pour prêcher une série de sermons dans une cité qui a bien l'air de nous représenter Madrid. L'ouvrage est partout écrit avec un esprit infini ; non-seulement on y retrouve partout présents les mœurs et le caractère de la nation, mais dans les épisodes, dans les descriptions que le P. Isla nous donne de la vie conventuelle et religieuse de son temps, on sent un air de réalité, ne laissant aucun doute que l'auteur dessine librement d'après les données de son expérience personnelle. Son plan ressemble légèrement à celui de *Don Quichotte*, mais son exécution nous rappelle plus souvent Rabelais avec ses réflexions discursives et redondantes, et Rabelais encore sans ses grossièretés. Il est grave et sérieux, comme il convient au caractère espagnol ; il déguise sous cette gravité un esprit

---

(1) *Vida de Isla*, § 3 ; *Sermones*, Madrid, 1792,-93, 6 volumes, in-8°. Les sermons dans les rues étaient communs, en 1680, époque où madame d'Aulnois se trouvait en Espagne, *Voyage*, édit. 1693, tom. II, p. 198.

sarcastique, esprit qui, dans d'autres pays, paraîtrait incompatible avec l'idée de dignité, mais qui, en Espagne, s'est plus d'une fois heureusement uni avec elle et a produit par cette union les résultats les plus heureux.

Les esquisses du caractère du prédicateur et les extraits de l'éloquence de la chaire alors à la mode sont les parties les meilleures du *Fray Gerundio*. Ils servent d'agréables éclaircissements pour l'histoire littéraire du dix-huitième siècle. Voici le portrait admirablement dessiné du prédicateur que Fray Gerundio avait pris pour modèle :

« Hallàbase el padre predicador mayor en lo mas florido de la edad,
« esto es, en los treinta y tres años cabales. Su estatura procerosa, robusta
« y corpulenta : miembros bien repartidos y asaz simétricos y propocio-
« nados : muy derecho de andadura, algo salido de panza, cuellierguido,
« su cerquillo copetudo, estudiosamente arremolinado : habitos siempre
« limpios y muy prolijo de pliegues, zapato ajustado, y sobre todo, su
« solideo de seda, hecho de ahuja, con muchas y muy graciosas labores
« elevandose en el centro una borlita muy airosa; obra toda de ciertas
« beatas que se desvivian por su padre predicador. En conclusion, él
« era mozo galan, y juntandose à todo esto una voz clara y sonora, algo
« de ceceo, gracia especial para contar un cuentecillo, talento conocido
« para remedar, despejo en las acciones, popularidad en los modales,
« boato en el estilo y osadía en los pensamientos, sin olvidarse jamas de
« sembrar sus sermones de chistes, gracias, refranes y frases de chi-
« meneas, encajadas con gran donosura. no solo se arrostraba los con-
« cursos, sino que se llevaba de calle los estrados (1). »

_____

(1) « Le père prêcheur supérieur se trouvait dans toute la fleur de l'âge, c'est-à-
« dire vers les trente-trois ans accomplis. Sa personne grande, robuste et corpu-
« lente, des membres bien répartis, assez symétriques et proportionnés. Sa dé-
« marche fort droite, le ventre un peu proéminent, la tête haute, le cercle de sa
« tonsure touffu ; renversé d'une manière étudiée ; des habits toujours propres et à
« plis fort abondants, le soulier ajusté, et par-dessus tout sa calotte de soie, faite à
« l'aiguille, avec de nombreux et très-gracieux dessins, et au sommet une bouffette,
« s'élevant toute fière, travail de certaines béates qui se consumaient pour leur
« père prêcheur. Enfin c'était un vrai gaillard : joignez à tous ces avantages une
« voix claire et sonore, un peu de *ceceo*, une grâce spéciale pour narrer un petit
« conte, un talent connu pour l'imitation, aisance dans l'action, de la popularité
« dans les manières, pompe dans le style, hardiesse dans les pensées, n'oubliant
« jamais de parsemer ses sermons de mots piquants, gracieux, de proverbes, de
« phrases capitales, enchassées avec la plus grande élégance, non-seulement il
« entraînait les foules, mais il enlevait les banquettes dans les rues. »
Historia del famoso predicador Fray Gerundio de Compazas, Madrid, 1813,

Le style et l'éloquence de ce fat et vulgaire ecclésiastique ne sont pas reproduits avec moins de vérité et d'une manière moins caractéristique dans le spécimen qui suit et pris, comme le P. Isla avait coutume, nous dit-il, de le faire, dans un discours effectivement prêché (1).

« Ya era sabido que siempre habia de dar principio à sus ser-
« mones, ò con algun refran, ò con algun chiste, ò con alguna frase de
« bodegon, ò con alguna clausula enfatica ò partida, que à primera vista
« pareciese una blasfemía, una impiedad ò un desacato, hasta que despues
« de tener suspenso el auditorio por un rato, acababa la cláusula ò salia
« con una explicacion que venia à quedar en una grandisima friolera.
« Predicando un dia del misterio de la Trinidad, dió principio à su ser-
« mon con este período : *Niego que Dios seo uno en esencia y trino en perso-*
« *nas ;* y paróse un poco. Los oyentes, claro está, comenzaron à mirarse
« los unos à los otros, ò como escandalizados, ò como suspensos, espe-
« rando en que habia de parar aquella blasfemia heretical. Y cuando à
« nuestro predicador le pareció que ya los tenia cogidos, prosigue con
« la insulsez de añadir : *Así lo díce el evionista, el marcionista, el ar-*
« *ríano, el maniqueo, el sociniano ; pero yo lo pruebo contra ellos con la*
« *Escritura, con los Concilios y con los Padres* (2). »

Dans un autre sermon qui roulait sur l'Incarnation, il commença par s'écrier : *A la salud de ustedes, caballeros* (3) ; et comme tout l'auditoire se

---

4 vol. in-8°, tom. I, p. 307. Dans la première édition et dans plusieurs autres, l'ouvrage fut écrit, dit-on, par Francisco Lobon de Salazar, nom que l'on a générale-ment cru supposé, mais qui était réellement celui d'un ami, curé de Villagarcia, où le père Isla, qui le mentionne dans ses lettres, composa son *Fray Gerundio*.

(1) *Cartas familiares*, 1790, tom. VI, p. 313.

(2) « On savait fort bien qu'il avait toujours l'habitude de commencer ses ser-
« mons par quelque proverbe, ou quelque bon mot, ou par quelque quolibet, ou
« par quelque phrase emphatique, ou par quelque fragment de phrase, qui pa-
« raissait à première vue un blasphème, une impiété, une irrévérence, jusqu'à ce
« que, après avoir tenu l'auditoire un moment en suspens, il achevait la phrase ou
« la débrouillait par une explication qui aboutissait à un rien immense. Un jour il
« prêchait sur le mystère de la Trinité ; il commença son sermon par ces expres-
« sions: *Je nie que Dieu soit un en essence et triple en personne* ; et il s'arrêta un
« instant. Les auditeurs, c'est clair, commencèrent à se regarder les uns les
« autres, scandalisés ou en suspens, se demandant où aboutirait ce blasphème
« si hérétique. Quand notre prédicateur s'aperçut qu'il les tenait ainsi serrés, il
« poursuivit et ajouta sottement : *Ainsi parle l'evioniste, le marcioniste, l'arien,*
« *le manichéen, le socinien, mais moi, je le prouve contre eux avec les Ecritures,*
« avec les conciles, et avec les Pères. »

(3) *A la salud de ustedes*, jeu de mots, *salud* signifiant aussi *santé*, il semble que le prédicateur ait commencé par : *à votre santé, caballeros.*

mit à rire, d'après la manière qu'il avait prononcé ces mots, il continua en ajoutant : « No hay que reirse, porque à la salud de ustedes, à la mia « y à la de todos, bajó del cielo Jesu Cristo y encarnó en las entrañas de « Maria. Es articulo de fé, pruébolo : Propter nos homines, et propter « nostram salutem, descendit de cœlis et incarnatus est (1). » A ces paroles tout l'auditoire resta sous le charme et dans l'étonnement, une espèce de murmure louangeur se répandit dans toute l'église, et peu s'en fallut qu'il n'éclatât en applaudissements (2).

Le premier volume de *Fray Gerundio* s'imprima, en 1758, sans que l'auteur en eut connaissance, et, en vingt-quatre heures, on en vendit plus de huit cents exemplaires (3). Une popularité si extraordinaire ne prouve rien moins que le bénéfice. Le clergé et en particulier les frères prêcheurs lui livrèrent assaut de toutes parts, comme à l'ouvrage qui attaquait par les coups les plus formidables qu'on eût vus en Espagne, leur artifice particulier. En conséquence, malgré le charme que le roi et la cour trouvaient dans cette satire, la licence pour continuer la publication fut refusée ; l'auteur, admonesté devant l'Inquisition ; et le livre, condamné en 1760. Mais le Père Isla était trop fortement soutenu par la faveur publique, par le respect des Jésuites pour être personnellement puni, et *Fray Gerundio* offrait un portrait trop réel, était évidemment trop répandu pour être plus que nominalement supprimé (4).

Le second volume n'eut pas une si belle destinée. Après la censure du premier il ne pouvait être conséquemment permis, il resta donc long-temps en manuscrit et livre défendu. Il parut, pour la première fois, en Angleterre et en anglais, en 1772, par l'intermédiaire de l'agence Baretti à qui l'original avait été envoyé, après le départ de l'auteur pour l'Italie. Une édition complète de tout l'ouvrage parut bientôt, à Bayonne, en espagnol, et fut suivie d'autres éditions dans plusieurs autres villes. Il ne

---

(1) « Il n'y a pas de quoi rire, c'est pour votre salut, pour le mien, pour celui de tous que Jésus-Christ est descendu du ciel, et s'est incarné dans les entrailles de Marie. L'article de foi le prouve. C'est pour nous hommes et pour notre salut qu'il est descendu des cieux et qu'il s'est incarné. »

(2) *Fray Gerundio*, tom. I, p. 309.

(3) *Cartas familiares*, tom. II, p. 170.

(4) *Vida de Isla*, p. 63. Llorente, *Historia*, tom. II, p. 450. *Cartas familiares de Isla*, tom. II, p. 168 etc., tom. III, p. 213. On peut lire plusieurs lettres fort amusantes sur Fray Gerundio, dans le volume des *Cartas familiares*. L'Inquisition, dans son Index de 1790, prohiba non-seulement cet ouvrage, mais encore tout écrit composé pour ou contre.

fut jamais autorisé, en Espagne, avant 1813; encore fut-il de nouveau interdit, l'année suivante, au retour de Ferdinand VII. Toutefois peu de livres ont été mieux connus, dans toute l'Espagne, des classes les plus intelligentes du peuple espagnol que *Fray Gerundio*, depuis le jour de sa première publication jusqu'au temps présent. Ce qu'il y a de bien plus important c'est qu'il réussit tout d'abord dans l'objet qu'il s'était proposé. Le *sobriquet* de Fray Gerundio était immédiatement donné à quiconque se livrait au genre de prédication vulgaire qu'il voulait empêcher, et une fois admis que le surnom était mérité, le prédicateur ne pouvait réunir d'autre auditoire que celui qu'il rassemblait sur la populace des places publiques (1).

L'alarme et l'anxiété, qui suivirent la soudaine et violente expulsion des Jésuites de l'Espagne, en 1767, firent éprouver au Père Isla, en route pour la Coruña, une attaque de paralysie, attaque qui laissa sa santé ébranlée, pendant les quatorze dernières années de sa vie. Après sa mort, on trouva que, pendant ces mauvaises années, il n'était pas resté oisif. Parmi ses papiers on rencontra un poème en seize chants, composé d'environ douze mille vers en octaves; il porte pour titre *Cicéron*, et prétend être une biographie du grand orateur romain, mais il n'est rien de tel. C'est une satire des vices et des extravagances du propre temps de l'auteur. Commencé en Espagne, le P. Isla le composa principalement durant son exil en Italie. Il contient accidentellement quelques esquisses d'une vie imaginaire de la mère de Cicéron, esquisses sans valeur, et quant à Cicéron lui-même, le poème le laisse dans son berceau, à peine âgé de dix-huit mois.

Un des objets de sa satire, c'est de ridiculiser tout ce genre de poèmes narratifs espagnols, et surtout ceux qui sont spécialement consacrés à la vie des saints, poèmes dont le *Cicéron* peut être regardé comme une espèce de parodie. Mais son but principal, c'est de ridiculiser l'existence des jeunes et élégantes ladies modernes, le mode d'éducation première alors dominante. Dans l'ensemble se mêlent des discussions inopportunes sur l'Italie, sur la poésie, sur les mœurs du pays, et des satires non moins inopportunes sur les musiciens, les théâtres et les poètes qui s'applaudissent les uns les autres; en un mot, sur tout ce qui se présente à l'humeur aigre douce du P. Isla, lorsqu'il compose. Une évidence intrinsèque fait conclure qu'il le lisait, à mesure qu'il l'écrivait, à une réunion d'amis,

---

(1) Watts, *Biblioteca*, art. *Isla*, Wieland, *Teutsche Merkur*, 1773. tom. III, p. 196. Prospecto de Barretti précédant la traduction du *Fray Gerundio*, Londres, 1772, deux vol. in-8°.

probablement, à une société de ces nombreux exilés qui, comme lui, vivaient à Bologne, et subsistaient d'une misérable pension que le gouvernement espagnol leur promettait, mais dont il manquait souvent le paiement. L'œuvre ne s'adaptait pas mal à cette fin particulière par la clarté et la limpidité du style, et aussi par le mordant de sa satire. Mais ses digressions longues, indigestes et infinies, souvent triviales dans le fond et dans la forme, rendent ce poème tout à fait impropre à la publication. On le présenta cependant au censeur public, le permis d'imprimer fut refusé, mais par des raisons si frivoles que l'objection réelle ne vint pas, à ce qu'il semble certain, du poème en lui-même, mais de l'opposition qu'on voulait faire à l'auteur (1).

D'autres ouvrages du P. Isla furent plus heureux. On réunit en collection et l'on publia six volumes de ses sermons et six volumes de ses lettres adressées principalement à sa sœur et à son mari, écrites dans un sentiment des plus affectueux et des plus enjoués. Il faut y joindre, à différentes époques, d'autres travaux moins importants d'un caractère léger, et un ou deux sur des sujets religieux (2).

---

(1) Le manuscrit autographe de *El Cicéron*, composé de 219 pages, in-folio, à double colonne, avec les corrections de l'auteur et du censeur, se conserve à l'Athénée de Boston. Le manuscrit contient en outre trois lettres du P. Isla, l'avis du censeur contre la publication du poème, la réponse à cette opinion: ces deux derniers traités anonymes. Ces curieux et précieux manuscrits furent acquis à Madrid, par E. Weston, Esq. et offerts par lui à la bibliothèque de l'Athenœum, en 1844.

(2) Les ouvrages en question sont : *El Mercurio general*, Madrid, 1784, in-8°. Ce sont des extraits d'articles écrits, suppose-t-on, par le P. Isla, pour ce journal en 1758, sur les événements de l'Europe, durant la dite année, mais qui assurément ne sont pas de lui : — *Cartas de Juan del Encina*, Madrid, 1784, in-8°, ouvrage satirique contre les absurdités de la médecine en Espagne ; — *Cartas familiares*, écrites en 1744 et 1781, publiées de 1781-86, et une seconde fois à Madrid, en 1790, six volumes in-8° ; — *Colecion de papeles critico-apologeticos*, 1788, deux volumes, in-8°, pour la défense de Feijoo ; — *Sermones*, Madrid, 1792, six volumes in-8°. — *Rebusco* etc., Madrid, 1790, in-12°, collection de Mélanges dont la majeure partie n'appartient probablement pas au P. Isla ; — *Los aldeanos criticos*, nouvelle défense de son *Fray Gérundio* ; — Divers papiers dans le *Semanario erudito*, tom. XVI, XX et XXIV, et dans le tome supplémentaire du *Fray Gérundio;* — Un poème intitulé : *Sueño politico*, Madrid, 1785, in-18°, sur l'avénement de Charles III, lui est aussi attribué, ainsi que des *Cartas atrasadas del Parnaso*, satire qu'on ne suppose pas écrite par lui, quoiqu'il y ait des réminiscences du *Cicéron*.

Quant à ses traductions, excepté celle du *Gil Blas* dont nous parlerons plus loin, on nous dispensera d'en traiter. Il nous suffira de dire que le P. Isla traduisit, en 1731, le *Théodose*, de Fléchier et, peu de temps après, l'*Abrégé de l'Histoire d'Es-*

Mais l'œuvre qui étonna le monde, ce fut sa traduction du *Gil Blas*, imprimée en 1787. Dans cette traduction, le P. Isla réclamait l'ouvrage, sur lequel la réputation de Le Sage avait toujours été établie, dérobé à l'Espagne et rendu à sa patrie par un Espagnol jaloux, qui ne souffre pas qu'on se joue de sa nation (1). Les griefs externes de cette accusation extraordinaire sont assez légers. La première mention se présente, en 1752, et elle est faite par Voltaire qui, dans son *Siècle de Louis XIV*, déclare que le *Gil Blas* a été entièrement tiré de la *Vida del escudero Marcos de Obregon*, par Espinel. Ce grief, comme nous l'avons déjà vu, manque de vérité, nous avons des raisons de croire qu'il est le résultat d'une mauvaise volonté personnelle de la part de Voltaire, attaqué lui-même dans le *Gil Blas*, et qui d'une manière ou d'une autre, avait entendu dire que Le Sage en était redevable à Espinel. Plus tard, il se fit des déclarations semblables, dans deux ou trois livres de peu d'autorité, et en particulier dans un dictionnaire biographique imprimé, à Amsterdam, en 1771. C'est là tout.

Enhardi par de pareilles suggestions, le P. Isla s'amusa, toutefois, à faire la traduction du *Gil Blas*, en y ajoutant une continuation longue et peu heureuse (2), et déclarant, sans autre cérémonie, sans autre preuve,

---

pagne, du P. Duchesne. Il les fit toutes deux, plusieurs années avant leur publication. La dernière a servi pendant longtemps de texte favori aux écoles primaires d'Espagne, non plus tant pour le mérite reconnu de l'original français que pour les judicieuses additions du traducteur, et pour le sommaire en vers, précédant chaque période historique, sommaire que les enfants apprenaient de mémoire et retenaient facilement.

(1) La traduction du P. Isla porte ce titre : *Aventuras de Gil Blas de Santillana, robadas à España, adoptadas en Francia por Mons. Le Sage, restituidas à su patria y à su lengua nativa, por un español zeloso, que no sufre que se burlen de su nacion*. Madrid, 1787, 6 vol. in-8°. Il s'en est fait depuis de nombreuses éditions. Le P. Isla était lui-même extrêmement pauvre et alors exilé, il n'hésita cependant pas à en consacrer le produit à secourir la misère d'un de ses compatriotes, pauvre et malheureux comme lui.

(2) C'est l'œuvre du chanoine de Bologne, Julio Monti, dont le *Gil Blas* s'imprima en 1735. Monti mourut en 1747. L'exemplaire que je possède est de 1755, cinquième édition, en huit volumes. Elle se termine par la *Historia de un hijo de Gil Blas*, que le P. Isla ne traduisit pas. Une autre continuation du *Gil Blas*, moins heureuse que celle du chanoine Monti, se publia, à Madrid, en 1792, deux volumes in-8°, sous ce titre : *Genealogia de Gil Blas, continuacion de la Vida de este famoso sujeto por su hijo Don Alfonso Blas de Liria*. Son auteur est Don Bernardo Maria de Calzada, qui s'était auparavant occupé à de nombreuses traductions du français. Sempere, *Biblioteca*, tom. VI, p. 231. Cet ouvrage est également, comme le déclare l'auteur, une traduction du français, et il ajoute, comme le P.

que *Gil Blas* était l'œuvre d'un avocat andalous qui avait donné son manuscrit à Le Sage, lorsque Le Sage était venu en Espagne, soit comme secrétaire de l'ambassade française, soit comme ami de l'ambassadeur. Mais toutes ces assertions nous semblent avancées sans aucun fondement. En effet, jamais on n'a produit le manuscrit; jamais on n'a donné le nom de l'avocat, jamais Le Sage n'est allé en Espagne. L'Espagne néanmoins n'a pas encore abandonné ses droits. Au contraire, Llorente, dans deux ouvrages pleins d'esprit et d'érudition sur ce sujet, imprimés en 1822, l'un en français, l'autre en espagnol, reprend ces assertions avec beaucoup de véhémence; appuie ses preuves sur l'évidence intrinsèque et insiste sur ce que *Gil Blas* est certainement d'origine espagnole; qu'il est probablement l'œuvre non pas de l'avocat andalous du P. Isla, mais plutôt de l'historien Antònio de Solis. Quant à cette dernière opinion, Llorente ne produit pas de raisons meilleures que l'impossibilité où se serait trouvé tout autre écrivain de l'époque à laquelle il assigne le *Gil Blas*, de composer, selon lui, un roman semblable (1).

Il est facile de répondre à toute cette critique purement conjecturale.

Isla, sur le titre : « que la restituye a su lengua primitiva. » Mais le tout, ouvrage et titre, n'est qu'une misérable fiction. La tentative pour donner à Gil Blas une illustre et noble généalogie du côté de sa mère ne peut s'admettre que comme une véritable invention espagnole. Voyez liv. III et IV.

(1) *Voltaire*, Œuvres, édition Beaumarchais, tom. XX, p. 155. *Le Sage*, Œuvres, Paris, 1810, in-8°, tom. I, p. 39, où l'on dit que Voltaire était attaqué par Le Sage, dans un de ses drames. Le Sage le ridiculisa aussi, suppose-t-on, sous le nom de Triaquero, dans *Gil Blas*, tom. X, ch. v. Mais la polémique la plus importante et la plus curieuse sur l'authenticité du *Gil Blas* est celle qui s'éleva, de 1818 à 1822, entre François de Neufchateau et Antonio de Llorente, l'auteur de l'*Histoire de l'Inquisition*. Elle commença par un mémoire lu par le premier à l'Académie française, en 1818, et par une édition de *Gil Blas*, Paris 1810, 3 volumes in-8°. Dans l'un et l'autre, Neufchateau maintient que Le Sage est le véritable auteur de ce roman. Llorente répondit aux deux ouvrages par un mémoire diamétralement opposé adressé à l'Académie française, par ses *Observations sur Gil Blas*, Paris 1822, in-12°, et par ses *Observaciones sobre Gil Blas*, Madrid, 1822, in-12. Il soutenait, par des raisons différentes, mais également substantielles, que *Gil Blas* était d'origine espagnole, probablement l'œuvre de Solis, l'historien qui, d'après les *conjectures* de Llorente, composa en espagnol un roman intitulé : *El Bachiller de Salamanca*. Le manuscrit de ce dernier serait tombé entre les mains de Le Sage qui en tira d'abord des matériaux pour son *Gil Blas* qu'il publia de 1711 à 1715, et même pour son *Bachelier de Salamanque*, en 1738. Cette théorie de Llorente fut expliquée avec autant d'habileté que de talent par le distingué littérateur M. A. H. Everett, dans un article de la *Revue Américaine du Nord*, octobre 1827, alors que l'auteur était ambassadeur des États-Unis en Espagne et, plus tard, dans ses charmants *Essais de critique* et ses *Mélanges*. Boston, 1845, in-12°.

Le Sage procéda, comme romancier, de la même manière qu'il avait agi lorsqu'il écrivait pour le théâtre, et les résultats auxquels il arriva dans les deux cas se trouvèrent remarquablement semblables. Dans le drame, il commença par des traductions et des imitations espagnoles, telles que son *Point d'honneur* qu'il prit de Rojas, son *Don César Ursin* qu'il emprunta de Caldéron. Mais plus tard, lorsqu'il comprit mieux son propre talent, que le succès lui eut donné de la confiance, il se présenta avec son *Turcaret*, comédie tout à fait originale, surpassant tous les essais tentés jusqu'alors et démontrant le mauvais usage qu'il avait fait de sa force en l'employant à des imitations. Le Sage suivit la même marche dans la composition des romans. Il commença par traduire le *D. Quichotte*, d'Avellaneda, refit et élargit le *Diable Boiteux*, de Guevara. Quant au *Gil Blas*, la plus importante de toutes ses nouvelles en prose, c'est le résultat de la confirmation de sa force ; ses qualités particulières, son mérite caractéristique lui appartiennent, aussi exclusivement que le *Turcaret*.

Sur ce point l'évidence intrinsèque n'est pas moins décisive que l'évidence extrinsèque. Les fréquentes erreurs historiques et géographiques qu'on peut noter dans ce roman remarquable démontrent qu'il ne peut être que difficilement l'œuvre d'un Espagnol, qu'il ne saurait certainement pas l'être d'un Espagnol aussi instruit qu'Antonio de Solis. D'un autre côté, les anecdotes particulières, relatives à la société du temps de Louis XIV et de Louis XV, prouvent qu'il a dû nécessairement être écrit par un Français; la liberté, en même temps, avec laquelle nous trouvons, à mesure que nous avançons, que chaque anecdote est empruntée de l'Espagne, tantôt un conte tiré de *Marcos de Obregon*, tantôt une intrigue, un sujet pris d'une comédie de Rojas ou de Mendoza, de Figueroa, sont des faits directement en rapport avec les vieilles habitudes de Le Sage, avec son habileté pratique pour accommoder à son récit tout ce qu'il jugeait convenable à ses desseins. De tout ce travail il résulta que, par la force de son génie, Le Sage produisit une œuvre excessivement brillante, à laquelle son esprit si intimement familiarisé avec la littérature espagnole et l'usage peu scrupuleux qu'il en faisait, ont conservé le caractère national avec une telle fidélité qu'un Espagnol ne peut presque jamais consentir qu'involontairement à croire que le *Gil Blas*, lu surtout maintenant dans l'excellente version du P. Isla, puisse avoir été écrit par aucun autre auteur que par un de ses propres compatriotes (1).

---

(1) Le *Point d'honneur* est tiré de *No hay amigo para amigo*, la première des comédies de Rojas, 1680 : et *Don César de Ursino*, l'est de *Peor esta que estaba*, de Caldéron, *Comédias*, 1763, tom. III. Les erreurs de *Gil Blas*, en ce qui touche

Le talent principal du P. Isla consistait dans la satire, et le grand service qu'il rendit à sa patrie fut de bannir des églises vénérables ce genre de prédication bas et vulgaire qui les avait si longtemps infestées. Cette entreprise, son *Fray Gerundio* l'acheva presque aussi complètement que le *Don Quichotte* l'avait fait, en détruisant la passion insensée des œuvres de chevalerie, passion si dominante dans le dix-septième siècle.

Pendant ce temps, il s'opérait, dans d'autres directions, d'autres tentatives pour faire revivre la littérature nationale; soit en renouvelant le goût de la vieille poésie espagnole, soit en cherchant à régler chaque production sur les doctrines françaises du siècle de Louis XIV, soit peut-être par l'effort mal défini et souvent très-vague pour unir les deux opinions, et former une école dont le caractère fut différent de l'une et de l'autre et en progrès sur l'une et l'autre.

Dans la direction de la poésie nationale primitive le résultat des premiers efforts fut faible, mais les tentatives réussirent un peu plus dans d'autres voies. Huerta l'ardent, mais inconstant adversaire des innovations françaises, imprima en 1778, un volume de poésies, écrites presque toutes dans le style ancien. Mais ce volume était trop empreint du mauvais goût dominant dans le siècle précédent pour jouir même d'un succès passager, et son auteur ne put entraîner par conséquent des disciples de

---

à la géographie et à l'histoire d'Espagne, sont constamment relevées par Llorente comme autant d'inconséquences de Le Sage dans la traduction des originaux, pendant que d'un autre côté Fr. de Neufchateau marque les allusions que fait Le Sage à la société parisienne de son temps. Quant à la liberté avec laquelle Le Sage profite constamment des fictions espagnoles, sans s'inquiéter de les dissimuler, les preuves en abondent. Nous avons déjà dit, en parlant d'Espinel, ch. XXXIV, p. 142, tout ce que Le Sage avait emprunté de son *Marcos de Obrégon*; nous ajouterons que les aventures de D. Rafael avec le seigneur de Moyadas, dans *Gil Blas*, liv. V, ch. I, sont tirées des *Empeños del Mentir*, de Mendoza, *Fénix castellano*, 169.), p. 254. L'histoire de la vengeance, dans *Gil Blas*, liv. IV, ch. IV, l'est de la comédie de Rojas, *Casarse por Vengarse*; — Celle d'Aurore de Guzman, dans *Gil Blas*, liv. IV, ch. V et VI, l'est de *Todo es enredos amor*, de D. Diego de Cordova y Figueroa, et ainsi de suite. Voyez la préface de Tieck, à sa traduction de *Marcos de Obregon*, 1827; les *Poesias de Calderon y plagios de Le Sage*, par Adolfo de Castro, Cadix, 1845, in-12·, opuscule intéressant et curieux; le quatrième livre du comte duc d'Olivarès du même auteur, Cadix, 1846, in-4°. Dans son *Bachelier de Salamanque*, Le Sage va même plus loin; il reconnaît formellement, dans le titre de ce roman imprimé trois ans après l'apparition du dernier volume de *Gil Blas*, qu'il est traduit d'un manuscrit espagnol. En outre, l'histoire de Doña Cintia de la Carrera, aux chapitres LIV et LV, est évidemment empruntée de la comédie de Moreto, *Desden con el desden*, pièce bien connue dans la littérature espagnole.

quelque notoriété dans une voie qui devenait de moins en moins fréquentée (1).

D'un autre côté, le résultat était plus effectif dans les efforts tentés pour rappeler la mémoire des anciens maîtres. Lopez de Sedano, entre 1768 et 1778, publia son *Parnaso español*, en neuf volumes; ouvrage mal digéré, ne témoignant pas toujours d'un bon goût dans le choix et la critique, mais riche mine de la poésie nationale dans ses plus beaux jours, et contenant d'importants matériaux pour l'histoire de la littérature espagnole, depuis l'époque de Boscan et de Garcilaso (2). Sanchez remonta plus haut; en 1779, il offrit, pour la première fois, à ses compatriotes, le plus grand trésor des légendes de leurs siècles héroïques, en commençant par le noble et vieux poème du Cid. Malheureusement il laissa incomplète une œuvre pour laquelle il s'était montré si bien préparé par son érudition et son zèle plutôt que par son talent et sa finesse (3). Enfin, Sarmiento, ami de Féijoo, un de ses défenseurs publics les plus capables, entreprit une histoire soignée de la poésie espagnole. Cet ouvrage contient d'importantes discussions relatives à l'époque qu'embrassent les recherches de Sanchez; mais il fut encore interrompu par la mort de son vénérable auteur, survenue en 1770, et il resta inédit pendant cinq années encore (4). Ces trois œuvres excitèrent d'abord trop peu

---

(1) *Poesias de Don Vicente Garcia de la Huerta*, Madrid, 1778, in-12°, et 1786, deuxième édition. La *Perromachia*, poème héroïco-burlesque sur les querelles et les amours de quelques chiens, par Francisco Nieto Molina, Madrid, 1765, in-12°, est un poème trop pauvre pour mériter d'être connu. Il n'en est pas moins une tentative en faveur de l'ancienne versification nationale, si appréciée sous le nom de *Redondillas*.

(2) J. J. Lopez de Sedano, *Parnaso español*, Madrid, Sancha, 1768-78, neuf volumes, in-12°, devint l'objet de nombreuses critiques dès son apparition. La société de Moratin le père, témoigna immédiatement son mécontentement, *Obras postumas* de N. F. Moratin, Londres, 1825, in-12°, p. 25. Yriarte publia contre lui en 1778, un dialogue intitulé : *Donde las dan las toman*, plein de sévérité, *Obras*, 1805, tom. VI. En 1785, Sedano répliqua, sous le nom de Juan Maria Chavero y Esclave de Ronda, quatre volumes, in-12°, publiés, à Malaga, sous le titre de : *Coloquios de la Espina*.

(3) T. A. Sanchez, né en 1732, mort en 1798, publia son volume de *Poésias anteriores al Siglo XV*, Madrid, quatre volumes in-8°, 1779-90 ; on connaît à peine d'autres travaux de lui.

(4) Martin Sarmiento, *Memorias para la Historia de la poésia y poetas espanoles*, Madrid, 1775, in-4°. Il était né en 1692; il écrivit beaucoup, mais il publia peu. Sa *Défense de son maître*, Feijoo, 1732, se trouve généralement avec le *Théâtre critique* de ce dernier, *Teatro critico*. Il y en a des fragments dans

l'attention, mais elles n'en ont pas moins une importance réelle et elles ont servi de fondement pour un meilleur état de choses à l'avenir.

Les doctrines de l'école française, un peu modifiées peut-être par la reproduction de la vieille littérature espagnole, mais sans éprouver de changement substantiel, trouvèrent des sectateurs plus nombreux et plus actifs. Durant le règne de Charles III, Moratin le père, gentilhomme appartenant à une ancienne famille de Biscaye, né en 1737 et mort en 1780, hérita, à un haut degré, des opinions de Luzan et se consacra à réformer le goût de ses concitoyens. C'était l'ami de Montiano qui avait cherché à introduire la tragédie classique sur la scène espagnole, et qui avait eu probablement sa part dans la formation du caractère littéraire du jeune poète. Mais la cour fut, ainsi qu'il arrive d'ordinaire, un élément puissant dans ce mouvement. Moratin fut reçu avec des égards flatteurs par le duc de Médina Sidonia, le chef de l'illustre maison des Guzman ; par le duc d'Ossuna, longtemps ambassadeur en France ; par le comte d'Aranda, le savant ministre d'Etat qui oublia rarement la cause de la culture intellectuelle ; par l'infant Don Gabriel de Bourbon, traducteur parfait de Salluste. Chacun de ces personnages devenait ainsi capable d'exercer, par Moratin, une influence sur l'état des lettres en Espagne.

Son premier travail publié de quelque importance, abstraction faite du théâtre dont nous parlerons plus tard, c'est son *Poeta*, qui parut en 1764. C'est une collection entièrement composée de ses propres poésies légères, collection qui peut se placer au nombre des preuves démontrant combien était faible l'intérêt que l'on prenait alors à la littérature. Le livre ne contient que cent soixante pages environ ; il ne fallut pas moins recourir pour le publier à l'expédient de le faire paraître en dix livraisons successives, afin de faciliter sa circulation et sa lecture. Le *Poeta* fut suivi, l'année suivante, de *Diana*, petit poème didactique, en six livres, sur la chasse, et, en 1785, d'un poème descriptif intitulé : *Las naves de Cortès destruidas*. Si nous ajoutons un volume que la piété de son fils publia, en 1821, et contenant une modeste et belle biographie de l'auteur, une collection de poésies dont le plus grand nombre étaient restées jusque-là inédites, nous aurons tout ce qui, dans les poésies de Moratin père, peut nous intéresser maintenant.

---

le *Semanario erudito*, tom. V, VI, XIX, et XX. Son *Historia de la Poésia*, imprimée comme premier volume de ses œuvres, qui n'a pas eu de suite, *Coleccion de sus Obras postumas* est d'une grande valeur, parce qu'en suivant une direction différente de celle de Sanchez, il arrive fréquemment au même résultat.

La valeur de tous ces travaux n'est pas immense, il s'y rencontre toutefois des parties qui ne méritent pas d'être sitôt oubliées. Le *Canto épico*, comme l'intitulait Moratin, sur l'aventure hardie de Cortez brûlant ses vaisseaux, constitue la plus noble poésie de ce genre qui se soit produite, en Espagne, durant le dix-huitième siècle, et cause plus de plaisir qu'aucune autre des épopées historiques qui l'ont précédé en si grand nombre. Plusieurs de ses compositions plus courtes, telles que ses romances dont les Morisques sont le sujet, *Romances Moriscos*, et une ode au champion des combats de taureaux, spectacle que Moratin fréquentait constamment et dont il nous a donné une piquante esquisse historique, ces compositions, dis-je, sont remplies d'esprit. Tout ce qu'il écrivait est marqué au coin de la pureté et de l'exactitude du langage, de l'harmonie de la versification. Il prouve que, doué à un degré extraordinaire de la puissance d'improvisation, il composait néanmoins avec soin et polissait ses vers avec la plus grande patience. Mais où il eut le principal succès ce fut dans les fonctions publiques de professeur, travaillant sincèrement et ardemment, dans la chaire du collège impérial où il avait pris la place de son ami Ayala, à combattre le mauvais goût de son temps par la force de son propre et modeste exemple (1).

Moratin était un homme aimable; il réunissait autour de lui dans un cercle d'amis, les hommes de lettres de la capitale des Espagnes. Ils se réunissaient dans un des meilleurs cafés de Madrid, la *Fonda de San Sébastian*, où ils avaient un salon toujours ouvert et toujours prêt à les recevoir. Ayala, le poète tragique; Cerdà, le littérateur et antiquaire; Rios, l'auteur de l'*Analisis de Don Quijote*, mise en tête de la magnifique édition de l'Académie espagnole; Ortega, botaniste et érudit; Pizzi, le professeur de littérature arabe; Cadalhaso, poète et auteur d'essais; Muñoz, l'historien du Nouveau Monde; Yriarte, le fabuliste; Conti, le

_____

(1) Indépendamment des poésies insérées dans le texte, je possède, de Moratin le père, une ode sur un acte de clémence de Charles III, en 1772; l'*Egloga à Velasco y Gonzalez*, imprimée à l'occasion de l'exposition de leurs portraits dans l'Académie, en 1770; une autre, de peu de mérite, qui ne se trouve, si je ne me trompe, imprimée nulle part. Ses *Obras postumas*, se publièrent à Barcelone en 1821, in-4º, se réimprimèrent à Londres, en 1825, in-8º. La *Carta sobre las fiestas de toros*, Madrid, 1777, in-12º, est un léger écrit en prose, où l'auteur prétend démontrer historiquement l'origine et le caractère espagnol de ce spectacle. Sur ce point, il n'est guère permis d'avoir des doutes, après la lecture des chroniques de Muntaner et du Cid. Moratin possédait, à un degré éminent, la puissance d'improvisation, *Obras*, 1835, pp. 34-39.

traducteur italien d'une collection de poésies espagnoles; Signorelli, l'auteur de l'histoire générale des théâtres, et d'autres écrivains étaient les membres de cette aimable association, et fréquentaient continuellement cet agréable salon.

Le ton qui régnait dans ces réunions était vraiment conforme à l'esprit espagnol, comme on peut l'induire du fait qu'ils n'avaient qu'une seule loi pour régir tous leurs procédés, c'était de ne jamais parler d'autres sujets que théâtre, combats de taureaux, amour et poésie. Mais quelque fut l'objet de leurs études, il était examiné sincèrement. Les divers membres se lisaient l'un à l'autre leurs œuvres et se critiquaient mutuellement et amicalement. Ils discutaient librement tout ce qui s'écrivait de leur temps, tout ce qu'ils pensaient contribuer à relever de sa décadence l'esprit et la littérature nationale. Ils lisaient aussi et examinaient les ouvrages littéraires des autres nations. Si leurs tendances penchaient vers l'école de Boileau et vers les grands maîtres de l'Italie, plus qu'il ne fallait l'attendre de l'esprit de leur association, c'est qu'il faut bien se graver dans la mémoire que deux des membres les plus actifs étaient des hommes de lettres italiens que la cour avait récemment emmenés de Naples ; que le goût de l'époque favorisait tout ce qui était français et en particulier le théâtre français (1).

Parmi les membres les plus intéressants de cette société agréable se trouvait D. José de Cadahalso, gentilhomme descendant d'une des plus vieilles familles des montagnes du nord de l'Espagne, de Santander. Quoique né à Cadix, en 1741, son éducation se commença dès sa première jeunesse, à Paris ; mais avant d'avoir trente ans, il avait visité l'Italie, l'Allemagne, l'Angleterre et le Portugal; acquis une connaissance des langues et des littératures de chacun de ces pays, et particulièrement de l'Angleterre, suffisante pour s'émanciper de nombreux préjugés nationaux, et se rendre, mieux qu'il n'aurait pu le faire autrement, plus utile à la cause des lettres en Espagne.

A son retour dans sa patrie, il prit l'habit militaire de Santiago, et entra dans les armes. Il y marcha rapidement et s'éleva au rang de colonel. Dans les places diverses où son propre choix et le service de son régiment le conduisirent, Saragosse, Madrid, Alcalà de Henarès, Salamanque, il saisit l'occasion de continuer ses desseins primitifs et il réussit à se lier avec les esprits éminents de son temps, Moratin, Iglesias, Yriarte,

(1) N. F. Moratin, *Obras postumas*, 1821, pp. 24-26.

le savant Jovellanos, le jeune Mélendez Valdés, qui donnait tant d'espérances. Sa carrière, quoique heureuse, fut toutefois très-courte. Il périt au siége de Gibraltar, frappé par un éclat de bombe, le 27 février 1782. Le gouverneur de la forteresse assiégée vint partager la douleur générale, sur la tombe d'un ennemi honorable qui s'était également distingué dans les lettres et dans les armes (1).

En 1772, Cadahalso publia ses *Eruditos à la Violeta, curso completo de todas las ciencias*, dont le succès considérable lui fit ajouter un supplément, la même année. Ce livre original est une mordante satire des études superficielles de son temps, rédigée sous la forme de directions pour apprendre tout le cercle des connaissances humaines, par une série de lectures remplissant justement les sept jours de la semaine. Le supplément nous donne quelques éclaircissements nouveaux et des résultats de cette méthode sur d'infortunés disciples qui en ont été les victimes. Ces compositions, un volume de poésies imprimé l'année suivante et contenant quelques traductions assez soignées des classiques anciens ; un petit nombre de pièces satiriques, à la manière de Quevedo; un plus grand nombre de vers anacréontiques et des contes, à la manière de Villegas, constituent l'ensemble de ses œuvres, publiées durant sa vie.

Après sa mort, on trouva parmi ses papiers une collection de lettres, supposées écrites par une personne en relation avec un ambassadeur du Maroc en Espagne, et adressées à ses amis dans son pays. Elles appartiennent à la grande famille des œuvres d'imagination, inaugurées par Marana dans son *Espion Turc*, et sont ordinairement présentées comme une imitation des *Lettres persanes*, de Montesquieu, tandis qu'en fait, elles se rapprochent beaucoup plus du *Cosmopolite*, *Citizen of the World* de Goldsmith. Mais toute cette collection est plus remplie de discussions littéraires et de satires contemporaines qu'aucun autre des ouvrages que nous venons de citer. Aussi, malgré la pureté et le charme de son style, malgré sa finesse et son bon sens, elle a été loin d'obtenir, comme eux, une place dans l'estime générale du monde. Cependant, et comme le reste de ses œuvres posthumes comprenant quelques compositions sati-

---

(1) Sempere, *Biblioteca*, tom. II, p. 21 : Puibusque, tom. II, p. 493. Son nom était, je crois, primitivement *Cadalso*. Mais, comme ce mot signifie aussi *échafaud*, il fut changé dans les dernières éditions de Madrid, en *Cadahalso*, qui veut dire cottage. Toutefois ces deux mots sont regardés comme n'en formant qu'un seul, et même dans la première édition du *Dictionnaire de l'Académie*; de sorte qu'on n'a peut-être pas gagné beaucoup au change.

riques en prose et un petit nombre de poésies dont les meilleures sont en petits vers, toujours si populaires en Espagne, les *Cartas Marruecas* de Cadahalso ont été souvent réimprimées et ne sont probablement pas destinées à tomber dans l'oubli (1).

Un autre membre de la société fondée par Moratin et un des plus éminents, ce fut D. Tomas de Yriarte, né dans l'île de Ténériffe, en 1750, mais ayant reçu la partie d'éducation qui décida la direction de sa vie, à Madrid, sous les auspices de son oncle, D. Juan de Yriarte, le savant directeur de la bibliothèque royale. Le jeune Yriarte se fit connaître comme poète dramatique, comme traducteur de comédies françaises pour le théâtre royal, dès l'âge de dix-huit ans. Dès l'âge de vingt-et-un, il avait fait imprimer une excellente composition en vers latins sur la naissance de l'infant, plus tard Charles IV, et il se fit distinguer à la Cour par sa perfection dans la littérature ancienne et la littérature moderne. Immédiatement après cette époque, il reçut une place dans le gouvernement ; quoique ses occupations, tant au ministère des affaires étrangères qu'au département de la guerre fussent d'une nature tout à fait intellectuelle, son temps n'en fut pas moins absorbé et les occasions de se livrer à son penchant poétique se virent diminuer. Il eut en outre des rivalités et des querelles avec Sedano, Mélendez, Forner et plusieurs autres de ses contemporains; il fut sommé de comparaître devant l'Inquisition, comme imbu des doctrines de la nouvelle philosophie française. Le résultat de toutes ces contrariétés et de toutes ces interruptions, c'est qu'après sa mort, survenue en 1791, quand on voulut réunir et publier l'édition complète de ses œuvres, plus de la moitié des huit petits volumes qui la composent, se trouvèrent consister en traductions et en controverses personnelles. Les traductions sont faites avec habileté; les controverses conduites avec esprit et finesse, mais ni les unes ni les autres ne sont assez importantes pour mériter une mention particulière.

Ses poésies originales sont meilleures. Elles se distinguent par la pureté, la régularité et l'élégance du style, plutôt que par sa force et son élévation. La meilleure partie se trouve dans ses mélanges et dans onze épîtres dont l'une est adressée à son ami Cadahalso, pour lui dédier sa

---

(1) Ses *Eruditos à la Violeta*, et ses poésies *Ocios de mi juventud*, s'imprimèrent à Madrid, en 1772 et 1773, in-4°, sous le pseudonyme de Joseph Vasquez. Une édition de ses œuvres, avec une excellente biographie par Navarrete, parut à Madrid, en 1818, trois volumes, in-8°, et se réimprima plusieurs fois. Quant à l'opinion de ses contemporains, voyez Sempere, *Biblioteca*, etc.

traduction de l'*Art poétique* d'Horace. Mais il y a deux branches vers lesquelles son goût naturel le porta à travailler avec une préférence marquée, pour lesquelles il fit apparemment plus d'efforts que pour toute autre, et où il obtint un plus grand succès.

La première de ces branches c'est la poésie didactique. Son *Poema de la Musica*, sujet qu'il choisit par la connaissance approfondie qu'il avait de cet art, parut en 1780, et fut favorablement accueilli, non-seulement en Espagne, mais encore en Italie et en France. Il se compose de cinq livres où il discute avec une précision philosophique les éléments de la musique, l'expression musicale suivant les différents genres et en particulier la musique guerrière et religieuse, la musique théâtrale, la musique de société, et la musique de l'homme dans la solitude. Le poème est écrit dans le rythme libre national de la *Silva*, strophe irrégulière, mais limpide et coulante et n'ayant pas besoin de faire preuve d'habileté dans sa disposition. Dans l'ensemble, il manque trop de cette richesse et de cette vigueur qui donnent la vie aux formes froides du genre didactique, genre dans lequel Yriarte s'était trop rigoureusement renfermé (1).

L'autre genre dans lequel notre poète eut plus de succès, c'est la fable. Il y fraya, à certains égards, un chemin tout nouveau. Non-seulement il inventa toutes ses fictions, ce que n'avait fait aucun autre fabuliste des temps modernes, mais il restreignit leur sens moral à la correction des fautes et des folies des gens de lettres, des érudits, application que personne n'avait tentée avant lui. Leur nombre, y compris quelques-unes de posthumes, s'élève à près de quatre-vingts, dont soixante environ parurent en 1782. Elles sont écrites avec le plus grand soin, en non moins de quarante mètres différents, et elles montrent, à un

---

(1) Une espèce de contre-partie du poème d'Yriarte sur la Musique, d'un mérite très-inférieur, fut publiée peu de temps après par D. Diego Antonio Rejon de Silva : La *Pintura, poema didactico en tres cantos*, Ségovie, 1786, in-8°. Le premier chant traite du dessin, le second, de la composition, et le troisième, du coloris; il est accompagné de notes et d'une défense des artistes espagnols. L'auteur était un gentilhomme de Murcie, passionné pour la poésie et la peinture, mais dont la sérieuse occupation consistait en des fonctions importantes au Ministère des Affaires étrangères, à Madrid. Il mourut vers 1796. Sempere y Guarinos, *Biblioteca*, tom. V, pp. 1-6, nous donne des détails sur ses ouvrages, en petit nombre et sans importance; Cean Bermudez, *Diccionario*, tom. IV, p. 164, nous donne aussi une courte biographie de cet auteur.

degré extraordinaire, l'habileté d'Yriarte pour adapter les instincts et les attributs des animaux à l'instruction, non de l'humanité entière, comme on avait toujours fait jusque-là, mais à une classe particulière et fort réduite, entre laquelle et les êtres inférieurs de la création il est rarement facile de trouver une ressemblance évidente. L'entreprise était certainement difficile. Peut-être, les fables d'Yriarte sont-elles pour cette raison trop narratives dans leur structure, et manquent-elles d'un peu de cette vivacité naturelle qui distingue Esope et La Fontaine, les deux plus grands maîtres de la fable et de l'apologue. Mais leur influence fut si profonde dans le siècle de mauvais goût littéraire où elles parurent, elles ont en outre une telle grâce dans leur versification qu'elles ont été accueillies avec la plus grande faveur, lors de leur première apparition et qu'elles ne l'ont jamais perdue depuis. La réputation littéraire de leur auteur se base, en effet, presque exclusivement sur elles (1) .

Yriarte eut, cependant un rival qui partagea ces honneurs avec lui, qui, sous certains rapports, les obtint même avant lui. C'était Samaniego, gentilhomme basque, distingué par le rang et la fortune. Il était né en 1745, et il mourut en 1801, après avoir consacré toute sa vie, de la manière la plus désintéressée, au bien-être de la province qui l'avait vu naître. Samaniego avait été un des premiers et des plus actifs membres de la première de ces sociétés connues, tantôt sous le nom de sociétés des amis du pays, *Amigos del pais*, tantôt sous la dénomination de Sociétés du progrès public, qui commencèrent sous le règne de Charles III, se répandirent bientôt dans toute l'Espagne, exercèrent une influence considé-

(1) *Obras de Tomas de Yriarte,* Madrid, 1805, huit vol. in-8°, Villanueva, *Memorias,* Londres, 1825, in-8°, tom. I, p. 27. Sempere, *Biblioteca,* tom. VI, p. 190. Llorente, *Histoire*, tom. II, p. 449. Florian a traduit ou paraphrasé un grand nombre des fables d'Yriarte, dans la collection des siennes qu'il publia en 1792. En parlant d'Yriarte, il s'exprime en ces termes : « Un Espagnol nommé Yriarte, poète dont je fais grand cas, et qui m'a fourni les apologues les plus heureux. »
Il ne nous semble pas hors de propos d'observer que, depuis les temps de l'archiprêtre de Hita, la fable a fait peu de progrès en Espagne et a eu peu de succès. Certainement les contes de Pilpay furent traduits en espagnol et imprimés en 1495 et 1547, (Sarmiento, pp. 333-40); les fables d'Esope le furent aussi par Pedro Simon Abril et s'imprimèrent en 1575 et 1647, (Clemens, Specimen 1753, p. 113). Si l'on excepte ces traductions, à peine pouvons nous en trouver une ou deux dans les œuvres des Argensolas et dans le *Fabulario* de Sebastian Mey, (Valence, 1614, in-8°), parent du célèbre imprimeur, et qui les tira presques toutes de Phèdre. Ximeno, tom. I, p. 264.

rable sur l'éducation et l'économie publique du royaume, et travaillèrent à relever les arts utiles à la vie, de la condition dégradante où ils étaient tombés, durant la dernière période de la domination de la Maison d'Autriche.

La société basque, fondée en 1765, se consacra surtout à l'éducation du peuple. Pour favoriser cette grande cause, Samaniego entreprit d'écrire des fables en rapport avec la capacité des enfants placés dans les séminaires de cette société. On ne sait pas à quelle époque il se mit à les préparer; mais dans la première partie, publiée en 1781, par conséquent un an avant l'apparition des fables d'Yriarte, il parle de cet auteur comme de son modèle et ne permet pas de douter qu'il n'ait vu les fables de ce poète. La seconde partie de la collection de Samaniego se publia en 1784, alors que les œuvres de son rival avaient été admirées du public, assez longtemps pour altérer les relations des deux auteurs et faire naître entre eux une querelle de pamphlets peu honorable pour l'un et pour l'autre. Les deux parties réunies forment un tout de cent cinquante-sept fables, dont les quatre-vingt-dix dernières et quelques autres sont originales, tandis que le reste est emprunté partie d'Esope, de Phèdre, et des fabulistes orientaux, mais principalement de La Fontaine et de Gay. Elles eurent immédiatement du succès. Les enfants les apprenaient par cœur; les maîtres y trouvaient des sujets pour des lectures divertissantes et pour des réflexions morales. Sans aucun doute, elles sont écrites avec moins de soin que les fables d'Yriarte; elles sont moins originales, moins bien adaptées à leur but, mais elles sont plus simples, plus naturelles, plus propres à un plus grand nombre de lecteurs; en un mot elles respirent un génie poétique plus facile. Par conséquent, si elles ne peuvent prétendre à un mérite plus élevé que les fables d'Yriarte, elles ont pris une place plus forte dans l'estime du public et dans la faveur nationale (1).

Les meilleures des fables de Samaniego sont les plus courtes et les plus simples, comme la fable suivante intitulée : *Los gatos escrupulosos ;* elle est bien en harmonie avec l'époque où elle parut et ne pourrait que difficilement trouver son application dans une autre.

---

(1) Felix Maria de Samaniego, *Fabulas en verso castellano para el uso del real Seminario Vascongado*, New-Yorck, 1826, in-18°. Le tome IV de la collection de Quintana contient une biographie de l'auteur par Navarrete. On peut lire une réplique à son attaque contre Yriarte, dans le sixième volume des œuvres de ce dernier. Quant aux *Sociétés économiques*, voyez Sempere, *Biblioteca*, tom. V, p. 135, et tom. VI, p. 1.

Micizuf y Zapiron
Se comieron un capon
En un asador metido;
Despues de haberle comido,
Trataron en conferencia
Si obrarian con prudencia
En comerse el asador;
¿ Lo comieron? No, señor ;
Era caso de conciencia (1).

Samaniego n'était pas la seule personne qui, sans appartenir à la société de Moratin et de ses amis, coopéra avec eux et seconda leurs efforts pour encourager un ton meilleur dans la littérature nationale. Parmi ceux qui, par une impulsion semblable, mais avec moins de succès, prirent la même direction, il faut compter Arroyal, poète qui publia, en 1784, une collection de poésies intitulées *Odes*, mais qui sont plus souvent des épigrammes ; Montengon, jésuite qui, après l'expulsion de son ordre commença, en 1786, par son *Eusebio*, une œuvre d'éducation, où il cherche à imiter le *Télémaque* : œuvre qu'il développe encore rapidement par sa composition épique en prose intitulée : *Rodrigo* ; par un volume d'odes et plusieurs autres productions, écrites avec peu de talent et prouvant, par les incorrections du style, que leur auteur avait vécu exilé en Italie, jusqu'au point d'oublier sa langue maternelle qui lui était devenue étrangère. A ces noms ajoutez Grégorio de Salas, doux et paisible ecclésiastique qui composa des odes, des fables, d'autres écrits burlesques, réimprimés plusieurs fois, après 1790 ; Ignacio de Meras, courtisan des plus tristes jours de Charles IV, dont les drames sans mérite et les mélanges poétiques parurent en 1792 ; le comte de Noroña, soldat et diplomate qui, outre une épopée indigeste sur la séparation de l'empire arabe d'Espagne de l'empire oriental, imprima, en 1799 et 1800, deux volumes de vers tellement légers qu'ils lui valurent par moments le titre de *Dorat espagnol*. Mais tous ces écrivains ne montrèrent qu'une disposition constante et de plus en plus développée pour se précipiter de plus en plus vers la si faible et si froide école

---

(1) Micizuf et Zapiron — Mangèrent un chapon — Déjà mis à la broche ; — Après l'avoir mangé, — Ils traitèrent en conférence — S'ils agiraient avec prudence — En mangeant aussi la broche. — La mangèrent-ils? Non, Seigneur ; — C'était un cas de conscience.
Partie II, liv. II, fable 9. Il donna aussi une version plus développée de la même fable, mais la plus courte est la meilleure. Πλέον ἥμισυ παντός.

française du dix-huitième siècle. Aucun d'eux n'avait le talent de ce petit nombre d'esprits actifs réunis à la Fonda de San Sebastian ; aussi aucun d'eux n'exerça leur influence sur la poésie contemporaine (1).

---

(1) Voici quelques mots qu'on peut ajouter sur chacun de ces cinq derniers auteurs :

1° *Las Odas de Leon de Arroyal*, Madrid, 1784, in-8°. A la fin sont insérées quelques compositions anacréontiques de peu de mérite, par une dame dont le nom n'est pas donné. Le livre commence par une définition vraiment espagnole de la poésie lyrique et nommément de la poésie dont les vers peuvent se réciter, se chanter ou se danser.

2° Pedro de Montengon, *Eusebio*, Madrid, 1786-87, 4 vol. in-8°. Les deux premiers volumes produisirent un grand scandale par l'absence complète de toute injonction de faire de l'instruction religieuse, une partie de l'éducation. Quoique les deux autres aient été composés pour remédier à ces défauts, c'est une raison de croire que Montengon se proposait primitivement de suivre le système de l'*Emile*. *El Antenor*, Madrid, 1788, deux volumes, in-8°, est un poème en prose sur la tradition qui fait fonder Padoue par les Troyens. *El Rodrigo*, Madrid, 1793, in-8°, est un autre poème épique, en prose, en douze livres, sur le dernier roi des Goths. *Eudoxia*, Madrid, 1793, in-8°, est un livre sur l'éducation, mais, cette fois, sur l'éducation des femmes. *Odas*, Madrid, 1794, in-8°, ont peu ou point de mérite. Montengon, dont nous n'avons pas cité tous les ouvrages, était né à Alicante, en 1745, et vivait encore en 1815. Il entra, fort jeune, dans la carrière ecclésiastique ; il vécut principalement à Naples, où il quitta la robe de prêtre et se consacra exclusivement à des occupations séculières.

3° Francisco Gregorio de Salas, *Coleccion de epigramas*, etc., 1792, quatrième édition, Madrid, 1797, deux volumes, in-8°. Son *Observatorio rustico*, 1770, dixième édition, 1830, est une longue et prosaïque églogue, divisée en six parties, et qui a joui d'une popularité fort peu méritée. L. F. Moratin, *Obras*, 1830, tom. IV, pp. 287 et 351, écrivit une épitaphe sur Salas et une intéressante biographie où le caractère personnel de ce vénérable ecclésiastique excite plus de sympathie que ses travaux poétiques. Sempere, *Biblioteca*, tom. V, pp. 69, etc., publia une liste de ses ouvrages, compris tous, je le crois, dans la collection que nous avons citée et qui se publia, à Madrid, en 1797. Un petit volume intitulé : *Parabolas morales*, etc., Madrid, 1803, in-8°, contient des apologues en prose, un peu meilleurs que tout ce que Salas avait précédemment écrit. C'est une de ses dernières, et probablement la dernière de ses compositions.

4° Ignacio de Meras, *Obras poeticas*, Madrid, 1797, deux volumes, in-12°. Ils contiennent une tragédie intitulée : *Teonea*, en vers blancs, conforme aux règles, mais sans le moindre mérite ; une comédie intitulée : *La Pupila de Madrid*, dans le vieux genre appelé de *Figuron*, mais prosaïque et burlesque ; un chant épique sur la conquête de Minorque, en 1782, à l'imitation des *Navas de Cortès*, de Moratin ; un poème sur la mort de Barberousse, en 1518 ; enfin des sonnets, des odes, dont une partie pourrait s'appeler romances, une autre, satires : le tout d'un mérite fort maigre.

5° Gaspar de Noroña, dont la famille était d'origine portugaise. Il reçut une éducation de soldat et assista au siége de Gibraltar. Il y écrivit une élégie sur la mort de Cadahalso, *Poesias de Noroña*, Madrid, 1799-1800, deux volumes, in-12°, tom. II, p. 190. Il s'éleva jusqu'au grade de lieutenant général et publia, dans ce rang, son *Ode sur la Paix de* 1795, tom. I, p. 172, qui le fit connaître la première fois comme poète, et qui est la meilleure de ses compositions, à l'exception, peut-être, d'un petit nombre de courtes et légères poésies. Un peu plus tard, il fut envoyé en Russie, en qualité d'ambassadeur, mais il revint pour défendre sa patrie contre l'invasion française, et fut nommé gouverneur de Cadix. Sa mort arriva, en 1815, Fuster, *Biblioteca*, tom. II, p. 381. On publia, en 1816, son poème épique intitulé : *Ommiada*, à Madrid, en deux volumes, in-8°, et composé d'environ quinze mille vers. C'est un poème aussi indigeste peut-être que toutes les autres compositions de ce genre, en si grand nombre dans la littérature espagnole, mais il offense moins le bon goût que la plupart d'entre elles. En 1833, il parut, à Madrid, ses *Poesias asiaticas puestas en verso castellano*, traductions de l'arabe, du persan, du turc, faites, comme il le dit lui-même dans sa préface, pour fournir des matériaux poétiques à son poème épique. Sa *Quicaida*, poème héroï-comique en huit chants pleins de parodies, est vraiment ennuyeux. Il est inséré dans ses *Poesias*, et il s'imprima en 1800.

CHAPITRE V

Ecole de Salamanque. — Mélendez Valdès. — Gonzalez. — Forner. — Iglésias. — Cienfuegos. — Jovellanos. — Muñoz. — Escoiquiz. — Moratin, le fils. — Quintana.

Les deux partis dans lesquels se divisait la littérature espagnole vers le milieu du dix-huitième siècle, s'égaraient, parce qu'ils se laissaient aller à deux opinions extrêmes, opinions rarement justifiées en quoique ce soit, et qui ne le sont jamais en matière de goût. Moratin se trompait en parlant avec dédain d'une poésie aussi belle que la fine poésie de la vieille romance de *Calaynos*; Huerta s'égarait également lorsqu'il prétendait que la tragédie de Racine, *Athalie*, n'était bonne qu'à être représentée dans une école de filles et rien de plus. Rien de plus naturel, par conséquent, que de voir se former un autre parti ou une autre école, qui s'efforçât d'éviter les excès des deux écoles précédentes et de réunir leurs mérites ; une école qui, sans être insensible à la pompe et à la richesse des vieux écrivains du temps des Philippe, évitât cependant leurs extravagances et leur mauvais goût, et pût s'accommoder, à certains égards, des conditions sévères du sens littéraire, dominant alors sur le continent. Cette école parut à Salamanque, vers la fin du règne de Charles III, et au commencement du règne de Charles IV.

Son principal fondateur fut D. Mélendez Valdès, né en Estramadure, en 1754, et envoyé à Salamanque pour y faire ses études, à l'âge de dix-huit ans. S'il n'y passa pas le restant de ses jours, il y vécut ses plus heureuses et ses meilleures années (1). Comme versificateur, il commença de bonne heure et dans l'école du mauvais goût. Il écrivit d'abord dans

---

(1) Il s'était opéré de grandes améliorations dans l'enseignement, à Salamanque, lorsque Mélendez vint dans cette Université. Mais les choses y restaient encore dans un véritable état de torpeur, et il y avait de déplorables abus à corriger.

le genre de Lobo qui était encore alors lu et admiré. Mais il tomba bientôt indirectement sous l'influence de Moratin et de ses amis de Madrid, opposés de toutes manières au mauvais goût de leur temps. Par un heureux hasard Cadahalso arrivait tout fraîchement à Salamanque, après avoir quitté les réunions de la Fonda de Saint Sébastien. Il remarqua l'enfant et découvrit, en même temps, en lui le talent que son professeur n'y avait pas encore découvert. Il prit Mélendez dans sa maison; lui montra le mérite et la valeur de la vieille littérature nationale et de la littérature alors cultivée par les autres nations de l'Europe, et il se consacra avec tant d'ardeur et d'affection à développer le génie de son jeune ami qu'on a répété plus tard, avec une certaine vérité, que de tous les ouvrages de Cadahalso, le meilleur était Mélendez. A cette même époque, Mélendez se lia aussi avec Iglésias et avec Gonzalès. Par ce dernier, il se mit en relations d'amitié avec Jovellanos, un esprit supérieur qui exerça, dès le premier moment de leur commerce, une évidente et salutaire influence sur Mélendez.

Son premier succès publié se place en 1780, année où notre auteur obtint le prix offert par l'Académie espagnole pour l'églogue la meilleure. Yriarte, plus âgé de quelques années et déjà avantageusement connu à la Cour et dans la capitale, fut son rival le plus redoutable. Mais la poésie d'Yriarte, en éloge de la vie champêtre, est composée par un homme dégoûté de la vie des villes, dans le style grave, déclamatoire des morceaux les moins heureux de la vieille poésie pastorale espagnole. La pièce de Mélendez, au contraire, respire la fraîcheur des champs, et, suivant l'expression d'un des juges, dans la discussion qui suivit sa lecture, *huele à tomillo*, elle sent le thym. C'était pour la douceur et la gentillesse, sinon pour l'originalité et la force, un retour au ton de Garcilaso, ton qui n'avait pas été entendu, en Espagne, depuis un siècle environ. Yriarte reçut le second prix du concours, sans être satisfait d'une décision pareille, il fit même éclater son mécontentement par une injuste attaque contre l'églogue couronnée de son rival. Toutefois la faveur populaire soutint entièrement l'Académie, et le vote de cette corporation sur ce sujet n'a jamais été contredit.

L'année d'après, Mélendez vint à Madrid. Il fut reçu avec la plus grande affection par Jovellanos et par ses amis. Il obtint de nouveaux honneurs à l'Académie de Saint Ferdinand par son ode *A la gloria en las artes*, prix que l'Académie avait fondé pour son développement. Mais Mélendez conservait sa préférence pour sa vieille et poétique retraite sur les bords du Tormès; ayant obtenu la chaire de professeur d'humanités ou de philologie à Salamanque, il y retourna avec joie et se consacra à l'accomplissement de devoirs qui ne laissent place à aucune ostentation.

En 1784, et sur l'invitation de Jovellanos, il vint à Madrid concourir pour le prix qu'offrait cette ville à la comédie la meilleure, et il composa *Las bodas de Camacho el rico*. Mais son talent n'avait rien de dramatique ; il obtint bien les votes des juges, toutefois il ne put obtenir, au grand désappointement de son patron, les suffrages du public le jour où son drame fut mis à l'épreuve d'une représentation.

Cet échec il le répara un an plus tard, par la publication d'un petit volume de poésies principalement lyriques et pastorales. Elles sont écrites en général, en petits vers, genre si national ; elles sont presque toutes empreintes d'une grande simplicité d'esprit et d'une sensibilité vraiment poétique. Les anacréontiques qu'il contient nous rappellent celles de Villegas, mais elles respirent plus de philosophie et plus de tendresse. Quant aux romances, genre pour lequel son talent ne paraît pas moins heureusement doué, si elles manquent de l'énergique vigueur des temps primitifs, elles ont cette grâce, cette légèreté, ce fini, appartenant aux époques plus avancées de la poésie d'une nation, alors que la lyre populaire a cessé de produire de neuves et originales mélodies. Ce petit volume porte partout des traces d'une imagination active, d'une faculté d'observation scrupuleuse, se traduisant par de riches et fidèles descriptions des scènes de la nature, par des traits de tout ce qu'il y a de plus tendre et de plus vrai dans le cœur humain. Ce volume constituait, en réalité, une œuvre poétique plus digne de la nation qu'aucune de celles qui s'étaient produites en Espagne, depuis la disparition des grandes lumières du seizième et du dix-septième siècle. En conséquence il fut reçu avec un enthousiasme général, non-seulement à cause de son mérite propre, mais parce qu'il était l'aurore longtemps attendue d'un jour plus brillant.

Ce succès, Mélendez ne sut pas sagement l'utiliser. Depuis plusieurs années, il était dans l'habitude de passer ses vacances dans la capitale où plusieurs personnes de distinction lui faisaient un accueil des plus favorables. Arrivé à son degré de considération générale, il employa leur influence à solliciter pour lui une place du gouvernement : vieille et antique faiblesse du caractère castillan, pouvant se déguiser sous les noms de fidélité et de service public, mais qui a brisé l'indépendance et le bonheur d'une multitude d'intelligences privilégiées qui n'ont pu s'empêcher de s'y laisser aller. Mélendez vit malheureusement ses aspirations réussir. En 1789, il fut nommé juge d'une des cours de Saragosse ; en 1791, il était élevé à une haute et digne position dans la chancellerie de Valladolid. Il s'engagea ainsi plus ou moins dans le gouvernement politique de son pays, où, durant l'administration du prince de la Paix, chaque fonctionnaire était, sous certains rapports, employé comme un de ses instruments.

Mélendez ne négligea pas pour cela ses occupations favorites. Il remplit scrupuleusement et avec habileté les obligations de son emploi. Mais la poésie était encore ses premières amours et il racheta, pour son service, plusieurs heures d'une secrète et profonde dévotion. En 1797, il publia une nouvelle édition de ses œuvres formée de plus du double de pièces de l'édition originale et dédiée au favori régnant, au maître de toutes les fortunes dans un pays qu'il gouvernait si mal. Mélendez obtint un grand succès. Les compositions nouvelles portaient un caractère plus grave, avaient un air plus philosophique que les premières pièces lyriques ou pastorales, et témoignaient d'une plus grande influence de ses études sur la littérature anglaise et la littérature allemande. Malgré cela, elles ne constituaient pas un progrès. Mélendez pensa, sans aucun doute, que les terribles révolutions qu'il voyait de tous côtés, dans la ruine des royaumes et les convulsions des sociétés, prescrivaient à la poésie des sujets plus élevés et plus solennels que ceux qu'il avait coutume de voir et il fit des efforts pour répondre à une exigence si grave. Une ou deux fois il a la conscience d'avouer qu'il n'est pas à la hauteur de cette entreprise. Cependant son ode *Al Invierno*, comme saison propre à la réflexion, où il prouve qu'il avait beaucoup lu Thompson ; son ode *A la Verdad*, et celle *A la presencia de Dios en sus obras*, n'ont rien d'indigne de l'élévation des sujets. Plusieurs de ses épîtres philosophiques sont aussi fort bonnes ; en particulier, celles qui s'adressent à Jovellanos et au prince de la Paix. Dans ses *Canciones* où il cherche à imiter Pétrarque ; dans son chant épique sur la *Caida de Luzbel*, qui lui fut évidemment suggéré par Milton, Mélendez est moins heureux (1). En somme, les efforts tentés pour introduire dans la poésie espagnole un ton nouveau, un ton de discussion morale et jusqu'à un certain point, de discussion métaphysique, vers

---

(1) Je ne sais si la *Caida de Luzbel* s'écrivit ou non pour le prix offert par l'Académie espagnole, en 1785, au meilleur poème sur ce sujet qui ne dépasserait pas cent stances de huit vers ; mais je possède une autre composition très-faible, portant le même titre, et se disant l'œuvre de Manuel Perez Valderrabano, Palencia, 1776, in-12°. Cette dernière est composée pour ce concours, et l'ode de Mélendez paraît remplir entièrement toutes les conditions. Le prix ne fut pas toutefois décerné.

laquelle le pressait Jovellanos, ne diminuèrent pas, c'est vrai, la solide et permanente réputation de Mélendez, mais n'y ajoutèrent rien non plus. L'énergie concise et la précision philosophique qu'exige une pareille intonation sont réellement étrangères au génie fervent du vieux mètre castillan et sympathisent difficilement avec l'humble foi religieuse qui est un des éléments les plus importants du caractère national. Sous ce rapport, Mélendez eut peu d'imitateurs.

Comme nous l'avons remarqué, cette nouvelle publication de ses œuvres eut du succès. Le prince de la Paix fut flatté de la part qui lui était réservée. Mélendez reçut, en conséquence, un emploi important dans la capitale, emploi qui l'amena à Madrid, où son ami Jovellanos, devenant ministre d'État, sa position se trouva, pour un moment, des plus agréables et des plus heureuses, tandis que l'avenir semblait ouvrir devant lui une longue perspective d'élévation et de gloire. Mais l'année suivante, l'homme vertueux et sage sur lequel reposaient tant d'espérances, outre celles de Mélendez lui-même, tomba du pouvoir; et, suivant une vieille coutume de la monarchie espagnole, ses amis politiques se virent enveloppés dans sa chute. Tout d'abord, Mélendez fut exilé à Medina del Campo et plus tard, à Zamora. En 1802, la rigueur de sa persécution s'adoucit; il lui fut permis de retourner à Salamanque, théâtre de ses premiers triomphes, de son bonheur et de sa gloire.

Mélendez retourna donc à Salamanque, mais triste et désappointé; avec peu de goût pour les études poétiques et sans cette tranquillité d'âme qui les fait poursuivre avec succès. Au bout de six années d'ennui, la révolution d'Aranjuez éclata et Mélendez devint encore libre. Il se hâta de rentrer à Madrid, mais c'était trop tard. Le roi était déjà à Bayonne et la puissance française à son apogée, dans la capitale des Espagnes. Par malheur il s'attacha au nouveau gouvernement de Joseph, et il partagea d'abord ses désastres et plus tard sa destinée. Peu s'en fallut une fois qu'il ne fut passé par les armes par la population soulevée d'Oviedo où il avait été envoyé pour remplir une mission. Dans une autre circonstance, sa maison fut saccagée, à Salamanque, et sa précieuse bibliothèque fut détruite par ce même parti français dont il servait les intérêts. Enfin, quand tout fut perdu, il émigra. Mais, avant de franchir la frontière, il fléchit le genou, baisa le dernier pan de terre qu'il pouvait appeler l'Espagne et, pendant que la Bidassoa recevait ses larmes, il s'écria, plein d'angoisses : *Ya no volveré jamás à pisar el suelo de mi querida patria !* je ne reviendrai jamais fouler le sol de ma patrie chérie ! prophétie qui s'accomplit aussi tristement qu'elle avait été prononcée. En effet, Mélendez vécut quatre années d'exil et de misère, dans le midi de la

France et mourut, à Montpellier, le 24 mai 1817, dans la pauvreté et la souffrance (1).

Afin de consoler les tristes heures de son exil, il s'occupait à préparer les matériaux pour une publication définitive de tout ce qu'il avait écrit, comprenant plusieurs poésies nouvelles et plusieurs changements dans les poésies déjà éditées. Tout ce travail parut en 1820, et constitua la base des différentes éditions de ses œuvres qui ont été depuis mises au jour. Comme les collections précédentes, cette dernière ne montre cependant pas un génie poétique de premier ordre, pas plus qu'un génie très-flexible, ni de qualités fort variées, mais c'est assurément un génie de la plus grande douceur; toujours délicat et gracieux, toutes les fois que le sujet respire la tendresse; vigoureux et imposant, toutes les fois qu'il exige de la gravité. Les bonnes compositions de Mélendez témoignent d'un grand progrès sur la poésie de Montiano et même sur celle de Moratin le père. Elles sont plus castillanes; elles sont animées d'un sentiment plus vif que les leurs. On peut bien y désavouer quelques gallicismes accidentels, gallicismes dont la plupart sont reconnus aujourd'hui comme faisant partie des ressources de la poésie espagnole. Mais plus souvent Mélendez fait revivre des phrases négligées, de vieux mots, qu'il a par là rétablis à leur place dans le langage, et qui ont augmenté sa richesse. Une remarque générale, c'est que son vers n'est pas seulement coulant et facile, mais qu'il convient extraordinairement au sujet traité par le poète. Si l'on considère ce qu'il a fait lui-même, ou l'influence qu'il a exercée sur les autres, surtout à la lecture du petit volume qu'il a publié dans la fraîcheur de sa jeunesse, alors qu'il était encore inconnu à la Cour et sans souci encore de ces convulsions qui devaient à la fin le bouleverser lui-même, il est hors de doute qu'il était plus propre à former une nouvelle école et à donner une impulsion régulière à la poésie nationale qu'aucun autre des écrivains qui ont paru, en Espagne, depuis environ un siècle (2).

_____

(1) La mort de Mélendez, à ce que suppose le médecin qui lui avait donné des soins, fut occasionnée par l'usage exclusif des végétaux pour aliments. Il avait été réduit à cette nécessité faute des moyens nécessaires pour en avoir d'autres plus substantiels. Cette même pauvreté fut également cause de l'état obscur et inconnu où resta sa sépulture. Aussi, en 1828, le duc de Frias et le poète, D. Juan Nicasio Gallegos éprouvèrent-ils une grande difficulté à découvrir ses restes mortels et à leur donner une demeure plus digne, dans un des principaux cimetières de Montpellier où ils firent ériger un monument à sa mémoire : triste et lamentable histoire en vérité. *Semanario Pintoresco*, 1839, pp. 331-333.

(2) Juan Mélendez Valdès, *Poesias*, Madrid, 1785, in-8°; 1797, trois volumes, in-8°; 1820, quatre volumes, in-8°. La dernière de ces éditions est précédée d'une

Un autre poète, plus âgé que Mélendez, mais qui subit un peu son influence et celle de Cadahalso, qui l'exerça effectivement sur le goût de l'un
et l'autre, un poète, dis-je, c'est l'excellent Père Diego Gonzalez, modeste
moine augustin, qui dépensa une partie de sa vie dans l'accomplissement
de ses devoirs religieux, à Salamanque, où il se lia intimement avec les
poètes de la nouvelle école; une autre partie, à Séville où il devint
l'ami de Jovellanos, et une autre, à Madrid où il mourut en 1794,
à l'âge d'environ soixante ans, sincèrement regretté partout ce qu'il y
avait de nobles cœurs dans son temps. Comme poète, Diego Gonzalez
s'attacha plus que Mélendez à la vieille école castillane. Il avait pris le
modèle le meilleur; il imitait Fr. Luis de Léon, et avec un succès tel que,
dans ses odes et dans ses versions des psaumes, nous croyons presque entendre les solennels accents du grand maître. Toutefois ses poésies les
plus populaires appartiennent au genre léger et badin, telles que : *El mur-
ciélago alevoso*, qui se réimprima souvent; ses vers : *A la quemadura de un
dedo de Filis*, et les badinages semblables où il montre qu'il tient, dans sa
main et à ses ordres, toutes les grâces secrètes de la vieille langue castil-

---

biographie du poète par Quintana, Puybusque, tom. II, p. 496. J'ai ouï dire qu'a-
vec la première édition authentique du petit volume de poésies, publié en 1785,
il en parut simultanément trois autres contrefaçons; tant était grande, dès le
principe, la popularité de l'écrivain.

Le premier volume de Hermosilla, *Juicio crítico de los principales poetas españoles de la última era*, Paris, 1840, deux volumes, in-8°, contient une critique
si sévère des poésies de Mélendez que j'ai de la peine à m'en expliquer le motif.
Le jugement de Martinez de la Rosa, dans les notes à *sa Poética*, est beaucoup
plus exact et plus fondé. Mélendez corrigeait ses vers avec le plus grand soin;
quelquefois même avec un scrupule excessif. On peut en voir la preuve dans la
comparaison de quelques-unes de ses pièces de l'édition publiée en 1785, avec les
mêmes pièces insérées postérieurement dans l'édition de 1820.

Peu de temps après la mort de Mélendez, on publia plusieurs de ses discours,
dans le premier des trois volumes formant la continuation de l'*Almacen de frutos
literarios*, Madrid, 1818, in-4°. Plus tard, en 1821, on les réimprima dans un petit
volume sorti de l'imprimerie royale avec le titre de *Discursos forenses*. Une
moitié, il y en a dix en tout, sont des réquisitoires prononcés dans des causes
criminelles célèbres, pendant le temps qu'il fut fiscal de Corte. Les cinq autres
sont des discours ou harangues prononcés dans des réunions littéraires. Ces
écrits sont, généralement parlant, fort éloquents, pleins de nerf et de vigueur ; ils
respirent une grande élévation d'âme et expriment des idées dignes d'un disciple
de Jovellanos. Ils n'ont qu'un défaut, c'est une intonation décidément française,
intonation assez perceptible dans ses vers, et beaucoup plus sensible dans sa
prose.

lane. Un poème didactique sur *Las quatro edades del hombre*, poème qu'il commença, en tête duquel, sur le premier livre, il plaça une dédicace des plus fines à Jovellanos, ne vit jamais sa fin. Ses poésies, fort connues et très-répandues durant sa vie, ne furent pour lui que l'objet d'un intérêt et d'un souci médiocre ; ce ne fut pas sans difficulté qu'on les réunit après sa mort, et que son ami intime, D Juan Fernandez, put les publier (1).

D'autres poètes, au nombre desquels on compte Forner, Iglésias et Cienfuegos, subirent plus que Gonzalez l'influence de l'école de Salamanque. Comme Mélendez, Forner était né dans l'Estramadure, et les deux amis reçurent ensemble leur éducation à l'Université de cette ville. Par ses opinions critiques, consignées en partie dans une satire *Contra los vicios introducidos en la poésia castellana*, satire qui obtint un prix académique en 1782 ; en partie, dans ses controverses avec Huerta sur le théâtre espagnol, il incline beaucoup vers la plus sévère école française. Mais sa poésie est plus libre que ses opinions ne veulent le faire entendre. Dans ses dernières années, après avoir été magistrat à Séville, après avoir étudié Herrera, Rioja et l'école des vieux maîtres natifs de l'Andalousie, il s'attacha d'une manière plus résolue au style national et se rapprocha davantage de la sereine gravité de Gonzalez. Malheureusement, sa vie occupée par la multitude des affaires, fut, en outre, très-courte. Forner mourut en 1797, à peine âgé de quarante-un ans; et, si l'on excepte ses œuvres en prose dont la meilleure est une apologie bien écrite de la réputation littéraire de sa patrie contre les injurieuses imitations étrangères, il laissa au monde peu de preuves des qualités dont il était doué et de l'influence réelle qu'il a exercée (2).

Avec une vie, même plus courte, Iglésias eut, à certains égards, plus de bonheur. Il était né à Salamanque et y avait été élevé, sous les aus-

---

(1) *Poesias del M. Fr. Diego de Gonzalez*, Madrid, 1812, in-8°. Il était originaire de Ciudad-Rodrigo, où il était né en 1733. S'il avait eu moins de modestie, moins d'intimité avec Jovellanos et avec Mélendez, nous aurions peut-être aujourd'hui une école moderne de Séville, comme nous l'avons de Salamanque.

(2) Juan Pablo Forner, *Oracion apologética por la España y su merito literario*, Madrid, 1786, in-8°. Ses controverses et ses discussions critiques se publièrent particulièrement sous les noms supposés de Tomé Cecial, Varas, Bartolo, etc. Ses poésies se trouvent dans la *Biblioteca de Mendivil y Silvela*, Bordeaux, 1819, quatre volumes in-8°, et dans le quatrième volume des *Poesias selectas de Quintana*. En 1843, D. Luis Villanueva commença de publier une édition complète de ses œuvres qui s'arrêta au premier volume.

pices les plus favorables. Indigné de l'état de dégradation morale où se trouvait sa ville natale, il se livra tout d'abord à la satire, sous les formes si libres de la versification castillane : romances, apologues, épigrammes et surtout *letrillas*, où règne une demi-simplicité et une demi-malice, genre où il obtint un succès si brillant. Mais lorsqu'il devint un curé de paroisse, il crut que de pareilles bagatelles s'accordaient mal avec l'exemple qu'il devait donner à ses ouailles. Aussi se consacra-t-il à des compositions sérieuses ; écrivit-il des romances, des églogues, des silves, dans le style de Mélendez. Il publia encore un poème didactique sur la théologie. Toutes ces compositions sont le résultat d'un dessein des plus dignes ; elles sont écrites toutes dans cette pureté de style qui constitue une de ses éminentes qualités. Aucune n'est toutefois le produit des élans instinctifs de son génie ; aucune ne tend à augmenter finalement sa réputation. Après sa mort, arrivée en 1791, lorsqu'il était dans la trente-huitième année de son âge, ce fait devint immédiatement apparent. Ses œuvres furent réunies et publiées en deux volumes : le premier se composa de poésies d'un style plus grave, le second, de ses satires. La décision du public fut instantanée. Ses poésies légères, un peu trop libres, offraient la meilleure imitation de Quevedo que l'on ait jamais vue ; elles obtinrent une faveur immédiate : les poésies sérieuses, fastidieuses et pesantes, cessèrent bientôt d'être lues (1).

Cienfuegos était de dix ans plus jeune que Mélendez ; il se montra disciple du maître plus strictement qu'aucun des deux derniers poètes que nous venons de mentionner. Mais il arrivait dans des temps malheureux, et sa carrière, qui promettait d'être brillante, se vit interrompue par les troubles qui emportèrent le poète. Il publia ses œuvres poétiques en 1798 ; la partie des mélanges consiste en poésies anacréontiques, en odes, romances, épîtres, élégies, témoignant d'un talent réel et d'une passion vive, mais parfois manifestant un excès de sentimentalisme, et parfois un désir exagéré d'imiter le genre métaphysique et philosophique réclamé, supposait-on, par l'esprit du siècle : deux défauts

---

(1) *Poesias de Don Josef Iglesias de la Casa*, Salamanque, 1798, deux volumes in-8°, seconde édition. Elles furent prohibées par l'Inquisition, Index expurgatoire, 1805, p. 27. Les meilleures éditions sont celles de Barcelone, 1820, de Paris, 1821. Il en existe plusieurs autres, une notamment, de 1840, en quatre petits volumes, dont le dernier contient un grand nombre de poésies qui n'avaient pas été publiées précédemment, et dont la plus grande partie, toutes, peut-être, sont apocryphes.

auxquels il se laissa aller, en partie par l'exemple de son ami et maître Mélendez, sur les traces duquel il avait longtemps marché dans les cloîtres de Salamanque; deux genres d'affectation dont un caractère aussi impétueux, aussi résolu que celui de Cienfuegos se serait, avec le temps, débarrassé lui-même.

La faveur qui accueillit cette publication lui valut la place de directeur de la *Gaceta de Madrid*, et, quand les troupes françaises envahirent la capitale, en 1808, il resta ferme à son poste, décidé à remplir ses devoirs envers sa patrie. Murat qui commandait les forces de l'invasion, chercha d'abord à le séduire ou à le porter à se soumettre, mais il échoua dans ses démarches et le condamna à mort. Cette sentence aurait été infailliblement mise à exécution, puisque Cienfuegos se refusait à faire la moindre concession à l'autorité française, si ses amis ne fussent intervenus, n'eussent obtenu une commutation de peine et sa transportation en France. Toutefois ce changement devint à peine une grâce. Les souffrances de la route qu'il fit comme prisonnier de guerre; la douleur de laisser ses amis dans les mains d'hommes qui lui avaient avec peine accordé sa propre vie; la perspective d'un long exil, au milieu de ses propres ennemis et dans leur pays, étaient des malheurs trop accumulés pour son esprit si plein de patriotisme et de sentiments généreux. Il mourut au mois de juillet de l'année 1809, à l'âge de quarante-cinq ans, quelques jours seulement après être arrivé au lieu désigné pour son châtiment (1).

Un autre personnage que nous avons déjà cité avec éloges, doit être maintenant l'objet d'une mention particulière. Si sa vie appartint à l'Etat, il composa aussi des poésies avec succès et il exerça sur l'école de Salamanque une influence qui appartient à l'histoire littéraire. Ce personnage n'est autre que Jovellanos, le sage magistrat, le ministre de Charles IV, la victime de l'indigne faiblesse de son maître et de la vengeance encore plus indigne d'un favori au pouvoir. Il était né à Gijon, dans les Asturies, en 1744. Dès ses premières années, Jovellanos semble avoir montré cet amour pour la culture intellectuelle, cette élévation morale de caractère qui le distinguèrent dans toutes les diverses parties plus mûres de sa vie.

---

(1) *Obras Poéticas de Nicasio Alvarez de Cienfuegos*, Madrid, 1816, 2 vol. in-8. On regrette les néologismes et les archaïsmes de son style. Ses derniers surtout constituent, sans raison suffisante, un sujet de plainte contre Mélendez, son maître.

La position de sa famille était telle qu'elle lui fournit tous les moyens possibles, en Espagne, pour une éducation soignée. Primitivement, on le destinait aux plus hautes dignités de l'Eglise ; on l'envoya étudier la philosophie, le droit canon et le droit civil, à Oviédo, à Avila, à Alcala de Henarès, à Madrid. Mais, au moment même où il allait faire irrévocablement le pas qui devait le jeter dans la vie ecclésiastique, ses amis et en particulier l'homme d'État distingué qui fut pour lui comme un second père, Juan Arias de Saavedra, intervinrent et changèrent sa destinée. La conséquence de cette intervention fut son envoi à Séville, en 1767, comme magistrat de l'ordre judiciaire. Là, par l'humanité de son esprit, par son désintéressement, par son zèle ardent à remplir les devoirs d'une charge difficile et désagréable, il se fit généralement aimer et respecter. En même temps, ses études sur l'économie politique, sur les fondements de toute juste législation, lui préparèrent la voie pour son élévation future à la direction des affaires de son pays.

L'esprit de Jovellanos s'accordait avec tout ce qu'il y avait de noble et d'élevé. A Séville, il découvrit le premier le mérite de Diego Gonzalez et, par lui, il entama une correspondance avec Mélendez, dont un des résultats se voit encore dans l'épître poétique de Jovellanos à ses amis de Salamanque, les exhortant à s'élever aux plus sublimes élans de la poésie. Un autre de ses résultats, ce furent les relations qui s'établirent entre lui et Mélèndez, relations si importantes pour la jeune école de Salamanque et qui permirent à Jovellanos de consacrer une plus grande partie de ses loisirs à la belle littérature qu'il avait toujours aimée, et dont les sérieuses occupations de sa vie l'en avaient tenu, pendant un certain temps, si grandement éloigné.

La conséquence d'une conversation accidentelle lui fit composer, à Séville, la comédie en prose, *El Delincuente honrado*, qui obtint un succès remarquable. En 1769, il prépara une tragédie en vers, *El Pelayo*, qui ne s'imprima que quelques années plus tard. D'autres compositions poétiques plus courtes, tantôt graves, tantôt badines, servirent de diversion à son esprit, dans les intervalles des travaux sévères, et lorsque, après une période de dix ans, il quitta la brillante capitale de l'Andalousie, son épître poétique aux amis qui y restaient, prouve avec quelle profondeur de sentiment il comprenait qu'il avait laissé derrière lui l'époque la plus heureuse de sa vie.

En 1778, il fut appelé à Madrid comme un des principaux magistrats de la capitale et de la Cour, dans des fonctions qui le rejetaient encore dans l'administration de la justice criminelle, fonctions dont il avait été relevé durant son séjour à Séville. Ses devoirs étaient en complet désaccord avec son caractère, mais il les remplit avec le plus grand scrupule, et se consola par son commerce avec des hommes tels que Campomanes et Cabarrus, se consacrant, comme lui, à la grande tâche d'élever la condition de leur pays. Aussi Jovellanos avait-il alors peu de loisirs pour la poésie. Accidentellement occupé d'affaires importantes au couvent du Paular, notre poète fut tellement frappé par la magnificence de la scène au milieu de laquelle il se trouvait, par la tranquillité de la vie des habitants de cette retraite que son inspiration poétique prit son essor dans une adresse à Mariano Colomb, un descendant du grand navigateur qui avait découvert l'Amérique, dans une des plus belles épîtres, empreinte de la majestueuse sévérité que ce lieu lui avait inspirée, et de l'aspiration de l'auteur vers un repos dont son esprit était si disposé à jouir.

En 1780, Jovellanos fut élevé à une place dans le Conseil des Ordres. Là il eut plus de loisirs et il put consacrer son temps à des objets plus élevés. Nous en trouvons les résultats dans son rapport au gouvernement sur les ordres de chevalerie tant militaires que religieux; dans son système d'instruction pour le collège impérial de Calatrava; dans son discours sur l'étude de l'histoire, comme partie essentielle d'une véritable étude de la jurisprudence; enfin, dans d'autres travaux semblables, prouvant d'une manière incontestable qu'il était un excellent écrivain en prose et le premier homme d'Etat philosophe du royaume.

En même temps, il se plaisait à l'étude des belles-lettres et il trouvait un grand plaisir à réunir autour de lui les poètes et les hommes de lettres qu'il aimait. En 1785, il composa plusieurs romances burlesques sur les disputes de Huerta, Yriarte et Forner, relatives au théâtre ; l'année suivante, il publia deux satires, en vers blancs et dans le style de Juvénal, pour flétrir les mœurs corrompues de son temps. Toutes ces compositions se virent accueillies avec faveur ; les romances ne s'imprimèrent que longtemps après, mais produisirent peut-être plus d'effet parce qu'elles circulèrent en manuscrit et devinrent l'objet du plus grand intérêt.

Des personnes de cette trempe se mêlant aux affaires publiques pouvaient bien se soutenir à la Cour de Charles III, mais ne pouvaient guère jouir de quelque considération à la Cour de son fils. En 1790, deux ans après l'avénement de Charles IV au trône, le comte de Cabarrus non-seulement tomba du pouvoir, mais il fut même jeté en prison. Alors Jovellanos, qui n'avait pas hésité à le défendre, fut relégué dans les Asturies, dans une espèce d'exil honorable qui dura huit années. Il conserva son humeur aussi gaie dans la disgrace qu'au pouvoir. A peine arrivé à sa ville natale, il se livra immédiatement à toutes les améliorations publiques qu'il jugea utiles ; il s'appliqua à tout ce qui se rapportait aux mines, aux routes, et spécialement à tout ce qui avait trait à l'éducation du peuple en général, avec le zèle le plus désintéressé. Durant cette période d'une retraite forcée, il adressa de nombreux rapports au gouvernement sur différents sujets se rattachant au bien-être général. Il écrivit un excellent traité, *Sobre las diversiones publicas*, que l'Académie royale d'histoire publia plus tard, et un travail soigné sur la législation dans ses rapports avec l'agriculture, travail qui répandit sa réputation dans toute l'Europe, et qui a servi de base à tout ce que l'Espagne a depuis sagement entrepris en cette matière difficultueuse.

En 1797, le comte Cabarrus rentra en grâce, à la faveur de Godoy, prince de la Paix, et Jovellanos fut rappelé à la Cour et nommé ministre de la justice. Toutefois le temps de sa faveur fut très-court. Godoy détestait encore les vues élevées d'un homme à qui il avait délégué, malgré lui, une faible portion de sa propre puissance. Aussi, en 1798, sous prétexte de le rendre à ses anciennes fonctions, Jovellanos se vit exilé de nouveau dans les montagnes des Asturies, Asturies qu'il aima, comme tant d'autres hommes distingués également sortis de ces montagnes, d'un amour exagéré qu'il ne prenait aucun soin de déguiser.

Cet exil ne put toutefois satisfaire la jalousie du favori. En 1801, victime en partie des intrigues de l'Inquisition et plus encore d'une intrigue politique, Jovellanos fut soudainement saisi dans son lit et, au mépris des lois et de la décence, traîné, comme un malfaiteur vulgaire, à travers tout le royaume et embarqué à Barcelone pour Majorque. Là, on le confina d'abord dans un couvent, puis dans une forteresse, avec une rigueur telle que toute communication avec ses amis, tout rapport avec les affaires du monde lui furent formellement interdits. Il y resta, sept longues années, exposé aux privations et aux épreuves qui minèrent sa santé et brisèrent sa constitution. Enfin arriva l'abdication et la chute de son faible et ingrat souverain, alors, comme dit Southey dans son *Histoire de la guerre de la Péninsule*, « arriva le châtiment de Godoy, et « ce que les Espagnols désiraient le plus, la liberté de Jovellanos. » Ce dernier revint donc de son exil et il fut partout accueilli avec ces marques d'affection et de respect que lui avaient conciliés de si grands services et des douleurs si injustement soufferles.

Ses infirmités, toutefois, l'accablaient réellement ; il refusa, par conséquent, toute fonction publique, même parmi ses amis qui avaient adhéré à la cause nationale. Il rejeta avec indignation la proposition que lui firent les envahisseurs français, de devenir un des principaux ministres d'Etat dans le nouvel ordre de choses qu'ils espéraient établir ; et il se retira lentement et tristement pour chercher dans ses montagnes natales le repos dont il avait besoin. Il ne lui fut pas permis d'en jouir long-temps. Dès que la junte centrale se fut organisée à Séville, il s'y vit en-voyer pour y représenter sa province, et il montra dans ces réunions la supériorité de son esprit, en ces moments si sombres et si découra-geants de grande lutte pour l'existence de son pays. A la dissolution de cette assemblée, dissolution devenue l'objet de ses plus vifs désirs, Jovel-lanos retourna dans sa province, brisé par les années, les fatigues et les souffrances, espérant qu'il lui serait maintenant permis d'y finir ses jours 'dans la tranquillité.

Mais des hommes d'une influence telle que la sienne ne pouvaient alors avoir la paix en Espagne. Dans ces jours de révolution, il se vit comme d'autres, violemment attaqué par le haineux esprit de faction. En 1811, il répliqua victorieusement à ses accusateurs, dans une défense de ce qui peut se considérer comme son administration en Espagne, durant les deux années précédentes, défense écrite avec la pureté, l'élégance et la gravité qui distingue ses meilleurs jours, et avec une ferveur morale plus élo-quente même que celle qu'il avait jusqu'alors manifestée. En arrivant à la conclusion de cette justification personnelle, aussi admirable par sa modestie que par son énergie, il s'écrie avec un profond chagrin qu'il ne cherche point à déguiser : (1)

« Con todo, al levantar la pluma, una secreta pena queda en mi co-
« razon, que le turbará en el resto de mis dias : yo no he podido defen-
« derme à mí sin ofender à otros, y temo que por la primera vez de mi
« vida empezaré à tener enemigos que yo mismo haya excitado. Pero, he-
« rido en lo mas vivo y sensible de mi honor y no hallando autoridad que
« le protegiese y salvase, era preciso buscar mi defensa en la pluma,
« ùnica arma que ha quedado en mis manos. Manejarla con templanza
« cuando un dolor tan agudo la impelia, era muy difícil. Otro mas diestro
« en estas lides la hubiera esgrimido con mas arte y herido mas, exponi-
« éndose menos ; yo atacado con vehemencia, y entrando en la lucha inex-

(1) « Néanmoins, en prenant la plume, une peine secrète reste dans mon cœur, peine qui le troublera le restant de mes jours : je n'ai pu me défendre moi-même, sans en blesser d'autres, et je crains de commencer, pour la première fois de ma vie, à avoir des ennemis que je me suis moi-même suscités. Mais blessé dans ce qu'il y a de plus vif et de plus sensible, en mon honneur, ne trouvant point d'au-torité pour le protéger et le sauver, il me fallait bien chercher ma défense par la plume, la seule arme qui restait en mes mains. La manier avec modération, quand une douleur aussi aiguë la poussait, c'était fort difficile. Un autre plus ha-bile dans ces luttes se serait escrimé avec plus d'art, aurait causé plus de blessu-

« perto y solo, me entregué à ella à cuerpo descubierto, y por salir del
« peligro presente no me curé de los que podian sobrevenir. Tal era el
« impulso que me arrastraba, que me hizo perder de vísta todas aquel-
« las consideraciones que tanto pudieran sobre mí en otro tiempo. Vene-
« racion à la autoridad pública, respeto à las personnas constituidas en
« dignidad, afecciones privadas de amistad, de inclinacion, de trato y fa-
« miliaridad ; todo cedió en mi espiritu al amor à la justicia y al deseo de
« que la verdad y la inocencia triunfasen sobre la invidia y la calum-
« nia. Y ¿ serà tanto perdonado por los que me persiguieron ni por los
« que me negaron su proteccion? Pero no importa : llegó ya para mí el
« tiempo en que toda desaprobacion que no venga de los hombres de bien
« y amantes de la justicia deba serme indiferente. Cuando me hallo
« tan cercano à la edad que señala un término infalible à la vida del
« hombre; cuando estoy pobre y invalido, y sin hogar ni proteccion en
« mi misma patria, ¿ que me queda que desear, despues de su gloria y
« su libertad, sino morir con el buen nombre que procuré adquirir
« en ella? (1) »

Au moment où se publiait cette éloquente défense de Jovellanos, les
Français, par une invasion soudaine, prenaient militairement possession de sa ville natale, et le poète se vit obligé, pour sa sécurité, de se réfugier à la hâte sur un frêle vaisseau, sachant à peine dans quelle direction il prendrait sa course. Après avoir souffert, pendant huit jours,
une violente et continuelle tourmente dans le golfe de Biscaye, il dé-

---

res et se serait moins exposé; quant à moi, attaqué avec violence, entrant dans la
lutte seul et sans expérience, je m'y suis livré à découvert, et, pour sortir du
danger présent, je n'ai eu nul souci de ceux qui pouvaient subvenir. L'impulsion
qui m'entraînait était telle qu'elle m'a fait perdre de vue toutes ces considérations
si puissantes sur moi en d'autres temps. Vénération pour l'autorité publique,
respect pour les personnes élevées en dignité, sentiments privés d'amitié, d'inclination, de commerce et de familiarité, tout a cédé dans mon esprit à l'amour de
la justice, au désir de voir la vérité et l'innocence triompher de l'envie et de la
calomnie. Ne serai-je pas pardonné tant par ceux qui m'ont poursuivi que par
ceux qui m'ont refusé leur protection? Peu m'importe, le temps est arrivé pour
moi où toute désapprobation qui ne viendra pas des hommes de bien, de ceux
qui aiment la justice, doit m'être indifférente. Quand je me trouve si près de
l'âge qui marque un terme infaillible à la vie de l'homme ; quand je suis pauvre
et abandonné, sans foyer, sans protection dans ma patrie même, que me reste-
t-il à désirer, après sa gloire et sa liberté, que de mourir, avec la bonne renommée que j'ai travaillé à m'y acquérir? »

(1) *D. Gaspar de Jovellanos à sus compatriotas*, Coruña, 1811, in-4°, tom. I,
pp. 154-155.

barqua, pour faire relâche dans l'humble port de Véga. Mais ses forces étaient perdues, et il mourut, le vingt-sept novembre, quarante-huit heures après le moment où il avait touché terre, à l'âge de soixante-huit ans environ.

Jovellanos a laissé après lui, dans aucun pays, peu d'hommes ayant une plus grande élévation d'esprit, et un plus petit nombre offrant un caractère plus pur et plus irréprochable. Tout ce qu'il fit, il le fit pour l'Espagne et pour ses compatriotes au service desquels il s'était dévoué, tant dans ses jours de bonheur que dans ses jours de souffrance; dans son influence sur l'école de Salamanque, lorsqu'il exhortait les poètes à élever le ton de leur poésie, non moins que dans le cri de guerre de ses odes, afin de stimuler ses concitoyens dans leur lutte pour l'indépendance nationale ; dans la patience de ses conseils pour la cause de l'éducation, lorsqu'il était exilé dans les Asturies ou prisonnier à Majorque, non moins que dans l'exercice de son autorité, en tant que magistrat et ministre d'État de Charles IV, et comme chef du gouvernement suprême à Séville. Il vécut à une époque de grands troubles, mais ses vertus égalèrent toujours les dangers qui l'environnaient, et, quand il mourut, dans une pauvre et triste hôtellerie, il eut la consolation de croire que l'Espagne sortirait victorieuse de la lutte qu'il avait cherché à diriger lui-même, et de sentir, au fond de son cœur, que plus tard les Cortès déclareraient au monde qu'il avait bien mérité de la patrie (1).

---

(1) *Coleccion de obras de Gaspar D. Melchor de Jovellanos*, Madrid, 1830-32, sept volumes in-4°. On a attribué à Jovellanos une satire en prose, d'un style déclamatoire sur l'état de l'Espagne, au temps de Charles IV, satire que l'on suppose avoir été distribuée au peuple dans l'amphithéâtre de Madrid, en 1796. Elle a pour titre: *Pan y toros*, par allusion au vieux cri de Rome: Panem et circenses. Elle fut supprimée dès son apparition, quoiqu'elle ait été souvent réimprimée depuis. Entre autres circonstances remarquables, cet écrit offre la singularité d'avoir été traduit en anglais, et imprimé particulièrement sur un vaisseau de guerre de cette nation, stationné dans la Méditerranée. Mais ce n'est pas l'œuvre de Jovellanos, bien qu'il ait été toujours publié sous son nom dans des éditions successives. Jovellanos était très-familiarisé avec la littérature anglaise. Il traduisit le premier livre du *Paradis perdu*, mais sans beaucoup de succès. Si l'on désire des détails plus étendus sur ce personnage, on peut consulter les *Memorias de Jovellanos*, par D. Agustin Cean Bermudez, Madrid, 1814, in-8°, la biographie insérée à la fin de la collection de ses œuvres, la *Vida de Lope de Véga*, par lord Holland, 1817, tom. II, où le digne neveu de M. Fox paie un juste tribut à Jovellanos; Llorente, tom. II, p. 540, et tom. IV, p. 122, où est rappelée l'indigne persécution dont il fut victime. Jovellanos écrivait parfois son nom Jove Llanos, et c'est ainsi, je crois, que devaient l'écrire ses ancêtres.

Il ne faut pas oublier une œuvre historique du règne de Charles IV. Elle est due à la plume de Jean-Baptiste Muñoz, et entreprise sur l'ordre spécial de Charles III qui demanda, en 1779, à son auteur, une histoire complète des découvertes et des conquêtes des Espagnols en Amérique. Mais Muñoz rencontra mille obstacles. Les membres de l'Académie Royale d'histoire ne montrèrent aucune bonne disposition pour une entreprise qui leur paraissait rentrer dans le cercle de leur propre juridiction. Aussi, lorsque la première partie fut terminée, les académiciens la soumirent, par permission royale, à un examen dont la lenteur plus encore que la rigueur, menaçait d'empêcher entièrement la publication de l'ouvrage. Cet inconvénient se vit toutefois écarté par un ordre formel du roi, et le premier volume, conduisant l'histoire des événements jusqu'à l'année 1500, se publia en 1793. Aucun autre ne le suivit, et, depuis la mort de Muñoz, survenue en 1799, dans la cinquante-quatrième année de son âge, il n'a été fait aucune tentative pour reprendre cette œuvre. Elle reste donc telle qu'il nous l'a laissée : c'est un fragment, écrit dans un esprit philosophique, avec une sévère simplicité de style, mais de peu d'importance parce qu'elle n'embrasse qu'une très-faible partie du sujet auquel elle devait se consacrer (1).

Un essai épique de la même époque est encore moins important ; c'est un poème héroïque, *Méjico conquistada*, en vingt-six livres et de vingt-cinq mille vers environ. Il commence par la demande de Cortez, à Tlascala, d'être reçu en personne par Montezuma, et il finit à la prise de Mexico et à la captivité de Guatimozin. Son auteur, D. Juan Escoiquiz, était le tuteur de Ferdinand, prince des Asturies et son conseiller dans les troubles de l'Escurial, d'Aranjuez et de Bayonne ; il fit preuve d'un caractère des plus honorables, qualité qui, en des moments différents, attira sur lui la vengeance du prince de la Paix, de Charles IV, de Bonaparte, enfin, de Ferdinand lui-même.

---

(1) *Historia del Nuevo Mundo*, por D. Juan Bautista Muñoz, Madrid, 1793, petit in-fol. Fuster, *Biblioteca*, tom. II, p. 191, *Memorias de la Acadèmia de la Historia*, tom. I, p. 65 ; *El Elogio de Lebrija*, par Muñoz, inséré dans le troisième volume des *Mémoires de l'Académie d'Histoire* ; une défense de son *Historia*, et deux ou trois traités en latin sont les uniques travaux que nous connaissons de cet auteur, indépendamment de son *Histoire du nouveau monde*.

On peut lire dans un des volumes manuscrits, in-4°, de la Bibliothèque Colombine, à Séville, le rapport qu'il adressa au roi, au retour de ses voyages pour recueillir les matériaux nécessaires à la composition de son *Histoire*. Ce rapport ne ressemble en rien à la préface qui précède son ouvrage.

L'ambition littéraire d'Escoiquiz remonte plus haut et date de plus loin que de cette funeste époque où l'élévation et la rectitude de son esprit se virent tourmentées ainsi par les persécutions politiques. En 1797, il publia une traduction des méditations nocturnes d'Young ; et, pendant son emprisonnement en France, de 1808 à 1814, il prépara une version du *Paradis perdu*, de Milton, version témoignant au moins du plaisir avec lequel Escoiquiz s'adonnait aux lettres, et de la consolation qu'il y trouvait au milieu de ses privations et de ses infortunes. Son poème sur Mexico s'imprima, pour la première fois, en 1798. Il rentre dans une forme épique avec plus de vérité qu'aucun de ces poèmes héroïques, si abondants sous les règnes des Philippe, et il se soutient généralement mieux qu'eux tous, par l'intervention du surnaturel chrétien, employé pour la première fois avec succès par le Tasse. Comme eux, toutefois, il n'est pas sans une certaine froideur qu'apportent les personnages allégoriques remplissant dans l'action un rôle trop important. D'un autre côté, ni la vérité historique des événements, ni l'unité de son plan, ni la régularité de ses proportions n'offrent une compensation suffisante à la négligence de construction dans ses stances, ni à la monotonie de sa lourde et pesante chronique. L'histoire d'Antonio de Solis est bien plus intéressante et plus poétique que cet insipide poème épique, qui doit à cet historien presque tous les faits qu'il raconte (1).

Leandro Moratin, fils du poète qui florissait sous le règne de Charles III, eut, à certains égards, plus à souffrir qu'Escoiquiz des convulsions politiques du temps où il vivait; et, à tous les points de vue, il se distingua plus que lui dans le monde des lettres. Son principal succès, il le trouva, toutefois, dans le drame, et nous le ferons plus tard connaître d'une manière plus étendue. Pour le moment, il est seulement nécessaire de dire que, dans la poésie lyrique et dans ses mélanges poétiques, il suivit les traces de son père, mais il modifia tellement son style, sous l'influence de Conti, littérateur italien qui vécut longtemps à Madrid, que, dans ses compositions de courte haleine, la pureté italienne apparaît entièrement et donne à la surface un certain fini, quoique le

---

(1) *Mexico conquistada*, poema heroico, par D. Juan de Escoiquiz, Madrid, 1798, 3 volumes in-8°. Un essai épique, encore plus malheureux, sur le sujet de la conquête du Mexique, précéda la tentative d'Escoiquiz d'environ quarante ans. Il est de Francisco Ruiz de Léon et porte pour titre : La *Hernandia, Triunfos de la Fe*, Madrid, 1755, in-4°. Ce poème se compose d'environ quatre cents pages et de seize cents strophes de huit vers.

fond de la matière soit entièrement castillan. Cette observation se trouve particulièrement vraie de ses odes et de ses sonnets, du chœur frappant de *Los Padres del Limbo*, chœur des âmes des patriarches du vieux Testament, attendant l'apparition du Sauveur : composition solennelle, nourrie de l'ardente ferveur et de l'esprit de Fray Luis de Grenade. Ses romances, d'autre part, limées avec le plus grand soin, respirent, dans leur intonation, un air plus national qu'aucune des autres compositions que l'auteur nous a laissées. Mais les poésies qui excitent le plus notre plaisir et notre intérêt sont celles où il nous manifeste son propre tempérament et ses propres affections. Telles sont son épître *à Jovellanos*, et son ode *A la muerte de Conde* l'historien.

Dans aucune de ses relations personnelles, Moratin n'apparaît sous un aspect aussi favorable que dans les difficultés diverses qu'il eut à soutenir, en différents moments, avec le prince de la Paix. Il devait à ce ministre corrompu non-seulement tous les moyens de se distinguer comme auteur dramatique, mais encore la position sociale qui lui assurait le succès. Aussi, quand le jour de la rétribution arriva, qu'il vit tomber son patron, comme il méritait de tomber, Moratin, tout en ayant à souffrir et du changement survenu dans sa condition et de la persécution des ennemis du prince, refusa de joindre sa voix à celles qui s'élevaient contre le favori renversé. Il disait avec noblesse et dignité :
« Yo no soy ni su amigo, ni su consejero, ni su criado ; pero todo lo que
« soy se le debo à él ; y aunque esta hoy en uso cierto filosofia acomoda-
« ticia, que acostumbra recibir beneficios sin agradecerlos, pagando,
« cuando se mudan las circunstancias, los favores con ofensas, yo estimo
« demasiado mi buena opinion para suscribir à semejante infamia (1). »
Un homme qui agissait sous l'impulsion de principes si généreux n'était pas né pour la fortune et le succès, sous le règne de Ferdinand VI. Rien d'étonnant, par conséquent, que Moratin ait passé volontairement ou involontairement presque toute la dernière partie de sa vie dans des pays étrangers et qu'il soit mort enfin dans l'indigence et l'exil (2).

---

(1) « Je ne suis ni son ami, ni son conseiller, ni son serviteur; mais tout ce que je suis je le lui dois, et, quoiqu'on ait mis aujourd'hui en pratique une certaine philosophie accommodante, qui s'accoutume à recevoir des bienfaits sans en témoigner de la reconnaissance, payant, avec les changements de circonstances, les faveurs par des offenses, moi j'estime trop ma bonne opinion pour souscrire à une infamie pareille » .

(2) *Obras de L. F. Moratin*, Madrid, 1830-31, quatre volumes in-8°, divisés en six, édition préparée par lui-même et publiée après sa mort par l'Académie d'His-

Le dernier de ces écrivains divers du règne de Charles V qui mérite d'être mentionné, c'est Quintana. Comme Jovellanos, comme Moratin et Escoiquiz, il eut lui aussi beaucoup à souffrir de la violence des révolutions par lesquelles ils sont tous passés ; mais, à leur différence, il leur survécut pour jouir d'une vieillesse pleine de sérénité et comblée d'honneurs. Né à Madrid, en 1772, il avait reçu la partie la plus essentielle de son éducation littéraire à Salamanque, où il avait reconnu l'influence de Mélendez et de Cienfuegos. Sa première profession fut celle des lois, et il commença cette carrière sérieuse, dans la capitale, grâce à l'amitié et aux encouragements de Jovellanos. Mais il préféra bientôt les lettres, et une petite société d'amis intelligents, qui se réunissaient, tous les soirs, chez lui, stimulèrent bientôt cette préférence qui devint une passion. En 1801, il se hasarda à faire imprimer sa tragédie, *El duque de Viseo*, imitée du *The Castle Spectre* de Lewis ; et en 1805, il produisit sur la scène son *Pelayo*, dans le but d'exciter ses compatriotes à la résistance contre l'oppression étrangère, par un exemple frappant tiré de leur propre histoire. La première de ses compositions eut peu de succès; mais la dernière, quoique écrite conformément aux doctrines d'une école plus sévère, toucha une corde à laquelle les cœurs de tous les spectateurs répondirent avec enthousiasme.

Dans l'intervalle qui sépare ces deux essais, Quintana publia, en 1802, un petit volume de poésies, presque entièrement lyriques, en employant le même ton noble et patriotique que dans sa tragédie applaudie, et montrant un esprit plus profond et plus ardent qu'on ne le trouvait dans aucun autre poète de l'école de Salamanque à laquelle il s'était maintenant associé lui-même avec enthousiasme, ainsi que le prouve, sans laisser le moindre doute, son *Epistola à Batilo*. C'est dans un esprit semblable qu'il publia, en 1807, un volume séparé contenant cinq biographies d'Espagnols distingués qui, comme le Cid et le Grand Capitaine, avaient heureusement triomphé des ennemis de la patrie, tant au dedans qu'au dehors. Presque simultanément, il préparait trois volumes de morceaux choisis des meilleurs poètes espagnols. Il les accompagna de notes critiques qui n'avaient pas la profondeur qu'on pouvait attendre d'un écri-

---

toire. Sa vie se trouve dans le premier volume et ses mélanges poétiques dans le dernier, où les *Observaciones sobre el Principe de la Paz*, se lisent à la pag. 335, et une notice sur ses relations avec Conti, à la pag. 342. Hermosilla, dans le premier volume de son *Juicio critico* etc. fait un éloge exagéré des œuvres de cet écrivain.

vain tel que Quintana, ni, dans l'éloge qu'elles dispensaient, la générosité
qu'elles devaient avoir, mais qui n'en offrent pas moins une tendance
toute nationale et un travail meilleur qu'aucun autre de ce genre dans
la langue espagnole. L'un et l'autre livre manifestent une imitation trop
franche de l'école française et contiennent çà et là des gallicismes ; mais
l'un et l'autre sont écrits dans une prose claire et agréable ; l'un et l'autre
furent accueillis, comme ils méritaient de l'être ; l'un et l'autre furent
longtemps après développés par leur auteur distingué : le premier, par
l'addition des biographies de quatre autres Espagnols illustres, et le
dernier, par les morceaux choisis des poètes de la dernière période et
de plusieurs des poèmes épiques les meilleurs de la première.

Quintana inclinait par goût vers la littérature française, mais il n'en
était pas moins Espagnol du fond du cœur et un des plus sincères. Même
avant l'invasion française il s'était, avec tant de soin, tenu à l'écart de
l'influence et du patronage du prince de la Paix que, tout en appartenant de la manière le plus intime à la même école de poésie que Moratin,
ces deux hommes distingués vivaient à Madrid, complètement inconnus
l'un à l'autre et, en réalité, comme les chefs de deux sociétés littéraires
différentes, dont les relations n'étaient pas aussi amicales qu'elles auraient dû l'être. Mais le moment de la révolution de 1808 arriva et
Quintana prit la place à laquelle il se sentait naturellement appelé. Il
publia tout d'abord ses *Odas à la Emancipacion de España* ; il inséra, dans
les journaux de l'époque, tout ce qu'il croyait pouvoir exciter ses compatriotes à la résistance contre les envahisseurs ; il devint le secrétaire
des Cortès et de la régence ; il écrivit un grand nombre de ces procla-
mations énergiques, de ces manifestes, de ces adresses qui distinguèrent
si honorablement la marche des différentes administrations auxquelles
il appartint, durant la lutte pour l'indépendance nationale. En un mot,
il consacra tout ce qu'il possédait de talent et de fortune au service de
son pays, dans ses jours d'épreuves les plus douloureuses.

Il en fut mal récompensé. Une grande partie de tout ce qu'avaient
fait les représentants du peuple espagnol au nom de Ferdinand VII,
durant sa détention forcée en France, déplut à cet imprévoyant monarque. A peine fut-il rentré dans Madrid, en 1814, qu'une persécution
commença contre tous ceux qui avaient le plus contribué à l'adoption de
ces mesures qui lui paraissaient si fâcheuses. Parmi les personnes les plus
exposées, se trouvait Quintana qui fut jeté en prison dans la forteresse
de Pamplona. Il y resta six misérables années, privé de tous les moyens
d'écrire et sans la moindre communication avec aucun de ses amis. Les
changements de 1820 lui rendirent la liberté d'une manière inattendue

et l'élevèrent, pour un temps, à des distinctions plus grandes que celles
dont il avait auparavant joui. Mais trois ans plus tard, une autre révolution politique vint le priver de ses emplois et de son influence. Quintana
se retira alors dans l'Estramadure où il se consacrait à l'étude des lettres,
lorsque de nouveaux changements et la mort du roi le réintégrèrent dans
les anciennes fonctions publiques qu'il avait si bien remplies ; à ces premiers honneurs vint s'ajouter la distinction flatteuse de sénateur du
royaume. Mais dès le jour où il attira l'attention du public par ses nobles
odes *Al Oceano, A la benefica expedicion enviada à America para propagar
la Vacuna*, les lettres ont toujours constitué son emploi de prédilection ;
fait son orgueil, lorsqu'il excitait ses concitoyens à la résistance contre
l'oppression ; sa consolation, dans la prison et dans l'exil ; sa couronne d'honneur, dans une vieillesse honorable et honorée (1).

---

(1) *Poesias de M. J. Quintana*, Madrid, 1821, 2 vol. in-8°. La partie lyrique a
été souvent réimprimée depuis 1802, année où la première collection de ses
pensées parut à Madrid, dans un joli petit volume in-12°, de 170 pages seulement.
Sa biographie peut se lire dans l'excellente *Floresta*, de Wolf, dans Ochoa, dans
Ferrer del Rio, etc.

Déjà, en 1788, et lorsque Quintana avait à peine seize ans, on avait publié un
petit volume formé de dix ou douze de ses compositions sous le titre suivant :
Poésies de D. Manuel Jose Quintana. Dans la dédicace adressée au comte de Florida Blanca, il parle de ces vers comme de prémices que son esprit avait déjà
données dans un autre temps, « unas primicias que mi ingenio ha formado en otro
tiempo » ; et de lui même, comme ayant abandonné l'asile des Muses pour se livrer
à l'étude de la jurisprudence.

CHAPITRE VI

Le théâtre au dix-huitième siècle. — Traductions du français. — Comédies originales. — Opéras. — Théâtre national. — Castro. — Añorbe. — Imitations
du théâtre français. — Montiano. — Moratin, le père. — Cadahalso. — Sebastian y Latre. — Trigueros. — Yriarte. — Ayala. — Huerta. — Jovellanos. —
Défense des *Autos sacramentales*. — Théâtres publics et leurs compositions. —
Ramon de la Cruz. — Sedano, Cortès, Cienfuegos et autres. — Collection de
comédies anciennes par Huerta. — Discussions. — Valladarès. — Zabala. —
Comella. — Moratin, le jeune. — Etat du drame au commencement du dix-neuvième siècle.

Le mouvement littéraire le plus considérable en Espagne, pendant le
dix-huitième siècle, celui qui marque le mieux le caractère poétique de
toute la période, c'est le mouvement qui se rapporte au théâtre et par lequel on chercha tout d'abord à le soumettre aux règles dominant alors
sur la scène française. Des indices de cette pensée se rencontrent, sous le
règne de Philippe V, aussitôt que se termine la Guerre de Succession. Le
marquis de San Juan, commence, en 1713, par une traduction du *Cinna*,
de Corneille, première tragédie suivant les règles françaises, paraissant
en langue espagnole, tragédie probablement choisie pour cet honneur,
parce qu'elle répondait parfaitement à la condition d'un pays qui avait
tant de raisons d'implorer la clémence de son prince, en faveur de personnes de la plus haute distinction que la guerre civile avait fait résister
à son pouvoir (1). Cette tragédie, ainsi traduite, ne fut cependant jamais
représentée, et elle tomba bientôt dans l'oubli. Cañizares, le dernier de
cette race d'écrivains dramatiques qui conservent encore quelques traces
manifestes du vieil esprit espagnol, se laissa aller plus d'une fois au goût
de la nouvelle école, considéra son *Sacrificio de Ifigénia*, composition absurde, dont l'*Iphigénie*, de Racine, est vraiment peu responsable, comme

(1) Montiano y Luyando, *Discurso de la tragédia*, Madrid, 1750, in-8°, p. 66.

une imitation de l'école française (1). Mais ni ces pièces, ni d'autres d'un genre irrégulier et souvent vulgaire, telles que celles qu'écrivaient Diégo de Torres, professeur de philosophie naturelle; Lobo, officier de l'armée; Salvo, le tailleur, ne purent obtenir une faveur constante, ne purent servir à jeter les fondements pour la reconstruction du drame national. Tout ce qu'on entendait sur la scène publique espagnole digne de semblables prétentions, c'étaient les œuvres des vieux maîtres ou de leurs pauvres imitateurs, Cañizares et Zamora (2).

Le théâtre espagnol était alors réellement descendu au plus bas degré et complètement livré aux mains de la populace, dont il avait toujours reçu en grande partie son caractère, chez laquelle il avait trouvé ses amis sincères, aux jours de ses disgrâces et de son adversité. Sa condition présente ne pouvait véritablement pas réclamer un plus haut patronage. Tous les drames espagnols, joués pour amuser le public de Madrid, se représentaient encore, comme ils l'avaient été, durant le dix-septième siècle, dans des basses-cours ouvertes, avec des galeries ou corridors tout

---

(1) Cet auteur avoue, à la fin de sa comédie, que son intention avait été de montrer comment on écrivait des pièces dans le style français, « mostrar como se escribian comedias al estilo francés ». On représentait encore parfois des comédies de circonstance, dans la forme et suivant le caractère des drames du siècle précédent, mais ces dernières avaient peu de succès et étaient promptement oubliées. Je n'en citerai que deux, du reste, les plus curieuses. La première, d'un auteur anonyme, a pour titre, comme une pièce de Lope de Véga : *Sueños hay que son verdades.* Elle commence par un songe du roi de Portugal, et finit par la réalisation dudit rêve, c'est-à-dire la prise de Monsanto par les troupes de Philippe V, en 1704. La seconde appartient à Rodrigo Pedro de Urrutia ; elle porte pour titre : *Rey decretado del cielo.* Elle embrasse un espace de plus de six ans ; elle s'ouvre par la déclaration que fait Louis XIV au duc d'Anjou, dans la première scène, où il lui annonce que le testament de Charles II le déclarait roi d'Espagne. Elle se termine par la victoire d'Almansa, en 1707. Ces deux pièces ont peu de valeur, et donnent, selon moi, une idée du faible mérite des rares comédies historiques qui se produisirent, en Espagne, au commencement du dix-huitième siècle.

(2) Les détails sur le théâtre espagnol, durant cette espace d'interrègne qui se prolongea de 1700 à 1790, se trouvent dans Signorelli, *Storia critica dei teatri,* Naples, 1813, in-8°, tom. IX, pp. 56-236 ; dans Moratin, *Obras,* tom. II, part. II, prologue ; et dans quatre articles de Blanco White, tom. X et XI du *New Monthly magazine,* Londres, 1824. Les données et les idées de Signorelli sur cette matière, sont importantes parce qu'il résida à Madrid, de 1765, à 1783, (*Storia,* tom. IX, p. 189) ; qu'il était un des membres du club ou réunion de l'hôtel de San Sebastian, principalement composée d'auteurs dramatiques, réunion dans laquelle les discussions roulaient presque toujours sur le théâtre. *Obras postumas* de N. F. Moratin, Londres, 1825, p. 24.

autour. Ces cours n'étaient couvertes qu'en cas d'ondée et la toile étendue sur elles l'était d'une manière si imparfaite que si la pluie venait à continuer, si les spectateurs, qui étaient obligés de se tenir debout durant la représentation, étaient trop nombreux pour se mettre à couvert sous les amphithéâtres des corridors, la représentation était interrompue ce jour-là, et la multitude renvoyée chez elle. Il n'y avait pas la moindre prétention de mise en scène; la représentation avait toujours lieu pendant le jour ; le prix d'entrée se recevait en argent, à la porte, et ce prix ne dépassait pas quelques maravédis pour chaque spectateur.

La seconde femme de Philippe V, la reine Elisabeth Farnèse, qui avait joui de toute espèce de représentations scéniques en Italie, ne pouvait se satisfaire d'un tel état de choses. Profitant d'un mauvais théâtre sur lequel une compagnie italienne avait donné quelques représentations, elle y fit opérer quelques additions matérielles, et demanda qu'on y représentât, pour son amusement, à partir de 1737, des opéras réguliers. C'était là un changement important; les deux vieux théâtres de basse-cour s'en alarmèrent. L'un d'eux d'abord et l'autre ensuite se mirent à élever des constructions nouvelles et plus commodes pour les divertissemens dramatiques. De même que chacun avait été, pendant un siècle et demi, le rival de l'autre pour l'indolence dans leurs manières non moins que dans leur souci pour se concilier la faveur et la protection du public, de même chacun d'eux rivalisait aujourd'hui, dans leur lutte pour les améliorations matérielles. Une pareille impulsion fit terminer le théâtre de la *Cruz*, en 1743, et le théâtre du *Principe*, en 1745.

Sous de nombreux points de vue, le changement fut léger. Fidèles aux traditions de leur origine, les nouvelles salles s'appelèrent encore *corrales*, basses-cours; les loges, *aposentos*; la *cazuela* était encore réservée aux femmes voilées comme des nonnes, mais se conduisant vraiment peu comme telles. L'alcalde de Corte apparaissait encore à l'avant-scène, avec ses deux alguazils auprès de lui, pour maintenir la paix ou pour marquer les atteintes qu'on y portait. Sémiramis paraissait sur la scène, vêtue d'un jupon à cerceaux et chaussée de souliers à talon haut. Jules César assassiné portait une perruque frisée, un justaucorps de velours, et un chapeau espagnol à plumes, sous le bras. Le vieil esprit dominait encore, c'est évident, malgré les améliorations introduites dans les dispositions extérieures et dans l'architecture des théâtres.

Une des causes de ces améliorations se trouve dans la faveur exclusive, témoignée à l'opéra, par deux reines italiennes, et encouragée par les nouvelles relations politiques de l'Espagne avec l'Italie. Le théâtre du Buen Retiro, où Calderón obtint des triomphes si répétés, fut décoré avec une magnificence inconnue par Farinelli, le premier chanteur de son temps, qui avait été appelé à la Cour d'Espagne, afin de dissiper la mélancolie de Philippe V, et qui continua d'y séjourner, en jouissant de la protection spéciale de Ferdinand VI. Luzan traduisit la *Clémence de Titus*, de Metastase, pour l'ouverture de cette nouvelle et splendide salle, en 1747. Tant à ce moment que longtemps après, durant un espace de temps considérable, toutes les ressources que la Cour pouvait dépenser pour la poésie et la musique, pour la pompe et l'ostentation de l'appareil théâtral, se prodiguèrent sur un spectacle exotique qui faillit prendre de profondes racines sur le sol du pays (1).

Cependant le théâtre national, négligé par la Cour et par les plus hautes classes de la société, s'élevait, avec des auteurs tels que Francisco de Castro, auteur qui enlevait les applaudissements de la partie infime de son public par ses farces vulgaires (2) ; tels que Tomas de Añorbe, aumônier du couvent des religieuses de l'Incarnation à Madrid, dont le *Paulino*, annoncé comme un drame « à la mode française, » provoqua la juste indignation de Luzan ; dont la pièce intitulée : *Virtud vence al destino*, sans être moins extravagante, offre le mérite d'être une attaque contre l'astrologie et contre la croyance à l'influence des astres et des planètes (3). Le succès d'absurdités pareilles semblait faire désespérer aux personnes instruites, aux hommes de goût de guérir un tel mal. Montiano, gentilhomme basque, occupant une haute position à la Cour ; membre de l'Académie du Bon Goût, qui se réunissait dans la maison de la comtesse de Lemos, se mit en mesure de les attaquer. Il commença la lutte, en 1750, par une tragédie sur le sujet romain de *Virginie*, et il présenta sa pièce comme un modèle pour toutes les compositions dramatiques sérieuses. Il l'accompagna d'un long discours, bien écrit, démontrant jusqu'à quel point Bermudez, Cueva, Viruès, et plusieurs autres des

---

(1) L.F. Moratin, « *Prologo* » *ut supra*, et Pellicer *Origen del teatro*, 1802, tom. I, p. 264.

(2) *Alegria Cómica*, Saragosse, tom. I, 1700, tom II, 1702, et *Cómico Festejo* Madrid, 1742, sont trois petits volumes *d'entremeses*, par Francisco de Castro. Le dernier a été publié après la mort de l'auteur. Ces compositions ne manquent pas d'un certain génie, en tant que caricatures, mais elles pèchent par le style, et ont en général peu de valeur.

(3) Tomas de Añorbe y Corregel publia sa *Virtud vence al destino*, à Madrid, en 1735 ; et son *Paulino*, en 1740. Il se dit lui-même, Capellan del Real Monasterio de la Incarnacion, sur le titre de la première de ces comédies : et il insère deux absurdes *entremeses* de sa composition entre ses actes.

vieux maîtres s'étaient volontiers laissé diriger par des doctrines semblables aux siennes.

Cette tragédie elle-même, qui vient servir comme d'appendice à cette discussion, semble destinée à éclairer et à renforcer ses opinions, est entièrement calquée sur les modèles de l'école française et en particulier sur Racine. Toutes les règles, suivant l'expression technique, y compris celle qui exige de ne jamais laisser la scène vide durant la représentation d'un acte, sont rigoureusement observées. Cependant *Virginie* n'a pas moins de froideur que de régularité ; semblable aux eaux qui descendent des Alpes, dont la pureté même révèle les froides régions d'où elles jaillissent. Sa versification, qui consiste en ïambes non rimés, s'écarte autant que possible du feu et de la liberté du style de la romance dans le vieux drame. Son mouvement est languissant ; et la catastrophe, par crainte de choquer le spectateur en montrant du sang sur la scène, finit par n'être réellement plus une catastrophe. On ne fit, il faut le croire, aucun effort pour mettre en scène cette tragédie, et après son impression, elle ne produisit aucune action effective sur l'opinion publique.

Toutefois, Montiano ne se découragea pas. En 1753, il publia un autre discours critique et une autre tragédie qui avaient les mêmes qualités et les mêmes défauts. Il prit pour sujet le règne et la mort d'Athaulphe, roi des Goths, tels qu'ils sont racontés dans les vieilles chroniques. Mais ce drame, comme le précédent, ne fut aussi jamais goûté : aujourd'hui l'un et l'autre sont rarement lus (1).

---

(1) *Discurso sobre las comédias españolas*, de Agustin Montiano y Luyando, Madrid, 1750, in-8° ; *Discurso Segundo*, Madrid 1753, in-8°. Ils furent traduits tous deux en français par M. Hermilly. Il en est fait mention, ainsi que de leur auteur dans Lessing, *Œuvres*, Berlin, 1794, in-8›, tom. XXII, p. 95, où nous lisons que Montiano était né en 1697. Nous trouvons des détails plus circonstanciés sur sa vie et ses écrits, dans son *Oracion funebre* écrite par le très-révérend père maître, Fr. Alonso Cano, Madrid, 1765, in-4°. On y lit que Montiano était né à Valladolid, en 1697 ; qu'il y passa son enfance, confié aux soins d'un oncle qui y occupait un poste distingué dans l'administration. A l'âge de vingt ans, il composa son *Robo de Dina*, poème en cent-vingt stances, écrit dans un style plus pur et plus châtié que de coutume en ces temps, bien qu'il manque de vigueur et de nerf, et qu'il roule sur un sujet peu propre à cet effet (*Genèse*, ch. 24). Ce poème s'imprima, la première fois, sans son consentement ; plus tard il s'édita, à Barcelone, sans indication d'année, et Montiano lui-même en surveilla l'impression. Montiano fut attaché au secrétariat d'Etat. Il passa, à Madrid, les plus belles années de sa vie, consacrant à la culture des lettres le temps de liberté que lui

La première comédie, conforme aux règles françaises, qui parut en langue espagnole, c'est la traduction du *Préjugé à la mode*, de Lachaussée, traduction faite par Luzan, et imprimée en 1751 (1). Luzan conserva judicieusement les *asonantes* ou rimes imparfaites, si fortement dans le goût de la nation. Son exemple fut suivi, en 1754, de l'*Athalie*, de Racine, rendue avec beaucoup de goût, principalement en vers blancs, par Llaguno y Amirola, secrétaire de l'Académie royale d'histoire. Mais la première comédie espagnole *originale*, composée sur les modèles français, c'est la *Petimetra*, par Moratin le père. Cette comédie s'imprima en 1762, précédée d'une dissertation, où les mérites de l'école de Lope et de Caldéron sont imparfaitement reconnus, pendant que leurs défauts sont vigoureusement mis en relief; de sorte que l'impression laissée sur ces vieux maîtres de l'art dramatique présente un caractère des plus défavorables.

Dans la comédie elle-même, une déférence de ce genre se témoigne pour les préjugés et les sentiments du peuple, sincèrement attaché à la vieille école dramatique et aux misérables imitations qui continuaient à se produire. Elle se divise en trois *jornadas* auxquelles le public était depuis si longtemps habitué, et elle est écrite dans le style national, tantôt avec des rimes parfaites, tantôt seulement avec l'assonnance.

---

laissaient les affaires, et dépensant la plus grande partie de ses rentes à secourir des hommes de lettres moins favorisés que lui de la fortune. A sa mort arrivée en 1765, il était directeur de l'Académie royale d'histoire, et c'est à cette corporation qu'Alonso Cano donna lecture de l'oraison funèbre dont nous avons parlé. Le sujet de son *Ataulfo* est tiré de la *Cronica general*, part. II, ch. 22. La *Virginia*, tant par la manière de présenter les mœurs romaines que par l'inspiration poétique, ne peut aucunement soutenir la comparaison avec la tragédie d'Alfieri sur le même sujet. Montiano, c'est certain, était un partisan et un admirateur aveugle de l'école française, au point que son aveuglement et son enthousiasme pour elle l'empêchaient de comprendre et de sentir tout ce qu'il y avait de beau dans sa propre langue castillane. Dans l'*Aprobacion* qu'il écrivit pour l'édition du *Quichotte* d'Avellaneda, publié en 1732, il dit en comparant la seconde partie de *Don Quichotte*, par ce dernier, avec la partie authentique de Cervantès : No creo que ningun hombre de juicio pueda declararse en favor de Cervantès, si compara una parte con otra.

(1) La *Razon contra la Moda*, (Madrid, in-8°, 1751), parut sans nom de traducteur. Elle contient une défense modeste des règles classiques françaises, sous forme de dédicace à la marquise de Sarria. On insiste sur leur utilité, et on attaque énergiquement, quoique d'une manière détournée, l'immoralité du vieux drame.

Les œuvres de Moratin, le père, se trouvent dans le tom. II, de la *Biblioteca* de Rivadeneyra.

Mais le compromis ne fut pas accepté de ceux à qui il était offert. Le caractère principal, doña Geronima, est faiblement tracé; la versification, et le style sont bien toujours faciles et parfois pleins de beauté, toutefois la tentative de réconcilier le génie irrégulier de la vieille comédie avec ce que Moratin appelle, dans le titre, la rigueur de l'art, *el rigor del arte*, ne fut qu'un échec. L'effort analogue que notre poëte, fit l'année suivante, dans la tragédie, en prenant pour sujet la mort de Lucréce, en adoptant encore plus franchement les règles conventionnelles du théâtre français, n'obtint pas plus de succès. Aucune de ces deux pièces ne fut honorée d'une représentation publique.

Cette distinction, Moratin l'obtint, avec les difficultés les plus grandes, en 1770, par son *Hormesinda*, le premier drame original, conforme aux règles qui régissaient Corneille et Racine, et qui ait paru sur un théâtre public, en Espagne. Son action se fonde sur des événements se rattachant à l'invasion arabe et aux exploits de Pélage; il est écrit, comme la *Lucrecia*, dans ce genre de versification irrégulière, partie rimée et partie non rimée, qui s'appelle *Silva* dans la poésie espagnole, genre qui cherche, plus que tout autre à avoir un air d'improvisation.

Le succès partiel de ce drame qui, malgré un complot mal fondé, mérite toute la faveur qui l'accueillit, porta son auteur à composer, en 1717, sa troisième tragédie, *Guzman el Bueno*, dédiée à son protecteur, le duc de Medina Sidonia. Ce dernier était un descendant de cet illustre personnage, et il avait lui-même, quelques années avant, traduit en espagnol l'*Iphigénie* de Racine. Le caractère bien connu du héros, qui préféra sacrifier son fils aux Maures plutôt que de rendre la forteresse de Tarifa, n'est peut-être pas tracé avec la vigueur des vieilles chroniques castillanes, ni du drame de Guevara, mais il se montre, du moins, avec une consistance soutenue, qui donne la mesure de la puissance poétique de l'auteur, mieux qu'aucune autre de ses productions dramatiques. C'est là son unique mérite; et la dernière tragédie de Moratin n'eut pas, en général, plus de succès que la première: elle n'en méritait pas davantage.

Cadahalso, l'ami dont nous avons déjà parlé, comme ayant subi l'influence de Moratin, fit un pas de plus en avant, dans son imitation des auteurs français. Son *Don Sancho Garcia*, tragédie conforme aux règles, mais faible, s'imprima en 1771, et se joua plus tard. Elle est écrite en vers longs, avec des couplets rimés : innovation qui ne put que paraître monotone, sur une scène dont le luxe principal avait si longtemps été une extravagante variété de mètres. On n'accueillit pas avec une plus grande faveur une tentative de Sebastian y Latre, pour ajuster aux théories du temps deux vieux drames, souvent représentés encore; l'un de Roxas, et l'autre de Moreto, drames qu'il voulait faire rentrer dans la limite des trois unités; quoique les frais de la représentation publique eussent été payés par le ministre d'Etat, comte d'Aranda. Les tentatives postérieures de Trigueros, pour accommoder plusieurs comédies de Lope de Véga au même système d'opinions, obtinrent un complet insuccès. L'écart entre les deux écoles différentes était si grand, l'effort pour les réunir si violent, qu'on ne trouvait plus, dans ces imitations modernes, l'esprit et la grâce des originaux suffisants pour satisfaire les exigences d'un public de spectateurs réunis pour les écouter (1).

Yriarte, plus connu comme poète didactique et fabuliste, jouit de l'honneur d'avoir produit la première *comédie* originale régulière qui se représenta publiquement en Espagne. Il commença, très-jeune, par une comédie qu'il ne jugea pas digne plus tard de prendre place dans la collection de ses œuvres. Outre des traductions de Voltaire et de Destouches, outre trois ou quatre essais moins importants, il composa deux grandes comédies originales, mieux écrites que tout ce qui s'était produit précédemment, dans l'école à laquelle elles appartiennent. L'une d'elles intitulée : *El Señorito mimado*, parut en 1778, et l'autre, la *Señorita mal criada*, dix ans après. La première a pour sujet un fils ruiné par la sotte indulgence d'une mère, et la seconde, la fille d'un certain riche, également dépouillée par l'aveugle affection et la négligence de son père. L'une et l'autre se divisent en trois actes, sont écrites en rimes imparfaites et en

___

(1) Je ne connais les pièces de Moratin, le père, que par les brochures où elles se publièrent pour la première fois, et elles n'ont jamais été, je crois, réunies en collection. Le *Don Sancho Garcia*, de Cadahalso, s'imprima, primitivement, en 1771, sous le nom de Juan del Valle, puis en 1804, sous le nom de son auteur véritable, accompagnée d'une pauvre imitation en prose des *Night Thoughts* de Young, et de plusieurs autres compositions qui se trouvent au troisième volume des œuvres de l'auteur, 1818. *Las refundiciones*, de Latre, s'imprimèrent avec assez de luxe et probablement aux frais du comte d'Aranda, sous le titre de : *Ensayo sobre el teatro español*, Madrid, 1773, petit in-folio. Latassa, *Bibliot. Nueva*, tom. V, p. 513, fait mention de cet auteur qui mourut en 1792. *El anzuelo de Fenisa* et la *Estrella de Sevilla*, ramenées aux trois unités par Candido Maria Trigueros, s'imprimèrent à Madrid et à Londres. Ce dernier auteur jouit d'une réputation passagère, vers la fin du siècle. Son œuvre principale, la *Riada*, composée de quatre chants en *silves*, fut attaquée par une lettre de Vargas Ponce, et dans un discours satirique que Forner publia sous le nom d'Antonio Varas. J'ignore la date de sa mort; mais dans la *Biblioteca*, de Sempere y Guarinos, tom. VI, on peut lire une liste de ses ouvrages et des détails sur sa vie.

petits vers, mètre toujours agréable aux oreilles castillanes; l'une et l'autre se distinguent par des caractères bien dessinés, un style agréable et facile, sans abonder en traits de génie, sans en manquer non plus sensiblement. A l'exception de ces comédies d'Yriarte et de Moratin, d'une pièce moins heureuse de Mélendez Valdès, en 1784, ayant pour base les noces de Camache, dans *Don Quichotte*, et contenant, de temps en temps, de charmantes et agréables poésies pastorales, qui s'ajustent mal avec les rudes plaisanteries de Sancho, rien ne mérite une mention particulière dans le genre comique, pendant la dernière partie du règne de Charles III (1).

La tragédie se montra pire encore. La *Numancia destruida*, écrite par Ayala, littérateur et censeur officiel des théâtres publics de Madrid, se représenta en 1775. C'est le même sujet que celui de la *Numancia*, de Cervantès. Mais les horreurs du siège qu'il décrit n'excitent pas, dans l'auditoire, à la vue des souffrances individuelles, des sympathies aussi vives que chez le vieil auteur dramatique, et, par conséquent, elles produisent beaucoup moins d'effet. Comme drame d'action, il ne manque pas toutefois de mérite. Sa versification, qui est encore un essai de transaction avec le goût du public, avec des *assonances* alternées, mais placées au bout des longs vers du théâtre français, n'eut cependant aucun succès. Le style en est riche et énergique, et l'intonation élevée. Son ardente expression du sentiment patriotique, sa haine déclarée contre l'oppression étrangère ont contribué à mettre en scène cette tragédie autant, peut-être, que son mérite poétique intrinsèque.

La *Raquel* de Huerta, imprimée en 1778, trois ans après la *Numancia*, ne fait pas autant d'honneur à son auteur et elle produisit une impression moins durable sur le public. Le sujet, le même que celui de la *Judia de Toledo*, si souvent traité par les poètes espagnols, est trop librement emprunté d'une comédie de Diamante. Huerta a bien pu donner, sous certains rapports, une disposition meilleure à ses matériaux, rendre sa versification plus grave et plus sonore, mais il a diminué le mouvement et la spontanéité de l'action, en la construisant sans s'écarter des conventions rigides qu'il s'était prescrites à lui-même. Aussi a-t-il enlevé

---

(1) Les *Obras* de Yriarte, Madrid, 1805, huit volumes in-12, contiennent toutes ses comédies, à l'exception de la première qu'il composa, lorsqu'il n'avait encore que dix-huit ans, et qui porte pour titre : *Hacer que hacemos*, ou : beaucoup de cri, peu de travail. *Las bodas de Camacho*, de Mélendez Valdès, se trouvent dans le second volume de ses œuvres, 1797.

tout l'intérêt à son drame qui, malgré la réputation considérable qu'il s'acquit tout d'abord, se vit promptement oublié (1).

Le premier succès réel d'une œuvre dans le style français, obtenu sur la scène espagnole, sans se conformer aux règles classiques prescrites par Racine et Boileau, fut remporté par Jovellanos. Dès sa première jeunesse, il avait hasardé une tragédie intitulée *Pelayo*, dans le même genre de mètre que la *Numancia*, et presque sur le même sujet que la *Hormesinda*, de Moratin le père. Ce philosophe, cet homme d'État, pouvait bien composer de la bonne poésie lyrique, mais il n'était pas poète tragique. Il fut quelque chose de mieux : un homme de bien, et sa philanthropie lui fit écrire, en 1773, son *Delincuente honrado*, comédie destinée à combattre la cruelle et inefficace sévérité des lois de son pays, alors en vigueur contre le duel. C'est une comédie sentimentale, dans le genre du *Fils naturel*, de Diderot. Outre qu'il lui revient l'honneur d'avoir été le premier essai de ce genre sur la scène espagnole, elle eut encore l'avantage d'avoir une fortune meilleure qu'aucune de celles qui l'ont suivie. Le sujet se base sur l'histoire d'un gentilhomme qui refuse plusieurs fois un défi, et tue, dans un duel sans témoins, l'infâme mari d'une femme qu'il épouse plus tard. Dans la suite, il est porté à avouer son crime pour sauver un ami arrêté comme coupable ; il est condamné à mort par un juge inflexible qui, par un fait inattendu, se trouve être son propre père. Il n'échappe à l'exécution, mais non à un châtiment sévère, que par un acte de la clémence royale.

On voit, dès le premier coup d'œil, combien un pareil sujet apportait à la scène des situations du plus vif intérêt. Jovellanos sut en profiter avec beaucoup d'habileté ; il les présenta de la manière la plus simple et la plus directe, et dans un style dont la pureté de langage ne constitue pas le moindre de ses attraits. La comédie *El delincuente honrado* obtint, par conséquent, un succès immédiat : quand elle est bien jouée, malgré la faiblesse de sa puissance poétique, on ne peut l'entendre sans verser des larmes. On la produisit, la première fois, sur un des théâtres royaux, sans connaître le nom de son auteur ; alors elle se répandit dans toute l'Espagne ; elle se joua à Cadix, en français et en espagnol en même temps ; enfin elle devint familière sur les théâtres français et allemands :

(1) Les tragédies d'Ayala ont eu plusieurs éditions. La *Raquel*, de Huerta peut se lire dans le premier volume de ses œuvres, 1786, ainsi que ses traductions de l'*Electre*, de Sophocle et de *Zaïre*, de Voltaire. L'édition primitive de la *Raquel* est anonyme et ne porte l'indication ni du lieu, ni de l'année de l'impression.

succès extraordinaire, succès longtemps inconnu à toute autre production littéraire d'Espagne (1).

Dès le moment où se firent les premières tentatives pour introduire, sur la scène espagnole, des comédies régulières dans le style français, une lutte des plus vives s'était élevée, lutte dont le résultat définitif devait être à l'avantage des novateurs, mais qui ne paraissait pas devoir se terminer de si tôt. En 1762, Moratin, le père, avait publié ce qu'il appelait : *El desengaño al theatro español*, trois pamphlets spirituels, attaquant le vieux drame en général et, par-dessus tout, les *autos sacramentales*. Il ne niait pas le mérite poétique des *autos* de Caldéron, mais il déclarait que des représentations où se trouvaient tant de rudesse, de grossiereté et de blasphèmes qu'il y en avait si généralement, ne devaient point se tolérer chez une nation cultivée et religieuse. Pour tout ce qui concernait les *autos*, Moratin vit ses réclamations accueillies avec succès ; leurs représentations furent défendues par ordonnance royale du 17 juin 1765, et si, dans le dix-neuvième siècle, on peut à peine dire qu'elles aient entièrement disparu des villages où elles ont fait les délices de la masse du peuple, depuis les temps qui ont précédé Alphonse le Sage, il n'en est pas moins vrai que, dans Madrid et dans les plus grandes villes d'Espagne, on ne les a plus entendues, depuis le jour où elles ont été défendues la première fois (2).

C'est là tout ce que Moratin put gagner. Sur la scène profane, sa poésie et son génie ne produisirent généralement aucun effet. Là, deux partis exaltés, se distinguant par les faveurs qu'ils portaient à leurs cha-

---

(1) Je possède la huitième édition du *Delincuente honrado*, 1803, imprimée encore sans nom d'auteur. Cette comédie devint si populaire qu'elle s'imprima plusieurs fois clandestinement sur des copies prises, durant sa représentation, sur les théâtres mêmes, et mise en mauvais vers, avant que Jovellanos autorisât l'impression du manuscrit original. Voir le tome VII de ses œuvres publiées par Cañedo. Un fait digne de remarque, c'est qu'au même moment où paraissait, en Espagne, le *Delincuente honrado*, Fenouillet publiait aussi, en France, une comédie du même titre, l'*Honnête criminel*, sans qu'en dehors de cette rencontre, il y ait le moindre trait de ressemblance entre l'une et l'autre, pas même pour le sujet. *Théâtre du second ordre*, etc.

(2) *Desengaño al teatro español*, trois discours en un volume, petit in-8°, pp. 80. Huerta, *Escena española defendida*, Madrid, 1786, in-8°, p. 13. Pour bien apprécier la faveur dont les *autos* jouirent en Espagne, et le long temps qu'ils la conservèrent, il suffit de lire l'Index expurgatoire de 1667, p. 84, qui est le plus volumineux de tous. On verra qu'il y en a très-peu de défendus et encore sont-ils tous, je crois, portugais.

peaux, conduits par des moines grossiers et par de rudes artisans, suppléant par l'esprit à ce qu'ils devaient à la décence, et réellement unis pour faire une guerre ouverte contre toute innovation plus large, empêchèrent effectivement, jusqu'en 1770, la représentation en leur présence de tous les drames régulièrement écrits. Ils ne toléraient qu'en partie les vieux maîtres, spécialement Calderón, Moreto et les auteurs dramatiques de la dernière période du dix-septième siècle. Les écrivains populaires et leurs auteurs favoris, c'étaient Ibañez, Lobera, Vicente Guerrero, l'acteur Julian de Castro, qui composa des romances pour les aveugles et mourut à l'hopital, et plusieurs autres de la même espèce, tous aussi vulgaires que la populace dont ils faisaient les délices.

Lorsque le comte d'Aranda eut cessé d'être ministre, en 1773, cet état de choses se modifia un peu, sans de grandes améliorations matérielles. Sous son administration, les théâtres des résidences royales s'étaient ouverts à la tragédie et à la comédie; des traductions du français avaient été représentées devant la Cour, d'une façon convenable à leurs sujets. Les deux théâtres du peuple, dans la capitale, n'avaient pas non plus échappé à ses regards; sous son influence, la mise en scène avait été mieux ménagée et, à partir de 1768, on avait donné des représentations de nuit (1).

Malgré tout, le théâtre se trouvait encore dans un état déplorable. Un taillandier tenait le sceptre de la critique, et c'était lui que devaient consulter tous ceux qui voulaient se faire entendre sur l'une ou l'autre scène. Les pièces les plus régulières, les traductions jouées avec succès devant la Cour, les tragédies et les comédies des poètes déjà connus, formaient une confusion étrange avec les œuvres des vieux maîtres qu'on entendait encore quelquefois et les compositions de ces favoris de la plèbe qui l'emportaient sur toutes les autres, dans les répertoires des théâtres et dans l'estime générale. Toutefois, quelles que fussent les productions, quels que fussent les progrès, les entr'actes et le temps qui s'écoulait, soit avant, soit après la pièce principale, se remplissaient par des *tonadillas*, des *seguidillas*, des romances, par toute espèce d'intermèdes *entremeses*, de *saynetes*, de danses; divertissements communs avec le siècle précédent, ou inventés dans le siècle actuel. Parfois, un acte d'une composition sérieuse et poétique se divisait pour faire place à l'un ou à l'autre de ces spectacles, afin de complaire à un public qui se montrait de plus en plus impatient pour tout ce qui n'était pas une farce populaire (2).

---

(1) Ramon de la Cruz y Cano, *Teatro*, Madrid, 1786-91, dix volumes, in-12°, tom. IX, p. 3.
(2) L. F. Moratin, *Obras*, tom. II, p. 1, prologue.

Au milieu de cette confusion de l'ancien et du nouveau, de tout ce qu'il y avait de raideur, de régularité dans le théâtre étranger, de plus rude, de plus irrégulier dans le drame national, apparut un auteur singulier qui, par la seule force de son talent naturel, trouva instinctivement un ton non indigne de la scène, et obtint pour lui un degré de faveur longtemps refusée à des personnes d'une plus haute renommée poétique. Cet écrivain n'est autre que Ramon de la Cruz, gentilhomme d'une famille illustre, et employé du gouvernement, à Madrid. Il était né en 1731, et, de 1765 jusqu'au moment de sa mort, vers la fin du siècle, il amusa constamment le public de la capitale par ses drames écrits dans une forme susceptible de plaire sur les théâtres du palais, sur les scènes publiques de la ville et dans les maisons de la noblesse qui, comme celle de la duchesse d'Osuna ou du comte d'Aranda, le ministre d'Etat, pouvaient, dans leur intérieur, se procurer ce luxe.

Ramon de la Cruz écrivit environ trois cents compositions dramatiques, mais il n'en imprima que le tiers ; la plus grande partie de celles qu'il publia n'étaient que des farces destinées simplement à divertir le peuple. Elles remplissent dix volumes et sont toutes en petits vers, mesure nationale du vieux drame, où se mêlent, par occasion et très-rarement, d'autres formes. Ces pièces portent différents noms, tantôt très-caractérisques et tantôt non. Un petit nombre s'appellent *Caprichos dramáticos*, apparemment parce qu'il n'y avait pas d'autre titre bien défini qui convînt à leur caractère indéfini ; d'autres, *Saynetes para cantar*, d'autres enfin, *Tragedias burlescas*. Il y en a qui ne portent absolument aucun nom, pas même celui des personnages, on n'y trouve que celui des acteurs qui ont représenté les divers rôles ; d'autres passent sous la vieille dénomination de *loas, entremeses, zarzuelas,* tout en ayant souvent un caractère impossible, avec les représentations primitives portant le même nom. Parfois, comme dans la *Clementina*, Ramon prend la peine d'observer toutes les règles du drame français, mais elles s'accommodent peu aisément à son génie, et il s'y soumet rarement. Son grand mérite consiste, presque entièrement, dans ses petites farces : aussi, lorsque Duran, à qui le théâtre espagnol est si redevable, entreprit de publier une collection des œuvres choisies de Ramon de la Cruz, il rejeta tout le reste et, prenant ses matériaux soit des sources manuscrites, soit dans ce qui s'était déjà publié, il nous donna tout simplement cent dix de ses *Saynetes* proprement dits.

Ses sujets offrent une extrême variété, et ses pièces, une grande inégalité de longueur, mais, au milieu de toute leur variété, une circonstance spéciale leur donna un caractère dominant et assura leur succès.

C'est qu'elles se fondent généralement sur les mœurs de la classe moyen-
ne et des classes infimes de la ville, mœurs qu'elles reflètent avec tant
de vérité et de fraîcheur, soit que le poète prenne ses matériaux dans les
tertulias ou soirées réunissant des personnes d'une condition sociale dé-
cente, soirées où luttent pour leur influence l'*Abbé* hypocrite et l'amant
autorisé de la maîtresse de la maison ; soit qu'il les prenne dans les jolies promenades du Prado et parmi les flâneurs de la Puerta del Sol,
où les modes de la Cour sont l'objet des plaisanteries humoristiques du
peuple, soit enfin dans le *Lavapies* et les *Maravillas*, où les dernières
classes de la société, avec leurs costumes pittoresques et leurs mœurs in-
variables, règnent exclusivement et sans conteste. Dans toutes ces circonstances, dans toutes ces situations, Ramon de la Cruz reste, en ce
genre de pièces, plein de charme et d'attrait. Rarement vous trouvez
une pensée d'art dramatique dans ses combinaisons, rarement une préparation du dénouement ; le style n'est rien moins que correct, la versification manque entièrement de soin et de fini ; mais ces farces sont tellement remplies d'originalité, elles retracent les caractères avec tant de
fidélité, il y a tant de vérité dans les mœurs qu'elles cherchent à représenter ; elles sont si nationales dans leur forme et dans leur ton,
qu'elles semblent expressément composées pour servir d'agréable et
d'approprié accompagnement aux grands drames de Calderón et de Lope,
dans l'esprit populaire desquels elles ont été si heureusement écrites (1).

Pendant ce temps, la presse ne restait pas aussi inactive qu'elle

(1) *Teatro de Don Ramon de la Cruz*. Dans la préface, il répond à Signorelli qui
l'avait rudement attaqué dans son *Storia dei teatri*, liv. IX, chap. VII, surtout au
sujet de certaines traductions que La Cruz n'avait pas, à ce qu'il paraît, publiées.
La collection des saïnètes, tant imprimés qu'inédits, de D. Ramon de la Cruz, avec
un discours préliminaire de D. Augustin Duran, s'imprima, à Madrid, en 1843,
deux volumes, in-8°. Baena, *Hijos de Madrid*, tom. IV, p. 280, donne des détails
sur sa vie.

Presque en même temps que D. Ramon de la Cruz divertissait le public de
Madrid par ses farces et ses saïnètes, Juan Ignacio Gonzalez del Castillo, natif de
Cadix et souffleur au théâtre de cette ville, suivait avec succès la même voie, à
Cadix. Il était né en 1763 ; il mourut de la fièvre jaune, en 1800, et si pauvre, qu'on
dût l'enterrer aux frais de la paroisse à laquelle il appartenait. De 1845 à 1846,
Adolfo de Castro publia, à Cadix, une collection de ses œuvres, composée de trente
saïnètes ; d'une tragédie intitulée : *Numa ;* d'une comédie en trois actes : la *Madre
hipocrita ;* d'un poème satirique contre les Français, la *Galiada ;* et d'une composition lyrique sur Annibal. Le tout en quatre volumes, in-8°. Ses meilleures
pièces sont ses *Saïnetes*, qui, par la variété des sujets, la fidélité et l'exactitude

l'avait été. Sedano publiait sa *Jael*, sujet tiré du livre des juges ; Lassala, son *Ifigenia* ; Trigueros, ses *Tenderos de Madrid*; et Cortès, son *Atahualpa*. Ces deux dernières pièces avaient été composées avec succès pour les fêtes de 1784, les mêmes fêtes pour lesquelles Mélendez avait écrit, mais sans succès, *Las bodas de Camacho*. Cienfuegos, poète ayant plus de génie et d'originalité qu'aucun d'eux, écrivit son *Pitaco*, qui lui ouvrit les portes de l'Académie espagnole ; son *Idomeneo*, d'où, à l'imitation d'Alfieri, il bannit la passion de l'amour ; sa *Condesa de Castilla* et sa *Zoraida*, tirées, toutes deux, des vieilles traditions des luttes et des guerres nationales. Dans chacune de ces œuvres, Cienfuegos donna des preuves de son talent, mais des preuves d'un talent plutôt lyrique que dramatique ; dans chacune, il montra aussi trop de souci de s'attacher aux modèles grecs, incompatibles en particulier avec le sujet de *Zoraida*, dont la scène se passe dans les jardins de l'Alhambra (1). Mais toutes ces pièces, du moins en ce qui concerne leur représentation sur la scène publique, sont depuis bien longtemps oubliées.

D'un autre côté, Huerta publiait, en 1786, quatorze volumes de vieilles comédies et un volume de vieux *Entremeses*, travail destiné à venger le théâtre national espagnol du siècle précédent, et à le placer aussi haut et même plus haut que celui du reste de l'Europe. Mais Huerta remplit mal sa tâche. Une collection choisie, destinée à illustrer les grands maîtres de la scène espagnole et qui, pour ne pas parler d'autres défauts, omettait complètement Lope de Véga, une pareille collection commençait par un vice capital. Cette circonstance jointe au ton arrogant de l'éditeur dans ses préfaces, la contradiction avec ses opinions actuelles, se produisant par l'exemple de sa propre *Raquel*, entièrement dans le genre français, ses traductions de l'*Electre*, de Sophocle, et de la *Zaïre*, de Voltaire, évidemment faites pour défendre l'école française, empêchèrent son *Teatro español* de produire l'effet qui aurait suivi son apparition et qui ne manquait pas d'opportunité. Ce livre n'en constitue

---

avec lesquelles sont dépeintes les mœurs nationales, le sel et le mordant de ses satires, rappellent, avec assez de ressemblance, les sainètes de Ramon de la Cruz. D'autre part, Castillo nous semble moins fécond et moins sympathique ; il offre moins de spontanéité et de légèreté dans ses compositions dont la renommée n'avait pas, jusqu'en 1845, dépassé les limites de l'Andalousie.

(1) *Obras de Cienfuegos*, Madrid, 1798, deux volumes in-8°. C'est l'unique édition publiée par l'auteur.

pas moins une œuvre d'une grande inportance et dont le public a su, plus tard, reconnaître tout le prix (1).

Les discussions qu'il provoqua eurent une influence plus directe et contribuèrent à infuser une nouvelle vie au théâtre lui-même. De pareilles discussions avaient commencé immédiatement après la publication de la première tragédie de Montiano, en 1750, date qu'on peut regarder comme le point de départ, pour diviser l'histoire de la scène espagnole, durant le dix-huitième siècle. Elles se reprennent maintenant avec une ardeur des plus vives, partie comme conséquence de l'intérêt toujours croissant qu'excitait généralement le drame national, partie comme conséquence du tempérament personnel de Huerta lui-même. Un résultat immédiat de cet état de choses ce fut une augmentation considérable du nombre de comédies : il s'en écrivit dix fois plus, dans la seconde moitié du siècle, que dans la première. Si les améliorations dans la condition du théâtre furent moindres que celles qu'on pouvait attendre d'une pareille compétition, il n'en est pas moins vrai, nous l'avons vu, que des poètes et des hommes de génie, tels que Ramon de la Cruz, se laissèrent entraîner par le mouvement, et que des esprits prévoyants, tels que Jovellanos, augurèrent des jours meilleurs pour l'avenir du théâtre (2).

---

(1) Vicente Garcia de la Huerta, né en 1734, mourut en 1787. Le *Semanario pintoresco*, 1842, p. 306, contient une courte notice sur sa vie qui ne fut pas sans quelque importance littéraire et sociale. Dans la note suivante, nous donnerons quelques détails sur les diverses luttes littéraires qu'il eut à soutenir contre ses contemporains. Son caractère ne paraît pas trop mal dépeint dans l'épitaphe suivante, composée, dit-on, par Yriarte, un de ses adversaires, et qu'il faut lire en se souvenant que Saragosse était célèbre par un hôpital de fous, qui occupe tant de place dans le *D. Quichotte* d'Avellaneda.

De juicio si ; mas no de ingenio escaso	De jugement, oui, mais non d'esprit depourvu,
Aqui Huerta el audaz descanso goza ;	Ici Huerta, l'audacieux, en paix repose ;
Deja un puesto vacante en el Parnaso	Il laisse une place vacante au Parnasse
Y una jaula vacia en Zaragoza.	Et un cabanon vide à Saragosse.

(2) D. Jaime Doms attaqua Montiano dans une lettre publiée sans indication de lieu ni d'année. Domingo Luis de Guevara lui répondit dans trois lettres, Madrid, 1753, in-8°. Faustino de Quevedo lui adressa une réplique à Salamanque, en 1754, in-8°. La publication du *Teatro* de Huerta, suscita une discussion plus violente. Lui-même dans son *Escena española defendida*, Madrid, 1786, in-8°, p. 133, parle de l'*énorme numero de folletos* qui se produisirent contre son *Prologo*, dont le plus grand nombre ne circulèrent probablement que manuscrits, suivant l'usage de ce temps, tandis que d'autres, tels que ceux de Cosme Damian, de Tomé Cecial, c'est-à-dire J. P. Forner, etc., s'imprimèrent en 1785. Huerta y ré-

Mais le plus grand obstacle pour obtenir avec succès des drames meilleurs, consistait dans un certain nombre d'écrivains qui flattaient le mauvais goût de la basse classe et du vulgaire public de leur temps. Parmi les plus remarquables et les plus heureux de ces écrivains, il faut compter Valladarès et Zabala. Le premier composa environ une centaine de drames sur toute espèce de sujets, tragiques et comiques. Il mit en tête de son *Emperador Alberto*, un discours dans l'esprit de Huerta, pour défendre le drame espagnol contre les attaques de ses voisins, les Français. Le second, Zabala en composa la moitié moins, et quelques-uns entre autres, tels que ses *Victimas del amor*, appartiennent au genre sentimental. D'autres, comme les trois qu'il écrivit sur l'histoire de Charles XII de Suède, sont aussi extravagants que la pièce la plus mauvaise des auteurs dramatiques qu'il se propose d'imiter. L'un et l'autre employèrent la vieille versification, et ils s'appliquèrent à flatter le goût du public demandant des drames vulgaires et extravagants ; tels que le *Triunfo de amor y de amistad*, composition en prose de Zabala ; et la *Defensa de la virtud*, où ils manifestèrent leurs tendances à se soumettre aux règles de la scène française. En réalité, ni l'un ni l'autre n'avaient de principes ni de talents poétiques ; ils écrivirent tous deux uniquement pour amuser une populace plus grossière et plus ignorante qu'eux-mêmes.

Un écrivain un peu meilleur que ces deux derniers, et qui eut certainement plus de succès qu'aucun d'eux auprès de la classe cultivée de ses contemporains, c'est Comella. Comme Valladarès, sa fécondité est immense ; sa facilité de composition, son génie d'invention pour des situations neuves et frappantes semblent avoir exercé sur son public le même charme qu'avaient exercé sur le leur les pièces de Caldéron et de Lope de Véga. Malheureusement il n'avait pas le génie de ces vieux maî-

---

pondit, la même année, dans sa mordante *Leccion critica*, Sempere, *Bib.*, tom. III, p. 88. Toute cette période de la littérature espagnole est exclusivement remplie des disputes de Sedano, Forner, Huerta, Yriarte, de leurs amis et de leurs adversaires. L'omission de Lope et d'autres auteurs non moins remarquables dans son *Teatro español*, valut à Huerta une vive attaque dans un pamphlet intitulé : *Carta à D. Vicente Garcia de la Huerta* por D. J. D. C. Madrid, 1787, in-8°, p. 36-46. On écrivit aussi contre lui un autre pamphlet intitulé : *Dialogo transpirenaico e hiperboreo*, sans indication d'année, où, entre autres choses, on le ridiculise pour l'emploi qu'il fait de mots étranges tels que *instremcos, puzibilidad,* et autres, et pour écrire Xaïra au lieu de Zaïra, dans sa traduction de la pièce de Voltaire.

tres. Ses plans sont embrouillés et parfois aussi intéressants que les leurs ; généralement l'extravagance, la confusion, l'absurdité y règnent au plus haut degré. Même lorsqu'il traite des sujets aussi connus que Christine de-Suède, Louis XIV et Frédéric le Grand, il semble n'avoir aucun égard ni pour la vérité, ni pour la vraisemblance, ni pour la convenance. Rien de plus malheureux aussi que sa versification. La forme est bien toujours celle où la voix populaire de la Castille avait fait sentir sa puissance, mais elle manque de variété autant que de richesse et de force. Cependant les dialogues en romances offrent tant d'intérêt, il y respire tant de tendresse et d'honnêteté dans le ton des sentiments et dans les incidents de ses plans, qu'une centaine de ses drames extravagants, plusieurs en prose et un plus grand nombre en vers, plusieurs sur des sujets historiques, un plus grand nombre sur des anecdotes amoureuses de l'invention propre de Comella, se virent accueillis avec les plus grands applaudissements. Ils furent même plus profitables aux théâtres de Madrid qu'aucune autre des pièces qu'ils auraient pu offrir à la multitude de laquelle dépendait leur existence (1).

Pendant que Comella s'élevait ainsi à l'apogée de sa réputation, un antagoniste formidable, tant pour Comella lui-même que pour toute la classe des écrivains qu'il personnifiait, apparut dans la personne de Moratin, fils de ce poète qui, le premier, avait produit sur la scène espagnole un drame original conforme aux doctrines françaises. Moratin, le fils, était né en 1760. Pour assurer à son enfant une subsistance qu'il avait eu de la peine à obtenir pour lui-même, le père le mit, comme apprenti, chez un joaillier. Notre jeune homme continua d'y travailler jusqu'à l'âge de vingt-trois ans, et, dans les derniers temps, pour aider à vivre sa mère qui était devenue veuve.

Mais ses dispositions naturelles pour la poésie étaient trop fortes pour être comprimées par les tristes circonstances de sa situation, A peine âgé de sept ans, il avait écrit des vers, et, à dix-huit, il obtenait le second prix offert par l'Académie royale espagnole pour un poème sur la prise de Grenade, succès qui ne surprit personne plus que sa

(1) La popularité d'Antonio Valladarès de Sotomayor, de Gaspar Zavala y Zamora, de Luciano Francisco Comella ne dura pas assez de temps pour qu'on pût réunir leurs œuvres en collection. Je possède, toutefois, plusieurs pièces détachées de ces auteurs et de plusieurs autres écrivains de cette époque, déjà oubliés, tels que Luis Moncin, Vicente, Rodriguez de Arellano, José Concha, etc. De Comella seul j'en ai trente, et je n'ose pas avouer, par honte, combien j'en ai lues pour l'unique plaisir de me divertir, à la lecture de leurs extravagantes histoires.

propre famille. Le jeune Moratin avait, en effet, composé secrètement son poème et l'avait présenté sous un nom supposé. Un autre succès du même genre attira encore, deux ans plus tard, l'attention sur le pauvre joaillier : enfin, en 1787, l'amicale intervention de Jovellanos, le fit attacher, comme secrétaire, à l'ambassade espagnole de Paris, et il accompagna, dans cette capitale, l'ambassadeur, comte Cabarrus. Il y resta deux ans, pendant lesquels il se lia d'amitié avec Goldoni, entra en relations avec d'autres gens de lettres, circonstances qui déterminèrent la direction de sa vie et le caractère de ses pièces de théâtre.

De retour à Madrid, il obtint la protection de Don Manuel Godoy, devenu plus tard le tout puissant prince de la Paix, et, dès ce moment, sa fortune semble assurée. Il est envoyé en mission, pour étudier l'état du théâtre, en Allemagne et en Angleterre, en Italie et en France; il jouit en Espagne de pensions et de places diverses. Une position honorable au ministère des affaires étrangères, l'attendait à son retour et lui assurait une position distinguée dans la société, et Moratin y trouvait encore le loisir de cultiver les lettres, occupation qu'il préférait à toute sa prospérité et à tous ses honneurs officiels.

Cet heureux état de choses se maintint jusqu'à l'invasion française, en 1808. Ses relations publiques devinrent la cause de ses infortunes. Le flot des événements le balaya de sa place, comme il avait enlevé son protecteur. Sans trahir aucunement les intérêts de sa patrie, il se vit tellement engagé dans ceux du gouvernement nouveau que, lors de la restauration de Ferdinand VII sur son trône, Moratin fut, pendant un certain temps, traité avec la plus grande rigueur. L'orage passa toutefois et il retrouva faveur et protection; il souffrait cependant; ses amis vivaient dans l'exil, et sans eux, il était isolé, solitaire. Il repassa en France; il retourna bien immédiatement dans la Péninsule, poussé par un profond et impatient désir de revoir le pays de sa naissance, mais il trouva toutes choses tellement changées par le despotisme triomphant, que ce n'était plus pour lui l'Espagne, et finalement, il vint s'établir à Paris, où il mourut en 1828. Il fut enterré près de Molière qu'il avait, durant sa vie, si honoré et si imité.

Quand Moratin commença sa carrière de poète dramatique, il trouva de tous côtés des obstacles à son succès (1). La tragédie *Hormesinda*, de son père, ne s'était produite sur la scène que par la protection ministérielle du comte d'Aranda, contrairement à l'opinion et aux craintes des

---

(1) *Obras postumas*, de N. Fr. Moratin, 1825, p. 26. La décadence du drame se continua jusqu'à l'époque de Moratin, le jeune, et de ses triomphes. L'auteur de

acteurs. Cienfuegos qui avait suivi son exemple, n'obtint qu'avec difficulté une représentation pour deux de ses tragédies sur cinq. L'une d'elles ne fut même écoutée, avec une faveur toute particulière, que parce qu'elle roulait sur un sujet familier à tous les Espagnols, depuis les jours de leurs vieilles romances, et toujours agréable à leurs cœurs. Quintana, dont le nom avait été toujours respecté, dont l'influence avait été également grande, avait échoué avec son *Duque de Viseo*. D'autres écrivains s'étaient découragés par de tels exemples et ne faisaient aucun effort pour obtenir d'être connus du public, alors que la perspective du succès était si faible.

Telle était la situation du théâtre, lorsque Moratin, le fils, se présenta comme candidat devant le public de Madrid. La nouvelle école avait gagné un peu de terrain et, parmi les représentants vivants de la vieille, il n'y en avait aucun de plus distingué que Comella ; mais le goût du public n'avait pas changé, et les directeurs du théâtre se voyaient obligés, suivant ses propres inclinations, de céder à son autorité, de flatter ses fantaisies.

Moratin résolut, cependant, de marcher sur les traces de son père dont la mémoire et l'exemple lui avaient toujours inspiré le respect le plus sincère. Il écrivit donc sa première comédie, *El Viejo y la niña*, tout à fait selon les règles, chaque partie finie avec le plus grand soin, mais divisée en trois actes, comme les vieilles pièces espagnoles et composée partout en petit vers, mesure toujours si populaire. Mais quand, en 1786, il offrit sa comédie pour la représentation, la simplicité de l'action, si différente des intrigues compliquées sur lesquelles le commun du peuple aimait à exercer encore sa finesse extraordinaire, la quiétude et le décorum qui régnaient dans toute la pièce, alarmèrent fortement les

---

la *Decada epistolar sobre el estado de las letras en Francia*, Madrid, in-8°, 1781, réimprimée en 1797, après avoir donné une notice très-longue et très-favorable sur les théâtres de Paris, profite de l'occasion pour émettre son opinion sur la réforme des théâtres espagnols et dit à l'ami à qui il écrit, ces remarquables paroles : « Empiece, Vd, por echarlas abajo, y despues hablaremos ; commencez par les jeter à bas et puis nous parlerons. » — Il ne semblait pas, en effet, qu'il y eût à cette époque d'autre remède pour le théâtre que celui que conseille cet auteur. Or, ce n'était rien moins que le duc d'Almodovar, ambassadeur à Lisbonne, à Saint-Pétersbourg, à Londres, et qui était, à sa mort, directeur de l'Académie espagnole. Sa *Decada*. écrite avec grâce et légèreté, est un peu trop superficielle. L'auteur s'y manifeste partisan déclaré de l'école française en matière littéraire, mais il attaque avec violence la philosophie. Nous avons un éloge du duc composé par D. Nicolas Rodriguez Laso, lu à l'Académie espagnole, le 2 juillet 1794, et imprimé l'année suivante, in-4°.

acteurs sur le succès. Ils présentèrent des objections, et ces objections jointes à d'autres circonstances, empêchèrent la pièce d'être jouée pendant quatre ans. Finalement, elle parut et fut reçue avec des applaudissements médiocres, qui ne satisfirent aucun des deux partis extrêmes qui se partageaient alors l'auditoire de Madrid. L'arrêt du public ne fut pas peut-être tout à fait injuste pour une comédie dont l'action est un peu froide et languissante, quoique son mérite poétique soit loin d'être, à d'autres égards, peu considérable.

Quel qu'ait été l'effet sur le public, l'effet sur l'auteur fut décisif : il avait été entendu ; son mérite avait été reconnu, du moins en partie. Maintenant, il résolut de porter les prétentions des auteurs dramatiques populaires, qui déshonoraient la scène, devant le tribunal public de la scène même. A cet effet, il composa la pièce qu'il intitula : la *Comedia nueva*. C'est un exposé des motifs qui obligent un auteur nécessiteux à écrire un de ces drames bruyants et extravagants, joués alors constamment avec applaudissements, et un résumé de sa première représentation : le tout rapporté par l'auteur lui-même et par ses amis, dans un café contigu au théâtre, au moment fatal où la représentation supposée va se donner.

La pièce est en deux actes et en prose. Le dénoûment, qui consiste dans la confusion de l'auteur et de sa famille en apprenant l'insuccès de la représentation, est amené avec beaucoup d'habileté, et produit un effet plus grand que la simplicité de l'action semblait le promettre. La comédie se vit reçue avec une faveur que Moratin lui-même ni ses amis n'avaient osé espérer. Le poète, qui est victime, fut immédiatement reconnu pour être Comella. Quelques-uns des caractères inférieurs se donnèrent, justement ou non, à d'autres personnes qui figuraient dans ce temps, de sorte que la *Comedia nueva* passa pour une brillante satire, sévère peut-être, mais bien méritée et heureusement appliquée. Dès ce moment, c'est-à-dire depuis 1792, Moratin, malgré l'opposition désespérée des partisans de la vieille école, s'était acquis une place permanente sur la scène nationale. Et, ce qui est bien plus remarquable encore, cette comédie légère, sans action regulière presque, fondée sur des intérêts purement locaux, grâce à l'originalité et au génie qui y brillent, se vit traduite et représentée avec succès, tant en France qu'en Italie (1).

---

(1) D'après une lettre de Moratin, publiée dans le *Semanario Pintoresco*, 1844, p. 43, il semble que Comella et ses amis empêchèrent pendant quelque temps la représentation de la *Comedia nueva;* que la permission de la jouer, après cinq

El Baron, composé de deux actes en vers, était d'abord préparé pour
être chanté; il fut changé en une comédie, sans la permission de l'auteur, et représenté en public, pendant son absence d'Espagne. A son
retour, il l'améliora par des additions matérielles, et il le fit jouer de
nouveau, en 1803. C'est la plus faible de toutes les représentations théâtrales de Moratin, mais elle constitua un triomphe sur une cabale, appuyant un drame écrit sur le même sujet, et représenté en même temps,
pour interrompre ses succès.

Au moment où Moratin arrangeait *El Baron* pour la scène, il travaillait
avec soin à la préparation d'une autre comédie en vers, destinée à
augmenter encore sa réputation. C'était la *Mogigata*, écrite dès 1791, et
représentée bientôt après dans des maisons particulières, mais qui ne fut
terminée et jouée publiquement qu'en 1804. C'est un excellent modèle
de caractères bien tracés; les deux personnages principaux sont une
jeune fille, que la sévérité de sa famille oblige de se donner les apparences de sentiments vraiment religieux, et une cousine, dont le caractère
contraste singulièrement avec le sien, et qu'un traitement opposé rend
franche et sympathique. Le sujet plaçait Moratin sur un terrain dangereux, aussi sa comédie fut-elle interdite par l'Inquisition. Mais ce corps,
autrefois si redoutable, n'était plus aujourd'hui qu'un instrument dans
les mains de l'État; de sorte que l'autorité du prince de la Paix ne fut
pas seulement suffisante pour prévenir des conséquences désagréables
pour Moratin lui-même, mais qu'elle put être, bientôt après, agréable au
public, en lui procurant un plaisir d'autant plus vif qu'il lui avait été
un moment défendu.

Le dernier effort original que Moratin tenta sur le théâtre, ce fut une
longue comédie en prose et en trois actes, intitulée : *El si de las niñas*, e

---

examens successifs, ne s'obtint que le jour même où la représentation était annoncée. Les applaudissements du public récompensèrent toutefois Moratin des
dégouts que lui avaient causés les intrigues de ses ennemis et de ses rivaux. —
Avant de publier la *Comedia nueva*, Moratin avait déjà attaqué les poètes, ses contemporains, dans sa *Derrota de los pedantes*, Madrid, 1789, in-12°. Il les représente comme des gens « que embadurnan y apestan al teatro con unas cosas que
« llaman comedias, compuestas de retazos mal arrancados de aqui y de allá, ates-
« tadas de mas defectos que los originales que copian, y sin ninguna de aquellas
« perfecciones que disculpan ó hacen olvidar los errores de los antiguos ». — De
gens qui embarbouillent et empestent le théâtre avec des espèces de choses qu'il
appellent comédies, composées de morceaux mal arrachés, par-ci et par-là, bour-
rées de plus de défauts que les originaux qu'ils copient; et sans aucune de ces
qualités qui disculpent ou font oublier les erreurs des anciens.

jouée en 1806. Son mouvement général est extrêmement naturel, et il est encore animé par une légère teinte de cette intrigue et de cet imbroglio toujours si agréables sur le théâtre espagnol. Une jeune fille s'était éprise, pendant le cours de son éducation au couvent, d'un élégant officier de dragons. Sa mère ignore ses amours, veut la reprendre chez elle et la marier à un excellent et respectable vieux gentilhomme que sa fille n'a jamais vu, et qu'elle se sent incapable de refuser, par pure délicatesse. Ils se rencontrent tous dans une auberge de la route, où s'était rendu le jeune amoureux dans la pensée de faire rompre le mariage. Ce dernier découvre, à son grand regret, que son rival est un oncle à qui il est sincèrement attaché, à qui il doit de nombreuses obligations. Les méprises et les intrigues de la nuit qu'ils passent ensemble dans cette auberge, donnent beaucoup de vie à l'action et la remplissent de charme. D'un autre côté, l'attachement désintéressé des deux jeunes amants l'un pour l'autre, et la bienveillance de l'oncle ajoutent, à la situation compliquée et aux relations naturelles des personnages, un intérêt tout à fait original et d'un effet tout nouveau à la représentation. La comédie se termine par la découverte de l'état réel du cœur de la jeune fille, la renonciation de l'oncle à toutes ses prétentions, et à l'institution de son neveu pour son héritier.

Il y avait longtemps qu'aucune pièce n'avait été reçue sur la scène espagnole avec tant de faveur. Elle fut jouée trente-six représentations successives, devant un public qui avait l'habitude de demander constamment des nouveautés, et les représentations s'arrêtèrent uniquement parce que le carême vint fermer les théâtres. La critique ne parut que pour en faire l'éloge : le triomphe de Moratin était complet.

Toutefois il n'était pas destiné à en jouir longtemps. Les troubles de son pays avaient déjà commencé, et, trois ans après, les Français étaient temporairement les maîtres de toute la Péninsule. Moratin prépara deux spirituelles traductions de Molière, avec des changements leur donnant plus d'attrait aux yeux de ses compatriotes. L'une, l'*Ecole des maris*, *La escuela de los maridos*, fut jouée en 1812; et l'autre, le *Médecin malgré lui*, *El medico à palos*, le fut, en 1814. Mais à l'exception de ces deux traductions et d'une version en prose, peu réussie de l'*Hamlet* de Shakespeare, imprimée en 1798, et qui ne se représenta jamais, Moratin n'écrivit, pour le théâtre, rien autre chose que les cinq comédies déjà mentionnées. Si ces comédies ne constituent pas un fondement immense pour sa réputation, elles semblent en former un sur lequel elle peut s'appuyer solidement. Si elles ont échoué dans l'entreprise d'élever une école assez forte pour bannir les mauvaises imitations des vieux maîtres qui se présentaient constamment sur la scène, elles ont été du moins capables de prendre une place particulière que les changements des temps ont peu troublée (1).

Que le drame espagnol, durant le siècle qui s'est écoulé entre l'avénement au trône de la maison de Bourbon et l'expulsion temporaire de cette maison par les armes de Bonaparte, ait, sous certains rapports, fait de grands progrès, on ne peut en douter. On avait construit des édifices plus convenables et plus propres pour ses représentations, non-seulement dans la capitale, mais encore dans toutes les principales villes du royaume. Il s'était introduit dans la composition dramatique des formes nouvelles et variées qui, sans être toujours en rapport avec les exigences du génie national, sans être souvent encouragées par la faveur générale, n'en étaient pas moins très-agréables à la plus grande partie des classes plus cultivées, et servirent, soit à appeler l'attention sur l'état de décadence du théâtre en général, soit à porter les esprits vers sa restauration. De temps en temps, aussi, avaient paru des acteurs d'un mérite extraordinaire, tels que Damian de Castro, pour qui Zamora et Cañizares écrivirent des rôles ; Maria l'Advenant, qui charmait Signorelli dans les plus hauts caractères de Caldéron et de Moreto ; la Tirana, dont la puissance tragique frappa d'étonnement le goût pratique de Cumberland, le dramaturge anglais ; Maiquez, enfin, qui jouit de l'amitié et de l'admiration de presque tous les hommes de lettres espagnols de son temps (2).

Mais le vieil esprit et la vie du drame du dix-septième siècle n'étaient plus là. Les publics, aussi différents de ceux des temps chevaleresques de Philippe IV que l'étaient les grossières représentations qu'ils préféraient voir sur la scène, ne contribuèrent pas peu à dégrader le théâtre, autant que les poètes qu'ils protégaient et les auteurs qu'ils applaudis-

---

(1) Si l'on désire des détails plus étendus sur Moratin, le jeune, on peut consulter l'édition de ses œuvres publiées par l'Académie royale d'Histoire. Larra, *Obras*, Madrid, 1843, in-8°, tom. II, pp. 183-187, dit que la *Mogigata* fut défendue, une seconde fois, et que le *Si de las niñas*, eut à souffrir des coupures, mais l'une et l'autre composition furent rendues à leur forme originale, en 1838.

(2) C. Pellicer, *Origen*, tom. II, p. 41. Signorelli, *Storia*, liv. IX, ch. VIII. R. Cumberland, *Memoirs of himself*, Londres, 1807, in-8°, tom. II, p. 107, parle de Tirona comme d'une sommité dans son art, et il ajoute que, dans une certaine circonstance où il se trouvait présent, son énergie tragique produisit une telle impression sur l'auditoire que ses cris firent tomber la toile avant la fin de la pièce Maiquez était l'ami de Blanco White, de Moratin, le fils, etc., (*New. Monthly Mag.*, tom. XI, p. 187, et L. F. Moratin, *Obras*, tom. IV, p. 345). Son meilleur rôle est celui de Garcia de Castañar, dans la comédie de Rojas. Je le lui ai vu jouer avec une puissance et un effet admirables.

saient. Les deux écoles étaient continuellement en présence, combattant chacune pour la victoire, et la multitude semblait se réjouir plutôt de cette confusion et de cette lutte que désirer en profiter pour provoquer des changements avantageux au théâtre. D'un côté, des drames extravagants et absurdes, en grand nombre, pleins d'enflure, de parade et de basse bouffonnerie, se représentaient avec succès; d'un autre, de maigres comédies sentimentales, de raides et froides traductions du français, étaient imposées, en nombre presque égal, à des acteurs par l'influence de personnes dont ils ne pouvaient entièrement décliner eux-mêmes ni l'autorité, ni la protection. Entre ces deux partis, et du consentement de tous, l'Inquisition et les censeurs prohibaient, par centaines, les représentations des comédies des vieux maîtres et, dans ce nombre, de plusieurs pièces qui confirment encore la réputation de Caldéron et de Lope de Véga. Le dix-huitième siècle est, par conséquent, en ce qui concerne le théâtre espagnol, une véritable période de changement et de révolution. Vers sa fin, nous voyons bien que le vieux drame national peut à peine espérer de se rétablir dans la plénitude de ses anciens droits, mais nous observons également qu'un drame fondé sur les doctrines enseignées par Luzan et pratiquées par Moratin, n'est évidemment pas destiné à prendre sa place (1).

---

(1) La guerre entre l'Église et le théâtre se prolongea durant tout le dix-huitième siècle et dans le dix-neuvième, jusqu'à la fin du règne de Ferdinand VII. Les comédies ne furent pas absolument prohibées effectivement dans tout le royaume ni interdites dans la capitale, excepté durant certaines périodes d'anxiété ou de deuil national, et encore à des intervalles divers. Elles le furent spécialement vers l'année 1748, à la suite du tremblement de terre de Valence, et, sous l'influence de l'archevêque de cette ville, son théâtre fut fermé et il le resta pendant douze ans (Luis Lamarca, *Teatro de Valencia*, Valencia, 1840, in-8°, pp. 32-36). Quand, en 1754, le Père Calatayud prêcha une mission et publia un livre contre les comédies, il y eut à ce sujet un grand mouvement dans les provinces. Ferdinand VII porta des décrets sévères pour la régularisation de cette matière, décrets qui furent peu respectés; dans différentes villes et dans les diocèses de Lerida, Palencia, Calahorra, Saragosse, Alicante, Cordoue etc., les théâtres se trouvèrent, de temps en temps, jusqu'en 1807, soumis à l'influence ecclésiastique et ils furent supprimés ou fermés, avec l'assentiment du peuple. A Murcie, où les représentations semblent avoir été défendues, de 1734 à 1789, où elles furent de nouveau permises, les autorités ecclésiastiques résistèrent ouvertement à cette restauration théâtrale. Non-seulement elles refusèrent les sacrements aux acteurs, mais ils parvinrent à les priver de la jouissance de plusieurs des droits civils, tels que de recevoir des legs par testament. C'était un état de choses absurde et anormal de voir tolérer comme innocent, dans la capitale du royaume, ce qui était considéré comme un péché ou un crime

dans les provinces. C'était une espèce de guerre d'arrière-garde, prolongée après la reddition de la citadelle. Elle produisait encore son effet, et son influence continua de se faire sentir, jusqu'à ce qu'un nouvel ordre de choses s'introduisit généralement dans l'État. Des faits des plus singuliers, relatifs à cette situation se trouvent répandus dans un livre étrange, écrit, apparemment par un ecclésiastique de Murcie, en deux volumes, in-4º, de 1789 à 1814, année où il se publia sous ce titre : *Pantoja o Resolucion historica, Teologica, de un caso pràtico de moral sobre comedias.* Pantoja est le nom d'une dame, réelle ou supposée, qui avait adressé des questions de conscience sur la légalité des comédies et qui reçoit les réponses sous cette forme grossière.

On peut bien voir l'état du théâtre, à la fin du dix-huitième siècle et au commen-du dix-neuvième, dans le *Teatro nuevo español*, Madrid, 1800-1, 5 vol. in-8º, rempli de comédies originales et de traductions alors à la mode. Il contient une liste des comédies défendues, liste incomplète sans doute, mais en comprenant encore cinq ou six cents, au nombre desquelles se trouvent la *Vida el Sueño*, de Caldéron et *El Tejedor de Ségovia*, d'Alarcon, et plusieurs autres des meilleurs drames de la vieille école. Duran, dans une note de son *Prologo à los sainetes de Don Ramon de la Cruz*, (tom. I, p. V), donne à entendre que cette persécution fut, à un certain point, le résultat de l'influence de ceux qui soutenaient les doctrines française. Il n'y avait cependant que vingt ans depuis que les meilleures comédies de ce genre avaient été sifflées. En effet, Bourgoing, qni voyagea en Espagne, de 1782 à 1785, dit : Ils ont été plus scandalisés du *Misanthrope* de Molière et de l'*Athalie* qu'ils ne le sont des indécences de leurs sainètes (*Voyage,* édition de 1689, tom. II, p. 368). Or il faut observer que Bourgoing considérait tout le théâtre espagnol sous le point de vue français ; qu'il est, par conséquent, excessivement sévère, et même partial dans ses jugements. (Voyez son *Voyage,* pp. 326-399).

Le nombre des comédies écrites ou publiées de 1700 à 1825 ne peut se comparer avec celui de la période correspondante. précédant 1700, mais il est encore très-grand. Il s'élève, si je ne me trompe, d'après la liste donnée par Moratin, à quatorze cents environ, presque toutes postérieures à 1750.

CHAPITRE VII

Règne de Charles IV. — Révolution française. — Inquisition. — Révolte de l'Escurial. — Ferdinand VII. — Bonaparte. — L'Invasion française et l'occupation
de l'Espagne. — Restauration de Ferdinand VII. — Son despotisme. — Interrègne littéraire. — Réaction. — Conclusion.

Le règne de Charles IV ne fut pas un de ceux où les disputes littéraires se développent avec cette liberté qui peut seule faire de ces luttes un
élément de progrès intellectuel. Son favori corrompu, le prince de la
Paix, durant une longue administration des affaires du royaume, détruisit tout, par son influence non moins fatale presque à tout ce qui était
l'objet de sa protection qu'à tout ce qui était l'objet de son oppression.
La révolution française à laquelle on résista tout d'abord, avec laquelle
la corruption finit par sympathiser, jeta dans Madrid la même terreur
qu'elle avait inspirée à Rome et à Naples. Pendant que cette guerre, ouverte contre tout ce qui était chrétien, remplissait les cœurs de la plus
grande majorité du peuple espagnol d'une horreur plus grande que celle
qu'elle avait inspirée en Italie, un assez grand nombre d'esprits s'écartè-
rent avec elle de leurs nobles et antiques sentiments de religion et de
loyauté, et préparèrent à des changements pareils à ceux qui avaient déjà
renversé les trônes de la moitié de l'Europe. Au milieu de cette confusion et en retirant même son avantage, l'Inquisition, instrument flexi-
ble entre les mains du gouvernement dont il était une machine politique,
et sans renoncer à aucune de ses prétentions religieuses, l'Inquisition,
publia son dernier *Index Expurgatorius*, pour arrêter l'invasion de la
philosophie française et le débordement des opinions (1). Agissant en

(1) Le dernier *Index Expurgatorius*, est celui de Madrid, 1790, in-4°, 305
pages. Il faut y ajouter un supplément de 55 pages, daté de 1805. L'un et l'autre
sont fort maigres si on les compare aux immenses in-folios des deux siècles précédents dont l'un, celui de 1667 remplit, avec son supplément, environ 1200 pages.

vertu d'instructions formelles des pouvoirs de l'Etat, elle accueillit contre les hommes de lettres et en particulier contre ceux qui se rattachaient aux Universités, un nombre infini de dénonciations. Rarement ces dénonciations arrivaient jusqu'à la condamnation, jusqu'à des peines, mais elles furent encore assez terribles pour prévenir l'expression publique des opinions, pouvant mettre en danger la condition sociale de tout individu qui s'aventurait à les entretenir. Par conséquent, sous toutes les formes les plus terribles, l'oppression civile, politique et religieuse parut s'établir dans tout le pays, avec une nouvelle et prodigieuse énergie. Il n'y eut pas un homme qui ne la sentit. Il semblait que le principe vital de l'atmosphère qu'on respirait s'était vicié et corrompu. Mais on sentait aussi que cette même atmosphère s'était chargée de l'esprit d'une grande révolution : les plus hardis s'avançaient avec précaution et se tenaient tranquilles, pendant qu'ils attendaient le changement des choses, le choc de ces éléments terribles que personne n'eût volontiers voulu rencontrer.

Enfin cette convulsion éclata. En 1807, l'héritier présomptif du trône se déclara en lutte ouverte avec le prince de la Paix, et il prit des mesures pour défendre les droits de sa personne. L'affaire de l'Escurial s'en suivit : intrigue plus ténébreuse que la cellule ténébreuse où elle se forgea. Sous l'influence du favori, Ferdinand fut accusé d'avoir voulu détrôner et assassiner son père et sa mère. Un moment, l'Europe sembla menacée d'un crime que le despotisme sans scrupules de Philippe II n'avait pas osé consommer. Il fut évité par la hardiesse et la constance virile d'Escoiquiz. Mais les choses ne pouvaient rester longtemps dans la position fausse et difficile où les avait laissées une tentative si imprudente. La grande révolution éclata, à Aranjuez, au mois de mars 1808 ; Charles IV abdiqua, plein de honte et d'effroi, et Ferdinand VII monta sur le trône vacillant de ses ancêtres, au milieu des acclamations du peuple. Mais Napoléon, alors à l'apogée de sa vaste puissance, intervint dans des troubles qu'il n'avait pas involontairement fomentés. Sous pré-

---

Mais le dernier ouvrage de cette espèce est plus rigoureux qu'aucun de ceux qui l'ont précédé. Le grand nombre des livres français qu'il renferme montre bien quel était le point où le saint tribunal voyait le plus grand danger. Aussi pour éviter qu'aucun livre de ce genre n'échappât à sa vigilance, il ordonna que tous papiers, traités et livres sur la révolution française, qui pouvaient inspirer des pensées séditieuses, seraient immédiatement transmis aux familiers du Saint-Office (Supplément de 1805, p. 3). Les *Réflexions* de Burtle furent également défendues par cet Index.

texte que les dissidences fatales, élevées entre le père et le fils, pourraient troubler les affaires de l'Europe, il amena, dans ses filets, la famille royale d'Espagne, à Bayonne. Là, sur le sol de la France, la couronne de la famille des Bourbons d'Espagne fut ignominieusement remise dans ses mains, et placée par lui sur la tête de son frère, déjà roi de Naples.

Tout cela ne fut que l'œuvre de quelques semaines : les destinées de l'Espagne semblaient scellées d'un sceau qu'aucune puissance humaine ne pourrait briser. Mais le peuple de cette terre classique de la fidélité et de la chevalerie, ne put oublier ses anciens devoirs, aux jours même de ses plus grands dangers. Il refusa de ratifier le traité sur lequel le père et le fils avaient également apposé leur signature déshonorée, et courut aux armes, pour empêcher ses dispositions d'être exécutées par l'intervention étrangère. Il en résulta une lutte terrible. Pendant six années environ, les forces de la France se répandirent sur la Péninsule, semblant, tantôt la couvrir tout entière, tantôt n'en occuper que de faibles portions, sans exercer un contrôle réel, au delà des camps qu'ils tenaient et des villes où ils mettaient des garnisons de temps en temps. Enfin, en 1813, et avec le secours de l'Angleterre, les envahisseurs furent repoussés à travers les gorges des Pyrénées, et, comme partie de la grande réparation due à l'Europe, Ferdinand VII fut replacé sur le trône qu'il avait si lâchement abdiqué.

Son peuple le reçut avec cette démonstration de fidélité qui semble avoir appartenu aux premiers siècles de la monarchie. Tout cela fut bientôt perdu pour lui. Ferdinand VII était revenu, mais les infortunes qu'il avait souffertes ne lui avaient rien appris : il n'était pas ému d'une fidélité qui s'était montrée toute prête à sacrifier une génération entière et toutes ses espérances, pour la défense de son honneur et de ses droits. Autant qu'il lui fut possible, il rétablit toutes les formes et tous les usages du vieux despotisme ; il éloigna de sa confidence les hommes qui l'avaient ramené, sur leurs boucliers, dans sa patrie, et qui ne réclamaient pour leur pays que l'exercice d'une liberté salutaire, sans laquelle il ne pouvait se maintenir lui-même sur le trône où leur courage et leur constance l'avaient assis (1). L'Inquisition elle-même, dont l'abolition avait

---

(1) Un des actes les plus odieux de la restauration de Ferdinand VII se rapporte à la guerre des *Comuneros,* éclatée près de trois siècles avant. Après l'exécution de D. Juan de Padilla et l'exil de sa noble veuve, en 1521, la maison qu'ils habitaient à Tolède, fut rasée ; on plaça une inscription infamante à la place qu'elle occupait, inscription que les Cortès firent disparaître et remplacer, au même endroit,

été un des actes les plus populaires de l'invasion française, qu'un des actes les plus sages des Cortès nationales avait déclaré incompatible avec la constitution de la monarchie, l'Inquisition, fut solennellement réinstallée. Si, durant un règne prolongé pendant vingt années de malheurs et de troubles, quelques instants de liberté s'accordèrent à la pensée, à la parole et à la presse, ce ne fut qu'en conséquence de changements sur lesquels ce prince n'exerça aucun contrôle et dont il se croyait plutôt la victime que l'auteur (1).

Au milieu de tant de violence et de confusion, quand les Espagnols dormaient, revêtus de leurs armes, comme au temps des guerres contre les Maures; que personne ne savait s'il se réveillerait, entouré de ses serviteurs ou de ses ennemis, la belle littérature pouvait à peine espérer de trouver un abri ou un lieu de repos. Les graves questions politiques, qui agitaient le pays et qui ébranlaient les fondements de la société, étaient précisément de celles auxquelles la classe intellectuelle, comme on pouvait le prévoir, prendrait le plus vif intérêt, pour lesquelles elle s'exposerait aux souffrances et aux dangers, non moins que les masses moins favorisées répandues autour d'elle. Et en réalité, les choses se passèrent ainsi. Presque tous les poètes et tous les prosateurs, reconnus tels, à la fin du règne de Charles IV, se virent emportés par les terribles changements politiques du temps, changements si variés et si opposés que ceux qui échappaient aux conséquences de l'un d'eux

---

par un simple monument en l'honneur de ses martyrs politiques En 1823, Ferdinand VII fit renverser ce monument et rétablir l'ancienne inscription. Mais Martinez de la Rosa avait élevé un monument plus digne à leur mémoire. Il avait composé sa *Viuda de Padilla*, représentée, pour la première fois, à Cadix, en 1812, durant un théâtre provisoire, construit à cet effet, parce que la ville se trouvait exposée aux bombes que lançait l'ennemi. L'habile ambassadeur de la république de Venise près de Charles V, Andrea Navagiero, se trouvait à Tolède, quatre ans après le supplice de Padilla, et il nous a laissé une relation succincte, quoique bien tracée, de tout cet événement. Voyez Henri Ternaux, dans ses *Comuneros*, Paris, 1834, in-8°, p. 208, travail intéressant et digne de foi, écrit en grande partie d'après des documents inédits.

(1) Llorente, *Hist. de l'Inquisition*, tom. IV, pp. 145-154; Southey, *Histoire de la guerre de la Péninsule*, Londres, 1823, in-4°, tom. I. L'Inquisition fut abolie de nouveau, en 1820, et lorsque arriva la contre-révolution, en 1823, peu s'en fallut qu'elle ne retrouvât sa place dans le rétablissement du gouvernement absolu. Il faut espérer, toutefois, que cette institution, la plus odieuse de toutes celles qui se sont abritées faussement à l'ombre et sous le nom du christianisme, ne souillera jamais plus l'histoire d'Espagne.

étaient souvent, pour cette même raison, sûrs d'avoir à souffrir dans celui qui le suivait immédiatement.

Les jeunes gens qui, durant cette désastreuse période, commençaient à justifier leurs promesses, furent arrêtés au seuil de leur carrière. Martinez de la Rosa, prisonnier d'État, pendant cinq ans, sur une roche africaine, avant d'avoir atteint l'âge de trente ans ; D. Angel Saavedra, duc de Rivas, plus jeune encore, laissé pour mort dans les plaines sanglantes d'Ocaña ; Galiano, condamné à l'échafaud, pendant qu'il gagnait son pain quotidien par un travail quotidien, en professant à Londres une chaire d'espagnol ; Torreno, rapporté dans sa patrie dans une bière, comme s'il revenait de son troisième exil ; Arriaza, servant dans les armées de Ferdinand ; Arjona et Barbero, réduits au silence ; Xavier de Bargos, volé ; Gallego, Xerica, Hermosilla, Mauri, Mora, Tapia, et avec eux, beaucoup d'autres jeunes gens, pleins de ces espérances que les lettres inspirent aux âmes généreuses, se virent emportés par les passions de parti ou par les exigences du patriotisme, et se lancèrent dans une voie bien différente de la carrière à laquelle leurs talents, leurs goûts, leurs relations sociales semblaient également les consacrer : carrière où ils étaient déjà entrés et à laquelle ils ont dû, depuis, leurs distinctions les plus brillantes et les plus durables, comme leur bonheur le plus sincère et le plus véritable.

Ceux qui étaient plus anciens, et qui s'étaient fait remarquer par le succès ou la faveur publique, se virent encore plus maltraités. Les yeux des hommes s'étaient déjà fixés sur eux, et dans la lutte et le conflit des partis opposés, ils étaient sûrs de souffrir, suivant que l'un ou l'autre l'emportait dans ce combat si longtemps prolongé. Jovelianos et Cienfuegos furent, nous l'avons vu, presque immédiatement victimes de leur patriotisme. Mélendez Valdès succomba plus tard et d'une manière plus misérable; Condé et Escoiquiz furent exilés, pour des raisons tout opposées ; Moratin, dans son propre pays, affronte la mort, sous la terrible forme de la misère, et survit, en France, à une destinée à peine moindre pour être redoutée ; Quintana est jeté par son ingrat souverain dans la citadelle de Pamplona, avec la pensée manifeste qu'il y périra. C'est à tous ces hommes qu'on refusa la jouissance du succès dans les lettres, bonheur auquel les avaient accoutumés les encouragements de leurs amis et de leurs compatriotes : c'est à eux tous qu'on semblait enlever l'espoir de toute renommée. Le plus grand nombre d'entre eux et le plus grand nombre de la basse classe à laquelle ils appartenaient, se condamnèrent à un exil volontaire ou involontaire; ils franchirent les frontières d'un pays qu'ils pouvaient être encore contraints d'aimer, mais qu'ils ne pouvaient plus longtemps respecter. Les autres gardèrent le silence. Il y eut un interrègne dans toute la littérature et un interrègne tel qu'aucune autre nation moderne n'en a vu un semblable, ni même l'Espagne, durant la Guerre de Succession.

Mais il n'était pas possible qu'un pareil état de choses restât normal et permanent. Du vivant même de Ferdinand VII, il commença de se faire un mouvement littéraire dont nous trouvons les premières traces chez les émigrés espagnols, qui charmèrent, par les lettres, leur exil en France et en Angleterre; mouvement dont les progrès subséquents, à partir du moment où la mort de cet ingrat monarque leur permit de rentrer dans leur patrie, apparurent distinctement visibles dans la Péninsule (1). Quelle direction précise a suivi ce mouvement, où a-t-il fini? c'est ce qu'il ne nous est pas donné de prévoir. Peut-être a-t-il trop cédé à l'influence étrangère, peut-être s'est-il laissé aller aussi à une trop grande tendance d'infuser l'esprit du Nord dans une poésie dont la nature est essentiellement méridionale, et toutes ces circonstances l'ont-elles, pour un temps, détourné de sa véritable course. Peut-être que le génie national, franchissant tous les obstacles qui s'opposaient à ses instincts, renversant tout ce qui l'encombrait par un secours intempestif, s'est-il porté directement en avant, a-t-il complété les règles d'une littérature dont les formes n'avaient été souvent qu'esquissées par les grands maîtres de son siècle de gloire, et qui restaient encore à terminer et à finir pour la grandeur et la grâce de leurs propres proportions.

Quoiqu'il en soit, que l'on doive ou non espérer bientôt un grand progrès intellectuel, il y a un fait certain. La loi du progrès existe en Espagne, pour un bien ou pour un mal, comme dans toutes les autres nations de la terre; sa destinée, comme la leur, est dans la main de Dieu et elle s'accomplira. Les ressources matérielles de son territoire et sa position géographique sont aussi grandes que celles de toute autre nation qui occupe maintenant une partie de la surface du globe. La masse de ses habitants, et spécialement

---

(1) Ce mouvement, si honorable pour le caractère espagnol, se remarque dans les *Ocios de españoles emigrados,* composition périodique écrite, en espagnol, avec talent et pleine de sentiments patriotiques. Elle se publia, à Londres, en sept volumes, in-8°, d'avril 1824 à octobre 1827, par les patriotes, principalement réfugiés à Paris et à Londres.

de ses habitants des campagnes, est moins changée et, sous certains rapports, moins corrompue par les révolutions du dernier siècle, qu'aucune des nations qui ont envahi ses frontières ou lutté contre sa puissance. Les Espagnols sont encore la même race d'hommes qui ont, deux fois, repoussé le Croissant loin des bords de l'Europe; qui ont, deux fois, sauvé du naufrage la grande cause de la civilisation chrétienne. A Saragosse, ils ont montré le même esprit dont ils avaient donné des preuves, deux mille ans auparavant, à Sagonte. Ils ne sont pas un peuple ruiné. Tant qu'ils conserveront le sentiment de l'honneur, la sincérité, le mépris de tout ce qui est bas et sordide, qualités qui ont si longtemps constitué le trait distinctif de leur caractère national, ils ne pourront dégénérer.

Non, je ne peux croire qu'un tel peuple, encore noble et loyal dans les classes les moins favorisées, sinon dans celles dont les noms réflètent imparfaitement la gloire dont ils ont hérité; qu'un tel peuple manque de créer une littérature appropriée au caractère de sa nature si poétique. Les vieilles romances ne reviendront pas; les sentiments qui les produisirent appartiennent aux choses passées. Le vieux drame ne revivra pas; la société actuelle ne pourrait, même en Espagne, tolérer aujourd'hui ses excès. Les vieilles chroniques elles-mêmes, si elles pouvaient reparaître, ne trouveraient plus à raconter des prodiges de valeur ou de superstition, ni assez de crédulité pour ajouter foi à leurs récits. Ses poètes ne seraient plus des moines ou des soldats, comme aux temps où l'influence des vieilles guerres religieuses et des haines nationales donnait son coloris, à la fois brillant et sombre, à tous les éléments de la vie sociale. En effet, la civilisation, qui avait poussé ses racines sur le sol de la Péninsule, était morte faute d'aliments. Mais le peuple espagnol, cette vieille race castillane qui, descendant des montagnes, avait rempli toute l'Ibérie de son esprit, ce peuple avait, je le crois, devant lui, un avenir non indigne de son ancienne fortune et de son antique renommée; un avenir plein de matériaux pour une noble histoire, pour une poésie plus noble encore. Heureux ce peuple si, instruit par l'expérience du passé, il comprend que le respect pour tout ce qui est noble et digne constitue l'essence de l'inspiration poétique; que la foi et les sentiments religieux sont ses fondements les plus vrais et les plus solides; qu'il y a aussi une loyauté d'un rang et d'un degré tel qu'elle dégrade et celui qui s'en honore et celui qui veut l'honorer; une soumission aveugle à l'autorité sacerdotale qui avilit et déprime les plus nobles facultés de l'âme, plus que toute autre, parce qu'elle insinue plus profondément son poison. Mais s'il néglige de profiter de cette leçon solennelle écrite partout, comme par la main de Dieu, sur les murailles décrépites de ses anciennes institutions, oh! alors son histoire brillante des lettres et de la civilisation lui est fermée pour toujours.

APPENDICE J.

Origine du Mauvais Goût appelé Cultisme, en Espagne.

(Voyez chap. xxix, page 58.)

Une discussion remarquable s'est élevée en Italie, dans la dernière partie du dix-huitième siècle, sur l'origine du mauvais goût en littérature, mauvais goût connu en Espagne, après 1600, sous la dénomination de *Cultisme* ou *Cultéranisme* : des hommes de lettres des plus distingués, appartenant aux deux pays, qui ont pris part à cette discussion, ont rejeté la faute les uns sur les autres : et les circonstances particulières qui peuvent être, à ce sujet, proprement regardées comme faisant partie de l'histoire littéraire de l'Espagne sont les suivantes :

En 1773, Saverio Bettinelli, écrivain superficiel, quoique assez populaire, dans son *Risorgimento d'Italia negli studj*, etc., *dopo il Mille*, accusa l'Espagne et particulièrement le théâtre espagnol du mauvais goût qui régna en Italie, du moment que cette nation se trouva en grande partie sujette à la domination espagnole. Il ajouta même après une légère notice sur Lope de Véga et sur Caldéron, les mots suivants : « Tel est le « goût qui passa alors en Italie et qui corrompit tout ce qui était pur et beau (partie II, chap. iii, *Tragedia é comedia*). Girolamo Tiraboschi dans sa *Storia della letteratura italiana* publiée, pour la première fois, de 1772 à 1783, maintint une proposition ou théorie semblable, prétendit trouver les causes de ce mauvais goût dans le sol même et le climat de l'Espagne, suivit ses traces, dans les temps anciens, quand l'arrivée de l'Espagne à Rome corrompit, croyait-il, la littérature latine, avec Sénèque et Martial, et, dans les temps modernes, quand il attribue à ce mauvais goût les folies de Marini et de son école (tom. II, Dissertazione preliminare, § 27).

Ces deux écrivains montraient, ce n'est pas douteux, un ton suffisamment décidé dans l'expression de leurs opinions. Aucun d'eux, cependant, ne se montra ni trop dur ni trop violent dans ses sentiments ; aucun d'eux ne pensait, probablement, que par une pareille attaque contre la littérature et la bonne renommée d'un pays étranger, il allait provoquer une réponse, encore moins qu'il allait soulever une longue polémique.

Or, à cette époque, il se trouvait en Italie, un nombre considérable· d'Espagnols instruits, qui s'y étaient réfugiés comme jésuites, après l'expulsion de leur société de l'Espagne, en 1767 ; hommes qui faisaient des lettres leur principale ressource et leur distraction principale, et qui, en vrais Espagnols, ne pensaient pas devoir abandonner leur patrie, parce qu'ils en avaient été violemment bannis. Tous, sans presque la moindre exception, se sentirent blessés par ces opinions et par d'autres opinions analogues à celles de Bettinelli et de Tiraboschi. Ils y furent d'autant plus sensibles que les Italiens distingués qui se livraient à ces remarques appartenaient, comme eux, à l'Ordre persécuté des jésuites.

Les réponses à ces imputations commencèrent donc bientôt à paraître. Il s'en publia deux en 1776 : la première, du P. Tomas Serrano, jésuite valencien, qui, dans plusieurs lettres latines, imprimées à Ferrare, défendit les poètes latins espagnols contre les accusations formulées par Tiraboschi (Ximeno, tom. II, p. 335 ; Fuster, tom. II, p. 111) : La seconde, du P. Juan André qui, dans une dissertation imprimée à Crémone, défendit le même thème, thème qu'il développa et corrobora plus tard par de nouvelles preuves, dans son grand ouvrage sur l'histoire générale de la littérature (*Dell' origine progresso e statto attuale d'ogni letteratura*, 1782-1799, neuf volumes in-4º). Dans cette histoire, non-seulement il maintient la dignité et l'honneur de la littérature de son pays sur tous les points, mais en remontant à l'origine de tout ce qu'il y a de meilleur dans les littératures de l'Europe moderne, il soutient que tout est dû à l'influence des Arabes, influence qui, par l'Espagne, s'est propagée en Provence, en Italie, en France.

Les lettres de Serrano reçurent d'abord leurs réponses de la part de Clément Vannetti à qui Serrano les avait adressées, de la part d'Alessandro Zorzi, ami de Tiraboschi. Quant à la dissertation du P. Andrés, Tiraboschi lui-même lui répliqua, avec une grande courtoisie, dans les notes aux éditions postérieures de sa *Storia della letteratura* (Voyez Angelo Ant. Scotti, *Elogio storico del padre Giovani Andrés*, Napoli, 1817, in-8º. pag. 1314 ; Tiraboschi, *Storia*, edit. Roma, 1782, tom. II. p. 23).

D'autres jésuites espagnols réfugiés aussi en Italie, tels que Arteaga qui composa plus tard son œuvre estimable, *Rivoluzioni del teatro mu-sicale*, 1783, et le P. Isla, célèbre par son *Fray Gerundio*, 1758, prirent un intérêt et une part active dans cette controverse (Salas, *Vida del P. Isla*, Madrid, 1803, in-12, p. 136). Mais l'écrivain qui l'élucida le mieux par une érudition peu vulgaire, et qui lui donna une réelle importance dans l'histoire littéraire de l'Espagne, ce fut D. Francisco Xavier Lam-pillas, ou Llampillas, jésuite né en Catalogne, en 1731. Un moment pro-fesseur de belles-lettres à Barcelone, depuis le jour de son exil, comme jésuite, en 1767, jusqu'à l'époque de sa mort, en 1810, il vécut principalement à Gènes ou dans ses environs, entièrement consacré à ses études littéraires; il publia de temps en temps des œuvres soit en prose, soit en vers, et en langue italienne, qu'il écrivait avec une grande pureté.

Au nombre de ces ouvrages nous trouvons un *Saggio storico-apolo-getico della letteratura spagnuola*, imprimé de 1778 à 1781, en six volu-mes, in-8°, travail formellement consacré à la défense de la littérature espagnole contre les attaques de Bettinelli et de Tiraboschi. Il relève aussi en passant les erreurs des autres écrivains qui, comme Signorelli, avaient touché le même sujet. Dans les dissertations particulières dont se compose ce livre remarquable, l'auteur discute la connexion qui existe entre les poètes latins espagnols et les poètes romains, à l'époque qui suivit la mort d'Auguste ; il examine la question du climat d'Es-pagne soulevée par Tiraboschi, réclame la priorité pour la culture in-tellectuelle de l'Espagne sur l'Italie, ainsi que pour l'étendue et l'im-portance de cette civilisation ; affirme que l'Espagne ne dut pas à l'Italie la renaissance des lettres, dans l'enceinte de la Péninsule, vers la fin du moyen âge, ni la connaissance de l'art de la navigation qui lui ouvrit les portes du nouveau monde. D'un autre côté, il avance que l'Italie doit à l'Espagne une grande partie de la réforme de ses études théolo-giques et juridiques, principalement dans le seizième siècle; il arrive à la conclusion de son travail, dans la septième et la huitième disserta-tion, par une exposition historique de tous les droits de la poésie espa-gnole en général et par une défense du théâtre espagnol, depuis le temps des Romains jusqu'à son époque.

C'est hors de doute, plusieurs de ces assertions ne reposent sur au-cun fondement solide ; d'autres sont établies plus fortement qu'il ne convient. Le ton général de l'ouvrage est aussi plus déclamatoire que modéré et philosophique; mais, il faut bien l'avouer, sur beaucoup de points la défense est bien présentée, les données et les détails sur l'histoire de la littérature espagnole sont pleins d'intérêt, s'ils n'offrent pas toute l'importance désirable. En un mot, le travail de Llampillas produisit un effet immense sur l'opinion en Italie. Grâce à lui et aux travaux que publièrent plus tard Arteaga, Clavigero, Eximeno, Andres, et d'autres réfugiés espagnols, on vit se détruire certains des préjugés que l'Italie avait conçus contre la littérature espagnole, préjugés nés le jour où les Espagnols avaient occupé, en conquérants, une si grande partie de l'Italie, et avaient attiré sur leur nation l'aversion et la mauvaise volonté du peuple italien.

Les réponses ne manquèrent pas non plus à l'œuvre de Llampillas, même avant qu'elle touchât à sa fin. Bettinelli en fit paraître une dans le dix-neuvième volume du *Diario* de Modène ; et Tiraboschi, une autre, en 1778, dans une brochure à part, qu'il publia plus tard dans les différentes éditions de son grand ouvrage. Llampillas répondit à l'un et à l'autre, en 1781, avec non moins d'aigreur qu'il l'avait fait dans son *Ensayo Apologético*, mais, en général, avec moins de succès. En effet, il ne put maintenir plusieurs des positions que ses adversaires avaient habilement choisies et où ils l'attaquaient, ni établir plusieurs des faits qu'ils avaient mis en question. Tiraboschi réimprima ses réponses à la fin de son propre ouvrage avec quelques notes fort courtes : ce fut là la seule réplique qu'il jugea nécessaire de faire à Llampillas.

Mais, en Espagne, le triomphe de Llampillas fut regardé comme décisif et indiscutable. Son œuvre *Storia apologética* et sa *Defensa* furent accueillies avec les plus grandes preuves d'estime et les honneurs les plus distingués par l'Académie Royale d'Histoire. Les deux ouvrages, traduits en castillan, par doña Maria Josefe Amor y Borbon, dame aragonaise qui jouissait d'une certaine réputation littéraire, s'imprimèrent en 1782, en six volumes, et plus tard, en sept, en 1789. Toutefois ce qui dut être plus agréable à l'auteur, c'est que Charles III, le même monarque qui l'avait fait bannir avec tous ceux de son Ordre, lui accorda une honorable pension pour sa défense de la littérature nationale. De plus, il fit reconnaître les mérites de l'ouvrage par son ministre le comte de Florida blanca, qui, dans un rapport étendu, loue l'auteur non-seulement pour son érudition, mais encore pour son *urbanité*, qualité qu'il n'est pas facile de découvrir dans les écrits des jésuites espagnols, même aujourd'hui que la chaleur de la dispute a disparu (Sempere, *Biblioteca*, tom. III, p. 167).

Dès ce moment la controverse semble s'être affaiblie peu à peu, jusqu'au point de s'évanouir entièrement. Elle ne fut plus sensible que dans les notes ajoutées continuellement par Tiraboschi aux éditions successives de ses œuvres qu'il publia jusqu'à sa mort, en 1794. Le résultat de la lutte, selon notre manière de voir sur cette question originale, nous apprend que, tant en Espagne qu'en Italie, principalement depuis l'époque de Gongora et de Marini, il régna un mauvais goût littéraire, que ce mauvais goût s'augmenta par suite des relations et des sympathies existant entre les deux peuples, mais qu'on ne peut rendre aucun des deux exclusivement responsable ni de son origine, ni de sa propagation.

NOTES ET ADDITIONS

Chapitre XXVII, page 1. — Ticknor, en parlant des œuvres de Juan de Mena et des autres poètes de l'école appelée *dantesque*, chapitre XIX, de la première époque, tom. I, page 345, néglige, selon nous, de citer quelques autres poètes qui cultivèrent aussi le même genre, et illustrèrent par leurs œuvres le règne des Rois Catholiques. Cette omission vient peut-être de ce qu'il ne connaissait pas les œuvres de ces auteurs, œuvres certainement assez rares ; elle résulte aussi peut-être de ce qu'il croyait devoir clore l'art ancien par la notice sur l'Ennius de Cordoue, et passer immédiatement à ce qu'on a appelé la restauration des lettres et l'introduction du goût italien, sous le règne de Charles-Quint.

Des révolutions et des changements, tels que ceux que notre littérature a éprouvés à différentes époques, ne s'opèrent pas sans lutte préalable, sans contradiction violente, sans que l'école vaincue ne continue à défendre, pendant longtemps, ce qu'elle avait regardé jusqu'alors, comme bon et convenable. C'est là ce qui doit arriver naturellement à des peuples aussi attachés à leurs mœurs et à leurs coutumes que l'a été notre peuple espagnol. Longtemps après que Boscan et Garcilaso eurent introduit, dans la poésie castillane, de nouveaux mètres et l'imitation des classiques de l'antiquité, divers poètes d'un mérite incontestable continuèrent d'employer soit les stances d'*arte mayor*, d'art majeur, soit les petits vers anciennement usités en Castille, et à éviter avec le plus grand soin tout ce qui caractérisait le *goût italien*. Déjà étaient connues et universellement applaudies les œuvres de Ledesma et des *conceptistes*, et une multitude de poètes écrivaient encore avec tout le naturel et toute la simplicité des temps primitifs. Il en arriva autant avec le *cultéranisme* : malgré le concours de circonstances favorables qui lui donnèrent immédiatement un rapide essor, il ne se développa pas aussi promptement qu'on le croit communément, comme nous le ferons voir dans les notes qui suivent.

L'école de Juan de Mena laissa donc bien avant dans le seizième siècle, des traces sensibles qu'il convient d'examiner dans une Histoire de la littérature espagnole ; n'aurait-on d'autre but que de signaler la lenteur avec laquelle le genre nouveau se développa, jusqu'à ce qu'il finit par être général dans toute l'Espagne.

On a déjà parlé (tome I, page 441), de Fr. Pedro de Padilla, vulgairement connu sous le nom de *el Cartujano*, auteur d'un poème dans le style du Dante, ayant pour titre : *Los doce triunfos de los doce apóstoles* et du *Retablo de la Vida de Cristo*.

On a parlé aussi de la *Triaca del alma*, de Fr. Marcelo de Lebrija ; on traitera plus loin de l'*Historia Parthenopea* et des *Veinte triunfos*, de Vasco Diaz de Frejenal ; œuvres composées toutes suivant la méthode et dans le style des anciens poètes du règne de D. Juan II. Il nous reste, d'après ce que nous avons annoncé, à nous occuper de quelques œuvres de la même école que notre auteur n'a pas connues.

l

La première et la principale de ces œuvres est celle qui porte le titre de *Panegirico* et que composa, vers la fin du quinzième siècle, un chanoine de Palencia, appelé Diego Guillen de Avila. Bien qu'il fût un poète fort distingué ; que son œuvre fût dédiée à la reine Doña Isabelle dont il raconte les brillantes vertus et les magnanimes qualités ; qu'il s'en soit fait deux éditions, cet auteur n'est pas mentionné par l'érudit Clemencin parmi les écrivains de ce règne, contenus dans son *Elogio*. Le livre est intitulé : *Panegirico compuesto por Diego Guillen de Avila en alabança de la mas catholica Princesa y mas gloriosa reyna d'todas las reynas, la reyna Doña Isabel, nuestra señora que santa gloria aya, e a su alteza dirigida. E otra obra compuesta por el mismo Diego Guillen, en loor del reverendissimo Señor don Alonso Carrillo arçobispo de Toledo que aya santa gloria.* Au folio ii est insérée une épître dédicatoire de l'auteur à la reine ; elle est datée de Rome, le 27 avril de l'année 1500. Il lui dit entre autres choses : « Il y a beaux jours, excellentissime dame, que j'ai commencé ce travail : mais la « maladie l'a parfois interrompu, parfois aussi le peu de repos que le temps m'a « laissé : le désir que j'ai éprouvé de le conduire à sa fin, m'a inspiré une cons- « tance telle que, autant de fois j'ai été interrompu, autant de fois mon âme a été « sollicitée de le poursuivre. Mais comme la conclusion se faisait attendre, j'ai été « dans la nécessité de l'allonger au delà de ce que j'avais pensé tout d'abord, pour « rappeler certains faits qui sont arrivés pendant ce temps. »

Suit l'argument où l'auteur explique et déclare son intention allégorique qui se réduit à ceci. Il se suppose voyager à travers une forêt obscure, au milieu de laquelle est situé un palais enchanté, sur les murs duquel se trouvent représentés tous les événements de l'histoire et des siècles passés, présents, futurs. Bientôt apparaissent les trois parques Atropos, Clotho, Lachésis ; chacune d'elles lui sert de guide dans les salles du palais et lui explique, la première, l'histoire des temps passés ; la seconde, les événements du règne d'Isabelle ; et la troisième prophétise que les Rois Catholiques, après avoir conquis toute l'Afrique, passeront à Jérusalem et rachèteront le saint sépulcre des mains des infidèles. Le poème est composé en vers d'art majeur, de *arte mayor*, et ne manque pas d'un certain mérite dans la partie descriptive.

> Era en el tiempo que muestran las flores,
> De sus escondidas potencias señales,
> Y los terrestres aquosos vapores,
> Al ayre los suben los rayos febales :
> Thiton con sus carros lucientes triumphales
> Ocupa los cuernos del candido toro (1)

---

(1) C'était le temps où les fleurs donnent — Des signes de leur puissance secrète — Que les vapeurs aqueuses de la terre — S'élèvent dans les airs par les rayons de Phœbus. — Titon, avec son char de triomphe étincelant, — Envahit les cornes du

Aviendo partido en la piel de oro
El justo equinocio en partes iguales,

Entonces vencido de mi fantasia,
Me vi caminando por una floresta,
Tan alta y espessa, que me paresçia
Que naturaleza la uviesse compuesta.
La selva d'Odona no es tan apuesta,
A do las palomas tenien por estilo
Venir, ni aun aquella do Numo Pompilio
Avia de su Egeria fingida respuesta.

Por donde yo siento tumulto sonante
De cimbalos, flautos y otros sonidos
Que ya por las haldas del claro Athalante
De satiros fueron y faunos oydos.
Alli las Dryades con passos devidos
Oy con mas nimphas quen coro dançavan,
Y en rusticas bozes cantando loavan
Las vidas silvestrès en que eran nasçidos.

Atonito yva comigo y turbado
En verme entre gentes que ver no podia,
Congoxas me lievan assi congoxado
Quel alma temores secretos sentia.
Cada una planta de quantas veya
Ser cosa sensible se me figurava,
Los blandos cabellos alçados llevava,
Mis miembros temblablan, no se que tenia.

Cogido comigo me iba increpando :
Desecha, dezia, medrosos temores ;

---

candide taureau — Et la peau d'or se trouve partagée — Par le juste équinoxe en parties égales.

Alors, vaincu par mon imagination — Je me vis cheminer à travers un bois — Si haut et si épais qu'il me paraissait — Que la nature l'avait composé. — Non, elle n'est pas mieux disposée, la forêt de Dodone — Où les colombes ont coutume — De venir, ni même celle où Numa Pompilius — Feignait de recevoir les réponses de son Egérie.

Partout j'entendais un bruit retentissant — De cymbales, de flûtes et d'autres sons — Qui dans les gorges du brillant Athalante — Furent entendus des satyres et des faunes. — Là, les Dryades aux pas cadencés — Dansaient en chœur avec les nymphes — Et j'ai entendu leurs voix champêtres qui louaient, en chantant. — La vie des champs où elles sont nées.

J'étais en moi-même étonné, troublé — De me voir au milieu d'êtres que je ne pouvais voir, — Des angoisses me tenaient dans une affliction telle — Que mon âme éprouvait de secrètes terreurs. — Chaque plante que je voyais — Me figurait un être sensible, — Mes blancs cheveux se hérissaient, — Mes membres tremblaient, je ne sais ce que je sentais.

Rentré en moi-même, je m'adressais des reproches : — Bannis, me disais-je, de

> Ni sientes el ronco cerbero ladrando,
> Ni exercen los ydros aqui sus furores,
> La cimba, la urna no causan clamores,
> Ni bestias disformes te estorvan que andes;
> Mas es que las cosas divinas ó grandes,
> Si espantan primero, despues son mejores.

Après avoir parlé de Japhet, fils de Noé, des Scythes et de leurs mœurs, l'auteur passe aux rois Goths d'Espagne, depuis Athanaric jusqu'à Rodrigue. Il raconte ensuite l'origine et la descendance des rois d'Asturies et de Léon, en peu de mots, mais par d'éloquentes raisons ; il introduit l'éloge des hommes illustres dans les lettres et dans les armes que l'Espagne a produits. Voici ce qu'il dit en parlant du Cid :

> Y aquel caballero que alli ves armado
> De armas tan claras, lucidas, fulgentes,
> El Cid es Ruy Diaz, aquel esforçado
> Que reyes venció tan grandes potentes.
> Por este Valençia, si pones bien mientes,
> De los affricanos fué bien deffendida :
> Aqueste en la muerte venció y en la vida,
> E hizo mas cosas que saben los gentes. (1)

L'auteur s'étend un peu plus, dans la seconde partie relative au règne des Rois Catholiques. Il décrit la guerre avec le Portugal, la formation des hermandades, l'établissement de l'Inquisition et le commencement de la guerre de Grenade. Après avoir raconté le secours d'Alhama et l'héroïque défense de sa garnison, on lit la note suivante : « L'auteur continue son ouvrage longtemps après l'avoir « commencé ; il change la consonnance des quatre premiers vers, et feint d'avoir « dormi le temps qu'il n'y a pas travaillé. »

> Ya estaban de blancos licores vestidas
> Los sierras, collados y altas montañas;
> Los hijos de Astreo con rigidas sañas,
> Teniendo las fuerzas de Apolo vencidas :
> Las frondes, las hieruas estan escondidas,
> Quen selvas ni en prados salir no se fian (2).

---

vaines terreurs — Tu n'entends pas les rauques aboiements de Cerbère, — Les hydres n'exercent pas ici leurs fureurs ; — La barque et l'urne ne soulèvent point des clameurs, — Des bêtes difformes ne t'empêchent pas de t'avancer : — Si les choses divines et grandes — Effrayent tout d'abord, elles sont ensuite meilleures.

(1) Ce chevalier qui tu vois ici armé — D'armes, si polies, si brillantes, si resplendissantes — C'est le Cid, Ruy Diaz, ce brave qui vainquit des rois si grandement puissants. — Par lui Valence, si tu veux bien réfléchir — Contre les Africains fut bien défendue. — Ce héros vainquit dans la mort et dans la vie — Et fit bien plus de choses que n'en savent les nations.

(2) Déjà étaient de blanches substances vêtues — Les sierras, les collines et les hautes montagnes. — Les fils d'Astrée dans leur glaciale fureur — Tiennent les forces d'Apollon vaincues : — Les feuilles, les herbes restent cachées — Et n'osent sortir ni dans

La bruma passava, los mares tenian
A los alciones sas ondas tendidas.

CONTINUA.

Quando en Capricornio s'alumbran los dias,
Quen sus saturnales onrravan romanos,
Y agora las fiestas celebran cristianos
Del gran nasçimiento del sancto Mexias :
Diez años despues que las señorias
De tus claros reyes avien cemençada
La guerra, aparejan entrar en Granada,
Domadas del todo sus luengas porfias.

TRIUNFO.

Con mas aparato, mas joyas y arreos
Que Dario, cavalgan tus reyes triunfantes,
Do blancos cavallos ni los elephantes
No tiran sus carros con tantos tropheos ;
Ni lievan los moros asi como arreos,
En duras cadenas los cuellos metidos,
Mas siendo contentos d'avellos vencidos,
No mandan penallos con actos mas feos.

Van les reyes d'armas delante vestidos
De cotas que muestran castellos, leones,
Aguilas brunas, granada y bastones,
Las flechas, los yugos muy bien parecidos ;
Alli cheremias, trompetas, sonidos,
De las atabales sonavan sin cuentos,
Tambores, clarines y mas estrumentos,
Que Marsias ni Midas no han conoscidos.

---

les forêts ni dans les prairies — La brume passait, et les mers offraient — Aux alcyons leurs ondes tranquilles.

CONTINUATION — Quand, dans le Capricorne, s'éclairent les jours — Qu'en leurs saturnales célébraient les Romains, — Jours où maintenant les chrétiens célèbrent les fêtes — De la grande naissance du divin Messie : — Dix ans après que les seigneuries — De tes rois illustres eurent commencé — La guerre, on se prépara à entrer dans Grenade, — Après avoir dompté entièrement son opiniâtre résistance.

TRIOMPHE — Avec plus d'apparât plus d'éclat, plus de pompe — Que Darius, chevauchent tes rois triomphants — Ce ne sont pas de blancs chevaux ni des éléphants — Qui tirent leurs chars et tant de trophées : — Ils n'emmènent pas les Maures, comme un ornement, — Leurs cous chargés de dures chaines, — Mais, contents de les avoir vaincus, — Ils ne veulent pas les punir par des actes plus horribles.

Les rois d'armes vont en avant vêtus — De cottes montrant castels, lions — Aigles noirs, grenades et pals — Flèches et jougs très-ressemblants — Là, clarinettes, trompettes, bruits — De cymbales résonnaient sans nombre — Tambours, clairons et plus d'instruments — Que Marsias et Midas n'en ont connus.

Cavalgan tras ellos los embaxadores,
Los duques, marquèses maestres, perlados,
El gran Cardenal, gran hijo, à los lados
Con el Condestable, mill otros señores :
Tras los titulados de officios mayores,
Las capitanias muy bien ordenadas ;
Sus señas tendidas, sus gentes armadas,
Que alegran los campos con sus resplandores,

Llegando en la puerta del recibimiento,
Encima el Alhambra parece ya puesta
La cruz trumphante, la qual tiene enhiesta
Allí aquel obispo de tu nascimiento.
Despues que la adoran con acatamiento,
Entraron la tierra en paz y alegria ;
Con hynos, con salmos muy gran clerezia
A dios dan loores por tal vencimiento.

COMPARACION.

Viniéron al Papa las nuevas mas presto
Que las que embiaba con la golondrina,
Quando en el stadio ganaba Cecina,
Con carros ligeros el pris qu'era puesto,
Ya en Roma s'encienden hogueras por esto,
Ya fingen que toman Granada con sañas,
Aqui corren toros, allà juegan cañas,
Ya justan, ya muestran triumfos compuestos.

El Padre Inocencio con santa intencion,
Y todo el colegio de los cardenales,
A Dios hacen gracias por gracias atales
Do' esta Santiago en campo Anagon : (1)

_____

(1) Après eux viennent à cheval les ambassadeurs, — Les ducs, marquis, grands
maîtres, prélats, — Le Grand Cardinal, grand Infant, à leurs côtés — Avec le
Connétable, mille autres seigneurs ; — Après les titulaires des plus hautes fonctions —
Les capitaineries fort bien ordonnées — Leurs enseignes déployées, leurs gens armés —
Et réjouissant les champs de leurs splendeurs.

On arrive à la porte de la réception, — Et au sommet de l'Alhambra parait déjà placée — La croix triomphante, croix que tient élevée — Là cet évêque de ton lignage, —
On l'adore avec vénération profonde — Puis on entre dans la terre, en paix et avec
joie : — Par ses hymnes et ses psaumes ; un clergé immense — Adresse à Dieu des
louanges pour une pareille victoire.

COMPARAISON. La nouvelle en arrive au Pape plus rapidement — Que celle qu'envoyait par l'hirondelle — Cecina, lorsque, dans le stade, il gagnait — Avec son char
léger le prix qui était offert. — Déjà dans Rome s'allument des feux pour cet événement — Déjà on représente Grenade prise d'assaut — Ici ce sont des courses de taureaux, là des jeux de lance, — Ici ce sont des joûtes, là des triomphes qu'on prépare.

Le saint Père, Innocent, dans une intention sainte, — Et tout le collège des Cardi-
naux — Rendent grâces à Dieu pour des faveurs égales — A celles où est Santiago dans

Con missa solemne en luenga oracion,
Ensalçan tus reyes mas qu'otros cristianos,
Qu'en tiempo an vencido tan fuertes paganos,
Qu'es tema soberuia su seta y nacion.

FIN DE LA GUERRA.

Y en tanto que Roma estava ocupada
En fiestas tan grandes y en preces benditas,
Tus reyes mandaron limpiar las mezchitas,
Hazerlas iglesias por toda Granada.
Al culto divino su parte apartada,
Dexan el Alhambra al conde Tendilla.
Ya ellos se parten, se van à Castilla,
Su empresa, aunque grande, del todo acabada.

Ici finit la seconde partie et commence la troisième où Lachésis, dévoile à l'auteur l'histoire des temps futurs. Elle pronostique l'expulsion des Juifs, la tentative d'assassinat contre le roi D. Ferdinand, la guerre du Roussillon, les exploits du Grand Capitaine en Italie, la mort du prince D. Juan, fils des Rois Catholiques, et enfin, la conquête de l'Afrique et de Jérusalem. Il est toutefois fort étrange que le poëte ne dise rien de la découverte du Nouveau Monde par Colomb, événement qui fut bientôt connu à Rome et dans toute l'Italie, et y causa la sensation qu'on devait s'attendre à y voir se produire.

L'ouvrage entier se compose de cent quatre-vingt-quatre stances d'art majeur et se termine par ces mots : « Feneçióse esta obra en Roma por Diego Guillen de « Avila, à XXIII dias de julio, año de noventa y nueve : intitulóla *Panegirico*, que « quiere decir « toda gloria ó alabança : » es vocablo griego impuesto por algu- « nos latinos à sus obras, donde han loado emperadores, reyes é grandes principes. »

Viennent ensuite, dans l'édition que nous avons sous les yeux. « Des stances que « le très-révérend seigneur Don Alonso Carillo, évêque de Pamplona, adressa à « Diego Guillen d'Avila, le priant de composer quelque ouvrage à la mémoire du « révérendissime seigneur Don Alonso Carrillo, archevêque de Tolède, son oncle. » Il y en a dix, également en art majeur ; et de l'une d'elles on peut conclure que l'auteur était fils d'un trésorier principal de l'archevêque Carrillo, peut-être de Pero Guillen, dont nous avons déjà dit quelques mots dans les notes du tome I, p. 613. La composition vient après; elle est précédée d'une lettre de l'auteur à l'évêque de Pamplona, à la prière duquel il l'avait écrite, et d'une courte introduc-

---

le champ d'Alagon — Dans une messe solennelle et par une longue prière — Ils exaltent tes rois plus que tous les autres chrétiens — Qui dans le temps ont vaincu de si fort païens, — Leur secte et leur nation superbe est un sujet de thème.

FIN DE LA GUERRE. Et, pendant que Rome était occupée — A de si grandes fêtes et à des prières bénies, — Les rois ordonnent de purifier les mosquées — De les transformer en églises dans toute Grenade. — Au culte divin ils font sa part. — Laissent l'Alhambra au comte Tendilla, — Ils s'en vont, se rendent en Castille, — Après avoir terminé, malgré sa grandeur, toute leur entreprise.

tion, où Diego Guillen en expose et explique l'argument. L'auteur suppose qu'il descend aux enfers, qu'il y rencontre le Dante, que ce dernier lui sert de guide et de mentor, et lui explique les tortures et les tourments des condamnés. Ils passent ensemble au purgatoire, et, en sortant des régions infernales, ils rencontrent, en vue déjà des Champs-Elysées, l'archevêque Don Alonso Carrillo, en compagnie de la Renommée. A ce propos l'auteur raconte quelques-unes des actions de l'archevêque, tant dans la guerre que dans la paix ; il y ajoute quelques histoires de Romains et de Grecs qui lui ont été, dit-il, racontées par Dante. Enfin il quitte ce dernier, et il monte au ciel où il trouve l'archevêque.

Nous allons donner un échantillon de cette poésie, en citant les deux premières strophes :

> Yo escribo temiendo la clara memoria
> Del gran arçobispo que dexa en Toledo
> Dorada una silla, y tiene en la gloria,
>   otra durable, de gozo mas ledo.
> Su nombre, no tenga nenguno ya miedo
> Que casos moviles lo cubran d'olvidos,
> Pues tan registrado está en los oydos
> D'aquella que vuela con tanto denuedo.

> Pues sus excelencias y obras notables,
> Que ornaron el mundo de ufanos favores,
> Son tales y tantas y tan memorables,
> Que sobran el seso con sus resplandores.
> Mostrar sus grandezas, decir sus loores,
> Mi pluma infacunda será maravilla,
> Pues passan y exceden y ponen manzilla
> A quantos contienden de fama y de onores (1).

Il manque plusieurs feuilles à la fin de l'exemplaire que nous avons ; nous ne pouvons, par conséquent, déterminer l'étendue du poème dont les trois premières feuilles seulement sont conservées, c'est-à-dire les quarante-six premières strophes. Par la même raison, il nous est impossible de déterminer le lieu et l'année de son impression. Dans un catalogue manuscrit de la bibliothèque du comte d'Aguila, à Séville, nous trouvons cet ouvrage indiqué comme ayant été imprimé à Salamanque, en 1507. Nicolas Antonio (*Bibl. Nova*, édit. Bayer, tom. I, p. 288),

---

(1) J'écris, avec crainte, l'illustre mémoire — Du grand archevêque qui laisse, à Tolède. — Un siège doré, et qui en a dans la gloire — Un autre de durable et d'une joie plus vive. — Son nom, que personne ne craigne — Que des événements changeants le plongent dans l'oubli, — Il est trop bien inscrit dans les oreilles — De celle qui vole avec tant de légèreté.

Ses excellences et ses œuvres remarquables — Qui ornèrent le monde de ses faveurs insignes, — Sont telles, si grandes et si mémorables — Qu'elles éblouissent l'esprit de leurs splendeurs. — Montrer ses grandeurs, chanter ses louanges — Par ma plume inféconde, serait merveille, — Elles dépassent, elles excèdent, et distancent — Tous ceux qui rivalisent et luttent pour la gloire et l'honneur.

cite une autre édition de Valladolid, par Diego Gumiel, 1509, in-folio. L'exemplaire que nous avons sous les yeux est in-folio, caractère gothique, à deux colonnes, sans foliation. Dans son état actuel, il n'a que vingt feuillets. Il appartient à notre ami et collègue D. Valentin Carderera.

Quant à Diego Guillen de Avila lui-même nous savons seulement qu'il fut un des familiers du cardinal des Ursins et chanoine de Palencia ; qu'il passa la plus grande partie de sa vie à Rome ; qu'il était fils du trésorier principal de l'archevêque de Tolède (Voyez Pulgar, *Historia secular y ecclesiastica de la ciudad de Palencia*, liv. III, p. 309).

Guillen publia une traduction de *Los quatro libros de Sexto Julio Frontino ;* de *Los exemplos, conseios e avisos de la guerra*, dédiée à D. Pedro de Velasco, comte de Haro, et imprimée à Salamanque, par Lorenço Liom de Dei, año de MDXVI. le 1er d'avril, in-4º, 59 feuilles.

Peut-être faut-il attribuer à ce même auteur une églogue, en strophes d'art majeur, intitulée : *Egloga interlocutoria ; graciosa y por gentil estilo nuevamente trobada, por* Diego de Avila, *dirigida al muy illustrissimo Gran Capitan*, et dont les interlocuteurs sont Hontoya, Tenorio, Alonso Benito, Alonso Gaytero, Toribuelo, Crego, Sacristan, Teresa Turpina et Gonçalo Ramon. Voici le sujet : Un berger appelé Hontoya se dispute avec son fils Tenorio et l'envoie garder les troupeaux. Vient ensuite un villageois Alonso Benito, qui lui propose le mariage de son fils avec une jeune fille du nom de Teresa Turpina. Le père refuse de consentir au mariage, parce que, son fils marié, il n'aurait plus personne pour garder son troupeau. Alonso va voir Tenorio qu'il trouve endormi et qui, au milieu de ses rêves, lui dit les choses les plus plaisantes. Le voyant dans un sommeil si profond, il lui jette un sort. Tenorio se réveille et, tous deux, ils vont trouver le père qui consent au mariage avec la plus grande difficulté. Alonso, le joueur de musette, vient leur dire, de la part de la mère de la promise, de se rendre au village ; mais le père répond que Tenorio est fatigué et qu'il ne peut y aller. Ils s'y rendent enfin, et le curé marie les deux jeunes gens. La cérémonie est à peine terminée qu'un berger du nom de Gonzalo Ramon arrive de la part du curé et cherche à troubler le mariage. A la fin ils deviennent amis, le berger et le marié sortent pour lutter, et trois des commères de la noce chantent un villancico. A cette églogue sont ajoutées quelques *Coplas pastoriles para cantar : de como dos pastores andando con su ganado, rogava el un pastor al otro le mostrase rezar el pater noster : hechas por* Rodrigo de Reynosa.

Ce livre si rare, composé de dix-huit feuillets, in-4º, sans pagination aucune, s'imprima à Alcala de Henarès, avant 1516. Il appartient à la bibliothèque de D. Aureliano Fernandez Guerra y Orbe. Il est relié avec d'autres œuvres non moins rares ; entre autres une *Egloga real compuesta por el Bachiller de la Pradilla, catedrático de santo Domingo de la Calzada, sobre la venida à España del Rey Don Carlos*.

II.

El libro de las valencianas lamentaciones y el de la partida del Anima, par Juan de Narvaez, natif de Cordoue.

Cet ouvrage n'a jamais été imprimé, nous croyons cependant devoir en donner connaissance, non-seulement parce qu'il est fort important, mais parce que son auteur est entièrement inconnu. C'est un poème de quatre cent soixante-onze octaves, divisé en quatre parties, et celles-ci en doctrines. Le sujet est moral et historique; il y est parlé du Grand Capitaine, à qui la composition est dédiée. *La partida del Anima*, dont le sujet est bien différent, est également écrite en octaves. Dans un prologue en prose, divisé en quatre chapitres, l'auteur donne quelques détails sur sa personne.

« Dès mon bas âge je m'adonnai à la composition des vers, dans le style de Juan de Mena : et, comme le temps amène des changements, éloigné de Cordoue ma patrie, après avoir erré à travers d'autres provinces, je vins résider à Valence. Je gagnai mon existence en enseignant quelques-uns des arts libéraux. J'avais vécu douze années dans cette ville, lorsque le comte d'Oliva me fit appeler, me fit quelques offres, suivant sa magnificence, s'informa de mon savoir et témoigna son étonnement que j'eusse vécu tant d'années dans Valence, sans qu'il eût connaissance de moi. Il me déclara alors vouloir lire quelques-unes de mes compositions; à cet effet je lui fis présent d'un livre que j'avais composé *de la partida del Anima*. Il le reçut avec une joie des plus vives; pendant trente jours, il le lut sans discontinuer à de nombreux caballeros. Au bout de ce temps, il me témoigna qu'il ne voulait plus s'en servir, et, sur ce motif, je recouvrai ledit livre. Comme cet abandon de la part du comte et le recouvrement de l'ouvrage pour la mienne, offraient une nouveauté si grande qu'il ne peut y en avoir de plus grande dans un cas semblable, je résolus de composer sur elle le livre des *Lamentaciones*. »

Dans ces *Lamentations*, l'auteur se plaint de sa pauvreté et de sa mauvaise fortune, surtout par la comparaison avec d'autres personnes qui, sans aucun mérite, arrivent au comble de la prospérité et de la richesse. Il y introduit une digression sur le Grand Capitaine; il rapporte ses campagnes et ses victoires en Italie et à Naples; il travaille à écarter de lui la tache d'infidélité à l'égard de son roi, tache qu'on lui imputait communément dans son temps. Cette circonstance nous porte à conclure que Narvaez écrivit ses *Lamentations*, lorsqu'on était déjà entré dans le seizième siècle. Il nous le donne lui-même à entendre, dans la stance XXXIII où il s'écrie :

> ¡ Oh summo, por Dios guiado,
> Pontifice Julio Segundo,
> Disponedor en el mundo,
> De aqueste nombre nombrado !
> ¡ Quanta eres fatigado,
> La Iglesià defendiendo !
> Mas en fin quedas venciendo,
> Con tu triunpho memorado,

La *Partida del Anima* se compose de cent quatre-vingts octaves avec l'épigraphe suivante : *Aqui comienza el libro intitulado* La partida del Anima, *sobre el qual fueron compuestas* Las valencianas lamentaciones *que hizo Juan de Narvaez.* Tout l'ouvrage est précédé d'une exhortation en vers, et d'une épître dédicatoire également en vers, adressées au Grand Capitaine.

III.

Obra fecha por Hernan Vazquez de Tapia, *escribiendo en suma algo de las fiestas e recibimientos que se hiziéron à Doña Margarita de Flandes.* C'est un poème descriptif des fêtes données à Santander, pour l'arrivée dans ce port de la princesse Dᵃ Marguerite, fille de l'empereur Maximilien ; des fiançailles célébrées à Villasebil; de la réception que Burgos fit aux princes ; de leur passage par Valladolid, Medina del Campo et Salamanque, et enfin de la triste mort du prince D. Juan, arrivée en 1497.

L'ouvrage se compose de cent cinquante-deux stances d'art majeur. Il fut imprimé, à Séville, par Meinardo Ungut, allemand, et Lanzalao Polono, en 1497, in-fol. Comme échantillon nous donnerons les octaves suivantes.

> A quatro de octubre, ques el mes deceno
> De noventa y siete dell año en que estamos,
> Dia de San Francisco, si bien lo sumamos,
> Quedó aqueste reyno de pesares lleno,
> De pura congoxa cient mill vezes pleno,
> De lo que en la corte toda se sentió,
> Quando la muy triste embaxada llegó,
> Mas rezia que piedra que sale del trueno.

> Sabido de cierto la nueva presente,
> Los cortesanos sienten penas tantas,
> Que ellos y las muy ilustres infantas
> Es cosa despanto que sienten y siente.
> Luego vestieron sin inconviniente
> Sus ropas de oro de triste tintura,
> Pesares sintiendo, dexando holgura,
> Los ojos tornados de todos en fuente.

> Damas y señoras de grandes estrados,
> Duquesas, marquesas de alto cimiento,
> Todas lloravan con tanto tormento,
> Que no ay quien sus llantos os dé bien sumados :
> Todos andavan tan deferenciados
> Con la triste nueva desora llegada,
> Que vierades toda la corte mudada,
> Trocando sospiros por gozos passados. (1)

---

(1) Le quatre d'octobre, qui est le dixième mois — De l'an quatre-vingt-dix-sept où nous sommes, — Jour de saint François, si nous comptons bien, — Ce royaume resta accablé de chagrins, — Et cent mille fois rempli des plus vives angoisses, — Par l'événement qui se fit sentir dans toute la Cour, — Lorsque arriva la si triste ambassade, — Plus rapide que la pierre qui tombe du tonnerre.

Quand la nouvelle présente fut connue avec certitude — Les courtisans éprouvèrent des peines si grandes — Qu'eux et les très-illustres infants — Causèrent une surprise profonde par leur douleur générale et leur douleur particulière, — Ils revêtirent immédiatement, sans inconvénient — Leurs vêtements d'or de triste couleur ; — Éprouvèrent de profonds chagrins, abandonnèrent la joie, — Et tous leurs yeux se changèrent en fontaines.

Dames et señoras de haut parage — Duchesses, marquises de grande naissance, — Toutes pleuraient avec tant de douleur — Qu'il n'y a personne qui puisse nous bien compter leurs pleurs, — Tous se trouvaient tellement changés, — Par la triste nouvelle qui venait d'arriver — Que vous eussiez vu toute la Cour métamorphosée, — Et poussant des soupirs en échange des joies du passé.

Les fiestas que oystes que aqui he recontado
Todas bolvieron los rostros atras,
Con pensamientos de nunca jàmas
Mostrarnos aquello que ovieron mostrado.
En toda la corte despresso mandado
Se puso silencio al cantar y tañer,
Porque todo aquello que dava plazer
De oy mas estuviesse escondido y callado,

Los ricos vestidos y las bordaduras
Aqui las hallaredes tornadas presto,
De grosseras xergas y aun de menos questo :
A todos cercados de negras tinturas,
Que quando tù, vana fortuna, procuras,
Sobirnos arriba, si bien lo pensamos,
Por tus escalones subiendo baxamos,
Gozando de angustias y desaventuras.

Aucun des livres mentionnés dans cette longue note, et plusieurs autres que nous pourrions citer, si nous ne craignions de trop étendre cette partie de notre travail, ne se recommande par un mérite transcendant, à l'exception peut-être des *Elogias* de Guillen d'Avila, où se découvrent des traces, peu à dédaigner, d'éloquence et de génie. Toutefois, en parlant ici de quelques auteurs qui ont suivi l'école poétique du marquis de Santillane et de Juan de Mena, il nous a paru convenable de signaler l'existence de ces vieux ouvrages si peu connus.

CHAP. XXVII, *note* 3, page 47. — La *Historia Parthenopea*, citée au commencement de cette note, n'appartient pas à cette période. En effet, écrite en strophes d'art majeur, comme les employa Juan de Mena, elle dérive de l'école que nous venons de dépeindre dans les lignes qui précèdent. Elle fut imprimée à Rome par maestro Stephano Guilleri de lo Renno, le 18 septembre 1516. C'est un volume petit in-folio, de 162 feuilles de texte et de 4 de préliminaires; il est si rare que nous n'avons pu en voir qu'un seul exemplaire. D'un autre côté, il est si mauvais qu'il mérite à peine une mention.

Quant à son auteur, nous savons seulement qu'il fut clerc, natif de Séville et protonotaire du Saint Siége à Rome; qu'il mourut avant l'année 1516, date de l'impression de son œuvre; qu'il en composa plusieurs autres, dont il donne les titres dans l'épître dédicatoire de son *Historia Parthenopea*, à l'illustrissime seigneur Bernaldino de Carvajal, cardinal de Santa Croce. Ce sont : une *Vita Christi*, douze livres sur l'*Esperanza*, autres douze sur la *Justicia*, huit sur l'*Educacion*

Les fêtes que vous m'avez entendu ici raconter — Changèrent toutes d'aspect; — Avec la pensée de ne nous montrer jamais, jamais — Tout ce qu'elles nous auraient montré. — Dans toute la Cour, par ordre exprès, — On imposa silence aux chants, à la musique, — Afin que tout ce qui donnait du plaisir — Fût désormais caché et silencieux.

Les riches broderies et les vêtements — Vous les trouverez bientôt changés — En serges grossières et même en moins que cela ; — Vous les verrez tous bordés de noires couleurs. — C'est que quand tu cherches, ô vaine fortune — A nous pousser plus haut, si nous réfléchissons bien — En montant par tes degrés, nous descendons, — Et nous jouissons de tes disgrâces et de tes malheurs.

del Principe, les *Siete triumphos de las siete virtudes,* et quelques autres traités
sur des sujets divers, qui n'ont rien de désagréable, et dont la perte laisse peu
de regrets, s'ils sont tous aussi mauvais que le dernier. L'édition confiée aux
soins d'un certain clerc, du nom de Luis de Gibraleon, natif de Naples, est criblée
de fautes.

L'ouvrage se divise en livres et en chapitres : c'est une relation prosaïque et minutieuse de la conquête de Naples; une véritable chronique rimée, sans autres
accidents poétiques qu'un discours de Pallas aux Rois Cathôliques, leur inspirant
le nom du Grand Capitaine pour chef et général de l'expédition; une lamentation
des divinités de la mer; un entretien entre Eole et Neptune, résolus de troubler
par tous les moyens à leur portée, la traversée de la flotte castillane, et le soulèvement d'une violente tempête. Dans le prologue du livre VIII, après l'Invocation,
est introduit un éloge de Cordoue et de ses habitants (Laudes de Cordova dondes
el Gran Capitan); plus loin un traité sur les mœurs des grands de Castille, *Tratado de las costumbres de los grandes de Castilla,* où sont passés en revue certains exploits et certains faits d'armes remarquables des Espagnols. L'œuvre se
termine par un *Sermon* au cardinal de Santa-Cruz, par ordre de qui Hernandez
composa, paraît-il, son livre, qui n'a pas même le mérite si commun d'une bonne
versification, à n'en juger que par la strophe suivante du folio 91.

> A veinte con ocho de abril que pasó,
> Viernes, yo digo, del año pasado
> De mil y quinientos y tres ques nombrado,
> La guerra que quento ally fenesció;
> La gloria de España al çielo subió,
> Mas sabado luego, ques claro ya el dia,
> La Chirinola su pacto pedia
> Al Gran Capitan de darse y se dió (1).

Note 1, pages 11 et 12. Pedro de Oña écrivit en outre un poème épique héroïque,
subdivisé en douze livres ou chants et intitulé : *Ignacio de la Cantabria,* sur la
vie et les miracles de saint Ignace de Loyola, fondateur de la compagnie de Jésus.
Ce poème, portant l'approbation de D. Pedro Calderón de la Barca, vit le jour à
Séville : il est élégamment imprimé, orné de très-belles planches sur cuivre par
Francisco Lyra, 1649, in-4°. C'est une vie de saint Ignace, en vers, mais son unique
mérite consiste en quelques octaves faciles. Pedro de Oña était natif du Chili, fait
que Nicolas Antonio met en doute. Dans l'épitre dédicatoire de ce poème aux pères
de la compagnie de Jésus, il s'exprime ainsi : « Coronado os le vuelvo qual heroe
« al comun orden superior, pero con los lauros estériles que los Parnasos de la
« inculta America pudieron ofrecer, etc. » En outre, dans une des éditions de son
Arauco, il se déclare « natural de Los Infantes de Engol, en Chile. »

Cette guerre contre les Araucaniens du Chili, ainsi que d'autres qui la suivirent,
fournirent plus tard le sujet et l'occasion d'un poème macaronique intitulé : *Com-*

---

(1) Le vingt-huit avril dernier — Le vendredi, dis-je, de l'an passé — Mil cinq
cent-trois nommé, — La guerre que je raconte prit fin; — La gloire de l'Espagne
jusqu'au ciel s'éleva — Mais le samedi, dès que la clarté du jour parut — La Chi-
rinola demanda sa parole — Au Grand Capitaine, de se rendre et il se rendit.

pendio historial del descubrimiento, conquista y guerra del Reyno de Chile, con otros dos discursos. Uno de avisos prudenciales en las materias de gouierno y guerra. Y otro de lo que catolicamente se deue sentir de la Astrologia judiciaria. Dirigido al Excmo. Sr. Conde de Chinchon, Virrey destos Reynos del Peru, Fierra Firme y Chile. Compuesto por el capitan D. Melchor Xufré del Aguila, natural de la villa de Madrid, Lima, par Francisco Gomez Pastrana, 1630, in-4°. En tête du poème est placée une longue lettre que le Dr Luis Merlo de la Fuente, capitaine général de la guerre du Chili, écrivit à l'auteur et où il lui rend compte des événements survenus, durant son gouvernement de 1606 à 1628. Cette lettre constitue peut-être la partie la plus importante de tout le livre, par les nombreux détails qu'elle donne sur cette désastreuse campagne et sur les autres événements de la vice-royauté. L'auteur n'est cité ni par Nicolas Antonio, ni par Alvarez Baena, malgré sa qualité de natif et d'habitant de Madrid. De tout ce qui le concerne, nous ne savons que ce qu'il nous apprend lui-même, soit dans le prologue, soit dans la narration poétique des événements militaires, dont il fut témoin ou auxquels il prit part. Ses vers sont si mauvais que nous ne nous rappelons pas en avoir jamais lu de pires ni de plus prosaïques. D. Melchor était, à ce qu'il paraît, fils de Juan Xufré qui se distingua dans les armes, sous le gouvernement de Pedro de Valdivia, et qui passa au Pérou, en 1590, du temps de D. Alonso Garcia Ramon.

> Hallábame yo en Lima en este tiempo,
> Con una lança sola, que pagada
> Los menos años es, y della poco ;
> Y procurando merecer mayor
> Merced de nuestro Rey, quise á mi costa
> A aquella yr, do fuy ofrecido;
> Y sin querer tomar socorro alguno,
> (Aunque se me ofreció el de capitanes
> Vivos), por no açetar parte de premio,
> O paga (que hasta hoy un solo pesso,
> Ni un maravedi solo he recibido)
> De paga real, habiendo en su servizio
> Gastado mas millares de ducados
> Que tengo, à Chile fuy y aventurero.
> Mas no penseys que he de dezir por esto
> Nada con mas espacio, aunque de vista
> De casi quarenta años soy testigo. (1)

(1) Je me trouvais, moi, à Lima, dans ce temps, — Avec une lance seule, qui est payée — Le moins d'années, et qui donne peu ; — Et cherchant à mériter plus grande — Récompense de notre Roi, j'ai voulu, à mes frais, — Aller au-devant de celle qui m'était offerte ; — Et sans vouloir recevoir aucun secours — Bien que l'on m'offrît celui de capitaines — Vivants, pour ne pas accepter partie de prix — Ou de paie, car jusqu'à aujourd'hui ni un seul écu — Ni un seul maravedis je n'ai recu, — De paie du Roi, ayant à son service — Dépensé des milliers de ducats, plus — Que je n'en ai, je suis parti en aventurier pour le Chili. — Mais n'allez pas penser que je vous raconte pour cela — Rien très-longuement, quoique de mes yeux — J'aie pendant près de quarante années été témoin, — Enfin, chez cette nation, en quatre-vingt-dix, — Le

Enfin, con esta gente, el de noventa,
A veinte y seys de Enero, alli aportamos;
Y aunque no luego, porque no tenia,
Hechas las prevenciones Don Alonso,
Para el año siguiente, entró á el estado
Con un luzido campo y fuerça grande
De quatrocientos hombres de à caballo
Y mil amigos, bastimentos tantos;
Que llevamos seys mil y mas caballos :
Que yban de Santiago los vezinos
Con él, y à ciento y mas llevaban muchos
De bastimentos, con que sustentaban
A diez y veynte y treynta camaradas.
Y digoos de verdad, que yo tenia,
Mas de veynte de messa, de ordinario;
Testigos ellos son, que algunos viven :
Con que mas empobreci, mas que debiera,
Pues he sido tan mal remunerado,
Que en vez de alimentarme de la mesma
Lança que el Rey me diò, ni un pesso solo
He cobrado, ni he visto, ni otra cosa,
Oficio, ò renta, que equivalga en algo;
¡ Mirad si con raçon podré alegar servicios !

Dans un autre passage, il nous dit qu'il finit par être patron d'Indiens dans la
ville de Chili, chef et commandant de guerre dans la dite ville; qu'après avoir reçu
plusieurs blessures, dont une entre autres lui cassa une jambe, il se retira du service; que se voyant pauvre et sans récompense, il commença à vivre d'ordinaire
dans un oisif isolement champêtre, consacrant quelques instants à retracer sur le
papier l'histoire des événements auxquels il avait assisté, tant dans la paix que dans
la guerre. Quant au discours sur l'astrologie judiciaire, il l'écrivit, paraît-il, pour
sa propre défense. « Ha habido, dit-il, alguna voz en este reyno y fuera del, de
« que soy de los que dan demasiada creencia à los pronosticos de la Astrologia, y
« por eso hize este tratado, en que se ve muy claro que no soy desta seta envane-

---

vingt-six janvier, nous abordons — Et sans aller bien loin, parce que n'avait pas —
Don Alonso fait les préparatifs — Pour l'année suivante, je pénétrai dans cet Etat —
Avec une brillante armée et une force — De quatre cents hommes à cheval — Et
mille amis, autant d'approvisionnements — Nous emmenions six mille chevaux et plus;
— Avec elle marchaient les habitants de Santiago — Et beaucoup prélevaient plus de
cent — Sur les provisions avec lesquelles ils entretenaient. — Dix, vingt et trente ca-
marades. — Je vous dis la vérité, quant à moi j'en avais — Plus de vingt à ma table,
pour l'ordinaire. — Ils peuvent en rendre témoignage, plusieurs vivent encore. —
Voilà ce qui m'a appauvri encore plus, et plus que je ne devais. — J'ai été si mal
récompensé — Qu'au lieu de m'entretenir de la même — Lance que le roi m'avait
donnée — Je n'ai pas même une seule piastre — Ni touché, ni vu, ni autre chose —
Office ou rente, qui soit en rien équivalent : — Voyez si je pourrais avec raison alléguer des services !

« cida, si bien tengo por cordura muy grande el no desestimar los avisos que á
« vezes por impensados medios nos embia la divina Providencia (1). » Ce discours,
ainsi que le discours « Avisos prudenciales en materias de gobierno y guerra »
qui se réduit à des sentences, extraites des auteurs sacrés ou profanes, et le premier et le plus important, traitant de la guerre contre les Indiens, les Araucaniens
et les Purènes, sont écrits sous forme de dialogues entre Gustoquio, capitaine en
Flandres, et Provecto, alferez du Chili. Ils étaient l'un et l'autre venus à la Cour
pour soutenir certaines prétentions, et ils se sont réunis pour causer d'affaires militaires.

L'auteur avait, paraît-il, composé un autre ouvrage intitulé : *Tratado de cosas
admirables del Pirù :* il n'est pas arrivé jusqu'à nous ; et cette perte n'est pas
fort regrettable, si nous en jugeons par la qualité et les mérites de l'œuvre que
nous venons d'examiner.

CHAP. XXVII, *note* 1, page 15. — Le poème de Francisco Hernandez Blasco se
réimprima à Tolède, chez la veuve de Juan de la Plaza, 1589, in-4°, plus tard dans
la même ville, chez Pedro Rodriguez, en 1598, in-4°, et enfin, à Alcala, chez Juan
Gratian, 1612, in-4°. La première de ces éditions est ornée de gravures sur bois *di-
bujadas y cortadas de su propia mano,* dessinées et découpées de sa propre main,
comme dit l'auteur, dans un de ses prologues. Il en existe une seconde partie,
beaucoup plus étendue que la première ; elle se compose de vingt-cinq chants et
de cinq mille huit cents octaves, écrites par Luis Hernandez Blasco, religieux
du tiers ordre de saint François et natif de Sonseca, dans le royaume de Tolède.
Il avait profité de ce que son frère Francisco avait laissé écrit, l'avait perfec-
tionné, terminé et fait imprimer à Alcalà, chez Juan Gracian, 1613, in-4°. Cette
seconde partie contient les actes des apôtres, les persécutions des chrétiens et
divers autres événements de l'Eglise militante, jusqu'au règne de Vespasien. Elle
est bien inférieure à celle de son frère, pour le style et l'invention: c'est une œuvre
n'ayant que peu de mérite.

Quant à Francisco Hernandez Blasco, natif aussi de Sonseca, nous n'avons guère
d'autres détails que ceux qu'il nous fournit lui-même, dans la prologue de son
poème. Nous y apprenons qu'il était prêtre, qu'adonné dès sa jeunesse à la lecture de
livres poétiques, tant en latin qu'en castillan vulgaire et en particulier de l'*Araucana*
d'Ercilla, et du livre de l'Arioste, *avec ses machines et ses labyrinthes, si sonores
aux oreilles des lecteurs,* il se sentit pénétré d'un désir des plus ardents de voir
chantées en vers les actions de notre Rédempteur. Voyant donc vantés et portés
jusqu'au ciel, les exploits du barbare Lautaro, préconisée la valeur d'Orlando et
de Ruger, il lui sembla qu'il était appelé à chanter en vers castillans les merveilles
ineffables de la Rédemption. Il dédia son œuvre à D. Fernando Niño de Guzman,
du conseil de S. M. et président de la chancellerie de Grenade.

---

(1) « Il s'est répandu un certain bruit, dans ce royaume et au dehors, que je suis
« de ceux qui donnent trop de créance aux prouostics de l'astrologie : aussi ai-je com-
« posé ce traité qui prouve clairement que je suis loin d'appartenir à cette secte or-
« gueilleuse et vaine, bien que je considère comme une sagesse fort grande de ne
« pas dédaigner les avis que la divine Providence nous envoie parfois par des moyens
« imprévus. »

Son livre s'imprima, pour la première fois, en 1684, ainsi que le dit notre auteur. Mais lors de la seconde édition, en 1598, Blasco y ajouta les quatre premiers chants et les deux églogues de la fin, traitant de la mort du Christ, un abécédaire et une explication de toutes les expressions obscures de l'histoire.

Nicolas Antonio blâme sans raison Waddingo d'avoir appelé Blasco *Luis*, au lieu de *Francisco*, et de le faire religieux du tiers ordre. En agissant ainsi ce scrupuleux bibliographe ignorait l'existence d'un second volume de la *Redencion universal* composé par Luis, frère de Francisco.

CHAP. XXVII, *note* 2, p 15. — Le premier volume, comprenant trois parties, fut imprimé à Bilbao, par Matias Mares, 1587, in-4°, le second, un an après, en 1588, et non en 1580, comme il est dit par inadvertance dans le texte. Quant au reste, nous sommes d'accord avec le jugement que notre auteur porte sur cet ouvrage.

Fr. Gabriel de Mata se montre plus poétique dans un autre de ses ouvrages assez rare, qui a pour titre: *Cantos morales*, et qu'imprimèrent, à Valladolid, les héritiers de Bernardino de Sancto Domingo, 1594, in-4°. Le sujet est la vie de l'homme et le combat spirituel de l'âme contre les vices, le tout sous la forme d'une allégorie poétique. Dieu dépose son épouse, l'Ame, dans un château-fort merveilleusement construit, qui est le corps de l'homme, et il met à son service la Volonté, la Raison et les sept vertus cardinales. Mais, non loin du château et auprès même de ses fondements, croît une mauvaise herbe :

> Qual verde, fresca y arraygada yedra,
> Que toda cepa del fructual ocupa,
> Y aun hasta el suelo y la mas dura piedra,
> Todo el humor y la virtud les chupa :
> De cuya sombra por jamas se arriedra
> La sierpe, ni el dragon la desocupa ;
> Tal va la mata natural creciendo,
> El sancto humor del alma consumiendo.
>
>   Era qual mata de nocivas rosas
> Todas amparo de mortal veneno,
> A cuya sombra sierpes ponçoñosas
> La tenian seco y ocupado el seno.
> Entre las vanas sombras deleytosas,
> Que al hombre dexan de peccados lleno
> Crecia esta mata sin que lugar diesse
> A que otra flor mejor permaneciesse (1) :

---

(1) Tel qu'un lierre vert, frais et enraciné — Qui tout le tronc d'un arbre fruitier occupe — Et même le sol et la pierre la plus dure — Et suce toute leur sève et toute leur vigueur, — De l'ombre duquel jamais ne s'éloigne — La couleuvre, que le serpent ne quitte jamais; — Telle va croissant la naturelle parasite — Qui consume la sainte sève de l'âme —

C'était comme une tige de roses pernicieuses — Toutes remplies d'un mortel poison : — A l'ombre de laquelle des serpents venimeux — Lui occupent et lui dessèchent le cœur — Au milieu des vaines ombres délicieuses — Qui laissent l'homme plein de péchés — Croissait cette parasite, sans permettre — A toute autre meilleure fleur de s'épanouir.

La hueca caña de la gloria vana
Con el pimpollo de ayrado pino,
Del breço auaro aquella flor liviana
Y el bajo fructo de invidioso espino :
La yedra meretriz, que la temprana
Adolescencia, al mal abre camino :
La gula fiera de la vid sylvestre,
Y la pereza del bellon terrestre (1).

La honteuse Sensualité, sous la figure d'une géante horrible et épouvantable, cherche à pénétrer dans le fort, mais elle est reconnue et mise en fuite, en même temps que le Démon, son père, se présente et l'anime à entreprendre de nouveau l'assaut.

Tiene la cara larga y descarnada,
Con mas dobleces que una bolsa nueva,
Boca sin diente alguna (sepultada
Debaxo el espolon de una galera) :
Cada ojo es una hoya socavada,
Donde esconderse puede una gran pera ;
Cuyas niñeras sepultadas guarda
La larga sombra de una espesa barda.

Es su color rucio y algo alambrado,
Assi como si estado hubiera al humo ;
Lo mismo es el cabello, aun mas nevado,
Espeso, largo y crespo en grado summo,
La barba qual de cerro mal quebrado
De cañamo, con tosco grano y grumo,
Es algo larga, pero angosta tanto,
Que aun no cubre del rostro el cal y canto (2).

Le Démon et la Sensualité appellent à leur aide les sept péchés mortels et se préparent de nouveau à entrer dans le château. A cet effet, ils ont recours à un déguisement, à un char de triomphe que suit une nombreuse cavalcade.

---

(1) Le roseau creux de la vaine gloire — Et la pousse du pin superbe, — De l'avare bruyère cette fleur envieuse — Et le fruit abject de l'épine jalouse ; — Le lierre rampant, que la prématurée — Adolescence ouvre une voie au mal ; — La fière gourmandise de la vigne sauvage, — Et la paresse de la piloselle terrestre.

(2) Elle a la face large et décharnée, — Avec plus de plis qu'une bourse neuve — Bouche sans dents aucunes, ensevelie — Sons l'éperon d'une galère, — Chaque œil est un creux profond, — Où pourrait se cacher une grosse poire — Et dont les prunelles enfoncées sont protégées — Par l'ombre longue d'une épaisse défense.

Son teint est blafard, un peu rouge vif, — Comme s'il avait été fumé : — Il en est de même de sa chevelure, un peu plus blanche encore, — Epaisse, touffue et excessivement crépée — La barbe, comme l'extrémité mal brisée — Du chanvre, avec un grain et un grumeau grossier, — Est un peu longue, mais si rare — Qu'elle couvre à peine le bout du visage.

LA SENSUALIDAD

Sobre quatro camellos africanos,
Iban subidos, como en quatro riscos,
Quatro monos, palotes en las manos,
Tocando atabalejos berberiscos :
Y sobre quatro bueyes melindanos,
Coronados de pampanos lantiscos,
Quatro fieros negrillos trompeteros,
Con paños baxos, lo demas en cueros.

En las muñecas y en los negros cuellos,
Llevaban blancas y anchas lechuguillas ;
Era fiesta por si tan solo vellos,
Hacer con sus clarines maravillas.
Iban tirando bueyes y camellos
Un muy dorado carro de dos sillas ;
La una una matrona corpulenta,
Vestida de incarnado, en si sustenta.

APETITO

La otra un niño por extremo hermoso,
Con otro negro rostro á las espaldas ;
Llevaban sobre el pelo bullicioso
De espigas y de pampanos guirnaldas.
Iva el compuesto carro muy pomposo,
De colgaduras y complidas faldas,
Cercábanle por todos los cantones
Siete nimphas con varias invenciones.

Por si yban estas nymphas à caballo
Con grande magestad todas compuestas,
Quisiera un breve modo en que cifrallo,
Mas mal podré abreviar tan largas fiestas (I).

---

(1) LA SENSUALITÉ. — Sur quatre chameaux africains, — S'avançaient montés, comme sur quatre roches, — Quatre singes, aux mains armées de baguettes — Dont ils frappaient de petits tambours berbères ; — Et sur quatre bœufs tardifs, — Couronnés de branche de lentisque, — Quatre fiers négrillons, sonnant de la trompette — Vêtus de petits caleçons, et le reste du corps nu.

Au poignet et à leur cou noir — Ils portaient de blanches et longues fraises ; — C'était un plaisir rien que de les voir — Faire merveille avec leurs clairons. — Bœufs et chameaux s'avançaient traînant — Un char tout doré, à deux siéges ; — Dans l'un était placée une matrone corpulente — Vêtue d'incarnat, et sur elle-même bien assise.

L'APPÉTIT. — Dans l'autre, un enfant d'une beauté extrême, — Avec un autre noir visage sur ses épaules ; — Ils portaient sur leur chevelure flottante — Des guirlandes d'épis et de pampre. — Le char s'avançait pompeusement arrangé — Avec des tentures et des draperies superbes, — Il était entouré de tous côtés — Par sept nymphes dont la disposition était des plus variées.

Ces nymphes s'avançaient à cheval — Composées toutes, avec la plus grande majesté, — Je voudrais trouver un court moyen de vous les dépeindre, — Mais je ne pourrais que mal abréger de si grandes fêtes.

Llevaba al rededor de su caballo
Por triumpho cada qual de todas estas
Una quadrilla á pié, con su visaje
Correspondiendo á su inviencion y trage.

SOBERVIA

Sobre un caballo equa-grifo volante
Iba sentada primera de ellas,
Tan cuelli-erguida, fiera y arrogante,
Que parecia subirse á las estrellas.
De su librea y con aquel semblante
Llevaba siete dámas ò donzellas,
Digo donzellas en el nuevo modo
Del nuevo trage que lo encubre todo.

La de á caballo y las de á pié sacaban
Unas libreas al ygual parejas,
El largo y negro pelo coronaban
Con guirnaldas de verdes cañahejas.
Jamás sendos espejos se quitaban,
Mirando de delante de las cejas,
Muy ufanas, contentas y gloriosas
De verse ansi adornadas y pomposas.

ENVIDIA

Con grande majestad yba adornada
Sobre un gran lince la secunda puesta,
Rojo faldon, basquiña turquesada,
Manto encarnado y pardo lo que resta.
El crespo y negro pelo mal peinado
Hacia una tosca y herizada cresta,
La qual y el otro que cubria la espalda
Ceñia de verde espino una guirnalda (1).

---

(1) Autour de son cheval il y avait — Pour triomphe, près de chacune d'elles — Dès groupes à pied dont le visage — Répondait à leur disposition et à leur costume.

L'ORGUEIL. — A cheval, sur un griffon ailé — S'avançait assise la première d'elles — La tête si haute, si fière, si arrogante — Qu'elle semblait s'élever jusqu'aux étoiles — Habillées de sa livrée et avec une figure semblable — Elle emmenait sept dames ou donzelles, — Je dis donzelles, à la nouvelle mode — Du nouveau costume qui recouvre tout.

Celles qui allaient à cheval et celles qui marchaient à pied portaient — Des livrées entièrement pareilles, — La longue et noire chevelure était couronnée — De guirlandes en plantes vertes. — Jamais elles ne quittaient leurs miroirs — Elles regardaient fixement — Toutes fières, contentes et glorieuses — De se voir ainsi avec tant d'ornements et de pompe.

L'ENVIE. — Avec grande majesté s'avançait parée — La seconde, assise sur un grand lynx, — Rouge était le pan de sa robe, sa basquine, couleur turquoise, — Le manteau incarnat et le reste brun — La chevelure crépue, noire et mal peignée — Formait une crête inculte et hérissée; — Cette crête et le restant de la chevelure qui couvrait son épaule — Etaient ceints par une guirlande d'épine verte.

Quatro negras vestidas de amarillo
Iban en torno, su guineo baylando,
El son haziendo en cueros un negrillo
En un torcido tamboril tocando.
Este llevaba un circulo zarcillo
Y un caxcabel de la nariz colgando,
Sacan guirnaldas de silvestre espino
Texido en ellas peregil marino.

IRA

Al otro canton yba la tercera,
Vestida de belludo columbino,
Sobre èl unas coraças, y cimera
Sobre el rubio cabello de oro fino.
En un renoceronte caballera,
Dotada toda de un color cetrino,
De presto vuelo, aunque de plumas ralas,
Traya en entrambas las muñecas alas.

Cinco nymphas silvestres ò salvajes
Y un salvaje con ellas, la cercaban ;
Unas pieles ceñidas, no otros trajes,
Salvo su bello natural, llevaban.
En fieros exercicios y visages
Las maças y las manos ocupaban,
Con doblados escudos de cortezas,
Guirnaldas de sapin en las cabezas.

GULA

Iba à caballo en la vorace hyena
La quarta nympha, atras pequeña pieça,
Con ramos de la muelle berengena
Y el beleño, guirnalda en la cabeza (1).

---

(1) Quatre négresses, vétues de jaune — Marchaient autour d'elle, en dansant leur guinée , — Un négrillon nu, faisait la musique — En frappant sur un tambourin incliné — Ce négrillon portait une boucle d'oreille — Et un grelot suspendu à ses narines. — Elles portaient des guirlandes d'épine sauvage — Entremêlées de persil de mer.

LA COLÈRE. — D'un autre côté s'avançait la troisième, — Vêtue de velours gorge de pigeon, — Par-dessus une cuirasse, et un cimier — Sur la blonde chevelure d'or fin. — Elle était montée sur un rhinocéros, — Entièrement douée d'une couleur citron ; — Au vol rapide, quoique de plumes rare, — Elle avait des ailes aux deux poignets.

Cinq nymphes champêtres ou sauvages — Et avec elles un sauvage, l'entouraient; — Elles portaient des ceintures de peaux et pas d'autre costume, — Sauf leur beauté naturelle. — C'était à de fiers exercices, à des geste sauvages, — Qu'elles occupaient leurs massues et leurs bras, — Avec des boucliers doublés d'écorce, — Et des guirlandes de sapin sur la tête.

LA GOURMANDISE. — S'avançant à cheval sur une hyène vorace, — La quatrième nymphe, derrière une petite pièce — Des branches de la molle melongène — Et la jusquiame, composaient la guirlande de sa tête. — Cinq duègnes bossues, désolées — De

Cinco gibosas dueñas, con gran pena
De no poder andar con tal presteza
Como andaba la hyena, yvan en torno,
Coronadas con ramas del piorno.

AVARICA

Iba la quinta caballera en pelo
Sobre un mastin mayor que un grande toro,
Vestida de amarillo terciopelo,
Con ricas joyas, y manillas de oro,
Con guirnalda de yedra ceñia el pelo.
Lo mismo siete nymphas de su coro,
De su trage vestidas, aunque tales,
Que parecian visiones infernales.

LUXURIA

Sobre un asno silvestre no domado
Iva la sexta caballera, toda
Vestida de damasco colorado,
Con grande adorno y gente, à fuer de boda.
Cada una que la sigue va ocupado
En el vario disfraz que se acomoda ;
Ciñen con sendos cardos los cabellos
Ansí la nympha como todos ellos.

La septima y postrera, mal vestida,
Iva sobre un pesado buez sentada,
Con guirnalda de box (entretexida
En higuera silvestre) coronada.
De cinco viejas cada qual dormida
Llevaba una cuadrilla algo pesada ;
Siguenla todas cinco trompicando,
El mismo adorno é invencion llevando (1).

---

ne pouvoir aller avec la rapidité — Que marchait la hyène, s'avançaient autour d'elle — La tête couronnée de branches de genêt.

L'AVARICE. — La cinquième s'avançait, à poil — Sur un mâtin plus grand qu'un grand taureau, — Vêtue de velours jaune, — Avec de riches joyaux et des bracelets d'or ; — Une guirlande de lierre ceignait sa chevelure. — Pareilles étaient aussi sept nymphes de son cortége, — Vêtues d'un semblable costume, et telles, — Qu'elles paraissaient des visions infernales.

LA LUXURE. — Sur un âne sauvage indompté — S'avançait à cheval la sixième, entièrement — Vêtue de damas rouge — Avec de magnifiques ornements, un grand cortége, comme pour une fête. — Chacun de ceux qui la suivent est occupé — Au déguisement varié qu'il se prépare — Ils ceignent de chardons leur chevelure — Tant la nymphe que tous ceux qui l'accompagnent.

La septième et dernière, mal vêtue — S'avançait, assise sur un bœuf pesant ; — Une guirlande de buis entrelacée — De figuier sauvage couronne sa tête. — Cinq vieilles, chacune endormie, — Composent le groupe allourdi qu'elle emmène — Elles la suivent, toutes les cinq, en bronchant à chaque pas — Et en portant les mêmes ornements et avec la même disposition.

Le diable et son escorte finissent par pénétrer dans le château, s'emparent de l'âme et de sa servante, la Raison, après une lutte acharnée contre cette dernière. L'événement arrive aux oreilles du prince son époux, qui envoie à son secours l'Amour de Dieu, sous la figure d'un jeune chevalier. Ce dernier lutte contre ses adversaires et contre les vices, et finit par délivrer l'âme des enchantements dont le démon l'environnait.

Le poème se compose de treize chants, suivis chacun d'une longue moralité en prose, expliquant et éclaircissant son allégorie. La versification est facile et harmonieuse, le style est pur et châtié, les images fort souvent belles et l'invention poétique supérieure à celle des autres œuvres de cet auteur.

CHAP. XXVII, *note* 1, page 17. — Valdivielso composa en outre une paraphrase poétique des psaumes et des cantiques du bréviaire, en vers libres : *Exposicion parafrastica del Psalterio*, etc., Madrid, chez la veuve de Alonso Martin, 1623, in-4°, précédée de vers élogieux par Lope de Véga, Francisco de Francia y Acosta, Juan Perez de Montalban et Mira de Amescua ou Mescua.

On trouve de nombreuses poésies du maître Josef de Valdivielso dans la collection formée par Pedro de Herrera, dans les *Avisos para la muerte*, de Luis de Arellano, et dans certaines joutes poétiques de ce temps ; il en existe aussi dans les prologues, préfaces préliminaires de certains ouvrages des écrivains avec lesquels il était lié d'amitié.

CHAP. XXVII, *note* 1, page 18. — La *Cristiada*, de Hojeda a été réimprimée dernièrement dans le tome XVII de la *Biblioteca de Autores españoles*, de Rivadeneyra. Il existe un autre poème sur le même sujet, composé par Juan de Quiròs, curé de la sainte église de Séville, divisé en sept chants, et intitulé *Christopathia*. Ce dernier traite principalement de la passion et de la mort du Sauveur. Il a été imprimé à Tolède par Juan Ferrer, en 1552, grand in-8°. Le permis d'imprimer est de 1549 ; il n'a pas de pagination et se compose de 63 feuilles. Inférieur au poème de Hojeda pour la tendresse et le sentiment poétique, il ne renferme pas moins de belles octaves, si l'on en juge par la suivante qui est la première :

> Canta con canto triste y doloroso,
> Oh musa, de dolor enternecida,
> La passion cruda y trance pressuroso,
> La muerte acerba, nunca merecida,
> De Christo, Dios y hombre glorioso,
> Que morir quiso para darnos vida,
> Llevando en hombros, flacos y cansados,
> La grave carga de los mis pecados (1).

Quant à la *Creacion del Mundo* d'Acevedo, citée, en passant, dans le texte, nous la croyons digne d'un plus grand éloge que celui de notre auteur. Il suffit de lire quelques octaves de ce poème pour se convaincre que l'auteur était doué des principales qualités qui constituent un poète. Voyez le jugement que porte sur Ace-

---

(1) Chante d'un chant triste et douloureux, — O Muse, de douleur attendrie, — La passion cruelle, le moment plein d'angoisse, — La mort poignante et imméritée — Du Christ, Dieu et homme glorieux, — Qui consentit à mourir pour nous donner la vie, — En portant sur ses épaules, faibles et fatiguées — La lourde charge de mes péchés.

vedo et sur son œuvre, D. Cayetano Rosell, au tome XXIX de la *Biblioteca* de Rivadeneyra, volume qui traite des *Epicos Españoles*.

En même temps qu'Acevedo écrivait à Rome sa *Creacion del Mundo*, un bénéficier de Tortose, composait, en octaves, une version libre du poème français intitulé : la *Semaine*, œuvre de Guillaume Salluste, imprimée pour la première fois,, en 1584, in-4°. Juan Dessi, tel est le nom du bénéficier, raconte dans son prologue, qu'après avoir traduit en castillan le premier jour de la *Semaine française*, un vieillard lui apparut en songe et lui dit : « Cesse ton entreprise, ami, et « apprends que la traduction est la chose la plus difficile de toutes celles que « l'invention humaine a pu entreprendre. » Revenu à lui, Juan Dessi lui demande qui il était et il se trouve que le vieillard se nommait Erasme. Il se dit en lui-même : « Je ne sais si je peux te croire, ô vieillard, je sais bien que tu es savant, mais il y en a beaucoup qui se méfient de toi ». Il lui apparut ensuite un autre vieillard c'était : Ange Politien, qui lui persuada de laisser courir sa muse, de suivre seulement les traces de l'original ; c'est ce qu'il fit en composant environ quinze cents octaves d'un mérite assez médiocre. On peut lire, au commencement, une bonne élégie de Danteo à son ami Jersi, et un sonnet en latin de Duarte Diaz, portugais, auteur de la *Conquista de Granada*, et d'autres poésies en l'honneur de l'auteur et de l'ouvrage. Ce dernier porte pour titre : La *divina semana, ô siete dias de la creacion del mundo, en octava rima*, imprimée *en Barcelo*, par *Sebastian Mathevad y Lorenço Deu*, 1610, in-8°. Deux ans après, il s'imprimait une autre traduction en prose, à Amsterdam : elle est l'œuvre d'un juif appelé Joseph de Caceres que Castro ne cite pas dans sa *Bibliothèque*, et qui était fils ou frère de Francisco Caceres, traducteur de la *Vision deleitable* de l'italien en espagnol. Cette seconde version a pour titre : *Los siete dias de la Semana, sobre la creacion del mundo*. Amsterdam, par Albert Boumeester, année 5372 (1612 de J.-C.), in-4°.

CHAP. XXVII, *note* 1, page 19. — Outre Dominguez Camargo, que certaines personnes ont par erreur confondu avec le père Ignacio Camargo de la compagnie de Jésus, célèbre par ses attaques contre le théâtre, il a existé un autre Camargo, auteur d'un poème intitulé : *El santo milagroso agustiniano, San Nicolas de Tolentino, sus excelencias, vida, muerte y milagros*, Madrid, 1628, in-4°, poème héroïque, divisé en vingt livres. Il a été, est-il dit ici, composé par D. Francisco de Salcedo Camargo, tandis qu'il l'est en réalité par Fr. Fernando Camargo y Salgado, ainsi qu'on peut s'en convaincre par la dédicace à D. Juan Enriquez de Borja, marquis d'Oropesa, où l'auteur se dit religieux du couvent de San Felipe el Real de Madrid. On peut lire, en tête de l'ouvrage, un sonnet et des dizains de Lope de Véga, un second sonnet de Mira de Mescua, des redondillas de maître Joseph de Valdivielso, un madrigal de Salas Barbadillo, et d'autres poésies, à la louange de l'ouvrage, sans compter un sonnet à saint Nicolas, en latin *congruo y puro castellano*, un des meilleurs de ce genre. Dans l'approbation donnée par Valdivielso il est dit : « que le poème est un des supérieurs et des plus graves qui ait vu le jour, depuis bien longtemps, et cela sans faire injure aux plus grands « génies de l'Espagne. » Lope en faisait aussi le plus grand éloge et il donne à son auteur l'épithète de *divino*.

Le sujet du poème, c'est la vie du Saint, extraite des livres qu'écrivirent Fr. Bernardo Navarro et d'autres graves religieux de l'ordre de saint Augustin. Malgré la pauvreté du sujet en lui-même, malgré le soin excessif avec leque[l] l'auteur avoue avoir évité d'introduire des fictions poétiques qui auraient diminué et détruit tout ce que le sujet avait de grave et de sacré, il y a des parties pleines de mouvement et de poésie. La versification est large et harmonieuse, élevée parfois, et toujours élégante et pure. L'auteur se montre l'ennemi des partisans du *cultisme*, qu'il critique sévèrement dans sa dédicace qu'il appelle « Oraculos de embages y retruecanos, faciles de decir, quanto difficultosos de entender » oracles de circonlocutions et de calembourgs, faciles à dire, plus difficiles à comprendre. » Par moments, il tombe cependant lui-même, sans s'en apercevoir, dans les mêmes défauts qu'il blâme chez ses adversaires.

Nous allons donner comme spécimen de sa versification quelques octaves du chant VII^mo, folio 43, verso, où le poète décrit la conjuration de l'enfer contre saint Nicolas.

> Con fuego abrasador centelleando
> Baxa la sierpe, que con silvos brama,
> Las negras aguas con Charon sulcando.
> Para engolfarse en la tartarea llama.
> Alli las gentes de su horrible bando
> Con triste orgullo las convoca y llama,
> Y para que llegasse à sus oydos
> Dió el Cerbero trifauce tres ladridos,
>
> Oyendo los baladros espantosos
> Con que las negras bovedas atruena,
> Gimen los tardos buos asquerosos,
> Lloroso aguero de futura pena.
> Acuden los tartareos temerosos
> Que arrastran de su carcel la cadena,
> Cada cual como un rayo y torvellino,
> Al imperio cruel Luciferino.
>
> No corre el cierço mas, quando haze hinchado
> En los vedriados campos la borrasca :
> Ni Boreas con su furor despepitado
> Arrebata las plumas y ojarasca :
> No ay caballo feroz mas desbocado
> Que con el duro diente el freno tasca (1),

---

(1) Avec un feu qui embrase et scintille — Descend le serpent, dont les sifflements épouvantent, — En sillonnant avec Caron les noires ondes, — Pour s'engouffrer dans les flammes du Tartare. — Là, les gens de son horrible bande — Avec un triste orgueil, il les appelle, il les convoque, — Et, pour que l'appel arrive à leurs oreilles, — Cerbère à trois gueules pousse trois aboiements.

En entendant les cris épouvantables, — Qui tonnent sous les sombres voûtes, — Gémissent les nocturnes hiboux dégoûtants, — Déplorable augure des peines futures. — Ils accourent, tremblants, les habitants du Tartare, — En traînant les chaînes de leur prison, — Chacun, comme un éclair et comme un tourbillon, — Aux ordres cruels de Lucifer.

La brise ne court pas plus vite, quand elle soulève — La bourrasque dans les plaines liquides; — Ni Borée, dans sa fureur courroucée — N'emporte les plumes et le feuillage; — Il n'y a pas de coursier sauvage plus effréné — Qui de sa dure dent ne

Que estos, con su principe crueles,
Hechos todos gauillas y tropeles.

La fiera gente con horror se apiña,
Que parece que el mar Icario brama,
Quando de vientos la travada riña
Unas olas sobre otras encarama :
Alli Pluton à razonar se aliña,
Y echando por los ojos viva llama,
Atemoriza, encara, mira, ojea,
Con rostro atroz y con la vista fea.

Sube en un alto y fabricado trono
De alcrebite, de azufre y de resina,
Y en él, aunque abrasado con encono,
Sobre el baston herrado se reclina.
Mas para hablar con temerario tono
Se pone en pie con rabia cruel, canina :
Y dando à las palabras riendas sueltas,
Estas arroja, en fuego y humo envueltas.

Très-belles sont aussi les strophes suivantes du vingtième et dernier chant, où il décrit une tempête.

Ola con ola juega, rifa y choca ;
Y batiendo el Dios humedo la pluma,
El agua turbia donde el ala toca
Se vuelve en copos de nevada espuma.
La disforme ballena de la boca
De blanca sal arroja tanta suma,
Que à la luz de la luna parecia
Un rio de cambiante argenteria.

Encrespanse las olas con el viento,
Vomitando volcanes de |neblinas (1);

---

ronge le frein, — Que ceux-ci, avec leur prince cruels, — Devenus tous vile bande et troupeaux.

La fière troupe avec horreur s'entasse, — Il semble que la mer d'Icare mugisse. — Quand des vents la lutte violente — Elève les vagues les unes sur les autres : — Là, Pluton à parler se prépare, — Ses yeux lancent une vive flamme, — Il terrifie, fixe, regarde, parcourt de l'œil : — Son visage est atroce et son regard horrible.

Il monte sur un trône élevé et construit — D'alcrebite, de soufre et de résine. — Assis sur ce trône, quoique brûlé du désir de la vengeance, — Il s'appuie sur son sceptre de fer. — Mais, pour parler d'un ton téméraire, — Il se lève debout, animé d'une rage cruelle, canine; — Et donnant à ses paroles un libre essor, — Il les lance enveloppées de feu et de fumée.

(1) L'onde avec l'onde joue, lutte, se choque ; — Et le Dieu des mers secouant la plume, — L'eau troublée que l'aile touche — Se change en flocons de blanche écume. — L'informe baleine de sa gueule lance — Une telle quantité de sel, — Qu'à la lumière de la lune elle semblait — Un fleuve d'argenterie changeante.

Les vagues s'enroulent avec le vent, — Et vomissent des volcans de brumes ; —

Salen à combatir de ciento en ciento
Los huracanes de sus hondas minas :
Crece la espuma desde el bajo assiento
Hasta el nevar las bolas cristalinas,
Animandolá el soplo que del astro
Salió rompiendo el peñascoso claustro.

Ya la confusa y affligida gente,
Viendo la levantada entena rota,
Y que la furia del azul tridente
Con montes de cristal la nave açota ;
Y mirando al piloto, en cuya frente
Hallaba el fin mortal de sa derrota,
Mientras vieron las ondas mas ferozes,
Lios ofrece al mar, al ayre vozes.

Juegan las olas immediatamente
Sus armas contra la natante tropa,
Bravos golpes les tira frente à frente
Sin que estorve el escudo de su ropa ;
Todo es contrario, y aun el mar creciente
Con el llanto que va à buscar su popa ;
Reman sus braços con intentos vanos,
Ques braço todo el mar y aun todo es manos.

Au genre de ces poèmes épico-religieux appartient aussi *El triumpho de la virtud y paciencia de Job*, par Diego Henriquez Basurto, Roan, 1649, in-4º. L'auteur qui professait la religion juive, était fils d'Antonio Henriquez Gomez, comme le prouve le sonnet imprimé en tête du *Siglo Pitagórico*, Roan, 1644, in-4º. Il marcha sur les traces de son père, avec lequel il a une grande ressemblance pour le style : ses vers sont faciles, bien cadencés ; il pèche presque toujours par trop d'affectation. En voici la preuve :

Era del año la estacion dichosa,
Quando el blanco excelso de la cumbre (1)

Cent par cent s'élancent pour combattre — Les ouragans, de leurs antres profonds, — L'écume croît depuis la base — Et va jusqu'à blanchir les sphères cristallines, — Elle s'anime au souffle qui de l'astre — Sortit, en rompant la prison de roche.

Déjà la foule confuse et affligée, — Voyant les hautes antennes rompues, — Et que la fureur du trident azuré — Par des monts de cristal le navire frappait, — Voyant le pilote, sur le front duquel — Se trouvait la fin mortelle de sa déroute, — Voyant les vagues de plus en plus menaçantes — Offre ses bagages à la mer, lance des cris dans les airs.

Les vagues jouent immédiatement — Leurs armes contre la nageante troupe, — De terribles coups face à face elles lui portent — Sans que de sa robe l'écu se déchire : — Tout est contraire, jusqu'à la mer croissante — Et les gémissements qui vont chercher la poupe ; — Leurs bras rament avec de vains efforts, — Toute la mer n'est que bras, toute la mer n'est que mains.

(1) C'était de l'année l'heureuse saison, — Quand la blanche élévation du sommet —

> Desde la quarta esphera luminosa
> Templava el ardimiento de su lumbre :
> Aqui la primavera deliciosa,
> Librada de la vasta pesadumbre
> Del cano invierno, sacudiendo nieve,
> Flores desata, si cristales bebe.

> No los de Chipre huertos ò pensiles
> Lucir pudieran en su sitio hermoso :
> Alentando los brios juveniles
> El nieto de la espuma poderoso,
> Eternos viven los del tiempo abriles,
> Sin marchitar su termino famoso,
> Los tres del año fuertes enemigos.
> De tanta rabia con raçon testigos.

Comme son titre l'indique le poème roule sur les travaux de Job; il est divisé en six *visions*, écrit sur des mètres divers, et où sont intercalés de temps en temps des passages des psaumes, traduits avec une rare énergie. L'auteur avait vingt-cinq ans, lorsqu'il composa ce poème, ainsi qu'il l'avoue lui-même dans l'introduction.

> Al tiempo cuando la estacion florida
> Alegre primavera de la vida,
> La tierna infancia de su edad ardiente
> Daua el primero passo en el oriente,
> Anteponiendo Flora los abriles
> A mis primeros años juveniles.

> Al tiempo, si, cuando le hicieron salva
> Mis vitales espiritus al alva,
> Y en cinco lustros de laurel segundo
> Vi coronado este pequeño mundo (1).

Rodriguez de Castro ne dit rien de cet auteur, bien digne, sous tous les rapports, de figurer dans sa *Biblioteca*.

CHAP. XXVII, page 19. — La traduction de l'*Orlando*, par Jeronimo de Urrea, s'imprima avant 1550. Déjà, en 1549, il s'en était fait à Anvers, une édition que

---

De la quatrième sphère lumineuse — Tempérait l'ardeur de sa lumière : — Là, le délicieux printemps, — Délivré de l'immense chagrin — Du glacial hiver, secoue la neige, — Détache les fleurs, s'il boit la rosée cristalline.

Non les vergers, ni les jardins de Chypre, — N'auraient pu briller dans leur beau séjour ; — En nourrissant les ardeurs juvéniles. — Le petit-fils puissant de l'écume, — Les avrils du temps vivent éternels, — Sans que puissent flétrir son terme fameux, — Les trois forts ennemis de l'année — Témoins avec raison d'une rage si grande.

(1) Du temps où la saison fleurie, — Joyeux printemps de la vie, — La tendre enfance dans l'ardeur de son âge, — Donnait le premier pas en Orient, — Flore préférait les avrils — Aux premières années de ma jeunesse.

Au temps où, oui, quand le sauvèrent, — A l'aube mes esprits vitaux — Et que par cinq lustres, de laurier favorable — J'ai vu ce petit monde couronné.

nous avons vue, et ce n'était probablement pas la première, d'après les qualités du livre. Il fut deux fois traduit en castillan ; la première, en prose, par Diego Vazquez de Contreras, Madrid, Francisco Sanchez, 1585, in-folio ; la seconde, par Hernando, de Alcozer, habitant de Tolède, *Orlando furioso, de Ludivico* (sic) *Ariosto, nuc-vamente traducido* de Bervo ad Bervum *del vulgar toscano en el nuestro castellano*, par Hernando Alçozer, *con una moral exposicion en cada canto y una breve declaracion en prosa al principio para saber de donde la obra se deriva.* Tolède, chez Juan Ferrer, año de MDL, in-4°, 217 feuilles et quatre de préliminaires. L'auteur, sur lequel nous ne savons rien, puisque Nicolas Antonio ne parvint même pas à voir son ouvrage, dit dans la préface au lecteur : « Porque muchas personas « aficionadas à la altissima composicion del Ariosto en su *Furioso*, dexaban « de gozar de la dulçura y primor de tan sublimado poema, por no tener entero « conoscimiento y práctica de la lengua toscana me decidi á trasladarlo al Cas- « tellano, quanto mas fielmente pude (1). » Ainsi fit Alcocer, comme on peut le voir par la première octave, qui ressemble plus à de la prose qu'à des vers.

> Las damas, caualleros, armas, amores
> Y grandes hechos, quiero aqui cantar,
> Que fueron, quando moros vencedores
> De Africa en Francia passaron la mar,
> Seguiendo yras, sañas y furores
> De su rey, que ha propuesto de vengar
> La muerte del famoso rey Troyano
> Contra el rey Carlo, emperador romano (2).

D'après le privilége concédé à Valladolid, le 1er août 1549, il paraît que le traducteur avait longtemps résidé en Italie, au service du roi.

Vers cette même époque se traduisit aussi, en vers castillans, le poème de Carlo Dolce, sous le titre de *El nacimiento y primeras empresas del Conde Orlando*, 1594, in-4°. Le traducteur, qui s'appelait Pero Lopez Henriquez de *Calatayud*, fut corrégidor de Valladolid.

CHAP. XXVII, *note* 2, page 21. — Le livre de Don Martin de Bolea était intitulé : *Libro de Orlando determinado, que prosigue la materia de Orlando el enamorado. compuesto por Don Martin de Bolea y Castro, dirigido à la S. C. R. M. del Rey Don Phelipe, nuestro Señor*, Lérida, chez Miguel Prats, 1578. Ni Nicolas Antonio, ni Latassa ne parvinrent à le voir ; sans cela ils ne se seraient pas trompés sur le nom de l'auteur, qu'ils nomment tous deux *D. Martin Abarca de Bolea* ; ni sur d'autres détails relatifs au livre ; c'est un petit volume, in-8°, espagnol, de 191

---

(1) Comme un grand nombre de personnes avaient du goût pour la si haute composition de l'Arioste, dans son *Furieux*, ne pouvaient jouir de la douceur et de la beauté d'un poème si fin, parce qu'elles n'avaient pas une connaissance parfaite et pratique de la langue toscane, je me suis décidé à le traduire le plus fidèlement possible.

(2) Dames, Chevaliers, armes, amours — Et hauts faits je vais ici chanter, — Tout ce qui a eu lieu, quand les Maures vainqueurs — D'Afrique en France par mer passèrent, — En suivant la colère, la rage, la fureur — De leur roi, qui s'était proposé de venger — La mort du fameux roi Troyen — Sur le roi Charles, empereur romain.

feuilles, de huit de préliminaires et de une de colophon. Il porte en tête des stances de Lupercio Léonardo y Argensola, de D. Felipe Fernandez de Heredia, et des sonnets de D. Diego Hurtado qui fut vice-roi d'Aragon, du duc de Medina-Cœli; éloges de l'ouvrage. On trouve aussi à la fin des sonnets élogieux de Bartolome Juan Leonardo y Argensola, Segismundo Fontanillas et Diego de Fuentes, auteur d'un livre intitulé *La conquista de Africa*. Bolea dit dans son prologue qu'il commença son œuvre à l'âge de dix-neuf ans et, qu'ensuite « poniendo muchos años « tierra en medio por otras ocupaciones forçosas, la acabó á los veinte y cuatro » prenant le large, pendant bon nombre d'années, par d'autres occupations forcées, il le termina à vingt-quatre ans.

Tant Nicolas Antonio que Latassa, qui le suit aveuglément dans cet article et dans beaucoup d'autres de sa *Biblioteca*, ils attribuent à Bolea un poème en octava rima, intitulé: Les *Larmes de saint Pierre, Las lagrimas de San Pedro*, imprimé à Lerida, en 1578 ; un autre sur l'*Orlando enamorado*, imprimé, dit-on, dans la même ville et la même année, enfin le *Poema de las Amazonas*, qui resta inédit. Mais il y a des motifs de croire que tous ces détails sont inexacts. La *Historia de las Amazonas* fait partie de l'*Orlando determinado*, et remplit une partie des chants III et VII comme le déclare l'auteur lui-même, lorsqu'il dit dans son prologue « Y porque « el trabajo que en la *Historia de las Amazonas* habia no muriese, de golpe, « quise, à ruego y pedimiento de muchos, entretexerla lo mejor que pudiese entre « las ficciones del Orlando y sus pares (1). »

Le sujet du poème n'est autre que la continuation de l'*Orlando innamorato*, de Boyardo, dont la traduction en castillan se répandait alors, ainsi que le poète lui-même l'indique dans le premier chant. Après avoir invoqué la faveur et l'aide du roi Philippe II, à qui il dédie son œuvre, il ajoute :

> Ya el buen conde Boyardo de Escandiano
> Començó lo de Orlando enamorado,
> Y agora poco tiempo ha un valenciano.
> En nuestro vulgar claro lo ha tornado.
> Yo solo tentaré provar la mano
> Desde donde el postrero lo ha dexado,
> Prosiguiendo à mi gusto en tal historia
> Lo menos digno de credito y memoria.

> En cántos diez y seis pienso empeçarlo
> Y al cabo, Rey supremo, repararme (2),

---

(1) « Pour que le travail qu'il y avait dans l'histoire des Amazones ne périt pas du coup, j'ai cherché, sur la prière et à la demande d'un grand nombre de personnes, à l'introduire, le mieux que j'ai pu, dans les fictions de l'*Orlando* et de ses pairs. »

(2) Déjà le bon comte Boyardo d'Escandian — A commencé l'*Orlando enamorado*, — Et maintenant, il y a peu de temps, un Valencien — En notre claire langue vulgaire l'a traduit. — Moi je tenterai, seul, d'essayer la main, — A partir du point où le dernier l'a laissé, — En poursuivant, selon mon goût, dans une histoire pareille, — Ce qui est moins digne de foi et de mémoire.

En seize chants j'ai pensé de le commencer — Et, enfin, ô Roi suprème, j'ai réfléchi, —

Por si no fuere à gusto el publicarlo,
No tomar mas trabajo ni cansarme.
Mas si ello meresciere el acabarlo
A dicho de discretos, con tornarme
Al cansancio se hará con mas aliento,
De ver que en parte à algunos da contento.

Le Valencien, dont il est ici question, ne peut être que Francisco Garrido de Villena, qui avait déjà imprimé, en 1577, *Los tres libros de Matheo Maria Boyardo, conde de Scandiano, Llamados Orlando enamorado.* Mais, outre que Fuster ne le comprend pas dans sa *Biblioteca Valenciana*, il reste la difficulté suivante : Nicolas Antonio le fait naître à Baeza, et notre auteur à Alcalà de Henarés. Pour nous, nous inclinons à croire que Garrido de Villena était effectivement natif de Valence. D'abord son œuvre est dédiée à D. Pedro Luis Galceran de Borgia, cousin du duc de Gandie et illustre personnage de ce royaume, et ensuite parce que, dans le neuvième chant du livre troisième, où se continue « el vano amor de Flordespina « con Bradamante, » le poète introduit un éloge des Borgia et donne divers noms valenciens, tels que Luis de Santangel, Gaspar de Romani, Lloriz et d'autres. Quant au célèbre Jaime Juan Falco, il en parle en ces termes :

Veo à Falco, que tanto ha celebrado
Al sacro Turia donde fué nascido,
Por todas las Esperias bien nombrado.
Y su campoña bien lo ha merescido.
Quan grande y quan gentil vuelo que ha dado,
Que del gran Mantuano ha merescido.
El lauro por la frente, y mas le toca
El mesmo su campoña con la boca (1).

Quant au poème de Bolea, nous pouvons dire qu'il est aussi disparate que tous les autres poèmes de ce genre. Il est emprunté en grande partie de la chronique fabuleuse de l'archevêque Turpin ; le peu que l'auteur y a mis de son crû, ne révèle ni génie ni invention. L'épisode où Escardano raconte l'histoire des Amazones et l'incendie du temple d'Éphèse est déplacé et n'offre, en outre, rien de nouveau.

La description que contient le quatrième chant du château, appelé *Casa de la Memoria*, est un peu plus heureuse. Ce château est peuplé de statues, rempli des bustes des principaux héros de l'antiquité : tout cela lui fournit la matière de deux ou trois chants, dans lesquels il raconte les exploits des Romains, sans oublier les hauts faits de sa propre patrie, jusqu'à la célèbre victoire de Lépante. Là se trou-

---

Que, s'il n'était pas de votre goût de le publier, — Je n'avais pas à travailler davantage ni à me fatiguer. — Mais s'il méritait d'être terminé, — Au dire de compétents, je retournerai — A la fatigue, et je le ferai avec plus d'ardeur — En voyant qu'il donne en partie à quelques-uns contentement.

(1) Je vois Falco, qui a tant célébré — Le sacré Turia où il est né — Dans toutes les Hespéries bien renommé. — Et sa musette l'a bien mérité. — Il a pris un vol si grand et si gentil, — Qu'il a mérité du grand poète de Mantoue — Le laurier pour son front — Et il touche encore mieux — Lui-même de sa bouche son chalumeau.

vent, par moments, des vers pleins de facilité ; mais cette qualité est si commune chez tous les poètes de tous les temps en Espagne, qu'elle mérite à peine d'être mentionnée.

L'autre poème attribué à Bolea, *Las lagrimas de San Pedro*, nous n'avons pu le voir, et s'il s'imprima, ce ne dut être qu'une traduction du poème qu'avait composé l'Italien Luis Tansilo, sous le titre de *Le lagrime de San Pietro, poema heroïco sacro*, et que traduisirent en castillan Damian Alvarez (Naples, 1613, in-8º), Juan Sedeño et Luis Galvez de Montalvo (Tolède, 1587, in-8º). Bolea publia aussi une traduction castillane, ou plutôt un résumé, des voyages du Vénitien Marco Polo, avec des additions, œuvre qui s'imprima à Saragosse, en 1601, in-8º, sous ce titre : *Historia de las grandezas y cosas maravillosas de las provincias orientales*, etc., sans avertir qu'elle avait été déjà traduite par Rodrigo Fernandez de Santaella, et imprimée quatre fois, à Tolède, en 1507, à Séville, en 1518 et 1520, à Logroño, en 1529, toujours in-folio.

Nous croyons inutile d'avertir que des deux poèmes, cités dans la note de Ticknor, comme œuvres de Bolea, c'est-à-dire l'*Orlando enamorado* et l'*Orlando determinado*, Bolea n'écrivit que ce dernier. Il reste évident que Nicolas Antonio et Latassa ont fait deux ouvrages distincts du titre d'un seul livre qu'ils n'avaient pu voir.

CHAP. XXVII, *note 2, page 22.* — *Florando de Castilla, Lauro de Cavalleros, compuesto en octava rima por el licenciado Hieronymo de Huerta, natural de Escalona*, Alcalà, chez Juan Gracian, MDLXXXVII, in-4º, 168 feuilles et 8 de préliminaires. L'ouvrage est dédié à Dª Isabel de Porres y Zuñiga, épouse de D. Juan de Mendoza, seigneur du Fresno de Torote, plus connu comme auteur d'*El buen placer trovado, en trece discantes en tercia rima.* Il porte en une approbation en prose, par D. Alonso de Ercilla, datée de Madrid, le 27 juin 1587. Le livre se compose de treize chants en strophes de huit vers. Ce n'est pas, comme le présume Ticknor, un poème appartenant à la classe des *Orlandos*, mais un roman en vers, ou plutôt un livre de chevalerie, d'un genre moins accentué que le *Principe Celidon de Iberia*, de Gonzalo Gomez de Luque, Alcalà, 1583, in-4º; que la *Toledana discreta*, d'Eugénio Martinez, Alcalà, 1604, in-4º. Florando, chevalier d'illustre naissance, descendant d'Hercule Libio, roi d'Espagne, vivait dans le repos et dans la mollesse, livré aux vices et aux passe-temps de sa classe :

> Apartada de Marte la memoria
> Entre lascivas damas ocupado,
> Cifrando en ellas su contento y gloria (1).

Il voit en songe son illustre devancier qui lui reproche son « infâme oisiveté », lui rappelle les exploits de ses aïeux, l'excite à bannir toute paresse, à parcourir le monde, à entreprendre la carrière de l'honneur et des armes. Florando quitte donc l'Espagne, parcourt des terres lointaines, arrive en Allemagne, où a lieu sa

---

(1) Écartant le souvenir de Mars — Au milieu de dames lascives occupé, — Et faisant consister en elles son plaisir et sa gloire.

première aventure. Elle consiste dans la délivrance d'une jeune fille du nom de Claricesa, fille de l'empereur de Constantinople, en proie aux embûches et aux rigueurs d'un fort seigneur appelé Lambert, dont il triomphe dans un combat singulier.

> Sentiendo el gran tropel del castellano,
> Lamberto dexa libre la doncella,
> Toma el baston en la derecha mano
> Y á Florando amenaza con querella,
> Diciendo : « Pues me estorbas, ó tirano,
> El dulce triumpho de mi nimpha bella,
> Esperate, que sabré vengallo,
> Sin temor de tu lança ni caballo.
>
> Salta Florando con presteza al suelo,
> Que cuerpo á cuerpo no quiere ventaja :
> Claricesa levanto el rostro al cielo
> Y las manos tras un suspiro encaja :
> Tales golpes se dan los dos, que el suelo
> Temblaua, mas ninguno se aventaja,
> Cada uno se defiende con pujança,
> Se recoge, se tiende y abalança.
>
> Como celosos toros animosos,
> Que forcejando por la vaca amiga,
> Luchan con tema y con ardor furiosos,
> Trauados de los cuernos con fatiga.
> Y aqui y alli rebuelben presurosos
> Por reprimir la colera enemiga :
> Assi los dos guerreros de una suerte
> Trabajan por causar la agena muerte.
>
> Andaua con furor el cruel Lamberto,
> El coraçon en colera abrasado,

_____

(1) Sentant la grande troupe du Castillan, — Lambert laisse libre la jeune fille ; — Il prend en sa main droite la lance, — Cherche querelle à Florando, le menace, — Et lui dit : « Puisque tu m'enlèves, ô tyran, — Le doux triomphe de ma nymphe si belle, — Compte que je saurai me venger — Sans crainte de ta lance ni de ton coursier.

Florando saute vivement à terre, — Luttant corps à corps, il ne veut point d'avantage, — Claricesa lève les yeux au ciel, — Joint ses mains, pousse un soupir.—De tels coups, ils se portent tous deux, que le sol — En tremble, mais aucun n'a l'avantage, — Chacun se défend à outrance, — Se recueille, s'étend, se balance.

Tels de jaloux taureaux vigoureux — Se disputent une génisse aimée. — Ils luttent furieux avec une ardeur opiniâtre, — Ils enlacent leurs cornes, se fatiguent, — Ils se tournent çà et là, se retournent, empressés — Pour contenir la colère de l'ennemi ; — Tels les deux guerriers, de la même manière — S'efforcent et travaillent à causer la mort l'un de l'autre.

Avec fureur s'avançait le cruel Lambert, — Le cœur enflammé de colère, —

Esgrimiendo el baston con un concierto
De diestro, valeroso y gran soldado :
Quando le dexa todo el cuerpo abierto,
Quando se encoge, quando va cerrado ;
Mas esto al gran Florando no entorpece,
Antes le alienta, anima y fortalece.

Apriessa redoblados golpes tira,
A deshacer un monte suficientes ;
Qual gime de cansado, qual suspira,
Cubiertas de sudor las rojas frentes :
Al castellano el barbaro retira,
Pero él, cruxiendo de furor los dientes,
Con nueva fuerça y rabia assi se arroja,
Que presto le quedó la espada roja.

Claricesa raconte au héros ses amours malheureuses avec Ricardo, et la trahison de sa propre sœur Rosela ; motif qui lui fit abandonner la Cour du roi son
père, et venir, dans cette solitude, vivre en compagnie de Celia. Florando continue son voyage et entre en Dacie. Là, un Maure, appelé Romaguf, voulant venger la mort de son frère Paladion, défend la beauté de Dardana contre celle de
l'infante Saphyrina, fille du roi de ces contrées. Florando triomphe de Romaguf,
s'éprend de Saphyrina, défend le camp contre les amis et les partisans du Maure, et,
après un mois entier de combats, de défis, d'où le Castillan sort victorieux, comme
c'était présumable, il finit par ravir l'infante et s'enfuir avec elle en Crète. Un
magicien du nom d'Archaon, ennemi mortel de Florando, parce qu'il avait appris
qu'un fils de ce dernier et de l'infante Saphyrina devait, avec le temps, causer la
ruine de sa patrie, les suit sous la figure d'un hyppogriffe, s'empare d'un enfant
que l'infante Saphyrina met au jour sur les bords du fleuve, égare celle-ci et la
fait voyager dans des contrées éloignées. Il y a une aventure subalterne de Rosicleo, prince de Crète, ami de Florando ; Rosicleo oublie ses premières amours avec
l'infante Constantina et s'éprend de la grâce et de la beauté de Saphyrina. En apprenant la passion de Florando, il se désiste de son amour ; il sert loyalement
Florando dans ses projets et contribue à sa fuite. Constantina dédaignée, se déguise
en page, vient à la Cour du roi de Dacie, qui s'éprend d'elle. Constantina le tue,
mais peu de temps après, au sortir du palais, elle est tuée par un sanglier. Hero,
cousin du roi, la rencontre morte, et retire de son sein un enfant encore vivant,
appelé Iberiano, fils de Rosicleo. Dans le neuvième chant, l'auteur introduit *La celebrada historia de los amantes de Teruel, Marcilla y Segura*. Enfin après mille

---

Il maniait sa lance avec l'expérience — D'un habile, d'un valeureux et grand soldat ;
— Tantôt il laisse tout le corps à découvert — Tantôt il se rapetisse, tantôt il se renferme : — Mais cette tactique le grand Florando n'endort point, — Au contraire, elle
l'anime, l'encourage, le fortifie.

Rapide, il porte des coups redoublés — Capables de démolir une montagne. —
Tantôt il gémit de fatigue, tantôt il soupire, — Inondé de sueur, le front en courroux.
— Sur le Castillan le barbare retombe ; — Mais lui, de fureur grinçant des dents, —
Avec une ardeur nouvelle et avec une telle rage sur lui s'élance — Que son épée bientôt
en ses mains est sanglante.

aventures, plus ou moins étranges et extraordinaires, Florando, par l'intervention d'une magicienne appelée Arcava, ennemie d'Archaon, retrouve Saphyrina et reconnaît son fils Léonido ; Ricardo épouse Claricesa, on enlève à Hero le royaume qu'il avait usurpé, on le donne à Ibériano, fils de Rosicleo et de Constantina, et le poëme se termine par l'octave suivante :

> Mas porque mis cuydados y fatiga
> Y el acudir forçoso á mi exercicio,
> Que es conservar las vidas, mas me obliga,
> Dexo á los mas ociosos este officio :
> No faltará un curioso que esto siga.
> Perdóneme el lector, pues no por vicio
> Dexo de ser en mis borrones largo,
> Sino por acudir al nuevo cargo (1).

Huerta était, en effet, médecin de profession ; il le fut même de la chambre du roi Philippe IV. Il publia plusieurs ouvrages dont la liste nous est donnée par Nicolas Antonio, *Bibl. Nov.*, tom. 1. pag. 586, et, dans ce nombre, d'excellents commentaires sur Pline.

Son *Don Florando* n'est pas une œuvre vulgaire ; on y remarque des morceaux d'une poésie des meilleures. On ne distingue pas une grande originalité dans la manière de tracer et de disposer le sujet, manifestement imité de l'*Amadis* et des autres livres de chevalerie en prose ; mais il se recommande par la pureté de sa diction et principalement par la sobriété même avec laquelle l'auteur use des ressources de son art. Par moments il emploie les petits vers ; surtout dans les lettres, comme dans la suivante de Roselo à Floribelo.

> De padecer ya cansada
> Con la fingida dureza,
> Escrivo por tu firmeza
> Contenta y desengañada.
>
> Que pues de tu pecho siento
> Lo que sentir desta puedes,
> Quiero quedar y que quedes
> Con bien dulce y sin tormento.

> No es ya razon que se abrasse
> El alma y que yo lo niegue :
> Sino que su gloria llegue,
> Antes que la vida passe.
>
> Que del disgusto deshecho
> Y nuestra ventura cierta,
> Sin consentir que esté muerta
> Entre las llamas del pecho.

---

(1) Mais puisque mes soucis et ma fatigue — Et l'obligation de me rendre à mon travail — Qui consiste à conserver les vies, m'oblige à faire plus — Je laisse ce devoir à ceux qui ont plus de loisir. — Un curieux pour le poursuivre, ne fera pas défaut. — Que le lecteur me pardonne, ce n'est par vice — Que je cesse d'être long dans mes brouillons, — Mais pour me rendre à ma fonction nouvelle.

(2) De souffrir déjà fatiguée — Avec une feinte dureté — J'écris pour ta fermeté — Contente et désillusionnée.

Puis donc que de ton cœur je sens — Ce que de celui-ci sentir tu peux, — Je veux rester et que tu restes — Avec doux bien et sans tourment.

Il n'y a pas de raison pour que s'embrase — L'âme et que je le nie ; — Mais pour que sa gloire arrive — Avant que la vie s'écoule.

Que du dégoût disparu — Et de notre bonheur certain, — Sans consentir qu'elle soit morte — Au milieu des flammes du péché.

Lleve amor la justa palma,
Pues lleua tantos despojos,
Y confórmense los ojos,
Regidos ya por un alma.

Mira que solo aficion
A tanto amor me provoca,
No con palabras de boca,
Mas con fé del coraçon.

Solo procuro sosiego
Del daño que en mi se fragua,
Por quien son mis ojos de agua
Y las entrañas de fuego.

Y assi pues mi pecho abierto
Ves, y mi poco reposo,
Sabe que lo mas dudoso,
Tendras mas seguiro y cierto.

Sola en el jardin te aguardo
Esta noche; ten secreto,
Y ven, como estás, prometo,
Sin darle parte à Ricardo.

De promessa de mi hermana
Le di : que ya no se acuerda :
Porque él las palabras pierde,
Y las obras otra gana. (Fol. 18)

Dans une autre, aussi en petits vers, on lit la stance suivante :

Y se dirà con razon
Quien de sinrazon mas usa
Que esta razon y esta escusa
Aumentan tu sinrazon (1).

Strophe qui suggéra peut-être à Cervantès les paroles qu'il met en tête du chapitre 1er de son *Quichotte*. Dans le prologue qui précède l'œuvre, Huerta donne un
avertissement qu'il ne faut pas passer sous silence. Il parle des mauvais poètes
qui mordent et critiquent les ouvrages des autres, et il s'exprime ainsi : « No dexan
« de tener parte desta culpa los famosos poetas, que por andar tan manuales
« hazen que los que no lo són, solo con mal coplear ó bien copiar tengan su nom-
« bre, porque si las obras que hazen fuessen pagadas con persuasion de señores
« ó peticion de principes, no andarian tan comunes que el romancista las vendiesse
« por suyas, y el idiota las pusiese censura, y la mujer ocupada en hilar metiese
« en ellas su cucharada; antes alcançarian estimacion por ser pocas y conocidas,
« mas dándose pagadas, que esto al fin pone valor en todo, como le quita el
« darse las cosas de balde, y mas à personas que no hazen differencia entre la

---

Que l'amour reçoive la juste palme, — Puisqu'il reçoit tant de dépouilles — Et que
soient d'accord les yeux — Déjà gouvernés par une âme.

Vois bien que seule l'affection – A tant d'amour me provoque, — Non par paroles de
la bouche, – Mais par foi profonde du cœur.

Je cherche seulement le remède — Au mal qui en moi se produit, — Pour qui mes
yeux sont pleins de larmes, — Les entrailles pleines de feu.

Ainsi donc mon cœur ouvert — Tu vois, et mon peu de repos, — Sache que ce qui
était le plus douteux, — Sera pour toi plus sûr et plus certain.

Seule, au jardin je l'attends — Cette nuit; garde le secret — Et viens, telle que tu es,
je promets — Sans en faire part à Ricardo.

De la promesse de ma sœur — Je lui ai parlé ; déjà il ne s'en souvient plus : —
Lui, il perd les paroles — Et un autre gagne les actions,

(1) Et l'on dira avec raison — Quiconque de déraison plus use — Que cette raison et
cette excuse — Augmentent ta déraison.

« *Ulixea de Homero* y las coplas de *Retrayda está la Infanta;* à personas, digo,
« que si les dezis una cancion de mucho ingenio y trabajo, os diran; Bien, bien.
« basta eso, suplico à vuestra merced vaya un poquito de lo bueno : sabido qué
« sea, es la *Vida de la Çarabanda, ramera pública del Guyacan;* el *Casa-*
« *miento de su Anton pintado;* el *Antojo de la de Campeche;* el *Testamento de*
« *Celestina,* y cosas de esta manera en que siguiendo el estragado gusto, se ocu-
« pan los buenos entendimientos. »

CHAP. XXVIII, *note* 1, page 25. — Il importe de rechercher les motifs qui portèrent
les poètes espagnols, parmi lesquels Ercilla ne fut pas le premier, à s'écarter de
la tradition historique conservée par Virgile, et à se faire zélés partisans de la
reine Didon ou Elisa Didon, comme on l'appelle. A peine connaissons-nous un
des auteurs qui ont traité le sujet, qui n'ait dépeint Enée sous les couleurs les
plus noires, ne lui ait reproché sa hardiesse et sa perfidie et son ingratitude
profonde. Peut-être, faut-il rechercher l'origine d'une sympathie si marquée dans
la manière assez romantique, assez dans le goût des livres de chevalerie avec lesquels le sujet est traité dans la *Cronica* du Roi Sage. Un poète du temps de
Philippe IV, le Père maestro Fr. Tomàs de Avellaneda, composa un poème burlesque, extrêmement gracieux, sous le titre de *Fabula de Dido y Eneas* : il y inséra des passages des vieilles romances et des vieilles canciones, dans toutes lesquelles Enée est accusé de trahison et de perfidie. Henriquez de Calatayud, qui
traduisit en octaves le poème de Carlo Dolce dit, dans sa dédicace à Philippe III,
que Virgile, accusé par sa conscience d'avoir porté un faux témoignage sur Enée,
prescrivit, par son testament, de faire brûler l'*Enéide,* mais qu'Auguste ne voulut
jamais y consentir.

A propos de la *Gigantomachia,* de Manuel de Gallegos, il nous faut prévenir
qu'il existe un autre poème, portant le même titre, par D. Francisco de Sandoval,
Saragosse, Juan de Lanax, 1630, in-8°. Ce même Sandoval publia un volume de
poésies assez estimables sous le titre de *Rasgos del ocio,* in-8°, sans indication
d'année ni de lieu d'impression.

_____

(1) « Ils ne laissent pas de participer à cette faute les fameux poètes qui circulent
« tellement dans toutes les mains qu'ils sont cause que ceux qui n'y circulent pas,
« tant par de mauvais couplets que par de bonnes copies, se font un nom : parce que
« si les œuvres qu'ils font étaient payées par la persuasion de seigneurs ou par la
« demande de princes, elles ne seraient pas si communes ; le faiseur de romances ne
« les vendrait pas comme siennes ; l'idiot ne leur infligerait pas une censure ; la femme
« occupée à filer ne s'y interposerait pas à chaque instant. Au contraire, elles augmen-
« teraient de prix, parce qu'elles seraient en petit nombre et peu connues ; elles se
« tiendraient encore pour payées, car la paie donne finalement valeur à toutes choses,
« comme elle s'enlève de donner les choses pour rien et surtout à des personnes qui ne
« mettent aucune différence entre l'Odyssée d'Homère et les stances de *Retrayda está*
« *la Infanta;* à des personnes, dis-je, que si vous leur lisez une ode de beaucoup de
« génie et bien travaillée, vous diront: Bien, bien, cela suffit ; je vous en supplie,
« donnez-nous un petit peu du bon ; savez-vous ce que c'est : la *Vida de la Çarabanda*
« *rámera publica del Guyacan ;* le *Casamiento de su Anton pintado :* l'*Antojo de la*
« *Campeche ;* le *Testamento de Celestina,* et des compositions de ce genre qui, suivant
« le goût dépravé, font l'occupation des bonnes intelligences. »

CHAP. XXVIII, *note* 1, page 26. — Au nombre des fables en vers dignes d'être citées, il ne faut pas oublier l'*Endimion* ou, comme on peut le lire ailleurs, *La Luna y Endimion*, de Marcelo Diaz Callecerrada, Madrid, chez Luis Sanchez, 1627, in-4°. L'auteur suit l'école de Lope de Véga qu'il appelle son maître, et se montre résolu à imiter le style clair et certain de Castille, « el estilo claro y cierto de Castilla », « contre lequel s'élevaient alors des forteresses de vains préjugés « fondés seulement sur l'obscurité ; « se levantaban entonces torres de presunciones « vanas, fundadas solo sobre la obscuridad ». Il adresse son œuvre à D. Martin Rodriguez de Guzman y Ledesma, qui composa aussi, paraît-il, pendant son rectorat de l'Université de Salamanque, une fable sous le nom de *Pomona*. L'*Endimion* est divisé en trois chants, écrit en octaves faciles et harmonieuses ; et le sujet est tiré de la fable bien connue des amours de la Lune et d'Endymion. Dégagée de toute affectation, l'œuvre se recommande par sa bonne versification et par-dessus tout par une certaine étude pour éviter la contagion générale de *culteranisme*, régnant alors sans rival. « Por lo que toca á las palabras, dit l'auteur dans sa préface au lec-« teur, á cuyo ruido atienden primeramente muchos en este cultivado siglo, te digo « con brevedad que de tel manera buscamos el resplendor hermoso y el agra-« dable sonido, que se diga alguna cosa que llames sin indignidad sustancia (1). » L'œuvre porte l'approbation de Juan de Jauregui et de Lope de Véga.

Au même genre appartiennent les deux fables de *Teseo y Ariatna*, d'*Hipomenes y Atalanta*, de Miguel Colodrero de Villalobos, dans ses *Rimas*, Cordoue, 1529, in-4° ; une autre d'*Atalanta*, par Cespedes, et qui se trouve dans la collection d'Alfay, pag. 90 ; celle de *Jupiter y Europa*, par Jusepe Laporta, dans la même collection, pag. 31, et celles que Castillo Solorzano insère dans ses *Donayres del Parnaso*, Madrid, 1624, in-8°. On peut dire qu'il y eut à peine un poète de cette époque qui n'essayât ses forces dans ce genre, avec plus ou moins de succès. Tous néanmoins péchaient d'ordinaire par le peu d'originalité, puisque tous ces petits poèmes sont calqués sur un même modèle.

CHAP. XXVIII, *note* 1, page 27. — Sans nous engager maintenant dans la défense de la tradition des *Amants de Téruel*, nous nous contenterons de faire observer qu'un demi-siècle avant la publication de l'*Epopeya tragica*, par Yagüe de Salas, le fait était connu et chanté par nos poètes et ne peut, par conséquent, comme on le prétend, être de l'invention de cet auteur. Nous l'avons déjà dit plus haut page. 492. — Jeronimo Huerta, dans le chant IX de son *Florando de Castilla*, introduit, sous forme d'épisode, *La celebrada historia de los Amantes de Téruel, Marcilla y Segura*, histoire qu'il traitait de la même manière que le fit plus tard Yagüe. En 1599, Francisco Rey de Artieda, aragonais, publiait ses *Amantes de Téruel*. Enfin dans la bibliothèque si riche du duc et de la duchesse de Marlborough, au château de Blenheim, en Angleterre, nous avons vu en 1838, entre autres livres curieux et entièrement inconnus de notre littérature ancienne, assez oubliée, un petit volume in-8°, de quelques feuilles, intitulé : *Historia lastimosa*

---

(1) « Quant à ce qui touche aux mots dont le bruit attire premièrement un grand nombre d'écrivains dans ce siècle cultivé, je te dirai brièvement que nous recherchons de telle manière la belle splendeur et le son agréable que l'on exprime une chose qu'on puisse appeller sans indignité substance. »

y sentida de los dos tiernos amantes Marcilla y Segara, naturales de Téruel, ahora nuevamente copilada y dada à luz por Pedro de Alventosa, *vecino de dicha ciudad.* L'ouvrage est écrit en redondillas ; il a la forme et la grandeur des histoires populaires imprimées dans ce temps. C'est un in-4º de 16 feuilles, à deux colonnes ; il se divise en trois parties. Il ne porte aucune indication d'année ni de lieu d'impression, mais le genre de caractère, appartenant à celui que l'on appelle Tortis, gothique, nous porte croire qu'il s'imprima, au plus tard, en 1555.

Dans un petit ouvrage, assez ingénieux, composé en 1577 par Bartolomé de Villalba y Estaña, jeune homme habitant de Xerica, sous le titre de *Los veinte libros del peregrino curioso y grandezas de España,* dédié au duc de Savoie, prince du Piémont, se trouve aussi introduite la *Verisima historia de los Amantes de Teruel.* Ce livre ne s'est jamais imprimé. On doit certainement le regretter ; son plan est bien un peu désordonné, mais il renferme des vers excellents, des anecdotes charmantes, et il peint fort bien les mœurs de son époque.

CHAP. XXVIII, *note* 1, *page* 30. — Nous ne croyons pas que la perte de l'*Asneida* soit une perte très-grande, si nous en jugeons par un livre du même Cosme intitulé : *Invectiva contra el Vulgo y su maledicencia, con otras octavas y versos,* Madrid, chez Luis Sanchez, 1591, in-8º, 53 feuillets et 11 de préliminaires. L'*Invectiva* est un petit poème de cent vingt-deux octaves, où l'auteur blâme les vices de la multitude, dépeint par des couleurs assez vives et avec une certaine animosité, son inconstance et son injustice. Des allusions relatives à sa personne font connaître que les poésies de Cosme ne furent pas aussi agréables au public que les vers de son frère Francisco. En effet, il dit dans un passage :

> ¿ No tienes en memoria, o vulgo, quando
> Un libro á luz saqué para tus daños,
> En donde passo à passo yba contando
> Mil tuyas sinrazones, mil engaños?
> Pues no quieras tu mal yr renovando,
> Ya que esto te passó ya ha muchos años.
> Para doblar tus ansias y dolores
> Con venir à escuchar cosas mayores (1).

Et plus loin :

> Si por aver escrito en verso ó prosa
> Contra tu ser tan miserable y vano
> Persiguiéndome vas con tan rabiosa
> Lengua y con un furor tan inhumano,
> Agora que de ti non digo cosa
> Que te ofenda, ¿ porque tratable y llano (2)

---

(1) Ne conserves-tu pas dans ta mémoire, ó vulgaire, qu'un jour — J'ai fait paraître un volume pour ta perte, — Là, pas à pas je racontais — Tes mille erreurs, tes mille tromperies. — N'aille donc pas renouveler ton mal — Puisqu'il y a déjà longues années que le fait s'est passé — Ni redoubler tes angoisses, et tes douleurs, — Ni venir entendre des reproches plus graves.

(2) Si pour avoir écrit en vers ou en prose — Contre toi, être misérable et si vain, — Tu m'as poursuivie de ta rage, — De ta langue, avec une fureur sans pitié, — Maintenant que je ne dis rien de toi — Qui puisse t'offenser, pourquoi ne te montres-tu

Mas no te muestras, vulgo, y no me dexas,
Bivir, antes doblar házes mis quexas?

Nuevos libros en luz porné, te digo,
Y formarè mayores invectivas,
Pues eres de virtud tan enemigo,
Que es manzilla y dolor que al mundo vivas;
Pero si alguna vez yo te persigo,
Y es forçoso que mal de mi recibas,
Tienes la culpa tú con perseguirme
Y cien mil veces sin razon herirme.

Nota ora bien que si en agena lengua
Contra tu condicion horrible y fiera
Escrebi, bien sera que à mas se venga;
En mi materna y natural Ibera.
Otro libro harè que en si contenga
Desde la primera falta à la postrera
De tu ser triste, vil, baxo y precito,
Si ya contarse puede lo infinito (1).

Viennent ensuite quelques poésies légères, des octaves de Pedro Ferrer à Cosme
de Aldana sur un jugement qu'il avait fait de trois dames, en déclarant l'une d'elles la plus belle ; des demandes et des réponses de ce dernier sur l'amour et ses
effets; des octaves et plusieurs sonnets de Cosme à la louange de Fadrique Furiò
Ceriol, gentilhomme de Valence; d'autres sonnets dédiés au commandeur Juan
Ruiz de Herrera, à Fr. Pedro de Padilla, à Gabriel Lasso de la Vega ; enfin des
redondillas de l'auteur « à Dieu, Notre Seigneur », et une épître du berger Cos-
denio Aldino (Cosme de Aldana), au berger Bernadio Figuerio (Hernando de Figueroa), et deux autres compositions, dont une critique amèrement un poème
récemment imprimé.

Le volume est dédié à Francisco de Idiaquez, secrétaire d'État de Philippe II.
Dans son éloge, Cosme insère des sonnets pleins d'une affectation ridicule et de la
plus basse flatterie. Il joue sur le nom d'Idiaques (Y dia que es) et il l'appelle
lumière de l'univers, soleil qui dissipe les ténébres de l'humanité, torche régéné-
ratrice de l'État, etc.

Nicolas Antonio prétend que Cosme fut gentilhomme du duc de Florence, et

---

(1) pas — Traitable et calme, ô vulgaire, et ne me laisses-tu pas — Vivre tranquille, au
lieu de me faire redoubler mes plaintes? = Je mettrai au jour de nouveaux livres, je
te le dis, — Je t'adresserai des invectives plus violentes. — Tu es si ennemi de la vertu
— Que c'est une honte, un opprobre de te voir vivre en ce monde, — Mais si parfois je
te poursuis, — Si forcément tu reçois de moi quelque mal — C'est ta faute, à toi, qui
me poursuis — Et qui me blesses cent fois sans raison. = Note bien maintenant que
si dans une langue étrangère, — Contre ton horrible et sauvage condition — J'ai écrit,
ce sera un bien d'aller au-delà; — Dans ma langue maternelle, dans mon idiome national de l'Ibérie — Je composerai un autre livre qui contiendra — De la première à
la dernière faute — De ton existence triste, vile, basse et damnée, — Si l'infini déjà
peut se raconter.

qu'il imprima dans la dite ville, en 1578, un opuscule intitulé : *Discorso contra il volgo in cui con buone raggioni si riprovano molte sue false opinioni*. C'est peut-être le même ouvrage auquel Cosme fait allusion dans les vers cités plus haut, sans dire s'il est en prose ou en vers. Si ce fait était certain, nous devrions supposer que son *Invectiva* est la traduction de cet écrit. Quoiqu'il en soit, il l'imprima toujours pour la première fois, à Milan, en castillan. Dans la licence pour l'impression du livre, licence accordée le 31 janvier 1591, on lit ce qui suit : « Por quanto por « parte de vos, Cosme de Aldana, nos fuè fecha relacion que vos aviades compuesto « dos libros, primera y segunda parte, y otro, intitulado *Reconocimiento* y *lloro* « *de pecados*, y otras muchas cosas en lo qual aviades puesto mucho trabajo y « cuidado. Y por que se avian impresso en Italia por ser obras muy utiles, etc., « nos pedistes y suplicastes vos mandassemos dar licencia para los poder impri- « mir, etc. »

CHAP. XXVIII, *note* 1, page 35. — Il existe une autre édition de l'*Austriada* : elle vient en troisième ordre, et a été publiée à Alcalà, par Juan Gracian, 1586, in-8°. Outre ses *Seiscientas apotegmas*, Tolède, 1596, in-8°, il composa un autre ouvrage intitulé *Las trescientas*, sur un sujet analogue, puisque ce n'est qu'une collection de contes, bons mots, anecdotes et moralités.

CHAP. XXVIII, *note* 1, page 37. — L'œuvre de Diaz porte pour titre *Varias obras de* Duarte Diaz, *em lingoa portugesa* (sic) *e castelhana, dirigidas à* Dª *Margarita Cor-terreal*. Madrid, Luis Sanchez, 1592, in4° de 75 feuilles. Elle contient des poésies dé-tachées, sonnets, odes, élégies, tercets, sixains et autres formes du vers italien, sur des sujets amoureux ou badins. Plusieurs de ces sonnets sont en trois langues castillane, portugaise et italienne ; le volume contient aussi des *Estancias ó leyes contra los mirones al juego*, adressées au Maesse de Campo D. Luis Enriquez ; une *Vida del Maesse de Campo Bermudez de Santissio* en tercets ; divers énigmes et gloses à la manière antique ; enfin, un sonnet à Alonso de Ercilla, le suppliant d'examiner promptement un de ses ouvrages soumis à son approbation. C'était peut-être la *Conquista de Granada* . Voici ce sonnet , comme spécimen du style de Diaz.

> Si en el gallardo pecho castellano
> Tanto puede el amor, como se muestra
> En blanda, dulce y regalada muestra,
> Por mil escritos descubierto y llano :
>
> Y si la dura y tenebrosa mano
> De la ausencia cruel, siempre siniestra,
> Tocò, Señor, jamas el alma vuestra,
> Derramando mil lagrimas en vano (1);

---

(1) Si dans le gaillard cœur castillan — Tant peut l'amour, comme le témoigne — La charmante, douce et délicate preuve — En mille écrits découverte et manifeste.

Et si la dure et ténébreuse main — De l'absence cruelle, toujours fatale, — Touche jamais, Seigneur, votre âme, — Versant en vain des larmes infinies ;

O si acasso la quexa que despide
Una alma portuguesa puede tanto,
Que castellanas almas enternezca ;

Presteza el corazon os ruega y pide,
Porque saliendo, el esperado canto
A la presencia de mi sol ofrezca.

Remarquons que le même Ercilla approuva sa *Conquista de Granada*, production de peu de valeur, chronique rimée plutôt que poème. En effet, ainsi que le
dit Ercilla, dans l'approbation qu'il signa avec Lucas Camargo « Il s'attacha fort
à l'histoire, comme l'écrivait Antonio de Lebrija, » « Va muy arrimado á la historia,
segun la escribio Antonio de Lebrija » .

Parmi les poèmes héroïques ou descriptifs, publiés vers la fin du seizième siècle
ou au commencement du dix-septième, les suivants méritent une mention, non pour
leur valeur qui est faible ; mais parce qu'ils marquent jusqu'à un certain point les
progrès du genre .

I.

*Breve relacion en octava rima de la jornada que ha hecho el Ilmo. y Excmo .
Señor duque de Alva desde España hasta los Estados de Flandes*, composée par
Balthasar de Vargas ; Anveres, en casa de Amato Tavernerio, 1568. C'est un petit
volume, petit in-8°, de cinquante-six feuillets sans foliation, composé de deux cent
vingt-neuf octaves, en un seul chant. La versification en est assez médiocre et la
valeur littéraire bien faible, sinon nulle.

II.

Primera parte de La Murgetana *del Oriolano, guerras y conquista del Reyno
de Murcia, por el Rey D. Jaime I, de Aragon. Con la redempcion del castillo de
Origuela, donde se illustra casi toda la nobleza de España*, etc., composée par
Gaspar Garcia Oriolano, Valence chez Juan Vicente Franco, 1608, in-8°. Cinq cents
octaves, divisées en quatre chants, sans aucune valeur poétique. L'auteur s'était
proposé d'écrire l'histoire d'Orihuela, sa ville natale, et il composa une véritable
chronique en vers, d'après les écrits de Fr. Gauberto Fabricio Bagad, Mièdes, Valera, Florian de Ocampo, Carbonell, Beuter et autres chroniqueurs, et d'après les
pièces et documents des archives de Murcie, d'Orihuela et de Lorca. L'auteur
l'avoue lui-même, dans son Épître au lecteur, où il qualifie son œuvre de « Verdades en verso, vérités en vers », et où il ajoute qu'il n'a introduit, dans son poème,
que trois inventions, celle du mage Porman, celle de la Pythonisse, et celle du
lac Canigou, dans le comté du Roussillon. A la fin du livre et sous le titre de *Dé-
claracion de los nombres antiguos*, se trouve un traité sur la fondation de la ville
d'Orihuela et sur l'antiquité de la ville d'Oliva. Il y avait aussi la promesse d'une
seconde partie qui ne s'est jamais imprimée.

Ou si par hasard la plainte, que soupire -- Une âme portugaise, a tant de force qu'elle
puisse -- Des ames castillanes attendrir ;

Vivacité le cœur vous demande, en suppliant, -- Pour que mis au jour, mon chant,
si attendu, -- Je puisse l'offrir et le présenter à mon soleil.

III.

Octavas rimas à la insigne victoria que la serenissima Alteza del Principe Filiberto ha tenido, conseguida por el marques de Santa Cruz etc., *contra tres galeones del famoso corsario Ali Arraez Ravasin*, par Diego Duque de Estrada, Messine, 1624, in-4°. L'auteur qui assista à la dite rencontre sur la plage de Biserte, fait une peinture animée du combat, nomme les chefs et capitaines qui y prirent part, et célèbre les exploits de commandant de la flotte, le marquis de Santa Cruz. Le poème se compose de cent quatre octaves.

IV.

Laurentina : poema heroico de la victoria naval que tuvo contra olandeses D. Fadrique de Toledo Osorio, marques de Villanueva de Balduesa etc., *en el estrecho de Gibraltar, el año* 1621, *dia del Inclyto martyr español san Laurencio,* par Gabriel de Ayrolo Calan, Juan Borja, Cadix, 1524, un volume in-8°, de 75 feuillets et 8 de préliminaires. L'auteur était natif du Mexique, où il écrivit son poème, et chantre de l'église cathédrale de Guadalajara, dans la Nouvelle Espagne. Le poème se compose d'octaves faciles, telles que la suivante.

> Rompa la fama el diamantino muro,
> Donde à pesar del timido Letheo
> Vive immortal, porque en lugar seguro
> Memorias cante de naval tropheo.
> Entone su clarin mas terso y puro,
> Vença esta vez la citara de Orpheo,
> Pues ya del alba el esplendor segundo
> Solemnizan los terminos del mundo (1).

Nicolas Antonio ne parle pas de cet auteur, qui publia encore un volume de poésies détachées, sous le titre de *Pensil de Principes*, Séville, 1617, in-4°.

V.

Expulsion de los Moriscos rebeldes de la Sierra y Muela de Cortes, por Simeon Zapata valenciano; composée par Vicente Perez de Culla, Valence, Juan Bautista Marçal, 1635, in-4°. Le livre se compose de deux cent quatre-vingt-une octaves, divisées en cinq chants : le premier raconte la perte de l'Espagne par le roi D. Rodrigue, sa reconquête par Pelage, jusqu'à l'expulsion des Maures, en 1612. L'unique incident épique, c'est une conversation de Siméon Zapata avec une nymphe du Turia, où la nymphe engage le guerrier à prendre à sa charge l'expulsion des rebelles.

---

(1) Puisse la renommée rompre le mur d'airain — Où malgré le redoutable Léthé — Il vit immortel, pour qu'en lieu sûr — Il chante la mémoire de la victoire navale. — Que sa trompette résonne plus claire et plus pure, — Qu'elle triomphe cette fois de la lyre d'Orphee, —Puisque déjà les splendeurs de l'aube brillante — Se célèbrent dans les confins du monde.

VI.

La Iffanta (sic) *coronada por el rey D. Pedro, D⁴ Inés de Castro*, en seis cantos de octava rima, por Joao Soarez de Alarcan (Alarcon,) Lisbonne, 1606, in-4° de 84 feuillets. Ce livre traite des amours malheureuses de l'infant D. Pedro de Portugal, de la colère de son père, de l'emprisonnement et de la mort de Dᵃ Inès, et de l'étrange résolution que prit le prince, dès son avénement au trône, d'exhumer le cadavre de son épouse, et de lui faire prêter serment comme reine du Portugal. Il y a dans ce poème des octaves assez bonnes, quoique la langue ne soit pas toujours aussi pure qu'elle aurait pu l'être. Ce fait ne doit causer aucune surprise, si l'on veut considérer que l'auteur était Portugais et un des nombreux poètes de cette nation qui abandonnèrent la langue maternelle et employèrent le castillan dans leurs écrits. Les chants II et III sont purement épisodiques; sous forme de prophétie et par la bouche du sage Lycaon, on y raconte les découvertes et les conquêtes des Portugais dans l'Inde Orientale; artifice trop commun et trop vulgaire en ce genre d'ouvrages pour paraître, le moins du monde, nouveau. Dans le cinquième, le poète a recours à un autre moyen, moins usé; il suppose que D. Pedro va visiter le lieu où Dⁱ Inés était enterrée; que là il fut enlevé par un esprit infernal et transporté dans un champ, où cet esprit lui montre les sépultures de tous les poètes célèbres, anciens ou modernes, sans oublier Pétrarque, le Tasse, Boscan, Garcilaso, Mendoza, Camoens, et d'autres d'une moins grande renommée.

CHAP. XXVIII, *note* 1, page 39. — Juan de la Cueva composa en outre un volume de poésies, imprimé en 1581, *Obras*, Séville, Andrea Pescioni, in-8° de 139 feuillets, livre excessivement rare; nous n'en connaissons que l'exemplaire que nous avons sous les yeux. Il contient des sonnets, des élégies, des canciones du genre italien, des madrigaux; à la fin se trouvent trois églogues suivies du *Llanto de Vénus en la muerte de Adonis*.

Juan de la Cueva composa une seconde partie, qui ne s'est jamais publiée; elle est conservée original et autographe dans la bibliothèque choisie du duc de Gor, à Grenade. C'est un volume in-4°, assez fort, qui contient : 1° sept églogues pastorales, la plus grande partie en tercets; 2° *Los amores de Marte y Venus*, petit poème en octaves, dédié à D. Enrique de la Cueva; 3° *El llanto de Venus*; 4° *Historia de la Cueva*, dédiée à Dᵃ Ana Tellez Giron; poème chevaleresque où se racontent les exploits de D. Beltran, ascendant et chef de la famille, qui mérita le surnom de la Cueva, pour avoir tué un dragon ou hyppogriffe, animal qui se cachait dans les profondeurs d'une grotte, sur la terre des Maures, et qui frappait d'épouvante tous les habitants de cette contrée; 5° *Viaje de Sannio*, dédié au marquis de Tarifa, poème didactique assez remarquable, où l'auteur donne la description de son voyage dans cette province. A la fin du volume se trouvent l'*Ejemplar poético* et le livre *De las invenciones de las cosas*.

CHAP. XXVIII, *note* 1, page 42. — Le volume de poésies auquel l'auteur fait allusion dans la première partie de cette note, a pour titre : *Soledades de Buçaco*, de Dᵃ Bernarda Ferreira de la Cerda, Lisbonne, Mathias Rodriguez, 1634. C'est un petit livre in-8°, de 135 feuillets; il contient la description, en redondillas, du désert de Buçaco, retraite des religieuses carmélites de Saint Albert de Lisbonne, auxquelles il dédie son livre. Il contient aussi d'autres poésies détachées sur le même sujet, et à l'occasion de la foudre qui tomba sur la dite retraite, en l'année 1630. Trois de ces compositions sont en portugais, deux autres en latin sur le mètre et la mesure castillane; il y a aussi un sonnet en italien. L'auteur D⁴ Bernada y montre moins d'affectation et de purisme que dans son poème de l'*Hespaña libertada*. Ses *Soledades* offrent plus de naturel et de simplicité; leurs vers sont aisés, faciles et agréables, comme on peut en juger par les stances suivantes de l'introduction :

Canto el desierto Buçaco,
La soledad venturosa,
Adonde habita el silencio
Y la penitencia mora :

Adonde el amor divino
Con frontera poderosa
De inexpuguables peñascos
Sus enemigos asombra.

Bella musa del Carmelo,
Y de nuestra España gloria,
Que para ser sol en Alba,
Fuïstes en Avila aurora :

Claro lucero del mundo,
Que resplandeces sin sombra,
Pues canto de un rayo vuestro,
Vuestra luz invoco hermosa.

Dadme, divina maestra
Desta soledad graciosa,
Gracia para que describa
Sus gracias al mundo solas.

Humilde, mas confiada,
La pluma mia se postra
A vuestros pies, porque vuele
Y las altas nubes rompa.

Y si la mirais, espero
Que Buçaco de los hojas
De sus hermosos laureles
Texa à mis sienes corona.

A la fin est insérée une lettre d'un Castillan, de Lope de Véga peut-être, élogieuse pour les romances aussi riches de pensées qu'ornées de tropes et de figures qui témoignent de l'étude, de la grâce et de l'esprit supérieur de cette femme poète. Il y règne aussi un certain air d'incrédulité, parce que l'auteur de la lettre n'a jamais vu le désert où notre poète découvre tant de félicités. A ce sujet, D⁴ Bernarda insère une longue réponse en prose, attestant une érudition classique des meilleures et pleine de citations des meilleurs poètes de l'antiquité.

Quant à Juan de Ovando Santaren Gomez de Loaysa, cité à la fin de la dite note, comme auteur de l'*Orfeo militar*, nous devons remarquer qu'il composa un autre volume de poésies intitulé : *Ocios de Castalia en diversos poemas*; Malaga, Mateo

---

(1) Je chante le désert de Buçaco — La solitude fortunée — Où le silence habite — Et où demeure la pénitence ⹀ Où l'amour divin — Par la frontière puissante — De rochers inexpugnables — Epouvante ses ennemis. ⹀ Belle muse du Carmel, — Et gloire de notre Espagne, — Qui pour être soleil dans Albe — As été aurore dans Avila: ⹀ Astre brillant du monde — Qui brilles sans ombre, — Puisque je chante un de vos rayons — J'invoque votre magnifique lumière. ⹀ Donnez-moi, divine maîtresse — De cette gracieuse solitude, — La grâce pour décrire — Au monde vos grâces uniques ⹀ Humble, mais confiante — Ma plume se précipite — A vos pieds, pour s'envoler — Et s'élever au-dessus des plus hauts nuages ⹀ Et, si vous jetez un regard sur elle, j'espère — Que Buçaco avec les feuilles — De ses magnifiques lauriers — Tressera une couronne pour mon front.

Lopez Hidalgo, 1663, in-4°, orné de planches grossières. Il contient des sonnets, des romances, des jacaras, des letrillas, des élégies et d'autres poésies sur des sujets divers, dont la plupart ont été, dit-on, composées en 1642. Il y a aussi une description élogieuse de Malaga, sa patrie, en octaves et des vers latins à la fin : le tout d'une valeur médiocre.

CHAP. XXIX, *note* 3, page 48. — Le jugement que porte notre auteur sur P. Damian de Vegas, nous paraît un peu sévère ; sans lui reconnaître toutes les qualités qui doivent faire l'ornement d'un bon poète, nous le croyons supérieur à beaucoup d'autres qui ont obtenu plus de célébrité. Sa *Poesia cristiana* contient des redondillas, des stances de cinq, de dix vers, des sonnets, des tercets, des odes. La versification en est facile, bien qu'elle manque généralement de vigueur. A la page 390, commence une comédie appelée *Jacobina* ou *la Bendicion de Isac* : elle s'ouvre par un prologue en vers endécasyllabiques ; elle a trois actes, et elle se réduit à l'histoire d'Isaac mise en action. Elle constitue une tragédie assez régulière où les unités sont observées jusqu'à un certain point. Dans le prologue du livre l'auteur reconnaît, qu'au milieu de ses poésies sacrées et morales, se trouve une comédie qui tient de l'un et de l'autre ; il l'offre à Dieu, en dîme, pour la vanité de celles qu'il composa dans sa jeunesse. Moratin n'en parle pas dans son *Catalogue*. Mais on trouve des détails biographiques dans le *Catalogo del teatro antiguo español*, par D. Cayetano Aberto de Barrera y Lerrado, Madrid, 1860.

Dans une de ses poésies intitulée *Razon de llorar*, en parlant de la peine que nous causent les actions dévotes, et de la facilité que nous avons pour celles qui nous font plaisir, il s'écrie :

Para la farsa ó comedia	Donde estaran otras seis,
Y otras cosas semejantes	Sin juzgarlas enfadosas,
Van a tomar puesto antes	Siendo todas estas cosas
Que comiencen, hora y media ;	Tan vanas como sabeis.

CHAP. XXIX, *note* 4, page 48. — Fr. Pedro de Padilla composa encore un poème en neuf chants et en octava rima, avec le titre suivant : *Grandezas y excelencias de la Virgen Señora nuestra*, Madrid, Pedro de Madrigal, 1587, in-8°. En tête se trouve le sonnet de Cervantès commençant par ce vers :

De la Virgen sin par santa y bendita.

Il publia aussi sous le titre de *Jardin espiritual*, Madrid, 1584, in-8°, une autre collection de poésies sacrées.

CHAP. XXIX, *note* 1, page 54. — Quarante-neuf ans après la publication de la collection d'Espinosa, Joseph Alfay, libraire de Saragosse, en édita un autre, sous le titre de : *Poesias varias de grandes ingenios españoles, recogidas, etc, y dedicadas à D. Francisco de la Torre, Cavallero del habito de Calatrava*, Zaragoza, por Juan de

---

(1) Pour la farce ou la comédie — Et pour d'autres choses semblables — Ils vont prendre place avant — Le commencement, une heure et demie ; — Ils y resteront autres six (heures) — Sans les trouver ennuyeuses, — Et cependant toutes ces choses sont — Aussi vaines que vous le savez.

Ybar, 1654, in-4°, 160 feuillets, cinq de préliminaires et quatre feuillets sans foliation à la fin. Cette collection contient des poésies de trente-cinq des meilleurs esprits de l'époque; les plus abondantes sont les pièces de D. Antonio de Mendoza, de Quevedo, Lope de Véga, Gongora et D. Francisco de la Torre. Elle est faite avec beaucoup de soin et le genre burlesque y domine. A la page 59 se trouvent des dizains contre Alarçon, poésies que Hartzenbusch a réimprimées dans la vie de ce poète, mise en tête de la nouvelle édition de son théâtre. On y trouve aussi des sonnets attribués à Cervantès par Salvá (*Catalogo*, part. II, p. 4). Le même Alfay publia, vingt-six ans après, à Saragosse, une autre collection non moins intéressante sous le titre de : *Delicias de Apolo: recreaciones del Parnaso por las tres Musas Urania, Euterpe y Caliope; hechas de varias poésias de los mejores ingenios de España*, Juan de Ybar, 1670, in-4°. Ces deux ouvrages sont considérés, et avec raison, comme une espèce de *Cancioneros* où se trouvent recueillies les poésies de cette époque.

La collection des poésies détachées de Cervantès, publiée à la fin du volume de ses œuvres, le premier de la collection de Rivadeneyra, n'est nullement complète. Sans aller plus loin, nous pouvons citer deux pièces qui se trouvent dans des livres imprimés. Ce sont un sonnet en l'honneur du sergent major D. Diego de Rosel y Fuenllana, auteur d'un ouvrage des plus curieux intitulé : *Primera parte de varias aplicaciones y transformaciones, las quales tractan terminos cortesanos, practica militar y casos de Estado, en prosa y en verso, con nuevos hieroglificos y algunos puntos morales*, Napoles, por Juan Domingo Roncallolo, 1613, in-4°. Voici ce sonnet.

A DON DIEGO ROSEL Y FUENLLANA, INVENTOR DE NUEVOS ARTES,
MIGUEL DE CERVANTES.

Jamàs en el jardin de Falerina
Ni en la Parnasa excessible cuesta
Se viò Rosel ni Rosa qual es esta,
Por quien gimiò la maga Dragontina.

Atràs dexa la flor que se recrina
En la del Tronto archiducal floresta,
Dexando olor por via manifiesta
Que à la region del cielo la avezina.

Crece ò mùy felice planta, crece,
Y ocupen tus pimpollos todo el orbe,
Retumbando, cruxiendo y espantando.

El Betis calle, pues el Pò enmudece
Y la muerte que à todo humano sorbe
Sola esta Rosa vaya eternizando.

L'autre sonnet se trouve dans les préliminaires à la *Minerva Sacra*, du licencié Miguel Toledano, prêtre natif de Cuença, Madrid, Juan de la Cuesta, 1616, in-8°. Toledano dédia son livre à Dª Alfonsa Gonzalez de Salazar, nonne professe du couvent de Constantinople de Madrid. Cervantès, qui était, sans aucun doute, uni à elle par quelques liens de parenté par sa femme Dª Catalina de Salazar, poussa l'auteur à y insérer le sonnet suivant adressé à Dª Alfonsa.

En vuestra sin igual dulce armonia,
Hermosisima Alfonsa, nos reserva
La nueva, la sin par Sacra Minerva,
Quanto de bueno y santo el cielo cria.

Llega el felice punto, llega el dia
En que, si os oye la infernal caterva,
Huye gimiendo al centro, y de la acerva
Region suspiros á la tierra embia.

Enfin, vos convertis el suelo en cielo
Con la voy celestial, con la hermosura,
Que os hacen parecer angel divino.

Y assi conviene que tal vez el velo
Alceis, y descubrais esa luz pura,
Que nos pone del cielo en el camino.

CHAP. XXIX, note 2, page 54. — Cette Dᵃ Christobalina s'appela Fernandez de Alarcon. Elle était native d'Antequera, très-versée dans la langue latine et dans tous les genres de littérature. Lope de Vega en fait mention dans son *Laurel de Apolo*. A ce sujet, nous ferons remarquer que le nombre des femmes poètes espagnoles est plus grand qu'on ne le croit communément. Dans le concours poétique ouvert à Tolède, en 1617, à l'occasion de la translation de l'image de la Vierge à la chapelle du Sagrario, se trouvent insérées des poésies de Dᵃ Christobalina Fernandez de Alarcon, ainsi que d'autres dames telles que Dᵃ Catalina Gudiel de Peralta, Dᵃ Juana Gaitan, Dᵃ Josefa de Salas, Dᵃ Ana Maria de Alday y Vergara, Dᵃ Manuela Pardo de Monzon, etc. Ce ne fut pas une surprise médiocre de les voir faire assaut d'esprit avec des poètes tels que Gongora, Valdivielso, Jauregui, Cristobal de Mesa, Suarez de Figueroa, et figurer à côté de théologiens respectables, de pères graves, appartenant à presque tous les ordres religieux. Les douze sonnets élogieux qui précèdent la fable d'*Atalanta y Hipomenes,* du marquis de San Félices (Saragosse, 1652, in-4°), appartiennent tous à des femmes poètes aragonaises. Là aussi sont cités les noms d'un grand nombre de dames distinguées, cultivant les divers genres de littérature.

CHAP. XXIX, note 1, page 56. — Parmi les poètes de cette époque, sectateurs et imitateurs de l'école italienne, il faut citer Felipe Mey, libraire éditeur de Valence. Outre une excellente traduction en vers des *Métamorphoses* d'Ovide, imprimée dans sa propre maison, à Tarragone, en 1686, in-8°, il publia, la même année, un petit volume de poésies avec ce titre : *Rimas de Felipe Mey*. La collection contient vingt-sept sonnets, des tercets en l'honneur de la Vierge ; un petit poème d'une assez grande valeur intitulé : La *Fuente de Alcover*. Là l'auteur s'imagine, qu'au fond d'une vallée agréable, aux bords de la source du dit nom, dans la province et l'évêché de Tarragone, il voit réunis les différents génies natifs de cette ville ; il les nomme et fait leur éloge dans des vers faciles et assez estimables.

CHAP. XXIX, note 1, page 57. — Quant au poète Alonso de Ledesma, natif de Ségovie, et cité par Colmenares dans ses *Escritores segovianos*, p. 779, nous avons vu de lui un autre volume de poésies intitulé : *Epigramas y geroglíficos à la vida de Christo, festividades de N ª S ª, excelencias de los Santos, y grandezas de Segovia*. Madrid, 1625, in-12. Ses *Conceptos espirituales* se composent de trois parties, et ont été imprimés plusieurs fois, en différents endroits. La dernière édition est de Madrid, chez Julian de Paredes, 1680, in-8º. La troisième partie qui est fort rare, a pour titre : *Juegos de Nochebuena moraliçados à la vida de Christo, martyrios de Santos, y reformacion de costumbres, con unos enigmas hechos para honesta recreacion*, Barcelona, 1611. in-8º. Ledesma naquit en 1562, et mourut en 1632, au moment où il s'occupait de donner une édition nouvelle et plus correcte de toutes ses œuvres poétiques. Son *Romancero y Monstruo imaginado* s'est imprimé deux fois en 1616 ; la première à Madrid, chez la veuve Alonso Martin, in-8º ; la seconde, à Lerida, chez Luis Manescal, également in-8º. Nicolas Antonio que Ticknor suit en cela, cite une autre édition antérieure, publiée à Madrid, en 1615.

Un des premiers disciples de l'école de Ledesma fut Alonso Bonilla, qui imprima en 1617, à Baeza, sa patrie, un volume très-fort de poésies lyriques, dont la plus grande partie sont des poésies sacrées. Elles ont pour titre : *Nuevo jardin de Flores divinas, en que se hallarà variedad de peregrinos pensamientos*. Déjà, en 1614, il avait donné à la presse, à Baeza, chez Pedro de la Cuesta, un autre volume de poésies intitulé *Peregrinos Pensamientos*, in-4º, et plus tard, en 1624, il publia un long poème en octaves sur la vie de la Vierge (*Nombres y attributos*, etc., Baeza, Cuesta 1624, in-4º), ainsi qu'un autre ouvrage en vers que cite Nicolas Antonio. Ce dernier porte l'approbation de Lope de Véga, qui y joignit une préface où il fait les plus grands éloges de l'auteur. Bonilla ne fut pas un poète vulgaire, ainsi que le prouvent l'élégance et l'harmonie de ses vers. S'il ne mettait pas tant d'étude à imiter son maître si plein d'affectation, nous n'hésiterions pas à le placer à côté de nos meilleurs poètes lyriques.

CHAP. XXIX, *note* 1, page 59. — En 1621, il se publia à Salamanque, chez Antonio Vazquez, une *Relacion de la pompa fúnebre con que la universidad celebró las honras de Felipe III*, in-4º, ainsi qu'une collection de poésies latines, grecques et castillanes, qui obtinrent le prix au concours ouvert à ce sujet. Parmi ces dernières, il y en a de Pedro de Vargas Machuca, de Josef de Pellicer, de Pedro de Avendaño, de Jeronimo, de Aròstegui, de Ledesma et d'autres auteurs de cette époque où le purisme commençait déjà à se développer. Il faut toutefois confesser, qu'à l'exception d'une ou de deux compositions, celles que ce livre contient sont exemptes de ce défaut: preuve que l'Université de Salamanque fit son possible pour opposer une digue au torrent qui menaçait d'inonder le champ de la poésie castillane. Pour corroborer encore plus ce fait, nous citerons quelques passages de l'appréciation donnée par le secrétaire du concours et l'éditeur des poésies, le Père Fr. Angel Manrique. Il insère à la page 158 de son livre des octaves baptisées, dit-il, du nom de Miguel de Prada, imprimées plutôt pour occuper des oisifs que pour montrer leur confusion ; puis il ajoute : « los juezes quedaron tan ayunos de lo « que querian dezir, quanto se cree que lo estàn de lo que dizen muchos de los « poetas que ahora se usan, atentos solo à esconder la sentencia, si es que tienen « alguna en la escabrosidad del estilo, entonces tenido de sus autores por mas « culto, quando apostatas de la lengua castellana, sino es los suyos, ni hay idio- « mas ni frases de que no usen ; » (1) puis il continue : « i raro prodigio de la sin-

---

(1) « Les juges restèrent aussi ignorants de ce qu'ils voulaient dire que le sont, à ce « que l'on croit, de ce qu'ils disent, un grand nombre des poètes actuels, uniquement

« gularidad en los modos de hablar si no loable, admirable por lo menos,
« que sepa un hombre hablar en castellano y entre sus naturales, mas obscuro
« que hablaron en latin Persia ni Horacio aun para los extraños desta len-
« gua ! (1) »

Nous venons de citer ce fait pour prouver que le cultéranisme ne se propagea
pas avec autant de rapidité qu'on le croit communément.

CHAP. XXIX, *note 4*, page 60. — La première édition des poésies de Gongora date
de 1627 ; elle portait le titre suivant : *Obras en verso del Homero español, que re-
cogió Juan Lopez de Vicuña*, Madrid, chez la veuve de Luis Sanchez, MDCXXVII,
aux frais d'Alonso Perez, libraire ; un volume in-4°, de 160 feuillets. Elle contient
ses sonnets héroïques et amoureux, satiriques, burlesques, funèbres et sacrés ; les
letrillas, odes, octaves, tercets, dizains et romances ; enfin la *Fabula de Polifemo*,
les deux *Soledades* et la *Tisbe* qui, avec plusieurs de ses sonnets, notamment les
satiriques et les burlesques, ne se trouvent pas dans d'autres éditions postérieures.
L'éditeur, ami et compatriote de Gongora, dit qu'il mit vingt ans à les recueillir
des personnes qui les conservaient et principalement de la bibliothèque de
D. Pedro de Cordova y Angulo. Gongora ne conservait jamais les originaux, et quand
on lui communiquait ses propres vers, il les travaillait de nouveau, parce qu'il
les reconnaissait à peine, tant les copies étaient altérées, après avoir couru de
main en main. L'éditeur promettait un autre volume, avec d'autres poésies et les
deux comédies de *Las firmezas de Isabela* et le *Doctor Carlino* ; nous ne savons
pas s'il s'est jamais imprimé. Sous le titre de *Varias poesias y Delicias del Parnaso*, il se publia chez Pedro Verges, à Saragosse, en 1643, une édition populaire de toutes les œuvres de Gongora, en trois petits volumes in-12.

CHAP. XXIX, *note 2*, page 64. — D. José Pellicer y Tobar fut un grand admirateur
de Gongora et très-partisan de son école, ainsi qu'on peut le voir dans son *Astrea
Sáfica*, (Saragosse, Pedro Verges, 1641, in-8°), poème héroïco-descriptif, où il
raconte, avec une partialité marquée et avec flatterie, les principaux événements du
règne de Philippe IV, jusqu'en 1635 ; dans sa *Glosa al epigramma del señor infante Don Carlos*, (Madrid, 1631, in-8°), et dans d'autres de ses ouvrages. A l'âge
de dix-neuf ans, il faisait déjà des vers, et dans le concours ouvert à l'Université
de Salamanque, en 1621, à l'occasion des honneurs funèbres de Philippe III, on
a inséré plusieurs de ses compositions respirant l'affectation et le Gongorisme le
plus grand qui se produisait dans une lutte publique. Nous avons fait remarquer plus haut (page 442) avec quelle franchise et quelle résolution le P. Fr. Angel
Manrique gourmande les sectateurs du cultéranisme ; il en fait autant à l'égard
de Pellicer qu'il qualifie, page 167, de génie des plus fleuris, *ingenio floridisimo*,

---

« occupés à déguiser la pensée, si tant est qu'ils en aient une, sous les aspérités sca-
« breuses du style que les auteurs regardaient alors comme le style le plus cultivé,
« pendant qu'apostats de la langue castillane, à l'exception des leurs, il n'y a ni idiômes
« ni phrases dont ils ne fassent emploi. »

(1) « Rare prodige de la singularité dans les manières de s'exprimer, manière, sinon
« louable au moins admirable, qu'un homme sachant parler en castillan et avec ses com-
« patriotes, parle d'une manière plus obscure que ne parlèrent Perse et Horace en latin,
« même pour ceux à qui cette langue est étrangère. »

un peu vert et se laissant trop emporter dans les façons de parler du nouveau jargon. A la page 181, il insère quelques-unes de ses octaves sur le sixième sujet, l'expulsion des Morisques et la prise de la Mamora, et il ajoute qu'elles furent « fort louées; que si, dans les deux premières compositions, il se laissa aller à son « style, dans les autres il s'humanisa et devint plus intelligible, *se humanó y se* « *entienden mas.* »

Pellicer publia, en 1631, sous le titre emphatique *de Anfiteatro de Felipe el Grande*, un petit volume de poésies, composées pour célébrer la mort que le roi donna à un taureau, sur la place mayor de Madrid, en lui tirant un coup d'arquebuse du haut du balcon de la Panaderia. Ce volume fort curieux et devenu de plus excessivement rare, contient les poésies de quatre-vingt-six auteurs des plus en vogue et des plus distingués, à cette époque, dans la capitale.

CHAP. XXIX, *note* 1, page 65. — Cascales avait écrit dans ses *Cartas filológicas*, Murcie, Luis Veros, 1634, in-4°, contre Gongora et son école. D. Martin de Angulo y Pulgar, natif de Loja, lui répond dans un petit livre peu connu dont le titre est : *Epistolas satisfactorias à las objecciones que opuso à los poemas de D. Luys de Gongora el licenciado Francisco Cascales*, Grenade, Blas Martinez, 1635, in-8°. Tout partisan des plus zélés de Gongora et ayant à le défendre contre les attaques de Cascales, et d'un autre *grave et docte sujet* qui n'est pas nommé, l'auteur le fait avec une modération extrême; il s'efforce de prouver par les exemples des classiques anciens, et par les ressources de la rhétorique, que le nouveau style cultivé n'était pas si disparate qu'on voulait le dire, qu'il était au contraire modelé sur les formes du bon goût. Il insère à la fin une liste des poètes qui suivaient son école et qui sont le duc de Sessa, les comtes de Lemos, de Castro, de Villamediana, le marquis d'Ayamonte, le prince d'Esquilache, Pedro de Valencia, le Dr. D. Agustin Collado, D. Lorenzo Ramirez de Prado, le P. Hortensio Félix Paravicino, D. Josef Pellicer. A Cordoue, Manuel Ponce, Luis Cabrera, D. Francisco de Cordova, l'abbé de Rute, le licencié Pedro Diaz de Rivas, commentateur du *Polifemo*, et des *Soledades*; D. Francisco de Amaya, également commentateur du *Polyphème*. A Antequera, le Dr. Tejada et le maître Aguilar. A Séville, D. Juan de Vera, D. Juan de Arguijo. A Salamanque, le maître D. Francisco del Villar. A Baeza, le Dr. Mateo de Rivas. A Osuna, le Dr. Rojas. A Grenade, les docteurs Babia, Romero, Chavarria, Soto de Rojas et Martin Vazquez de Siruela, les licenciés Meneses y Morales. Cette nombreuse liste, qui pourrait s'augmenter encore considérablement, prouve que le mal s'était grandement répandu et la difficulté qu'avaient à s'en délivrer les poètes mêmes qui la combattaient. Aussi à peine trouve-t-on un écrivain de ce temps, composant soit en prose soit en vers, qui n'en soit pas quelque peu atteint.

Angulo composa en outre une *Egloga fùnebre à D. Luis de Gongora, de versos entresacados de sus obras*, Séville, Simon Fajardo, 1638, in-4°, et que Nicolas Antonio a confondue avec ses *Epistolas satisfactorias*, imprimées trois ans avant, à Grenade, 1635, in-4°.

CHAP. XXIX, *note* 2, page 65. — Il circule entre les mains des curieux un volume de poésies satiriques et burlesques du comte de Villamediana sur les événements du règne de Philippe III et de Philippe IV; il n'a jamais été imprimé. Plusieurs de ces compositions, telles que le *Dialogo de Pluton y Aqueronte.* sur la mort du premier de ces monarques, d'autres sur Philippe IV, qui venait de recueillir sa succession ; d'autres, où il critiqne le duc de Lerme, D. Rodrigo Calderon et le duc d'Osuna, sont écrites avec plus de liberté qu'on n'en permettait dans ce temps; elles manifestent bien l'esprit et la finesse de l'auteur qui, s'il faut en croire ce que nous en disent Quevedo, Gongora, Lope de Véga, Mendoza et d'autres, mourut pour avoir parlé plus qu'il ne devait « por haber hablado mas de lo que de- « biera. »

CHAP. XXIX, *note* 1, page 67. — Dans notre note au ch. XVIII du tome II, p. 571, nous avons cité, par erreur, un ouvrage d'Antonio Lopez de Véga pour un autre. C'est dans son *Heraclito* et *Democrito* et non dans son *Perfecto señor* que se trouve le passage où il fait des allusions déguisées à Lope de Véga et où il l'attaque : fait d'autant plus étrange, chez cet auteur, que dans ses poésies, à la fin du *Perfecto señor*, on peut lire une élégie *en la muerte de Lope de Vega Carpio, el insigne, el raro, el único*, et où il lui prodigue les plus grands éloges.

CHAP. XXIX, *note* 4, page 67. — Melo ne fut pas l'unique écrivain portugais qui continua à se servir de la langue castillane, après l'indépendance de sa patrie. Il y a un grand nombre d'auteurs qui, résidant en Portugal, continuèrent d'écrire la prose et la poésie de la Castille, fait qui pourrait donner lieu à des considérations de la plus haute importance. Manuel Botelho de Oliveyra, dans sa *Musica do Parnasso, dividida en quatro coros*, Lisbonne. Miguel, Monescal, 1705, in-4°, publia diverses romances et deux comédies en castillan : *Hay amigo para amigo*, et *Amor, engaños y celos*.

Puisque nous en sommes sur ce sujet, nous ne pouvons passer sous silence le petit volume de poésies castillanes publié en 1657, par le portugais Francisco de Francia y Acosta, volume qui contient vingt sonnets, six silves, quatorze romances, douze épigrammes et un court poème en octaves intitulé : *El peñasco de las lagrimas*. L'auteur se montre aimable et fleuri, surtout dans les romances. Parmi ces dernières, il y en a une du genre burlesque, décrivant la vie de cour. Ces poésies offrent cela de particulier que, malgré le goût dominant à l'époque où elles se composèrent, on n'y trouve que très-peu de traces du cultisme. Le volume s'imprima à Coimbre, chez Manuel Diaz, in-8°.

CHAP. XXIX, *note* 4, page 68. — Parmi les poètes de ces temps qui, atteints du mauvais goût de la nouvelle école, ne cessèrent pas de cultiver le genre ancien, surtout dans leurs poésies de courte haleine, il faut citer D. Gabriel de Bocangel y Unzueta, bibliothécaire du Cardinal-Infant et chroniqueur de ces royaumes. Il publia un volume de poésies, sous le titre de *Lira de las Musas*, Madrid, Carlos Sanchez, in-4°, en 1635, 1637 et dernièrement en 1652. Le volume se divise en *Liras humanas y sacras* et en *Rimas*; il contient des sonnets héroïques et lyriques, des élégies funèbres et morales, une, entre autres, sur la mort de Lope de Véga, des dizains, des épigrammes, des romances, des letrillas et des gloses ; la fable de *Leandro y Ero*, une églogue pastorale, un poème historique en octaves, intitulé *El Fernando*, ou *Templo de la Fama* ; un autre poème, sur le même mètre, avec le titre de *Retrato panegirico del Serenissimo Señor infante D. Carlos*, fils de Philippe IV, mort en 1632. Ce dernier poème avait été déjà imprimé en 1633, in-8°, ainsi que d'autres poésies contenues dans cette dernière édition. Les compositions les meilleures sont ses romances, ses letrillas, ses madrigaux, et autres petites poésies dont quelques-unes sont pleines d'esprit.

En 1732, parut à Lima, chez Joseph Cossio, in-12°, une romance assez longue, intitulée : *El Cortesano discreto*, qu'on ne trouve pas parmi ses œuvres. Nous avons vu une autre de ses compositions que ne cite pas Nicolas Antonio et dont le titre est : *Declamaciones castellanas. La primera*, la parfaite jeunesse, hallada en la vida en y la muerte del conde de Ricla, etc.'; la *segunda*, contre la fortune, *ofreciendo una y otra las mas vivas ideas de la Eloquencia y las máximas mas seguras de la política*, Madrid, 1639, in-8°, réimprimées depuis en 1758, in-8°. Il composa aussi d'autres œuvres, dont on peut voir le catalogue dans Alvarez y Baena, *Hijos de Madrid*, tom. II, p. 269.

CHAP. XXIX, *note* 1, page 72. — Antonio de Balvas Borona, natif de Ségovie, naquit en 1559, et mourut le 16 novembre 1628. Suivant Colmenares, *Escritores Segovianos*, p. 756, poussé par son génie, sans autre étude que la lecture des livres vulgaires, il s'adonna à la poésie. Il conçut une grande amitié pour Alonso de Ledesma, dont il fait un magnifique éloge dans une ode placée en tête de son *Romancero*.

CHAP. XXX, *note* 2, page 82. — Nous devons observer ici que D. Francisco de Borgia y Aragon ne fut pas *prince de Borja y Esquilache*, comme l'appelle Ticknor par erreur; il fut seulement de *Esquilache*, par son mariage avec sa cousine Dª Ana de Borgia qui possédait ledit titre. Il était, lui, comte de Mayalde et petit fils de saint François de Borgia. Ni Baena, ni Ticknor n'ont connu une de ses compositions en tercets, publiée avant ses *Poesias* et sa *Nápoles recuperada*, et qui porte pour titre : *La Passion de N. S. Jesu-Christo en tercetos, segun el texto de los santos cuatro evangelistas*, Madrid, Francisco Martinez, 1638, in-4°. Les vers en sont faciles, sans pouvoir se comparer avec ceux de ses madrigaux, de ses romances, de ses letrillas.

CHAP. XXX, *note* 1, page 83. — Il existe une édition peu connue des œuvres de Zarate. C'est un petit volume in-8°, de 99 feuilles et trois de préliminaires intitulé : *Varias poesias de Francisco Lopez de Zárate, natural de la ciudad de Logroño*, chez la veuve Alonso Martin de Balboa, 1619. Elle est revêtue d'une approbation de Lope de Véga, à la date du 29 novembre 1618, où il est dit, entre autres choses : *Me parce que este tomo es un exemplo del lugar à que ha legado este genero de estudios en España, que de pocos años à esta parte florece con hermosura de su lengua y honra de nuestra nacion;* « il me paraît que ce volume est un exemple du « point auquel ce genre d'études est arrivé en Espagne, genre qui, depuis quel- « ques années, fleurit et montre toute la beauté de sa langue, et pour l'honneur « de notre nation. » Cette approbation est suivie d'une autre du Dr. Gutierre de Cetina, vicaire général de la ville de Madrid, du 22 novembre de la dite année et d'une dédicace de l'auteur au duc de Medina Sidonia.

Nicolas Antonio cite une édition d'Alcala, 1619, in-8°, qui est peut-être la même que celle que nous venons de décrire, bien que celle-ci n'indique pas le lieu de son impression. Observons que dans la seconde, imprimée à Alcalá par Maria Fernandez, imprimeur de l'Université, aux frais de Thomas Alfay, 1651, in-4°, il est dit que le privilége accordé à l'auteur est de l'année 1622; peut-être que dans l'édition princeps le permis d'imprimer est, comme nous l'avons déjà dit, de l'année 1618. Quoiqu'il en soit, cette seconde édition est fortement augmentée de silves, d'églogues, de sonnets et de romances.

Son sonnet le plus vanté est celui de la *Rose*, commençant par ce vers :

Esta á quien ya se le atrevió el arado.

Lope de Véga le cite dans l'introduction à la *Justa poética de San Isidro* comme digne de rivaliser avec les meilleurs sonnets de l'Italie. L'auteur anonyme du *Panegirico por la Poesia* partage cette opinion ; il dit en parlant de Zarate (période 13), que pour être célèbre il n'avait besoin d'autres vers que des quatorze de la *Rose*. Le même auteur ajoute (période 2e), que Zarate ayant dédié une composition poétique, à D. Manuel Perez de Guzman, duc de Medina- Sidonia, ce seigneur lui envoya autant de couronnes d'or que le volume contenait de vers.

CHAP. XXX, *note* 1, page 84. — Le Quirós cité dans cette note, s'appelait Pedro et était natif de Séville ; il y en eut un autre appelé *Fr. Bernardo*, qui publia en 1656, à Madrid, un volume de ses œuvres poétiques, sous le titre de: *Obras de D. Francisco Bernardo de Quirós y aventuras de D. Fruela*, Melchor Sanchez, 1656, in-4°. Le volume dédié au duc de San-Lucar, contient un roman burlesque, dont le héros est un hidalgo appelé D. Fruela ; dix entremeses, qui, suivant l'auteur, furent joués sur un théâtre et sortirent libres du sifflet original, *del silbo original* ; et une comédie burlesque intitulée : *El hermano de su hermana* ; sans compter des poésies de tout genre et de toute mesure, intercalées dans le texte du roman.

CHAP. XXX, page 85. — Durant l'époque que l'auteur vient d'examiner, florissait la poésie lyrique sacrée, et l'on peut citer un grand nombre d'auteurs qui la cultivèrent avec succès. Nos vieux cancioneros sont pleins d'*Obras de devocion*, comme on les appelait alors, et parmi les poètes on peut distinguer Mossen Juan Tallante, Fernan Perez de Guzman, Proaza, Soria, Nuñez, Diego de San Pedro et d'autres. Dans le même quinzième siècle, il s'imprimait diverses collections de poésies exclusivement dévotes, telles que le *Triumpho de Maria, cancionero espiritual por* Martin Martinez de Ampies, Saragosse, Paulo Hurus, in-4°, MCCCCLXXXXV ; les *Coplas de Vita Christi*, imprimées dans la même ville par D. Iñigo de Mendoza, en 1495, (Voyez Mendez *Typ. española*, p. 134 et plusieurs autres). Mais tout en nous bornant au seizième siècle qui passe pour être le « siècle d'or » de notre littérature, nous devrons nécessairement mentionner certains livres qui marquent bien le genre.

1.

Le premier de tous c'est le *Cancionero* de Juan de Luzon, collection de poésies morales et dévotes, imprimé à Saragosse par Jorge Coci, en 1508, in-4°, sous le titre de *Cancionero de Juan de Luzon. Epilogacion de la Moral Philosophia sobre las virtudes cardinales contra los vicios y pecados mortales*, etc. L'ouvrage se divise en cinq parties, traitant de la vertu en général, de la justice, de la prudence, de la force et de la tempérance. Les strophes d'art majeur y dominent, bien qu'il s'y trouve des compositions en petits vers, comme les *Contemplaciones de la Passion*, à la fin du volume. Chaque strophe est suivie d'un savant commentaire en prose, où l'auteur glose et explique les endroits difficiles et les allusions historiques contenues dans son poème. La versification est facile, le style abondant, et, malgré le goût de l'époque, assez clair et assez pur.

Quant à l'auteur Juan de Luzon, nous savons seulement qu'il fut attaché à

Dᵃ Juana de Aragon, duchesse de Frias et comtesse de Haro, à qui il dédie son œuvre, après l'avoir terminée à Burgos, le 13 juillet 1506, pendant le séjour dans la dite ville, du prince D. Philippe et de sa femme Dᵃ Juana. Il est à présumer que Juan de Luzon était natif de cette ville, où s'établirent des personnes portant son nom, et qu'il descendait peut-être lui-même d'un certain poète appelé Pedro de Luzon, cité parmi ceux du *Cancionero* de Baena.

II.

La même année 1508, il s'imprimait à Tolède un autre volume de poésies morales, ascétiques et du genre religieux intitulé :

Cancionero de diversas obras de nuevo trobadas ; todas compuestas, hechas é corregidas por el padre fray Ambrosio Montesino de la orden de los menores. On lit à la fin : *Aqui acaba el Cancionero de todas las coplas del reverendo padre fray Ambrosio Montesino de la orden del señor San Francisco. Las quales él mesmo reformó y corrijió ; estando presente à esta impression que fué fecha en la imperial ciudad de Toledo à XVI del mes de Junio del año de nuestra reparacion de Mill é quinientos é ocho años*, in-4°, caractère gothique, en deux colonnes, 73 feuillets. Il contient principalement des compositions religieuses et morales, écrites, suivant l'ancien usage, à la demande du roi Don Fernando, de la reine Isabelle, de la reine de Portugal, des duchesses de l'Infantado et de Najera, de la comtesse de Coruña, du cardinal Ximenez de Cisneros et d'autres. Il y a une ode composée sur les instances du grand cardinal d'Espagne, D. Pedro Gonzalez de Mendoza, mort en 1495 ; il y en a plusieurs autres portant une date plus reculée. Le volume contient aussi des romances, que le Sʳ Duran a déjà réimprimées, tom. 11, p. 673, de son *Romancero*, par exemple celle sur la mort du prince D. Juan.

Juan de Ayala forma une seconde édition de ce *Cancionero*, à Tolède, en 1647, in-4°, mais ces deux publications sont des plus rares. Quant à la traduction que fit Montesino de la Vie du Christ, de Ludolfio, traduction connue sous le titre de *Vida Christi del cartuxano*, et imprimée pour la première fois en 1502, nous en avons déjà parlé ailleurs. (Voyez tom. 1, page 378.)

III.

Quelques années après, il parut un autre livre intitulé : *Loor de virtudes nuevamente impresso, añadido y emendado, compuesto por el maestro* Alonso de Zamora, *regente en la Universidad de Alcalà*, Alcalà de Hénarès, par Miguel de Eguia le 30 décembre 1425 ; un petit volume in-12, de 83 feuillets, non foliotés. C'était une composition en petits vers et divisée en trois parties ; la première traite du temps si court de cette vie, de son travail si long ; de son remède par la science, à cause des avantages qui en résultent : la seconde, des sept péchés mortels ; la troisième, de doctrines générales.

IV.

Plus tard, on traduisit en vers castillans l'œuvre du poète de Valence, Miquel Perez, intitulée : *Verger de la Verge Maria*, et imprimée à Valence, par *Nicolau Spindaler Alemany à XXV del mes de joliol any* MCCCCLXXXXIIII, in-4°. Le traducteur fut le bachelier Juan de Molina, qui avait déjà traduit du latin le chapitre de l'ouvrage composé par Lucio Marineo Siculo, relatif à l'Aragon (*Coronica de Aragon*, Valence chez Juan Jofre, 1524, in-fol. goth), et les *Guerres civiles* d'Appien (Valence Juan Jofre, 1522, in-fol). Molina intitula son œuvre *Vergel de nuestra Señora*, et la fit imprimer à Séville, chez Dominico de Robertis, le XXII jour du mois d'avril de l'année MDXLII, avec une lettre préliminaire adressée à la prieure du couvent de sainte Catherine de Sienne à Grenade. C'est un volume in-4°, en caractères gothiques, de 143 feuillets y compris les deux de la table. A la fin de ce livre extrêmement rare, et dont nous n'avons vu qu'un seul exemplaire, conservé au British Museum de Londres, se trouve ce qui suit :

Auto agora nuevamente hecho sobre la quinta angustia que nuestra Señora pasó al pié de la Cruz, muy devoto y contemplativo : en el qual se introducen las personas siguientes : Nuestra Señora, San Juan, y las tres Marias, Joseph Abarimatia, Nicodemus, Pylato, page, centurio ; 6 hojas in-4°. Puis après : *Romance muy devoto en contemplacion de la passion de nuestro Redemptor y Salvador Jesu Christo,* MDLII. Finalement : « Fue impresa la presente obra en la muy noble y mas leal ciudad de Burgos, en casa de Juan de Juan. »

V.

Cancionero Spiritual, en que se contienen obras muy provechosas y edificantes, en particular unas coplas muy devotas en loor de nuestra Señor Jesu cristo y de la sacratisima Virgen Maria, su madre; con una farsa intitulada, etc., *compuesto por el reverendo padre Las Casas, indigno religioso,* etc., *dedicado al Ilmo. señor D. Fr. de Çumarraga, primero obispo de la gran cibdad de Temixtitlan,* Mexico; por Juan Pablos Lombardo, 1546.

VI.

Cancionero espiritual, en el qual se tractan muchas y muy excelentes obras sobre la concepcion de la gloriosa virgen nuestra señora, Sancta Maria, y de las letras de su nombre, con un passo del nacimiento y otras muchas cosas en su loor. y assimesmo se tratan muy excellentes maravillas de la passion de Jesucristo y del combate del coraçon espiritual y del ansia del amor de Dios, y otros muy maravillosos dichos y canciones del mundo vueltas à lo divino ; todo en metros diferentes. Hecho por un religioso de la órden del bienaventurado sant Hieronymo, y dirigido al muy illustre y reverendissimo señor don Luis Cabecça de Vaca, obispo de Palencia, conde de Pernia, Valladolid, chez Juan de Villaquiram, 1549, in-4°, caractères gothiques, à deux colonnes, 56 feuillets. Nous ne savons rien de l'auteur de ce Cancionero, et nous avons en vain parcouru l'histoire de l'ordre de saint Jérôme par Sigüenza, et celle de la ville de Palencia, par Pulgar. Il contient des octaves, des redondillas, des villancicos, des romances, des gloses du style ancien: rien n'est plus remarquable que le sentiment de tendresse et de dévotion chrétienne qu'ils respirent. L'auteur poursuivit l'idée, déjà émise par d'autres graves ecclésiastiques, de substituer une poésie dévote et avantageuse à cette multitude de livres profanes, dont la plaisanterie et l'amour faisaient tout le sujet et qui circulaient, de son temps, dans toutes les classes de la société. C'est ainsi qu'il le déclare, dans un prologue remarquable où il dit, entre autres choses : (1) « Porque casi los mas de « los que han usado este arte se han encaminado á motivos profanos y amores no

_____

(1) « Comme presque le plus grand nombre des écrivains qui ont employé cet art se sont portés sur des motifs profanes, sur des amours peu chastes ; comme les per-

« castos, y aun tambien porque viendo las personas nobles y de calidad, que tan
« aficionadas fueran antes à metrificar, que cada persona baxa se ponia à hacer
« coplas, y muchas de ellas torpes, las dexaron ellos de hacer, paresciéndoles de-
« rogarse su autoridad: y assi le ha acaescido à este exercicio lo que algun tiempo
« acaesciò à los trajes, que viendo los Señores ataviarse de sedas los muy baxos
« populares, començaron ellos a se vestir de paños viles y de poco precio. »

VII.

Cette tendance de remplacer la poésie populaire par une autre plus avantageuse
à l'âme, flattant les oreilles de la multitude par des vers harmonieux qui lui rappelaient ses vieux cantares, se remarque chez un grand nombre d'écrivains ascétiques de cette époque, et principalement chez Juan Lopez de Ubeda, auteur d'un
remarquable volume de poésies, plusieurs fois réimprimé et dont voici le titre :

Vergel de flores divinas, por el licenciado Juan Lopez de Ubeda, *natural de*
Toledo, fundador del Seminario de los niños de la doctrina de Alcalà de Henares,
Alcalà, chez les héritiers de Juan Gracian, 1588, in-4°. C'est le même livre que l'auteur avait déjà publié à Alcalà, en 1579 et 1586, in-4°, sous le titre de : *Cancionero*
general de la Doctrina christiana, mais avec des corrections et des additions
nombreuses. Ainsi que le titre l'indique, il contient plusieurs poésies sur des sujets
sacrés, tels que : la naissance du Christ, le très Saint Sacrement, la Vierge Marie,
les apôtres, les saints docteurs de l'Église, les martyrs, les confesseurs etc., poésies, composées toutes, comme le dit l'auteur dans le prologue, dans la seule et
unique pensée de provoquer les fidèles à la dévotion, de leur fournir des letras,
villancicos, villanescas, à chanter dans les principales fêtes solennelles de l'année,
dans leurs occupations et travaux domestiques, dans les moments de récréation et
de repos, afin de détruire la fatale influence et les effets empoisonneurs des chants
profanes. Pour mieux réaliser ses pieuses intentions, Ubeda employa les mesures
castillanes les plus appropriées au chant ; il parodia de vieilles romances, d'antiques cantares : telle est la composition suivante où il imite celle qui commence
par ces mots : « La mañana de san Juan. »

Mañana de Navidad,
Al tiempo que alboreava,
Gran fiesta hazen pastores
Por Bethlem y su comarca ;
Revolviendo sus cayados,
Haciendo bayles y danças
Al son de dulces çampoñas
Y de rabeles y gaytas.

El pastor que à Dios ha visto,
¡ Oh que bien se señalava !
Y el que à velle no ha venido
No saltava ni baylava.

Miranselo las virtudes,
De la tierra levantadas,
Entre las quales hay dos
Que de Dios son muy amadas :
La una es Misericordia,
Otra Justicia se llama,
Y por estar diferentes
Agora no se hablavan.

Es la una piadosa
La otra rigurosa y brava :
Mas al fin Misericordia
A Justicia preguntava :

sonnes nobles et de qualité, auparavant si éprises du goût des vers, voyaient aussi les
gens de basse condition se mettre à composer des stances, dont le plus grand nombre
étaient honteuses, elles ont elles-mêmes cessé d'en écrire, parce qu'il leur semblait
qu'elles dérogerait de leur autorité. Il est arrivé pour cet exercice, ce qui est arrivé
pour le costume, quand les seigneurs ont vu que les gens du bas peuple se paraient
de soie, ils se sont mis à se vêtir de draps grossiers et de peu de prix. »

« ¡ Ay justicia, hermana mia !
¿ Como estas de amor tocada?
¿ Como ahora rigor no tienes,
Antes te muestras ya mansa?

Justicia no la responde,
Que à dissimular probava :
Mas viendo ser importuna,
Respondió algo turbada :

« Importuna eres, amiga,
Aunque discreta, pesada,
En querer saber de mi
Una tan nueva demanda.

Y pues lo quieres saber,
Ve do los pastores baylan,
Verás su hermosura y galà,
Su gentil disposicion,
Su lindo donayre y gracia :
Del qual siempre fuy querida,
Estimada y regalada :
Mas agora que ha nascido

Vestido de carne humana,
Puestos tiene en ti los ojos
A ti quiere à ti te ama. »

Misericordia responde,
La voz amorosa y baxa

« ¡ Ay, justicia, que en vano
Vives en esso engañada!
Que si el niño Dios me quiere
Mucho mas que publicavas,
Por esto no te desecha
Ni de ti él se apartava,
Que aunque su misericordia
Sobre todo sojuzgaba,
Tambien es justo juez
Y con rigor castigava;
Si zelos te hacen guerra,
Vive ya desengañada,
Que nunca Dios por mi parte
Te estorvará la demanda.
(129 Vº.)

C'est à ce même genre qu'appartiennent les romances commençant par : « En esa gran Palestina », « En aquel tiempo que à Roma » ainsi que les redondillas suivantes à Sainte Inés :

Inés, vuestra soy mi Dios,
Y al fuego estoy sentenciada,
No tengo el morir en nada,
Pues doy mi vida por vos.

Soy tan vuestra, de tal suerte
Que nunca puede ser mia :
Viviendo con vos vivia
Que lo demas todo es muerte.

Toda me teneis, mi Dios,
De vuestro amor tan llagada,
Que el morir no tengo en nada,
Pues doy mi vida por vos.

Mi vida vida no fuera,
Si en ley de amor verdadero,
Muriendo por mi el cordero,
No muriera la cordera.

Ya voy à morir, mi Dios,
Y en tan gloriosa jornada,
No tengo la vida en nada,
Pues doy mi vida por vos.

El trocar vida por muerte,
Es de todos tan temido,
Que no querria el mas subido,
Le cupiese esto por suerte.

Mas yo estoy tan adornada
Con vuestra sangre, mi Dios,
Que el morir no tengo en nada,
Pues doy mi vida por vos.
(P. 173. Vº.)

A l'exception d'une ou de deux compositions en tercets, toutes les autres sont écrites dans les mesures les plus populaires de la vieille poésie castillane. Le volume contient aussi plusieurs dialogues entre bergers sur la naissance du

Christ, un sonnet, en portugais, sur le pêcheur déjà converti : un *Tratado de la Vida Segura*, en quintillas : et à la fin le *Pater noster*, avec gloses, de Gregorio Silvestre, l'unique pièce qui n'est pas de Lopez de Ubeda.

VIII.

Vergel de plantas divinas en varios metros espirituales, por Fr. Archangel de Alarcon, capucin, Barcelone, chez Jaime Cendrat, 1594, in-8°. Ce volume contient des poésies sacrées sur divers sujets et en toute espèce de mètres ; certaines compositions sont assez longues telles que : le *Triunfo Virginal*, en dix chapitres ou chants : la *Vida de Santa Ana*, et un poème épique en l'honneur de saint François. L'auteur versifie avec la plus grande facilité.

CHAP. XXX, *note* 1, page 86. — C'est peut-être ici le lieu convenable de citer quelques œuvres poétiques méritant, selon nous, d'être mentionnées dans une histoire de la littérature espagnole.

I.

La première, sous le titre de *Heroydas Bélicas y Amorosas*, fut publiée par D. Diego de Vera y Ordoñez de Villaquiran, alguazil major du Saint-Office de l'Inquisition de Catalogne, Barcelone, chez Lorenço Deu, 1622, in-4°. Il y a huit héroïdes écrites en tercets, et l'auteur a bien raison de les appeler épîtres, car elles ne sont pas en réalité autre chose. L'une d'elles est adressée à Louis XIII de France pour l'exciter à entreprendre la conquête de la Rochelle et à châtier les rebelles : d'autres s'adressent au cardinal D. Bernardo de Rojas y Sandoval, archevêque de de Tolède. Des arguments en prose qui les précèdent on peut déduire que l'auteur était natif de Madrid, et qu'après « avoir employé une partie de son enfance « et le commencement de sa jeunesse à parcourir les mers et certaines contrées « des plus éloignées, avec des succès divers et des malheurs, » il fut envoyé par ses parents chez le cardinal Rojas « dans le palais duquel les pages de son Eminence enseignaient et apprenaient l'éducation, le langage, le style et l'urbanité ». Là il s'éprit de Dª Juana Jiron ; après une cour de sept ans, avec des difficultés excessives, des travaux inouïs et une incroyable résistance de la part du cardinal qui le destinait à la carrière ecclésiastique, il se maria avec elle. En conséquence de ce mariage, il embrassa l'état militaire, devint capitaine d'infanterie et alguazil major de l'Inquisition en Catalogne, et plus tard gouverneur et capitaine général de la ville de Chiapa et de la province des Lacandones. Il prit part à la conquête de ce pays et obtint l'habit de Santiago en récompense de ses services. Malgré les éloges excessifs que lui donne Lope de Véga, dans son *Laurel de Apolo*, ses vers ne se recommandent ni par leur limpidité, ni par leur invention. Ils appartiennent, c'est vrai, au genre cultivé, et ils sont pleins d'imitations d'Ovide, d'Horace, de Virgile et d'autres poètes.

II.

Rimas de D. Antonio de Paredes. Elles s'imprimèrent à Cordoue, chez Salvador de Cea Tesa, 1623, in-8°, après la mort de leur auteur. Le volume contient divers sonnets ; un fragment d'une fable de *Daphne y Apolo*, qu'il laissa incomplet ; des odes à l'imitation d'Horace ; des épîtres en tercets, et dix-huit romances assez bonnes. L'auteur appartient à l'école des poètes qui finit avec le XVIᵉ siècle.

III.

Rimas varias du licencié Gerònimo de Porras, Antequera, chez Juan Bautista Moreira, 1639, in-8°. La collection se compose de sonnets, canciones, silves, madrigaux et odes à l'imitation d'Horace. A la page 5, est inséré un sonnet de Juan Perez de Montalvan, avec qui il vécut dans les rapports d'une étroite amitié ; à la page 75, des dizains de la célèbre poète d'Antequera Dᵃ Cristobalina Fernandez de Alarcon, à l'occasion d'une romance composée par l'auteur (pag. 69) où il donnait la description d'une chasse. Le volume contient aussi un sonnet de Pedro de Espinosa, dont nous avons déjà signalé les *Flores de poetas ilustres*.

Porras était natif d'Antequera, où il mourut le 29 décembre 1643, suivant Nicolas Antonio. Ses œuvres appartiennent au même genre que celles d'Antonio de Paredes : la diction en est pure ; le vers facile, quoique on remarque ça et là, et principalement dans la *Fabula de Cefalo y Procres*, qui ouvre le volume, des traces d'affection et de conceptisme.

IV.

Un autre qui mérite aussi d'être cité parmi les poètes de ces temps, c'est Bartolomé Cayrasco de Figueroa, natif de la grande Canarie. Il a reçu de certains écrivains le surnom de divin, *el divino*, et il passe pour l'inventeur des *esdrugulos*. Nicolas Antonio en fait le plus grand éloge et l'appelle l'honneur des îles fortunées, *Fortunatarum insularum decus*. Il naquit dans la plus grande de ces îles, en 1540, de parents nobles : il fut chanoine et ensuite prieur de la cathédrale. Il mourut en 1610, et fut enseveli dans une chapelle construite à ses frais dans la même cathédrale ; son tombeau porte l'inscription suivante :

> Lyricen et vates toto celebratus in orbe
> Hic jacet inclusus, nomine ad astra volans.

Il fut, dit-on, musicien si habile que, lorsqu'il touchait de la guitare, il faisait l'admiration de tous les auditeurs. Il composa le *Templo militante, triunfos de virtudes, festividades y vidas de Santos*, espèce de *Flos sanctorum,* en vers, et divisé en quatre parties. Dans cette œuvre vraiment colossale, puisqu'elle se compose de plus de quinze mille octaves, indépendamment d'une multitude d'autres vers qui s'y trouvent intercalés, l'auteur raconte les vies de tous les saints du calendrier romain : il y donne des preuves de facilité, d'abondance et d'esprit, malgré son style généralement inégal et assez incorrect. Cayrasco se montra très-heureux dans les *esdrujulos*, mais peu scrupuleux pour inventer des mots nouveaux, toutes les fois que la rime les justifiait. Cervantès en fait l'éloge dans le sixième livre de sa *Galatea*.

Cayrasco avait soixante ans en 1602, lorsque parut, à Valladolid, la première partie de son *Templo militante*, imprimée par Luis Sanchez, in-8°. Elle fut réimprimée l'année suivante, conjointement, avec la seconde partie, chez le même Luis Sanchez, à Valladolid, in-4°. Ces deux mêmes parties s'imprimèrent ensuite à Lisbonne, chez Pedro Craesbeeck, 1612, in-fol. Un autre volume in-folio, comprenant la troisième, avait été, sur ces entrefaites, imprimé à Madrid, par Luis Sanchez, en 1609 ; et enfin la quatrième parut à Lisbonne, chez Pedro Craesbeeck, en 1615, in-folio.

Tamayo de Vargas dit avoir vu manuscrite une relation du débarquement de

Sir Francis Drake aux îles Canaries, composée en vers par Cayrasco. Il écrivit aussi, jeune encore, une traduction de la *Jérusalem délivrée*, du Tasse, dédiée au cardinal Castro, et les passages que nous en avons vus nous la font juger supérieure aux traductions de Sedaño et de Sarmiento. A l'occasion du voyage d'Uvaldo et de ses compagnons aux îles Fortunées, Cayrasco introduit dans l'original une description poétique de son île natale et du pic de Ténériffe.

V.

Un autre poète, natif aussi des îles Canaries, du nom de Pedro Alvarez de Lugo y Uso de Mar, imprima, en 1604, Madrid, Pablo de Val, in-8°, un petit volume intitulé : *Primera y secunda parte de las Vigilias del sueño*, espèce de roman allégorique, où il a introduit un grand nombre de poésies écrites avec assez de facilité et d'esprit.

Enfin, une partie assez estimable de la poésie lyrique, à l'époque où Gongora et les disciples de son école régnaient sans partage, se trouvera dans un volume publié par le licencié Tomas de Oña, sous le titre de : *Fenix de los Ingenios que renace de las plausibles cenizas del certámen que se dedicó à la venerable imágen de N. S. de la Soledad*, etc., à l'occasion de sa translation dans sa chapelle, Madrid, Diego Diaz de la Carrera, 1664, in-4°. Il contient les poésies de cinquante-quatre auteurs, parmi lesquels figurent Matos, Fragoso, Zavaleta, Ulloa, Zamora, Pellicer, Velez de Guevara (D. Juan), Rozas, Ventura de Vergara, Diamante, Martir Rizo, Quiròs, Avellaneda et d'autres. D. Juan de Matos Fragoso, et D. Juan de Zavaleta obtinrent le premier prix dans la cancion real ; D. Antonio de Espinosa et Manuel de la Peña, le second. Pour le sonnet, ce furent : D. Ramon Montero de Espinosa, D. Luis de Ulloa, D. Ambrosio de Arce et D. Juan de Zamora. On ne dit pas quels furent les heureux dans la romance en octaves, dizains, quintillas et autres genres de poésie où se trouvent des compositions dignes de figurer dans des livres imprimés un siècle avant. Parmi les romances, il y en a une fort belle de D. Juan Velez de Guevara, décrivant la procession dans les rues de Madrid ; et des quintillas anonymes sur la chute d'un ouvrier, tombant du haut d'un échafaudage, et miraculeusement sauvé par l'intervention de la Vierge de la Soledad.

Ce genre de collections abonde dans la littérature castillane, et les poètes dont les noms y figurent sont en nombre infini. Durant tout le dix-septième siècle, il fut d'usage de célébrer par des concours poétiques tout événement remarquable, soit politique, soit religieux, et la muse castillane chanta avec un égal enthousiasme la canonisation d'un saint, la naissance d'un prince, la translation d'une image et la célébration d'un auto-da-fé. Par malheur toutes ces collections appartiennent à la seconde moitié du XVIIe siècle où le gongorisme domine sans rival. Il n'y en a qu'un très-petit nombre antérieures à l'année 1640, et on compte celles qui précèdent cette époque. Elles méritent, toutefois, d'être lues avec soin, parce qu'elles marquent, pour ainsi dire, le véritable progrès de l'art et les variations du goût. Quoique Navarrete ait traité ce sujet dans sa *Vida de Cervantès*, p. 186 ; que notre auteur ait aussi dit quelque chose, tom. II, p. 227, nous avons cru donner ici les titres de plusieurs de ces joûtes poétiques des plus remarquables, tant par le nombre que par la qualité des poètes qui prirent part à ces concours et par les sujets qui s'y traitèrent.

Fiestas de la insigne ciudad de Valencia à la beatificacion de Fr. Luis Bertran, par Gaspar Aguilar, Valence, Pedro Patricio Mey, 1608 in-8°. Ce volume contient des poésies en latin et en castillan par divers auteurs valenciens, une comédie de S. Luis Bertran, et une excellente description de ces mêmes fêtes par Gaspar Aguilar.

Compendio de las solemnes fiestas que en toda España se hicieron en la beatificacion de N. B. M. santa Theresa de Jésus, Madrid, chez la veuve d'Alonso Martin, 1615, in-4°. Là se trouvent des poésies de Lope de Véga, un des juges du concours de Madrid, de Vicente Espinel, de Miguel de Cervantès, de Valdivielso et d'autres.

Fiestas que hizo el insigne collegio de la compañia de Jesus de Salamanca à la beatificacion de S. Ignacio de Loyola, par Alonso de Salazar, Salamanque, Artus Tabernel, 1610, in-4°.

Fiestas que en la insigne universidad de Valencia se celebraron del glorioso Doctor y Evangelista S. Lucas, par le licencié Francisco Cros, Valence, Miguel Sorolla, 1626, in-8°, Le volume contient des vers de Vilarasa, Guerau, Romani, Climent et autres poètes valenciens.

Descripcion de la capilla de N. S. del Sagrario de Toledo, y fiestas que con motivo de su ereccion se celebraron en dicha ciudad, por el licenciado Pedro de Herrera, Madrid, Luis Sanchez, 1617, in-4°. Il y a là des poésies de Dª Cristobalina Fernandez de Alarcon, Dª Catalina Gudiel de Peralta, Dª Juan de Jauregui, Valdivielso, Gongora, Espinel, Mesa, Cosme de los Reyes, Perez de Rozas, D. Antonio Hurtado de Mendoza, Maestro Pedro de Torres Ramila (voyez tom. 11 page 572. de cette traduction), Tribaldos de Toledo, Alonso Bonilla, Fr. Francisco de Avellaneda, Cristobal de Figueroa. Pedro de Herrera fut aussi l'auteur des fêtes qui se célébrèrent à Lerma pour la *Translacion del S. Sacramento à la Iglesia de S. Pedro*, Madrid, 1618, in-4°, et d'une autre composition que cite Nicolas Antonio.

Deux ans après les fêtes de S. Isidro, se célébrèrent à Madrid les fêtes que le collège impérial prépara pour la canonisation de S. Ignace de Loyola et de S. François Xavier, Madrid, Luis Sanchez 1622, in-4°. Lope de Véga en fut le secrétaire, et, parmi les poètes qui s'y rendirent, nous trouvons les noms de Quintana, de Perez de Montalvan, Zarate, Mira de Mescua, Luis de Belmonte, Bermudez, Pellicer et un D. *Pedro Calderon* qui obtint le premier prix des romances et le second des quintillas.

Espirituales fiestas que la nobilisima ciudad de Cordova hizo en desagravios de la Suprema Magestad Sacramentada, par Bartolomé Perez de Veas, Cordoue, Andrés Carrillo, 1636, in-4°. Ce qui donna l'occasion de ces fêtes ce fut l'événement arrivé à Tirlemont et dont parlent Garibay, Miedes, Mariana, Beuter et d'autres.

Justa poética celebrada por la universidad de Alcala en el nacimiento del Principe de las Españas, D. Felipe Próspero, par le Dr. Francisco Ignacio de Porres, Alcala, Maria Fernandez, 1658, in-4°. Ce volume contient les vers de nombreux poètes natifs de cette ville ou visitant son Université. Les plus connus sont Leon Marchante, D. Alvaro Cubillo d'Aragon, D. Andres Pellicer de Abarca, le Dr. D. José de Villaroel. L'Université de Salamanque célébra des fêtes pour le même motif, et Sébastien Perez publia, cette même année de 1658, in-4°, une *Relacion de las demonstraciones festivas de religiony lealtad* etc., avec des vers en latin, en castillan, et une pièce en langue basque.

Luces de la Aurora, dias del sol en las fiestas de la que es sol de los dias y aurora de las luces, par D. Francisco de la Torre y Sebil, Valence, chez Geronimo de Villagrasa, 1665, in-4°. C'est une relation des fêtes célébrées dans cette ville, à l'occasion de l'indult accordé par le pape Alexandre VII. Avec des poésies en latin, en castillan, en valencien, se trouvent une comédie de José Bolea, intitulée *Azucena de Etiopia*, et une description, en vers, de l'entrée dans Valence de son vice-roi, le marquis d'Astorga. Séville eut aussi ses fêtes, dont la relation a été publiée, en 1663, chez Juan Gomez de Blas, in-4°, par D. Fernando de la Torre Farfan, sous le titre de *Templo panegirico*, etc. Cette relation réunit des poésies d'un grand nombre d'auteurs sévillanais, la plupart peu connus.

CHAP. XXXI, *note* 1, p. 91.— Un autre genre intimement lié avec le genre satirique, c'est le burlesque, dans lequel nos poètes ont presque toujours eu du bonheur. Il est certain que dès les temps des premiers *cancioneros*, se trouvent insérées dans leurs poésies et avec une division à part, certaines compositions intitulées « de burlas » et qui porteraient mieux le titre de « obscenidades ». Un exemple frappant, c'est le *Cancionero*, publié à Valence par Vignan, et réimprimé depuis à Londres par un curieux, (voyez le tom. 1 de cette traduction, page 404). Elles furent supprimées plus tard, quand l'Inquisition exerça une plus grande vigilance : elles ne parurent plus dans les dites collections, dès l'année 1535 : on n'y conserva que les compositions proprement désignées par le mot de « burlescas », et c'est dans ce genre que nos lyriques des siècles XVI et XVII, montrèrent tout ce qu'ils avaient de sel et d'enjouement. Ces poésies se trouvent intercalées dans les œuvres de nos meilleurs poètes, tels que Castillejo, Mendoza, Gongora, Lope de Véga, Quevedo, Castillo Solorzano, Salas Barbadillo et autres. Il y eut des poètes qui cultivèrent ce genre à l'exclusion de tout autre. De ce nombre, nous pouvons citer Jacinto Alonso Malvenda, natif de Valence et dont Ximeno et Furster parlent, chacun dans sa bibliothèque. Malvenda publia, en 1629, deux collections de poésies enjouées et burlesques, intitulées l'une, *Tropezon de la Risa*, et l'autre, *Cozquilla del Gusto*. La première, imprimée à Valence, par Silvestre Esparsa, in-12°, sans date, contient des poésies badines et un bon nombre de romances satiriques, entre autres celle à « Anarda » commençant par « si das en pe-« dirme à mi »; celle à « Felisarda », et une autre à « un hombre que era muy « amigo del vino », pleines toutes de sel et d'enjouement. Ses satires « à las mugeres « pequeñas », « à los monos », « à las enaguas », et surtout l'épithalame « à las bodas « de un tuerto y de una tuerta », sont fort remarquables. La collection contient en outre des « Endechas » en dialecte valencien, et une pièce intitulée « Bayle de Bras y Menga » qui n'est autre chose qu'un dialogue déversant le ridicule sur les femmes demandeuses. Parmi les poésies laudatives qui précèdent le volume, il y a des « dizains » de D. Alonso de Castillo Solorzano.

La *Cozquilla del Gusto* s'imprima aussi à Valence, chez Silvestre Esparsa, 1629, in-12°. C'est un petit volume de 64 feuillets et de 8 de préliminaires. Il contient également des poésies satiriques et burlesques, sur des mesures diverses, mais principalement des decimas, redondillas, endechas, etc. Les romances sont au nombre de vingt-six; il y a aussi des octaves des plus gracieuses, dépeignant « una batalla entre un perro y un gato »; deux fables burlesques, intitulées, l'une *Hactéon*; l'autre *Pasife*; enfin une romance « al dedo pulgar de un poeta culto, « mordido por una vieja ».

C'est au même genre qu'appartient le petit volume de poésies que publia, à Saragosse, chez Juan de Ybar, 1658, in-8°, sous le titre de : *Nuevo plato de manjares para divertir el ocio*, un certain Luis Antonio qui se dit « Lego del Parnaso ». C'est une des plus fines collections de vers du genre badin et burlesque, parmi lesquels se trouvent un assez bon nombre de romances et de letrillas d'un singulier mérite. Nicolas Antonio ne dit rien de cet auteur, et Latassa ne fait que mentionner le titre de l'ouvrage. Il est à présumer qu'en 1658, année de l'impression, Luis Antonio était déjà mort, puisque l'éditeur de ses poésies, ou, comme on disait alors, le « mercader de libros » appelé Tomás Cabezas, le dédie à D. Alberto Diez y Froncalda qu'il appelle « Galan del Parnaso ».

CHAP. XXXI, *note* 2, page 94.—Diego de Mejia était natif de Séville, d'où il alla au Pérou remplir les fonctions d'auditeur au tribunal de la ville de los Reyes. Durant la traversée, jusqu'à la Nouvelle Espagne, en 1596, contrée où, comme il le raconte lui-même, dans le prologue mis en tête de ses poésies, il se rendait poussé plutôt par la curiosité de voir ces royaumes que par l'intérêt, le vaisseau sur lequel il s'était embarqué éprouva une horrible tourmente dans le golfe du Papagayo, et fut jeté dans le port d'Acaxu, sur la plage de Sonsonate. De là, il entreprit son chemin par terre, dans le but de se distraire des fatigues d'un voyage si pénible et qui dura trois mois. Méjia avait acheté à un étudiant de Sonsonate un Ovide en latin, et, à son arrivé à Temixtitlan, dans le Mexique, il avait déjà traduit quatorze des vingt-une épître, traduction qu'il appelle « primicias de mi pobre musa, » après avoir terminé et poli, à Mexico, sa traduction du poète latin, il l'envoya, sur la prière de ses amis, à Séville, pour la livrer à l'impression. Méjia préféra, dit-il, traduire les épîtres en tercets, parce qu'il lui semble que ce genre de rimes correspond au vers élegiaque latin, « por parecerle que esta clase de rimas corresponde con el « verso elegiaco latino » opinion contraire à celle de Villegas, lorsqu'il s'occupa de la traduction de Dante (Voyez tom. II, p. 24, note 2).

CHAP. XXXI, *note* 2, page 96.—Pedro Soto de Rojas, chanoine de la sainte église de Grenade, et avocat de la Sainte Inquisition, composa en outre un poème en octaves, intitulé *Los Rayos del Faeton*, fondé sur la donnée mythologique de Phaéton et de sa fin malheureuse, pour avoir voulu conduire un jour les chevaux du Soleil, son père. Ce poème fut imprimé à Barcelone, en 1639, in-4°. Treize ans après, il faisait paraître un autre livre, sous le titre de : *Parayso cerrado para muchos, jardines abiertos para pocos, con los fragmentos de Adonis*. Grenade, Baltasar de Bolibar, 1652, in-4°. Paradis fermé au grand nombre, jardins ouverts à un petit nombre, tel est le titre étrange d'un poème où l'auteur décrit dans les détails les plus minutieux et dans un style excessivement châtié, une maison de plaisance qu'il avait dans l'Albaycin, et dont les jardins, ornés avec le même mauvais goût excessif qui règne dans ses vers, laissaient voir des grottes, des cascades, des cyprès taillés en forme de monstres, des dragons et des géants, des ormes épais figurant des châteaux, des galères en myrthe de diverses formes, des nymphes, des satyres, des chevreuils, des sangliers et toute espèce d'animaux ; en un mot le gongorisme le plus pur transporté dans un jardin, et luttant à force de bras contre la nature. Les vers de Rojas sont pleins d'une affectation si ridicule et ses pensées couvertes d'une obscurité telle qu'il est parfois besoin d'un grand effort pour les pénétrer et les comprendre. Qu'il nous suffise de dire qu'il appelle les chardonnerets, violons à plume, *violines de pluma* ; les rossignols, passants nocturnes et spadassins amoureux, *nocturnos paseantes y espadachines enamorados* ; le soleil, fournisseur du temps, *asentista del tiempo;* le Comte-Duc, Iris dans la tempête des placets, *Iris en tempestad de memoriales.* Ses *Fragmens d'Adonis* ne sont pas plus exempts de ce cultisme exagéré. Dans une lettre destinée a être envoyée, « carta misiva » Rojas avoue qu'ils furent perdus pendant plus de vingt-ans, parce qu'ils s'étaient imprimés sans nom. Le *Parayso* est précédé d'une introduction en prose, de D. Francisco de Trillo y Figueroa, ami de l'auteur; introduction qui nous fait connaître que Soto de Rojas vint à la cour dans sa jeunesse, et qu'il fut attaché au service de Jorge de Tobar, secrétaire et favori de Philippe III; qu'il manifesta bientôt une grande disposition pour la poésie, devint l'ami des principaux écrivains de ce temps, se gagna la protection du Comte Duc, obtint un gras bénéfice et devint un des poètes les plus attachés à sa personne. La chute du tout puissant favori porta à Sotos, comme à beaucoup d'autres poëtes de ce temps, un coup fatal : l'adulation cessa et avec elle cessèrent les récompenses et les grâces qui leur étaient dispensées à pleines mains.

Trillo y Figueroa, dont nous venons de parler, imprima un volume de poésies médiocres, et, en octaves, un poème en l'honneur du Grand Capitaine, sous le titre de : *Neapolisea*, Grenade, 1651, in-4°. Il composa aussi une histoire de sa ville natale, qui se conserve inédite parmi les manuscrits du British Museum de Londres.

CHAP. XXXI, *note* 1, page 99.—Il existe en effet une édition antérieure des œuvres de Francisco de Castilla, publiée, à Murcie, par l'honorable Jorge Castilla, le quatrième jour du mois d'aout de l'année 1518. C'est un volume in-folio, caractère gothique, divisé en deux parties, chacune avec son titre ; chacune avec son foliotage différent. La première a trente-six feuillets et la seconde, seize. Quand il écrivit son œuvre, l'auteur était gouverneur des villes de Baza, Guadix, Alméria et autres.

CHAP. XXXI, *note* 1, page 104.—Parmi les poèmes didactiques il ne faut pas oublier le suivant: *Tropheo del oro, donde del oro muestra su poder mayor que el del Sol y la Tierra: con allegaciones de todas las tres partes pretendientes, auiendo cada una contado su valor* ; composé par Blasco Pelegrin Cathalan, cavallero Valenciano, Zaragosse, chez Domingo de Portonariis y Ursino, 1579, in-4° de 141 feuillets. Ximeno, *Escritores del reyno de Valencia*, tom. I, pag. 173, l'appelle *Alonso* et blâme Rodriguez de l'appeler *Blasco*, dans sa *Biblioteca*, p. 285. Il assure avoir vu un exemplaire de son ouvrage dans la bibliothèque du couvent de saint Dominique, à Valence. Mais en cela, comme en beaucoup d'autres chose, Ximeno pèche par trop de légereté, et il n'est pas, tant s'en faut, aussi exact que Rodriguez qu'il critique, tout en le copiant à la lettre en beaucoup d'endroits. Le *Tropheo* est écrit en octaves faciles et divisé en trois chants. Ainsi que l'indique le titre, c'est un concours ou dispute entre l'or, la terre et le soleil, ayant pour juge le roi de la nature. Ce dernier écoute les raisons que lui expose chacune des parties et se décide en faveur du premier. Le poème est adressé à Philippe II.

A ce même genre appartient *l'Elogio à el retrato de Philipo IIII*, de D. Pedro Jerónimo Galtero, natif d'Antequera, imprimé sans désignation d'année ni de lieu. Toutefois une lettre, mise en tête et écrite à l'auteur, par D. Antonio Hurtado de Mendoza, et datée de Séville, le 4 fevrier 1631, fait présumer qu'il fut composé cette année là. Comme l'indique le titre ; c'est un poème en l'honneur et à la gloire de ce monarque; on y suppose que son portrait a été placé dans un temple. Il y a une invention suffisante, la versification est bonne et l'auteur ne se montre pas encore trop infecté par le cultisme.

CHAP. XXXI, *note* 1, page 105. — D. Miguel del Castillo fut le véritable auteur de l'*Aula Dei*, publiée, pour la première fois, en 1637, in-4°, sous le pseudonyme de Miguel de Mencos, réimprimée en 1677, et enfin, en 1679, avec une préface de D. Josef de Pellicer et des additions de Fr. Agustin Nagore, moine du même monastère. D. Gabriel de Mencos, chevalier de l'habit de Calatrava, ami intime de l'auteur, y est désigné sous le nom de Silvio. Ces *Selvas* se réimprimèrent à Londres, en 1841, in-4°, par les soins du chanoine D. Rafael de Riego, avec les douze triomphes des douze apôtres, de Padilla et d'autres poésies.

CHAP. XXXI, *note* 1, page 106. — Il faut ajouter, comme appartenant au genre descriptif, les poèmes suivants que Ticknor n'a pas mentionés :

Triumpho del Monarcha Philippo tercero en la felicissima entrada de Lisboa, par Vasco Mausino de Quevedo ; Lisbonne, Jorge Rodrigues, 1619, in-4°, de 70 feuillets : poème divisé en six chants, où se décrivent les illuminations, les fêtes et les réjouissances de Lisbonne, lors de l'entrée de Philippe III, en 1619. C'est une composition assez spirituelle, en octaves faciles et harmonieuses, dédiée au président du Sénat et de la Chambre de Lisbonne, D. Juan Furtado de Mendoça. Dans le chant deuxième est introduit un éloge de Fr. Luis de Aliaga, confesseur de ce monarque, qui eut, suppose-t-on, une grande part dans la résolution du roi de visiter ses États de Portugal.

El triumpho mas famoso que hizo Lisboa à la entrada del Rey Don Phelippe tercero d'Espana y segundo de Portugal, par Gregorio de San Martin, Lisboa, Pedro Craesbeeck, 1624, in-4°. Ce poème de neuf cent vingt-sept octaves, divisé en sept chants, roule sur le même sujet que le précédent. L'auteur était parent éloigné de Lope de Véga, d'après Barbosa, *Biblio. Lusitana*, tom. II, p. 416. La partie la plus curieuse de ce poème, c'est la description, au cinquième chant, de la tragi-comédie représentée par les pères de la Compagnie, dans leur couvent de Saint-Antoine, tragi-comédie dont il existe un autre récit en prose, publié par Sardina Mimoso, *Relacion de la Trajicomedia*, etc., Lisboa, 1520, in-4°. Le septième et dernier chant raconte la mort de Philippe III, et le couronnement de son fils et successeur Philippe IV.

CHAP. XXXII, *note* 1, p. 115. — Damian Lopez de Tortajada forma cette collection. Son nom se trouve imprimé en tête de plusieurs éditions : entre autres les deux éditions connues, de Valence et de Madrid, l'une de l'année 1746 et l'autre de 1764.

CHAP. XXXII, *note* 4, page 115. — Parmi les compositeurs de « Romances » appartenant à cette époque, nous ne pouvons passer sous silence Gabriel Lasso de la Véga, auteur de la *Mexicana*, et qui publia en 1601, à Barcelone, chez Sebastian de Cormellas, un volume in-16°, intitulé : *Manojuelo de Romances nuevos y otras obras*, adressé à Don Hieronymo Arias Davila Virués, seigneur de Hermoro. Déjà, dans une autre de ses œuvres assez estimable et intitulée : *Elogios en loor de los tres famosos varones Don Jayme Rey de Aragon, Don Fernando Cortes, marques del Valle, y Don Alvaro Bazan, marques de Santacruz*, publiée à Saragosse, chez Alonso Rodriguez, 1601, in-8° de 152 feuilles, cet écrivain avait inséré un assez grand nombre de ces romances contenues dans son *Manojuelo*, déjà imprimé à ce moment. Gabriel Lasso dut, à ce qu'il semble, publier une seconde partie dudit *Manojuolo*, parce que, au verso du folio trente-trois des *Elogios*, il insère une romance en l'honneur du roi D. Jaime, commençant par ces mots : « Aquel valeroso César » et il ajoute : elle reste à imprimer dans le *Manojuelo* « se queda imprimiendo en el Manojuelo ». Dans le même volume (folio 121, v°), il en donne une autre, adressée à D. Alvaro Bazan, « suspende sañudo Marte »; il dit : elle a été imprimée dans la première partie du Manojuelo de romances; « Se imprimió en la primera parte del *Manojuelo de romances* ».

Cette seconde partie s'est-elle jamais publiée, je ne sais; je n'ai jamais pu en voir un exemplaire, et nous n'avons trouvé, à cet égard, d'autres renseignements que les détails que nous fournit l'auteur lui-même.

Le *Manojuelo* de 1601 se compose de cent trente-six romances, partie historiques, partie amoureuses, bien que le genre dominant soit le genre burlesque. Parmi celles qui appartiennent à ce dernier, il y en a de fort belles, telles que celles qui commencent par « Tras largo acompañamiento »; « Seys navidades, Señora ». Nous trouvons aussi un conte des plus gracieux intitulé : « Novela » et commençant par « Un cortesano discreto », et une canción, la seule dans toute la collection, adressée à D. Alvaro de Bazan. L'auteur ne paraît pas aussi heureux dans certaines compositions écrites en vieux langage et à l'imitation « des vieilles romances ». Exemple celle-ci :

> Parad mientes, Rey Alfonso,
> Ansi, os mantenga Diose,
> A las mal escritas letras
> De un vasallo mal fechore,
> Desterrado de Castilla,
> Como y porque sabeys vose ;
> Pero pues vos lo fezistes,
> Debió de ser con razone, etc. (1)

où il semble complétement méconnaître l'origine et les progrès de la langue castillane.

CHAP. XXXII, *note* 1, page 122. — Comme Sébastian de Cordoue fit rentrer Boscan dans le genre religieux, peu s'en fallut qu'il ne se trouvât une autre personne qui en fit autant avec la *Diana*. En 1582, Bartolome Ponce, moine de Citeaux, publia, à Saragosse, sa *Primera parte de la clara Diana à lo divino, repartida en siete libros* in-8°, réimprimée plus tard, dans la même ville, par Lorenzo de Robles, 1599, in-8°. Dans la dédicace de cette seconde édition, — je n'ai point vu la première, — se trouvent les détails suivants sur Montemayor et sur sa mort :

« El año de 1559, estando yo en la corte del rey Phelipe II, N. S. por negocios desta mi casa y monasterio de Santa Fe, tractando entre cavalleros cortesanos,

---

(1) Faites attention, roi Alphonse, — Et qu'ainsi Dieu vous conserve. — Aux mal écrites lettres — D'un vassal malfaiteur, — Exilé de Castille — Exil dont vous savez le comment et le pourquoi : — Mais puisque c'est vous qui l'avez ordonné, — Ce doit être avec raison, etc.

vi y lei la Diana de Jorge de Montemayor, la qual era tan accepta quanto yo jamàs otro libro en romance aya visto. Entonces tuve entrañable deseo de ver à su
autor, lo qual se me cumplió tan à mi gusto, que dentro de diez dias se ofre-
ció tenernos combidados à los dos un cavallero muy illustre aficionado en todo es-
tremo al verso y poesia. Luego se començó à tractar sobre mesa del negocio. Y
yo con algun buen zelo le commenzé à dezir quan desseada avia tenido su vista
y amistad, si quiera para con ella tomar brio de dezille quan mal gastava su
delicado entendimiento con las demas potencias del alma, ocupando el tiempo
en meditar conceptos, medir rimas, fabricar historias, y componer libros de amor
mundano y estilo profano. Con medida risa me respondió, diziendo, « Padre
Ponce, hagan los frailes penitencia por todos, que los hijosdalgo armas y amores son su profession ». « Yo os prometo, señor Montemayor, dixe yo, de con
mi rusticidad y gruesa vena, componer otra Diana, la qual con toscos garro-
tazos corra tras la vuestra ». Con esto y mucha risa se acabó el combite y
nos despedimos. Perdone Dios su alma, que nunca mas le vi; antes de alli à
pocos meses me dixeron como un muy amigo suyo le avia muerto por ciertos
celos ò amores. Justissimos juicios son de Dios, que aquellos que mas trata
y ama qualquiera por la major parte le castiga muriendo, siendo en ofensa de su
criador. Sino veldo :

> Pues en amores vivió,
> Y aun con ellos se crió,
> En amores se metió,
> Siempre en ellos contempló,
> Los amores ensalçó,
> De amores escribió
> Y por amores murió.

Cata aqui pues, sabio lector la primera ocasion y sencillo motivo que me movió,
à componer mi mas oscura que clara *Diana*. »

CHAP. XXXIII, *note* 1, page 124.—L'édition de 1614 ne se tira pas à part, mais
unie à la *Diane* de Montemayor. Elle avait été déjà imprimée de cette manière
à Venise, en 1568, et en 1585, in-12°. Dès lors elle ne fait généralement plus qu'un
avec cette pastorale, comme second livre à part. Nous ne connaissons d'autre édition séparée que la première de Valence, 1564, in-8°. »

---

(1) « En l'année 1559, je me trouvais dans la résidence du roi Philippe II, N. S. pour
des affaires de ma maison et de mon monastère de Santa Fé. Pendant que je traitais
mon affaire avec deux courtisans, je vis et lus la Diane de Montemayor, si bien accueillie
que je n'ai jamais vu un autre livre en romance, recevoir un accueil pareil. J'éprouvai
immédiatement un profond désir de voir son auteur, et mon désir s'accomplit avec une
telle satisfaction que, dix jours après, l'occasion nous réunit tous deux, invités chez un
personnage très-illustre, extrêmement passionné pour les vers et pour la poésie. On
commença bientôt à traiter, à table, de mon sujet. Pour moi, je lui dis, le premier, tout le
désir que j'avais éprouvé de le voir et d'obtenir son amitié, ne serait-ce que pour m'en-
hardir à lui dire quel mauvais emploi il faisait de son intelligence délicate, ainsi que des
autres facultés de l'âme, en occupant son temps à méditer des pensées alambiquées, à

CHAP. XXXIII, *note* 3, page 134.— En 1578, Nicolas Colin publia une traduction française de la *Diane* de Montemayor, suivie d'une seconde partie. Stimulé par cet exemple, un Espagnol, Hiéronymo Texeda, interprète de langues, à Paris, composa une troisième partie qui est la continuation de la fable. *La Diana de Montemayor nuevamente compuesta por* etc. ; *donde se da fin á las historias de la primera y segunda parte. Dirigida al Excmo. señor don Francisco de Guisa principe de Joinville,* Paris, 1587, in-8°. Elle ne fut pas réimprimée et fut toujours peu connue en Espagne, puisque ni Nicolas Antonio ni Cerda n'en ont eu connaissance. Son mérite est nul, c'est certain, et si l'on excepte une ou deux pièces de vers, le reste du livre est si monotone, si lourd qu'il tombe des mains. Aussi ne devons nous pas regretter que son auteur repentant, à la vue du mauvais succès de son ouvrage, n'ait pas publié une continuation ou quatrième partie qu'il avait promise.

CHAP. XXXIII, *note* 2, page 125. — Au nombre des premières imitations de la *Diane* de Montemayor, il ne faut pas oublier de mettre celle que, trois ans après la mort de son auteur, publiait à Saragosse, chez Juan Millan, 1566, in-8°, Heronimo de Arbolanches, natif de Tudela, Navarre, sous le titre étrange de : *Los nueve libros de los Havidas.* Nous disons que c'est une imitation de la *Diane,* parce qu'elle a certains points de contact avec elle, quoiqu'elle soit tout écrite en vers ; et d'autre part, il y a entre elles assez de différence pour nous faire douter si l'auteur la prit pour modèle. En voici le sujet : Gargoris, roi d'Espagne, a, de sa propre fille, un fils appelé Abido, d'où l'auteur a sans doute donné à son livre le titre de *Havidas.* Désirant cacher son crime et son déshonneur, il ordonne de le jeter aux bêtes pour qu'elles le dévorent. Celles-ci, loin de lui faire aucun mal, le caressent et le protégent. Le roi irrité, lui fait une marque au bras, ordonne à ses

mesurer et aligner des rimes, à fabriquer des histoires, à composer des livres d'amour mondain et en style profane. Montemayor me répondit en souriant et me dit : « Père Ponce, que les moines fassent pénitence pour tout le monde; quant aux hijosdalgo, ce sont les armes et les amours qui sont leur profession ». « Je vous promets, lui dis-je, señor Montemayor, de composer avec ma rusticité et ma veine grossière, une autre Diane qui poursuivra la vôtre avec ses rudes coups de trique ». Là dessus, et avec des éclats de rire, le repas se termina et nous nous séparâmes. Que Dieu pardonne son âme ; je ne l'ai jamais plus revu : loin de là, il y a seulement quelques mois, on m'a dit qu'un de ses amis l'avait tué par suite de jalousie ou d'amour. Ce sont de très-justes jugements de Dieu de voir que celui qu'on aime et qu'on chérit davantage, vous punit le plus souvent, en vous donnant la mort, en offensant même son créateur. En effet, voyez-le

C'est dans les amours qu'il vécut,
Par elle, encore qu'il s'éleva,
C'est en amours qu'il s'entremit,
Toujours vers elles il regarda,
C'est les amours qu'il célébra,
C'est des amours qu'il écrivit,
Et c'est pour amours qu'il mourut.

Voilà, sage lecteur, l'occasion première, et le simple motif qui m'ont porté à composer ma plus obscure que claire *Diane.* »

serviteurs de prendre l'enfant et de le jeter au fond de la mer. Il est immédiatement obéi, mais les flots le rejettent tout vivant sur la plage : il tombe entre les mains d'un berger qui le soigne et l'élève comme son propre enfant. A la mort du roi, il est conduit en présence de sa mère et de sa sœur et reconnu au signe qu'il porte à son bras. Il monte alors sur le trône et devient le dernier roi d'Espagne, avant la sécheresse qui dépeupla complétement la Péninsule.

Durant son séjour chez les bergers et pendant qu'il se livre aux travaux de son métier, Abido s'éprend d'une belle jeune fille, circonstance qui fournit à l'auteur l'occasion d'introduire des descriptions de la nature des plus belles, des églogues, des poésies diverses, telles que romances, letrillas, villancicos, qui ne le cèdent en rien aux meilleures compositions poétiques de Montemayor, par la douceur, le sentiment et l'harmonie. Voyez par exemple les vers suivants :

> Soltáronse mis cabellos,
>   Madre mia,
> ¡Ay! ¿con qué me los prenderia?
> Dicenme que prendo á tantos,
> Madre mia, con mis cabellos,
> Que ternia por bien prendellos
> Y no dar pena y quebrantos :
> Pero por quitar de espantos,
>   Madre mia,
> ¡Ay! con qué me los prenderia? (1)

Et plus loin :

> Partir me quiero, Zagala,
> Partir me quiero de vos :
> Mi Zagala, á Dios, á Dios,
> A Dios montes, á dios prados,
> A Dios bosques y selva fria,
> Que los lirios que aqui habia
> En abrojos son tornados,
> En ausencia mis cuidados
> Partiendo me yo de vos :
> Mi Zagala, á Dios, á Dios,
> Dexo los cabrillas mias,
> Y el ganado en grande pena,
> Al calor y á la berbena, (2)

---

(1) Mes cheveux se sont dénoués — Ma mère, — Las! avec quoi me les attacher? — On me dit que j'en attache tant — Ma mère, avec mes cheveux — Que je regarderais comme un bien de les attacher — Et de ne causer ni peines, ni douleurs. — Mais pour dissiper mon effroi, — Ma mère, — Las! avec quoi me les attacher?

(2) Je veux partir, ma Zagala, — Je veux me séparer de vous ; — Ma Zagala, adieu, adieu. — Adieu, montagnes, adieu, prairies, — Adieu, bois et fraiche forêt, — Les lys qui croissaient ici — En ronces se sont changés, — L'absence augmente mes soucis, — En me séparant de vous — Ma Zagala, adieu, adieu — J'abandonne mes pauvres chèvres — Et mon troupeau avec douleur — A la verveine, à la chaleur — Et à travers

Por essas selvas sombrias,
Voy à ver sus agonias,
Partiendome yo de vos :
Mi Zagala, à Dios, à Dios.

Dans un autre endroit :

Esa flor de Mayo,
¿ Quien la cogerà ?
De lobos hambrientos,
La oveja seguida,
Y la nao batida,
De tres varios ventos,
Ni hace movimiento
Acà ni acullà :
¿ Quien la cogerà ? (1)

C'est un petit volume in-8º, imprimé en caractères gothiques, sans foliotage. Au commencement se trouve un portrait de l'auteur avec l'inscription suivante :

Ebro me produzió y en flor me tiene,
Mas mi rayz de rio Calibe viene (2).

Suit une épître en tercets adressée à l'illustre Señora, Dª Adriana de Egues y de Biamonte, et une autre fort gracieuse et très-divertissante, d'un certain Enrico (sic) maître ès-arts, à son disciple Arbolanches.

On pourrait citer aussi, parmi les imitations de la *Diane*, une espèce de nouvelle pastorale que publia, à Valence, chez Patricio Mey, en 1601, in-8º, sous le titre de : *El prado de Valencia*, D. Gaspar Mercader, illustre caballero de ce royaume. Le sujet en est très-simple. Le mayoral de l'Espagne, Philippe III, confie l'administration et le gouvernement de toutes les vallées environnant Valence, à un berger de Denia, le duc de Lerme, lequel arrive dans ces contrées, accompagné d'une gaillarde bergère, Dª Catalina de la Cerda. Les bergers de l'endroit s'avancent à leur rencontre, au milieu des fêtes et des réjouissances. L'un d'eux, Fideno est éperdument épris de Belisa (Isabelle), la fille d'un des bergers étrangers, qui s'était aussi rendu à la fête. Les bergers valenciens préparent des jeux et des réjouissances de toute espèce pour divertir le duc et leurs hôtes. Le premier des divertissements est un concours poétique auquel prennent part Fideno lui-même, Olympe, amant de Dinarde, Lisardo, qui l'est de Nisida, Léonard, de Laure, et Cardenio, d'Areinda. La lecture et la classification des poésies se fait dans la maison même de D. Gaspar Mercader. Il s'ouvre aussi un second concours, dont

---

ces forêts sombres, — Je vais voir leur agonie, — En me séparant de vous, — Ma Zagala, adieu, adieu.

(1) Cette fleur de mai — Qui la cueillera? — De loups affamés — La brebis suivie, — Le vaisseau battu — Par trois vents contraires — Ne fait aucun mouvement, — Ni de çà ni de là, — Qui la cueillera?

(2) L'Ebre m'a produit et me conserve en fleur — Mais ma racine sort du fleuve Calibe.

les prix sont disputés par des écrivains de Valence, parmi lesquels figurent Miguel Beneyto, Lopez Maldonado, Fernando Pretel, le capitaine Artieda, Carlos Boyl, Guillen de Castro, Miguel Ribellas, Baltasar Centellas, Francisco Crespi, Juan Fenollet, et d'autres poètes connus de ce temps ; D. Gaspar Mercader remplit le rôle de juge. Suivent d'autres jeux pour des prix divers, des courses de chevaux, une espèce de tournoi sur mer. Le roman se termine par les amours infortunées de Fideno et de Belisa; le mariage de cette dernière, obéissant à la volonté de ses parents, avec un rival inconnu. Tout le volume est plein, çà et là, de compositions poétiques des plus belles parmi lesquelles méritent d'être choisies et citées la letrilla, de la page 199, commençant par ces mots :

> Belisa, si el Sol,
> Mira tus cabellos,
> Y adora tus ojos,
> Matáranme celos (1);

une nouvelle en tercets intitulée : *Firmeza, lagrimas y sucesos de Tegualda*, p. 274; une autre en quintillas, p. 163 ; et la *Fabula de Jupiter y Europa*, p. 147. Tel est le petit nombre de compositions de ce genre qu'on peut encore lire aujourd'hui. Le style est pur et châtié, quoiqu'il y règne un peu d'affectation et de recherche. Le livre est extrêmement rare.

CHAP. XXXIII, *note* 1, *page* 126.—La traduction que fit Montalvo des *Lachrime de San Pietro*, de Luigi Tansillo, s'imprima à Tolède, 1587, en petit in-8°. L'œuvre du poète italien fut très-populaire en Espagne; six fois au moins on en fit des extraits, des imitations, des traductions. Nicolas Antonio cite les traductions en vers de Juan Sedeño, de Luis Martinez de la Plaza, poète d'Antequera, mort en 1635. Elles ne s'imprimèrent pas. Celle de Fr. Damian Alvarez, imprimée à Naples par Juan Domingo Roncallolo, 1613, in-12°, est écrite en octaves, et nous paraît une des meilleures et des plus conformes à l'original. On y trouve à la fin, en octaves également, une traduction des *Lagrimas de Maria Magdalena*, d'Erasme, non de Roterdam, mais d'Italie, de la famille des Valvasone ; divers sonnets, des romances, d'autres poésies originales, dévotes pour la plus grande partie, et les pleurs de saint Bernard sur la mort de son frère Gérard, mais en prose.

Nous avons pu voir aussi un petit poème anonyme intitulé : *Las lagrimas de San Pedro*, dédié à Philippe IV, et dont les octaves prouvent que le poète n'était pas un débutant. Il commence ainsi :

> Yo aquel que un tiempo en mi zampona ruda,
> Canté el amor, las ninfas, los pastores,
> Y estuvo á mi cancion la selva muda,
> Oyendo versos y escuchando amores (2),

---

(1) Belise, si le soleil — Regarde tes cheveux — Et adore tes yeux, — Je mourrai de jalousie.

(2) Moi qui dans un temps, sur mes pipeaux rustiques, — Chantai l'amour, les nymphes, les bergers, — Qui vis la forêt, muette, par mes chants — Entendre des vers, écou-

Ya que su ardor mi espiritu desnuda
En estos años de mi edad mayores,
Sombras que crecen con dormido passo,
Qnando mas se avezinan al ocaso.

Il existe enfin un très-joli poème en octaves, imitation du poème de Tansillo, quoique beaucoup plus court, dont l'auteur est un Sévillanais, Rodrigo Fernandez de Ribera, secrétaire du marquis d'Algava, et qui s'imprima dans la dite Séville chez Alonso Rodriguez Gamarra, en 1609, in-8°. A la fin de notre exemplaire se trouvent : *Dos canciones, las mejores que se han impreso, la primera al glosioso apostol San Pedro, quando fué llamado de Christo N. S. estando pescando en el mar ; su autor, el licenciado* Pedro Rodriguez. *La secunda, à la Asuncion de la Virgen, Nª Sª,* composée par le docteur Tejada, imprimées toutes les deux, à Séville par Simon Faxardo, rue de la Sierpe, en 1630. Il y a aussi dans le même volume, la *Cancion del glorosissimo cardenal y doctor de la Iglesia San Géromino y el riguroso modo de su penitencia. Compuesto* par Fr. Adrian del Prado *de la misma orden,* Séville, chez Pedro Gomez de Pastrana, 1637, in-8°.

Nicolas Antonio parle de Rodrigo Fernandez de Ribera, dont il ne connut pas les *Lagrimas de San Pedro* : mais il ne dit rien des deux autres, Rodriguez et Tapia. Il ne connut pas non plus les œuvres suivantes du même Ribera. *Esquadron humilde levantado à devocion de la Immaculada Conception de la Virgen nuestra señora*; Séville, chez Alonso Rodriguez Gamarra, 1616, in-4°, collection de poésies composées, comme l'indique le titre, en l'honneur du mystère de la Conception, et dans laquelle se trouvent un petit poème, composé de cent dizains, divers madrigaux, des odes, des redondillas avec gloses, suivant le style ancien, etc.

2° *Triunfo de la umildad en la vitoria de David,* Séville, Luis Estupiñan, 1626, in-4°, poème composé de cent treize octaves.

3° *Carta à un amigo consolandole en la muerte de su padre,* Séville, Luys Estupiñan, 1628, in-4°. Elle est en prose facile, harmonieuse, et révélant une profonde connaissance de la langue.

On peut affirmer de cet auteur, ce qu'on a dit de beaucoup d'autres écrivains de ce temps. Ses premières œuvres écrites dans le genre national, sont de beaucoup supérieures aux efforts qu'il fit plus tard pour atteindre les hauteurs hérissées de Gongora et de ses disciples. Les *Lagrimas de san Pedro*, publiées en 1609, sont dignes de Fr. Luis. Quant au reste de ses productions, il se confond dans cette foule de poètes qui, désireux d'imiter le poète de Cordoue, firent un mauvais emploi de leurs talents poétiques.

CHAP. XXXIII, *note 1*, page 128.—Il y a un peu plus de valeur dans la composition que Jéronimo de Covarrubias Herrera, habitant de Rioseco et résidant à Valladolid, publia sous le titre de *La Enamorada Elisea,* en 1594, in-8°. C'est un roman pastoral en prose et en vers, assez semblable à la *Diane* de Mon'emayor, et

---

ter des amours — Aujourd'hui que mon esprit dévoile son ardeur ; — En ces années plus grandes de ma vie, — Les ombres croissent à pas lents — Lorsqu'elles s'approchent plus du couchant.

dont la scène se passe en Egypte, sur les bords du Nil. Il s'y trouve de temps en temps de magnifiques morceaux de poésie, par exemple, le dialogue entre Félix et Elise au second livre. Le quatrième contient cinq églogues et une nouvelle intitulée : *Los amores de Florisuaro y Alcida*, toute en vers. Le cinquième et dernier n'a aucun rapport avec le reste ; il se compose d'odes, de gloses, d'octaves, de sonnets sur des sujets divers, et forme un espèce de « Cancionero. » Dans ce Cancionero, sont insérées quatre compositions sur la mort de la reine Anne, femme de Philippe II (1580) ; une réponse à Xarifa de son Avindarraiz, en redondillas, et une romance assez bonne de Rodrigo de Narvaez, pièces qui nous rappellent les poésies d'Antonio de Villegas et d'autres qui florissaient cinquante ans avant. A la fin du livre troisième, l'auteur promet de publier sous peu une seconde partie de son *Elisea*. Mais il termine le cinquième par deux vers taxés d'injure au beau sexe et que voici :

> Que al fin las mas hermosas y discretas,
> Al interes adoran todas ellas (1).

qu'il fit suivre de l'avis suivant où il offrait : « sacar primero un Cancionero, en « que comiençe desagraviàndolas y dàndolas la corona del verdadero y honesto « amor, prosiguiendo por dos historias que tengo compuestas. y por una egloga y « dos comedias y por diversidad de letras, y acabaré con algunas enigmas : que « por no ser amigo de libros que las damas no puedan traerlos en la faltriquera, « no hize mayor volumen (2). »

CHAP. XXXIII, *note* 3, page 129. — Nous n'avons pu voir l'édition dont parle Ticknor, et qu'il soupçonne d'être la première, publiée à Naples en 1702. Mais nous en avons vu une, donnée dans la même ville par Domingo d'Ernando Macarano, 1622, in-12°. Elle porte bien le nom de *Christoval Suarez*. Elle ne paraît pas être toutefois l'œuvre de Figueroa. Son titre est : *El Pastor fido, tragi-comedia pastoral de Bautista Guarino, traducida del italiano en verso castellano por Christoval Suarez, doctor en ambos derechos*. Elle est adressée au Sr. D. Juan Bautista Valenzuela Velazquez, conseiller collatéral de S. M. C. régent de la royale chancellerie du royaume de Naples. Collationnée avec le titre de l'édition de Valence, donnée par Patricio Mey, en 1609, in-8°, elle présente des différences notables. Cette dernière est en outre dédiée à D. Vicencio Gonzaga, duc de Mantoue et de Montferrat ; et les auteurs et les libraires de cette époque ne changeaient pas sans de graves raisons les dédicaces des livres qu'ils imprimaient. Par ces motifs nous sommes porté à croire que la traduction, imprimée, à Naples, en 1622, réimpression peut-être de la traduction de 1605, que nous n'avons pu voir, n'est pas l'œuvre de Figueroa ; à moins qu'il n'ait donné deux versions différentes, ce qui est peu probable. Voici le commencement de l'une et de l'autre édition.

---

(1) Enfin les plus belles et les plus sages — Adorent toutes l'intérêt.

(2) « De publier d'abord un Cancionero où il commencerait par les venger et leur donner la palme de l'amour sincère et honnête. Je continuerai par deux histoires que j'ai composées, par une églogue et deux comédies, par diverses lettres, et je finirai par des énigmes. Comme je n'aime pas les livres que les dames ne peuvent mettre dans leur poche, je n'ai pas fait un plus gros volume. »

Valence 1609.	Naples 1622.
Id vos los qu'encerrastes,	Pastores los que encerrado
La horrible fiera, à dar la seña usada	Habeis la terrible fiera,
De la futura caza; id despertando	Partid à dar con cuidado,
Con el cuerno los ojos.	De la caza que se espera
	El aviso acostumbrado.

Les chœurs de la version imprimée à Naples, sont en stances, et dans une même scène, on trouve parfois plus de trois espèces de vers.

Peut-être faudrait-il attribuer cette traduction à un poète appelé Christoval Suarez Triviño, qui florissait à Madrid, vers cette époque, et qui composa des vers, pour le dernier concours de la joûte poétique célébrée en l'honneur de S. Isidro, en 1620. Zuñiga, dans ses *Anales de Sevilla*, copie l'épitaphe d'un honnête ecclésiastique et prédicateur de renom appelé aussi le licencié *Christoval Suarez de Figueroa* , mort en 1618, à l'âge de 68 ans, et différent de l'un et de l'autre.

CHAP. XXXIII, *note* 2, page 130.—Parmi les ouvrages de ce Figueroa, qui fut fiscal, juge, gouverneur, commissaire contre les bandouliers et auditeur militaire, il faut citer celui qui à pour titre : *Varias noticias importantes à la humana consideracion*, Madrid, Tomas Junti, 1621, in-4°. C'est là que, dans un style brillant, quoique un peu affecté, il disserte sur divers points d'érudition sacrée et profane. La préface de ce livre nous fait connaître que l'auteur écrivait, comme l'on dit, pour gagner son pain, *ad panem lucrandum*. Il le faisait même avec assez de succès, puisqu'il ajoute : « Tanto mas que en otros assuntos por mi hasta ora « publicados, me reconozco à mi patria deudor de copiosa cortesia, y de no menor « generosidad, pues con el *crecido interes* que de ellos me ha resultado, he « podido entretenerme tantos años en sitio de tantas obligaciones como la corte. « Assi mientras. S. M. no me empleare en la continuacion de su servicio, será « forzoso no intermitir este linage de ocupacion, porque el talento no viva en « ocio, ni corra el tiempo sin fruto. » On pourrait extraire aussi de cette composition d'autres détails curieux pour la vie de Figueroa. Telle serait la circonstance d'un débarquement qu'il opéra en Barbarie, à bord des galères napolitaines, en l'année 1600, fait qu'il indique dans la *Variedad* IV, fol. 38.

CHAP. XXXIII, *note* 3, page 130.—Le livre d'Espinel Adorno s'imprima, comme dit Ticknor, à Madrid, chez la veuve d'Alonso Martin, en 1620. C'est un petit volume in-8°, de 162 feuillets et 6 de préliminaires. Ainsi que l'indique le titre, c'est une pastorale en prose, mêlée de vers et de quatre églogues qui se trouvent respectivement, aux folios 8, 25, 108, 141. Dans le cours de l'ouvrage, sont aussi introduits divers contes ou histoires que les bergers se racontent les uns aux autres. L'histoire que l'auteur met dans la bouche d'Arsindo rapporte, sans pouvoir en douter, quelques circonstances de la vie de l'auteur. A ce qu'il semble, il naquit à Manilva, fut élevé à Munda, dans la province de Malaga, fut malheureux en amours, et dut abandonner pour quelque temps sa patrie, par suite d'une affaire nocturne où il blessa son adversaire. Nous ne savons pas si Adorno composa d'autre livre que celui-ci, dont il n'y a pas eu de seconde édition, mais dans les concours et dans les académies de ce temps, son nom paraît souvent parmi ceux des concurrents. Son livre nous donne des peintures de la nature des plus animées, surtout des diverses localités de la Sierra de Malaga, de la grotte voisine de Ronda. Le style en est propre et châtié; les vers en sont bons et l'ensemble de l'ouvrage nous offre une lecture agréable.

CHAP. XXXIII, *note 4*, page 130.—La *Filis* est aussi en castillan; dans le dernier chant seulement, il y a cinq octaves, de 64-69, en portugais, adressées par Fabio à Filis « en su lengua propria. » Le livre s'est imprimé à Madrid, chez Juan Sanchez, 1641, in-8°, avec l'approbation de Manuel Faria y Sousa, et du licencié Francisco de Torres. La *Filis* n'est pas une poésie bucolique, comme on a pu le croire, en en jugeant uniquement d'après le titre, mais bien une nouvelle en vers où l'auteur, sous le nom de Fabio, raconte les principaux événements de sa vie. C'est ainsi que nous apprenons que Miguel Botello naquit à Viseu, qu'il passa sa jeunesse à Santiago; que de là il vint à Madrid; que là il s'éprit de la grâce et de la beauté d'une dame de qualité, du nom de *Nise*, mais malheureux en amours, il se décida à quitter la capitale, et passa aux Indes, en 1622, où il servit sous les ordres du célèbre Vasco de Gama. Là, il fit connaissance avec *Filis*, qui lui raconte ses amours avec *Lisardo*, la perfidie et trahison de ce dernier qui l'avait abandonnée pour suivre une autre dame du nom de *Laure*, et le roman se termine par la mort tragique de l'héroïne, mourant d'amour et de jalousie.

CHAP. XXXIII, *note* 1, page 131.—Ce Gonzalvo ou Gonzalo de Saavedra, qui naquit à Cordoue, selon Nicolas Antonio, imprima en outre cinq volumes de poésies lyriques.

CHAP. XXXIV, *note* 2, page 146.—Dans la préface et dans les notes de l'édition du *Gil Blas de Santillane* faite en 1852, D. Adolfo de Castro a réuni avec beaucoup d'érudition les précédents de cette question littéraire, et à ajouté de nouveaux détails à ceux que l'on connaissait déjà.

CHAP. XXXIV, *note* 1, page 147.—Cet auteur est plus généralement connu sous le nom de Dr. Jeronimo de Alcala. Il naquit à Ségovie, en 1563; il était fils de Fernando Yañez Faxardo, natif de Murcie, et de Dª Petronilla de Ribera. Il mourut en 1632. Voyez Colmenares, *Escritores Segovianos* p. 777.

CHAP. XXXV, *note* 3, p 152.—Le roman chevaleresque sentimental—*Caballeresca — Sentimental*, genre auquel appartiennent la *Carcel de Amor* de San Pedro et d'autres livres cités par Ticknor, dans le premier paragraphe de ce chapitre, fut une importation italienne et ne jouit jamais d'une grande faveur en Espagne. Aussi passa-t-il vite pour faire place aux livres de chevalerie qui commençaient alors à se faire connaître, et qui finirent, avec le temps, par rester absolument maîtres de la place. Le plus ancien exemple de roman sentimental, c'est peut-être l'ouvrage de Rodriguez del Padron, dont a parlé le marquis de Pidal dans son savant et érudit prologue mis en tête du *Cancionero* de Baena. La bibliothèque Colombine de Séville, riche dépôt d'anciens livres castillans, conserve manuscrits plusieurs romans des plus en vogue, vers la fin du quinzième siècle et au commencement du seizième. Tel est le *Tractado compuesto por Johan de Flores à su amiga*, dont nous avons vu une édition in-4°, sans indication de lieu ni d'année d'impression, mais qui doit être du quinzième siècle. On lit à la fin :

« Acaba el tractado compuesto por Johan de Flores donde se contiene el triste « fin de los amores de Grisel y Mirabella, la cual fué à muerte condenada por « cierta sentencia disputada entre Torrellas y Braçayda, sobre quien da mejor

« ocasion de los amores, los hombres à las mujères, ò las mujeres à los hombres, y
« fué determinado que las mujeres son mayor causa. Donde se siguió que, con su
« indignacion y malicia, por sus manos dieron cruel muerte al triste de Torel-
« las (1). »

Il en existe une édition plus moderne, faite à Séville, 1554, in-4°, sous ce titre,
un peu changé : *La Historia de Grisel y Mirabella con la disputa*, etc.; et enfin
une troisième, donnée à Tolède, 1526, in-4°.

Le roman de *Luzman y Arbolea* est le même que celui qui est connu sous le
titre de *Selva de Aventuras,* dont on a parlé, tom. III, p. 152 de cette traduction.

On peut citer encore le *Triumpho de Amor* et les *Cartas de Grimalte y
Fromesta* par Juan de Flores.

Ajoutons que la bibliothèque nationale de Madrid conserve plusieurs romans
de ce genre, de temps plus modernes.

CHAP. XXXV, *note* 2, page 158.—Ginez Pérez de Hita composa un autre livre fort
ressemblant à celui dont il est ici question, tant pour le fond que pour la forme,
sous le titre de *Guerras de Troya ;* nous en avons vu un exemplaire manuscrit.

CHAP. XXXV, *note* 2, page 160. —François Louvayssin de la Marque était originaire
de la Gascogne, c'est-à-dire, de la Biscaye française, ainsi que le démontre clairement un sonnet en français, signé B. I, mis en tête de sa tragi-comédie et des
dizains castillans ainsi conçus :

> Tan soberana invencion
> Y eloquencia en todo rara,
> Muy bien nos muestra à la clara
> Que soys divino Gascon (2).

L'ouvrage cité ici a pour titre : *La historia de los dos verdaderos amigos.* Elle
est adressée au Sr. Baron de Chenoyse par le Sr. de M. en Roussillon, MDCXXV.
C'est un petit volume grand in-8°. On ne connaît point l'auteur. La dédicace, signée
De M, ne dit pas clairement que ce dernier en fut l'auteur, et, si nous devions en
juger par le style, nous dirions que les deux compositions sont distinctes. La Marque écrivit en outre un roman en français.

CHAP. XXXVI, *note* 1, page 167.—Nous doutons beaucoup que Condé ait pu trouver
dans les écrits arabes l'histoire du more Abindarraez ; il ne le dit pas non plus
d'une manière explicite. Il est certain qu'il l'insère à la fin de son *Historia de la
dominacion de los Arabes,* comme si c'était une traduction de cette langue ; mais il

---

(1) « Ici finit le traité composé par Johan de Flores, contenant la triste fin des amours
de Grisel et Mirabelle, laquelle fut condamnée à mort à cause d'une opinion disputée
entre Torrellas et Bracayda, savoir qui donne plus souvent occasion d'amours, des
hommes pour les femmes, ou des femmes pour les hommes. Il fut décidé que c'était
les femmes qui en étaient une plus grande cause. En conséquence l'indignation et la méchanceté firent donner de leurs mains une mort cruelle à l'infortuné Torrellas. »

(2) « Une invention si sublime — Et une eloquence en tout si rare — Fort clairement
nous démontre — Que vous êtes un divin Gascon. »

faut avertir aussi que le travail de Condé n'est pas toujours extrait des livres arabes. Il y en a une partie, et principalement dans son troisième volume, tirée des chroniques espagnoles. Dans la bibliothèque de l'Escurial il n'existe aucun manuscrit postérieur à la seconde moitié du quatorzième siècle, et traitant de l'histoire d'Espagne. Cependant l'histoire de Condé nous présente la série non interrompue des rois de Grenade, jusqu'à la prise de la dite ville, extraite de la chronique des mores de Pulgar et d'autres sources chrétiennes.

L'ouvrage de Balbi a pour titre : *Historia de los amores del valeroso moro Abinde-Arraez y de la hermosa Jarifa Aben-Cerases.*

Balbi, qui était Corse, écrivit en outre une *Relacion del sitio de Malta*, imprimée deux fois, une, à Alcalà, chez Juan de Villanueva, 1567, in-4°; une autre, à Barcelone, chez Pedro Reigner, 1568, in-4°. Est-ce Villegas qui a donné une forme à cette édition populaire? Nous ferons observer que, quelques années avant l'impression de son *Inventorio,* qui date de 1565, dans sa forme in-8°, et qui a eu une autre édition antérieure in-4°, l'histoire du more Abindarraez s'était imprimée. Nous en avons vu un exemplaire in-4°, caractères gothiques, sans indication d'année, ni de lieu d'impression, et publié, selon toute apparence, entre 1535 et 1540. Cette *Historia del moro Abindarraez y de la bella Xarifa* se réimprima à Tolède, chez Miguel Ferrer, 1561, in-12.

CHAP. XXXVI, *note* 1, page 171.—La *Ingeniosa Elena* est, dans l'ordre des temps, la première de toutes les publications de Salas Barbadillo. Elle fut éditée par l'alférez Francisco Segura, continuateur de la *Primavera y flor de los mejores romances* du bachelier Arias Perez qui, dans le prologue, raconte qu'en « passant « par Saragosse pour se rendre en Catalogne, son ami et compatriote, Salas Bar-« badillo, entre autres preuves de son esprit fleuri, lui laissa la dite nouvelle qu'il « donna immédiatement à la presse sous le titre de : La *hija de Pierres y Celes-« tina.* » Lerida, chez Luis Menescal, 1612, in-16.

· Les autres œuvres de Salas Barbadillo dont Ticknor ne parle pas, sont : 1° *El sagaz Estacio, marido examinado*, Madrid, Luis Sanchez, 1620, in-12, comédie en prose, où il se propose d'imiter la *Célestine*, ainsi qu'il le déclare dans la dédicace à Agustin Fiesco, citoyen de Gênes. Il dut l'écrire bien avant cette date, puisque le privilége pour le royaume d'Aragon est du 10 octobre 1613. Au même genre appartient son *Cortesano descortés*, Madrid, chez Cosme Delgado, 1621, in-12, où il se propose de ridiculiser les vices de la Cour. Sa *Sabia Flora Malsabidilla*, Madrid, Luis Sanchez, 1621, in-8°, est dédiée à D. Juan Hurtado de Mendoza. Son *Estafeta del Dios Momo*, Madrid, veuve de Luis Sanchez, 1627, adressé au célèbre prédicateur Paravicino, est une mordante satire des mœurs de l'époque, écrite sous forme de lettres et adoucie par des contes et des vers. Les *Fiestas de la boda de la incasable mal casada*, Madrid, veuve de Cosme Delgado, 1622, in-8°, ne sont autre chose qu'une collection de vers, de comédies, de petits contes, ramenés à l'argument du livre qui se réduit, comme le déclare son titre, à une dame dédaigneuse et orgueilleuse se mariant avec un bossu, après avoir refusé les partis les plus avantageux. A ce même genre satirique et moral appartient son *Curioso y sabio Alejandro, fiscal y juez de vidas agenas*, imprimé, pour la première fois, à Madrid, 1634, in-16°. Ce genre que les ingénieuses satires de Quevedo mirent tant à la mode, peut aussi comprendre sa *Correccion de vicios en boca de todas verdades*, Madrid, Juan de la Cuesta, 1615, in-8°, où il insère divers contes en vers tels que : *El mal fin de Juan de Buena Alma*; les *Narices del Buscavidas*; la *Mejor cura del Matasa-nos*; sans compter les nouvelles en prose, telles que *La dama del Perro muerto*; *El escarmiento del viejo verde*. Cette dernière est peut-être la plus curieuse de toutes les œuvres de Salas, celle qui révèle le plus d'esprit, et qui fournit aussi le plus de détails pour apprécier son caractère et ses inclinations. Après une longue dédicace sous forme de lettre adressée à Da Ana de Zuazo, où il lui raconte un voyage de Burgos à Saragosse, il suppose qu'à Tudela, en Navarre, il a fait la rencontre d'une espèce de fou appelé « Bouche de vérités » *Boca de verdades*, avec qui il s'est bientôt lié d'amitié. La composition est des plus satiriques : dans une partie il plaisante, avec beaucoup de grâce, les détestables poètes; dans une autre, les mauvais musiciens, et, plus loin, les recors et les greffiers.

Son roman *El subtil cordoves Pedro de Urdemalas*, Madrid, chez Juan de la Cuesta, 1620, in-8°, pourrait bien se classer parmi ceux du genre picaresque, si son auteur n'y avait inséré un grand nombre de vers et un poème demi-chevale-resque, en cent trente octaves, intitulé : *Recaredo y Rosimunda*, sujet des plus étranges et des plus fantastiques que nous ayons jamais lu. A ce roman est géné-ralement rattachée sa comédie en vers, le *Gallardo Escarraman*.

Nous avons parlé ailleurs de ses *Rimas castellanas* et de sa *Patrona de Ma-drid*; il composa aussi en vers une vie de *Santa Juana de la Cruz*.

Pour terminer ce long catalogue des œuvres de cet auteur si fécond, nous ajouterons que, dans une collection de nouvelles publiées, à Madrid, vers 1791, en huit volumes, petit in-8°, on en a imprimé trois attribuées à Salas Barbadillo, dont voici le titre : *El pecador venturoso; Los cómicos amantes ; El gallardo mon-tañes y filósofo cristiano*.

Nous pensions que le célèbre romancier, Alonso Jéronimo de Salas Barbadillo était mort vers la fin de l'année 1634 ou au commencement de 1635, et non en 1630, comme le dit par erreur Baena dans ses *Hijos de Madrid*, tom. 1, p. 42. Nous fondions notre opinion sur ce que le privilége, pour l'impression de son *Curioso Alejandro*, portait la date du 27 octobre 1634. Mais don Tomas Vargas Ponce a fixé la date de sa mort qu'il a tirée des registres des décès des diverses paroisses de Madrid. Il résulte de son travail, dont l'original se conserve à la biblio-thèque de l'Académie Royale d'Histoire, que Salas Barbadillo mourut le 10 juillet 1635, rue de Tolède, dans la maison de la Compagnie de Jésus.

CHAP. XXXVI, *note* 2, page 178. — Matias Aguirre del Pozo, Aragonais, écrivit *Natividades de Zaragoza repartidas en quatro novelas;* Saragosse, chez Juan de Ibar, 1634, in-4°, livre où il introduit quatre comédies.

CHAP. XXXVI, *note* 2, page 179. — Alonso de Castillo Solorzano, écrivain non moins fécond que Salas Barbadillo, et qui parfois l'emporte sur lui par l'esprit, a publié en outre: *Las Harpias de Madrid y coche de las Estafas*, roman du genre picaresque, un peu changé déjà, et mêlé de vers, d'intermèdes; les *Amantes An-daluces*, Barcelone, Sébastien Cormellas, 1633, in-12, qui appartient plutôt au genre italien. Son *Tiempo de regocijo y carnestolendas de Madrid* (Madrid, Luis Sanchez, 1627, in-8°,) est une imitation de l'ouvrage de Lucas Hidalgo (voyez page 170) comme sa *Huerta de Valencia* est une imitation de celle de Gaspar Mercader (voyez page 465). Nous avons de Castillo Solorzano une très-belle collection de poésies, en deux parties, intitulée *Donayres del Parnaso* (Madrid, Diego Flamenço, 1624 et 1625, in-8°.)

Dans la collection de romans que nous avons mentionnée plus haut, on trouve les nouvelles suivantes qui lui sont attribuées : 1° *La inclinacion espagnola*, 2° *El disfrazado ;* 3° *Mas puede el amor que la sangre ;* 4° *Escarmiento de atrevidos ;* 5° *Las pruebas en la muger ;* 6° *La dicha merecida ;* 7° *El pretendiente oculto y casamiento efectuado ;* 8° *El amor por la piedad ;* 9° *El soberbio castigado ;* 10° *La duquesa de Mantua.* Plusieurs sont extraites de ses œuvres imprimées.

CHAP. XXXVI, *note* 2, page 175. — L'étymologie du mot *cigarrales* proposée par Ticknor est tout au moins hasardée. Déjà M. Ford dans son *Hand book for Travellers in Spain and readers at Home*, (Londres, 1845, in-8°,) livre rempli de la plus exquise érudition, avait avancé au tome II p. 837, colonne 2, que *cigarral* dérivait de *zigarr* ou *cegarra*, endroit planté d'arbres. Or, cette dérivation nous paraît inexacte, d'abord parce que le mot arabe signifiant arbre est *xagiar* et non *zigarr*, que l'x ou xin arabe ne se change jamais en z ; puis, parce que de tels *cigarrales*, vergers plantés d'arbres, ne se distinguent certainement pas par le feuillage de leurs arbres. Leurs caractères particuliers ce sont surtout les sources d'eau qui abondent d'ordinaire, à cause de la sierra où elles sont situées ; et le mot *sigiara* signifie en effet « lugar de fuentes y en que rebosa el agua » lieu à sources, où l'eau abonde. »

CHAP. XXXVI, *note* 2, page 181. — Ce n'est pas pour nous un fait certain que l'*Universidad de Amor* soit l'œuvre de Jacinto Polo. Nicolas Antonio, qui en cite une édition de 1645 (*Bibl. Nov*, tom. II, p. 340,) attribue la première partie à Fray Benito Ruiz, de l'ordre de Saint-Dominique. Latassa, qui la suppose imprimée en 1646, considère la seconde comme une composition du chroniqueur D. Juan Francisco Andrès y Ustarroz. (*Bibl. Nueva*, tom III, p. 62.) A ces faits nous ajouterons que Juan Martin Merinero, éditeur de *las obras en prosa y verso de Salvador Jacinto Polo de Medina,* imprimées à Saragosse par Diego Dormer, 1670, in-4°, dit expressément dans sa « Préface au lecteur » qu'il a ajouté l'*Universidad « de Amor* aux autres œuvres de Polo, parce qu'elle lui paraissait être son ouvrage » « haber añadido la *Universidad de Amor* à las demas obras de Polo, por pare- « cerle que era obra suya. » Les *Académias del Jardin y Buen humor de las Musas,* et d'autres compositions de Jacinto Polo s'imprimèrent, pour la première fois, à Madrid, en 1630, in-4°, à l'imprimerie royale, avec l'approbation de maître Joseph de Valdivielso et de Lope de Véga. Là ne figure pas l'*Universidad de Amor* qui ne s'imprima qu'en 1640 (Saragosse, Pedro Lanaja y Lamarca, in-12°,) avec les fables d'*Apolo y Daphne, de Pan y Siringa* qui, on le sait, appartiennent à Polo ; et celle des *Las tres Diosas* que nous avons vu attribuer au licencié Gabriel del Corral, auteur de la *Cintia de Aranjuez*, et d'autres œuvres d'esprit. Dans cette édition, l'*Universidad de Amor*, formée seulement de la première partie, est attribuée à maître Antolinez de Piedra-Buena.

Mais, que l'*Universidad de Amor* soit réellement et effectivement l'œuvre de Polo, nous la croyons bien inférieure à une autre de ses fictions intitulée : *El hospital de incurables y viage de este mundo y del otro,* imprimée, pour la première fois, à Orihuela, par Juan Vicente Franco, 1636, in-8°, et depuis lors fréquemment réimprimée parmi les autres œuvres de son auteur. Le sujet se réduit au voyage qu'il fait avec un diable qui lui sert de compagnon et de guide, d'abord en Italie et en France, puis à Valence et dans d'autres villes d'Espagne, jusqu'a ce qu'enfin il le transporte dans un hôpital de fous. A cet égard, l'auteur fait une satire mordante et fort juste des vices et des folies de son époque.

Nous avons aussi vu son *Burco de las Musas y honesto entretenimiento para el ocio : con una novela de Montalban*, Saragosse, 1638, in-8°, livre que Nicolas Antonio n'a pas connu.

Le maître Antolinez de Piedra Buena, natif de Madrid et auteur du genre badin, *festivo*, nous a laissé un petit livre fort spirituel, intitulé : *Carnestolendas de Zaragoza, en sus tres dias*, (Augustin Verges, 1661 in-8°.) Il décrit un carnaval de cette ville, et il profite de l'occasion des déguisements pour faire une satire mordante et très-juste des mœurs de son temps. Francisco de Navarrete y Ribera, notaire apostolique, se proposa dans sa *Casa de juegos*, Madrid, Gregorio Rodriguez, 1644, in-4°, de mettre à nu les tricheries des joueurs, en adoucissant son récit par des anecdotes intéressantes. Au même genre appartiennent *El meson del mundo*, de Ribero ; les *discursos morales*, de Juan Cortès de Tolosa, (Saragosse 1617,) auteur plus connu par son *Lazarillo de Manzanares*, (Voyez tom. II, p. 47.)

CHAP. XXXVII, *note* 2, page 194.—Un des sermons les plus éloquents de Fr. Hortensio Felix Paravicino c'est le *Panegyrico funeral*, prêché en présence de Philippe IV et de sa Cour, pour rendre les derniers devoirs à son père, le roi Philippe III. Il s'imprima à Madrid, chez Teresa Junti, 1625, in-4°. La même année parut une brochure anonyme où l'on critiquait avec l'acrimonie la plus vive non-seulement le style et la forme du discours, mais encore le fond même, et où l'auteur était accusé de plagiat. « Tout se réduit, dit le critique, à deux livres vulgaires connus, « manipulés, taches ne méritant pas d'être lavées dans l'eau de l'oubli, ce sont le « sermon que Fr. Baltasar Paez prêcha et imprima à Lisbonne, en l'honneur de ce « monarque et le livre que le P. Baeza composa sur les Évangiles. » D. Juan de Jauregui se chargea de répondre à cette critique, dans une brochure au Comte-Duc, imprimée sous le titre d'*Apologia*, à Madrid, par Juan Delgado, 1625, in-4°. Le libraire ou éditeur, Pedro Pablo Bugia prévient les lecteurs que, s'il fut libéral en le publiant, il ne fut pas moins avare en le tirant à peu d'exemplaires : deux faits qui procédaient de son égale vénération pour l'ouvrage.

CHAP. XXXVII, *note* 2, page 200.—D. Salvador Bermudez de Castro a omis de citer dans ses *Estudios historicos*, le manuscrit de la bibliothèque nationale, où se trouve la romance attribuée à Antonio Perez. Nous n'avons pu par conséquent réfuter comme nous l'aurions désiré l'inculpation que lui adresse notre auteur et que nous n'hésitons pas à qualifier de non fondée. Qu'Antonio Perez ait été poète, c'est un fait qui n'admet pas le moindre doute : il existe des témoignages du temps qui le prouvent, et, entre autres, celui de Lupercio Leonardo Argensola qui ne saurait être suspect et qui s'exprime formellement sur ce point : « Il se publiait alors « sans nom d'auteur un grand nombre de vers dits *pasquinades*, assurant la sen- « tence et persuadant les dix-sept jugeants ; d'autres qui enflammaient les esprits ; « et particulièrement un dialogue qui, malgré son vers suelto, imitait beaucoup « le style de Lucien ; Antonio Perez lui-même, le composa, dit-on ; il y introdui- « sait les âmes du marquis d'Almenara et de D. Juan de Gurrea, gouverneur d'A- « ragon, parlant dans l'enfer, et excitant tour-à-tour les Aragonais à défendre leurs « lois et leurs fueros. » (*Informacion de los sucesos del reyno de Aragon*, p. 94.) Il n'est pas aisé de déterminer si la romance copiée par Bermudez de Castro est l'œuvre d'Antonio Perez ou celle d'un de ses nombreux amis ; mais ce qui paraît certain, c'est que le dialogue dont parle Léonardo et qu'il attribue au célèbre secrétaire de Philippe II, présente toutes les qualités particulières de son style, et qu'il est en outre écrit en vers suelto, vers employé par son père Gonzalo dans traduction de l'*Odyssée* (1).

CHAP. XXXVIII, *note* 1, page 204. — Il faut en rabattre un peu de l'éloge que fait ici Ticknor du caractère et de la conduite de Zurita. Des documents conservés à l'Académie Royale d'Histoire et dont la plupart sont connus du public par le *Discours* de réception qu'y prononça D. Salustiano de Olozaga, en 1853, il résulte que Zurita n'était ni aussi bon Aragonais, ni aussi ardent défenseur des fueros que notre auteur le suppose et qu'on l'a cru généralement jusqu'à ce jour. Au contraire, il semble avoir entretenu une correspondance avec Philippe II, qui le consultait souvent sur les moyens à employer pour triompher des difficultés que Antonio Perez et les habitants de ce royaume lui suscitaient constamment.

Bien que l'observation suivante puisse paraître superflue à plusieurs personnes, nous ajouterons que la troisième édition de Zurita est celle de Sébastien Lanaja y Quartanet, 1669-70, six volumes in-folio. Par là se trouve corrigée une légère inexactitude commise par notre auteur à la fin du second paragraphe. L'ouvrage fut continué par Leonardo et par Sayas, déja cités par Ticknor, et en outre par Andrés de Uztarroz et par Panzano.

CHAP. XXXVIII, *note* 1, page 206. — Le troisième volume de Moralès, intitulé *Los cinco libros postreros de la Cronica Général*, etc., se réimprima à Cordoue, chez Gabriel Ramos Vejerano, 1586, in-fol, avec un discours sur la fin de la vie de saint Dominique.

CHAP. XXXVIII, *note* 1, page 221. — En 1593, Juan de Encinas, habitant de Burgos, publia les *Dialogos de Amor, intitulado* (sic) *Dorida, por donde puede justamente un amante, sin ser notado de inconstante, retirarse de su amor, nuevamente sacado à luz, corregido y enmendado,* etc. Burgos, en la Imprimeria (sic) de Philippe Junto y Juan Baptista Varesio, 1593, in-8°. Dans la dédicace à D. Hieronymo de Salamanca, alcalde major de Burgos et procurador aux Cortès, l'éditeur donne à entendre, ou que l'ouvrage avait été précédemment imprimé, ou que tout au moins il s'était répandu en manuscrit, puisqu'il dit : « Si à la estimacion que de este li-« brillo se ha hecho, se juntarà la que espero del claro juicio y aventajado enten-« dimiento de v. md. (2). » Et plus loin : « Esta obra, que en su princípo fué se-« pultada en el olvido, renaciendo ahora del valor de v. md. (3). » Dans la pré-

---

(1) Les lecteurs qui seraient curieux de lire ce dialogue en trouveront le texte et la traduction dans le tom. I, p. 410, de la traduction que nous avons donnée du livre de M. le marquis de Pidal, sous le titre de : *Philippe II, Antonio Perez et le royaume d'Aragon.* (Paris, Dramard-Baudry, deux vol. in-8o, 1866.)

(Note du traducteur.)

(2) Si à l'estime qu'on a faite de ce petit livre vient se joindre celle que j'attends de votre jugement si sain et de votre intelligence si bien douée. »

(3) Cet ouvrage fut, dès le principe, enseveli dans l'oubli, il renaît aujourd'hui par la valeur que vous lui donnez.

face au lecteur il ajoute : « Por ser el intento y fin del que escribe enseñar y « deleytar, me pareció cosa justa sacar à luz este librillo que acaso entre otros « papeles vino à mis manos. Hallèle sin titulo, y asi no se ha podido buscar autor « ni registro con quien le concertar (1) ; » et plus loin il pense, sans en apporter aucune raison, que son auteur fut le juif Léon. Il ne se trompa pas beaucoup, croyons-nous : le livre ressemble assez aux *Dialogos*, publiés par cet écrivain, et dont il existait déjà à cette époque deux traductions en castillan, faites, l'une par un juif espagnol qui la dédia à Philippe II; l'autre, par Carlos Montesa, Saragosse, 1584, in-4°. Si l'œuvre n'est pas de lui, elle est d'un Castillan qui le prit pour modèle.

Nous avons sous nos yeux un traité, en quelques feuilles, de la *Genealogia de Garci Perez de Vargas*, écrit par l'Inca Garcilaso, à Grenade, le 5 mai 1596, et adressé par lui à un habitant de l'Estramadure qu'il appelle, s'il le nomme bien, « pariente mayor. » Ce traité est écrit de la main de son auteur qui prétend descendre de Garci Perez, comme ascendant de son père, Garcilaso de la Véga. C'est un opuscule fort curieux, où l'Inca insère des détails assez nombreux relatifs à sa personne et à sa naissance. « Le troisième enfant de d'Alonso Hinestrosa de « Vargas et de doña Blanca de Sotomayor fut Garcilaso de la Véga, mon seigneur « et père. Ce dernier employa trente années de sa vie, jusqu'à son terme, en ai- « dant à conquérir et peupler le Nouveau Monde, et principalement les grands « royaumes et les provinces du Pérou. Là, par la parole et par l'exemple, il ensei- « gna et instruisit ces nations païennes dans notre sainte foi catholique; il aug- « menta et exalta la couronne d'Espagne d'une manière si grande, si riche, et si « puissante que ce seul empire qu'elle possède entre tant d'autres, la fait craindre « aujourd'hui de tout le reste du monde. Il m'engendra d'une Indienne nommée « doña Isabelle Chimpu Oello, deux noms, l'un chrétien et l'autre païen, parce « qu'ordinairement les Indiens et les Indiennes, principalement ceux du sang royal, « ont adopté la coutume de prendre pour surnom, après le nom de baptème, le nom « propre ou appellatif qu'ils avaient auparavant. C'est une bonne habitude pour « représenter et rappeler les noms et prénoms royaux qu'ils avaient dans les ma- « jestés anciennes. Doña Isabelle Chimpu Oello était fille de Hualipa Tupac Inca, « fils légitime de l'Inca Yupanqui et de la Coya Mama Oello, sa femme légitime « et frère de Huayna Capac Inca, dernier roi de l'empire du Pérou. »

Plus loin il ajoute : « Quatre-vingts ans après que mon père et ses deux frères « eurent servi la couronne d'Espagne, j'ai voulu ajouter moi-même mes faibles « et inutiles services, en la servant de mon épée dans ma jeunesse; en la servant « encore plus inutilement aujourd'hui avec la plume, pour tirer avantage et m'en- « orgueillir d'avoir imité les miens en servant notre Roi, et choisissant, pour « récompense de ce dévouement, la gloire d'avoir payé notre dette et satisfait à notre « obligation, sans éprouver d'autre satisfaction que d'avoir rempli nos devoirs « comme on doit les remplir. Et il nous suffit d'avoir fait ce qui est en nous, par-

---

(1) Comme la pensée et le but de celui qui écrit est d'instruire et de charmer, il m'a paru juste de publier ce petit livre que le hasard a fait tomber sous ma main parmi d'autres papiers. Je l'ai trouvé sans titre ; je n'ai pu aussi en rechercher l'auteur, ni le registre avec lequel j'aurais pu le mettre d'accord.

« ce que la plus grande partie des faveurs des princes consiste plutôt dans le
« bonheur de ceux qui les reçoivent que dans leur propre mérite, et dans la li-
« béralité et la magnificence de ceux qui les accordent. En effet, on voit à chaque
« pas un grand nombre de personnes qui les méritent n'en recevoir aucune, tan-
« dis que d'autres, sans aucun mérite, et par la secrète influence de leurs étoiles,
« plutôt que par la libéralité ou la prodigalité du prince, les reçoivent en quantité. »

Il termine en parlant de son *Historia de la Florida*, qu'il avait alors terminée
et dont il envoyait le brouillon au personnage en question. Mais il ne dut pas trouver près de lui la faveur et la protection qu'il désirait, puisqu'il la dédia plus
tard au duc de Bragance.

CHAP. XXXIX, *note* 2, page 233.—Il existe un autre livre d'apophthegmes, sentences, bons mots, principalement grecs et romains, composé par le bachelier Francisco
Thamara, professeur à Cadix. Approuvé par les inquisiteurs de Séville, le 18 janvier
1548, il fut imprimé à Anvers par Juan Steelsio, 1549, in-8°. Dans la même année,
Martin Nucio le réimprimait aussi à Anvers, avec un titre un peu changé, avec
des variantes et des additions notables dans le corps de l'ouvrage, et la suppression
de la traduction de la *Table de Cébes*. Esteban de Nagera fit plus tard une réimpression fidèle et exacte de cette seconde édition, Saragosse, 1552, in-8°, en caractères gothiques. Sur le frontispice on voit le portrait de l'auteur gravé sur bois.
Des presses de la même maison était sortie, un an avant, sous le titre de
Proverbiales ac metaphoricæ formulæ, une collection d'adages, de refrains, de
manières de parler vulgaires, expliquées en latin par Juan Ruiz de Bustamente.

Il nous paraît convenable de parler ici des *Proverbios morales* du Ségovien
Alonso de Barros ou Varros, imprimés, pour la première fois, à Madrid, chez la
veuve d'Alonso Gomez, 1587, in-8°, sous le titre de *Philosophia cortesana mora-
lisada*, et réimprimés, en 1598, chez Luis Sanchez, à Madrid; en 1664, chez Diego
Dormer, à Saragosse, sous le titre de la *Perla*. Ce sont des quatrains, précédés
d'un prologue par Mateo Aleman et de poésies élogieuses par Hernando de Soto
et Lope de Véga.

Il y a une certaine analogie entre ce sujet et divers livres de demandes et réponses, sur des matières d'érudition et de science appartenant au même genre que
les *Cuatrocientas* de l'Almirante, (tom. II, p. 63,) les *Trescientas* et les *Seiscientas*, de Juan Rufo, les *Trescientas*, de Corelas, les *Proverbios*, de Villalobos,
(tom. II, p. 66,) la *Philosophia vulgar* d'Alonso de Fuentes, et beaucoup d'autres:
genre fort cultivé dans la littérature castillane et appartenant en propre à la
poésie didactique. Un de ces ouvrages est le *Dialogo en verso, intitulado* Centiloquio de problemas, *en el qual se introducen dos philosophos, el uno* Pamphilo
llamado, que cient philosophicas preguntas propone, y el otro Protidemo, *que res-
pondiendo suscintamente* (sic) *las desuelve*, Alcala, chez Juan de Brocar, 1548, in-8°,
caractères gothiques. L'auteur a caché son nom; mais en réunissant les initiales
des vers de certaines octaves qu'il met en tête de son livre et où il déclare le motif
qui l'a porté à le déguiser, on peut lire: *El licenciado Agustin de Bruescas, medico segoviense, hizo este centiloquio.* La versification en est facile et le style châtié; les questions roulent principalement sur des faits concernant la médecine et
l'histoire naturelle.

Au même genre appartiennent les *Proverbios morales* en vers, du Corduan
Alonso Gajardo y Fajardo, réunis ordinairement à la *Doleria del sueño del Mun-*

do, comédie en prose de Luis Hurtado de la Nera, Paris, 1614, in-8°. Ils avaient été déjà imprimés, à Cordoue, chez Gabriel Ramos Vejerano, 1587 in-8°.

CHAP. XXXIX, *note* 1, page 236. — Le titre, assez original certainement, que Walker mit à sa traduction anglaise du *Jardin de Flores curiosas* d'Antonio de Torquemada, est fondé sur les récits merveilleux que ce dernier inséra dans son livre. Sir John de Maundeville ou Mandeville était un voyageur anglais du quatorzième siècle, dont les voyages s'imprimèrent en 1499 et furent immédiatement traduits en castillan, en français, en italien, en allemand. Ses descriptions merveilleuses et presque incroyables le firent tomber en discrédit et jouir de la réputation, peu enviable, dont jouit parmi nous le portugais Fernan Mendez Pinto. On a longuement parlé des *Colloquios satiricos* du même auteur, tom. II, p. 554.

CHAP. XXXIX, *note* 2, page 236. — Toutes les œuvres de Christoval de Acosta furent imprimées, à Venise, par Giacomo Cornetti, 1592, in-4°. Outre les traités cités par le texte et dans la note qui s'y rattache, le volume en contient un *De la religion y religioso*, et un autre, fort curieux, sous le titre de : *Collacion à los mohatreros y usureros, aparceros, tratantes y seducadores.*

CHAP. XXXIX, *note* 2, page 239. — On doit citer comme modèle du langage de cette époque les *Dialogos familiares*, communément attribués à Juan de Luna, interprète de langue espagnole à Paris, auteur de la continuation du *Lazarillo de Tormes*, dont il a été question, tom. II, page 47 de cette traduction. Sept de ces dialogues, il y en a douze en tout, ne sont pas l'œuvre de Juan de Luna, mais d'un Espagnol habitant de Londres. Ils s'imprimèrent deux fois dans cette capitale en l'année 1591 ; la première, dans un petit livre assez rare, intitulé *The Spanish Schoole-master*, par G. Stepney, Richard Field, in-12, et la seconde, dans le Dictionnaire espagnol-anglais de Percyvall (*Bibliotheca Hispanica*, Londres, John Jackson, 1591, in-4°.) Juan de Luna, professeur d'espagnol à Paris, les réimprima en 1619, in-8°. Il y en ajouta cinq autres qu'il composa, et enfin le Juif John Minshew, les ajouta, avec la traduction en anglais, à la fin de son Dictionnaire, Londres John Haviland, 1623, in-fol. A partir de cette année, ils ont été souvent réimprimés, espagnol et français, en supprimant le nom de Luna, et en y substituant celui de César Oudin, Bruxelles, 1512 et 1575, in-12. L'édition castillane de Juan de Luna contient en outre deux traités fort curieux : *Los memorables dichos y sentencias de varios philosophos y oradores y mayormente del poeta Pedro de Altamonte*, collectionnés par I. Saulnier, et une collection de *Canciones de enamorados cortesanos y cortesanas*, réunies aussi par Saulnier.

CHAP. XXXIX, *note* 1, page 241. — L'ouvrage le plus remarquable de Fr. Alonso de Horozco ou Orozco, c'est peut-être son *Epistolario christiano para todos los estados*, imprimé à Alcala, chez Juan de Villanueva, 1567, in-8°. Il le dédia à l'infortuné prince D. Carlos, fils de Philippe II, à qui il adressa, indépendamment d'une longue préface, une des douze lettres dont se compose le livre. Les autres, le sont à un évêque des Indes, à un seigneur de vassaux, à un prêtre, à un religieux, à une religieuse, à un homme marié, à une veuve, à un malade, à un prédicateur, à une personne affligée, à une veuve orpheline. Il parcourt ainsi les différents états et les différentes classes de la société, et donne à chacun de salutaires conseils pour vivre honnêtement et saintement. Horozco écrit avec une diction des plus pures ; son style grave et sévère brille dans cette œuvre plus encore que dans la chronique qu'il composa sur quelques saints de l'ordre de saint Augustin, Séville, chez Grégorio de la Torre, 1551, in-folio. Une édition soignée de tous les ouvrages qu'il avait écrits jusqu'alors, fut publiée, à Valladolid, par Sébastien Martinez, 1555, en un gros volume in-folio, et en caractères gothiques.

CHAP. XXXIX, *note* 1, page 242. — *El buen repúblico* s'imprima à Salamanque, chez Antonio Ramirez, 1611, in-4°, alors que Rojas résidait à Zamora et était greffier et notaire public de l'audience épiscopale de cette ville, après avoir abandonné le métier d'auteur dramatique et d'acteur qu'il avait exercé jusqu'alors. A la différence de son *Viage entretenido*, qui mérite bien l'épithète de divertissant, ce dernier livre est un ouvrage grave, traitant des questions d'État et discutant des points divers d'administration et de gouvernement. Dans le second livre, l'auteur introduit une histoire de la Galice, et dans le troisième, une description fort détaillée de la ville de Zamora. Malgré tout, malgré la gravité que réclame le sujet, l'humeur joyeuse et l'esprit fertile de son auteur se font jour de temps en temps. C'est ainsi qu'à la page 328, il insère des octaves à l'occasion d'un procès qui le priva de son bien et l'obligea à se retirer à Zamora, après avoir été volé par un Génois, dans les bureaux duquel il était venu travailler. L'ouvrage est écrit en forme de lettre ou de récit; il répond à des amis de Séville, Salustio et Delio, qui lui donnent des détails sur tout ce qui s'est passé dans cette ville, durant les neuf années de son absence. On lui en demande autant sur les pays qu'il a parcourus.

L'observation que fait Ticknor sur l'erreur où est tombé Nicolas Antonio, en disant que la première édition du *Viage entretenido* est de 1583, est des plus justes. Augustin de Rojas dit, en parlant de Grenade: qu'il y avait trente-quatre ans, environ, que les Morisques de ce royaume s'étaient révoltés, et comme leur soulèvement éclata en 1578, il est clair que Rojas ne put imprimer son livre avant l'année 1602. Ce n'est pas là l'unique date qu'il cite dans son ouvrage.

CHAP. XXXIX, *note* 2, page 242. — Figueroa, dans sa *Plaza universal*, ne fit que traduire librement et augmenter un peu l'ouvrage de Tomas Garzoni intitulé : *Piazza universale de tutte le professioni del mundo*, livre fort connu et très-favorablement accueilli dans son temps.

El viage del mundo, de Ceballos, vient de fournir la matière d'un petit volume français très-divertissant intitulé : les *Aventures de Don Juan de Vargas*, Paris, Jeannet, 1852, in-16°.

CHAP. XXXIX, *note* 2, page 243. — On attribue à ce même auteur un ouvrage qui ne s'imprima pas et dont voici le titre : *Racionales paradojas en forma de dialogos entre un cortesano y un filosofo*. Là sont vigoureusement attaqués un grand nombre des préjugés sociaux, soutenant que la noblesse du sang et la différence de naissance ne sont « qu'une vanité ridicule ; » que les honneurs, les richesses et la soif du commandement ne sont que des « incommodités et des tracas; » que leur désir témoigne d'une « absence de jugement ; » enfin que la « profession des armes, si glorieuse sous le point de vue politique, n'est aux « yeux de la nature qu'une brutalité indigne des hommes, et que la valeur « militaire, n'est qu'une férocité et un instinct de brutes. » C'est un ouvrage fort remarquable et qui, vu la liberté avec laquelle il est écrit, ne dut pas obtenir le permis d'imprimer, si tant est que l'auteur l'ait demandé.

Le titre du livre anglais que nous avons traduit par *Viage del Peregrino* est *The Pilgrim's progress*. Son auteur était John Bunyan, né à Elstow, près de Bedford, en 1628.

CHAP. XXXIX, *note* 2, *page* 246. — On doute si Saavedra fut l'auteur de la *Republica literaria* ou non. Mais les raisons de ceux qui nient que ce soit son œuvre ne nous paraissent pas suffisamment fortes pour partager leur opinion. Voyez la préface mise en tête de la nouvelle édition de ses œuvres publiées par Rivadeneyra, tom. XXV de la collection.

CHAP. XXXIX, *note* 4, *page* 246. — Il existe une excellente traduction espagnole du *Galatheo*, de Giovanni della Casa, faite par le Dr. Domingo Becerra, natif de Séville, et dédiée à Francisco de Vera y Aragon. C'est un petit volume in-12°, de 176 pages, imprimé à Venise, par Juan Varisco, 1585. Le traducteur avait été esclave en Algérie, circonstance à laquelle il fait plusieurs fois allusion dans sa dédicace.

CHAP. XXXIX, *note* 2, *page* 247. — Cet ouvrage de Ximenez Paton se réimprima avec d'autres de ses traités, à Baeza, sa patrie, chez Pedro de la Cuesta, 1621, in-4°, sous le titre latin de : *Mercurius Trimégistus, sive de triplici eloquencia sacra española* (sic) *romana*. Les deux traités sur l'éloquence sacrée et romaine sont en latin, le troisième est en castillan. Le volume contient en outre l'important traité des *Instituciones de la Gramatica española*, précédemment imprimé, dans la même ville, de Baeza, par Pedro de la Cuesta, 1614, in-8°, avec son *Epitome de la Orthographia española*, et diverses poésies élogieuses, du maître Valdivielso, du Brocense, de Salas Barbadillo et d'autres. A la fin du volume, se trouve une lettre de l'auteur au P. Fr. Esteban Arroyo, répondant à diverses observations que ce dernier lui avait adressées sur son travail, les témoignages de divers professeurs d'éloquence qui avaient reçu et adopté son *Mercurio*, comme livre de texte, et des vers latins d'Alfonso de Ureña y Loaisa, à sa louange. Bartolomé Ximenez Paton, natif d'Almédina, dans la plaine du Montiel, fut professeur d'éloquence à Villanueva de los Infantes, courrier mayor et notaire de l'Inquisition de Murcie. Il publia encore à Baeza, chez Pedro de la Cuesta, 1615, in-4°, des concordances latines avec les *Proverbios castellanos*, du ségovien Alonso de Varros, réimprimées, deux ans après, à Lisbonne, chez Pedro Craesbeeck, 1617, in-4°. (Voyez ci-dessus p. 478) et une explication de certaines épigrammes de Martial, imprimée par feuilles détachées, de 1628 à 1630, soit à Madrid, soit à Baeza, soit à Cuença. Il composa aussi un *Discurso de la Langosta*, Baeza, 1619, in-4°, imitant, pour le fonds et la forme, le discours du Dr. Quiñones : il donna une édition considérablement augmentée et corrigée de l'*Historia de Jaen*, qu'avait laissée manuscrite son ami et compatriote, D. Pedro Ordoñez de Ceballos. (Voyez, ci-dessus page 480.) Lope de Véga dans sa *Jérusalem*, liv. XIX, fait un grand éloge et de lui et de sa *Rhétorique* :

> Y la nueva Retòrica divina
> De Ximenez Paton, á quien la fama,
> Con una letra mas, *Platon* le llama.

CHAP. XL, *note* 1, page 263. — Peut-être serait-ce ici le lieu de citer un livre assez rare et qui n'est pas sans mérite, intitulé : *Flor de las solemnes alegrias que se hizieron en la imperial ciudad de Toledo, por la conversion del reyno de Inglaterra*, par Juan de Angulo, habitant de ladite ville et natif de val de Angulo. Tolède, chez Juan Ferrer, 1555, in-4°, de 41 feuilles. C'est une description des fêtes célébrées dans cette ville, à l'occasion du mariage de Philippe II avec Marie d'Angleterre, et des progrès de la religion dans ce royaume. Le livre est écrit en redondillas faciles, dans le goût ancien et mêlé de villancicos ; il se divise en huit chapitres, dont deux qui ne sont pas numérotés, bien qu'intercalés entre le septième et le huitième chapitres, sont, par une singularité qu'on ne s'explique pas, écrits en prose, et contiennent une explication des vêtements et des devises que portaient les figurants qui parurent à la fête. A la fin, se lit la description d'une représentation théatrale donnée en plein air par dix aveugles, figurant chacun un Commandement, avec la Foi assise sur un char. Le poème finit par treize octaves, à la louange du cardinal Siliceo, archevêque de Tolède en ce moment. C'est un ouvrage extrêmement curieux et excessivement rare : il dut avoir une continuation qui ne s'imprima pas, car, en tête de chaque feuille, on lit ces mots : « Tratado primero. »

TROISIÈME PÉRIODE

CHAP. I, page 280. — Moraes s'était essayé par un poème épique à la louange des Sousas, poème qu'il imprima, à Cordoue, 1696, in-4°, sous le titre de *Panegyrico historial genealogico de la familia de Sousa*. Il se compose de quatre-vingt-huit octaves dans lesquelles l'auteur raconte les hauts faits de cette famille si ancienne.

CHAP. I. page 281. — Don Pedro de Peralta, Barnuevo, Rocha y Benavides, docteur dans l'un et l'autre droit, professeur de prime de mathématiques, à l'Université de Lima, et secrétaire agent comptable de son audience, composa une *Historia de España vindicada*. Elle s'imprima à Lima, en 1730, in-folio, par les soins et aux frais de D. Angel Ventura Calderón, à qui l'auteur l'avait dédiée. C'est un volume assez fort, contenant la description de l'Espagne, sa population, sa langue, ses rois primitifs. Là, sont défendues la venue et la prédication de l'apôtre saint Jacques, l'apparition de Notre-Dame del Pilar de Sarragosse ; là est vengée l'histoire ecclésiastique primitive, avec de longues discussions sur des martyrs : le tout avec plus d'érudition que de critique et d'une manière qui révèle clairement l'esprit dominant de l'époque où l'ouvrage est écrit. Dans un second volume, qui ne parvint pas à s'imprimer, se continue ou plutôt commence l'histoire d'Espagne.

Il existe un autre poème épique sur le même sujet, composé par le P. Rodrigo de Valdès, jésuite. Ce poème s'imprima, en 1687, sous le titre suivant : *Poema heroïco hispano-latino-panegirico de la fundacion y grandezas de la ciudad de Lima*, Madrid, chez Antonio Roman. L'unique qualité remarquable de cet ouvrage, c'est d'être écrit en latin et en castillan, et qu'on peut, par conséquent, le lire dans l'une et l'autre langue : effort d'esprit rare, dont nous trouvons quelques exemples dans notre littérature, et servant à prouver, sinon autre chose, du moins, la grande ressemblance qui existe entre le latin et l'espagnol.

CHAP. I. *note* 2, page 282. — Le poème de Butron, mentionné dans cette note de l'auteur, est intitulé : *Harmónica vida de Santa Teresa de Jesus, fundadora de la reforma de Carmelitas Descalzos y Descalzas,* par le P. Josef Butron y Muxica, Madrid, chez Francisco del Hierro, 1722, in-4°. C'est tout ce qu'il peut y avoir de plus disparate et de plus extravagant dans ce genre. L'œuvre de Lara s'annonça avec le titre pompeux de : *El Sol Maximo de la Iglesia, San Jeronimo, poema heroyco en octavas rimas;* son auteur, le Père Maestro Fr. Francisco de Lara, Séville, chez Francisco Sanchez Reciente, 1726, in-4°.

CHAP. II, page 286. — Tout le temps que dura la guerre de Succession, la poésie populaire prit, comme c'était naturel un tour politique. Des poètes anonymes écrivirent une infinité de vers où la verve satirique, propre au peuple espagnol, mit en ridicule Guido Staremberg, le général Stanhop, le marquis de Las Minas et d'autres chefs de l'armée alliée. Toujours fidèles à la tradition, et les derniers à accueillir les réformes littéraires du goût étranger, les écrivains qui composaient de pareilles œuvres pour le peuple, suivaient, en tout, leur inspiration poétique ; de sorte que la plupart de ces pièces, écrites de 1717 à 1721, portent le caractère propre à la poésie populaire du siècle précédent. Nous citerons pour preuve quelques titres de ces compositions, les plus remarquables telles que les *Zarzuelas : la Vida es Sueño* et *Lo que son juicios del cielo, Hacer cuenta sin la huespeda;* la comédie : *El sueño del perro;* l'intermède : *Los valientes de la Ampa y Fanfarron de la Europa;* la loa : *A mas tinieblas mas luces; Al Llanto mas alegria,* les lettres de *Magdalena la loca* et *Maria la tonta,* les *Donayres de Perico y Marica* ; la pièce, *Entre bobos anda el juego,* et beaucoup d'autres écrits qui, imprimés, sous forme populaire et par conséquent détachés, se trouvent dans les collections de mélanges de cette époque. Quelques-unes de ces compositions les plus piquantes, de celles qui se rapprochent le plus de la poésie vulgaire du siècle précédent, reconnaissent pour auteur un *ingenio de esta corte,* appelé Francisco de Castro, que Baena ne cite pas au nombre des enfants de Madrid.

CHAP. II, page 293. — Rien de plus lamentable que l'état des études en ce temps, dans nos Universités, ainsi que le prouve Don Francisco Perez Bayer, dans deux rapports fort étendus et très-importants, rédigés par ordre de Charles III, et qui sont restés jusqu'ici inédits. L'un d'eux porte pour titre : *Por la libertad de la literatura española, Memorial al Rey Nuestro Señor Don Carlos III,* 1769, en deux volumes in-folio. L'auteur fait voir comment les grands colléges des Universités d'Alcalà, de Valladolid, de Salamanque, qui, en d'autres temps, avaient donné des hommes éminents à l'Église et à l'État, des hommes qui avaient fait la gloire des tribunaux, l'honneur et la prospérité de la monarchie, étaient devenus, à ce moment, par la non-observance de leurs propres statuts, et l'introduction de statuts nouveaux, contraires à l'esprit des fondateurs de ces colléges, la cause de la décadence et de la ruine de ces mêmes Universités, du découragement général de la jeunesse espagnole, l'unique embarras et le seul obstacle à toute réforme.

Dans le second rapport, composé de trois parties et écrit en 1778, Bayer expose en détail, les progrès de la réforme commencée en 1771, et qui fut menée à bonne fin, malgré l'énergique résistance de la part des colléges, le 20 janvier 1778. L'un et l'autre rapport, que nous possédons originaux, contiennent des notices littéraires des plus importantes.

CHAP. III, page 300. — Le troisième volume de l'ouvrage de Fr. Nicolas de Jesus Belando, comprenant la quatrième partie de la *Historia civil de España*, de l'année 1713 à 1732, fut saisi par ordre de l'autorité; il est aujourd'hui excessivement rare. Pour obvier à cet inconvénient, le célèbre jurisconsulte, D. Melchor Macanaz, composa un abrégé des matières contenues dans ledit volume. Cet abrégé ne s'est pas imprimé, mais il circule entre les mains des curieux ; il se trouve tenir la place du troisième volume original dans les exemplaires de l'ouvrage.

CHAP. III. page 302. — Nous avons, sous les yeux, les comptes-rendus, originaux des séances de cette Académie, tenues dans la maison et sous la présidence de la comtesse de Lémus, marquise de Sarria, Dᵃ Josefa de Zuñiga y Castro ; les poésies qu'on y lut signées de leurs auteurs respectifs. L'Académie se composait de Luzan, Nazarre, Montiano, Velazquez, Porcel et d'autres, comme on peut le voir dans une note à l'édition de la *Poética* de Luzan, publiée, à Madrid, en 1789. p. 19. Les séances, qui étaient mensuelles, se prolongèrent du 3 janvier 1749 au 15 septembre 1751. Au nombre des poésies qui s'y lurent, on peut citer: *El Peregrino*, de D. Ignacio Luzan, *El aventurero*, de D. José Porcel, auteur des *Eglogas venatorias*, citées par Quintana. Ce dernier écrivit pour l'Académie une composition des plus gracieuses en prose, intitulée : *Juicio lunatico*, où il critique les œuvres des Académiciens ses collègues et même ses *Eglogues*. Il résulte de cette composition, qu'il était connu dans l'Académie du *Tripode de Granada*, sous le nom du *Caballero de los Jabalies*. Le secrétaire de l'Académie, D. Augustin Montiano y Luyando, dont il nous reste de poésies inédites, portait le pseudonyme de *El Humilde*; D. Luis José Velazquez, celui de *Maritimo*; le comte de Torrepalma, celui de *Dificil;* le surnom de *Justo desconfiado* fut donné à un académicien, qui paraît avoir été le savetier de Montellano, ceux de *Satiro, Amusso, Icaro, Incognito, Remiso, Zangano,* à d'autres dont on n'a pu trouver le véritable nom. Ce dernier a laissé une satire en vers des plus mordantes.

CHAP. III, page, 303. — D. Diego José Velazquez, marquis de Valdeflores, nous a laissé divers travaux littéraires et historiques qui n'ont pas été édités. Nous avons sous les yeux un volume de lettres autographes qu'il écrivait à son grand ami, D. Augustin de Montiano y Luyando, secrétaire de l'Académie Royale d'Histoire, durant le temps qu'avec mission du gouvernement, il parcourait nos provinces, à la recherche de documents pour une histoire d'Espagne, d'après la méthode et le plan qu'il avait conçus. Velasquez avait une immense érudition ; il fut un travailleur infatigable, ainsi que le témoigne la collection de ses écrits conservés à l'Académie royale d'Histoire. Homme brillant et d'un esprit peu ordinaire, il avait une humeur un peu satirique, et il était assez infatué de sa personne et de ses mérites. Partisan de l'école française, il contribua puissamment, avec Luzan, Mayans, Nazarre et d'autres, à ce qu'ils appelaient la Renaissance classique dans la littérature espagnole, *renacimiento del clasicismo en la literatura castellana*. Dans la correspondance à laquelle nous faisons allusion, rarement il loue : presque toujours il blesse ceux qui, en même temps que lui, cultivaient les lettres. Il est vrai de dire que son caractère, un peu ardent et fort, dût s'aigrir par suite de l'injuste persécution dont il fut victime. Il fut maintenu longtemps en prison, en conséquence de la bruyante émeute d'Esquilache.

CHAP. IV, *note* 4, page 320. — De tout ce qu'écrivit ce savant et modeste bénédictin, il n'imprima, pendant sa vie, que la défense qu'il fit des œuvres du P. Feijoo, intitulée : *Demonstracion critico-apologética.* Ses autres œuvres, à l'exception de *Las memorias para la historia de la poesia* et quelques autres opuscules publiés par ses amis, ses autres œuvres restent encore inédites. Le Père Sarmiento fut une des lumières du siècle ; son érudition, véritablement immense, ne peut être comparée qu'à celle de son maître Feijoo, qu'il imita dans la noble entreprise de déraciner des préjugés vulgaires, tant dans la littérature que dans les sciences. Dans ses écrits se laisse voir un noble désir d'être utile à ses semblables ; malgré le désordre de son style, où règnent la confusion et des répétitions, conséquence de l'esprit d'un homme qui écrit au courant de la plume et sans intention de donner ses œuvres à l'impression ; malgré le patriotisme un peu exagéré, auquel il se laisse aller parfois, principalement dans des questions littéraires, il faut nécessairement avouer que dans toutes brille une saine critique, un jugement des plus droits, et qu'aucun ecclésiastique de son temps ne l'emporte sur lui en érudition profane. Résolu à ne pas donner ses écrits à l'imprimerie, il passa sa vie à copier ses propres travaux pour les distribuer au petit nombre d'admirateurs qui venaient journellement à sa cellule. Il fut si scrupuleux sur ce point, que le 28 novembre 1767, cinq ans avant sa mort, arrivée le 7 décembre 1772, il dressa de sa main un résumé ou catalogue de toutes les œuvres qu'il avait composées à cette époque. Il y marquait, avec un soin des plus minutieux, la date de chacune, le nombre de feuilles dont elle se composait, d'où il résulte qu'à l'âge de soixante-douze ans, il avait rempli plus de trois mille feuilles de papier moyen, sur divers sujets. Nous avons sous les yeux le manuscrit original et autographe de la dite notice ou plutôt de ces éphémérides, où sont encore inscrits plusieurs événemens de sa vie. Ce manuscrit commence par ces mots : *Catálogo de los pliegos que yo, Fr. Martin Sarmiento, benedictino y profeso en San Martin de Madrid, he escrito de mi mano, pluma y letra sobre diferentes asuntos.* Il était né, dit-il, le 8 mars 1695 ; baptisé, le 19, avec les prénoms de Pedro José. Le trois mai 1710, il partit de Pontevedra pour venir à Madrid, revêtir le saint habit. Vers la fin du mois d'octobre de l'année suivante, il alla en Navarre, au collège d'Irache, étudier les arts et, vers le milieu d'avril 1714, à Saint Vincent de Salamanque, étudier la philosophie. Dans les premiers jours de juin, 1716, il rentra à Madrid ; en 1720, au mois de novembre, il partit pour les Asturies et il resta cinq années à Zelorrio. En 1754, il quitta Madrid pour Pontevedra où il passa plusieurs années à réunir de précieux matériaux pour une description physique du royaume de Galice. Il étudia en même temps la langue et les mœurs des habitants, et recueillit des données archéologiques de la plus haute importance.

CHAP. IV, page 333. — L'édition des *Noches lugubres*, faite à Barcelone en 1804, est augmentée de diverses pièces satiriques du colonel Cadalso, telles que la *Guia de hijos de vecino y forasteros para este año, el que viene y todos los demas*, etc., une lettre écrite au nom d'une dame andalouse, dont le mari se trouvait à Madrid, et pas très-bien, à ce qu'il paraît, pour l'exhorter à rentrer le plus tôt possible au foyer domestique ; enfin, les *Anales de cinco dias* ou *Carta de un amigo à otro,* invective assez mordante contre les modes et les usages importés de l'autre côté des Pyrénées.

CHAP. V, *note* I, page 353. — Depuis le moment où l'auteur anglo-américain a écrit cette note, en payant ainsi un tribut au mérite et aux vertus de l'illustre poète qu'il semble avoir connu et fréquenté, durant son séjour dans la Péninsule, la mort nous l'a enlevé ; ses amis et ses admirateurs ont dû prendre le deuil pour lui, le 11 avril dernier. Un peu plus de deux ans avant, le 25 mars 1855, Quintana avait reçu de ses compatriotes une de ces récompenses qui ne s'accordent d'ordinaire que de loin en loin au mérite et au talent. Il avait été publiquement couronné par les mains de Sa Majesté, et la couronne d'or qui avait ceint son front, léguée par Quintana lui-même à l'Académie Royale d'Histoire, devait y être solennellement déposée, comme un monument du plus haut prix et de la plus haute estime.

CHAP. VI, *note* 3, page 357. — Cet auteur écrivit un assez grand nombre de comédies, nous en avons vu quatorze imprimées séparément : toutes, à l'exception de *El Paulino,* appartiennent au genre bâtard que cultivèrent Zamora et Cañizares. *La Tutora de la Iglesia y Doctora de la ley,* en trois parties, fut aigrement censurée par les rédacteurs du *Diario de los literatos.* Añorbe, leur répondit dans le prologue d'une zarzuela, intitulée *Jupiter y Danae,* imprimée en 1738, et dédiée à D. Pedro Vedoya. Son principal argument consiste en citations de Lope de Véga, de Suarez de Figueroa et d'autres, qui, méprisant les règles de l'art, se consacrèrent exclusivement à satisfaire le goût du public. En 1740, il imprima son *Paulino,* en imitation du *Cinna,* de Corneille ; il déclara dans la préface que le principal motif qui l'avait poussé à sortir de la voie castillane, c'était d'avoir entendu dire qu'il n'y avait pas un esprit espagnol qui sût composer une tragédie conforme aux lois d'Horace et à la pratique de Corneille dans son *Cinna* ; qu'il entreprit de réaliser cette idée de toutes ses forces, en faisant violence par son génie à ce qui n'était pas de son génie.

INDEX ALPHABÉTIQUE

DES NOMS PROPRES ET DES MATIÈRES CONTENUES DANS LES TROIS

VOLUMES DE CETTE HISTOIRE

-- ---

Les chiffres romains indiquent le volume ; les chiffres arabes, la page dudit volume ; C, pour *circa*, signifie que la date est incertaine ; F, *florissail;* M, *mort; n, notes.*

———

A

Artemidoro, pseudonyme de Micer Rey de Artieda . (V. *Artieda*).

Artès (Jeronima de),poète du XVᵉsiècle, I, 404.

Artes y Muñoz (Rodrigo), poète, F. 1682, III, 84, *n*.

Arthur et sa Table Ronde, I, 204.

Artieda, V *Rey de*.

Artiga (Francisco Josè de), F. 1725. — Son Elocuencia española,III, 291.

Artùs de Algarbe, roman de chevalerie, I, 502.

Arze Solorzano (Juan de), F. 1604. — Ses tragédies d'amour, III, 128, *n*.

Ascètiques, écrivains, III, 237.

Aschbach, (Joseph), I, 161, *n*.

A Secreto agravio secreta venganza, de Caldéron, II, 402.

Asneida (La), de Cosme de Aldana,III, 30,432.

Aspides (Los), de Cléopatre, de Rojas, II, 445.

Assonance.— Ce que c'est, I, 107.— Son caractère, ib. — Sa grande popularité 108. — L'assonnance en anglais, 109, *n*. — Lettre sur l'assonance, 581.

Astarloa. — Son Apologie de la langue basque, I, 119.

Astorga (marquis d'), poète du XVᵉ siècle, I, 405, 628.

Astrea (La), de Pellicer, III, 444.

Astrologo (El), Fingido, comédie de Caldéron, II, 421.

Astronomiques (Tables), d'Alphonse le Sage, I, 39, *n*.

Astry (Sir John). — Sa traduction de Saavedra, III, 245.

Atahualpa, tragédie, par Cortès, III, 368.

Atalanta, fable de Cespedes, III, 432.

Atalanta y Hipomenes, de Moncayo, III, 26.

Ataulfo, tragédie de Montiano, III, 358.

Athenæum, Boston, III, 315, *n*.

Atila furioso, tragédie de Virues, II, 120.

Auditoires du théâtre au XVIIᵉ siècle, II, 469; — au XVIIIᵉ, III, 365, 378.

Aula de Dios, de Dicastillo, III, 105.

Aulnoy (Madame la comtesse d'|. — Ses voyages en Espagne, II, 396.

Aurelia (La), de Timoneda, II, 113.

Aurelio y Isabela, de Flores, III, 151.

Aurora (La), en Capocabana, de Caldéron, II, 491.

Auroras (Las), de Diana, de Castro y Anaya, III, 178.

Ausencia y Soledad de amor, roman de Villegas, III, 165.

Austriada (La), de Rufo, III, 35, 435.

Auteurs (Relations d'), relatives à l'Inquisition, I, 412, II, 3, 4, 5, *n*. 10, 11, 12.

Auto, signification de ce mot, I, 25, *n*. II, 292, *n*.

Auto de Clarindo, par Antonio Diez, (1535), II, 545.

Auto de la Angustia de Nuestra Señora, par Molina, III, 450,

Auto de la Cena de Emaus, par Altamira, II, 98.

Autor, ce qu'il était, 11, 464. — Tourné en ridicule par l'auditoire, II, 473.

Autora, ce qu'elle était, II, 464.

Autos sacramentales, II, 293. — Leur antiquité et leur popularité, 293. — Autos de Lope, 294. — Collection manuscrite d'Autos, 295. — Autos de Montalvan, II, 357; de Tirso, 365 ; de Valdivielso, 367 ; de Calderon, 389 ; de Rojas, 445. — Ils sont interdits, mais non entièrement supprimés, II, 394, III, 365. Voyez *Farsas del Sacramento*.

Avellaneda (Alonso Fernando de|,pseudonyme de Fr. Luis de Aliaga. — Attaque Cervantès, II, 165. — Sa continuation de D. Quichotte, II, 192. — Réponse de Cervantès, 193. — Sa traduction, par Le Sage, III, 318, Voyez *Aliaga, Blanco de Paz, Le Sage*.

Avellaneda (Fr. Francisco de), F. 1618, III, 456.

Avellaneda (Fr. Tomas de), F. 1640. — Sa fable de Dido y Eneas, III, 431.

B

Ballesteros Saavedra, el capitan, F. 1610. — Traducteur de la Eufrosina, I, 247.

Baltasar (Prince), II, 422,433 ot n.

Baltasara (Francisca), actrice et religieuse, II, 468.

Balvas Barona (Antonio), poète, F. 1627. — Ses Eglogues, III, 72, 447.

Bamba, Comédie du roi, par Lope de Vega, II, 273.

Bances Candamo (Francisco de) M. 1704. — Ses comédies, II, 456,567. — Ses poésies, II, 456, III, 84, 575.

Banda (la) y la Flor, de Caldéron, II, 424.

Bandoleros, ce que c'était, I, 305, n.

Bandos, id, I, 187.

Baños de Argel, de Cervantès,II,176. n.

Banque d'échange, première, I, 318.

Barahona de Soto, Luis. F. 1596. — Ses Lacrimas de Angelica, III, 21. — Ses poésies lyriques, 48, 88.— Ses Eglogues, 95.

Barba, ce qu'elle signifie, II, 303.

Barbadillo V. Salas Barbadillo.

Barbara, Santa, par Guillen Castro, II, 342.

Barbazan. — Sa collection de fabliaux ou fables antiques en vers, I, 80, 81, n.

Barbosa, Arias, II, 14.

Barbosa Machado, Diego. — Sa Bibliothèque Lusitanienne, III, 225.

Barceló Juan, poète, F. 1680, III, 84, n.

Barcelone. — La littérature provencale à, I, 282. — Elle est empruntée des Arabes, I, 284. — Consistoire de la gaie science, 296. — Influence de ce Consistoire sur la poésie, 293. — V. Capmany.

Barcia, Andrés Gonzalez, M,1743 — Ses historiens primitifs des Indes, II, 67.

Barco Centenera, Martin del, F. 1600, III, 14.

Baretti Juan, publie, á Londres, le Fray Gerundio du P. Isla, III, 314.

Barnuevo, V. Mosquera.

Barnuevo, V. Peralta.

Baron (el), comédie de Moratin,III, 375.

Barreto J. V. et Monteiro J. G., publient les œuvres de Gil Vicente, I, 259.

Barrientos (Fr. Lope de), M. 1469, I, 326, 467, 608.

Barrios (Miquel de), F. 1690. — Ses comédies, II, 450. — Ses poésies lyriques, III, 84. — Ses Eglogues 96.

Barros (Alonso de), F. 1567. — Ses proverbes moraux, III, 224, 478.

Basque, langue, I, 419. — Elle n'a pas changé, II, 80. V. Biscayens.

Bastardo (el), Mudarra, comédie de Lope, II, 274.

Bastida (Mateo de la). — Sa collection de comédies, II, 508.

Basurto. V. Enriquez.

Bataille (la) de Karesme et de Charnage. — La Batalla de la Cuaresma y del Carnaval, composition poétique d'un troubadour français, imitée par l'archiprêtre de Hita, I, 80.

Bataille de Vins, composition poètique du troubadour d'Andeli, I, 80, n.

Batalla (la)del honor, comédie de Lope, II, 279.

Batalla (la), Naval, de Cervantès, II, 173.

Bautismo (el), del principe de Marruecos, de Lope de Vega, II, 289.

Bautismo (el), de San Juan, auto, II, 98.

Bavia (Luis), F. 1613. — Vers de Gongora sur son Historiâ pontifical, III, 62. — Ce fut un poète, III, 445.

Bayer Perez, éditeur de la Biblioteca Vetus de Nicolas Antonio. I, 222 n. III, 201.

Bayle, Son jugement sur Alphonse X, I, 36.

Beaumont et Fletcher, III, 142.

Becerra, Domingo, C. 1585. — Traducteur de la Galatée de Giovanni della Casa, III, 481.

Belando, Fr. Nicolas de Jésus, persécuté par l'Inquisition, III, 300. — Son Histoire civile d'Espagne, ib, 484.

Belardo, pseudonyme poétique de Lope de Vega, II, 209.

Belerma (Romance de), I, 126.

Bobo (El) en los autos, II, 295.

Bobo, Un, en fait Cent, de Solis, II, 455.

Bocace, ses œuvres connues en Espagne, I, 603, — ses imitations, III, 169, son Ameto, III, 121.

Bocanegra, Francisco de, poète du xvᵉ siècle, I, 628.

Bocangel y Unzueta, Gabriel de, M. 1658, Ses œuvres poétiques, III, 446.

Bodas de Camacho, comédie de Mélendez Valdès, III, 368.

Boèce, son traité de Consolatione, traduit par Villegas, III, 78.

Booardi, V. Villena, Alonzo Garrido de.

Bolea, José de, poète dramatique. F. 1667, II, 435.

Bolea y Castro (Martin Abarca de), F. 1578, — Son Orlando determinado, III, 423.

Bologne, Université de, I, 317.

Bonilla (Alonso), F. 1617; ses poésies, III, 443.

Borja (Garcia de), poëte du XVᵉ siècle, I, 628.

Borja y Esquilache (Prince de), V. Esquilache.

Boscan Almogabar (Juan), M. 1543. — Sa vie, II, 17. — Ses relations avec Navagiero, 18. — Son érudition classique, 19. — Ses œuvres 20-25, 518.

Boschan, (Johan,) I, 600.

Botelho de Carvalho (Miguel), F. 1632. — Son Pastor de Clenarda, III, 130.

Botelho de Oliveira (Manuel), — Ses poésies, III, 446.

Botelho (El capitan Miguel), F. 1641. — Sa Philis, nouvelle en vers, III, 130, 470.

Botelho Moraes (Francisco), III, 280, 482.

Bou (Baltasar), I, 304.

Bourguignons en Provence, I, 280, 281.

Bouscal (Guérin de), imite les drames espagnols, II, 342, n.

Bouterwek (Frédéric), M. 1828. — Son opinion sur le poème du Cid, I, 24. — Son Histoire de la littérature espa-

gnole, 34. — Son opinion sur le Don Quichotte, II, 187.

Bovadilla, V. Gonzalez de.

Bowle, sa lettre au docteur Perey, II, 190. — Son opinion sur la date de la mort de Cervantes, II, 165, n. — Son édition du D. Quichotte, II, 499.

Boxardo (Andreu), troubadour, I, 600.

Brasil (El) restituido, comédie de Lope, II, 566.

Bravo (Nicolas), F. 1604, sa Benedictina, III, 17.

Bremont, traduit en français Guzman d'Alfarache, III, 142.

Breton de los Herreros, ses poésies satiriques, II, 471 n.

Breve relacion de la jornada del duque de Alba a Flandes, poème de Vargas, III, 436.

Brevisima relacion de la destruicion de las Indias, par Las Casas, II, 94.

Briant (Sir Francis), traduit Guevara, II, 76.

Bristol (Lord), imite Caldéron, II, 421.

Brocense, (El), V. Sanchez.

Bruce-Whyte, I, 296, n.

Brut d'Angleterre, par maistre Wace, I, 590.

Buelna (comte de), V. Niño, Pero.

Buellas (ce que c'est que), III, 82, n.

Buen, El republico, d'Agustin de Rojas, III, 245, 480.

Buen placer trobado, de Mendoza, II, 531; III, 100.

Buen Retiro (El), auto de Calderon, II, 435.

Buena (La), guarda, comédie de Lope, II, 567.

Buitrago (el Señor de), romance sur, I, 137.

Bulow (Edward). — Sa traduction allemande de la Célestine, I, 289.

Bululu, ce que c'est, II, 379, n.

Bunsen (chevalier). — Sa dissertation, sur la langue basque, I, 419.

Bureo (el), de las musas, de Polo de Medina, III, 475.

Burgos (Diego de), poète du XVᵉ siècle,

C

D

Exemplar. Voyez *Ejemplar*.
Exemplares Novelas, ce qu'on entend par. Voyez *Novelas*.
Exemplo Mayor de la Desdicha, par Lope de Véga, II, 275, *n*.
Exemplos (libro de los), par D. Juan Manuel, I, 63, *n*.
Exemplos, ce qu'on entend par ce mot, I, 69, *n*.

Eximeno (Antonio). — Son Apologie de Cervantès, I, 197.
Expedicion de Catalanes, por Moncada, III, 223 et *n*.
Experiencias de Amor, por Quintana, III, 130.
Extremeño (el) Celoso, roman de Cervantes, II, 171.

F

Fabulas ou Apologues, de D. Juan Manuel, I, 69; — de Hita, 82; — de Leiva, II, 448; — de Lupercio Leonardo y Argensola, III, 88; — d'Iriarte, III, 327; — de Samaniego, III, 328.
Fabulas ou poëmes mythologiques, imités de l'antiquité classique, III, 25. — Adonis, de Mendoza, III, 24. — Apollon et Daphné, de Polo de Medina, 164. — Cefalo y Procris, 454. — Daphné, de Perez, 164. — Daphné et Apollon, de Silvestre, 24. — Didon et Enée, d'Avellaneda, 431. — Eco, par Ribera, 26. — Endemion, de Callecerrada, 432. — Europa, de Laporta, 432. — Europa, de Merender, 466. — Europe et Jupiter, par Villamediana, 28. — Genil, par Espinosa, 96. — Hippomènes et Atalante, par Colodrero, 432. — *Id.*, par Mendoza, 24. — Léandre, par Boscan, 24. — Léandre et Ero, par Bocangel, 441. — Pan et Siringa, 474 — Pirame et Thisbé, par Gongora, 64. — *Id.*, par Montemayor, 25. — *Id.*, par Castillejo, 25, *n*. — *Id.*, par Silvestre, *id.*, 24. — *Id.*, par Villegas, *id.*, 24. — Thésée et Ariane, par Colodrero, 432. — Les Trois Déesses (las Tres Diosas), par Polo de Medina, 474.
Fadrique (el conde D.) de Trastamara, I, 628.

Fadrique (el duque D.) Voyez *Castro*, I, 628.
Fajardo (Diego), I, 628.
Fama postuma de Lope de Véga, par Montalvan, II, 237.
Fantasias de un Susto, de Moya, III, 177.
Faria y Sousa (Manuel de), F. 1624. — Noches claras, III, 247. — Fragmens de vieille poésie portugaise, publiés dans son Europa portuguesa, I, 42.
Farmer (Dr). — Sur la Diane de Montemayor, III, 122.
Farsa à manera de tragedia, C. 1537, II, 546.
Farsa de Jacinta, distincte de la comédie de Torres Naharro, II, 102.
Farsa de Pedro Lopez Rangel, C. 1535, II, 102, *n*.
Farsalia (la), de Jauregui, III, 77.
Farsas del Sacramento, II, 295.
Farsas de Timoneda II, 113.
Farsas y églogas al modo y estilo pastoril y castellano, por Lucas Fernandez, II, 300.
Fauriel (Charles), I, 30, 285.
Faust, de Goethe, II, 399.
Faxardo (Diego Saavedra). — Son Principe christiano, III, 243. — Sa Republica literaria, III, 246. — Sa Corona Gótica, III, 226. — Ses Empresas, III, 243, *n*.
Febrer (Andrès), F. 1428, poète catalan.

Fuente Ovejuna, de Lope de Vega, II, 272, *n.*

Fuentes (Alonso de), ses cuarenta cantos, III, 108. — Sa Filosofia Vulgar, 478.

Fuentes (Pedro de), II, 110, 556.

Fuero Juzgo ou Forum Judicum, part qu'Alphonse le Sage prit à sa traduction, I, 47. — Lois de ce fuero sur l'honneur domestique, II, 432₅

Fuero Real, de D. Alphonse le Sage, I, 49 .

Fundacion de la Orden de la Merced, comédie de Tarrega, II, 337.

Furio Ceriol, Frederico, II, 335 ; III, 434.

Fuster, Heronimo ou Jeronimo, I, 605.

Fuster, Justo Pastor, F. 1829. — Sa Biblioteca Valenciana, I, 311, *n.*

G

Gaçull, Jaume, poète Valencien, I, 308.

Gaiferos y Melisendra (Romances de), I, 145.

Gaitan, Juana, femme poète, III, 442.

Galan primero, ce qu'il était, II, 302.

Galan valiente y discreto, par Mira de Mescua, II, 366.

Galanteria (Arte de), par D. Pedro de Portugal, III, 247.

Galatea (La), de Cervantès, II, 147.

Galateo (El), de Gracian Dantisco, III, 246.

Galiano A, A. persécuté, III, 384. — Son Romancero, I, 462.

Galicien, dialecte, I, 40-42, 80.

Galindez de Carvajal, Lorenzo, I, 588.

Gallardo, Bartolomé José, I, 597, II, 517, 527, 531.

Gallardo (El) escarraman , comédie de Salas Barbadillo, III, 473.

Gallardo (El) español, de Cervantès, II, 175.

Gallardo (El) montañès, roman de Salas Barbadillo, III, 473.

Gallego, Juan Nicasio, M. 1853, III, 337.

Gallegos (Manuel de), M. 1665, — Sa Gigantomachia, III , 25, *n.*

Galtero, Pedro Jeronimo, F. 1631, III, 459.

Galvany (Pere), troubadour, I, 600.

Galvez de Montalvo (Luis), M. 1591. — Traduit les Lagrimas de San Pedro, III, 125, 426.

Gamba, Bibliographie delle Novelle, III, 186, *n.*

Gamez Gutierre (Diaz de), F. 1453. — Sa Cronica de D. Pero Niño, I, 184.

Gammer Gurton's Needle, II, 112.

Ganar amigos, d'Alarcon, II, 370.

Gandor ou Graindor, de Douai, termine l'histoire fabuleuse du chevalier de Cygne, I, 46.

Garan, Johan, troubadour, I, 600.

Garay (Blasco de), F. 1550. — Ses cartas en refrancs, III, 232.

Garcès (Gregorio), E. 1798. — Sa Vigor y elegancia de la lengua española, III, 275, 279. — Son opinion sur Cervantès, II, 195, *n.*; sur Diego de Mendoza, II, 59.

Garcia (Alonso), poète du XVᵉ siécle, I, 628.

Garcia (Marcos), F. 1657. — Ses romans, III, 182.

Garcia (Marte), troubadour, I, 600.

Garcia (Miquel), poète valencien , I, 606.

Garcia (Vicente), M. 1623, poète valencien, I, 310, *n.*

Garcia de la Huerta (Vicente), M. 1727. — Ses poésies, III, 320. — Son théâtre, 362, 368.

Garcia de Santa Maria (Alvar), F. 1420. — Sa chronique de D. Juan, II, I, 172. — Ses poésies, 393.

H

I

J

Lopez de Corelas (Alonso), F. 1546. — Ses Trescientes cuestiones, II, 64, III, 478.

Lopez de Gomara (Francisco), F. 1550. — Sa Vie de Cortés, II, 87.

Lopez de Mendoza, (Iñigo), marquis de Santillane. — Ses œuvres, I, 333-345. Ses poésies, 397, 601, 620, 626.

Lopez de Tortajada (Damian), F. 1630. Sa collection de romances, I, 461, III, 460.

Lopez de Ubeda (Francisco), el Beneficiado, nom supposé d'Andrés Perez de Léon. — Son Cancionero, III, 143.

Lopez de Véga (Antonio), F. 1641. — Ses poésies, III, 67. — Sa prose didactique, III, 245.

Lopez de Velasco (Juan), II, 39, n.; il corrige la Propalladia, les œuvres de Castillejo et le Lazarillo, II, 526.

Lopez de Vicuña (Juan), publie les poésies de Gongora, III, 444.

Lopez de Zarate (Francisco), M. 1658.— Son Invencion de la Cruz, III, 28. — Des Fiestas de San Isidro, II, 228. — Poésies de Lope attribuées à, 233, n. Ses poésies lyriques. — Ses églogues, III, 96.

Lopez (Manuel). — Sa collection de comédies, II, 508.

Lopez (Sedano, F. T.), F. 1778. — Son Parnaso, III, 320. — Ce que dit de lui Iriarte, ib. n. Sa Jael, 368. — Ses Coloquios de la Espina, III, 102, n.

Lo que ha de ser, comédie de Lope, II, 566.

Lorenzo (San), par Berceo, I, 29.

Lorenzo Segura (Juan), poète, F. XIIIe siècle, I, 54, 60.

Loubayssin de Lamarca. Voyez Lamarca.

Loyal serviteur, I, 184.

Loyauté (trait saillant dans la littérature espagnole, I, 100, 120, n, 137. Sa décadence, III, 265, 266; II, 10, III, 43.

Loyola (Ignacio de), poème d'Escobar, III, 18, — de Camargo, III, 19.

Lozano (Cristobal), F. 1660. — Ses Reyes Nuevos de Toledo, III, 163. — — Ses romans, 164. — Sa prose didactique, 253.

Lucain. — Sa Pharsalia, par Jauregui, III, 70, n, 76.

Lucanor (comte de). — Editions du, I, 63, 68, n. Voyez Manuel Don Juan.

Lucas, évêque de Tuy. — Son Cronicon, I, 157, n.

Lucena (Juan de), F. 1453. — Sa Vita Beata, I, 379.

Lucero de Tierra Santa, poème par Escobar Cabeza de Vaca, I, 251, n.

Luces de la Aurora, III, 456.

Lucindaro y Medusina, (histoire de), I, 389, n.

Lucrecia de N. F. Moratin, III, 360.

Ludolphe de Saxe, I, 378, n.

Ludueña (le commandeur), I, 404, n. — Sa poésie didactique, III, 99.

Lugo (Francisco), F. 1622. — Ses contes, III, 174.

Luis (Perez), el gallego, de Caldéron, II, 404.

Luna (Alvaro de), romances sur, I, 175, n. — Lamentations sur, I, 174. — Sa chronique, I, 185. — Ses entremeses, 237. Son influence, 320. — Poème du marquis de Santillane sur sa chute, 340. — Ses poésies, 405 et n. — Date de sa mort, 468.

Luna (Juan de), seconde partie du Lazarillo, II, 48. — Ses dialogues, III, 479.

Luna (Miguel de), F. 1589. — Son Rey Rodrigo, I, 198, n.

Luna (la) de la Sierra, par Guevara, II, 350.

Luther. Voyez Réformation.

Luxan (Pedro de), F. 1563, I, 217.

Luxan de Saavedra, (Mateo), pseudonyme de Marti, III, 139 et n.

Luz del alma, par Roca y Serna, III, 66.

Luzan (Ignacio de), M. 1754, III, 287 — Son Arte poetica, 289. — Ses autres ouvrages, 291. — Son Académia del Buen Gusto, 302. — Ses tra-

M

N

O

P

Q

R

les favorisent, 231. — Tendances chevaleresques du peuple espagnol, 231. — On les croit histoire véritable en Espagne. 233. — Passion pour les romans, 233; II, 189; III, 118. — Ils sont détruits par le D. Quichotte, II, 190, et n.

Romantique (fiction). Voyez *Fiction*.

Romains, leur venue en Espagne, I, 422. — Leurs conquête, 424. — Leurs colonies, 425. — Leur littérature en Espagne, 426. — Décadence de leur puissance, 427.

Romero, poète de Grenade, F. 1635, III, 445.

Romero (Valerio-Francisco). — Son Epicedio, I, 345.

Romero de Cepeda (Joaquin), F. 1582. — Ses comédies, I, 248; II, 119. — Ses œuvres poétiques, III, 25, 48, n.

Romero Larrañaga (Gregorio), comédie sur Garcilaso, II, 25, n.

Rompecolumnas (la famosa y temeraria compañia de), III, 159, n.

Roncesvalles. Voyez *Verdadero Suceso*.

Ronsard. — Odes, I, 106, n.

Ros (Carlos), poète valencien, I, 604. — Ses proverbes, I, 306, n.

Rosa (Martinez de la), préface, 2; I, 12, n, 188, n, 238, n; III, 338, n, 384.

Rosa de Romances, par Timoneda, III, 110.

Rosa (la blanca), comédie de Lope, II, 232.

Rosa fresca, romance, I, 117.

Roscoe (Thomas) traduit en anglais l'Histoire littéraire de Sismondi, I, 35, n. — Sa Vie de Cervantès, II, 140, n.

Rosel y Fuenllana (Diego de), ami de Cervantès, sonnet sur, III, 441.

Rosenkranz (Karl). — Sur Calderón, II, 401, n.

Rosete (Pedro de), auteur dramatique, II, 460.

Ross (Miss Thomasina) traduit en anglais l'Histoire de Bouterweck, I, 35, n.

Rou (le roman du), I, 590.

Rowland (David), traduction du Lazarillo, II, 47, n.

Rowley et Middleton. — Les Gitanos espagnols, II, 456, n.

Rovenan (Bernardo de), troubadour provençal, I, 287.

Rozas (Gabriel Fernandez), F. 1662. — Ses poésies lyriques, III, 68.

Rua (Pedro de), F. 1540. — Sa Réponse à Guevara, II, 73, n.

Rubena (la), comédie, par Gil Vicente, I, 265 et n.

Rue (de la), sur les Bardes, I, 82, n.

Rueda (Lope de), F. 1550. — Ses comédies, II, 102. — Opinion de Cervantès et de Lope de Véga sur, III, 113. — Ses Coloquios, 105. — Ses Entremeses et ses Pasos, 109.

Ruescas (Agustin de), F. 1548. — Son Centiloquio, III, 478.

Rufian, ce que c'est, II, 104, n.

Rufian (el) dichoso, de Cervantès, II, 176.

Rufo (Juan Gutierrez), F. 1584. — Sa poésie épique, son Austriada, III, 35. — Sa poésie lyrique, III, 48. — Son amitié avec Cervantès, II, 150. — Ses Apotegmas, III, 48, n.

Ruiz (Fr., Benito), F. 1645, III, 474.

Ruiz (Juan), archiprêtre de Hita, poète du XIIe siècle. — Jugement sur ses poésies, I, 78.

Ruiz de Bustamente (Juan). — Sa collection d'adages et proverbes latins-castillans, III, 478.

Ruiz de Leon (Francisco), F. 1765. — Son Hernandia, III, 349.

Rute (el abad de), F. 1635, III, 445.

Ruiseñor (el) de Sevilla, comédie de Lope, II, 260.

Ruy Diaz (Antonio), sur le Buscapié, II, 487.

S

T

Tanco del Frejenal (Vasco Diaz), F. 1540.
— Ses œuvres diverses, II, 542; III,
60.
Tansillo, traduit par Montalvo, III,
126.
Tapada (la), de Lope de Vega, II, 231.
Tapia (Eugenio). — Son opinion sur le
poème du Cid, I, 21, n.
Tapia (Gomez de), F. 1558. — Ses Eglo-
gues, III, 95.
Tapia (Juan de), poète du XVe siècle,
I, 621, 629.
Tapia, poète du Cancionero général, I,
404, n.
Tarasca, ce qne c'est, I, 293 et n, 391.
Tarasca de parto, roman de Santos, III,
185, n.
Tarascas (las) de Madrid, par Santos,
III, 185.
Tardes entretenidas, de Solorzano, III,
179, n.
Tarrega (Francisco de), el canonigo,
auteur dramatique, F. 1608, II, 336.
Tarsia (Pablo Antonio de), II, 316, n.
Tasso Torquato. — Opinion de l'Amadis
de Gaule, I, 214, n. — Imité par Vera
y Figueroa, III, 41. — Traduit par
Jauregui, III, 75; par Montalvo, 126.
Tastu (M.), I, 301, n.
Tavira (Juan de), poète du XVe siècle,
I, 622.
Teatro critico de Feijoo, III, 295.
Teatro de las teatros, par Bances Can-
damo, II, 575.
Teatro (el) de las maravillas, intermède
de Cervantès, II, 177.
Teatro español, de Huerta, III, 368.
Tejada (Gomez de los Reyes), Cosme,
F. 1636. — Son Leon prodigioso, III,
162.
Tejada (Paez-Agustin), M. 1635, III,
54, 445.
Tejedor (el) de Segovia, par Alarcon,
II, 370.
Télémaque (le), de Fénelon, III, 281.
Tellez (Gabriel). Voyez Tirso de Molina.
Tellez de Acevedo (Antonio), auteur dra-
matique, II, 462.

Temple (sir W.) — Sur D. Quichotte,
II, 200, n.
Templo d'Apollo, comédie par Gil Vi-
cente, I, 265.
Templo militante, par Cairasco, III, 454.
Tenaza, Caballero de la Tenaza, par
Quevedo, II, 328.
Tendilla (comte de). — Ses poésies dans
le Cancionero général, I, 405.
Teorica de Virtudes, par Castilla, III,
100, n.
Tercio de Flandes, régiment de Cervan-
tès, II, 143, n.
Teresa de Jesus (Santa), M. 1583. —
Persécutée, II, 9. — Ses Lettres, III,
200. — Ses autres œuvres, 239. — Sa
Vie, par Yepes, 248, n.
Ternaux-Compans (Henri), préface, 5;
I, 453; II, 98, n, 102, n; III, 383, n.
Tertulias, ce que c'est, III, 280, n.
Téruel. Voyez Amantes de.
Terza rima, II, 24 et n; III, 38, n.
Tesorina (la), de Huete, II, 102.
Tesoro (el libro del) de D. Alphonse-le-
Sage, I, 39, n. — D'après Sarmiento,
c'est une traduction de l'italien, ib.
— Un autre Libro del Tesoro en vers,
39, n, 41 et n.
Tetis y Peleo, par Bolea, II, 434, n.
Texada (Cosmé Gomez de), F. 1636. —
Leon prodigioso, III, 162.
Texada Paez (Augustin de), M. 1635,
III, 54, 445.
Texedor de Segovia, d'Alarcon, II, 370.
Thamaia (Francisco), F. 1548. — Ses
Apophthegmes, III, 478.
Théâtre. — Au temps de Lope de Rueda,
II; III, 125. — De Cervantès, 150,
162. — De Lope de Vega, 248, 334,
335. — Au XVIIe siècle, 463. — Au
XVIIIe, III, 354-380.
Théâtre del principe, II, 126; II, 557; III,
356.
Théâtre de la Cruz, II, 126; II, 557; III,
356.
Théâtre espagnol. — Son origine reli-
gieuse, I, 234-239. — Dans le XVe
siècle, 239-245. — Dans le XVIe, II,

U

V

W

X

Y

Z

FIN DE L'INDEX ALPHABÉTIQUE

TABLE DES MATIÈRES

Deuxième période (Suite).

CHAPITRE XXVII

CHAPITRE XXVIII.

CHAPITRE XXIX.

CHAPITRE XXXIV.

CHAPITRE XXXV.

CHAPITRE XXXVI.

CHAPITRE XXXVII.

CHAPITRE XXXVIII

CHAPITRE XXXIX

FIN DE LA TABLE

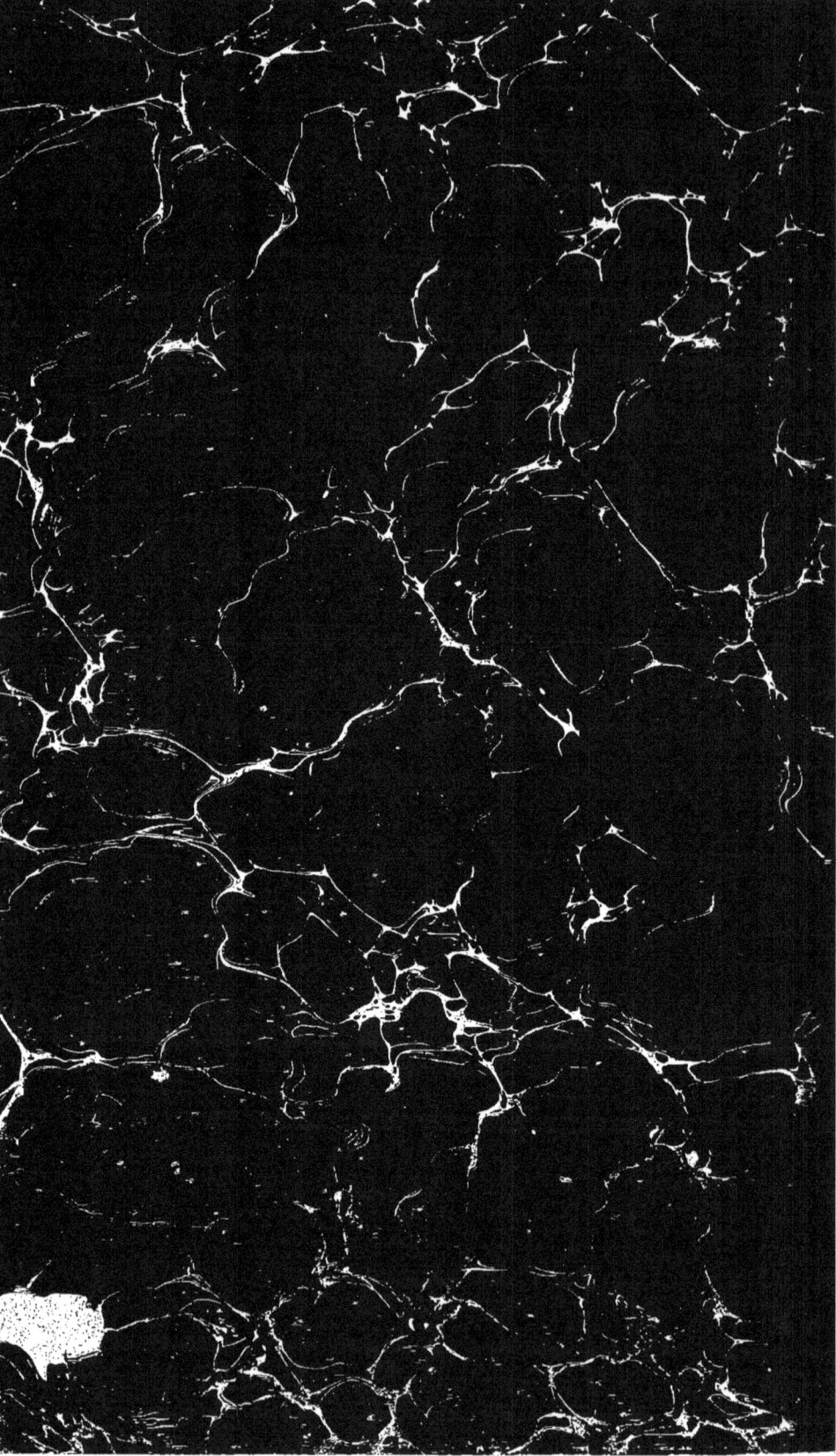

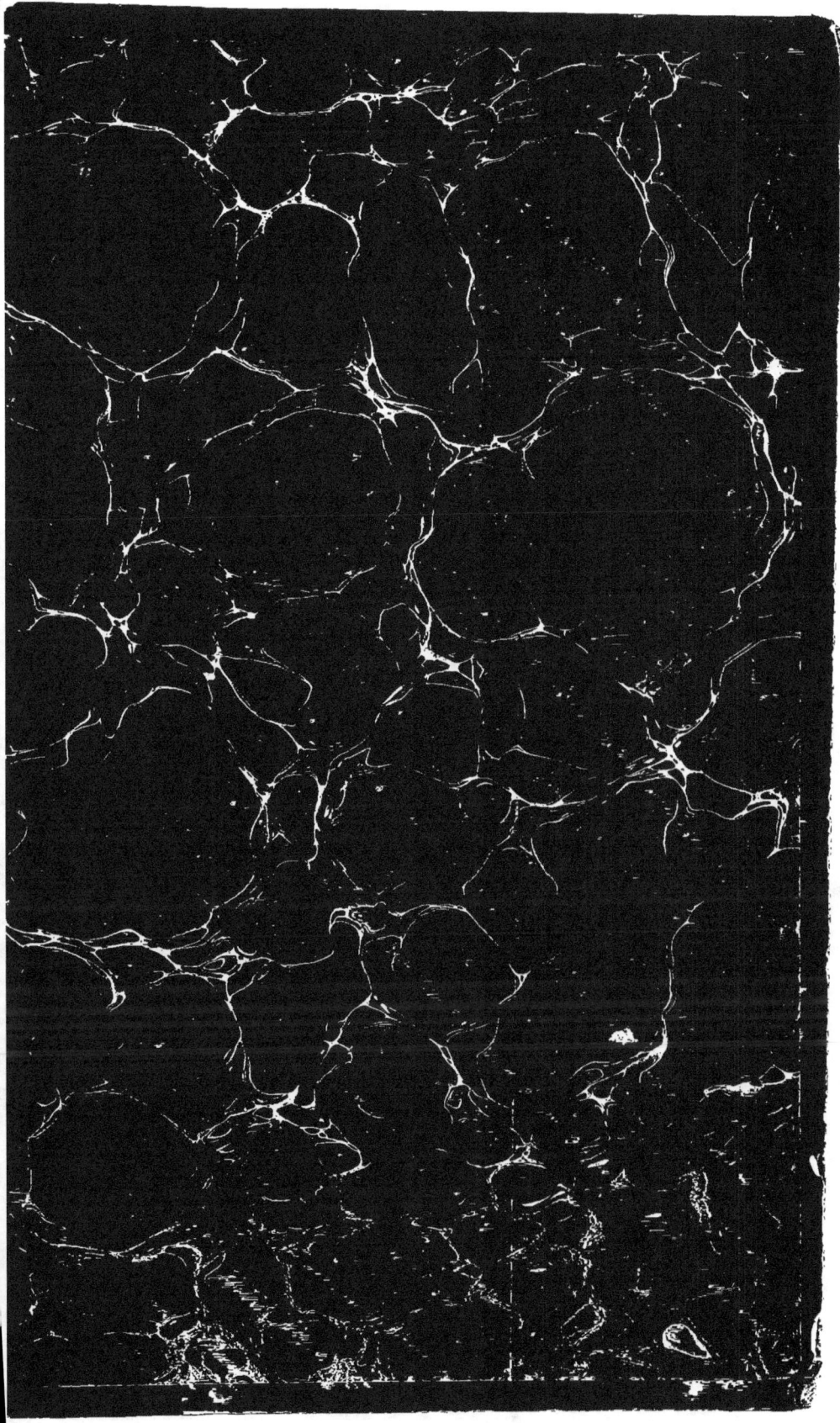

www.ingramcontent.com/pod-product-compliance
Lightning Source LLC
Chambersburg PA
CBHW052341020726
47503CB00001B/63